Anthony Riches

AUFSTAND DER BARBAREN

Autor

Anthony Riches hat einen Abschluss in Militärgeschichte von der Manchester University. Nach dem Studium arbeitete er 25 Jahre für eine Reihe von Großkonzernen in aller Welt, bevor er sich mit Aufträgen in Europa, USA, dem Mittleren und dem Fernen Osten selbstständig machte. Das Manuskript zum Auftakt der Imperium-Saga schrieb er bereits Ende der 1990er-Jahre, versteckte es allerdings in seiner Schreibtischschublade, bis er sein Werk 2007 endlich zu einem Verlag schickte, wo sich sofort begeisterte Fans fanden. Anthony Riches lebt mit seiner Frau Helen und drei Kindern in Hertfordshire.

Von Anthony Riches bereits erschienen:

Die Ehre der Legion
Schwerter des Zorns
Die Festung der tausend Speere
Aufstand der Barbaren

ANTHONY RICHES

AUFSTAND DER BARBAREN

Roman

Deutsch von Wolfgang Thon

blanvalet

Die Originalausgabe erschien 2012 unter dem Titel »The Leopard Sword (Empire 4)« bei Hodder & Stoughton, London.

MIX
Papier aus verantwortungsvollen Quellen
FSC® C014496
www.fsc.org

Verlagsgruppe Random House FSC® N001967

1. Auflage

Redaktion: Alexander Groß
Umschlaggestaltung: © Johannes Frick unter Verwendung von Motiven von Collaboration JS/Arcangel Images, © Stephen Mulcahey/Trevillion Images, Shutterstock.com (© BERNATSKAYA OXANA, © Yermolov, © leedsn) und iStock.com (© hidesy, © Nik_Merkulov, © nico_blue, © Renphoto)
HK · Herstellung: sam
Satz: Uhl + Massopust, Aalen
Druck und Bindung: GGP Media GmbH, Pößneck
Printed in Germany
ISBN 978-3-7341-0561-6

www.blanvalet.de

Für Robin

Prolog

Niedergermanien, September, 182 n. Chr.

»Verfluchter Regen! Gestern Regen, heute Regen, und morgen wird's sicher auch nicht besser. Die verdammte Feuchtigkeit kriecht überall rein. Bis die Nacht vorbei ist, wird meine Rüstung bestimmt wieder anfangen zu rosten.«

»Dann nimm lieber gleich mal deine Bürste raus, sonst reißt dir der Dreckskerl mit seinem Helmbusch den Arsch auf, dass dir schwindlig wird.«

Die beiden Wachen verzogen angewidert das Gesicht beim Gedanken an die unaufhörliche Arbeit, die vonnöten war, um ihre Rüstung von Rost freizuhalten und so der Missbilligung ihres Zenturios zu entgehen. Kalter Nebel waberte in dieser Nacht um den Wachturm des kleinen Vorpostens. Winzige Tropfen tanzten auf der weichen Brise, die über die umliegende Landschaft wehte. Die gleißende Flamme der Fackel, die den ihnen zugewiesenen Mauerabschnitt des Kastells erhellte, war in Dunst gehüllt und verbreitete ein gespenstisches Glühen, bei dem man kaum weiter als ein paar Schrittlängen sehen konnte. So gut es ging, schirmten sie ihre Augen ab und bewachten das offene Gelände. Gelegentlich warfen sie einen Blick hinunter in das Kastell, um sicherzugehen, dass nichts und niemand, weder Bandit noch Zenturio, sich heranschleichen konnte.

»Das Rüstungputzen ist mir immer noch lieber, als den alten Dreckskerl stundenlang schwadronieren zu hören, wie viel härter es ›damals‹ zuging: ›Als die Chauken uns vom Meer aus überfielen, ja, das waren echte Gefechte, Jungs! Ihr Grünschnäbel würdet einen Kampf ja erst bemerken, wenn ihr die Schwerter in euren Eingeweiden spürt…‹« Der Wachsoldat verstummte. Im Dunkel unter den Mauern hatte er etwas erspäht.

»Was ist?«

Er starrte eine Weile in die Finsternis und blinzelte mit den Augen, um die Müdigkeit zu vertreiben. Dann wandte er sich ab, richtete aber kurz darauf seinen Blick erneut auf denselben Fleck, denn er hätte schwören können, in der Dunkelheit habe kurzzeitig etwas Gestalt angenommen.

»Nichts. Es kam mir vor, als hätte sich da unten etwas bewegt, aber wahrscheinlich war das nur der verdammte Nebel.« Er schüttelte den Kopf, stellte das Ende seines Speers auf die hölzernen Bodenplanken des Wachturms und gähnte laut. »Ich hasse diese Jahreszeit; bei dieser Nebelsuppe schreckt man ständig auf, weil man glaubt, etwas gesehen zu haben.«

Sein Kamerad nickte, lehnte sich über die Brüstung und starrte gleichfalls in die Dunstschwaden hinab. »Ich weiß, manchmal bildet man sich Dinge ein…« Ganz plötzlich verstummte er. Einen Moment schien er unentschlossen, fiel dann unvermittelt über die Mauer und war verschwunden. Während der zweite Wachsoldat noch verdutzt die Augen aufriss, packte eine Hand den Rand der Brüstung, und eine schwarz gekleidete Gestalt schwang sich über die Holzwand auf die von Fackeln erleuchtete Plattform. In der anderen

Hand hielt der Eindringling einen kurzen Speer, von dessen Klinge noch das Blut des getöteten Wachmanns herabtroff. Das Schuhwerk des Angreifers war mit robusten Metallsporen bestückt, um die glatte Holzwand zu erklimmen, und glänzte im flackernden Licht der Fackeln. Im Hintergrund, aus einer anderen Ecke des Kastells, waren Schreie zu hören, die der Wachsoldat jedoch kaum wahrnahm. Er trat vor und richtete seinen Speer auf den Angreifer, der ihm mit einer kleinen Handbewegung bedeutete, er könne sich die Mühe sparen. Dann schleuderte er ihm eine schmale Eisenklinge in den Hals. Der Wachmann wankte und spuckte Blut, taumelte über den Rand der Plattform ins Nichts hinaus und schlug gute drei Meter tiefer hart auf dem Boden auf.

Der Zenturio der Einheit lag dösend im Halbschlaf auf dem Bett seines kleinen, zugigen Barackenlagers, als ihn das unmissverständliche Geräusch kämpfender Männer erreichte. Noch bevor er richtig wach war, hatte er sein Schwert ergriffen, das am einzigen Holzstuhl des Raumes hing, und es aus der Scheide gezogen. Dankbar, dass er in weiser Voraussicht vor dem Zubettgehen seine Stiefel nicht ausgezogen hatte, setzte er den Helm auf und trat durch die Tür hinaus. Er schrie seinen Männern einen harschen Befehl zu und bedauerte schmerzlich, keine Rüstung anzuhaben, die ihn hätte schützen können. Eine schattenhafte Gestalt, deren Speer im Licht der Fackel an der hinteren Wand glänzte, trat rechts aus der Dunkelheit und griff ihn an. Mit einer Gewandtheit, die man nur nach zwei Jahrzehnten Praxis erlangen konnte, wich der Zenturio dem auf ihn geschleuderten Speer aus und rammte seinen Gladius in die Brust des unbekannten Angreifers. Dann stieß er den tödlich Getroffenen von sich ins feuchte Gras, wo er mit einem gurgelnden Geräusch liegen blieb. Auf dem Weg zum Eingang des Kleinkastells bückte sich der Zenturio und ergriff einen Schild, der neben dem Leichnam einer der beiden Wachen auf dem Boden lag. Im blutüberströmten Hals des Toten steckte ein Wurfmesser. Sein Gesicht verfinsterte sich mit Unbehagen beim Gedanken daran, wie leicht die Verteidigungslinie seiner Männer überwunden worden war.

Um mehr über die Lage zu erfahren, lief der Zenturio vorsichtig an der Mauer entlang zum Eingang, wo sich ihm ein entmutigender Anblick bot: Das Tor stand bereits offen, und eine Flut von Angreifern mit gezogenen Schwertern ergoss sich in den Innenhof. Vom Schatten der Palisade gedeckt, konnte er beobachten, wie die wenigen Männer, die das Kastell noch zu verteidigen suchten, überrannt und in nur kurz andauernden Gefechten niedergemetzelt wurden. Er schüttelte den Kopf und wandte sich ab, um die Vernichtung seiner Truppe nicht weiter mit ansehen zu müssen. Sicher war es besser, abzuhauen und seinem Tribun in Tungrorum Rapport über diese katastrophale Niederlage zu erstatten. Doch noch bevor er seinen Entschluss umsetzen konnte, erblickte er eine dunkel gekleidete Gestalt, die einen kurzen Speer in der Hand hielt und sich aus der Finsternis auf ihn stürzte. Den Speer mit dem Schild abwehrend, schlug er mit seiner Schwerthand hart ins Gesicht des taumelnden Mannes und schleuderte ihn gegen die Mauer. Mit einem dumpfen Geräusch prallte der Kopf des Angreifers an die Holzwand, wo er mit glasigen Augen zu Boden sackte. Der Zenturio kniete nieder, hielt dem gefallenen Angreifer seinen Gladius an den Hals und zischte ihm eine Frage ins Gesicht – die eine brennende Frage nämlich, die seit Monaten auf den Lippen aller Soldaten der Provinz lag.

»Obduro? Wer ist Obduro?«

Stumm sah der benommene Mann zu ihm auf, ohne zu antworten.

»Sag mir seinen verfluchten Namen, oder ich beende dein Leben!« Die Verzweiflung, die aus ihm sprach, machte seine Worte zu einer tödlichen Drohung, an deren Ernsthaftigkeit das Opfer kaum zweifeln konnte.

Der Angreifer kam langsam wieder zu sich, schüttelte jedoch nur verhalten den Kopf und richtete die Augen auf eine Stelle hinter dem rachedurstigen Zenturio. Leise begann er zu sprechen, und seine Stimme war im Kampflärm kaum zu verstehen: »Er ist viel mehr wert als mein geringes Leben.«

»Na gut!«

Als ihm bewusst wurde, dass sie nicht mehr allein waren, verhärtete sich das Gesicht des Zenturios, und er nickte bedächtig. Dann drehte er sich zu den Männern hinter ihm um und stach mit der Spitze seines Schwertes fast beiläufig durch den Hals des hilflosen Mannes. Er stemmte seinen Stiefel auf die schwer atmende Brust des Opfers, um ihn am Boden zu halten und seine Waffe aus dessen Körper herauszudrehen. Ein halbes Dutzend Angreifer stand im Halbkreis um ihn herum, und alle außer einem hatten ihre Speere auf ihn gerichtet. Ihre dunkle Kleidung, die sie zur Tarnung in dieser mondlosen Nacht angelegt hatten, verriet nichts darüber, wer sie sein mochten, auch wenn ihm einige Gesichter irgendwie bekannt vorkamen. Der sechste Mann trug lediglich ein um die Hüfte gegürtetes Schwert, dennoch trat der Zenturio unwillkürlich einen Schritt zurück, als er den römischen Kavalleriehelm sah, der die Gesichtszüge fast völlig verdeckte. Der dicke Gesichtsschutz bestand aus einer auf Hochglanz polierten verzinnten Eisenplatte, deren spiegelartige Oberfläche nur von Augenlöchern und einem Schlitz zwischen dünnen, grausam wirkenden Eisenlippen durchbrochen wurde. Die Maske warf das verzerrte Abbild des Zenturios zurück, der seinen Schild hob und sich zum Kampf bereit machte.

»Du suchst Obduro? Dann hast du ihn gefunden. Außerdem hättest du dir diese letzte Bluttat sparen können, Zenturio, denn deine Männer sind bereits geschlagen und zerstreut. Dieser Tote war ein guter Mann, einer meiner besten. Du weißt doch, dass ich dir für einen kurzen Augenblick der Rache lang anhaltende Qualen zufügen könnte. Und dennoch warst du entschlossen, diesen Preis zu zahlen, nur um dir ein wenig flüchtige Befriedigung zu verschaffen. Wie interessant…«

Die Gesichtsmaske des Helmes dämpfte seine Worte so sehr, dass sie kaum zu hören waren. Überdies klang die Stimme verzerrt, sodass die Identität ihres Trägers nicht auszumachen war – trotz all der Gerüchte, die die Soldaten in der ganzen Provinz verbreiteten.

»Heute Nacht, Zenturio, werden wir Gefangene nehmen und Männer rekrutieren, die mit uns in den Wald ziehen. Du kannst also weiterleben, sofern du Schwert und Schild fallen lässt, dein Knie vor mir beugst und mir treuen Dienst gelobst. Du kannst aber auch gleich hier sterben, allein und ohne Ehre, egal wie mutig dein Tod auch sein sollte.«

Der Zenturio schüttelte ablehnend den Kopf und packte sein Schwert, um zu kämpfen. »Hetz nur deine Männer auf mich, dann werden wir schon sehen, wie viele ich niederstrecke, bevor sie mich aufhalten können.« Er spuckte auf den erkalteten Körper zu seinen Füßen, um den Maskierten zu einer unbedachten Tat herauszufordern. »Bis du mich umgebracht hast, werde ich dich mehr kosten als dein Liebhaber hier.«

Mit einem Kopfschütteln zog der Maskierte ein Langschwert aus der Scheide an seiner Hüfte. Die geriffelte Klinge mit ihrem aufwändigen hell-dunklen Streifenmuster glänzte unheimlich im Licht der Fackeln.

»Wahrscheinlich hast du recht, Zenturio. Man sollte keine guten Männer vergeuden, solange es nicht unbedingt notwendig ist. Daher werde ich mich selbst um dich kümmern.«

Er bückte sich und ergriff einen weggeworfenen Schild. Dann ging er auf den Zenturio zu, hob das verzierte Schwert und richtete dessen Spitze auf seinen Gegner. Einen Moment lang standen sie sich stumm gegenüber, dann zuckte der Zenturio mit den Schultern und ging zum Angriff über. Wuchtig hämmerte er mit seinem Schwert auf den Schild des Maskierten. Einmal, zweimal, der Gladius hob und senkte sich, und einen Moment lang glaubte der Zenturio, die Oberhand zu gewinnen. Doch jedes Mal wich sein Gegner aus oder benutzte den Schild, um die Schläge abzuwehren. Erneut hob er das Schwert, näherte sich und schwang die Klinge mit all seiner Kraft. Der Maskierte hielt inne und parierte den Gladius mit seiner eigenen Waffe. Mit einem klirrenden Geräusch trafen die Klingen aufeinander. Funken sprühten, als das verzierte Schwert die eiserne Klinge des Gladius durchtrennte und zwei Drittel davon in hohem Bogen wegschlug. Fassungslos starrte der Zenturio auf das erbärmliche Stück Klinge, das als Stumpf aus dem Schwertgriff ragte. Der Maskierte gab dem entsetzten Soldaten jedoch keine Zeit, sich von diesem Schlag zu erholen, sondern attackierte ihn mit erbarmungsloser Härte. Mit seinem offenbar unzerstörbaren Schwert hieb er auf den Gegner ein und traf dessen Schild. Die Schichten aus Holz und Leinen fielen auseinander wie ein verfaulter Fassdeckel, sodass der Zenturio nun in der einen Hand ein schiefes Stück Holz und in der anderen die Überreste seiner nutzlosen Waffe hielt. Er schleuderte das Heft seines Schwertes auf den Angreifer und ballte wütend die Fäuste, als er sah, dass sein Wurfgeschoss mit metallischem Klirren an der polierten Maske abprallte. Also warf er die Überreste des Schildes hinterher, doch diese wurden von seinem Gegner noch im Flug sauber in zwei Hälften getrennt. Der Maskierte trat noch einen Schritt vor, ließ seinen Schild fallen und hob sein verziertes Schwert mit beiden Händen.

»Und nun, Zenturio, wirst du den Preis bezahlen, von dem ich vorhin sprach.«

Auf der polierten Gesichtsmaske des Helmes erblickte der Zenturio sein Spiegelbild und wusste, dass er geschlagen war. Wut und Verzweiflung stiegen in ihm empor, und mit einem hasserfüllten Satz sprang er seinem Feind entgegen. Der Maskierte war jedoch ebenso schnell wie der wutentbrannte Angreifer und schlug sein Schwert mit einer geschwungenen Bewegung in den Leib des Zenturios. Anstatt dessen Körper sauber zu durchtrennen, trieb er die grausame Waffe quer über die Wirbelsäule und zog sie dann heraus. Der Zenturio fiel zu Boden, Blut und Eingeweide quollen hervor, und seine Augen flackerten im Bewusstsein der völligen Zermalmung seines Körpers.

Der Schwertträger beugte sich herab, als wolle er dem sterbenden Offizier noch etwas sagen, säuberte seine Klinge an der Tunika des Unterlegenen und steckte sein Schwert zurück in die Scheide. Dann lüftete er den Gesichtsschutz, um sein schwitzendes Antlitz in der Nachtluft zu kühlen. Mit einem Blick auf den sterbenden Soldaten lächelte er und nickte anerkennend. »Gut gemacht, Freund. Du bist als Mann gestorben. Und nun begibst du dich auf den Weg zu deinen Göttern, nachdem wir dir die Münze gegeben haben, um den Wegzoll zu entrichten. In Anbetracht dessen, wo du dich befindest, wirst du allerdings wohl nur die Göttin Arduinna treffen. Und glaub mir, Zenturio, die ist eine boshafte und rachsüchtige Schlampe.«

Er wandte sich ab, um zu gehen, musste jedoch feststellen, dass er am Bein festgehalten wurde. Mit zitternder Hand und allerletzter Kraft hatte ihn der sterbende Zenturio am Knöchel gepackt.

»*Du ...?*«

Er starrte in die langsam verblassenden Augen des sterbenden Mannes. »Ja, *ich*. Damit hattest du nicht gerechnet, oder?« Er schüttelte sein Bein frei und sah unbeteiligt zu, wie der letzte Rest Leben aus dem Zenturio wich. Dann zog er die Gesichtsmaske wieder vor den Helm. »Bringt den Leichnam hinüber zum Tor. Ich möchte so viele Männer wie möglich für unsere Sache gewinnen, und sie sollen ihre Kameraden in der Stadt ebenfalls davon überzeugen. Die Überreste des Zenturios öffentlich auszustellen sollte die Ermunterung sein, die sie benötigen.«

1

Niedergermanien, März, 183 n. Chr.

»Auch wenn das deine Heimat ist, Julius, für mich ist es nichts als ein Drecksloch.« Der stämmige Zenturio zog seinen dicken Wollumhang fester und betrachtete den kalten Dunst um sie herum mit einer angewiderten Grimasse. Der Nebel dämpfte seine Stimme und beschränkte die Sicht auf nur fünfzig Schritte, wodurch der Eindruck entstand, als sei die kleine Gruppe von dicken grauen Mauern umgeben. »Das Wetter ist nicht besser als in Britannien, das Essen ist sogar schlechter, und das Bier schmeckt wie Pisse.«

Einer der anderen beiden Offiziere, die neben ihm marschierten, schüttelte Wasser aus seinem dicken schwarzen Bart und schnaubte. Dabei lief ein Rinnsal seinen Rücken hinunter, und er zuckte zusammen.

»Als ich das letzte Mal hier war, Dubnus, war ich fünfzehn. Meine Erinnerungen an Tungrorum sind so verschwommen, dass ich es wahrscheinlich gar nicht wiedererkenne, wenn wir dort ankommen. Vorausgesetzt, wir finden in der verfluchten Dunkelheit überhaupt dorthin.«

Einer der drei Barbaren, die hinter ihm gingen, schnaubte, um seinem persönlichen Abscheu gleichfalls Ausdruck zu verleihen. »Irgendein Narr sagte, wir seien nach Germanien unterwegs. Schon bei der Fahrt über das Meer habe ich mir die Seele aus dem Leib gekotzt. Als wir dann in dieser erbärmlichen, verlausten Kaserne überwintern mussten und vor Kälte zitterten, habe ich mich mit dem Gedanken getröstet, bald im Land meiner Väter zu sein, dem Land der Quaden. Ein Land voller Flüsse und Wälder, in denen es von Wild nur so wimmelt, bewacht von den Göttern meines Vaters. Stattdessen« – er hob die Hände und deutete auf die sanft hügelige Landschaft auf beiden Seiten der pfeilgeraden Straße – »finde ich mich hier wieder, stampfe durch endloses Ackerland, das nur von lustlosen Sklavenhorden bewohnt ist. Das *ist* nicht Germanien – diese verdammte Provinz ist nur ein riesiges Feld.«

Der Zenturio zu Dubnus' Linken wandte sich um und ging rückwärts, um den Barbaren anzusehen. Ein amüsiertes Lächeln spielte auf seinem hageren, falkenartigen Gesicht. »Arminius, zufällig hast du den Nagel auf den Kopf getroffen. Hier in diesem Teil Niedergermaniens ist es genau wie im Süden von Gallia Belgica: Es wird fast nur noch Korn angebaut. Der Boden ist fruchtbar, das hat mir zumindest mein alter Tutor erzählt. Ohne diese Provinz und das Ackerland im Süden wären am Fluss Rhenus gar keine Legionen stationiert, um die germanischen Stämme in Schach zu halten. Dann gäbe es nämlich kein Getreide, um sie zu ernähren.«

Der Barbar schüttelte ungläubig den Kopf. »Du schaffst es als Einziger, Marcus Valerius Aquila, eine Klage zu einer Lektion darüber zu machen, wie das Imperium betrieben wird.«

Julius marschierte weiter, sagte dann aber mit entschiedener Stimme: »Bleib einfach bei dem Namen, den er jetzt trägt, Arminius. Oder nenne ihn ›Zwei-Klingen‹, wie es die Soldaten tun. Lass die Vergangenheit ruhen, denn wenn du sie zu sehr anstupfst, wird sie nur schlecht gelaunt aufwachen und uns allen noch mehr Kummer bereiten. Unser Waffenbruder heißt jetzt Marcus Tribulus Corvus, und wir benutzen fortan immer diesen Namen – ob uns jemand belauscht oder nicht. Du weißt genauso gut wie ich, welche Strafe darauf steht, wenn herauskommt, dass wir einem Flüchtigen des Kaiserreichs Unterschlupf gewähren. Egal, ob wir uns in Britannien, Germanien oder sonst einem Flecken des Imperiums befinden.«

Ein anderer aus dem Barbarentrio lachte. Er kommentierte das Gesprächsthema mit einem Zwinkern und nutzte dafür das einzig gute Auge, das er noch besaß. Die Wunde, die sein anderes Auge ruiniert hatte, war inzwischen geschlossen, und er machte keinen Versuch, die frische grellrosa Narbe zu verbergen, die seine Braue in zwei Teile durchtrennte. Die Augenhöhle selbst war leer – eine lebenslange Erinnerung an eine blutrünstige Nacht, in der sie an den Unterdrückern seines Stammes Rache geübt hatten. »Ja, insbesondere, wenn es sich um einen Flüchtling von so aristokratischem Blut handelt.«

»Na, wenn du das sagst, Prinz Martos, muss es wohl stimmen. Wo du doch hier der einzige Spross eines Königsgeschlechts bist ...«

Der einäugige Mann quittierte Dubnus' Stichelei mit einem raschen Kopfschütteln. »Ich habe meinen Rang innerhalb des Stammes verwirkt, als ich mich von den Dinpaladyr lossagte und mit euch gen Süden zog. Ebenso wie du, als du dein Volk verlassen hast, um Teil der zivilisierten Welt zu werden. Außerdem braucht mein Stamm mich sowieso nicht, solange eine römische Garnison über die Festung der Speere wacht, bis mein Neffe irgendwann bereit ist, ohne ihre Hilfe zu regieren. Hier bin ich von größerem Nutzen, indem ich euch helfe, diesen Mann hier« – er deutete mit dem Kopf auf Marcus – »von den Augen der Öffentlichkeit fernzuhalten.« Er ballte eine seiner großen Fäuste und betrachtete mit Genugtuung, wie sein Armmuskel anschwoll. Dann bedachte er den gleichermaßen muskulösen Römer mit einem schiefen Lächeln. »Als ob ihn irgendwer genauer betrachten würde, solange ein einäugiger Krieger, der gebaut ist wie eines der Badehäuser eurer Legion, in seiner Nähe steht.«

Der dritte Barbar war gut einen Kopf größer als die anderen beiden und hatte einen eisenbeschlagenen Streithammer gegen seine kantige Schulter gelehnt. Auch er lachte amüsiert, aber so leise, dass es kaum zu hören war.

Der Prinz wandte den Kopf, um den großen Mann mit seinem gesunden Auge betrachten zu können. Mit einem heftigen Stirnrunzeln fauchte er ihm in ihrer gemeinsamen Stammessprache eine Frage entgegen. »Hast du ein Problem, Lugos?«

Martos hatte noch immer Schwierigkeiten, den Riesen als ein Mitglied der inoffiziellen Späherkohorte der Zenturie zu akzeptieren, die sich aus Kriegern der Votadini zusammensetzte, die im vergangenen Jahr von den Römern besiegt worden waren. Ihre Gefangennahme war dem Verrat des selgovischen Anführers geschuldet, und dieser war König des Stammes, dem der bullige Lugos angehörte. Aus diesem Grund begegnete Martos dem Riesen stets mit unverkennbarer Voreingenommenheit, doch Lugos war schlau genug, abzuwarten und sich nicht mit dem Anführer der Votadini anzulegen.

»Kein Problem, Prinz Martos. Ich höre nur zu, und dabei lerne ich etwas.«

Martos warf ihm einen langen und unerbittlichen Blick zu, aber die unschuldige Miene des Riesen besänftigte ihn zumindest so weit, dass sein Fass nicht zum Überlaufen kam.

Lugos wartete, bis der Prinz aufhörte, ihn misstrauisch anzustarren, dann zwinkerte er Marcus zu. Der Römer antwortete darauf mit einer hochgezogenen Augenbraue und wandte sich wieder in Marschrichtung – nicht ohne den verschwörerischen Blick zu bemerken, mit dem Dubnus die Sticheleien gegen Julius quittierte.

»Wie lange brauchen wir noch bis zur Stadt, Julius? Was meinst du?«

Der ältere Mann warf ihm einen ungläubigen Blick zu. »Fünf Minuten weniger als beim letzten Mal, als du gefragt hast. Warum fragst du überhaupt? Musst du deine Blase entleeren, oder plagt dich die Speerwunde wieder? Du hättest besser vorher gehen sollen...« Er brach abrupt ab, legte eine Hand auf seinen Schwertgriff und zeigte mit der anderen auf den kaum sichtbaren Boden rechts des Weges. »Seht ihr das?«

Weit draußen im Nebel, wo man nur schwer eine Bewegung erkennen konnte, war etwas aus dem matschigen Boden aufgetaucht. Während sie noch zusahen, erhob sich eine weitere Gestalt nahe der ersten. Es war eine menschliche Gestalt, stark mit Schlamm verschmiert.

Dubnus schüttelte den Kopf, starrte auf die gespenstischen Erscheinungen und deutete dann in den Nebel auf der anderen Straßenseite. »Da sind noch mehr!«

Während die Römer weiterstarrten, erhob sich mehr als ein Dutzend unkenntlicher Gestalten um sie herum. Wie von Geisterhand schienen sie direkt aus dem Boden in die neblige Finsternis emporzusteigen. Lugos brach den Zauber, indem er seinen Streithammer mit beiden Händen packte, vortrat und wutentbrannt ein einziges Wort bellte.

»Banditen!«

Die Römer wechselten einen kurzen Blick und zogen ihre Schwerter. Mit der linken Hand riss Marcus ein langes Kavallerieschwert aus der Scheide, die an seiner Hüfte hing. In der Rechten hielt er den kürzeren Gladius, dessen gold- und silberverzierter Adlerkopf schwach im blassen Licht des Nebels schimmerte. Dubnus zog eine Wurfaxt aus seinem Gürtel, schleuderte sie in die Luft und fing sie am Stumpf des Griffes wieder auf, um zum sofortigen Gebrauch bereit zu sein. Stumm verfolgten sie, wie die Geschöpfe näher rückten, allmählich deutlicher Gestalt annahmen und sich kreisförmig um die verwirrte Gruppe herum verteilten. Bei näherer Betrachtung sah Marcus, dass es sich tatsächlich um Männer handelte, Männer in abgetragener, schmutziger Kleidung. Jeder Einzelne von ihnen trug ein Schwert oder einen Speer, und die Klingen der Waffen sahen gut gepflegt aus.

»Bleibt, wo ihr seid – es sei denn, ihr möchtet herausfinden, wie sich meine Schwertspitze zwischen euren Rippen anfühlt!«

Auf Julius' Zuruf hin blieben die Männer stehen, und einer von ihnen trat aus dem Kreis nach vorne. Was Marcus zunächst für beinharte Gesichtszüge gehalten hatte, stellte sich nun als eiserner Kavalleriehelm mit eng anliegender Gesichtsmaske heraus, der die Stimme des Mannes verzerrte, als dieser das Wort ergriff.

»Wir sind dreimal so viele wie ihr, also legt eure Waffen

nieder und übergebt uns eure Münzen, dann wird niemand verletzt. Solltet ihr aber versuchen, gegen uns zu kämpfen, so werden wir euch wie Vieh abschlachten.«

Julius trat vor, steckte seinen Gladius zurück in die Scheide und griff nach dem Beutel an seinem Gürtel. »Ihr habt recht: Es gibt tatsächlich einen besseren Weg, diese Sache zu regeln.«

Marcus und Dubnus tauschten wissende Blicke aus. Hinter ihnen stand Lugos, der leise knurrte und sich kaum zurückhalten konnte, die Banditen eigenhändig zu erledigen. Der Zenturio hob die Hände, und kurz blitzte etwas Silbernes durch den wabernden Nebeldunst. Der maskierte Bandit entspannte sich ein wenig und hielt seine Hand hoch, um seine Räubergefährten zurückzuhalten.

Mit einem raubtierhaften Lächeln trat Julius näher heran. »Nein, wirklich, es gibt keinen Grund, jemanden zu verletzen. Du aber solltest dich aus dem Staub machen. Und zwar sofort.« Er setzte eine glänzende Pfeife an seine Lippen, während der Anführer der Banditen die Stirn runzelte und sein Schwert zum Kampf erhob. »Du willst nicht? Ich habe dich gewarnt…«

Durchdringend erscholl ein einzelner Pfiff, dann ließ er die Pfeife fallen, zog seinen Dolch aus der Scheide und ging auf den Maskierten zu. Dieser schwang sein Schwert und zielte mit einem schwerfälligen diagonalen Schlag auf die Stelle zwischen Kopf und Nacken des Römers. Julius aber drehte sich behände und duckte sich. Er verlagerte sein Gewicht auf den rechten Fuß und sprang den Banditen an, der zu Boden fiel und dabei seinen Schwertgriff losließ. Darauf bohrte er die fußlange Klinge tief in die freiliegende Achselhöhle des Banditen. Während der andere noch vor Schmerz schrie, riss er seinen Kopf nach unten und rammte den Augenschirm seines Helms gegen die eiserne Gesichtsmaske, auf der er eine tiefe Kerbe hinterließ. Dann stieß er sich vom regungslosen Körper seines Angreifers ab, sprang auf die Füße und zog erneut seinen Gladius aus der Scheide. Mit einem breiten Lächeln drehte er sich zum nächsten Banditen um.

Lugos, der sich nicht länger im Zaum halten konnte, war von der Straße getreten, um zwei der Räuber anzugreifen. Dabei hob er seinen Hammer, als wollte er ihn auf den näher stehenden Mann niedergehen lassen, besann sich dann aber eines Besseren und schlug mit der schweren eisernen Hammerspitze auf die Beine der Widersacher. Einer der beiden sackte sogleich zu Boden und krümmte sich, der andere sprang mit einem Satz zurück. Dabei verlor er jedoch das Gleichgewicht und fiel kopfüber nach hinten, beide Arme zur Seite gespreizt. Der große Barbar hob seinen Hammer erneut, schwang die teuflische hakenförmige Klinge über seinem Kopf und ließ sie in weitem Bogen auf die Brust des gefallenen Mannes niedersausen, worauf das Geräusch brechender Knochen zu hören war. Während Martos und Arminius an seine Seite traten, tötete der Germane schnell den Banditen, der bereits zuvor niedergestreckt worden war. Der riesige Britannier trat mit dem Fuß auf den Bauch des sterbenden Mannes und zog seinen Hammer aus dessen Brustkorb, der nur noch aus zerschmetterten Rippenstücken bestand, wobei er mit den Augen bereits den Nebel nach weiteren Opfern absuchte.

Marcus und Dubnus eilten zu Julius hinüber, der der Räubermeute entgegenging. Dubnus schwang seine Axt und versenkte sie krachend im Fleisch und den Knochen seines Angreifers, bevor er einem feindlichen Speerstoß ausweichen musste. Er packte den Stiel der Waffe und brachte damit den Speerträger aus dem Gleichgewicht, zog seinen Gladius und bohrte ihm die Klinge tief in den Schenkel. Blut spritzte, als er seinem Opfer den Speer aus der Hand zog. Die soeben erbeutete Waffe über seinem Kopf herumdrehend, ging er auf den Angreifer los und durchbohrte nebenbei noch einen weiteren Banditen. Marcus hingegen war mit zwei Schwertkämpfern beschäftigt. Mithilfe einer Finte täuschte er den ersten, um sich gleich darauf umzudrehen und den zweiten von vorne anzugreifen. Mit seinem Gladius parierte er das Schwert des Feindes und rammte dann mit der anderen Hand dem Banditen seine Spatha in die Seite. Sein Gegner zuckte heftig, als das kalte Eisen seinen Leib durchschnitt, und fiel zu Boden. Dann wandte der Römer sich dem zweiten Mann zu und richtete seine blutige Spatha auf die Brust des langsam zurückweichenden Räubers. Mittlerweile tauschten die Banditen stumme, verwunderte Blicke, waren jedoch noch immer nicht bereit, sich diese Beute entgehen zu lassen. Andererseits scheuten sie mittlerweile den Kampf, nachdem so viele ihrer Männer bereits tot oder verwundet waren.

Einen Moment lag Stille über dem offenen Gelände, abgesehen von einem entfernten rhythmischen Geräusch, das kaum hörbar war, jedoch schnell an Stärke zunahm. Es war ein pulsierendes metallisches Klicken, das wie das Knirschen einer Million winziger Eisenzähne durch den Nebel drang. Julius lächelte noch breiter, spreizte die Arme und wandte sich um, damit alle ihn hören konnten.

»Hört ihr das, Freunde? Das ist der Klang des Todes, der euch entgegeneilt! Ihr habt vielleicht noch zwanzig Herzschläge, womöglich auch dreißig, bevor ein riesiges gepanzertes Monster aus dem Nebel tritt und euch alle in Stücke reißt. Also lauft jetzt oder macht Frieden mit euren Göttern.«

Er unterbrach seine Rede und legte mit theatralischer Geste eine hohle Hand ans Ohr. Das Geräusch schwoll nun an, wurde härter, und der deutlich zu vernehmende Rhythmus verschwamm zu einem klappernden Geratter. Marcus starrte auf die dreckigen, erschöpften Banditen und sah im Gesicht jedes einzelnen das dringende Bedürfnis, schnellstens davonzulaufen. Mit einem heftigen Ruck verstand einer der Räuber, was hier vor sich ging, und schickte sich an zu fliehen. Doch schon kamen die ersten Soldaten in zügigem Marschschritt aus dem Nebel hervor. Marcus erkannte in dem Zenturio neben der Viererkolonne Clodius, und im selben Moment hob sein Kamerad das Schwert und rief seinen Männern einen Befehl zu.

»Dritte Zenturie, macht sie nieder!«

Die Banditen rannten in sämtliche Richtungen, und die Zenturios beobachteten erstaunt, wie schnell sich die geordneten Reihen in ein planmäßiges Chaos verwandelten, in welchem jeder Soldat sein Opfer wählte und ihm dann wie ein Jagdhund nachstellte. So fand sich zur Verzweiflung der Räuber plötzlich jeder von einem halben Dutzend blutrünstiger Soldaten verfolgt. Schreie und wildes Rufen, sowohl der Jäger als auch der Gejagten, erfüllten den Nebel. Ein besonders dienstbeflissener Soldat rannte gar mit hoch erhobenem Speer auf die drei Barbaren-Späher zu, da er sie im Eifer des Gefechts ebenfalls für Räuber hielt. Doch schon einen Augenblick später taumelte er zurück und hielt sich die Hände vors Gesicht, denn Arminius war ihm entgegengetreten. Wütend hatte er den Soldaten mit einem jähen Schlag seiner mächtigen Faust gestoppt. Der unglückselige Tungrer fiel auf den Hintern, und sein Gesicht war nass vor Blut.

»Du hast mir die Nase gebrochen!«

Der Germane schüttelte nur verächtlich den Kopf und deutete auf seine Kameraden. »Und wer hat Schuld daran? Du solltest dich glücklich schätzen, dass ich es war, der dir diese Lektion erteilt hat, und nicht einer der beiden anderen hier. Der Prinz hätte dich ausgenommen wie einen Fisch, und unser Riese hätte dir den Kopf mit nur einem Fausthieb von den Schultern geschlagen. Also verschwinde jetzt und blute irgendwo anders weiter.«

Clodius ging mit hochgezogener Braue zu seinen Offiziersbrüdern hinüber. Er nahm seinen Helm mit dem gepolsterten Innenfutter aus Leinen ab, um die kühle Brise auf sein graumeliertes Haar strömen zu lassen. Dann sah er seinen Männern dabei zu, wie sie die Leichen ihrer Opfer durch die schlammigen Felder zurückschleiften. »Ich hätte mir denken können, dass ihr drei Gelegenheit finden würdet, in Unannehmlichkeiten zu geraten.«

Bevor er antwortete, wischte Dubnus sein Schwert an der speckigen Tunika eines Gefallenen ab und schob es in die Scheide zurück. »Die Unannehmlichkeiten finden uns.«

Clodius grunzte mürrisch. »Wie immer also. Wie geht es deiner Wunde, junger Dubnus? Schmerzt sie immer noch, wenn du auf die Knie sinkst, um ...« Aus den Augenwinkeln sah er eine Bewegung, wandte sich um und befahl: »Dritte Zenturie, stillgestanden!«

Begleitet vom Ersten Speer Sextus Frontinius schritt Tribun Scaurus in den Kreis der Zenturios und erwiderte deren

Salut, während er aus täuschend sanft wirkenden grauen Augen den Kriegsschauplatz um sie herum betrachtete.

»Männer! Ich weiß, dass wir hier sind, um Banditen zu töten. Aber wir sind noch nicht einmal in Tungrorum angekommen, daher scheint mir das alles ein wenig übereifrig, sogar für eure Maßstäbe.« Er betrachtete die über den Boden verstreuten Leichen und die wenigen stöhnenden Räuber, die das Scharmützel überlebt hatten. »Doch ich denke, wir belassen es nun dabei. Normalerweise würde ich sagen, wir sollten sie begraben oder verbrennen, nachdem wir sie getötet haben. Aber unter diesen Umständen...« Mit fragendem Blick wandte er sich an Frontinius: »Was meinst du dazu, Erster Speer?«

Der ranghohe Zenturio humpelte zum Leichnam des Räuberhauptmanns hinüber und zog ihm den Kavalleriehelm vom Kopf. Das Gesicht des Toten war zermalmt, und das Blut, das ihm aus der gebrochenen Nase geströmt war, stach dunkel vom blassen Grau seiner Haut ab.

»Ich glaube kaum, dass er diesen Helm neben der Straße gefunden hat. Wahrscheinlich hat er schon viele gute Männer umgebracht, sodass sein Tod unseren Göttern Gefallen bereiten wird. Daher würde ich sagen, wir lassen ihn einfach hier, damit er zusammen mit dem Rest seiner Meute verrotten kann.«

Scaurus kräuselte die Lippen und nickte. »Einverstanden. Nehmt ihnen die Waffen und alles andere ab, was von Wert sein könnte, dann ladet die Überlebenden auf die Vorratskarren. Ich denke, die Behörden in Tungrorum werden erfreut sein, ein paar gefangene Banditen zu bekommen, die sie öffentlich hinrichten lassen können.« Schon halb im Gehen wandte er sich mit einem kurzen Nicken noch einmal an Frontinius. »Und nun genug damit, dass diese Männer abseits der Kohorte vorausgehen. Es macht mir eigentlich nichts aus, Offiziere zu verlieren, solange sie im Kampf fallen und dabei den Anstand haben, genügend Gegner mit sich in den Tod zu reißen. Aber nachdem wir jetzt schon zu wenig gute Zenturios haben, möchte ich unsere Probleme nicht noch größer machen, indem wir das Schicksal herausfordern.« Der Erste Speer nickte und sah bedeutungsvoll zu den drei Offizieren hinüber. »Und was ist mit diesem hier passiert?«

Ein Verbandträger hantierte an dem Soldaten, dessen Nase Arminius gebrochen hatte.

Der Germane trat vor und nickte Scaurus zu. »Er schien entschlossen, mir seinen Speer durch den Leib zu rammen, also habe ich ihn ersucht, seine Meinung zu ändern.«

Mit gehobener Braue musterte der Tribun seinen Leibwächter. »Das ist dir offensichtlich gelungen, wie ich sehe.« Er klopfte dem unglücklich dreinblickenden Sanitäter kurz auf die Schulter, erhielt jedoch im Gegenzug nur einen nervösen Salut mit blutigen Fingern. »Wenn du das nicht sofort in Ordnung bringen kannst, solltest du es am Ende des Tages tun. Wir haben keine Zeit, hier im Nebel herumzustehen, während du dich abmühst.«

Der Sanitäter hob entschuldigend die nassen, blutverschmierten Hände. »Ich bitte um Verzeihung, Tribun, aber es will mir nicht gelingen, diesen Knochen zu richten.«

Arminius schob ihn ohne weitere Umstände zur Seite und legte eine Hand auf die Schulter des erschrockenen Soldaten, um ihn am Aufstehen zu hindern. »Bleib, wo du bist. Das hier wird nicht lange dauern.« Er fasste mit Daumen und Zeigefinger an die Nase des Soldaten und rieb daran, um zu ertasten, wo sie gebrochen war. Während der Soldat noch vor Schmerz ob dieser ruppigen Behandlung stöhnte, packte der Germane ihn am Schopf, um ihn ruhig zu halten. Dann bog er mit einem schnellen Ruck den Nasenknochen wieder zurecht. Ein schriller Schmerzensschrei ertönte, der Soldat wurde ohnmächtig und hing schlaff herunter, nur vom Germanen am Kopf festgehalten. Mit einem Kopfschütteln stieß Arminius ihn in die Arme des Verbandträgers. »So, das wäre erledigt. Er wird die nächste Woche zwei blaue Augen haben, aber vielleicht lehrt ihn das, seine Gegner fortan mit etwas mehr Bedacht auszuwählen.«

Der Erste Speer Frontinius nickte und bedachte seinen Tribun mit einem schiefen Lächeln. »Es scheint, euer Mann hat ein Talent für gebrochene Knochen, Tribun. Vielleicht sollte die Frau von Zenturio Corvus ihn für ihre Krankenstation rekrutieren?«

Scaurus schüttelte den Kopf, und der Germane entfernte sich. »Das glaube ich kaum. Dafür fehlt ihm die notwendige Feinfühligkeit, die einen Sanitäter auszeichnet. Er war schon immer so, seit ich ihn im Krieg gegen die Quaden vor einem Schwertstoß gerettet habe. Und ich kann mir kaum vorstellen, dass sich das ändern wird.« Er blickte auf die Straße, die vor ihnen unter dem dichten Nebel lag. »Wie dem auch sei... Sollen wir unsere Kohorten wieder auf den Weg schicken? Ich schätze, bis zur Stadt sind es noch zehn Meilen. Und so, wie es aussieht, wird der verdammte Nieselregen bis dahin keine Pause einlegen.«

Während die vorangehenden Männer sich zurück in die Marschkolonne begaben, fiel Marcus auf, dass Julius den Boden um den Leichnam des Banditenführers absuchte.

»Hast du etwas verloren?«

Sein Freund nickte und betrachtete weiter aufmerksam den Boden. »Meine Pfeife. Und eine hübsche noch dazu.«

Marcus sah sich um, sein Blick kreuzte sich mit dem von Dubnus, und er bemerkte, wie dieser mit prahlerischer Geste auf seine Gürteltasche deutete und selbstzufrieden grinste. Julius hatte inzwischen seine Suche aufgegeben und wandte sich wieder seinen Kameraden zu. Da sah er, dass Dubnus den Boden nun ebenfalls mit gespieltem Interesse absuchte.

»Ich könnte eine hübsche Pfeife gebrauchen, denn meine klingt wie das Kreischen eines kastrierten Katers.«

Der ältere Mann schüttelte angewidert den Kopf, während die Dritte Zenturie, welche die zwei Kohorten starke Marschkolonne anführen sollte, sich auf Clodius' Befehl wieder in Bewegung setzte.

»Überaus lustig, Dubnus. Ich nehme an, das ist der Preis, den ich bezahlen muss, weil ich den Kampf als Erster aufgenommen habe. Immer wieder derselbe Mist.«

Er stapfte zu seiner eigenen Fünften Zenturie hinüber, während seine beiden Freunde ihre Männer an sich vorbeimarschieren ließen.

»Wie lange willst du das Ding behalten?«

Dubnus zuckte die Achseln. »Am besten bis er eine neue gekauft hat. Sobald er ein paar Münzen für eine Ersatzpfeife ausgegeben hat, werde ich sie wieder in seinen Beutel schmuggeln.« Als er die plötzliche Ernsthaftigkeit im Gesicht seines Freundes bemerkte, runzelte er die Stirn. »*Was denn?* Jetzt tu nicht so, als hätte ich seinen Geldbeutel gestohlen!«

Marcus schüttelte den Kopf. »Hat nichts mit dir zu tun. Ich dachte nur gerade daran, wie lustig Rufius das finden würde.«

Dubnus legte seine spatengroße Hand auf die gepanzerte Schulter seines Freundes. »Ich weiß. Ich vermisse den alten Mistkerl fast ebenso sehr wie du. Aber wie Morban jedem ständig erzählt, ist das Leben für die Überlebenden gedacht, und solange man noch daran teilhat, sollte man das ausnutzen. Hier kommen deine Jungs. Geh und erzähle Qadir die Geschichte von der Pfeife deines Gefährten, das heitert ihn vielleicht ein wenig auf. Du weißt ja, wie mürrisch er wird, wenn seine Männer vor lauter Nässe nicht mit ihren Bogen spielen können.«

Nach weiteren vier Stunden Marsch, in denen der Nachmittag aufgrund des zähen Nebels einer frühen Abenddämmerung gewichen war, fühlte sich sogar Marcus müde und hätte den Tag gerne beschlossen. Er ging hinter seiner Zenturie, begleitet von seinem Optio Qadir, und stellte fest, dass sogar der sonst so unerschütterliche Hamier von Stunde zu Stunde missmutiger aussah.

»Ich gehe mal nach vorne und vergewissere mich, dass Morban den Trompeter nicht zu sehr schikaniert.«

Der Hamier brummte eine Antwort und starrte in die trostlose Landschaft, die sich von Zeit zu Zeit hinter den grauen Nebelschwaden abzeichnete.

Nachdem Marcus die Spitze der Zenturie erreicht hatte, traf er auf seinen Standartenträger. Dieser war ein Veteran mit fünfundzwanzig Jahren Erfahrung und sowohl für seinen scharfen Geist als auch seinen unseligen Hang zum Spielen, Trinken und der Hurerei bekannt. Als er ihn auf die Traurigkeit ihres Gefährten ansprach, zeigte der Veteran sich nachdenklich.

»Ich habe beim Mittagsmahl versucht, ihn mit ein paar

Scherzen aufzuheitern, aber er wollte nicht. Vielleicht wird ihm gerade bewusst, was er und seine Kameraden hinter sich gelassen haben, als sie entschieden, nicht bei der hamischen Kohorte am Wall zu bleiben. Für sie ist es sicherlich kein Vergnügen, die Hälfte ihres Körpergewichts an Eisenpanzern und Waffen durch die Gegend zu schleppen, obwohl sie es doch gewohnt sind, halbnackt durch die Wälder zu streifen und hin und wieder ein bisschen Wild fürs Abendessen zu erlegen.« Er ignorierte den eisigen Blick seines Zenturios und fuhr fort. »Und nun findet er sich hier bei uns wieder, friert sich den Arsch ab, das Wasser tropft an seiner Nase herunter, und er muss seinen Bogen tagelang eingepackt lassen, damit ihm der Leim nicht verrottet. Kein Wunder, dass der arme Kerl sich erbärmlich fühlt. Wir sind an so etwas gewöhnt, aber für ihn ist das anders.« Marcus starrte hinaus in den Nebel und bemerkte mit einem leisen Kopfschütteln, dass Morbans Sicht der Dinge bezüglich Qadirs Gemütszustand ebenso gut auf ihn selbst zutraf. »Wie dem auch sei, wir werden schon bald in der Kaserne unseres nächsten Quartiers ankommen. Dann stecken wir ein paar Holzscheite in den Ofen und lassen dieses ganze Elend hinter uns. Und wenn der gute alte Qadir nicht mit ein paar Scherzen umgehen kann, dann hätte er besser nicht …«

Die Ausführungen des Standartenträgers wurden jäh unterbrochen, als ein Schrei aus dem vorderen Teil der Marschkolonne zu ihnen drang. Nach einer Reihe laut gerufener Befehle seitens der jeweiligen Zenturios kam die Kohorte abrupt zum Stehen. Als die Zenturie vor ihm auf Anordnung ihres Anführers ebenfalls anhielt, gab Marcus den Befehl auch an seine Männer weiter. Kurz angebunden beorderte er Qadir, die Truppe zu beaufsichtigen, während er selbst nach vorne ging, um nachzusehen, was los war. Als er die vorderste Zenturie überholt hatte, wurde der Grund für den unvorhergesehenen Halt schnell offenbar: ein zwanzig Fuß hoher Steinwall ragte aus dem Nebel heraus. Eine Gruppe verwirrt dreinblickender Zenturios scharte sich um zwei massive Holztore innerhalb eines eindrucksvollen Torbogens, welcher der Kohorte den Weg in die Stadt versperrte. Der Erste Speer reckte den Hals, um zu zwei Soldaten hinaufrufen, die mit zutiefst misstrauischen Gesichtern in den Nebel hinabstarrten.

»Macht die verdammten Tore auf! Den Papierkram können wir später erledigen. Ich habe hier zwei vollzählige Kohorten von Soldaten, die sich die Eier abfrieren, und möchte sie gerne noch vor Einbruch der Dunkelheit in der Kaserne wissen.«

Julius, der hinter dem hochrangigen Zenturio stand, wandte sich kopfschüttelnd an Marcus. Sein dunkles, bärtiges Gesicht zeigte einen grimmigen Ausdruck. »Das wird nicht gut gehen. Falls ich mich nicht irre, sind das Legionstruppen, und wann immer man es mit diesen Straßenflickern zu tun bekommt, ist Ärger im Anmarsch.«

Ein weiterer Soldat erschien auf dem Wall, und dieser trug den gefiederten und mit Kamm versehenen Helm eines Optio der Legion. Einen Augenblick sprach er mit den Wachen, dann lehnte er sich vor und wandte sich an die Hilfstruppen, die unter dem Wall versammelt waren.

»Ich bitte um Verzeihung, Zenturio. Ich habe strikten Befehl, die Tore nicht ohne Erlaubnis meines vorgesetzten Offiziers zu öffnen. Ich habe meine Männer bereits nach ihm ausgesandt, doch bevor er nicht hier eintrifft, kann ich euch keinesfalls hereinlassen.« Um seine Hilflosigkeit dieser Situation gegenüber zu unterstreichen, spreizte der Optio entschuldigend die Hände und verschwand wieder hinter der Mauer, während der Erste Speer vor Wut kochte.

»Habe ich da gerade einen Spangenpanzer gesehen, bevor der Mann sich vor dem Zorn des Ersten Speers versteckte?«

Die Zenturios wandten sich um und sahen Scaurus, der von hinten an sie herangetreten war und einen fragenden Gesichtsausdruck zur Schau trug.

Frontinius nickte mürrisch, und sein Zorn war unverkennbar. »Richtig, Tribun. Wie es scheint, ist die Berufsarmee vor uns hier eingetroffen.«

Scaurus betrachtete einen Augenblick lang die Nebelschwaden. »Und ich vermute, wenn wir nichts dagegen unternehmen, werden unsere Männer ziemlich lange hier herumstehen.«

Frontinius nickte erneut, und seine ärgerlichen Gesichtszüge wurden weicher, als er seinen Vorgesetzten mit fragendem Blick ansah.

Der Tribun räusperte sich und rief zu dem augenscheinlich unbemannten Wall hinauf. »*Optio!* Zeige dich!« Nach lang anhaltender Stille blickte der Optio erneut über den Wall, und sein Antlitz trübte sich, als er den Tribun zu sich hochstarren sah. Scaurus hob seinen Umhang, um dem Soldaten seine aufwändig geschmiedete Bronzerüstung zu zeigen, die einem muskulösen Oberkörper nachgebildet war. »Schau genau hin, Optio! Du wirst feststellen, dass ich kein Zenturio bin, sondern der Kommandeur dieser Kohorten, und ein einflussreicher dazu. Außerdem weiß ich hinlänglich Bescheid, wie die Dinge laufen. Also frage ich mich: Mit welcher Legion habe ich es hier zu tun? Mit den ›Frontschweinen‹ oder den ›Schreiberlingen‹? Vielleicht könntest du mich darüber aufklären, Optio?«

Unverzüglich nahm der Optio Haltung an. »Erste Legion Minervia Pia Fidelis, Tribun!«

Über Scaurus' Antlitz zog ein Lächeln, und leise murmelte er: »*Hab ich dich.*« Lange sah er den Optio an, bevor er erneut das Wort ergriff. »Aha, dann seid ihr also die ›Frontschweine‹. Erste Legion Minervia, treu und ergeben – ein stolzer Name für eine stolze Legion. Doch sag mir, Optio, ist der sauertöpfische alte Mistkerl Gladio noch immer der Erste Speer der Dritten Kohorte?«

Mit offensichtlicher Verwunderung spähte der Optio zu ihm hinunter und fragte sich, wie viel Einfluss dieser unbekannte Tribun wohl bei seinen vorgesetzten Offizieren genoss. Um jegliche Art einer etwaigen Beleidigung zu vermeiden, gab er eine vorsichtige Antwort. »Ja, Herr. Er ist so fröhlich wie immer.«

Scaurus spürte, dass der richtige Moment für einen Angriff gekommen war, also hob er die Stimme zu einem wütenden Bellen. »Gut, dann sage ich dir, wenn ich nicht durch diese verfluchten Tore komme, bevor ich bis dreißig gezählt habe, wirst du herausfinden, dass ich eine weit geringere Frohnatur als er bin, dabei aber wesentlich rachsüchtiger! Hast du mich verstanden?« Der Optio nickte unglücklich. »Gut. Dann aber mal zackig! Oder soll ich uns beide der Peinlichkeit aussetzen und anfangen zu zählen?«

Nach wenigen Sekunden Stille wandte sich der Optio um und verschwand. Nur einen Moment später öffnete sich die mannshohe Schlupftür des Tores.

Mit einem kurzen Blick auf seinen Ersten Speer trat

Scaurus nach vorn. »Ich werde gehen und diese Sache regeln, bevor die Kohorten zu Tode frieren.«

Frontinius wies auf die Gruppe Zenturios und bedeutete ihnen mit der Hand vorzutreten. »Zenturios Julius, Dubnus und Corvus, gebt dem Tribun das Geleit. Man weiß ja nie, was für Leute hinter so einem Wall stecken, insbesondere, wenn eine Legion mit im Spiel ist.«

Die Torwachen schickten sich an, die Schlupftür gleich hinter Scaurus zu schließen, doch Julius zog sie mit einem heftigen Ruck wieder auf. Sein grimmiger Blick brachte sie davon ab, auch nur einen Gedanken daran zu verschwenden, dem Tribun das Geleit verweigern zu wollen. Der riesige Tungrer starrte verächtlich auf den Optio, bevor er ihn ansprach. »Solltet ihr Spielsoldaten den Auftrag haben, die Stadt zu sichern, so erledigt ihr euren Auftrag alles andere als zufriedenstellend. Wir haben einige Verwundete auf unseren Karren da draußen, Überreste einer Meute Banditen, die uns auf dem Weg versucht hat zu überfallen. Vielleicht möchtet ihr sie hereinholen und medizinisch versorgen, bevor sie vor Kälte sterben. Sonst verweigert ihr den Bewohnern der Stadt die Gelegenheit, sich ein paar Hinrichtungen anzusehen.« Kopfschüttelnd drehte er sich weg und blickte missmutig auf den Nebel, der auch innerhalb der Stadtmauer waberte und ebenso undurchdringlich erschien. »Also, wo finden wir die Kommandostelle?«

Der Optio schickte seine Männer wieder in ihr geheiztes Wachhaus zurück und zeigte dann auf die Straße, die vom Tor in das finstere Innere der Stadt führte. »Hier entlang, Zenturio. Aber sucht nicht nach einer wirklichen Kommandostelle, denn dies ist eine Zivilistensiedlung und kein Kastell. Geht eine Viertelmeile dort hinunter, bis ihr auf eine

Kreuzung stoßt. Das große Gebäude zu eurer Rechten ist das Forum, und ich möchte annehmen, dass ihr die Offiziere dort in der Basilika vorfindet.«

Die drei Zenturios bildeten eine schützende Kette um Scaurus, und die Gruppe machte sich auf den Weg.

Dubnus legte seine Hand auf den Schwertgriff und starrte nervös in den Nebel. »Vierhundert Schritte bis zur Mitte der Stadt? Damit wäre sie noch größer als das Kastell der Sechsten Legion in Eburacum. Das ist ...«

»Riesengroß?« Ein freundliches Lächeln spielte um Scaurus' Lippen, während er mit Interesse die Gebäude rechts und links der Straße betrachtete. »Dies ist ein Provinzzentrum, Zenturio. Es leben wohl acht- bis zehntausend Menschen innerhalb dieser Mauern, oder würden das zumindest, wenn die Seuche sie nicht dahingerafft hätte. Mindestens hundertmal so viele sind in Rom zu finden, obgleich die Mauern Roms nur dreimal so lang sind. Deshalb fragt man sich auch, was sie mit all dem Platz anfangen.«

In der Dunkelheit vor ihnen kennzeichneten lodernde Fackeln den Eingang zum Forum, an dem zwei Soldaten vor einem hohen Torbogen Wache standen. Noch bevor der Tribun Gelegenheit fand, den erstaunten Soldaten den Grund ihrer Anwesenheit zu erklären, trat ein Zenturio der Legion aus dem Innenhof. Abrupt hielt er an, als er die Fremden sah, und starrte mit fragendem Blick auf die ihm unbekannten Rüstungen und mit Kamm versehenen Helme der drei Zenturios. Noch überraschter war er, als ihm klar wurde, wem sie Geleit gaben. Scaurus ließ ein paar Sekunden Stille walten, um den abwägenden Gesichtsausdruck des Legionsoffiziers zu betrachten, dann wandte er sich mit scharfem Ton an ihn und klärte ihn über seinen Rang auf.

»Du siehst richtig, Zenturio, dies ist die Uniform eines hochrangigen Offiziers, weshalb es angebracht wäre, schnellstmöglich deine Hand zum Gesicht zu erheben und zu salutieren.«

Der Angesprochene kam dieser Anordnung umgehend nach, und sein Gesicht rötete sich vor Scham. Die Wachen gaben sich größte Mühe, sich ein Grinsen verkneifen, was ihnen allerdings nicht ganz gelang.

»Vergebt mir, Präfekt, aber wir wussten gar nicht, dass Verstärkung anrücken würde.«

Marcus tauschte einen Blick mit Julius und fragte sich, ob sein Kamerad die Rangbezeichnung korrigieren würde, die der Legionsoffizier augenscheinlich missverstanden hatte. Der große Mann entgegnete jedoch nichts, sondern schüttelte lediglich unauffällig den Kopf.

Scaurus bedachte den Zenturio mit einem kurzen Nicken und bemerkte über dessen Schulter das kaum sichtbare Verwaltungsgebäude auf der gegenüberliegenden Seite des Forums. »Das ist verständlich, Zenturio, denn wir sind gar keine Verstärkung. Wenn du mich nun zu deinem Tribun führen könntest ...«

Der Zenturio geleitete sie über den ausgedehnten, gepflasterten Innenhof, der den Händlern der Stadt bei gutem Wetter als Marktplatz diente. War es kalt, so versammelten sie sich in der warmen Basilika. Nachdem er ein wenig ins Hintertreffen geraten war, versuchte der Zenturio, die Herrschaft über die Situation wiederzuerlangen, denn immerhin ging es hier um die Beziehung zwischen einer Legion und deren Hilfskohorten.

»Und nun, meine Herren, darf ich bitten, die Waffen abzulegen, bevor ihr zum Tribun geführt werdet ...«

Scaurus unterbrach ihn unwirsch, während er die Eingangshalle mit den vielen Wandteppichen und dem Bodenmosaik betrachtete, das den Gott Merkur zeigte. »Nein, Zenturio, das darfst du nicht. Ich habe gerade weder Zeit noch Geduld dafür.«

Er ging an dem verblüfften Offizier vorbei und durchquerte die Halle, wobei seine genagelten Stiefel über die empfindliche Oberfläche des Mosaiks hämmerten. Nach kurzem Zögern folgten ihm seine Zenturios mit ebenso lautem metallischem Klappern.

Im Vorbeigehen zwinkerte Dubnus dem verärgerten Zenturio zu und flüsterte: »Sei froh, dass du nicht seinen Umhang halten musst, als wärst du ein uniformierter Türsteher.«

Die Tungrer stießen die Türen am anderen Ende der Halle auf und traten in einen Raum mit hoher Decke, in dessen Mitte ein schwerer Tisch stand. Um ihn herum saßen mehrere Männer in den typischen weißen Tuniken der Legion sowie zwei Zivilisten, die in Togen gekleidet waren. Forschend betrachteten sie die unerwarteten Gäste. Dann erhob sich der Jüngste unter ihnen mit sichtlich verärgertem Gesichtsausdruck und deutete auf den Streifen, der seine Tunika schmückte und seinen Rang als Senator kennzeichnete. Die tungrischen Zenturios nahmen unverzüglich Haltung an und salutierten, während Scaurus umständlich die Spange seines dicken Wollumhangs öffnete und diesen über einen Stuhl warf, wodurch seine aufwändig geschmiedete Brustplatte zum Vorschein kam.

Abschätzend betrachtete der junge Tribun den Brustpanzer des Zenturios und presste nach vollzogener Beurteilung der Neuankömmlinge kurz die Lippen zusammen. »Ihr seid Hilfstruppen, nehme ich an?«, sagte er. Scaurus nickte kurz und hielt ohne jede Scheu dem Blick des Mannes stand. »Somit hast *du* den Rang eines Präfekten. Und ich neige dazu, auf die Feinheiten der militärischen Etikette Wert zu legen, *Präfekt*. Beispielsweise darauf, dass auch Offiziere vor Ranghöheren zu salutieren haben.«

Die Stimme des jungen Tribuns klang zwar vernünftig, doch sprach er in einer Weise, die verriet, dass er es eher gewohnt war, gehört zu werden, statt selbst zuzuhören. Der erfahrene Marcus erkannte sofort, dass es sich bei diesem Mann um einen typischen Vertreter hochrangiger Legionsoffiziere handelte. Er war Mitte zwanzig, mit elegant langem Haar, und trug einen dichten, buschigen Bart nach der Mode des Imperiums, dabei sauber gestutzt und glatt. Seine Augen, die aufgrund der Herausforderung durch den unbekannten Offizier unerbittlich wirkten, standen eng beieinander. Mit einem Ausdruck bereits über Gebühr beanspruchter Geduld sah er an seiner klassischen römischen Nase herunter.

Scaurus erwiderte seinen Blick unerschrocken, griff in seinen Beutel und zog eine Papierrolle hervor. Er sprach mit trockener Stimme und ohne jede Andeutung einer Anerkennung des angeblich höheren Rangs seines Gegenübers. »Ich bin ganz deiner Meinung, *Kamerad*. Dasselbe habe ich vor einigen Wochen einem jungen Tribun vom Rang eines Senators gesagt, als er unter mein Kommando kam, bevor er an meiner Seite ehrenhaft im Kampf fiel.«

Marcus beobachtete die Legionsoffiziere und sah, wie sich ihre Augen weiteten und sie nach Luft schnappten, als sie diese unerwarteten Worte hörten.

Scaurus schüttelte kaum merklich den Kopf und hielt die Papierrolle locker in einer Hand. »Allerdings scheinst du es nicht gewohnt zu sein, zunächst die Sachlage zu klären und erst danach den Mund aufzureißen, stimmt's, Bruder?« Der Mann wurde bleich und wollte etwas entgegnen, doch Scaurus ging um den Tisch herum und stellte sich direkt vor ihn. Seine grauen Augen nahmen einen steinharten Ausdruck an, und er senkte die Stimme zu einem leisen Murmeln, sodass der Tribun alle Mühe hatte, seinen Worten zu folgen. »Dies ist einer jener interessanten, vielleicht lebenswichtigen Augenblicke, Tribun, die uns dann begegnen, wenn wir es am wenigsten erwarten. Es sind jene Augenblicke der Wahrheit, in denen sich ein Graben vor uns öffnet und wir nur einen einzigen Schritt davon entfernt sind, hineinzufallen und bis zum Hals darin stecken zu bleiben. Hast du vielleicht noch irgendwelche Fragen, die du mir stellen möchtest, bevor wir nach guter alter Gewohnheit zur Sache kommen und klären, wer von uns beiden den größeren Schwanz hat? Gibt es noch irgendwelche Zweifel, wer am Ende unserer Unterhaltung seine Hand zum Zeichen der Ehrerbietung heben wird?«

Der Tribun schüttelte den Kopf, und es war überdeutlich, dass er seinen Zorn nur mit größter Mühe im Zaum halten konnte. »Mein Name ist Lucius Domitius Belletor, Militärtribun und Kommandeur der Siebten Kohorte der Kaiserlichen Ersten Legion Minervia, abkommandiert zum Schutze der Stadt Tungrorum. Ich habe den Befehl vom Legaten meiner Legion, das Kommando über jedwede Streitmacht zu übernehmen, die in meine Nähe kommt. Das heißt auch über dich und deine Männer, *Präfekt*.«

Mit hochgezogener Augenbraue betrachtete er Scaurus, der seinem Blick standhielt und in lauterem Ton als zuvor antwortete, sodass aller Männer am Tisch seine Worte hören konnten.

»Wie du meinst. Ich bin Militärtribun Gaius Rutilius Scaurus, Kommandeur der Ersten und Zweiten Tungrischen Kohorte, abkommandiert von der Britannischen Armee, um Banditen, Deserteure und Rebellen in der Provinz Niedergermanien aufzuspüren und zu vernichten. Ich habe den Befehl vom Statthalter Britanniens, meine Streitmacht keinesfalls dem Kommando eines anderen Offiziers zu unterstellen – es sei denn, ein derartiges Handeln läge im Sinne der mir gegebenen Befehle. Vielleicht hat der Statthalter ja bereits eine Situation wie diese hier vorausgesehen.« Belletor öffnete den Mund, um etwas zu entgegnen, doch Scaurus hob die Hand. »Wie ich sehe, ist es mir nicht gelungen, dich zu überzeugen. Andererseits halte ich es nicht für sinnvoll, diese Angelegenheit weiter öffentlich zu diskutieren. Vielleicht sollten wir unsere Kameraden und die anderen Herren hier bitten, uns einige Minuten ungestört zu lassen?«

Belletor nickte bedächtig und wandte sich den Zenturios der Legion zu, die allesamt in stiller Verwunderung dem Drama beiwohnten, das sich vor ihren Augen abspielte.

»Lasst uns allein.«

Die Offiziere erhoben sich und eilten zu der Tür, durch die die Tungrer hereingekommen waren. Nach einer kurzen, peinlichen Pause folgten ihnen auch die beiden Zivilisten. Julius verließ den Raum als Letzter und schloss die schweren Eichentüren. Als er einen dicken Vorhang bemerkte, der zur besseren Abschirmung des Raumes diente, zog er auch diesen zu.

»Ich nehme an, du bist der Ranghöchste hier?«

Julius wandte sich um und sah einen grauhaarigen Mann mit breiten Schultern und großen Händen. Sein Gesicht war von einer tiefen Narbe gezeichnet, die von der rechten Augenbraue über die Wange bis hin zum Kinn verlief und dabei die Lippen zweiteilte. Julius bereitete sich innerlich sofort auf eine Auseinandersetzung vor, und auch Dubnus und Marcus brachten sich unbewusst in Kampfstellung.

Der Grauhaarige hingegen zog nur die Augenbrauen hoch und hob die Hände, um jede Art von Streit zu vermeiden. »Nicht doch, ihr braucht euch nicht angegriffen zu fühlen. Wir sind hier alle auf derselben Seite. Mein Name ist Sergius, ich bin der Erste Speer der Siebten Kohorte.« Er streckte die Hand aus, die Julius ohne Zögern ergriff und schüttelte. »Was immer da drin geschieht, bleibt wahrscheinlich am besten zwischen den beiden allein, also ist es wohl besser, wir bleiben außer Hörweite, richtig?«

Julius nickte und spürte, dass er anfing, den Mann zu mögen, obwohl seine Hoffnung auf einen Kampf unerfüllt geblieben war. »Ich bin Zenturio Julius von der Ersten Tungrischen Hilfskohorte, und diese beiden heißen Dubnus und Corvus. Unser Erster Speer wartet draußen am Westtor mit dem Rest unserer Männer. Wie sieht's aus – besteht die Möglichkeit, die anderen hier hereinzubekommen, bevor es dunkel wird?«

Als Belletor sich von der Zuhörerschar seiner Untergebenen befreit wusste, ging er unverzüglich zum Angriff über. Mit dem Finger auf Scaurus' Gesicht zeigend, brach sein ganzer Zorn aus ihm heraus. »Wie zum Teufel kannst du es *wagen*, vor meinen Offizieren so mit mir zu sprechen?«

Der ältere Mann lächelte jedoch bloß über diesen Wutausbruch und schüttelte den Kopf. »Das hast du nur dir selbst zu verdanken, *Bruder*. Ein oder zwei simple Fragen hätten dich über das tatsächliche Rangverhältnis zwischen uns beiden aufgeklärt, das leider nicht so ist, wie du es dir wünschen würdest. Aber lass uns nun deine Unfähigkeit des richtigen Fragenstellens ignorieren und zur Sache kommen.«

»Mein Legat wird schon sehr bald davon erfahren! Und dann werde ich dafür sorgen, dass du …«

Scaurus näherte sich wutschnaubend, sodass sein Gesicht nur wenige Zentimeter von dem Belletors' entfernt war.

Unwillkürlich wich der andere Mann einen Schritt zurück.

»Das hättest du nicht sagen sollen, Tribun! Denn diesen Zwist werden wir beide alleine lösen, ganz *unter uns*. Vergiss es, deinen Legaten in diese Geschichte mit hineinziehen zu wollen, denn in diesem Moment stehe ich vor dir, und nicht *er*! Ich hatte schon öfter mit Offizieren wie dir zu tun, und wenn ich etwas dabei gelernt habe, dann ist es, dass es besser ist, *Offiziere* wie dich nicht in ihrer Täuschung zu belassen, sondern ihre Illusionen frühzeitig und radikal auszumerzen. Glaub mir, Domitius Belletor: Die Zeiten, in denen auch der unfähigste Mann vom Rang eines Senators einem altgedienten Feldkommandeur und Reiterhauptmann erklären konnte, was zu tun oder zu lassen sei, sind vorbei. Und so wie ich das sehe, gab es jene Zeiten in diesem besonders kleinen Winkel des Imperiums ohnehin nie.« Er nahm die Papierrolle vom Tisch. »Erstens, Tribun: Meine Befehle, die ich vom Statthalter meiner Provinz erhalten habe, besagen eindeutig, dass ich mich keinesfalls einem anderen Kommando unterstellen soll, solange ich das nicht für notwendig erachte. Zweitens, Tribun: Es ist eine Tatsache, dass du weniger als die Hälfte meiner Kampfstärke an Speerträgern besitzt. Deshalb wurde dir auch die Siebte Kohorte zugeteilt, die schon immer eine der schwächeren Kohorten jeder Legion war. Deine Truppeneinheit besteht aller Wahrscheinlichkeit nach aus ungelernten Rekruten und Jungs, die gerade mal ihr erstes Ausbildungsjahr absolviert haben. Und drittens, *Tribun*: Von dem, was ich hier sehe, muss ich dir leider unverblümt sagen, dass du seit deiner Ankunft wohl kaum mehr getan hast, als diese Stadt mit deinen Truppen zu bevölkern. Etwa zehn Meilen außerhalb dieser Mauern wurden meine Offiziere von einer Räuberbande überfallen, und keiner der Banditen hatte auch nur die leiseste Furcht vor unseren Uniformen. Das wäre sicher nicht so gewesen, wenn deine Männer ihre Patrouillen mit der notwendigen Sorgfalt durchgeführt hätten. Meine zwei Kohorten sind gestählt durch ihre jüngsten Kämpfe während der Barbarenaufstände drüben in Britannien, und ich habe nicht die Absicht, ihre Fähigkeiten brachliegen zu lassen und sie unter deinem Kommando verweichlichen zu sehen.«

Belletor schüttelte entschieden den Kopf und war noch immer nicht gewillt, dem anderen Mann recht zu geben. Halb erstaunt, halb geringschätzig schürzte er die Lippen. »Aber ich bin ein Tribun der *Legion*! Das verleiht mir automatisch das Kommando über dich, der du nur Hilfstruppen befehligst! Alles andere ist schlicht …«

Zu seinem größten Zorn hatte Scaurus ihm jedoch den Rücken zugewandt und war bereits am Gehen. Seine Stiefel klapperten schwer über die Bodenfliesen, und auf dem Weg hinaus betrachtete er aufmerksam die Wandteppiche. Ohne sich noch einmal umzudrehen, erwiderte er ironisch: »Soso, ein Tribun der *Legion*. Auch ich war einst ein Tribun der *Legion*, aber das ist Jahre her, während des Krieges gegen die Quaden. Ich weiß genau, wie viel Macht ein Tribun mit einem breiten Streifen besitzt, Domitius Belletor: Man findet sich eingepfercht zwischen dem Legionslegaten und den erfahreneren Tribunen mit schmalen Streifen sowie deren übergeordneten Zenturios. Und all diese Leute nehmen sich das Recht heraus, einem zu sagen, was zu tun ist. Ich habe die letzten zehn Jahre in allen nur möglichen Provinzen für das Imperium gekämpft und mir mein *zweites* Tribunat hart erkämpft, und zwar damit.« Er deutete auf den Griff seines Schwertes. »Deshalb, Tribun, bin ich alles andere als dein Untergebener. Vielmehr betrachte ich mich im schlechtesten Fall als dir ebenbürtig, doch was die Kampfstärke unter meinem Kommando, meine Fähigkeiten, meine Ausbildung und Gefechtserfahrung anbelangt, bin ich dir weit überlegen. Du kannst gerne nach Herzenslust bei den örtlichen Amtspersonen den starken Mann markieren, und wahrscheinlich ist es eine weise Entscheidung von dir, deine Männer hinter diesen hübschen dicken Mauern in Sicherheit zu behalten. Wenn du aber nur einen Finger rührst, um mich daran zu hindern, diese Provinz von Banditen und Plünderern zu säubern, dann wirst du in mir einen wahrhaft gefährlichen Feind finden. Die Entscheidung liegt bei dir.«

Sergius beantwortete Julius' Ansinnen mit einem Nicken, und bevor er das Gespräch wieder aufnahm, sandte er einen seiner Kameraden aus, um die tungrischen Kohorten in die Stadt einzulassen. Die beiden Zivilisten standen in einer Ecke der Eingangshalle, um ungestört zu bleiben. Der größere der beiden, ein kräftiger Mann mit einem hochmütigen Gesichtsausdruck, sprach angeregt mit seinem Kameraden, einem hageren Mann mit klugem Blick.

»Unser Junge ist ein wenig aufbrausend, fürchte ich.«

Das wissende Lächeln, das um Sergius' Lippen spielte, ließ seine wahre Meinung zu diesem Thema durchblicken, weshalb Julius sich sogleich zu dem Legionsoffizier hingezogen fühlte.

»Unser Mann ebenfalls, auch wenn wir selten Gelegenheit haben, ihn so zu sehen.«

Sergius lachte leise und senkte die Stimme, damit sie nicht durch die stille Vorhalle zu den Wachen vordringen konnte. »Weshalb ihr wohl besonders gut zuhört, wenn es dann einmal geschieht, oder? Wir hingegen sind bereits abgestumpft gegen die ständigen Wutanfälle unseres Tribuns Belletor, und er taugt mittlerweile fast nur noch zur Belustigung der Kohorte.«

Julius runzelte die Stirn. »Was tut er dann hier?«

»Kannst du dir das nicht denken? Tribun Belletor hat einen sehr vermögenden Vater, und der wiederum hat vielfältige Beziehungen zu einflussreichen Leuten. Nur so konnte er seinem Sprössling den Rang eines Legionstribuns verschaffen, und aus diesem Grund muss ihn unser Legat auch dulden, sofern er keine Schwierigkeiten will. Die Anordnung, eine Kohorte hierher abzukommandieren, war für den Alten ein perfekter Vorwand, sich ein wenig Ruhe und Frieden zu verschaffen.«

Julius' Gesicht nahm einen schmerzerfüllten Ausdruck an. »Aber warum dann ausgerechnet die Siebte Kohorte? Das hier ist doch keine Aufgabe für schlecht ausgebildete Truppen?«

»Da bin ich völlig deiner Meinung, doch der Legat würde dem niemals zustimmen. Die erste Legion Minervia hat nach wie vor nicht ihre volle Kampfstärke – sei es aufgrund der vielen Seuchenopfer oder des Mangels an jungen Männern, die sie ersetzen könnten, nachdem die Epidemie zahlreiche Zivilisten dahingerafft hat. Wir mussten bereits drei Kohorten zur Verstärkung der Armee in Britannien abkommandieren, nachdem irgendein Idiot es geschafft hat, den besten Teil einer Legion zu verlieren...« Er unterbrach sich mitten im Satz, als er Julius' Gesichtsausdruck sah. »Was ist denn?«

»Wir waren auch dort, Erster Speer. Und es war alles andere als schön.«

Sergius zuckte die Achseln. »Schön ist das nie. Als ich noch ein junger, unerfahrener Zenturio war, brach der letzte Krieg gegen die Chauken aus. In weniger als einem Jahr verwandelte ich mich von einem Jüngling, der nicht früh genug in den Kampf ziehen konnte, zu jemandem, der nie wieder einen Barbaren sehen wollte, um nicht noch mehr Männern meiner Einheit beim Sterben zuschauen zu müssen. Aber wie dem auch sei: drei Kohorten in Britannien, zwei weitere wurden zur Küste abkommandiert, um den ›Schreiberlingen‹ dabei zu helfen, unsere Stiefel weiterhin auf dem Hals der Chauken zu behalten...«

»Schreiberlinge?«

»Die Dreißigste Legion, Ulpia Victrix, unsere Schwesterlegion in dieser Provinz. Wann immer man Männer braucht, die Hand anlegen können, geht der Befehl an uns. Die Dreißigste scheint hingegen für das Lesen und Schreiben zuständig zu sein. Wenn der Statthalter zwanzig Amtsschreiber benötigt, um ihren Hintern platt zu sitzen, erhalten sie den Auftrag. Geht es aber um das Niederholzen eines Waldes, dann rufen sie uns. Sie nennen uns ›Frontschweine‹ und wir sie ›Schreiberlinge‹. Das war schon immer so, zumindest seit ich im Dienst bin. Das heißt, wir haben fünf Kohorten zu wenig, und da sind die Aufrechterhaltung des Kastells, Abwesenheiten aufgrund Beurlaubung und der übliche Riesenhaufen an Scheinkranken gar nicht mitgerechnet. Infolgedessen war eine Kohorte das Höchste, auf das der Legat verzichten konnte. Und schon bei diesem geringen Verlust an Kampfstärke steckt die Legion bis zum Hals in der Scheiße, falls die haarigen Jungs auf der anderen Seite des Rhenus entscheiden sollten anzugreifen. Somit hat er uns ausgesandt, eine Spitzensammlung von halb trainierten Soldaten, die sich hinter ihren Schilden verstecken. Wahrscheinlich war er sogar froh, uns nicht mehr sehen zu müssen. Uns und natürlich Tribun Belletor.«

Julius nickte nachdenklich. »Das ist verständlich. Aber fünfhundert von euch Jungs müssten doch imstande sein, die Banditen in Furcht zu versetzen und zurück in ihre Löcher zu jagen?«

Sergius blickte mit einem schiefen Lächeln zu seinem Kameraden. »Ja, das dachten wir auch, als wir vor sechs Wochen hier eintrafen. Wir schicken einfach ein paar Zenturien los, die die Straße besetzen, und schon bald werden die Mistkerle den Schwanz einziehen, doch stattdessen …«

Unvermittelt öffnete sich die Tür, und Scaurus schob sich durch den Vorhang.

»In Ordnung, meine Herren, lasst uns gehen und dafür sorgen, dass unsere Soldaten heute Nacht ein Bett bekommen.« Er legte seinen Umhang an und zog ihn fest, bevor er in die Kälte hinaustrat. Im Vorbeigehen wandte er sich an die Zivilisten. »Verzeiht, meine Herren, wenn ich so schnell davonlaufe. Aber wie es scheint, sind die verfügbaren Baracken bereits von den Legionssoldaten belegt, also muss ich einen

Platz innerhalb der Stadtmauern finden, wo meine Kohorten ihre Zelte aufschlagen können. Ich werde jedoch schon morgen in aller Frühe zurück sein, und dann können wir darüber reden, was wir mit den Räubern machen, die euch die letzten Monate heimgesucht haben. Bei der Gelegenheit besprechen wir auch, wie ihr mir helfen könnt, vierzehnhundert kämpfende Männer zu ernähren und vor der Kälte zu schützen.«

»Wie lange können wir unsere Männer solchen Bedingungen aussetzen? Bei so einem Wetter?« Der Erste Speer Frontinius zog ein nachdenkliches Gesicht. »Ein paar Tage, im besten Fall eine Woche. Unsere Zelte sind bereits etwas abgenutzt, und in so feuchter Luft werden sie früher oder später ganz auseinanderfallen. Wir müssen die Männer in echte Kasernen bringen, am besten aus Stein, wenngleich Holzbauten zur Not auch noch gingen. Vielleicht kann uns die Legion dabei helfen? Letztendlich müsste doch gerade die Erste Minervia gut für so eine Aufgabe geeignet sein. Ihr Tribun ist vielleicht nicht der Allerhellste, aber nach dem, was Julius mir vorhin erzählt hat, scheinen zumindest die Offiziere über ausreichend Erfahrung zu verfügen.«

Scaurus trank einen Schluck Wein, bevor er seinem Ersten Speer antwortete. Er hatte sich angewöhnt, den älteren Mann fast jeden Abend zu konsultieren, da er ihn seit seiner Übernahme des Kommandos über die Tungrer vor einigen Monaten als einen guten Ratgeber schätzen gelernt hatte. Sein schmales Gesicht war in nachdenkliche Falten gehüllt. »Ja, vielleicht werden sie uns helfen, aber darauf würde ich mich nicht verlassen. Dasselbe gilt für die Offiziere, denn dieser Tribun Belletor ist nichts anderes als ein Idiot und genau jene Art von Mann, die den Adel in ein schlechtes Licht rückt. Seine Zenturios hingegen scheinen einigermaßen in Ordnung, auch wenn ich nicht viel Mumm in ihren Knochen zu erkennen vermag. Sie haben schon längere Zeit keinem Kampf mehr beigewohnt. Ich weiß nicht, wie du das siehst, aber ich finde, dass die Kampferfahrung entscheidet, aus welchem Holz ein Mann geschnitzt ist. Manche werden dadurch stärker, und ihre besten Eigenschaften kommen zum Vorschein, andere hingegen werden schwach und verweichlichen. Die Erste Minervia hat gut zehn Jahre lang keinen echten Kampf mehr bestritten, und das ist eine lange Zeit, wenn man nur herumsitzt und sich Gedanken über alles macht, was man getan und gesehen hat. Ich wäre sicher glücklicher, wenn Tribun Belletor ein paar Zenturios unter sich hätte, die über weniger Freundlichkeit, aber mehr Narben verfügten, wenn du verstehst, was ich meine. Aber es ist, wie es ist, also sollten wir das Beste daraus machen. Wenigstens hat uns der Statthalter an einen Ort entsandt, an dem der Name *Aquila* nicht in aller Munde ist. Mit ein bisschen Glück hat das etwaige weitere Agenten des Kaisers von ihrer Spur abgebracht, und wir können zumindest diese Gefahr für eine Weile hinter uns lassen.«

Der Erste Speer hob seinen Becher. »Darauf trinke ich. So, wie Zenturio Corvus ebenfalls darauf trinken würde.«

Scaurus trank, lehnte sich in seinem Stuhl zurück und streckte sich müde im Licht der Öllampen. »Wo wir gerade von Corvus sprechen: Ist es der Medica gelungen, die gefangen genommenen Banditen am Leben zu erhalten?«

»Ja, wenigstens vier von ihnen atmen noch. Zwei weitere sind allerdings auf dem Weg hierher an ihren Verletzungen gestorben.«

Der bedrückte Gesichtsausdruck des Tribuns hellte sich ein wenig auf. »Das ist gut und wird mir helfen, die Stimmung etwas aufzuheitern, wenn ich morgen früh die städtischen Behörden aufsuchen und verärgern werde.«

»Tribun Scaurus, das ist wirklich unerhört! Du hast nicht das geringste Recht, auf diese Weise über Privateigentum zu verfügen! Ich werde den Statthalter informieren, und sobald ich damit fertig bin, wird er keinen Zweifel mehr darüber haben, welche Art von Offizieren die Behörden in Britannien der Stadt Tungrorum aufgebürdet haben. Du bist beutelüstern, undiszipliniert und nicht besser als die Banditen, die uns jenseits des Stadtwalls ausbluten lassen. Aber wenigstens sind wir in der Lage, *sie* von unseren Mauern fernzuhalten! Unsere Stadt hat sich gerade erst von der Epidemie erholt, die sie in die Knie gezwungen und ein Drittel ihrer Bewohner hinweggerafft hat. Noch immer nehmen wir nicht genügend Steuern ein, um die Anforderungen zu erfüllen, die das Kaiserreich an meine Behörde stellt. Und jetzt kommst du hierher und erwartest, dass unsere nur siebentausend Köpfe zählende Zivilbevölkerung eure fast zweitausend Soldaten ernähren soll. Soldaten, die überdies fressen wie Gladiatoren, wie ich aus eurem Vorratsbedarf entnehmen kann! Meine Antwort ist *Nein*! Ich kann deinem Gesuch nicht stattgeben!«

Prokurator Albanus starrte finster über den breiten Tisch zu Scaurus hinüber. Sein bärtiges Gesicht war von tiefem Ärger gezeichnet, und er schlug laut mit der Hand auf den Tisch, bevor er sich wutschnaubend abwandte. Scaurus sah flüchtig zu seinem Amtskollegen Belletor hinüber und bemerkte, dass dieser erfolglos ein Grinsen zu verbergen suchte. Belletors ranghoher Zenturio Sergius stand mit ausdruckslosem Gesicht neben seinem Tribun, während der links neben dem Prokurator sitzende Amtsschreiber den Kopf zu seiner Tafel herabneigte und es vermied, Scaurus anzusehen. Rechts des Prokurators Albanus saß sein Kollege, der auch am Abend zuvor zugegen gewesen war: ein drahtiger Mann mit dunkelbraunem Haar, der eine langärmelige Tunika trug. Entgegen der üblichen Mode war er glatt rasiert, und seine Augen traten wie harte Steine aus einem Gesicht hervor, das mit dem Talent völliger Ausdruckslosigkeit gesegnet zu sein schien. Albanus hatte ihn flüchtig als Petrus vorgestellt, und offenbar war er sein Stellvertreter. Gleichwohl hatte er sich nicht an der Auseinandersetzung beteiligt, sondern war anscheinend zufrieden damit, dazusitzen und die Unterredung zu beobachten.

Ein weiterer Mann war als Letzter in den Raum geschlichen und hatte sich zwischen die beiden streitenden Parteien gesetzt, gleich nachdem Albanus fünf Minuten vorher seine Wuttirade bezüglich Scaurus' Forderungen begonnen hatte. Dieser Mann war noch nicht vorgestellt worden. Sein nachlässig über einen Stuhlrücken geworfener Umhang stand vor Dreck, und auch seine Beinkleider ließen darauf schließen, dass er erst vor kurzem in der Stadt eingetroffen war. Als er mit fragendem Blick die Teilnehmer der Runde musterte, bemerkte Scaurus, dass er mit einem seiner grünen Augen leicht schielte, was ein wenig beunruhigend wirkte.

Mit einem schnellen Kopfschütteln erhob sich der Tribun. Das Geräusch seiner genagelten Stiefel wurde mittlerweile durch Strohmatten gedämpft, die über das Fußbodenmosaik gelegt worden waren. Er streckte seine Hand aus und reichte sie dem Neuankömmling. »Bevor ich Prokurator Albanus antworte, sollte ich mich vorstellen. Rutilius Scaurus, Tribun der Ersten und Zweiten Tungrischen Kohorte.«

Der andere Mann lächelte und ergriff seine Hand. »Da es hier gerade so leidenschaftlich zugeht, glaube ich kaum, dass sich jemand daran erinnern wird, mich vorzustellen, also werde ich dies selbst tun. Ich bin der Präfekt des Statthalters und von der Legionsfestung Bonna abkommandiert, um dafür zu sorgen, dass diese Provinz von Banditen gesäubert wird. Mein Name ist Quintus Caninus.« Er schoss einen bedeutungsvollen Blick zu Albanus hinüber, der ihn verächtlich ansah. »Prokurator Albanus hat eine geringe Meinung von mir, überdies besteht meine Einheit aus gerade mal dreißig Männern. Daher ist es kein Wunder, dass er in Erregung gerät, wenn er innerhalb seiner Stadtmauern zwei weitere vollständige Kohorten sieht, die untergebracht und ernährt werden müssen.«

Albanus schnaubte, um seinem Spott Ausdruck zu verleihen. »Mit dreißig Männern kann ich leben und auch mit deren Pferden, die ja ebenfalls zu füttern und in Ställen unterzubringen sind. Eine Kohorte von Legionären verschafft uns zumindest ein wenig Sicherheit gegen die Räuber, welche die Armee augenscheinlich nicht zu kontrollieren versteht. Aber zwei weitere vollzählige Kohorten? Und jetzt fordert dieser … *Herr* … auch noch, dass wir Baracken für vierzehnhundert Männer errichten! Ich finde es …«

Scaurus hatte den Rebstock seines Ersten Speers in die Hand genommen, der vor ihm auf dem Tisch lag. Mit einem entschuldigenden Blick in Richtung Sextus Frontinius schlug er ihn mit einem lauten Knall auf die glatte Tischplatte. Einen Moment lang herrschte völlige Stille, während er den entsetzten Prokurator anstarrte und dabei die erzürnten Blicke Belletors ignorierte. »War's das?« Der Prokurator glotzte ihn in stillem Erstaunen an, während sein Kollege Petrus den wütenden Tribun interessiert betrachtete. »Gut! Prokurator Albanus, ich danke dir, dass du deine Haltung zu diesem Thema so deutlich dargelegt hast. Du hast eine überaus blumige Verteidigungsrede darüber gehalten, warum du meine Männer weder mit Schutz vor dem ungnädigen Wetter noch mit Nahrung für ihre Bäuche versorgen willst. Und das trotz der Tatsache, dass genau diese Männer ausgesandt wurden, um *dich* und deine Leute vor den Banditen zu schützen, die euch seit Monaten ausplündern. Und jetzt wäre es wohl an der Zeit, den Standpunkt eines anderen zu hören, der kein *Münzenzähler* ist! Präfekt Caninus, ich wäre dankbar, deine Meinung zu hören und zu erfahren, was genau auf uns zukommen wird.«

Caninus erhob sich von seinem Platz und zog einen Vorhang beiseite, hinter dem eine detaillierte Karte des Gebiets um die Stadt an die Wand gemalt war. »In Ordnung, Tribun, hier ist meine Einschätzung unserer augenblicklichen Lage hinsichtlich der Bedrohung durch Banditen in diesem Teil der Provinz. Zieht zuerst die geografischen Gegebenheiten des Gebiets in Betracht. Tungrorum liegt hier, genau in der Mitte von allem, was dieser Provinz gut und teuer ist.« Frontinius runzelte die Stirn, und Caninus zog eine Augenbraue hoch. »Hast du eine Frage, Erster Speer?«

Frontinius nickte und deutete mit seinem Rebstock auf die Karte. »Wo ich herkomme, ist ein Gebiet nur dann von Bedeutung, solange es etwas gibt, das von dessen Eigentümer bewacht werden kann. Warum ist dieser Ort so wichtig?«

Albanus schlug die Augen zur Decke, doch Caninus fuhr

unbeirrt fort, da ihm das Thema zu behagen schien. »Eine gute Frage. Warum ist diese Stadt inmitten von nichts von irgendeinem Interesse? Darauf gibt es eine einfache Antwort, Erster Speer. Straßen. Schau, ich zeige es dir.« Er deutete auf die Karte. »Westlich führt eine Straße durch einfaches Gelände nach Bagacum Nerviorum, der Hauptstadt der Nervier, und von dort weiter nach Gallien. Diese Straße verläuft durch unzählige Meilen fruchtbaren Bodens, mit Getreidefeldern, so weit das Auge reicht.« Er zeigte auf eine Stelle östlich der Stadt. »Von Tungrorum erstreckt sich die gleiche Straße nach Osten, kreuzt nach einem Halbtagesmarsch den Fluss Mosa durch eine Furt und führt weiter nach Colonia Claudia am Rhenus. Ab dort zieht sich die Straße am westlichen Ufer entlang und gelangt zu sämtlichen größeren Städten und Festungen am Fluss.«

Er verstummte und sah zu Frontinius, der die Karte nun mit größerem Interesse betrachtete.

»Das heißt, das Getreide aus Gallien wird über die Straße nach Tungrorum und von hier zu den Festungen am Rhenus gebracht?«

»Ganz genau, Erster Speer. Die Reise ist zu lang für die Fuhrleute. Also karren sie das Getreide hierher in das Kornlager« – Albanus schnaubte erneut, doch der Präfekt sprach ungerührt weiter –, »wo es gesammelt und in der Folge nach Osten gebracht wird. Ohne das Getreide aus Gallien könnten die Kastelle am Rhenus nicht versorgt werden, und ohne die am Fluss stationierten Legionen würden die Germanen binnen kürzester Zeit über die Grenze drängen und tief in unser Land vorstoßen.«

»Und ohne Niedergermanien stünden die Tore zu ganz Gallien offen. Von der Straße nach Rom ganz zu schweigen.«

Caninus lächelte breit. »Du hast einen scharfen Verstand, Erster Speer. Wie du sagst: Ohne die Getreideladungen für die Festungen am Rhenus stünde die gesamte Nordwestflanke des Imperiums für Barbarenangriffe offen. Binnen fünfzig Jahren hätten sie Niedergermanien besetzt und würden an die Tür von Gallien klopfen. Ganz zu schweigen von der Tatsache, dass eine Vernachlässigung der unteren Flussabschnitte des Rhenus unsere Verteidigung an den oberen Abschnitten ebenfalls der Gefahr eines Angriffs aussetzt. Tungrorum ist somit strategisch äußerst wichtig, um die Kontrolle über die germanischen Stämme zu behalten. Und nun ist Tungrorum einer Bedrohung ausgesetzt, deren Ernsthaftigkeit Prokurator Albanus entschlossen scheint, zugunsten von wirtschaftlichen Bedenken unterschätzen zu wollen.«

Er sah den Prokurator direkt an und wartete darauf, dass dieser seine Anschuldigung leugnen würde. Doch der Verwalter hatte den Blick fest auf den Tisch gerichtet und war sichtlich entschlossen, den Vorwurf zu ignorieren.

Scaurus deutete mit der Hand auf die Karte. »Erzähl uns mehr über die Bedrohung seitens der Banditen, Präfekt. Ich bin gespannt zu erfahren, warum sie noch nicht beseitigt werden konnte, obwohl die Sicherheit des Versorgungsweges zur Grenze doch von so hoher Bedeutung ist.«

Caninus zeigte an der Karte auf ein Gebiet südöstlich der Stadt. »Nach einem Marsch von zehn Meilen kreuzt man den Fluss Mosa. Dahinter liegt ein riesiger Wald, der sich vom Flussufer über eine Hügellandschaft hinaufzieht. Dieses Gelände ist unmöglich zu überwachen, denn es ist aufgrund tiefer Flusstäler zerklüftet und überdies von dichtem Forst bewachsen, sodass das Tageslicht kaum den Boden berührt. Wenn es einmal nicht regnet, sind die Hügel in Nebel gehüllt, und zu dieser Jahreszeit ist es dort kalt wie in einem Grab. Und genau das ist die Wurzel unseres Problems, Tribun. Die Einheimischen nennen ihn den Arduinna-Forst; der Name geht auf ihre Göttin des Hochwalds zurück. Man sagt, sie reite mit Pfeil und Bogen bewaffnet auf einem Eber, um zu jagen.«

»Du meinst, so eine Art germanische Diana?«

»Richtig, Tribun, abgesehen davon, dass sie mit hoch gelegenen Landschaften in Verbindung gebracht wird. Der Wald ist übersät mit Gebetsschreinen, und Jäger bitten um ihre Gunst bei allen wichtigen Unternehmungen. Andererseits hört man auch von dunkleren Seiten ihres Kultes: Menschenopfer ...« Er hielt inne und berührte ein Amulett, das von seinem rechten Handgelenk herabhing. »Nicht dass wir irgendein Anzeichen solcher Opferaltäre gefunden hätten, aber falls die Gerüchte tatsächlich der Wirklichkeit entsprechen sollten ...«

Scaurus nickte, und sein Gesichtsausdruck verhärtete sich. »Als während des Krieges gegen die Quaden Legionäre von ihnen gefangen genommen wurden, war es nicht unüblich, dass die Stammeskrieger diese ihren Göttern opferten. Meist ließen sie sie lange leiden, oft genug in der Nähe unserer Lager, sodass wir ihre Schreie hören konnten. Lasst uns also hoffen, dass dich dein Amulett beschützt. Aber berichte mir nun bitte, was ihr bislang bezüglich der Banditen erreicht habt.«

Albanus schnellte hoch, denn diese Frage schien ihn in unbändige Wut zu versetzen. »Was wir erreicht haben? Nichts! Überhaupt nichts, um genau zu sein! Wir beherbergen diese Männer auf Wunsch des Statthalters, stellen ihnen Ställe zur Verfügung, und dennoch ...«

»Prokurator!« Scaurus unterbrach ihn mit kalter Stimme und ließ keinen Zweifel daran, dass er nicht gewillt war, eine erneute Auseinandersetzung zu dulden. Der Zivilist starrte ihn mit offenem Mund an. »Ich verspreche dir, mehr noch, ich schwöre Mithras dem Unbesiegten, dass ich dich aus dem Raum werfen lassen, wenn du diese Unterredung noch einmal mit deinem sinnlosen Geschwätz stören solltest. Halt deinen Mund, sodass diejenigen von uns, welche aus diesen Stadtmauern *hinaus*gehen müssen, um jene Männer zu jagen, die die gesamte Nordgrenze des Kaiserreichs gefährden, verstehen können, was auf sie zukommt!« Er hielt dem Blick des Verwalters stand, bis dieser wegsah. Unterdessen starrte sein Amtsschreiber noch fester auf seine Aufzeichnungen. Wie der Erste Speer bemerkte, blieb Petrus völlig ungerührt und beobachtete Scaurus mit immerwährend gleichem, undurchdringlichem Gesichtsausdruck. Der Tribun wartete noch einen Augenblick, um sicherzugehen, dass sein Ansinnen verstanden worden war, und wandte sich dann wieder an den wartenden Caninus. »Präfekt, fahrt bitte fort.«

Still betrachtete Caninus einen Moment lang die Karte und schüttelte dann betrübt den Kopf. »Ihr wollt wissen, was wir getan haben? Alles, was in Anbetracht unserer Mittel in unserer Macht stand, aber bei weitem genug. Wir patrouillieren auf den Straßen, so oft wir können, und natürlich fangen oder töten wir hin und wieder eine kleine Räuberbande, doch die wirkliche Bedrohung ist immer noch da draußen. Ihr fragt, warum? Warum haben wir sie noch nicht tief in den dreckigen Boden der weiten Felder befördert, die die Straße bis ins Unendliche säumen? Dafür gibt es zwei Gründe, und wenn ich mich nicht in dir täusche, so weißt du bereits genau, welcher Grund der schwerwiegendere ist.«

Scaurus nickte. »Ich glaube, die Gründe dafür zu kennen, aber sprecht bitte weiter.«

»Der erste Grund ist simpel. Während des gesamten Krieges gegen die Markomannen und Quaden – der ja erst vor zwei Jahren wirklich zu Ende war, egal, was die Siegesmünzen behauptet haben mögen –, wurde diese Provinz geschröpft. Um während des Feldzugs den unersättlichen Appetit nach Blut und Schätzen zu stillen, waren Männer und Gold vonnöten. Die Legionen am unteren Rhenus wurden bis auf die Knochen ausgebeutet und sind nun gerade noch dazu gut, die Grenze zu bewachen. Die Landeigentümer wurden bis zum Hals mit Steuern belastet, um die von der Epidemie verursachte Geldnot zu lindern, weshalb sie nun ihre Sklaven wie Tiere behandeln. Aus diesen Problemen folgt, dass die Anzahl an Deserteuren und entflohenen Sklaven immer höher wird, und diese werden dann schneller zu Räubern, als ich sie mit gerade mal dreißig Mann zur Strecke bringen kann. Entspricht meine Antwort deinen Erwartungen, Tribun?« Scaurus grübelte, sein Gesichtsausdruck war nachdenklich. »Und was glaubst du, ist unser zweites Problem?«

Der Tribun stand auf und streckte den Rücken, bevor er zu der Karte hinüberging. Er betrachtete sie aufmerksam, und eine gespannte Stille erfüllte den Raum, die nur vom Geräusch seiner Hand auf der Wand unterbrochen wurde. »Ganz einfach. Ihr habt hier zwei unterschiedliche Arten von Banditen. Da gibt es zum einen Opportunisten wie diejenigen, die wir gestern umgebracht haben. Meist sind es Sklaven, die vor den rauen Bedingungen bei ihren Herren davongelaufen sind, die ja wiederum, wie du sagst, angesichts der hohen Steuern noch ein bisschen Ertrag haben wollen.

Die meisten von ihnen haben Schulden, und wie man weiß, sind Geldleiher traditionell ja nicht für ihre Geduld bekannt. Diese erste Art von Banditen bleibt in der Nähe der Straße und überfällt schwache und unvorbereitete Menschen, hält sich aber von den Getreidekonvois fern. Ich nehme an, ihr begleitet die Lieferungen durch die Provinz?«

»Ja. Wir warten etwa zwanzig Meilen westlich der Stadt und eskortieren sie hierher. Die Konvois, die dann von hier aus in östlicher Richtung zu den Legionen am Rhenus müssen, werden von uns bis zum Fluss Mosa begleitet. Mit den wenigen Männern, die wir haben, ist das alles, was wir tun können. Außerdem sind die Fuhrmänner meist genügend bewaffnet, um kleinere Räuberbanden selbst abzuwehren.«

»Doch hier« – Scaurus tippte erneut auf die Wand und deutete auf einen wild wuchernden Wald – »liegt unser größeres Problem. Der Wald ist weniger als einen Tagesmarsch von der Straße entfernt und bietet einen Unterschlupf, den man niemals durchdringen kann. Ich vermute, eine größere Räuberbande ist vom Wald aus tätig?«

Caninus lachte missmutig. »Eher eine ganze Armee. Es gab bereits mindestens zweihundert von ihnen, doch dann haben die Hilfstruppen, die letzten Herbst ausgesandt wurden, um sie zu jagen, gemeutert und sich zu ihnen gesellt. Eine Zenturie, die einen Vorposten an der Südstraße besetzen sollte, wurde nach Anbruch der Dunkelheit angegriffen. Diejenigen, die sich wehrten, wurden bis auf den letzten Mann abgeschlachtet. Darauf entschied der Rest der Kohorte, es sei wohl besser, sich auf die Seite der Banditen zu schlagen. Also töteten sie ihren Präfekten und desertierten, und es ist nur dem Glück zu verdanken, dass sie sich nicht in der Stadt befanden, als das passierte – sonst hätte es ein

Blutbad gegeben. Die Bande im Wald muss inzwischen mindestens fünfhundert Mann stark sein, und so viele Münder brauchen eine Menge Nahrung.«

Scaurus starrte die Karte einen Augenblick an. »Dies wiederum setzt die Getreidekonvois einer ständigen Bedrohung aus. Nun verstehe ich die Tragweite des Problems.« Sein Blick wandte sich von der Karte ab, und stattdessen betrachtete er forschend die Gesichter der Männer, die um den Tisch herumsaßen. »Aber eins nach dem anderen. Jetzt, wo wir wissen, was auf uns zukommt, ist es mir zunächst einmal wichtig, meine Männer unter ein festes Dach zu bekommen, mit richtigem Essen und Öfen, auf denen es zubereitet werden kann. Sobald dies erledigt ist, kannst du, Präfekt Caninus, uns das Gelände zeigen, auf dem wir unser Werk zu verrichten haben. In diesem Sinne, meine Herren, an die Arbeit! Ich brauche ausreichend Holz, Nägel und Werkzeuge, um Kasernen für vierzehnhundert Soldaten und Stallungen für dreißig Pferde zu errichten. Meine Nahrungsvorräte für die Männer und Pferde werden schon morgen Abend aufgebraucht sein. Können wir diese Herausforderung also mit dem Sachverstand meistern, den das Imperium von uns erwartet, oder muss ich euch noch mehr die Zähne zeigen?«

2

»Sieht gar nicht wie ein richtiger Markt aus, oder? Ich erinnere mich an diesen Platz. Als ich ein kleiner Junge war, waren alle Mauern von Händlern gesäumt, und ihre Stände quollen über vor Obst und Gemüse. Jetzt hingegen …«

Julius betrachtete die wenigen Händler und deren dürftige Waren. Bedächtig schüttelte er den Kopf. Marcus und Dubnus hatten angeboten, ihm bei der Aufgabe, die Frontinius ihm gestellt hatte, Gesellschaft zu leisten. Sie wechselten einen kurzen Blick. Auch der Zustand der Unterkünfte in der Stadt wurde im hellen Tageslicht offenbar. In jeder Straße gab es leere Häuser, viele baufällig, und bei einem von ihnen war ein junger Baum zu sehen, der durch das offene Fenster hinauswuchs.

»Die Stadtbevölkerung scheint seither geschwunden zu sein, was vermutlich auf die Epidemie zurückgeht. Außerdem ist ja die ganze Provinz zum Getreideanbau übergegangen, wie wir auf unserem Weg hierher gesehen haben, daher sind wohl auch Fleisch und Gemüse knapp geworden. Allerdings scheint es ihnen an Brot nicht zu fehlen.«

Der große Mann nickte bejahend zu Marcus' Worten. »Na immerhin etwas. Doch ich frage mich, wo das Fleisch und das Gemüse für zwei Kohorten kräftiger, hungriger Männer herkommen sollen, wenn das alles ist, was sie haben. Aber nun genug vom Essen. Wir suchen ja jemanden, der uns etwas verkaufen kann, um unsere Kehlen zu benetzen …«

Er unterbrach sich abrupt und starrte stumm auf eine kleine Gruppe, die das Forum durchquerte. Eine Frau wurde von zwei stämmigen Männern begleitet, die aufgrund ihrer Größe und Haltung ihre Leibwächter zu sein schienen.

»Komm, Julius, reiß dich zusammen und konzentrier dich lieber auf das, was wir zu tun haben. Du wirst nicht finden, was Onkel Sextus uns aufgetragen hat, wenn du jedes gut aussehende Straßenmädchen anglotzt, das an uns vorbeiläuft.«

Falls er Dubnus' scherzende Bemerkung überhaupt gehört hatte, so war davon jedenfalls nichts zu bemerken. Stattdessen ging Julius, ohne sich noch einmal umzudrehen, ins Forum und hatte den Blick fest auf den Rücken der Frau geheftet. Seine Freunde tauschten verwirrte Blicke, und Dubnus runzelte ärgerlich die Stirn.

»Wir sollten ihm nachgehen. Diese zwei Männer sehen ganz so aus, als ob sie lieber ihre Messer sprechen lassen, als Höflichkeiten auszutauschen.«

Als Julius sich der Gruppe bis auf ein halbes Dutzend Schritte genähert hatte, rief er der Frau ein einziges Wort nach.

»Annia?«

Die Frau stoppte und wandte sich um. Wie Marcus bemerkte, war ihr Gesicht von einer Mischung aus Hoffnung und Furcht gezeichnet. Von nahem fiel ihm auf, dass sie eine wirkliche Schönheit war. Ihre Züge waren fein und mit hochwertiger Schminke betont, wie sie Marcus seit ihrer Abreise aus Rom im Jahr zuvor nie mehr gesehen hatte. Ihr schwarzes Haar war kunstvoll frisiert und umrahmte ein

Gesicht, das zwar nicht mehr jugendlich, aber noch immer auffallend anmutig war. Als sie den großen Zenturio vor sich stehen sah, kniff sie die Augen zusammen und presste die Lippen aufeinander. Marcus vermutete, dass ihre finstere Haltung, als sie Julius erkannte, nicht die Reaktion war, die sein Freund sich erhofft hatte. Die Männer an ihrer Seite traten schnell vor und stellten sich dem Tungrer entgegen, ohne irgendeine Ehrerbietung im Hinblick auf seine Uniform erkennen zu lassen. Einer von ihnen, ein wuchtiger Mann mit einem schmalen Lächeln, schob Julius seine flache Hand gegen die Brust und packte mit der anderen den Griff seines Messers. Sein kurz geschorenes Haar lag eng an seinem Schädel, und ein buschiger Oberlippenbart wucherte unter einer Nase, die offensichtlich schon mehrere Male gebrochen war. Der andere Mann, ein spindeldürrer Kerl von grüblerischem Aussehen, handelte ebenso rasch. Schnell trat er einen Schritt zur Seite und legte seine Hand auf den Griff einer langen Klinge, um sie im Bedarfsfall griffbereit zu haben. Vielleicht waren die Männer sogar militärisch ausgebildet, in jedem Fall aber hatten sie genügend Erfahrung, um ihre Pflicht kompetent auszuführen.

»Das ist nahe genug, Soldatenjunge. Unsere Dame hier möchte nicht von Leuten wie dir belästigt werden.«

Die barsche Stimme des Leibwächters ließ keinen Zweifel daran, dass er seinen Worten auch mit Taten Nachdruck verleihen würde. Marcus spürte, wie sich ihm bei der Aussicht auf einen Kampf die Nackenhaare aufstellten, seine Augen weiteten sich, und die Nasenflügel bebten. Auch der zweite Leibwächter bemerkte die gewaltgeladene Stimmung, als er den jungen Offizier sah, der sich bereits unbewusst auf die Fußballen gestellt und in Kampfstellung begeben hatte. Warnend schüttelte er den Kopf. Seine Stimme klang vernünftiger als die seines Kollegen, doch ebenso selbstbewusst.

»Diese Dame hier möchte nicht gestört werden, Kleiner. Es wäre besser, du würdest gehen und jemand anderen belästigen, meinst du nicht auch?«

Julius drehte sich zu seinen Freunden um und senkte kurz den Kopf, so als sei er gewillt, den Rat der Leibwächter anzunehmen. Dann jedoch schlug er ohne jede Vorwarnung zu. Er ergriff die noch auf seiner Brust liegende Hand des anderen, bog sie mit aller Kraft zurück und drehte sie nach links, um den Mann aus dem Gleichgewicht zu bringen. Dann nutzte er den unwillkürlichen Widerstand des Leibwächters, um ihn auf die rechte Seite zu schleudern, und stieß ihn auf seinen Kollegen, sodass beide zu Boden gingen. Die Leibwächter sprangen sogleich wieder auf die Füße und fanden sich drei entschlossenen Zenturios mit gezogenen Schwertern gegenüber. Fassungslos sahen sie sich an. Aus dem Augenwinkel bemerkte Marcus, wie ein Mann rennend das Forum verließ, und wusste, dass sie nur noch wenige Augenblicke Zeit hatten, bis Verstärkung anrücken und die wütenden Leibwächter unterstützen würde.

Julius ließ seinen Gladius sinken und hob versöhnlich die Hand. »Bleibt ruhig, Jungs. Begeht nicht den Fehler, größere Stücke abzubeißen, als ihr zu kauen imstande seid. Ich will nichts anderes, als mich ungestört mit der Dame unterhalten. Sobald wir damit fertig sind, könnt ihr eurer Wege ziehen und werdet keinen anderen Schaden erlitten haben als einen Augenblick der Peinlichkeit. Aber wir können auch kämpfen, und glaubt mir, wir Tungrer kämpfen auf Gedeih und Verderb. Sagt also hinterher nicht, ich hätte euch nicht gewarnt.«

Während die Leibwächter noch verwirrt über Julius' Worte nachdachten, trat die Frau vor und hob die Hand.

»Es ist *meine* Entscheidung, mit wem ich sprechen möchte, nicht eure.« Sie warf den beiden Männern einen kühlen Blick zu und wandte sich an Julius. »Und es ist auch nicht deine Entscheidung, Julius. Du *bist* es doch, oder? Hinter diesem Bart und deinen harten Worten.«

Bejahend senkte er den Kopf. »Es tut mir leid. Deine Männer waren etwas zu schnell im Beleidigen.«

»Und du warst mehr als bereit, die Herausforderung anzunehmen. Genau wie vor fünfzehn Jahren, wenn ich mich recht erinnere. Nun bist du also wieder hier in Tungrorum, nach so langer Zeit. Ich glaube kaum, dass du zurückgekommen bist, um mich zu treffen, also ist dies nur eine zufällige Begegnung?«

Marcus bemerkte einen Unterton in Julius' Stimme, den er in ihrer ganzen Zeit gemeinsamen Dienstes noch nie gehört hatte.

»Ich wollte zu dir zurückkommen, Annia. Aber du hast nie auf meine Briefe geantwortet, die ich dir von Männern habe überbringen lassen, die nach Tungrorum zurückgekehrt waren, um ihren Ruhestand zu genießen. Also nahm ich an, du hättest einen anderen Mann kennengelernt.«

Einer der Leibwächter grinste, worauf Marcus sogleich begriff, was ihn an der Frau von Anfang an beunruhigt hatte. Stirnrunzelnd betrachtete er sie, und als sie Julius mit einem hohlen Lachen antwortete, fühlte er sich in seiner Auffassung bestätigt.

»Tatsächlich habe ich einige andere Männer kennengelernt. Schau mich an, Julius, und schau genau hin.« Sie hob ihre Arme und drehte sich. »Kommt dir nicht etwas seltsam vor? Meine Toga, zum Beispiel? Sie hat zwar nicht das vorgeschriebene Blumenmuster, aber dennoch sollte sie dir einiges verraten. Oder vielleicht hast du bemerkt, dass ich kein Schuhwerk trage? Die städtischen Behörden sind ziemlich streng bezüglich dieser netten kleinen Regel.«

Der Zenturio starrte sie eine Weile an, und plötzlich begriff er, was sie meinte. »Du bist eine …« Er schüttelte den Kopf und versuchte es dann erneut. »Ich … ich meine, du bist jetzt …«

»Richtig, ich bin jetzt eine Hure. Und wie du sicherlich aus der Güte meiner Kleidung schließen kannst, und nicht zuletzt aus dem Beisein dieser Männer, die dafür bezahlt werden, dass ich beim Gang durch die Stadt nicht belästigt werde, bin ich eine ziemlich gute Hure. Deine kostbare Liebe, mit der du mich vor so vielen Jahren bedacht hast, ist mittlerweile zu einer Dienstleistung geworden, denn ich verkaufe mich an Männer für Geld, um überleben zu können. Ich hatte keine Wahl in dieser Sache, denn mein Vater war gestorben, und meine Mutter und ich waren von dem Geld abhängig, das ich verdienen konnte.« Bei der Erinnerung an jene Zeit schüttelte sie den Kopf, und ihre Stimme wurde kalt. »So, und jetzt stehen wir also hier. Der Soldat und die Hure, endlich vereint nach so vielen Jahren. Wir könnten uns sicher eine Menge Geschichten erzählen. Aber vielleicht ist es besser, wir belassen es dabei und versuchen zu vergessen, was hätte sein können, wenn du nicht dem Drang nachgegeben hättest, zur Armee zu gehen und mich hier verfaulen zu lassen.«

Julius war fassungslos. Der von ihm entwaffnete Leibwächter öffnete den Mund, um irgendeine schneidende Bemerkung zu machen, schloss ihn jedoch gleich wieder, als er Dubnus' durchdringenden Blick auf sich spürte.

»Warum hast du mir nicht geschrieben und davon erzählt? Ich hätte dir Geld geschickt, all mein Geld…«

»Wie hättest du das denn tun sollen? Wir hatten ja noch nicht mal genug, um uns das Überleben zu sichern. Und da hätte ich noch einen Boten bezahlen sollen, um eine Nachricht nach Britannien zu senden? Alles in allem habe ich es gut allein hinbekommen. Man kümmert sich um mich, und ich bin im Geschäft mit einem ortsansässigen Händler, der die Stadt mit Korn und frischen Nahrungsmitteln versorgt. Wir haben uns darauf geeinigt, dass ich mein Bordell betreiben kann, ohne Schikanen ausgesetzt zu sein. Ein Dutzend hart arbeitende Mädchen können mehr Geld einbringen, als du dir vorstellen kannst, trotz des hohen Anteils, den ich zu unserem Schutz entrichten muss. Verglichen mit den meisten Leuten hier in Tungrorum bin ich eine wohlhabende Frau.«

»Und das reicht jetzt, denke ich.« Der schnauzbärtige Leibwächter trat mit wiedergefundenem Selbstvertrauen vor und sah nun schon fast spöttisch aus. Mit dem Kopf deutete er auf mehrere Männer, die ihnen über das Forum entgegenkamen. »Die Dame muss nun weiter, also ist dieses kleine und durchaus rührende Stelldichein hiermit beendet.« Julius nickte mit versonnenem Gesichtsausdruck, und Marcus machte sich bereit zuzuschlagen, falls der Leibwächter die Verstörtheit des Zenturios auszunutzen gedachte. Doch der Begleiter der Dame schüttelte nur geringschätzig den Kopf und brummte eine halblaute Beleidigung: »*Liebeskranker Trottel.*«

Dubnus kochte vor Ärger und ging stirnrunzelnd einen Schritt auf ihn zu, wurde aber von Marcus mit der Hand gestoppt. Sein Schwert wieder in die Scheide zurücksteckend, brachte Marcus sein Gesicht ganz nahe an das des Leibwächters heran. Er sprach leise, aber mit scharfem Unterton. »Ich an deiner Stelle wäre ein wenig vorsichtiger, wen du hier beleidigst. Und wenn du dann mit dem Versuch fertig bist, dich umbringen zu lassen, kannst du eine Botschaft an deinen Dienstherrn überbringen. Sag ihm, hier sei ein Käufer, der genügend Wein erstehen will, um zwanzig durstige Zenturios einen Monat lang glücklich zu machen, und das schnell. Wir lagern auf dem freien Gelände beim Westtor, er soll nach dem Ersten Speer Frontinius fragen. Und es soll gutes Zeug sein, denn wir zahlen in Gold.«

Der Leibwächter blieb ungerührt, zog aber eine Braue hoch und sah seinen Kumpel grinsend an. »In Gold, tatsächlich? Nun, wir werden deine Botschaft überbringen, Soldat. *Frisches* Gold ist hier stets willkommen.« Er wandte sich ab, legte besitzergreifend seine Hand auf den Arm der Dame und führte sie zum Ausgang des Marktes.

Julius sah ihnen lange nach. Mit noch immer wehmütigem Gesicht richtete er das Wort an seine Kameraden und ignorierte dabei die neu eingetroffenen Raufbolde, die sich hinter Annias Leibwachen zusammenscharten, um den Tungrern keine Möglichkeit einer weiteren Verfolgung zu geben. »Und diese Frau, Brüder, war meine erste große Liebe. Das Leben hält ja leider immer irgendwelche Schläge bereit, wenn man sie am wenigsten erwartet, nicht wahr?« Er seufzte und drehte sich zurück zu seinen Kameraden. Als er erneut sprach, hatte er seine Stimme bereits wieder unter Kontrolle. »Ihr könnt gerne jedem von dieser Begegnung erzählen, falls ihr den Rest eures Lebens mit offenen Augen schlafen wollt.«

Zu seiner Überraschung schüttelte Dubnus, der normalerweise immer zu Sticheleien aufgelegt war, nur mürrisch den Kopf. »Das wäre nicht lustig, Bruder. Vergiss einfach, dass du sie je kennengelernt hast, und wir werden dasselbe tun.« Er zwinkerte zu Marcus hinüber und tippte hinter Julius' Rücken vielsagend auf seinen Beutel. »Und falls du je jemanden brauchen solltest, der dich aufheitert, so wende dich an mich. Das Einzige, was du dafür tun musst, ist *pfeifen*.«

Wie Qadir feststellte, war die Sicht von der Stadtmauer Tungrorums Richtung Westen alles andere als beeindruckend. Die Landschaft wirkte monoton und war von offenen Feldern geprägt. Indessen gingen die Tungrischen Kohorten ihrer Bautätigkeit nach. Eine Hälfte der Zenturie, darunter die rund zwanzig Hamier, die bei der Kohorte geblieben waren, stand über die dreihundert Schritt lange östliche Seite der Stadtmauer verstreut. Die zweite Hälfte arbeitete angestrengt mit den anderen Zenturien. Das Geräusch von Hämmern und Sägen begleitete ihren Wachdienst unaufhörlich, während die Soldaten sich dort unten abmühten und Blut schwitzten, um hölzerne Baracken für ihre Leute zu errichten. Zunächst waren die hamischen Mitglieder der Zenturie von den leeren Feldern fasziniert, die sich bis ins formlose Grau des Horizonts hinzogen. Doch mittlerweile hatte ihr Interesse am offenen Gelände, das so gut zum Bogenschießen geeignet schien, durch den ständig über die Landschaft wabernden, bitterkalten Nebel nachgelassen.

»Dort!« Der Mann an seiner Seite zuckte zusammen und deutete auf den Dunst. Er senkte die Stimme, um das vorsichtige Tier nicht zu vertreiben. Seinem Hinweis folgend, sah Qadir die Umrisse eines prächtigen Hirsches, der langsam aus der Finsternis trat und seinen von schwerem Geweih gekrönten Kopf neigte, um das spärliche Gras aufzuäsen. Der Soldat ließ seinen Bogen von der Schulter gleiten und blickte mit hochgezogener Braue zu seinem Optio hinüber. Qadir betrachtete das Tier genau und rechnete sich aus, wie viel Fleisch seine Männer von dessen Gerippe lösen konnten. Dann jedoch schüttelte er bedauernd den Kopf und legte seine Hand auf den Arm des Mannes, um ihn vom Schießen abzuhalten.

»Unsere Göttin wird nicht mit Gunst auf Männer herabblicken, die Pfeile vergeuden, um eine so leicht zu erlegende Beute zu machen. Diese Tier dort unten sollte mit Geschick und angemessener Tarnung im Wald gejagt und nicht einfach nur abgeschossen werden, während es über dieses unnatürlich leere Land streift. Erzähle also allen: Falls jemand auch nur einen einzigen Pfeil auf das Tier abschießt, wird er meinen Unmut zu spüren bekommen und aller Voraussicht nach auch den unserer Domina Deasura. Geh!«

Der Soldat nickte und wandte sich ab, um Qadirs Befehl an seine hamischen Brüder weiterzugeben. Der große Optio war zwar meist gelassen, aber jeder in der Neunten Zenturie wusste, dass er in Ausnahmefällen auch sehr wütend werden konnte. Zufrieden beobachtete Qadir, wie der Soldat sich über den breiten Zwinger der Stadtmauer entfernte, und freute sich, ein unschuldiges Waldtier vor einem unwürdigen Tod bewahrt zu haben.

»Ein sehr hübsches Tier. Hat sicher eine Menge Fleisch auf den Rippen, nicht wahr?«

Der Optio wandte sich um und verdrehte mit gespielter Empörung die Augen. »Zenturio, du verfügst noch immer über die Gabe, dich wie ein Geist von hinten heranzuschleichen. Deine Geschicklichkeit beschämt mich.« Sich leicht verbeugend, breitete er respektvoll die Arme aus.

Marcus nickte und lächelte. »Dann wird heute also nicht gejagt?«

Qadir schüttelte den Kopf und betrachtete den Hirsch, der sich umdrehte und zurück in den Nebel lief. »Das wäre unpassend. Eine solch wertvolle Beute muss im Zuge einer echten Jagd erlegt werden und darf nicht wie die Zielscheibe auf einem Übungsplatz beschossen werden. Solange das Tier unter den Bogen meiner Männer wandelt, wird es unter dem persönlichen Schutz der Deasura stehen.«

Marcus zuckte leicht die Achseln. Noch immer lächelte er. »Wenn das so ist, hatte das Tier großes Glück, den einzigen Truppenführer in weitem Umkreis anzutreffen, der eine orientalische Weltanschauung besitzt.«

Stumm starrten sie eine Weile in den leeren Nebel, bevor Marcus die Worte fand, über die er lange nachgedacht hatte. »Du hast dich in letzter Zeit sehr verändert, Qadir. Morban meint, du hättest erkannt, dass du einen großen Fehler begangen hast, als du dich entschieden hast, bei uns zu bleiben.«

Der Hamier blickte weiter in den Nebel hinaus. »Diese Vermutung liegt nahe, nehme ich an. Der Mann aus dem Osten kommt zur Vernunft, sobald er begreift, dass ein Großteil des Lebens eines Infanteristen aus Regen, Marschieren, Langeweile und noch mehr Regen besteht.«

Marcus lachte. »Und der übrige kleine Teil nichts als Blut, Schrecken und Tod bereithält.«

Der Hamier lächelte. »In deiner Kompanie, Zenturie, scheint das tatsächlich so zu sein.« Er wandte sich um, um seinen Freund anzusehen. »Aber um die Wahrheit zu sagen:

Das stört mich alles nicht. Mich treibt etwas ganz anderes um.«

Er verstummte und betrachtete erneut den Nebel. Sein Gesicht sah in dem kalten Morgenlicht trostlos aus. Aber gerade als Marcus dachte, das Thema sei beendet, seufzte der Hamier und wandte sich ihm wieder zu.

»Meine fortwährend trübe Stimmung, Zenturio, geht darauf zurück, dass ihr, du und deine Frau, fast von den Mordgesellen des Imperiums getötet worden wärt, bevor wir aus Britannien fortzogen. Und ich bin nicht der Einzige, der so empfindet. Hätte es nicht drei ungewaschene Barbaren und einen noch immer unter seiner Verletzung leidenden Zenturio gegeben, so hättet ihr genau das Schicksal erlitten, das sie für euch vorgesehen hatten. Wir sind immer noch beschämt, dass wir es diesen römischen Bestien erlaubt haben, dich aus der Kohorte zu entfernen, ohne einen Versuch der Rettung zu unternehmen.«

Marcus quittierte diese Worte mit einem freundlichen Lächeln. »Ihr hättet mich nicht retten können. Selbst wenn ihr begriffen hättet, was geschah, aber das habt ihr ja gar nicht. Niemand außer Arminius, Martos und Lugos hätte schnell genug laufen und rechtzeitig eintreffen können, und schon gar nicht mit dem Gewicht an Waffen und Rüstung, das wir durch die Gegend tragen. Aber nachdem am Ende ja alles recht gut ausgegangen ist, können wir diese Betrachtungen jetzt doch ad acta legen, nicht? Du wirst noch oft genug die Gelegenheit bekommen, für mich die Kohlen aus dem Feuer zu holen.«

Der Hamier betrachtete ihn, und sein betrübter Gesichtsausdruck hellte sich auf. »In Ordnung. Dann werde ich diesen Akt des Scheiterns nun hinter mir lassen und stattdessen überlegen, wie ich dir und den deinen den Schutz geben kann, welchen ich euch geschworen habe.«

»Geschworen?« Marcus machte ein fragendes Gesicht. »Du hast einen Schwur vor den Göttern abgelegt?«

»Nur vor einer Göttin, unserer Domina Deasura. Und ich bin nicht der Einzige, der das getan hat. Du wirst unrechtmäßig angeklagt, all deine Familienmitglieder wurden getötet, und nur du, deine Frau und ihr ungeborenes Kind stehen noch zwischen dem Kaiserreich und der unumstößlichen Entwürdigung deines Namens. Keiner deiner Freunde wird erlauben, dass dies geschieht. Schon gar nicht kampflos.«

Der Römer hob die Augenbrauen und schüttelte ungläubig den Kopf. »Du machst mich sprachlos, Qadir. Ich…«

»Du musst nichts dazu sagen, denn wir brauchen weder deine Erlaubnis noch deine Hilfe in dieser Sache. Akzeptiere einfach, dass du Freunde hast, die bereit sind, dafür zu kämpfen, dass du dieser himmelschreienden Ungerechtigkeit standhältst. Und während du die Pflichten wahrnimmst, die deine neu gewählte Identität dir auferlegt, sei dir bewusst, dass wir über dich und dein Wohlergehen wachen.«

Die beiden Männer sahen über die Stadtmauer auf das Gelände mit den hölzernen Rahmen hinunter, die als Fundament für die Baracken zusammengehämmert wurden.

Nach einer langen Weile sprach Marcus erneut. »Ich danke dir. Und um allen Beteiligten etwaige Peinlichkeiten zu ersparen, werden wir fortan nicht mehr darüber reden. Obgleich ich sehr erstaunt bin.« Er atmete tief ein und deutete dann auf das, was sich am Boden abspielte. »Das dauert länger, als der Erste Speer gehofft hatte.«

Qadir nickte. »Wir sind ja auch keine Zimmerleute. Alle da unten können mit Schwertern und Schilden umgehen, aber nur die wenigsten haben ein Talent oder auch nur den Wunsch, mit einer Säge herumzuhantieren. Vielleicht ginge es rascher, wenn uns die Legion dabei helfen würde?«

Marcus lachte leise. »Ja, möglicherweise. Aber ich fürchte, das Wörtchen ›wenn‹ wird ein ›wenn‹ bleiben. Doch nachdem wir gerade davon sprechen…«

Zweihundert Schritte nördlich hatte sich das Westtor der Stadt geöffnet, und eine Kolonne Soldaten in voller Rüstung marschierte hinaus. Die beiden Männer sahen zu, wie die Legionäre nach draußen strömten, und zählten die Soldaten, bis die letzte Reihe das Tor durchschritten hatte. Mit hochgezogenen Brauen beobachtete Qadir, wie die Marschkolonne langsam vom wabernden Nebel verschluckt wurde.

»Zwei Zenturien. Es scheint, als habe der Tribun der Legion seine Meinung geändert, was den Bedarf an Patrouillengängen außerhalb der Stadt betrifft.«

Frontinius und Scaurus beobachteten die Bauarbeiten vom Eingang des Zeltes, das dem Tribun zugeteilt war. Der Erste Speer stand stumm da, während sein übergeordneter Offizier die Fortschritte zusammenfasste, die gemacht worden waren, um die zwei Kohorten mit der notwenigen Nahrung zu versorgen.

»Wir haben also ausreichend Essen für noch eine Woche, wenngleich es mich beunruhigt, wie sich unsere Anwesenheit auf die Getreidevorräte der Stadt auswirken wird. Mit unseren zwei Kohorten und Belletors Leuten sind noch mal zweitausend Mäuler zu stopfen. Überdies hungrige Mäuler, die es nicht gewohnt sind, ohne volle Rationen auskommen zu müssen.«

Frontinius kratzte sich am Kopf und sah missbilligend auf den Dreck, den er von seiner Kopfhaut geschrappt hatte und der sich nun unter seinen Fingernägeln befand. »Himmel, mir würde ein richtiges Bad guttun. Ich fand das Badehaus im Kastell Vercovicium zwar immer eng und zugig, aber nun würde ich mein linkes Ei für eine ausgiebige Schwitztour opfern. Was ist mit dem großen Getreidelager außerhalb der Stadttore? Dort müsste doch ausreichend Korn liegen, um alle satt zu bekommen und immer noch etwas übrig zu haben?«

Scaurus zog sarkastisch die Augenbrauen hoch. »Erster Speer Frontinius, dieses Getreide gehört dem Kaiserreich. Warum sonst hätte man den Kornspeicher außerhalb der Stadtmauern errichten sollen? Nur um zu verhindern, dass die Bewohner von Tungrorum in Versuchung geraten. Wie du sicher bemerkt hast, hat Tribun Belletor Soldaten postiert, um die Einwohner von jedem Gedanken fernzuhalten, sich an die Vorräte heranmachen zu wollen. Es scheint, Belletor und der Prokurator Albanus sind sich zumindest in diesem Punkt einig. Nein, wir werden die Nahrungsvorräte der Stadt genau im Auge behalten müssen. Ich werde es nicht zulassen, dass Zivilisten hungern müssen, um genau jene Männer zu ernähren, die zu ihrem Schutz abgestellt wurden. Es besteht kein Zweifel daran, dass die Männer, die uns den Wein geliefert haben, den Nachschub an raren Gütern kontrollieren. Dabei setzen sie Wucherpreise, insofern werden die Armen leiden müssen, wenn wir uns in dieser Sache blind stellen. Es sieht so aus, als sei Petrus, Albanus' Stellvertreter, der heimliche Verkäufer, daher bezweifle ich, dass die städtischen Behörden sich dafür interessieren werden, wenn durch unsere Schuld ein Nahrungsmangel entsteht.« Er warf einen Blick auf die Tafel in seiner Hand. »Was die Unterbringung anbelangt: Wie lange, glaubst du, wird es dauern, die Bauten fertigzustellen?«

Wieder kratzte sich Frontinius am Kopf. »Etwa eine Woche, so wie sie im Augenblick arbeiten. Wir haben weder das Werkzeug noch die Kunstfertigkeit, um schneller voranzukommen.«

Scaurus schüttelte den Kopf, und sein Gesicht verhärtete sich. »Das ist zu langsam, Erster Speer. Du wirst einen Weg finden müssen, es schneller zu erledigen. Diese Männer sollten draußen im Gelände Banditen jagen und nicht innerhalb der Stadtmauern ihre handwerklichen Fähigkeiten trainieren.« Frontinius schnitt eine Grimasse, nickte aber zustimmend, während der Tribun mit zusammengekniffenen Augen erneut die Tafel musterte. »Sonst noch etwas?«

»Ja, Tribun. Die Frage der Reinlichkeit und das Trinken.«

»Ah … ich verstehe.«

»Genau das habe ich auch gedacht, als Julius mich vorhin darauf ansprach. Die Männer haben seit unserem Abzug von der Küste nicht mehr das Innere eines Badehauses oder einer Bierschenke gesehen. Das Waschen sollte nicht so schwer zu bewerkstelligen sein, obgleich wir abwechselnde Schichten mit den Jungs von der Legion vereinbaren müssen, um die sonst unausweichlichen Streitereien zu vermeiden. Das Trinken beunruhigt mich da schon mehr. Es gibt mehrere offizielle Trinklokale in der Stadt und daneben die nicht zugelassenen Schenken, die jeder Soldat, der sein Geld wert ist, schnell genug selbst finden wird.«

Scaurus nickte und lächelte wissend. »Genauso ist es. Und falls wir versuchen, die Männer davon abzuhalten, werden sie nach Anbruch der Dunkelheit aus dem Lager schleichen. Dann wiederum laufen sie Gefahr, von einer Wache aufgespießt zu werden, die sie nicht kennt oder vielleicht auch nur ihr Gesicht nicht leiden kann. Nein, wir werden auch in diesem Fall abwechselnde Schichten vereinbaren müssen. Nachdem Julius diesen Punkt angesprochen hat, kann er das ja erledigen, zumal er die Stadt besser als jeder andere kennt. Er soll einen Plan aufstellen, der den Männern genügend Zeit einräumt, sich zu amüsieren, sie aber davon abhält, sich restlos zu besaufen und Händel zu beginnen. Und wenn er gerade dabei ist, kann er die Schenkenbetreiber informieren, dass sie sich auf ein paar zusätzliche Kunden einstellen sollen. Vielleicht kann er auch mit dem Ersten Speer Sergius die Zeiten für unsere Männer absprechen. Es würde unserem Ruf in der Stadt sicher nicht besonders guttun, wenn sich Tungrer und Legionäre zur selben Zeit in den Wirtshäusern befinden, meinst du nicht?«

Frontinius blickte über seine Schulter und zog eine Braue hoch. »Es sieht ganz so aus, als könnten wir das Sergius gleich persönlich mitteilen.«

Scaurus wandte sich um und runzelte beim Anblick des hochrangigen Zenturios der Ersten Legion Minervia die Stirn. Dieser näherte sich von der Legionskaserne, gefolgt von etwa dreißig uniformierten Männern. Ein Großteil der Soldaten trug Taschen aus Leder.

Sergius salutierte vor Scaurus und begrüßte Frontinius mit einem kurzen Nicken. »Seid gegrüßt, meine Herren. Heute ist ein schöner Morgen, um zu patrouillieren – dies waren zumindest Tribun Belletors Worte, als er in seinem hübschen Umhang das Pferd bestieg. Ich weiß zwar nicht, ob unsere Erste und Zweite Zenturie das ebenso sehen, aber sie werden den Tag über draußen im Gelände sein.« Er warf einen Blick zu den Tungrern hinüber, welche die Bauarbeiten verrichteten. »Wie ich sehe, sind eure Männer bei der Arbeit, aber ich würde viel darauf wetten, dass ihr langsamer seid, als ihr euch das erhofft hattet. So, wie ich Prokurator Albanus kenne, bin ich sicher, er hat euch weniger Werkzeuge zur Verfügung gestellt, als ihr brauchen würdet. Wahrscheinlich sogar schlechtes Material. Und ohne euch beleidigen zu wollen, sehen eure Männer auch nicht so aus, als ob sie für diese Arbeit geschaffen wären.« Als er sich wieder umwandte, bemerkte er, dass die beiden Männer ihn mit fragenden Gesichtern anstarrten. »Nein, nein, ich bin nicht hierhergekommen, um euch zu verspotten. Vielmehr hatte ich die Absicht, euch wesentlich mehr zur Hand zu gehen, als mein Tribun wohl für angemessen halten würde, wenn man den schlechten Beginn eurer Beziehung bedenkt.« Er gab den Legionären hinter ihm ein Zeichen. »All diese Männer sind ausgebildete Bauhandwerker, und sie haben ihre Werkzeuge gleich mitgebracht. An Werkzeugen und Handwerkern mangelt es mir nicht, was mir jedoch *fehlt*, sind geschulte Soldaten, um die vielen neuen Rekruten der Kohorte in den Griff zu bekommen. Du weißt doch sicher, wie so etwas geht, nicht wahr, Kamerad?«

Frontinius bejahte dies mit einem Nicken, denn nun verstand er, worauf der andere hinauswollte. »Ein erfahrener Soldat für vier bis fünf Rekruten. Wenn es mehr sind, kann er sie nicht ausreichend beaufsichtigen, um Fehler zu erkennen und zu berichtigen. Dreißig Veteranen mit angemessener Gefechtserfahrung könnten zwei Zenturien gleichzeitig trainieren.«

»Exakt. Und im Gegenzug stehen bei dreißig Bauhandwerkern jeweils zwei pro Baracke zur Verfügung. Deswegen werdet ihr die Kasernen zwar trotzdem nicht an einem Tag errichten können, aber es würde einen großen Unterschied bezüglich der Geschwindigkeit und Bauqualität machen, wenn ausgebildete Männer die anderen Arbeiter auf ihre Fehler hinweisen könnten.«

Beide Männer sahen fragend zu Scaurus.

Der hob jedoch nur die Hände, schüttelte den Kopf und lachte laut. »Oh, nein, meine Herren, je weniger ich weiß, desto besser! Ihr beide könnt gern dunkle Geschäfte miteinander abwickeln, um euren Kohorten zu dienen. Ich hingegen werde versuchen, unsere Kavalleristen aufzustöbern. Jetzt, wo sie glücklicherweise Ställe für ihre Tiere gefunden haben, könnten sie sich ja auch nützlich machen, anstatt nur herumzusitzen und sich die Bäuche vollzuschlagen. Aber denkt daran…« Er warf ihnen einen verschwörerischen Blick zu. »Denkt daran, dass es vielleicht von Vorteil wäre, wenn eure Männer ihre Tuniken tauschten, solange sie die Aufgaben der jeweilig anderen verrichten. Wir tragen ja Rot und eure Männer Weiß. Nur so als Vorschlag…«

Marcus und Qadir betrachteten noch immer die nebelverhüllte Landschaft, als sie einen Reiter aus dem inneren Mauerring herantrotten sahen, der sie anrief. Begierig, aus der Stadt herauszukommen, tänzelte das Tier über den Boden, während der Reiter auf das Erscheinen der Offiziere hinter der Brüstung wartete.

»Decurio Silus lässt dich grüßen, Zenturio. Er fragte sich, ob du und dein Optio vielleicht die berittene Abteilung begleiten wollt, um euch ein wenig umzusehen? Der Tribun hat dem Ersuchen bereits stattgegeben.«

Marcus blickte über den Zwinger und bemerkte hundert Schritte entfernt die stämmigen Umrisse seines Standartenträgers. Morban unterhielt sich angeregt mit einer Gruppe Soldaten, und Marcus beobachtete stirnrunzelnd, wie er einem der beiden die Hand schüttelte.

»Da hat er zweifelsohne schon wieder eine Wette abgeschlossen. Dieser Mann ist schlicht unverbesserlich. Erinnere mich daran, dass ich mit ihm über seinen Enkel spreche, sobald wir zurück sind. *Morban!*«

Er winkte den Standartenträger zu sich und wartete ungeduldig, bis der altgediente Soldat über den Mauerabschnitt zu ihm hochwatschelte und vor seinem Zenturio strammstand.

»Zenturio?«

»Hilft Wachoffizier Augustus noch immer bei den Bauarbeiten?«

»Ja, Herr, der einäugige alte Drecks...« Als er Marcus' verdüsterten Gesichtsausdruck sah, hielt er sich sogleich zurück. »Ja, Zenturio, das tut er.«

»In diesem Fall hast du nun das Kommando über die Neunte, bis wir von unserer Patrouille zurückkehren. Es scheint, Silus hat ein paar leere Sättel, die zu besetzen sind.«

Morban salutierte erneut und blickte grimmig drein.

»Ich würde das Stirnrunzeln unterlassen, Standartenträger. Es sieht nämlich so aus, als ob du mit großen Darmschwierigkeiten zu kämpfen hättest.«

Marcus und Qadir eilten die Mauer hinab Richtung Westtor, während Morban die Soldaten heranwinkte, mit denen er zuvor gesprochen hatte.

»Zeit zu bezahlen. Wie vor nur einem Moment angekündigt, habe ich jetzt nämlich das Kommando über die

Neunte, bis der nette junge Herr entscheidet, dass sein Arsch wund ist und er von seinem Ausflug mit dem Haufen berittener Esel zurückkommt. Ich bedanke mich.« Er nahm eine Münze von jedem Soldat entgegen und ließ den Gewinn in einen schweren Beutel fallen, der an seinem Gürtel hing. »Erfreut euch an dem Wissen, dass euer Geld schon bald größten Eindruck auf die Huren dieser hübschen Stadt machen wird.«

Marcus und Qadir fanden die berittene Abteilung auf sie am Tor wartend, und der junge Zenturio salutierte spöttisch vor dem Decurio.

»Zum Gruß, Silus. Dein Bote berichtete, ihr hättet ein paar sehr ungestüme Pferde, die nur von mir und meinem Optio geritten werden können?«

Silus warf ihm ein schlaues Grinsen zu und zeigte mit der Hand auf zwei Pferde ohne Reiter. »So ist es, Zenturio. Qadir ist bekannt für sein Unterscheidungsvermögen, was gute Pferde anbelangt. Ebenso für seine vollendeten Reitkünste. Deshalb habe ich unser allerbestes Pferd für ihn bereitgehalten.« Er deutete auf einen leeren Sattel und hob die Brauen, als er sah, wie sich das Antlitz des Hamiers beim Anblick des Pferdes erhellte. »Ich nehme an, das Tier ist dir bekannt?«

Der Hamier bahnte sich seinen Weg durch die vielen Pferde, strich immer wieder über Pferdenüstern und teilte liebevolle Klapse aus. Dann kam er zu seinem Reittier, einer herrlichen Fuchsstute, die er zuletzt in Britannien geritten hatte. Mit einem Nicken bedankte er sich bei Silus und sprang mit der Anmut eines versierten Reiters in den Sattel.

Beim Anblick von Pferd und Reiter, die endlich wieder vereint waren, lächelte Silus und lehnte sich verschwörerisch zu Marcus hinüber. »Es gefällt mir, ein so schönes Paar von Pferd und Reiter zu sehen.« Marcus zog eine Braue hoch, denn er wusste, was gleich kommen würde. »Und dasselbe gilt in deinem Fall. Denn für dich, Zenturio, habe ich ein Pferd ausgewählt, das deinem aufbrausenden Temperament und deiner unbändigen Kampfeslust ebenbürtig ist.« Er deutete mit dem Arm auf einen groß gewachsenen, langgliedrigen grauen Hengst, der ungeduldig neben seinem eigenen Pferd wartete. Mit einem leichten Kopfnicken ging Marcus um das Tier herum. Das Pferd beantwortete seinen Gruß mit einem leichten Stoß seiner weichen Nüstern. »Siehst du, der gute alte Dickschädel erinnert sich an dich! Er weiß, dass er nur die Ohren anlegen muss, damit du ihn vom Zügel lässt und er dich schnellstens mitten in die größtmögliche Scheiße tragen kann. Mir sind noch nie ein Reiter und ein Pferd begegnet, die besser füreinander geschaffen waren.«

Marcus schüttelte den Kopf mit gespielter Empörung, stieg in den Sattel und nahm Speer und Schild von dem Kavallerieoffizier entgegen. »Dann lasst uns losreiten, Decurio. Ich werde mein Bestes geben, um dieses übermütige Tier im Zaum zu halten. Aber ich bin mir sicher, selbst Merkur hätte Schwierigkeiten, uns zu folgen, wenn dieser Hengst Rotwild erblickt. Du hingegen wirst wohl weit hinter uns bleiben, nachdem dein armes Pferd so viel zusätzliches Gewicht herumtragen muss.«

Die Torwachen öffneten die schweren hölzernen Türflügel, und die Abteilung trabte in den sich lichtenden Nebel hinaus.

»Tribun Scaurus wünscht, dass wir den Westen auskundschaften, und zwar bis zur Gabelung, wo eine der beiden

Straßen nach Süden zur Arduinna-Brücke über die Mosa führt.«

Sie ritten zunächst in leichtem Trab, um die Pferde nicht zu überlasten. Silus führte die Einheit, begleitet vom Standartenträger. Das lang auslaufende Tuch der Drachenflagge hing schlaff in der feuchten Luft, und Tropfen bildeten sich auf deren glänzender Oberfläche, was den Standartenträger mit Unmut erfüllte. Hin und wieder zogen kleine Windböen durch den Nebel und erzeugten ein ächzendes Geräusch im Schilfrohr, das unter dem leuchtenden Bronzekopf der Standarte verborgen lag. Silus ging zu einem flotten Trab über, und nach einer halben Meile erblickten sie vor sich im Dunst die hinteren Reihen der Legionszenturie. Der Decurio breitete seitlich die Arme aus und hielt die Hände starr ausgestreckt, während er über seine Schulter so laut nach hinten rief, dass auch die letzte Reihe der Infanterie ihn würde hören können.

»Überholt sie auf beiden Seiten. Ignoriert, was immer euch gesagt wird, und begnügt euch mit dem Gedanken, dass sie schon bald durch Berge von Pferdemist werden waten müssen!«

Die Legionäre warfen den Reitern einen Schwall von Beleidigungen und geistreichen Bemerkungen entgegen, während sie an der Marschkolonne vorbeitrabten. Ganz im Sinne der Tradition hielten die Reiter jedoch ihren Blick nach vorn gerichtet und setzten gleichmütig desinteressierte Mienen auf. Ein ganz besonderer Witzbold der führenden Zenturie stimmte die erste Zeile eines Liedes an, das die Fußsoldaten im ganzen Imperium kannten und liebten. Mit größter Freude stimmten seine Kameraden ein.

Die Kavallerie liebt Schafe sehr,
von vorne und von hinten.
Sind sie mit der Herde erst mal durch,
gilt es anderes Vieh zu finden.

Die Reiterabteilung zog weiter, und der Letzte von ihnen drehte sich mit einem triumphierenden Lächeln um, als er sah, wie das Tier vor ihm den Schwanz hob und eine lange Spur Pferdedung auf dem Weg der Marschkolonne hinterließ.

Silus hob die Hand, um das Signal zu leichtem Galopp zu geben, und die Reiter gaben ihren Tieren die Sporen. Das Klappern der Hufe war dumpf über dem offenen Gelände zu hören. Nach weiteren zehn Minuten runzelte Silus die Stirn und blickte forschend in den dünnen Nebel, aus dem ein Mann auf sie zurannte. Er wankte so stark über das Straßenpflaster, dass er vor Erschöpfung zusammenzubrechen drohte. Der Decurio brachte sein Pferd zum Halten, sprang aus dem Sattel und ergriff den Mann am Arm, als dieser zu Boden sackte.

»Banditen ... Angriff ... Fuhrwerke ...« Er deutete zurück in den Nebel, aus dem er soeben herausgetaumelt war, und atmete schwer.

Silus schleppte den Mann an den Straßenrand und fragte: »Wie viele?«

Der unglückselige Fuhrmann schüttelte den Kopf. »Nebel ... sehr viele, zu viele ...«

Der Decurio sah Marcus an. »Wir können nicht wissen, wie viele uns dort erwarten. Wahrscheinlich sollten wir auf die Fußsoldaten warten.«

Sein Freund ergriff seinen Speer. »Wahrscheinlich sollten

wir das. Und wahrscheinlich werden sie unterdessen entwischen, denn sie werden samt ihrer Beute so schnell wieder in der Düsternis verschwinden, wie sie daraus aufgetaucht sind.«

Silus nickte grimmig. »Also gut, dann werden wir ihnen alleine folgen. Dabei sollten wir aber besser durchs Gelände statt auf der Straße reiten, um ihnen keine Vorwarnung zu geben. Senk auch die Standarte, sonst hören sie deren Heulen schon meilenweit, sobald wir eine höhere Geschwindigkeit haben. *Reitet!*«

Tribun Scaurus fand den Präfekten Caninus in seinem Hauptquartier, einem kleinen Gebäude hinter dem Forum. Seine Männer bereiteten gerade ihre Ausrüstung vor und schärften ihre Waffen, als Scaurus zwischen ihnen hindurch zum hinteren Teil des Gebäudes ging. Er spürte, wie sie ihn mit Blicken verfolgten, und klopfte an die Tür. Der Präfekt stand vor einer Karte in seiner Amtsstube, die von Lampen erhellt war, um das Schließen der Fensterläden auszugleichen. Die Karte befand sich an der Mauer hinter seinem Schreibtisch und zeigte, genau wie die Karte am Vortag in der Basilika, das Gebiet um Tungrorum. Die Darstellung war von handgemalten Anmerkungen übersät, die jeweils aus drei Zeilen Text und einem Kreuzchen bestanden, das die Örtlichkeit angab. Zum Großteil befanden sich die Kreuze auf einer Linie mit den Hauptstraßen nach Osten und Westen, und die Anmerkungen waren im offiziellen Stil abgekürzt. Der Tribun legte die Tasche ab, die er mitgebracht hatte, und schüttelte seinem Kollegen die Hand, bevor er gemeinsam mit ihm die Karte betrachtete.

»Ihr zeichnet also auf, wo die Räuber sind und was sie treiben?«

Der Präfekt nickte und zeigte auf die Karte. »Ja, wir zeichnen alles auf, was bis in meine Amtsstube vordringt. Ich versuche, ein Muster hinter ihren Aktivitäten zu entdecken. Irgendetwas, das mir einen Hinweis gibt, wo sie sich aufhalten, sodass ich ihnen zur Abwechslung einmal voraus wäre, statt immer nur auf ihre Überfälle zu reagieren. Ferner kann ich aus der Karte Rückschlüsse ziehen, wie viele Räuber es gibt und wo sie sich verstecken. Schau hier…« Mit einem grimmigen Lächeln zeigte er auf ein dichtes Gewirr von etwa einem Dutzend Kreuze, die ungefähr zehn Meilen westlich der Stadt lagen. »Hier hat eine ganze Reihe von Überfällen stattgefunden, und zwar fast genau da, wo auch du auf deinem Weg hierher auf Banditen gestoßen bist. Aber vielleicht ist zumindest diese Gruppe jetzt ausradiert.«

Scaurus betrachtete eine Weile sorgfältig die Karte. »Also gibt es Häufungen von Überfällen hier…« Er zeigte auf die Straße, die von der Stadt zu der kleinen Siedlung an der Furt über die Mosa führte, zehn Meilen östlich von Tungrorum entfernt. »Hier…« Sein Finger deutete nun auf die Straße, die nur wenige Meilen am Arduinna-Forst vorbei in Richtung Süden nach Augusta Treverorum, der Hauptstadt des Treverer-Stammes, führte. »Und hier, auf der Hauptstraße nach Westen.«

Caninus nickte und tippte mit seinem Finger auf ein Gewirr von etwa zwanzig Kreuzen. »Genau. Hier haben sie dieses Jahr bereits sieben Mal die Getreidekonvois überfallen, und zwar immer dann, wenn wir uns irgendwo anders aufhielten. Es ist, als seien sie in all unsere Unternehmungen eingeweiht. Sie schlagen immer in voller Stärke zu, nie weniger als zwei- oder dreihundert, weshalb die Fuhrmänner sie mit ihren Leuten auch nicht abwehren können. Insbesondere jetzt, wo es ihnen gelungen ist, die Hilfstruppen auf ihre Seite zu ziehen, die ursprünglich von der Grenze abkommandiert wurden, um sie zu jagen.«

Scaurus schüttelte den Kopf. »Das hat mich von Anfang an erstaunt. Wie konnte es geschehen, dass eine ganze Kohorte ausgebildeter Soldaten sich mit einer Bande von Räubern eingelassen hat? Was brachte sie dazu, jede Hoffnung, Bürger der Stadt zu werden, aufzugeben, um ein Leben der ständigen Unsicherheit zu führen und dabei noch Gefahr zu laufen, einen gewaltsamen Tod zu erleiden?«

Caninus deutete auf seinen Stuhl. »Nimm Platz, dann erkläre ich es dir.« Er setzte ein betrübtes Gesicht auf, bevor er antwortete. »Unser größtes Problem ist die Bande, die vom Wald aus agiert. Der Rest ist unorganisiert, es sind nur Sklaven und Deserteure, die ihr Glück versuchen und ihren Nutzen daraus ziehen, dass wir überlastet sind. Wenn alle so wären, könnte ich die Situation wahrscheinlich auch mit meinen wenigen Männern unter Kontrolle halten. Doch der Mann, der die Räuberbande anführt, ist zweifellos überaus fähig. Es scheint, als habe er fast übernatürlich viel Glück. Sie müssen irgendeine Art Versteck tief im Wald haben, weitab der üblichen Jagdrouten, denn ich habe in all den Monaten, in denen wir den Wald durchkämmt haben, nie eine Spur von ihnen gesehen. Und das, obwohl wir den Wald durchsuchen, wann immer ich Männer zu diesem Zweck abstellen kann. Mir ist klar, dass das nicht ausreicht, um die hohe Anzahl an Fahnenflüchtigen zu erklären...« Müde rieb er mit der Hand über sein Gesicht, bevor er weitersprach. »Der Grund ist ihr Anführer. Er scheint sie alle davon überzeugt zu haben, dass sie keine Banditen, sondern Rebellen gegen das Imperium sind. Er erzählt ihnen, dass die kaiserliche Armee die Epidemie aus dem Osten mitgebracht hat und es somit des Kaisers Schuld ist, dass wir Familienangehörige und Freunde verloren haben. Er hat es geschafft, sie glauben zu machen, sie seien Freiheitskämpfer und nicht der beutelüsterne Abschaum, der sie in Wirklichkeit sind. Schlimmer noch, sie scheinen zu glauben, er sei unbesiegbar. Wann immer er gesehen wird, trägt er einen Kavalleriehelm mit einer dieser spiegelglänzenden Gesichtsmasken. Daher weiß niemand, wer er ist und woher er kommt. Er benutzt ein Schwert aus einem seltsamen Metall, das angeblich so scharf ist, dass es alles durchschneiden kann – sogar eiserne Schwertklingen, ob du es glaubst oder nicht. Und er ist völlig skrupellos.«

Scaurus antwortete darauf mit einem leichten Achselzucken. »Ich habe in meiner Zeit einen Haufen harter Kerle gesehen. Was genau meinst du mit skrupellos?«

Caninus blieb einen Moment still, bevor er antwortete. »Du fragst mich, warum eine ganze Kohorte an Hilfstruppen desertieren würde. Nun gut, es war keine vollzählige Kohorte, sondern drei Zenturien, die aus Soldaten des Treverer-Stammes bestanden.«

Scaurus schüttelte unglücklich den Kopf. »Welcher Idiot sendet Rekruten aus dem Stammesgebiet der Treverer aus, das ja nur fünfzig Meilen südlich von hier liegt, um einem örtlichen Banditenproblem Herr zu werden?«

Caninus seufzte. »Der Legat der Legionsfestung Bonna, der sich offensichtlich nicht besonders auf die hiesige Geschichte versteht, gab dem Präfekten der treverischen Kohorten die Anweisung, vier Zenturien zusammenzustellen und diese spezielle Räuberbande aus dem Wald zu vertreiben. Hätte er sich auch nur oberflächlich mit der neueren

Geschichte befasst, so hätte er gewusst, dass die Treverer dem Imperium schon immer gemischte Gefühle entgegenbrachten, auch wenn sie anfänglich mit dem seligen Julius Caesar zusammenarbeiteten, um die Nervier zu schlagen. Doch schon die Tatsache, dass sie sich später mit den Batavern zusammentaten, als diese beschlossen, sich aufzulehnen, hätte ihn nachdenklich stimmen müssen. Aber ich vermute, diese Erinnerung ist nach hundert Jahren etwas verblasst. Und dennoch …«

Angesichts der Ironie dieser Geschichte zog er die Augenbrauen hoch und tauschte einen Blick mit Scaurus, der darauf wartete, dass er weitersprach.

»Wie dem auch sei: Alles ging so lange gut, bis sie eine Zenturie zur Bewachung eines Vorpostens entsandten, der an der Straße nach Colonia Claudia liegt. Im Dunkel der Nacht überrannten die Banditen den Vorposten, schlachteten jeden Soldaten ab, der ein Schwert zog, und nahmen den Rest gefangen. Dann steckten sie den Kopf des Zenturios auf einen Speer. Es dauerte nicht lange, bis ihr Anführer – wer immer *er* auch sein mag, sein hiesiger Spitzname ist übrigens ›Obduro‹ – herausfand, woher die Männer der anderen drei Zenturien stammten. Schon in der Nacht darauf ließ er ihr Lager umzingeln und rief sie dazu auf, ihre Offiziere zu töten und ihm im Namen der Göttin Arduinna in den Kampf um die Unabhängigkeit ›ihres Volkes‹ zu folgen. Und genau das taten sie. Denn der Name dieser Göttin hat große Macht über die Menschen, die im Schatten des Waldes aufgewachsen sind.«

Scaurus öffnete die Tasche zu seinen Füßen und fischte den verbeulten Kavalleriehelm heraus. »Könnte es etwa dieser Helm sein, so wie du ihn beschrieben hast?«

Caninus nahm den Helm und untersuchte die Gesichtsmaske, die vom Zusammenstoß mit Julius' Augenschirm eine tiefe Kerbe davongetragen hatte. »Leider nicht. Tatsächlich hätte das die meisten unserer Probleme gelöst und sozusagen der Schlange den Kopf abgeschlagen. Aber diese Maske ist viel zu schäbig, um seine zu sein. Ich nehme an, du hast sie einem der Banditen abgenommen, die euch auf eurem Weg hierher angegriffen haben?« Scaurus nickte, und Caninus breitete die Arme mit nach oben gerichteter Handfläche aus, um seiner Frustration Ausdruck zu verleihen. »Siehst du, welche Macht dieser Mann ausübt? Auch der dümmste aller gewöhnlichen Räuber hat mittlerweile begriffen, dass der Mythos um Obduro ihm behilflich sein kann.«

»Warum ›Obduro‹? Warum einen Namen wählen, der ›der Harte‹ bedeutet?«

Caninus lächelte schief. »Oh, den hat er sich nicht selbst gegeben. Die Stadtbewohner haben ihm diesen Namen verliehen, als sein Modus Operandi deutlich wurde, also nachdem er die ersten Male einen Wachposten oder eine Einheit Soldaten überrannt hatte. Wie ich soeben sagte, hat er stets alle bis auf den letzten Mann töten lassen. Ohne langwierige Prozeduren, aber auch ohne jede Gnade, abgesehen von wenigen Männern, die er mit in den Wald zurücknahm – vermutlich dienen sie ihm als Menschenopfer für ihre Göttin. Ferner wählt er stets einen Mann als Botschafter aus, um mir Kunde von seinen neuesten Siegen zu überbringen.«

Scaurus runzelte die Stirn. »Und die Botschaften sind immer gezielt an dich gerichtet?«

Der Präfekt verzog sein Gesicht zu einem humorlosen Grinsen. »Oh, ja, sie gelten *ausschließlich* mir. Er scheint fest entschlossen, mich tot sehen zu wollen. Mit jeder neuen

Botschaft, die wir von ihm erhalten, verhöhnt er mich. Und er sorgt dafür, dass der Überlebende mich höchstpersönlich aufsucht und mir in bildhafter Genauigkeit erzählt, was mir blühen wird, falls ich gefangen genommen werde. Er sagt ihnen, er werde es erfahren, wenn sie seine Botschaft nicht exakt überbringen. Und sollten sie seine Anweisungen nicht bis ins kleinste Detail befolgen, dann werden sie dasselbe Schicksal erleiden, das er für mich vorgesehen hat. Ferner hält er sie dazu an, mir seine Botschaften keinesfalls privat, sondern in aller Öffentlichkeit zu verkünden, sodass alle Leute es hören.«

»Was wohl bedeutet, dass er ein paar wertvolle Informationsquellen in deiner nächsten Nähe besitzt.«

Der Präfekt starrte einen Moment seine Stiefel an. »Richtig, diesen Gedanken hatte ich auch schon. Aber wer immer das ist, muss entweder schreckliche Angst haben oder ihm völlig ausgeliefert sein. Vielleicht jemand, von dem ein Familienmitglied oder sonst ein geliebter Mensch als Geisel gefangen gehalten wird. Vergiss nicht, wie viele Reisende täglich auf ihrem Weg längs der Hauptstraße von Bagacum Nerviorum zur Furt über die Mosa durch Tungrorum kommen. Jeder Einzelne von ihnen könnte zu seiner Bande gehören und ausgesandt worden sein, um seine Drohungen zu übermitteln. Auf diese Weise sichert er sich den Gehorsam desjenigen, der in meiner Nähe ist. Wer immer das auch sein mag.« Er lehnte sich zurück an die Wand und schüttelte betrübt den Kopf. »Die meisten meiner Leute haben ihre Familie in der Stadt, weshalb jeder Einzelne für einen so skrupellosen Mann wie ihn eine gute Gelegenheit darstellt, seine Drohungen zu überbringen und Druck auszuüben. Daher könnte jeder von ihnen ein Spion von ihm sein, ganz egal, ob er das aus freien Stücken tut oder nicht. Die einzige Lösung dafür ist, diesen Obduro zu finden und ihm den Kopf in altehrwürdiger Manier von den Schultern zu schlagen. Und das muss in einer Weise vonstattengehen, dass meine Würfel verborgen bleiben und nicht zu sehen sind, bis ich sie auf den Tisch werfe.«

Der Tribun stand auf und ging zu der Karte hinüber. »Nachdem ich der Kommandeur der einzigen kampferfahrenen Einheit bin, die dir zur Verfügung steht, würde ich sagen, wir sollten uns schnellstmöglich einen Weg überlegen, wie wir dem räuberischen Treiben dieser Bande Einhalt gebieten können. Wie du zuvor erzählt hast, habt ihr die letzten Monate immer nur auf die Angriffe reagiert und ohne Erfolg nach ihm gesucht. Ich denke doch, meine vierzehnhundert Männer haben bessere Chancen, ihn zu finden, als deine dreißig.«

Caninus zeigte auf den dunklen Waldfleck, der die südliche Hälfte der Karte bedeckte. »Der einzige Ort, an dem man ihn angreifen kann, ist dieser hier. Aber sei vorsichtig, Tribun. Der Arduinna-Forst genießt zu Recht den Ruf, für unvorbereitete Männer gefährlich zu sein, insbesondere zu dieser Jahreszeit. Es mag zwar schon Frühling sein, aber der Winter kann unvermittelt jederzeit den Wald erneut heimsuchen.« Nachdenklich berührte er das Amulett an seinem rechten Handgelenk.

Scaurus nickte feierlich. »Wie ich sehe, glaubst auch du an Mithras den Unbesiegten. Ich würde mich freuen, wenn wir einmal gemeinsam den Gottesdienst verrichten könnten. Die Stadt hat doch einen Tempel? Außerdem brauchst du dich nicht zu sorgen, Kamerad. Ich werde nicht einen Fuß in dieses Baumlabyrinth setzen, ohne zuvor Ratschlag und Weisung von dir eingeholt zu haben. Und nun sollte ich besser gehen und nachschauen, wie weit meine Männer mit den Bauarbeiten gekommen sind.« Er griff nach seinem Umhang und schickte sich an aufzubrechen, wandte sich aber noch einmal um, als er die Tür erreichte. »Noch etwas: Du sagtest, du seist von der Legionsfestung Bonna hierher abkommandiert worden. Bist du dort aufgewachsen?«

Caninus verneinte kopfschüttelnd und deutete auf den Fleck der Karte, der Tungrorum darstellte. »Nein, Tribun. Ich bin von hier, in dieser Stadt geboren und aufgewachsen. Zwar habe ich mich auf Geheiß des Kaisers einige Jahre in der Ferne aufgehalten, aber wann immer sich die Gelegenheit bot, zu meinem Geburtsort Tungrorum zurückzukehren, ergriff ich sie ohne Zögern. Im Nachhinein muss ich allerdings sagen, dass ich vielleicht anders entschieden hätte, wenn ich gewusst hätte, auf was ich mich hier einlasse.«

Scaurus nickte mitfühlend. »Du meinst, es sei besser, nicht zurückzukehren?«

Der Präfekt schüttelte bedächtig den Kopf. »Nein, Tribun, der Fehler lag nicht in der Rückkehr. Mein Fehler war es zu erwarten, diesen Ort wieder so vorzufinden, wie ich ihn verlassen hatte.«

Um das Geräusch klappernder Hufe gedämpft zu halten, setzte sich die Abteilung in zwei Reihen längs der Straßenränder in Bewegung. Mit Wurfspeeren und Schilden bewaffnet, trabten sie rasch Richtung Westen, immer tiefer in den Nebel hinein. Das Wissen, jede Sekunde auf Feinde stoßen zu können, machte die Reiter ein wenig unsicher, weshalb die Anspannung immer größer wurde. Marcus glaubte schon, sie hätten die Banditen im Nebel verloren, als ein scharfäugiger Reiter rechts der Straße in die Felder zeigte und seinem Decurio eine Warnung zurief. Kaum sichtbar im dicken Nebel, war undeutlich ein Fuhrwerk zu erkennen. Mehrere Männer standen dahinter und versuchten anscheinend, eines der Wagenräder aus dem schlammigen Boden freizubekommen. Marcus trieb seinen Grauen auf die Banditen zu und kippte seinen Speer aus der senkrechten Tragehaltung nach vorn. Als das große Pferd die eiserne Speerspitze innerhalb seines Sichtfelds erblickte, brauchte es keine weiteren Ermutigungen. Es schnellte vorwärts und galoppierte über den schweren Lehmboden des Feldes auf die Räuber zu, wobei Erdklumpen durch die Luft flogen.

Als die Banditen sahen, dass eine ganze Mauer von Reitern aus dem Nebel auf sie zujagte, zauderten sie keinen Moment und begannen sogleich davonzulaufen, doch ihre Fluchtversuche beschränkten sich auf nicht viel mehr als ein Wanken durch schlammigen Feldboden. Marcus ritt auf einen der in alle Richtungen auseinanderstiebenden Männer zu, hieb ihn mit einem Faustschlag zu Boden und stieß ihm mit einem Schrei den eisernen Speer ins Kreuz. Er zog die Klinge sofort wieder heraus und wendete sein Pferd, um sich ein neues Opfer zu suchen. Er hörte, wie ein Pferd in größter Bedrängnis wieherte und ein Reiter hart zu Boden fiel. Nur eine Sekunde später erklangen ein Siegesschrei sowie ein stöhnendes Röcheln. Während er zu dem Geräusch hinüberritt, trat urplötzlich ein kahlgeschorener Schwertträger aus dem Dunkel, der eine blutige Klinge hob und sich anschickte, diese in die Nüstern seines Pferdes zu treiben. Marcus rammte seine Speerspitze in das Gesicht des Angreifers, der in den Dreck fiel und sich die Hände vor das zerstörte, blutende Antlitz hielt.

Marcus hielt sich am Nacken seines wütenden Pferdes fest und lenkte den Grauen durch sterbende oder bereits getötete Banditen hindurch zu drei Getreidekarren. Am Ende der kurzen Wagenkolonne waren zehn und mehr Banditen von Reitern umzingelt, die ihre Speere auf sie richteten. Silus sah Marcus und ritt zu ihm hinüber, um außer Hörweite mit ihm sprechen zu können.

»Nicht schlecht, wir haben nur einen Verwundeten. Ich habe ihn auf einen der Wagen legen lassen, und falls er die Fahrt überlebt, kann deine Frau ihn vielleicht dank ihrer Heilkunst retten. Aber was sollen wir mit diesem erbärmlichen Haufen von Halsabschneidern machen? Auf der Stelle töten oder sie mit zurück nach Tungrorum nehmen?«

Marcus verzog das Gesicht. »Eins nach dem anderen, würde ich sagen. Erst einmal müssen wir herausfinden, was sie mit den Fuhrleuten gemacht haben und wo sie mit dem Getreide hinwollten. Vielleicht sind da noch mehr Räuber, die auf ihre Rückkehr warten, was bedeuten würde …«

»Dass wir noch ein Schlangennest ausrotten könnten. Gute Idee.« Silus wandte sich an seine Männer und rief seinem Stellvertreter einen Befehl zu. »Duplicarius! Nimm ihnen die Waffen weg und lass sie in einer Reihe neben dem Wagen knien. Hände hinter dem Rücken, Beine gefesselt.« Er stieg vom Pferd, Marcus ebenso. »Dir ist klar, dass es nicht leicht sein wird, Informationen aus ihnen herauszubekommen?«

Der Römer nickte abwesend, denn er war damit beschäftigt, mit seinem Dolch einen Getreidesack aufzuschneiden. Er nahm einige Körner, die aus einem kleinen Spalt fielen, in die Hand. Als er daran roch, wich er zurück und rief »*Qadir!*«

Der Optio führte sein Reittier über das Feld und trat

mit den Füßen gegen das hölzerne Rad eines Wagens, um Schmutzklumpen von seinen Stiefeln wegzubekommen. »Zenturio?«

Marcus reichte ihm das Getreide.

Der Hamier senkte die Nase und roch bedächtig an den Körnern. Er verzog das Gesicht und steckte ein Getreidekorn in den Mund. Nach kurzem Kauen spuckte er die Überreste angeekelt wieder aus. »Verdorben, wahrscheinlich verschimmelt. Ob man das gefahrlos essen kann, ist fraglich, denn verschimmeltes Getreide ist unberechenbar, ganz abgesehen davon, dass es ekelhaft schmeckt. Davon kann man tagelang krank werden und schwach wie ein Säugling in den eigenen Exkrementen herumliegen. Ich glaube kaum, dass ein Bauer so verdorbene Ware nach Tungrorum liefern lassen würde, denn kein Käufer mit auch nur ein bisschen Erfahrung würde ihm etwas dafür bezahlen.«

Mit einer Kopfbewegung deutete Marcus auf die gefesselten Gefangenen. »Und vielleicht werden wir nie erfahren, warum sie dieses Korn in die Stadt bringen wollten – es sei denn, einer der Gefangenen kann uns zu möglichen Überlebenden des Überfalls führen.« Sein Optio hob zweifelnd die Augenbrauen. »Ich weiß, es ist eher unwahrscheinlich, aber …«

Er führte den Hamier zu Silus hinüber, der bereits auf sie wartete. Er hatte sein Schwert gezogen und blickte grimmig über die Reihe Banditen, die vor Angst schlotterten.

»Jetzt seid ihr nicht mehr so mutig, was? Nun, ich kann euch verraten, dass es noch schlimmer kommen könnte, viel schlimmer. Ihr müsst euch also entscheiden, ihr Dreckskerle. Entweder ihr sterbt gleich hier, schnell und schmerzlos, oder ihr erzählt uns, was wir wissen wollen.«

Einer der Banditen schaute trotzig zu ihm hoch. »Ach ja? Und dann lasst ihr uns frei, oder was?«

Mit einem breiten Lächeln ging Silus zu ihm hinüber. »Sehr gut. Es gibt immer einen, der als Erster drankommen will.« Er nickte einem Kavalleristen zu, der vor den knienden Gefangenen stand.

Der Soldat trat vor, griff den Banditen beim Schopf und zog seinen Kopf herunter, sodass der Nacken frei lag.

Silus legte seine Spatha auf die entblößte Haut und bewegte die scharfe Klinge vor- und rückwärts, mit gerade so viel Druck, dass ein dünnes Rinnsal Blut am Hals des hilflosen Mannes herunterlief. »Natürlich werde ich dich nicht freilassen, aber zumindest wirst du den heutigen Tag überleben. Und wer weiß, vielleicht singst du ja sogar so laut und schön, dass der Prokurator dein Leben schonen wird, weil du uns geholfen hast?«

»Uns schonen? Wahrscheinlich wird er eher …«

Silus hob die Klinge, nahm einen kurzen Atemzug und riss sie auf den Nacken des Mannes herunter, dessen Kopf dabei halb von den Schultern abgetrennt wurde. Mit einem zweiten Schwertstreich war das Werk vollendet, und der kopflose Körper kippte nach vorn. Eine Unmenge Blut quoll heiß aus dem Nackenstumpf und spritzte zu dem Soldaten hoch, der unwillkürlich den Kopf des Mannes fallen ließ, um sich die Augen frei zu wischen. Finster blickte Silus zu dem Soldaten hinüber, der den Kopf hätte halten sollen, beugte sich dann aber selber hinab. Er nahm den blutigen, dreckverschmierten Kopf und hob ihn in die Höhe, damit die anderen Banditen ihn betrachten konnten. Ihre Gesichter waren von Angst und Hass gezeichnet, und sie schienen zu ahnen, dass sie schon bald dasselbe Schicksal erleiden würden. Marcus stand seitlich der knienden Räuber und beobachtete die Szene. Die Tötung eines hilflosen Gefangenen löste in ihm eine wilde Gedankenflut aus.

»So, dieser Mann wollte also hier auf einem schlammigen Feld sterben, ohne dass ihm jemand eine Münze für den Fährmann gegeben hätte. Spürt sonst noch einer von euch das Bedürfnis, gleich hier und jetzt aus dem Leben zu scheiden? Oder möchte vielleicht einer von euch sprechen, sodass wir uns die Prozedur bis hin zum letzten toten Mann sparen können? Immer noch nicht?«

Er nickte zu dem Soldaten, der den nächsten Haarschopf ergriff und sein Gesicht abwandte, während sich der Decurio bereit machte. Er ergriff die Waffe mit beiden Händen, hob sie, atmete kurz ein, dann sauste das Schwert mit einem einzigen sauberen Schlag herunter.

Silus nickte zufrieden. »Sieht so aus, als hätte ich den Dreh allmählich raus. Hat jemand etwas zu sagen? Nein? Auch gut.«

Er trat zum nächsten Mann in der Reihe und hob die Klinge, während der Soldat dessen Haarschopf festhielt. Mit einem kurzen Atemzug spannte der Decurio seine Muskeln, um den nächsten tödlichen Schlag abzuliefern, hielt dann jedoch inne. Der hilflose Mann unter dem Schwert stöhnte laut vor Verzweiflung und hatte sich hörbar seiner Exkremente entledigt.

Mit einem Grinsen wandte sich Silus an den Banditen und rümpfte die Nase, als er den Gestank roch, der das Resultat seiner Todesangst war. »Keiner will mit leerem Magen sterben. Vielleicht war ich nicht fair.« Er blickte zu dem Mann hinüber, der sich am weitesten vom ersten getöteten Banditen entfernt befand, und alles Blut wich aus dessen Gesicht.

»Schließlich habe ich in der Mitte der Reihe angefangen, und vielleicht hätte ich den Mann auf der anderen Seite als Dritten auswählen sollen.« Er bedeutete dem Soldaten, den Kopf des Banditen in seiner Hand anzuheben, damit er ihm ins Gesicht sehen konnte. »Was meinst du dazu? Wäre es gerechter, wenn ich mal auf die andere Seite hinüberginge?« Der Gefangene glotzte ihn wortlos an und schien seine verzweifelte Lage kaum begreifen zu können. Silus strich ihm über das Kinn und sagte mit nachdenklichem Ausdruck: »Ja, es scheint sonst schon ein wenig ungerecht zu sein …«

Der Decurio wandte sich von dem Banditen ab und bedeutete seinem Gehilfen, ihm zu folgen. Dieser ließ den Haarschopf des Gefangenen los, worauf der hilflose Mann kopfüber in den Schlamm fiel und wie ein Säugling zu weinen begann. Der Decurio ging die Gefangenenreihe entlang, und auf ein Zeichen von ihm zog sein Gehilfe ein neues Opfer, diesmal mit kupferrotem Haar, aus der Reihe, um es für den tödlichen Hieb bereit zu machen. Silus stand über dem Mann, hob das Schwert und wartete geduldig auf eine wie auch immer geartete Reaktion.

Nach einem Augenblick drehte der Gefangene den Kopf, so gut dies aufgrund des Griffs an seinem Haarschopf möglich war, und knurrte wütend zu seinem Scharfrichter: »Mach schon, bring es zu Ende!«

Der Decurio sah freundlich lächelnd auf ihn herab. »Gut, endlich einer mit einem respektablen Paar Eiern. Du bist sicher keiner, der sich gleich in die Hose scheißt, oder? Diesen Mann kann ich nicht töten, denn er verdient einen besseren Abgang, als auf einem schlammigen Feld zu knien und sich den Kopf abhacken zu lassen. Gehen wir lieber zu dem anderen zurück.«

Sein ursprüngliches Opfer lag noch immer auf dem kalten Feldboden und stieß bei diesen Worten einen schrillen Schrei des Entsetzens aus. »Nein! Nicht ich! Ich sage euch alles, was ihr wissen wollt. *Alles!*«

Der Rothaarige antwortete darauf mit einem wütenden Spucken. »Halt den Mund! Gute Männer werden sterben, wenn du sie verrätst, und wir sterben sowieso, egal ob hier oder in irgendeinem …«

Silus drehte sich blitzschnell um und köpfte den Mann mit einem einzigen raschen Schlag. Dann wandte er sich wieder dem weinenden Banditen zu und lächelte angespannt. »Es ist unhöflich, andere beim Reden zu unterbrechen, nicht? Was sagtest du eben …?«

Als die Kolonne der Legion am Schauplatz des Geschehens eintraf, sah Tribun Belletor, wie Marcus und eine Handvoll Soldaten die getöteten Banditen am Rande der Straße aufeinanderschichteten. Den schwer verwundeten Tungrer hingegen hatten sie in seinen Umhang gehüllt und auf den letzten Wagen gelegt, um ihn in die Stadt zurückzutransportieren.

»Was ist hier vorgefallen, Zenturio? Gab es ein Gefecht?«

Marcus erklärte ihm kurz alles Wesentliche und sah, wie der Tribun mit einer Mischung aus Entsetzen und Ekel auf das Gemetzel schaute, das die Banditen ausgelöscht hatte. Dabei warf er auch einen Blick auf die drei Opfer, die während der Befragung durch Silus geköpft worden waren. Das Gesicht des übergeordneten Offiziers nahm einen unglücklichen Ausdruck an.

»Diese Männer scheinen enthauptet worden zu sein?«

Marcus nickte ungerührt. »Wir mussten eine Vernehmung vor Ort durchführen, Tribun. Die andere Hälfte unserer Abteilung jagt gerade anhand der Informationen, die wir erlangen konnten, den Rest der Räuberbande.«

»Das ist *inakzeptabel*, Zenturio.« Er schüttelte wütend den Kopf.

Marcus wartete darauf, dass er weitersprechen würde, und fragte sich, ob der Legionsoffizier am Ende doch menschlicher war, als sein Ruf vermuten ließ.

»Schau ihre Arme an!«

Da begriff Marcus, dass Belletor die Brandzeichen auf den Armen der Toten gesehen hatte, die sie als Sklaven erkennbar machten.

»Das geht nicht! Jeder dieser Männer gehörte jemandem. Mein Vater betreibt ein großes Gehöft in Italien, daher weiß ich, was gute Sklaven wert sind.«

»Gute Sklaven, Tribun?«

Belletor, der den bitteren Unterton in der Stimme des jungen Zenturios nicht bemerkt hatte, schenkte ihm ein schmallippiges Lächeln. »Gesunde Männer, die jahrzehntelang hart arbeiten können, wenn man sie richtig behandelt. Es ist nicht die Aufgabe der Armee, diese Tiere zu töten, denn das ist ihren Herren vorbehalten. Ein guter Sklavenaufseher hätte dafür gesorgt, dass die Männer für ihre Schuld auf mannigfaltigste Weise büßen würden, und hätte dadurch einen Nutzen für das Landgut erwirken können. Das wäre doch besser gewesen, als ihnen schnell die Köpfe abzuschlagen und sie dann hier im Dreck verfaulen zu lassen, findest du nicht?«

Marcus nickte rasch, denn er wusste, dass er diese Auseinandersetzung keinesfalls für sich entscheiden konnte. »In der Tat, Tribun. Wenn du mich nun entschuldigen würdest, werde ich diese Karren auf den Weg nach Tungrorum bringen lassen.«

Belletor antwortete in einem kompromisslosen Ton, der keine Widerrede duldete. »Das wird nicht nötig sein, Zenturio. Die Erste Legion Minervia wird diesen Konvoi zum Getreidelager der Stadt zurückeskortieren. Und du kannst auch gleich den Soldaten vom hintersten Wagen herunterladen, denn ich werde nicht zulassen, dass das Getreide des Kaisers durch das Blut eines Sterbenden verdorben wird.«

Marcus wandte sich abrupt um, und es kostete ihn alle Mühe, seine Wut über diese harschen Worte im Zaum zu halten. »Tribun! Ich habe eine Probe aus jedem Wagen entnehmen lassen. Meine Familie hat mit Getreide gehandelt, daher ließ ich den Inhalt der Säcke untersuchen. Dabei haben wir festgestellt, dass dieses Korn schon jetzt unbrauchbar ist, denn es ist verschimmelt. Außerdem bin ich der Ansicht, dass mein Soldat auf dem Rücken liegend lange genug überleben wird, um zu unserer Medica zu gelangen, und die einzige Möglichkeit, dies zu bewerkstelligen, ist, dass wir …«

Belletor schüttelte ablehnend den Kopf. »Das wäre untragbar, Zenturio. Dein Mann wird mit einem Pferd vorliebnehmen müssen, denn ich *werde* dieses Korn in die Getreidespeicher bringen, bevor andere Räuber auf die Idee kommen, sich daran gütlich zu tun.«

Er wandte sich an seine Männer und gab den Zenturios den Marschbefehl. Marcus ballte eine Hand zur Faust und wollte gerade die andere auf Belletors Schulter legen, als er ein kräftiges Ziehen an seinem Ärmel verspürte. Als er sich umdrehte, sah er den Hamier Qadir hinter sich stehen, der ihn mit einem warnenden Kopfschütteln anblickte. Dann trat er näher und sprach leise in Marcus' Ohr.

»Seit dem Tod deines Freundes Rufius hast du niemanden mehr, der dich von deinen dunklen Trieben abhält, die alles zerstören werden, was du auf dieser Welt noch besitzt. In Ermangelung eines Mannes, dessen Ansicht du bereitwillig zu teilen bereit wärst, lass mich dir einen Vorschlag machen, der zumindest die zweitbeste Lösung sein könnte.« Er verbeugte sich leicht. »Ich bin dein Freund, also würde ich dich lieber im Verborgenen zu deinem vollen Leistungsvermögen heranwachsen sehen, als dich wie eine leidenschaftlich auflodernde Stichflamme zu erleben, die nur von kurzer Dauer ist und dabei die Aufmerksamkeit mächtiger Männer auf sich zieht. Zumal du damit auch uns dieser Aufmerksamkeit preisgeben würdest.«

Der Römer nickte bedächtig, und sein Ärger verpuffte zu einem leichten Unwohlsein in der Magengegend. »Ich danke dir. Der Tribun möchte unseren Mann vom Getreidewagen herunternehmen lassen. Meinst du, er würde es dennoch …«

»Unser Mann ist bereits verstorben; die Wunde war zu tief. Ich habe eine Münze zwischen seine Lippen gelegt und unseren Kameraden aufgetragen, ihn so würdevoll wie nur möglich auf seinem Pferd zu transportieren.«

Marcus wurde bleich, und seine Lippen verzogen sich zu einem schiefen Lächeln. »Umso besser, dass du mich zurückgehalten hast, sonst hätte ich diesem adligen Idioten ganz umsonst einen Kinnhaken verpasst.«

Qadir lächelte finster zurück. »Einen Kinnhaken? Ich könnte wetten, das hast du nicht bei einem deiner Philosophielehrer gelernt.«

Sein Freund antwortete mit einem Kopfschütteln. »Nein, diesen Begriff habe ich von einem Gladiator, den mein Vater freikaufte, um mich den Faustkampf zu lehren, damit ich im Bedarfsfall darauf zurückgreifen könnte. Eigentlich hätte jeder gefallene Sohn aus reichem Hause so einen Lehrer haben sollen. Aber lass uns nun die Toten einsammeln und zurück nach Tungrorum ziehen.« Er öffnete seine geballte Faust, in der er eine Handvoll verdorbenen Korns hielt. »Ich bin mir sicher, Tribun Scaurus wird dies ausgesprochen interessant finden.«

3

Als die kleine Reiterschar unter der Führung ihres Zenturios die Gefangenen in die Stadt brachte, wartete Scaurus bereits mit Julius am Westtor, denn Marcus hatte einen Reiter als Boten vorausgesandt, um ihn vorzuwarnen.

»Noch ein paar Gefangene, um deine Zellen zu füllen, nicht wahr, Prokurator? Wir sollten uns treffen und besprechen, was wir mit all denen anfangen wollen.«

Albanus schnaubte verächtlich. »Was mich betrifft, kannst du den ganzen Haufen gerne auf der Stelle kreuzigen lassen.«

Marcus stieg vom Pferd und bedeutete einem Soldaten, das groß gewachsene Tier wegzuführen. Er salutierte vor den beiden Männern und warf Scaurus einen vielsagenden Blick zu, während er in seinen Beutel griff und eine Tafel herauszog. »Verzeiht mir, Herr, aber ich habe *Anordnungen* von Tribun Belletor. Er folgt uns gerade hierher und eskortiert vier Wagenladungen Getreide, das diese Banditen acht Meilen östlich der Stadt erbeutet haben. Wahrscheinlich stammt es von einem der hiesigen Gehöfte, wenngleich die meisten Männer, die den Konvoi begleiteten, von den Banditen ermordet wurden. Ein Großteil des Korns scheint jedoch verschimmelt zu sein. Der Tribun hat mich angewiesen, diese Gefangen zu den Sklavenquartieren der Stadt zu bringen und bewachen zu lassen, bis ihre Besitzer sie zurückfordern.«

Scaurus sah Albanus fragend an. »Erscheint dir das angemessen, Prokurator? Diese Männer sind Banditen. Zenturio, ich darf annehmen, sie wurden auf frischer Tat ertappt?« Marcus nickte. »Dann ist ihr Leben verwirkt. Ich finde den Gedanken meines Kollegen, den Schutz von Privateigentum über die Rechtsprechung zu stellen, doch sehr erstaunlich.«

Albanus zuckte gleichgültig die Achseln. »Ihr Leben liegt in der Hand des Kaiserreichs, Tribun. Ob das Imperium sie einfach töten lässt oder sie zu ihren Eigentümern zurücksendet, um ihre Bestrafung zu verlängern, ist zu einem späteren Zeitpunkt zu besprechen. Jetzt aber solltest du mit ihnen so verfahren, wie du es für angemessen hältst. Ich hingegen muss mich darum kümmern, dass das zurückgewonnene Korn sicher in unserem Getreidelager ankommt.« An Marcus gewandt, fragte er: »Zenturio, gab es Überlebende unter den überfallenen Fuhrleuten?«

»Nur einen, Herr. Er konnte zu Beginn des Überfalls entkommen und rannte um sein Leben.«

Der Prokurator schürzte die Lippen. »Was, nur einer? Dieser Mann scheint tatsächlich vom Glück verwöhnt zu sein.«

Scaurus hob fragend die Augenbrauen. »Dann gehe ich davon aus, du möchtest baldmöglichst mit ihm sprechen? Sicher wirst du wissen wollen, wem du das geborgene Getreide bezahlen sollst.«

Albanus schüttelte den Kopf. »Nicht, wenn es verschimmelt ist. Ich werde es gesondert lagern, um zu verhindern, dass irgendein Narr es zu verkaufen oder an Tiere zu verfüttern versucht. Aber keinesfalls werde ich für unbrauchbares Getreide bezahlen.«

Scaurus nickte anerkennend. »Vorbildlich, Prokurator:

keine Bezahlung für ungenießbare Nahrung. Allerdings frage ich mich, warum sich dann überhaupt jemand die Mühe gemacht hat, vier Wagenladungen von dem Zeug hierher zu bringen. Es war doch klar, dass kein Geld dafür bezahlt werden würde. Nun gut, dann lasst uns jetzt einen Blick auf euer doch sehr eindrucksvolles Getreidelager werfen. Ich bin zugegebenermaßen neugierig, ein so prächtiges Gebäude zu sehen. Es macht dir doch nichts aus, wenn uns diese beiden Offiziere begleiten, oder?«

»Du hast noch nie etwas gesehen, was auch nur halb so groß war! Es ist riesig! Unser ganzes Kastell Vercovicium würde da hineinpassen. Und längs der Mauern waren Kornkammern, von denen jede einzelne doppelt so groß war wie ein Barackenlager. Und die Hälfte der Speicher war voller Getreidesäcke. Genug Getreide, um eine Legion ein Jahr lang zu ernähren – das zumindest hat der schmierige Zivilistenkerl gesagt.«

Die anderen Männer, die sich im Zelt befanden, hatten über die Jahre gelernt, dass alles, was der Soldat namens Narbengesicht sagte, mit Vorsicht zu genießen war. Dennoch starrten ihn alle im blassen Licht der Laterne an und hörten gebannt zu. Allerdings schien ihm nicht jeder freundlich gesinnt. Der zweite Veteran im Zelt, er hieß Sanga, lächelte höhnisch von der anderen Seite des engen Raumes herüber. Er und Narbengesicht hatten sich mehrere Jahre Gefechte darüber geliefert, wer die Gruppe offiziell anführen würde.

»Während wir uns also den Arsch aufgerissen haben, um eine Kaserne zu errichten, hast du dich ›mit dem Herrn Tribun‹ verzogen. Da war nicht etwa ein gewisser Zenturio dabei, der zwei Klingen trug? Oder täusche ich mich?«

Einer der beiden Hamier im Acht-Mann-Zelt kicherte leise hinter der Hand. Nach der Entscheidung einiger Syrer, bei der Kohorte zu bleiben, hatten Marcus und Qadir beschlossen, sie vollständig in die Gruppe einzubinden, um zu verhindern, dass sich zwischen den Veteranen und ihren neuen Kameraden ein Verhältnis von ›wir und die anderen‹ entwickelte.

Narbengesicht schnaubte spöttisch und stupste seinen schwieligen, vernarbten Finger in die Brust des Hamiers, allerdings leicht genug, um nicht beleidigend zu wirken. »Hör auf, so zu kichern, mein Hübscher, sonst muss ich dir eine runterhauen. Ich wurde angewiesen, die Offiziere und drei andere Kerle, die auf der Mauer Wache standen, zu eskortieren. Und ja, tatsächlich waren Latrine und Zwei-Klingen mit von der Partie.«

Er betrachtete den älteren Mann mit hartem Blick, doch dieser ließ sich davon nicht einschüchtern und antwortete in abfälligem Ton.

»Ja, *natürlich* war Zwei-Klingen dabei. Wie nannte dich Latrine doch gleich, als wir die Festung der Speere einnahmen? Oh, ja, jetzt erinnere ich mich: Er sagte, du würdest ›*ihm* nachlaufen wie eine brünstige Ziegenherde‹. Ich glaube, Zenturio Corvus fragt sich bereits, ob er tatsächlich die Medica oder vielmehr dich geheiratet hat!«

Narbengesicht zog eine Braue hoch, und seine Antwort klang ein wenig enttäuscht. »Der erbärmliche Dreckskerl Julius war nur entnervt, weil wir den Hügel hinauflaufen mussten und die toten Selgovae fanden, denen der einäugige Barbar den Schwanz abgehackt hatte, was er lieber selbst getan hätte. Nur deshalb ist er auf mich losgegangen. Du aber scheinst unsere Übereinkunft vergessen zu haben, oder? Wir

Veteranen, die erste Reihe, die Besten der gesamten Zenturie? Hatten wir nicht vereinbart, dass wir ein Auge auf den jungen Herrn haben und dafür sorgen würden, dass er nicht zu Schaden kommt? Oder bist du dir vielleicht zu gut dafür, dein Versprechen zu halten, Sanga?«

Auf seinen Schwur angesprochen, fand der Soldat sogleich Ausflüchte. »Nein, das habe ich nicht vergessen. Ich bin mir nur nicht sicher, ob der junge Mann es überhaupt braucht, dass man auf ihn Acht gibt. Beim Schwertkampf würde er nämlich sowohl dich als auch *mich* sofort zu Boden hauen, und wahrscheinlich würde ihn das nicht einmal besondere Anstrengung kosten. Außerdem hat er eine schwangere Frau, was ihm einen Grund dafür liefert, den Kopf einzuziehen. Also denke ich, es ist mittlerweile gar nicht mehr nötig, auf ihn aufzupassen.« Trotzig reckte er sein Kinn vor und wartete auf eine Reaktion von Narbengesicht.

Dieser jedoch zog nur kopfschüttelnd einen Dolch und einen Schleifstein aus seinem Gürtelgehänge. »Das sehe ich anders. Du hast bei der Schlacht um das Rebellenlager neben mir gekämpft und selbst gesehen, wie sehr es ihn mitnahm, als der Kopf des armen alten Rufius auf einen Speer gespießt wurde. Du hast sein Gesicht gesehen, wenn ihn die Wut überkommt.« Er beugte sich über seinen Dolch und ließ die Klinge mit einem langsamen und genüsslichen Schaben über den Schleifstein gleiten. »Wenn ihn etwas so in Rage versetzt, dann denkt er nicht nach und kommt gar nicht auf die Idee, dass es vielleicht besser wäre, sich zurückzuhalten. Nein, dann wirft er sich mit gezogenem Schwert mitten ins Gewühl. Und ich bin mir nicht so sicher, ob seine Heirat mit der Medica oder ihre Schwangerschaft daran etwas geändert hat. Stehst du also immer noch zu unserem Beschluss, oder muss ich mich womöglich vergeblich nach dir umschauen, wenn uns die Scheiße um die Ohren fliegt?«

Der andere Mann sah Narbengesicht an und nickte bedächtig, worauf ein deutliches Ausatmen der übrigen Zuhörer zu vernehmen war, die erleichtert über den glimpflichen Ausgang der Auseinandersetzung schienen.

»Ich werde zur Stelle sein, allerdings nur, um *dir* Rückendeckung zu geben, und nicht, um nach einem todesmutigen Offizier zu sehen.«

»Das reicht mir schon. Aber, um auf das Getreidelager zurückzukommen, es ist wirklich riesig. So groß wie…«

»Ja, größer als der Hügel, das sagtest du bereits. Hohe, lange Mauern, die von Kornkammern gesäumt sind.«

»Und dann…« Narbengesicht hielt demonstrativ inne, um jede weitere Unterbrechung auszuschließen. »Als wir dann drinnen waren, der Tribun, die Zenturios und ich, nun, da flüsterte der Tribun dem Zenturio etwas zu. Und dann marschierte Zwei-Klingen langsam und gemächlich den Getreidespeicher entlang. So, als ob er sich nur unauffällig in aller Ruhe umschauen wollte, während der Tribun dem Zivilisten Fragen stellte. Doch schon nach zwanzig Schritten rannte der alte Mann, der das Lager führt, ihm nach, wie ein Hund hinter einem Kaninchen herjagt. Erzählte etwas von Filz-Überschuhen für die Stiefel, die er bräuchte, um im Speicher herumzulaufen, und dass sie gerade keine übrig hätten, wofür er den Offizier um Entschuldigung bitten wolle. Darauf kehrte unser Junge um und kam zurück, als ob gar nichts wäre. Doch er, Latrine und der Tribun, die tauschten Blicke, und es sah ganz danach aus, als hätten sie schon erreicht, was sie wollten. Auch wenn ich nicht die geringste Ahnung habe, was das sein könnte.«

In dem großen Zelt, das er mit seiner Frau teilte, kauerte Marcus auf einem Feldstuhl, während Felicia seine verdreckten, blutbespritzten Stiefel aufschnürte und den ersten auf einen Haufen schmutziger Wäsche warf. Sein Panzerhemd und seine Waffen, um die sich Morbans Enkel Lupus später kümmern würde, lagen bereits in einer Ecke. »Nimm auch deine Tunika ab, damit ich sie in kaltes Wasser tauchen kann. Zum Glück hattest du nicht die schöne weiße an.«

Abschätzend sah sie zu ihm hoch und wartete auf eine Antwort, doch er starrte mit abwesendem Gesichtsausdruck auf die Zeltwand, sodass sie nicht herausfinden konnte, was hinter seinen Augen vorging.

Als er bemerkte, dass sie verstummt war, zuckte er schuldbewusst zusammen. »Verzeih mir, ich war mit meinen Gedanken woanders. Was hattest du gesagt?«

Felicia warf den zweiten Stiefel auf den Haufen und erhob sich schwerfällig. Ihre Schwangerschaft war mittlerweile deutlich unter ihrer nach vorne ausgebeulten Stola zu erkennen.

»Deine Tunika.«

Sie streckte ihre Hand vor und wartete, während er sich das Gewand über den Kopf zog. Sein hellhäutiger Oberkörper mit den stark ausgebildeten Muskeln zeugte von der täglichen Leibesübung, die das ständige Herumtragen seines Kettenpanzers und der sonstigen Ausrüstung mit sich brachte.

»Zieh diese hier an.«

Fragend hob er eine Braue. »Die weiße?«

»Sie steht dir gut, und außerdem sind alle anderen noch feucht. Du kannst diese Tunika ja nicht wegsperren, nur weil es deine beste ist.«

Er lächelte, zog das Gewand über und straffte den Gürtel, damit der Saum oberhalb seiner Knie lag. Dann schloss er Felicia in die Arme.

»Ich schone sie nur deshalb, weil ich sie an unserer Hochzeit getragen habe.«

Ebenfalls lächelnd, deutete Felicia auf einen blassen Fleck, der die helle Wolle zierte. »Als ob wir das jemals vergessen könnten, solange uns der Weinfleck daran erinnert.«

Beim Gedanken an das wilde Zechgelage, das er mit seinen Offiziersbrüdern gefeiert hatte, nachdem Felicia zu Bett gegangen war und ihn zum Hochzeitsfest zurückgeschickt hatte, zuckte er zusammen.

Sie aber lächelte erneut und zog ihn liebevoll am Ohrläppchen. »Du hattest viele schlimme Erinnerungen zu bewältigen, und wenn dir das mit ein paar Flecken auf deiner Tunika gelungen ist, finde ich diesen Preis durchaus annehmbar.«

»Auch heute musste ich wieder töten.«

Ihr Lächeln wurde sanfter. »Ich weiß, mein Liebster. Ich spüre das immer, ganz egal, ob deine Rüstung mit Blut befleckt ist oder nicht. Du bist vielleicht ein Naturtalent im Schwertschwingen, aber die Auswirkungen seines Gebrauchs machen dir immer wieder schwer zu schaffen, nicht wahr?«

Marcus antwortete mit einem Kopfschütteln. »Ich habe heute nicht nur selbst getötet. Vielmehr musste ich zusehen, wie Silus drei Männer kaltblütig hinrichtete, um den vierten dazu zu bringen, uns Informationen hinsichtlich des Aufenthaltsorts der restlichen Räuberbande zu geben. Ja, ich weiß schon« – er hob entschuldigend die Hände, um ihre Antwort vorwegzunehmen –, »es waren Banditen, die zuvor einen

Bauern und seine Männer getötet hatten, also hatten sie ihr Schicksal verdient. Und dennoch …«

»Und dennoch erscheint es dir, als ob du dich allmählich gegen diese Art von Leben abhärten würdest? Denn obwohl du selbst niemals einen Mann kaltblütig umbringen könntest, hast du einem anderen Mann dabei zugesehen, ohne zu versuchen, es zu verhindern. Nun fürchtest du, dass du durch das Erlangen der notwendigen Stärke, um deine Feinde zu besiegen, deinen Kameraden vielleicht zu ähnlich wirst? Und dabei jenen Anteil deiner selbst verlieren könntest, den dein Vater mehr als alles förderte und für unabdingbar erachtete? Du hast mir ja oft genug erzählt, wie sehr er den Anstand anderen Menschen gegenüber hervorhob, wann immer er mit dir darüber sprach, wie man zu leben versuchen sollte.«

Ihr Gatte nickte und sah zum Zeltdach hinauf, als ob er dort oben die Erinnerung an seines Vaters Worte finden könnte. Worte, die in kostbaren Tagen gefallen waren, bevor der Senator und seine Familie aufgrund kaiserlichen Intrigenspiels ermordet worden waren und ihr Anwesen von neidischen, habgierigen Männern hinter dem jungen Kaiser beschlagnahmt wurde.

»›Würde, Wahrhaftigkeit, Beharrlichkeit, aber mehr noch als alles andere Gnade, wann immer du Gelegenheit zu deren Ausübung findest‹. Genau das hat er mir gesagt, wenn unsere Gespräche sich um die Ethik drehten, nach der ein Mitglied des Senats zu leben habe. Langsam aber stetig spüre ich, wie mir seine Lehren mehr und mehr entgleiten. Mit jedem Feind, den ich dem Schwert aussetze, entferne ich mich von dem Mann, den er heranzog, und werde den Männern, die unsere Familie zerstört haben, ein wenig ähnlicher.«

Felicia umarmte ihn erneut und flüsterte ihm dann ins Ohr: »Ich werde es niemals zulassen, dass du wie die Männer wirst, die diese schrecklichen Untaten begangen haben. Und deine Freunde werden das ebenso wenig. Aber du kannst diesen Albtraum nur überleben, wenn du dich abhärtest und alles tust, was du tun musst, um zu überleben und diejenigen zu schützen, die dir am Herzen liegen.«

In diesem Moment öffnete sich der Eingangsspalt des Zeltes, und Arminius' Kopf erschien.

Als er sah, dass sich das Paar in den Armen lag, hob er entschuldigend die Hand und wollte sich zurückziehen, doch Felicia bedeutete ihm mit einer Geste einzutreten.

»Genau das, was mein Gatte jetzt braucht: einen Freund, der mit ihm etwas trinken geht und sich die Geschehnisse des Tages erzählen lässt.«

Arminius drückte sich durch den Spalt und schob dabei den Knaben Lupus vor sich her. Dann verbeugte er sich vor der Medica und grinste zu seinem Freund hinüber. »Das mit dem Trinken werden wir wohl erst später hinbekommen. Der Tribun hat mir nämlich aufgetragen, dich abzuholen, Zenturio. Im Tempel des Präfekten Caninus wird heute ein Gottesdienst verrichtet, und man hat unsere Anwesenheit erbeten. Allerdings würde ich dir raten, deinen Umhang anzulegen, denn draußen weht ein kalter Wind, der dir ohne den Mantel bis auf die Knochen dringen wird. Und du, Junge...« Er klopfte Lupus auf die Schulter, während der Knabe bestürzt auf Marcus' verschmutzte Ausrüstung starrte. »Du kannst dich inzwischen mit diesem Haufen hier befassen. Ich will die Sachen glänzen sehen, wenn wir zurückkommen, und sorge auch dafür, dass du jeden Tropfen Blut von den Ringen bekommst. Vergiss nicht, dass du in ein paar Tagen Geburtstag hast. Wenn du also die Ausrüstung des Zenturios in einem angemessenen Zustand hältst, wirst du bald einen Nutzen daraus ziehen. Mach deine Arbeit daher sorgfältig, dann können wir morgen früh wieder mit Schwert und Schild üben und einen richtigen Kampf ausfechten.«

Der Junge nickte verdrießlich und setzte sich mitten in den Haufen von Ausrüstung. Dann zog er Lappen und Bürsten aus seiner Tasche und machte sich an die allabendliche Prozedur der Reinigung von Rüstungsteilen und des Polierens von Stiefeln, denn er wusste, dass er diesen Preis bezahlen musste, um morgens mit dem Germanen trainieren zu dürfen.

Marcus warf seinen Umhang über und griff nach seinem Rebstock, der auf dem Feldbett lag. »Sehr gut. Dann lass uns gehen und herausfinden, was für einen Tempel zu Ehren des Allmächtigen die Stadt Tungrorum bereithält. Es muss schon ein besonderes Gebäude sein, wenn es dem Tempel im Kastell Brocolitia gleichkommen will.«

Arminius lachte kopfschüttelnd. »Ihr Soldaten wollt immer nur das Beste vom Besten, nicht wahr? Du wirst Julius von Tag zu Tag ähnlicher.«

Mit einem Achselzucken steckte Marcus seinen Umhang fest. »Es gibt schlechtere Männer, denen man ähneln könnte.«

Der Germane antwortete darauf mit einem ironischen Lächeln. »Solange du nachts nicht mit einem Beutel voll Gold in die Stadt gehst und nach käuflicher Begleitung Ausschau hältst ... Dahin war er nämlich gerade unterwegs, als wir an den Zelten der Fünften Zenturie vorbeigingen. Zudem war er sauberer, als ich ihn je gesehen habe, sogar den Bart hatte er sich gestutzt.«

Marcus blickte stirnrunzelnd auf den Germanen. »Woher weißt du das mit Annia und ihrem Gewerbe?«

Arminius lächelte. »Ich wusste es gar nicht, bis du es mir soeben bestätigt hast. Du musst sehr müde sein, wenn dir so etwas entschlüpft. Nein, nein ...« Er schüttelte den Kopf, um dem Ärger seines Freundes zuvorzukommen. »Keine Sorge, das bleibt unter uns. Dann hat der gute Zenturio hier also eine Freundin aus seinem früheren Leben?«

Felicia hob zweifelnd die Augenbrauen. »Würdest du ihm etwa die Gelegenheit für ein paar Momente Glück verweigern wollen?«

Arminius schüttelte den Kopf. »Das würde ich nie tun. Aber nach meiner Erfahrung passen Liebe und Geld nicht gut zusammen. Euer Freund könnte auf einem Weg sein, der in einer Enttäuschung endet. Überdies verträgt er es gar nicht, wenn die Dinge nicht so laufen, wie er es gerne hätte.«

Julius fand das Bordell ohne große Mühe, denn er hatte von den Männern, die den Weinvorrat für den Zenturio brachten, genaue Anweisungen erhalten. Der Aufseher hatte den großen Tungrer wissend angelächelt, genickt und erwidert, er kenne das Etablissement, nach dem der Herr frage. Es sei jedoch gut, einen schweren Geldbeutel mitzubringen, falls er sich tatsächlich an den Waren gütlich tun wolle, die im Blauen Keiler angeboten wurden.

Als er die Straße schon weit hinuntergegangen war, hielt er an und beobachtete aus dem Schatten heraus, wie zwei Männer an die Bordelltür unter den flackernden Öllampen klopften, kurz mit jemandem redeten, hineingingen und sich die schwere Holztür schnell wieder hinter ihnen schloss. Das

Geräusch einrastender Bolzen hallte laut in der ansonsten leeren Straße wider. Fast war er versucht, wegzugehen und so zu tun, als habe die zufällige Begegnung mit seiner früheren Liebe nie stattgefunden. Dann aber biss er die Zähne zusammen, trat ins Licht und klopfte fest mit seinem Weinstock an das massive Holz der Eingangstür. Ein mit einem Drahtgeflecht bedeckter Sichtschlitz öffnete sich, und dahinter erschien ein Augenpaar mit abschätzendem Blick. Nach einer kurzen Pause war eine ihm bekannte kratzige Stimme zu hören.

»Schau an, wen haben wir denn hier? Wie mutig von dir, an diese Tür zu kommen, Soldatenjunge, insbesondere wenn man bedenkt, dass ein Wort meinerseits ausreichen würde, um dir eine Meute der hässlichsten Dreckskerle, die du je gesehen hast, auf den Hals zu hetzen. Trägst du noch immer dein Schwert mit dir herum?«

Julius schüttelte den Kopf und war bemüht, sich seinen Ärger über die hochnäsige Art des Leibwächters nicht anmerken zu lassen. »Ich habe im Forum wohl etwas voreilig gehandelt, daher wollte ich nun Frieden schließen. Nicht nur mit der Dame, sondern auch mit dir und deinem Kameraden. Ich möchte lediglich einen Becher Wein trinken und mich ein wenig mit ihr unterhalten, um der alten Zeiten willen. Es würde mich freuen, wenn ich diese Gefälligkeit auch auf dich ausweiten könnte. Es gab keinen Grund, dich so barsch zu behandeln, denn du hast nur getan, wofür du bezahlt wirst. Auch wenn ich ein Offizier bin, bin ich doch nicht zu stolz zuzugeben, wenn ich einen Fehler gemacht habe.«

Der Leibwächter sah ihn einen Augenblick durch das dichte Eisengeflecht des Sichtschlitzes an, trat dann zurück und löste die Bolzen. Dabei stieß er einen scharfen Pfiff aus. Als die Tür sich öffnete, warteten bereits drei Türsteher auf ihn. Sie hatten die typisch ausdruckslosen Gesichter von Männern, die enttäuscht darüber waren, dass das Leben die Mutigen ebenso wie die Narren nicht vor Herausforderungen schützte, die nur durch sofortige, heftige Gewalt zu lösen waren. Der Mann, den er im Forum niedergeschlagen hatte, winkte ihn herein und breitete dann seine Hände mit der allseits bekannten Geste aus, die das jeweilige Gegenüber auf eine Durchsuchung vorbereitete. Julius blieb geduldig stehen, während die Kollegen des Leibwächters auf rasche und sorgfältige Weise ihre Hände über seinen Körper gleiten ließen. Dann traten sie zurück, und der dünne Mann aus dem Forum schüttelte etwas enttäuscht den Kopf.

»Nichts. Noch nicht einmal ein kleines Messer, das er an seinen Schwanz gebunden hätte. Falls er also keinen Speer in seinem Hintern versteckt hat, ist er blütenrein. Wenngleich ich mir nicht sicher bin, ob mir dieser Stock gefällt.«

Julius hob lächelnd den Weinstock und zuckte mit den Schultern. »Dieser Stock begleitet mich überallhin. Es gibt einen Haufen respektloser junger Mistkerle in meiner Zenturie, die nichts lieber hätten, als diesen Stock zu finden und zu verstecken oder ihn auf einem Rost zu verbrennen. So könnten sie sich nämlich für all die Male revanchieren, bei denen ich ihnen mithilfe dieses Werkzeugs etwas Respekt eingeflößt habe. Ich habe ihn seit meiner Zeit als Zenturio; er hat mich letztes Jahr durch drei Schlachten gegen Barbaren begleitet, daher hänge ich an ihm. Aber wenn ihr wollt, kann ich ihn euch übergeben.«

Der Leibwächter lachte kopfschüttelnd und bedeutete seinen Kameraden zu gehen. »Wir sind mehr als genug

Leute, um mit einem einzigen Soldaten fertig zu werden. Außerdem sind im ganzen Haus Waffen aller Art versteckt. Daher glaube ich nicht, dass uns ein Stück Holz gefährlich werden kann. Glatzkopf, geh und sag der Herrin, dass ihr Freund aus dem Forum gekommen ist, um ihr einen Besuch abzustatten.« Er lehnte sich zu Julius hinüber, und sein Atem roch nach Wein und würzigem Essen. »Nun zu uns, Zenturio Julius. Du hast eine gute Entschuldigung abgeliefert, die ich gerne akzeptiere. Sei also im Blauen Keiler willkommen, dem besten, teuersten und elegantesten Hurenhaus der Stadt Tungrorum. Verhalte dich nett zu der Herrin, trink deinen Wein wie ein wohlerzogener Mann, und wenn du magst, kauf dir ein wenig Zeit mit einem der Mädchen, aber denk daran, dass ich dich im Auge habe. Beim ersten Anzeichen von Ärger kannst du dir deine Entschuldigung in den Arsch schieben, am besten gleich zusammen mit deinem verdammten Stock. Du bist ein harter Kerl, so viel ist klar, und ich sehe auch deine Narben, aber wenn du irgendeinen Mist anzettelst, wirst du dein blaues Wunder erleben, verstanden?«

Julius sah dem Leibwächter in die Augen und streckte die Hand aus. »In Ordnung. Ich mag zwar dumm und aufbrausend sein, aber ich begehe nie zwei Mal denselben Fehler. Du wirst keinen Ärger mit mir bekommen. Darf ich dich nach deinem Namen fragen?«

Nickend wechselte der Leibwächter mit Julius einen festen, kühlen Händedruck. »Man nennt mich Backpfeife, und das schon, solange ich denken kann. Ich kann mich kaum mehr daran erinnern, welchen Namen mir meine alte Mutter gab, als ich aus ihr herausfiel.«

»Backpfeife?«

»Das bezieht sich darauf, was ich spätabends mache, wenn der Wein das Reden ersetzt und die Kunden Dinge tun, von denen sie normalerweise nicht einmal träumen würden. Ich bin für die Ohrfeigen zuständig und kitzle sie ein wenig damit.« Er hob seine große Faust, deren Knöchel mit Narben übersät waren. »Normalerweise reicht das aus, um schnell wieder Ruhe in den Laden zu bringen. Falls nicht, gibt es ja immer noch meinen Kumpel Stecher.« Er deutete mit dem Kopf auf den Dünnen, der grinsend vor dem Vorhang stand, der wohl in das Bordell führte. »Er war es, der deinen Schwanz untersucht hat, um sicherzugehen, dass du keine Waffen bei dir trägst. Wobei ich der Meinung bin, er genießt es heimlich, Schwänze abzutasten.«

Julius schüttelte den Kopf und musste unwillkürlich lächeln. »Soso, Backpfeife und Stecher? Dann sollte ich euch wohl meine beiden Kumpel Faust und Dachs vorstellen. Ihr könntet dicke Freunde werden. Ach ja, und mein ›Name‹ ist Latrine. Warum, kannst du dir wahrscheinlich selber denken.«

Der unterirdische Tempel war bereits voller Mithras-Anbeter, als Marcus und Arminius den nur schwach von Fackeln erhellten Raum betraten. Noch bevor sie die Stufen hinuntergehen konnten, waren sie von Vertretern des ersten Weihegrads, Raben genannt, in Augenschein genommen worden. Marcus schlug die Kapuze seines Umhangs, die seine Anonymität wie vom Kult vorgesehen wahrte, zurück. Dann sah er sich neugierig im voll besetzten Tempel um. In der engen Kammer befanden sich knapp dreißig Männer, und Arminius musste den Hals recken, um Scaurus in all dem Gedränge auszumachen. Höflich, aber bestimmt bahnte sich der langhaarige, muskelbepackte Barbar seinen Weg durch den unterirdischen Raum, nickte und lächelte den Kultbesuchern zu und verbarg hinter einer ausdruckslosen Miene sein Vergnügen daran, dass ihm alle erschreckt aus dem Weg gingen. Marcus folgte ihm, sich nach rechts und links umblickend, und sah, wie die Kultbesucher, meist reiche und angesehene Männer, dem groß gewachsenen Germanen wütende Blicke hinterhersandten und ganz offensichtlich unfreundliche Kommentare murmelten. Ein paar von ihnen nahmen Blickkontakt mit Marcus auf, drehten jedoch angesichts seiner eisigen Miene sogleich die Köpfe weg. Nur ein Mann starrte gleichmütig zurück, obwohl Marcus sich keinen Reim auf dessen Gesichtsausdruck machen konnte.

Er betrachtete den rechteckigen Raum, und sein Blick fiel auf einen eindrucksvollen Steinfries, der gut sechs Fuß hoch und ebenso breit war. In die fünf Zentimeter dicke Marmorplatte war das allbekannte Motiv von Mithras beim Töten eines Stieres eingehauen, den er am Ende einer langen Verfolgungsjagd in eine Höhle gebracht hatte. Um diese Darstellung waren reich geschmückte Bildnisse eingemeißelt, welche die sieben Weihegrade des Mithras-Kults symbolisierten. Als Arminius und Marcus an seine Seite traten, wandte sich Scaurus zu ihnen um und ergriff die Arme der beiden Männer, wie das im Tempel üblich war, denn bei der Anbetung ihres Gottes waren sie gleichrangig, und jede Andeutung ihres formalen Verhältnisses musste beiseitegeschoben werden. Auch Präfekt Caninus bediente sich dieses Grußes gegenüber beiden Männern, und sein einladendes Lächeln beschwichtigte die spürbare Feindseligkeit der Ordensgemeinschaft.

»Ihr kommt zur rechten Zeit, meine Brüder, denn der

Priester wird gleich den Gottesdienst beginnen. Kommt, wir haben euch einen Platz freigehalten.«

Marcus sah sich um und bemerkte, dass es sich bei den meisten Anwesenden um Männer höheren Alters oder Jungen handelte, die gerade mal alt genug zum Rasieren waren. Er lehnte sich näher an Scaurus heran, damit seine nächste Bemerkung nicht belauscht werden konnte. »Ich hatte mir diese Versammlung anders vorgestellt.«

Kopfnickend antwortete der Tribun mit ebenso leiser Stimme: »Unser Kollege Caninus sagt, die Stadt sei wirtschaftlich etwas heruntergekommen, seit ein Drittel ihrer Bewohner der Epidemie anheimgefallen ist. Junge Männer mit etwas Verstand, die sich ein Leben aufbauen wollen, ziehen westlich nach Bagacum Nerviorum oder nach Osten zu den Kastellen am Fluss Rhenus. Du siehst hier also nur Männer, die gut laufende Geschäfte pflegen, ihre Söhne, sowie ein paar Ältere, die für die städtischen Behörden arbeiten. Die Erste Legion Minervia hat natürlich einen eigenen Tempel, deshalb schauen diese Männer uns an, als seien sie barfuß auf kalten Hundekot getreten. Es gefällt ihnen gar nicht, den Gottesdienst neben Männern zu verrichten, die ihre Stadt ausbluten lassen – auch wenn wir vor dem Allmächtigen Brüder sind und nur zu ihrem Schutz in der Stadt weilen. Ah, dort steht unser guter Freund, Prokurator Albanus, und der Mann mit dem versteinerten Gesicht neben ihm ist sein Gehilfe Petrus. Ich bin mir immer noch nicht sicher, welcher von ihnen tatsächlich …«

»Meine Herren, nehmt eure Plätze ein! Das Ritual wird sogleich beginnen!«

Der Priester stand vor dem herrlichen Steinfries und breitete die Arme aus, während seine Gehilfen ausschwärmten, um den Raum zu verdunkeln, wie es das Ritual vorsah. Die Kultbesucher ließen sich auf den Steinbänken längs der Tempelwände nieder, neigten sich zur Seite und stützten sich auf ihre Ellbogen. Der Pater beobachtete, wie seine Diener die Fackeln aus den eisernen Wandringen nahmen und über die Treppe wegtrugen, sodass das Licht in hellem Schein die Stufen erleuchtete. Zuletzt gab es nur noch eine Lichtquelle, eine kleine Öllampe, die ein kaum sichtbarer, dunkelrot gekleideter Gehilfe mit Ehrerbietung den Händen des Priesters entgegenstreckte. Nach einem Augenblick völliger Stille, die nur vom Atmen der Versammlung in der Dunkelheit untermalt wurde, hob der Zelebrant mit geschlossenen Augen die Flamme, um sein Gesicht zu erleuchten. Dann blies er die Lampe aus, und der Tempelraum fiel in völlige Dunkelheit. Mit seinem scharfen Gehör nahm Marcus ein leichtes Knistern hinter dem Fries wahr, und kurz darauf umgab ein milder Lichtschein die Marmorplatte. Ein weiteres Licht erschien, das von einer kleinen Lampe ausstrahlte. Diese wurde von einem Diener herbeigetragen und vor dem Fries abgestellt, damit die winzige Flamme dem darüber hängenden Bildnis Leben einhauchte. Dann sprach der Pater erneut, blieb aber weiter im Dunkeln verborgen.

»Geliebte Brüder, willkommene Besucher von außerhalb unserer Stadtmauern, wir feiern nun gemeinsam das Ritual für unseren geliebten Herrn Mithras den Unbesiegten, der auf Anweisung des Sonnengottes Sol das ewige Blut des Stieres vergoss, um uns alle zu erretten. Lasst uns beten, dass er von seiner Wohnstatt im Himmel gemeinsam mit dem Sonnengott auf uns herabblickt, und lasst uns für all die Wunder danken, mit denen er uns beschenkt.«

»Du hast dich einem großen Risiko ausgesetzt, als du hierhergekommen bist, Zenturio. Zum Glück vermutete ich das bereits, weshalb ich die Männer meines Geschäftspartners überredet habe, dich zu schonen, falls du auftauchen solltest. Oder wolltest du sie vielleicht mit bloßen Händen und deinem Stock im Zaum halten?«

Annia nickte zu Julius' Weinstock hinüber, der auf dem Tisch vor ihnen lag, worauf der groß gewachsene Mann reumütig lächelte.

»Eher nicht, wenn ich die Größe der Männer bedenke.« Er deutete mit dem Kopf zu Backpfeife, der wachsam in einer Ecke des Raumes stand, um in Hörweite zu bleiben, gleichzeitig aber zumindest scheinbar eine gewisse Privatsphäre zu gewähren. Der große Kerl grinste, und Annia lächelte freundlich, während sie leicht den Kopf schüttelte.

»Genauso ist es. Andererseits hast du ja noch nie die Folgen deines Handelns vorab in Betracht gezogen, oder irre ich mich da? Doch jetzt bist du hier, also lass uns dafür sorgen, dass du dich gut unterhältst. Mädchen!« Sie schnippte mit den Fingern wie eine Frau, die es gewohnt war, dass ihre Befehle ausgeführt wurden. Fünf Frauen traten hinter einem Vorhang hervor, wo sie offensichtlich auf die Kunden des heutigen Abends gewartet hatten. Abschätzend betrachtete Julius sie und stellte fest, dass sein Glied hart wurde, obgleich er gar nicht die Absicht hatte, von den Früchten dieses Bordells zu kosten. Annia lächelte wissend und lehnte sich vor, um seine steife Männlichkeit durch den dünnen Wollstoff seiner Tunika zu streicheln. »Nun, manche Dinge ändern sich nie. Wenn überhaupt, würde ich sagen, er ist ein wenig größer geworden. Offensichtlich wird einiges mit dem Alter sogar noch besser. Möchtest du dir also ein wenig Vergnügen gönnen, Zenturio? Natürlich auf Kosten des Hauses! Es muss schon eine ganze Weile her sein, dass du Gelegenheit hattest, etwas so Weiches und Gefügiges zu reiten wie meine Mädchen hier.«

Julius betrachtete die Frauen eine Weile und bemerkte lächelnd, wie sorgfältig sie zusammengestellt waren, sodass für jeden Geschmack etwas dabei war. Da gab es ein mageres Mädchen mit gerade noch von einem knappen Unterkleid verhüllten apfelgroßen Brüsten, das kaum alt genug war, um dieses Gewerbe auszuführen. Doch auch eine ältere Frau in der letzten Blüte ihrer Schönheit war dabei, reif und sinnlich, mit schweren Brüsten und einem Gesicht, das lebenslange Erfahrung verhieß. Dazwischen befanden sich Frauen unterschiedlichen Alters, sodass jede Art weiblicher Begleitung, die ein Mann sich nur wünschen konnte, vor ihm aufgereiht stand. Julius schluckte und war sich seiner eigenen Erregung ebenso schmerzlich bewusst, wie er den kühlen, amüsierten Blick Annias auf sich spürte.

»Ich kam, um mit dir zu sprechen, Annia, nicht um …«

»Nicht um zu ficken? Du bist wahrlich ein Sammlerstück, Zenturio, eine echte Rarität. Es kommt schon mal vor, dass Kunden ausschließlich für die Gesellschaft eines hübschen Mädchens bezahlen, aber normalerweise handelt es sich dabei um ältere Männer, deren Schwänze den Schwung verloren haben, und nicht um Kampfstiere wie dich, die allzeit bereitstehen. Ich wette, du würdest keine dreißig Sekunden in der Hand von Helvia hier überdauern.« Sie deutete auf die älteste der Frauen, die ihm zur Antwort zuzwinkerte und mit einem gewinnenden Lächeln einen Finger zum behaarten Spalt ihrer Scheide hinuntergleiten ließ. Julius' Gesicht hatte bei diesem Anblick einen idiotischen Ausdruck angenommen, weshalb Annia in unkontrollierbares, schallendes Gelächter ausbrach. Einen Moment lang kam es ihm vor, als sei er wieder fünfzehn Jahre alt und höre dasselbe erregende Lachen, wenn Annia sich in einem ihrer Verstecke auf ihn setzte. Noch einmal streckte sie ihre Hand aus, rieb seinen Penis und beobachtete mit einem Lächeln, wie sehr er sich bemühte, die Kontrolle über seinen Körper zu behalten. »Siehst du? Beinahe hättest du dich in diese hübsche Tunika ergossen. Dabei hast du bislang nichts weiter erhalten als ein Zwinkern und ein bisschen Reiben. Also …?«

Sie gestikulierte erneut zu der Reihe von Prostituierten hinüber, doch obwohl Julius ahnte, dass er seine Entscheidung bereuen würde, schüttelte er ablehnend den Kopf. »Danke, aber ich bin tatsächlich gekommen, um zu reden.« Er nahm den Geldbeutel von seinem Gürtel, löste dessen Verschlussband und ließ die schweren Münzen klirren. »Ich kann es mir leisten, für dieses Privileg zu bezahlen.«

Annia schob den Geldbeutel kopfschüttelnd weg und ignorierte dabei das heftige Einatmen des Leibwächters hinter ihr. »Das wird nicht nötig sein. In letzter Zeit missfällt es mir, mit Kunden zu ficken, zumindest solange sie nicht bis zur Tür hinaus Schlange stehen, und auch dann fordere ich für dieses Vergnügen eine Summe, die ihnen das Wasser in die Augen treibt. Die Tatsache, Eigentümerin eines Geschäfts zu sein, hat einige Vorteile und insbesondere den, dass ich es mir aussuchen kann, ob und für wen ich mich auf den Rücken lege. Worüber möchtest du also unbedingt sprechen? Was ist denn so dringend, dass wir es überhaupt besprechen müssen, vor allem in Anbetracht der Tatsache, wie wir auseinandergegangen sind und dass wir uns fünfzehn Jahre nicht mehr gesehen haben?«

Julius schüttelte traurig den Kopf, und als er schließlich antwortete, tat er dies mit der Stimme eines Mannes, der völlig verloren war.

»Ich weiß es nicht.«

Ein Messdiener vom Initiationsgrad eines Raben ging feierlich an den zwei Reihen liegender Kultbesucher entlang und verbeugte sich tief vor Scaurus, um seine Ehrerbietung hinsichtlich des Lorbeerkranzes auszudrücken, der dessen Kopf schmückte. »Vergib mir, Bruder Löwe, aber vor der Tempeltür befindet sich ein Mann, der behauptet, einer deiner Offiziere zu sein. Anscheinend gibt es Ärger in der Stadt.«

Scaurus nickte seinen Kameraden zu und erhob sich, beendete sein nur halb aufgegessenes zeremonielles Mahl. Dann verbeugte er sich vor dem wartenden Pater, der hinter der Schulter des Raben aufgetaucht war. »Vergebt mir, Vater, doch irdische Angelegenheiten erfordern meine Aufmerksamkeit. Ich werde eine Stunde zu unserem Gott Mithras beten, um diesen verfrühten Aufbruch auszugleichen.« Er legte eine lederne Geldbörse in die Hände des Priesters. »Ein Geschenk, Vater, nur ein kleiner Beitrag zum Erhalt eures eindrucksvollen Tempels. Das beidseitig gestaltete Altarrelief ist ein wahres Meisterwerk. Ihr müsst über eine großzügige und höchst ergebene Bruderschaft verfügen.«

Der Priester nickte lächelnd, denn er war an das Staunen der Gottesdienstteilnehmer gewöhnt, wenn das schwere Steinrelief, das Mithras' Triumph über den Stier darstellte und auf einer runden Drehplatte ruhte, kreiste und eine ebenso kunstvoll gestaltete Rückseite offenbarte, auf der die Götter Mithras und Sol auf der Stierhaut sitzend beim gemeinsamen Mahl zu sehen waren.

»Es war mir eine Freude, Bruder Löwe, und empfehle mich auch deinen Kameraden. Mithras ist der Gott der Soldaten, daher bin ich mir sicher, er wird die Notwendigkeit, die Ordnung im irdischen Reich oberhalb unseres Tempels wiederherzustellen, mit Milde betrachten. Bitte beehre uns bald wieder mit deiner Anwesenheit und bring diesen jungen Mann mit. Vielleicht können wir seinen Weihegrad in der Grube des Ordals um eine Stufe erhöhen?«

Scaurus lächelte und neigte zustimmend den Kopf. »In der Tat, Vater. Allerdings hat er sich seit dem letzten Winter, als wir im Schnee lagerten und er in die Bruderschaft eintrat, so nachhaltig mit seinen Studien befasst, dass er mittlerweile bereits den Grad eines Bräutigams besitzt. Seine Standhaftigkeit während des Eisordals zeugte von größter Würde zur Ehre unseres Herrn.«

Der Priester hob die Augenbrauen und war offensichtlich beeindruckt. »Dann sollten wir ihn im Auge behalten. Wahrscheinlich wird er in kürzester Zeit den vierten Weihegrad erreichen und ein Löwe wie du sein. Und nun genug der Höflichkeit, mein Sohn. Fort mit dir! Wer weiß, welches Unheil deine Kinder anstiften, während ihr Vater hier unten beim Gottesdienst weilt?«

Scaurus verbeugte sich erneut vor dem Priester und murmelte Caninus eine kurze Entschuldigung zu, bevor er hinter dem wartenden Raben die beiden anderen Männer die Stufen hinaufführte. Arminius verharrte kurz am Fuß der steilen Steintreppe und sah sich noch einmal in dem Raum um. Dabei bemerkte er mit Interesse die Blicke, die der Pater mit Petrus tauschte. Dann folgte er seinem Herrn und zog einen Satz schwerer Messing-Schlagringe aus dem Beutel, der an seinem Gürtel hing.

»Welche Truppe hat heute Abend Ausgang?«

Arminius grinste, als er diese Frage des Tribuns hörte. Schnell gingen sie zwischen den mit Fensterläden verschlossenen Häusern die Straße hinunter und hörten bereits aus der Ferne das Geräusch kämpfender Männer, welches durch die eng aneinander stehenden Gebäude hallte.

»Das ist der beste Teil daran. Wir haben gelost, und dabei wurden die Dritte und Achte Zenturie gezogen.«

Marcus stöhnte und schüttelte in resigniertem Abscheu den Kopf. »Die ersten beiden Zenturien haben Ausgang, und eine von ihnen ist voll von Dubnus' verdammten Legionären? Dann wird das sicher ein interessanter Abend.«

Am folgenden Morgen pfiff noch immer ein bitterkalter Wind durch die Straßen der Stadt. Vor den Mauern zogen alle drei Kohorten zur Parade auf, um der Bestrafung der gefangen genommenen Banditen beizuwohnen.

»Heute Morgen werden einige einen Brummschädel haben. Geschieht den Mistkerlen recht, nachdem sie schon den ersten Ausgang in die Stadt gezogen haben.« Marcus ignorierte Morbans griesgrämiges Gemurre und beobachtete amüsiert, wie Dubnus seine Zenturie neben der Neunten Aufstellung nehmen ließ. Sein Gesicht war noch immer dunkel vor Wut über die Ereignisse des vergangenen Abends. »Vielleicht überlegt er es sich in Zukunft besser, bevor er eine halbe Zenturie von Legionstrotteln mit uns zusammenbringt.«

Der Zenturio schüttelte verärgert den Kopf. »Sind das dieselben *Legionstrottel*, die letzten Herbst meiner Frau das Leben retteten, Standartenträger? Vielleicht bist du nur deshalb so verbittert, weil du gestern Abend nicht einmal daran gedacht hast, dass es Händel geben könnte, obwohl es genau die zwei Zenturien waren, die am ehesten …«

Er unterbrach seine Rede abrupt, als er den selbstzufriedenen Ausdruck auf Morbans Gesicht sah, und ging angeekelt davon. Die tungrischen Hilfstruppen betrachteten die Männer aus Dubnus' »Abteilung Habitus« noch immer mit jener tief verwurzelten Voreingenommenheit, die immer dann entstand, wenn Legionäre mit Hilfstruppen in engen Kontakt kamen. Er ging die erste Reihe der Neunten Zenturie entlang und wechselte einen Blick mit seinem Freund dem Zenturio, der wütend die Achte entlangmarschierte und jede Gelegenheit suchte, seine Männer zu beschimpfen. Dubnus zog finster die Brauen hoch, schlug mit dem Weinstock in einer Hand auf die Handfläche der anderen und beharkte seine Soldaten mit bedeutungsvollen Blicken, die jedoch keiner sehen zu wollen schien. Marcus lächelte unwillkürlich, als er an seinen Kameraden dachte, der grundsätzlich zwar eher geneigt war, Kämpfe zu beenden, als sie anzuzetteln, in der Nacht zuvor aber mit größtem Vergnügen um sich geschlagen hatte, als der Streit zwischen den früheren Legionären seiner Zenturie und den Männern der Ersten Legion Minervia begann. Die Freunde trafen am Anschlusspunkt zwischen den Reihen der beiden Zenturien aufeinander.

Dubnus nickte düster und sprach Marcus laut genug an, dass seine Männer es hören konnten. »Danke für deine Hilfe gestern Abend. Diese Schwachköpfe hätten sich mit jedem verdammten Legionär in der Stadt angelegt, wenn wir sie nicht so tatkräftig im Zaum gehalten hätten. Ein paar von ihnen sollten fortan aufpassen, dass sie nicht den Platz dieser armen Bastarde einnehmen.« Er deutete mit dem Kopf auf die kleine Gruppe von Banditen, die unter den Augen doppelt so vieler Wachen auf ihre Bestrafung warteten.

Als Marcus die Reihen entlangblickte, sah er mehr als einen Soldaten mit vorwurfsvollem Gesichtsausdruck, aber auch der erboste Dubnus hatte es wahrgenommen.

»Starrt mich nicht an wie Kühe, ihr Volltrottel! Eine einzige Beleidigung, eine kleine scherzhafte Bemerkung auf eure Kosten, und schon geht ihr dünnhäutigen Idioten in die Luft und wollt euch mit Leuten anlegen, die zehnmal so viele wie ihr seid. Und nein, der Spruch ›Sie haben sich über die Kohorte lustig gemacht‹ entschuldigt euch nicht, denn sie haben sich nicht über die Kohorte, sondern über euch lustig gemacht – über *euch*, weil ihr beschlossen habt, gemeinsam mit einem Haufen unzivilisierter, zottelbärtiger Barbaren in Rüstungen euren Dienst zu verrichten! Somit habt ihr in eure eigenen Betten geschissen und könnt jetzt gerne darin weiterschlafen, ihr lächerliche Sammlung Schwachsinniger …« Mit ungehaltenem Kopfschütteln wandte er sich erneut Marcus zu.

Irgendwo aus den Reihen der Zenturie war mit leiser Stimme das Wort »Habitus« zu hören, und ein halbes Dutzend Männer wiederholte wie aus einem Mund den Schlachtruf. Dubnus drehte blitzschnell den Kopf und starrte sie wutschnaubend an, doch seine Männer standen mit aufrechtem Rücken vor ihm, und die Augen in ihren zerschlagenen Gesichtern blickten trotzig zwischen den Wangenklappen ihrer Helme hervor. Mit einer abfälligen Geste seiner Hand bellte er einen Befehl über die Schulter und wandte sich dann wieder Marcus zu.

»Haltet verdammt noch mal den Mund und wartet, solange ich mich mit meinem Kollegen hier unterhalte. Wie ihr bemerkt haben dürftet, haben seine Männer kein einziges beschissenes Wort verlauten lassen, nachdem er sie in Stellung gebracht hat. Jetzt bist du dran, Titus, also halte sie ruhig, sofern du nicht meine ungeteilte und sehr persönliche Aufmerksamkeit auf dich ziehen willst, sobald wir die Parade beendet haben. Und bemüh dich, nicht sofort wieder eine Schlägerei zu beginnen!«

Aus der hinteren Reihe schoss ihm sein Optio einen verletzten Blick zu, war aber klug genug, den Mund zu halten. Obwohl er, als die Zenturios der Kohorte am Schauplatz des Geschehens ankamen, versucht hatte, die beiden Streitparteien auseinanderzubringen, war doch bekannt, dass er einer der Ersten der Achten Zenturie war, der sich zur Wehr setzte, als die Legionstruppen herausgefunden hatten, woher sie kamen, und sie mit Beleidigungen überschütteten, weil sie die Legion verlassen hatten, um mit den Tungrern zu kämpfen.

»Du hast ein Ungeheuer erschaffen, Dubnus. Sie werden sich niemals vor einem Kampf drücken, wie es aussieht, und das hast du nur dir selbst zuzuschreiben. Du warst es, der eine halbe Zenturie Männer aufnahm, die vor ihrem ersten Kampf davongelaufen waren, und du hast ihnen ihren Stolz zurückgegeben. Du hast ihnen einen Namen gegeben, den sie verteidigen konnten, und du hast sie angewiesen, bis zum letzten Mann zu kämpfen, um die Ehre dieses Namens aufrechtzuerhalten. Du kannst jetzt nicht zu enttäuscht sein, da sie doch nur umsetzen, was du ihnen gesagt hast, und das sogar wörtlich. Und der Rest deiner Zenturie hängt da mit drin.«

Sein Freund nickte fast unmerklich. Düster betrachtete er erneut das Meer von zerschlagenen Gesichtern und schüttelte den Kopf beim Anblick der blauen Augen und aufgesprungenen Lippen, die sich über alle Reihen der Zenturie zogen.

»Ich darf ihnen das zwar nicht zeigen, aber eigentlich bin ich sogar stolz auf sie. Drei vollzählige Legionszenturien gegen knapp vierzig Männer, und sie haben nicht klein beigegeben! Vergiss aber nicht, dass ich auch an den Rest meiner Zenturie denken muss und an die Jungs vom Dachs aus der Dritten, denn auch sie haben sich den Habitus-Männern ohne zu zögern angeschlossen. Zum Glück sind wir rechtzeitig dort angekommen, sonst hätte sich die Situation zugespitzt, und es wäre Blut über die Pflastersteine geflossen. Aber egal – warum grinst du denn?«

Marcus zuckte zusammen, als er sich seines schiefen Lächelns bewusst wurde. »Ich dachte nur gerade daran, wie unser sonst so ruhiger und schüchterner selgovischer Stammeskrieger sich gestern in den Kampf stürzte. Auf ihn sollte man auch aufpassen.«

»Ja, er ist ein großer, arroganter Mistkerl, das ist mal sicher. Aber diesbezüglich habe ich nichts an ihm auszusetzen. Immerhin ist es ihm gelungen, diese kleine Plänkelei in kürzester Zeit zu beenden.«

Unter der Führung von Tribun Scaurus und begleitet von Arminius sowie dem Riesen Lugos, der sich ihnen ungebetenerweise zugesellt hatte, war die Hälfte der Zenturios der Kohorte auf die ungleiche Auseinandersetzung zwischen den Hilfstruppen und den Legionären gestoßen. Schnell war daraus eine wahrhaftige Schlägerei geworden, die sich in der engen Straße vor einem der düstersten Trinklokale der Stadt abspielte. Um Abstand zwischen die Gegner zu bringen, Männer auseinanderzuhalten und den Kampf zu beenden, hatten sie sich ohne Hemmung ihrer Weinstöcke bedient und die Streithähne mit brachialer Gewalt auseinandergetrieben. Als die gegnerischen Parteien jedoch auch über die von den Zenturios vertretene Autoritätsgrenze hinweg weiter aufeinander loszugehen versuchten, hatte sich Lugos einen Legionssoldaten geschnappt, der zufällig auf der falschen Seite bei den wütenden Offizieren stand. Er packte ihn am Genick, hob ihn hoch und schleuderte ihn kopfüber in die Gruppe seiner Kameraden. Seinen Umhang abwerfend, baute er sich in voller Größe vor den Legionären auf, die Muskeln unter seinen tätowierten Armen spannten sich, als er die Fäuste ballte und mit rauer Stimme eine Warnung rief, die das Durcheinander schlagartig beendete. »Ihr wollt kämpfen? Dann kämpft mit mir! Ich *kämpfe gegen euch alle!*«

Als keiner der Legionäre dieser Aufforderung nachkam, schnaubte Lugos nur angewidert und wandte sich voller Verachtung um, um seinen Umhang zu holen. Damit war zum Erstaunen der Zenturios die Schlägerei beendet.

»Es ist schade, dass Martos ihn noch immer nicht als gleichwertig betrachtet.«

Dubnus schnitt eine Grimasse. »Ehrlich gesagt, glaube ich nicht, dass das den Riesen allzu sehr stört, oder? Außerdem, wenn der Bruder des Mannes, der deinen Vater getötet hat, hierherkäme – würdest du ihn dann willkommen heißen? Lugos' Leute haben den Votadini mehr als übel mitgespielt, in vielfacher Weise.«

Sie standen da und beobachteten, wie der Rest der tungrischen Zenturien auf den Exerzierplatz marschierte. Nach ein paar Minuten stieß Dubnus Marcus an und deutete mit dem Kopf auf die ranghohen Offiziere, die an der Seite der verurteilten Männer standen.

»Ich würde wetten, nach den Aufregungen der letzten Nacht führen die dort drüben ein interessantes Gespräch.«

Marcus antwortete mit einem dumpfen Lachen. »Nicht einmal Morban würde so eine Wette annehmen.«

Eine kleine Gruppe ranghoher Offiziere beobachtete die Soldaten auf ihrem Weg zum Exerzierplatz. Die beiden Tribunen standen nebeneinander, während Prokurator Albanus und Präfekt Caninus diskret Abstand hielten, da sie zu Recht davon ausgingen, dass die beiden Militärs nach den Ereignissen der vorangegangenen Nacht viel zu bereden hatten. Die beiden Ersten Speere, die Stellvertreter der Zivilisten sowie einige Gehilfen waren hinter ihnen versammelt, darunter Albanus' Stellvertreter Petrus. Frontinius und Sergius behandelten die anderen Anwesenden mit der spürbaren militärischen Geringschätzung, die ihnen gleichermaßen zu eigen war. Tribun Belletor betrachtete halb neidisch, halb verärgert, wie die tungrischen Zenturien aufmarschierten, und sein Gesicht verhärtete sich. Er wandte sich an Scaurus, der die beherzte Präzision seiner Männer mit einem ruhigen Lächeln verfolgte.

»Du hast gewiss allen Grund zu lächeln, Kollege. Ich hingegen muss heute Morgen auf mehrere Männer verzichten, die im Hospital liegen, weil deine Bluthunde außerhalb der Dienstzeit ihre Grenzen nicht kennen. Man hat mir erzählt, deine Männer hätten sogar mit Münzen zwischen den Fingern ihrer geballten Fäuste gekämpft!«

Zu seiner Empörung lachte ihm Scaurus angesichts seines Ärgers nur knapp ins Gesicht. »Dann müsstest du ja dankbar sein, dass es *meinen* Offizieren gelungen ist, die Situation zu beruhigen, bevor jemand auf die Idee kam, Messer herauszuziehen. Deine Legionäre haben offensichtlich bislang nicht gelernt, sich nicht mit Männern anzulegen, die noch vor kurzem das Grauen einer Schlacht erlebt haben.«

Belletor kochte vor Wut. »Vergib mir, wenn ich da anderer Meinung bin. Solange du deine Männer nicht im Zaum zu halten vermagst, würde ich vorschlagen, du sorgst dafür, dass sie in ihren Baracken bleiben. Oder möchtest du mir etwa anraten, meine Legionäre sollten Rücksicht auf die Unfähigkeit deiner Männer nehmen, zwischen Wilden und Einwohnern der Stadt zu unterscheiden?«

Scaurus verfolgte weiter den Zug seiner Truppen und antwortete trotz seiner sichtbaren Verärgerung mit ruhiger Stimme. »Oh, natürlich können sie zwischen echten Kriegern und Anfängern unterscheiden, dessen kannst du dir sicher sein – sonst hätten wir heute nämlich ein paar Beerdigungen abhalten müssen. Aber nachdem du anscheinend die Anzahl an Legionären, die abends Ausgang haben, nicht zu kontrollieren imstande bist, werde ich anordnen müssen, dass alle – also deine *und* meine Männer – nachts in ihren Kasernen bleiben. Dann werden wir einen Schichtplan aufstellen, um festzulegen, welche Zenturien wann ihr Geld ausgeben dürfen, um sich zu betrinken.«

Belletor starrte ihn entgeistert an und fand erst nach längerer Stille seine Stimme wieder. »Mit *welchem* Recht …?«

Scaurus bedachte ihn mit einem dünnen Lächeln. »Wenn du glaubst, ich würde zwei Kohorten Männer, die in den letzten Wochen allesamt in der Schlacht waren, die getötet haben und ihre Kameraden grausam haben sterben sehen, in ihren Baracken einschließen, nur damit ein Haufen unausgebildeter Rekruten und abgenutzter Veteranen, die es eigentlich besser wissen müssten, sich jede Nacht besaufen kann, dann bist du noch dümmer, als ich angenommen hatte. Zusammen haben wir sechsundzwanzig Zenturien ...« Er unterbrach sich kurz und schüttelte den Kopf, als er seinen eigenen Fehler bemerkte. »Nein, fünfundzwanzig Zenturien, denn eine meiner Zenturien wurde in Britannien bis auf den letzten Mann ausradiert. Also werden wir jeden Abend ein Fünftel unserer Mannschaftsstärke in die Stadt ziehen lassen, dann können alle im Abstand von wenigen Tagen ihr Bier trinken. Wir werden sie nach Kohorten unterteilen: Deine sechs Zenturien bekommen Ausgang an einem von fünf Abenden und die Hälfte meiner aus jeweils zehn Zenturien bestehenden Kohorten ebenso ...«

Belletor schüttelte den Kopf. »Und was, wenn ich diesen hanebüchenen Vorschlag ablehnen sollte?«

Scaurus zuckte die Achseln. »Das würde mich kaum interessieren, aber ich würde mich fragen, warum du das tust. Aus welchem Grund solltest du dich einer so offensichtlich vernünftigen und gerechten Lösung verweigern? Hast du Angst, vor deinen Offizieren das Gesicht zu verlieren? Oder geht es hier nur um deine eigenen Vorstellungen davon, was ein Mann deines Ranges unter diesen Umständen tun oder lassen sollte?« Belletor betrachtete ihn nur stumm. »Ich verstehe, du bist dir also nicht ganz sicher. Aber zu deiner Frage, was geschehen wird, wenn du diesen durchaus sinnvollen Rat ablehnen solltest – das ist leicht zu beantworten. Ich wäre gezwungen, meinen höheren militärischen Dienstgrad auszunutzen, und würde die Stadt für das gesamte militärische Personal sperren lassen. Dann würde ich einen strikten Schichtplan von Privilegien außerhalb der Dienstzeit aufstellen, der von unseren Zenturios überwacht werden würde. Ich werde nicht zulassen, dass sich die Dummheiten von gestern Abend wiederholen. Um dies sicherzustellen, muss jede Verbrüderung unserer Kohorten außer Dienst vermieden werden, solange sie sich noch nicht besser kennen. Du hast bis zum Ende dieser lehrreichen Demonstration kaiserlicher Macht Zeit, eine Entscheidung zu treffen: Entweder wird der Beschluss als eine gemeinsam von uns ausgearbeitete Taktik umgesetzt, oder ich werde ihn mit Zwang durchsetzen. Und nun wäre es an der Zeit, die Vorstellung beginnen zu lassen. *Präfekt?*«

Caninus trat vor, und sein Gesicht blieb trotz der spürbaren Anspannung zwischen den beiden Militärs völlig ungerührt. »Tribun?«

»Alle drei Kohorten haben die Parade inzwischen beendet, also würde ich sagen, wir sollten jetzt dieses notwendige Übel hinter uns bringen.«

Caninus nickte knapp und winkte seinem Stellvertreter, einem großen, hageren Mann mit ausdruckslosem Gesicht. »Lass uns anfangen, Tornach. Bring die Gefangenen heraus und mach sie für die Hinrichtung bereit.«

Er ging zu den wartenden Kohorten hinüber und warf dabei noch einen Blick auf die kleine Ansammlung von Zivilisten, die sich in die Kälte herausgewagt hatten, um die letzten Lebensminuten der Verurteilten mit anzusehen. Hinter ihm führte Tornach eine Gruppe Gefangener heraus, deren Füße gefesselt und deren Arme hinter dem Rücken zusammengebunden waren. Jeder von ihnen wurde von zweien von Caninus' Männern eskortiert, um zu verhindern, dass sie womöglich einen letzten Versuch unternahmen, der Justiz zu entrinnen und das unbarmherzige Schicksal abzuwenden, das ihnen bevorstand.

Der Präfekt räusperte sich und erhob dann die Stimme,

um zu den Zuschauern zu sprechen. »Einwohner von Tungrorum! Soldaten der Ersten Legion Minervia und der Ersten und Zweiten Hilfskohorte! Die Männer, die vor euch stehen, wurden auf frischer Tat ertappt, als sie versuchten, einen bewaffneten Überfall auf den Straßen des Kaisers zu begehen. Einige von ihnen hatten noch frisches Blut an den Händen. Der Staat sieht für dieses Verbrechen die Todesstrafe vor. Ich zögere keinen Augenblick, die Strafe auszuführen, zumal erwiesen ist, dass die Übeltäter in den letzten Jahren weitere Menschen umgebracht haben. Stadtbewohner, aufgrund der habgierigen Raubtaten dieser Männer haben manche von euch geliebte Menschen oder Besitz verloren. Daher wird das Imperium nun an eurer Stelle Vergeltung üben. Sind die Gefangenen für die Hinrichtung bereit?«

Sein Stellvertreter rief den bewaffneten Eskorten der Gefangenen, die nun in einer Reihe vor der gebannten Einwohnerschaft standen, einen Befehl zu. Jeweils eine Wache trat den Gefangenen von hinten gegen die Beine, damit sie auf die Knie fielen. Gleichzeitig packten die anderen Wachen die Gefangenen am Schopf und zogen ihre Köpfe nach unten, damit deren Nacken für die Klinge des Scharfrichters frei lagen. Tornach besah noch einmal die ganze Reihe, bevor er die Frage seines übergeordneten Offiziers beantwortete. Schließlich ergriff er eine Axt mit wuchtiger Klinge, die neben ihm auf dem Boden lag. »Bereit, Präfekt!«

Mit einem grimmigen Kopfnicken erteilte Caninus seine Erlaubnis zur Vollstreckung. Sein Stellvertreter ging mit verhärtetem Gesicht auf den ersten der acht Gefangenen zu. Er setzte seine Axt auf den Nacken des hilflosen Mannes und machte sich bereit, den tödlichen Schlag auszuführen, verweilte aber noch eine Sekunde, hob dann die Axt und wartete auf Caninus' abschließenden Befehl.

»Vollstrecke die Strafe!«

Die Axt schnellte herab und trennte das Haupt des Gefangenen von dessen Schultern. Der Kopf fiel auf den feuchten Boden, prallte ab und rollte nach vorne, wo er liegen blieb und mit leblosen Augen die Soldaten auf dem Exerzierplatz anstarrte.

Aus den Reihen der Neunten Zenturie war ein von Morban hervorgestoßenes Wort zu hören, das laut genug war, dass es auch die Männer hinter ihm hören konnten.

»Einer.«

Marcus, der vor seiner Zenturie stand, wandte sich um und warf Morban einen ungläubigen Blick zu, doch das Gesicht des Standartenträgers blieb ungerührt. Der Scharfrichter ging indessen rasch zum nächsten Gefangenen weiter, senkte erneut die Axt auf dessen Nacken, hob sie und verrichtete seinen todbringenden Schlag. Der herunterfallende Kopf sprang nach dem Aufschlagen kurz in die Höhe und landete dann mit abgewandtem Gesicht vor den Soldaten. Morban blieb stumm und ignorierte den forschenden Blick, den Marcus ihm zuwarf. Neben Tornachs nächstem Opfer begann ein Gefangener zu schreien, und seine Stimme zitterte vor Verzweiflung angesichts der bevorstehenden Hinrichtung. Seine Wachen bedachten ihn mit immer heftigeren Schlägen auf den Kopf, die er jedoch ignorierte. Stattdessen quollen Worte wie Perlen einer zerrissenen Halskette aus ihm heraus.

»Nicht ich! Ich hatte keine andere Wahl! Unter uns sind Männer, die mehr Blut an ihren Händen haben als ich!«

Marcus wandte sich zu seinen Soldaten um und sah, dass

ihre Überraschung hinsichtlich der neuen Ereignisse sich in angeregtem Flüstern niederschlug.

»Ruhe in den Reihen!«

Entlang der Kohorten riefen die Zenturios ihren Männern dieselbe Anweisung zu, wobei zwei von ihnen den Rebstock in Richtung der Übeltäter schwangen. Als der Kopf des dritten Verurteilten mit dumpfem Klang zu Boden fiel, schrie der Gefangene noch lauter. Im Versuch, seinen fest am Haarschopf gepackten Kopf freizubekommen, verdrehte er die Augen und starrte auf die kleine Gruppe hochrangiger Offiziere.

»Der da! Er ist derjenige, vor dem sich alle fürchten! Ich weiß es genau! Ich habe gehört, wie er ...«

Sein Bewacher ließ seinen Schopf los und schlug ihm von hinten die Faust auf den Kopf. Bevor der benommene Gefangene sich davon erholen konnte, stieg Tornach über den leblosen Körper seines letzten Opfers, stellte sich über den Schreienden und hob seine Axt. Als er den Tod herannahen sah, kauerte sich der verzweifelte Gefangene auf den Knien zusammen und drehte den Kopf weg, gerade als die Klinge in einem blutigen Bogen auf ihn herabsauste. Nur noch ein paar zu Tode erschrockene, unverständliche Worte waren zu hören, die abrupt von dem tödlichen Axtschlag beendet wurden. Einen Moment lang herrschte Stille auf dem Exerzierplatz, dann gab der vor Wut kochende Präfekt einen weiteren Befehl.

»Fahrt mit der Hinrichtung fort!«

Marcus hörte, wie Morban erneut zu sprechen begann, und diesmal klang seine Stimme dunkel vor Abscheu.

»Ein Schreier! *Warum* habe ich nicht darauf gewettet, dass ein Schreier dabei sein würde?«

Als alle Gefangenen hingerichtet waren, wurden die Tungrer angewiesen, vom Platz zu marschieren und ihren üblichen Aufgaben nachzukommen. Der Erste Speer Frontinius war begierig, den Bau der Kasernen fertigzustellen und die zunehmend stärker verfallenden Zelte zu verlassen. Also versammelte er seine Zenturios und gab ihnen Anweisungen für den anstehenden Tag.

»Der übliche Ablauf, Zenturios: Zwei Zenturien stehen Wache, die anderen führen die Bauarbeiten fort. Lasst uns heute noch die Errichtung der Baracken zu Ende bringen. Zenturio Dubnus?«

Der kräftig gebaute Mann trat aus der Gruppe seiner Offiziersbrüder hervor. »Erster Speer?«

Frontinius warf ihm einen harten Blick zu. »Ich soll dir etwas vom Tribun ausrichten. Du sollst deinen Ex-Legionären sagen, dass sie bald Ex-Tungrer sein werden, sollte sich herausstellen, dass sie auch nur andeutungsweise erneut Ärger mit der Ersten Legion Minervia suchen. Falls sie diesem Befehl nicht nachkommen, hat mir Rutilius Scaurus versichert, dass er sie das nächste Mal seinem Kollegen, Tribun Belletor, übergeben wird. Dieser wird dann verwaltungsmäßige Strafmaßnahmen anordnen und sie zu Arbeiten verpflichten, die ihrer Stellung als Ex-Legionäre angemessen sind. Ich vermute, deinen Männern würde das nicht allzu gut schmecken, oder täusche ich mich da?«

Dubnus unterdrückte sein Lächeln, doch die Muskeln um seine Mundwinkel zuckten. »Nein, Erster Speer. Ich nehme stark an, dass sie gewillt sein werden, es nicht so weit kommen zu lassen.«

»Dann tu dies bitte kund, Zenturio. Dies ist ihre letzte Chance. Beim nächsten Mal, wenn jemand der Abteilung

Habitus aus der Reihe tanzt, wird es sich anfühlen, als ob sie sich im Badehaus zum falschen Zeitpunkt nach vorne gebeugt hätten. Abtreten.«

Marcus tauschte einen Blick mit Julius, als die Offiziere ihre Männer zu ihren jeweiligen Aufgaben scheuchten, und hob fragend eine Augenbraue. »Arminius hat erzählt, du seist gestern Abend in der Stadt gewesen?«

Der muskelbepackte Zenturio nickte und sah kurz zu Dubnus hinüber, der mit raschem und zielgerichtetem Schritt zu seinen Männern zurückkehrte. Ihr gemeinsamer Kamerad sah ganz so aus, als würde er die Warnung des Tribuns bis zum Abend mit all dem Nachdruck verbreiten, für den er in der Kohorte bekannt war.

»Bleibt das unter uns, Bruder? Wenn du Dubnus erzählst, was ich gestern Abend getan habe, wird er mich mein Leben lang damit aufziehen.«

Marcus nickte. »Unter uns, ja. Hast du sie getroffen?«

Julius starrte kopfschüttelnd seine Stiefel an. »Ja. Sie ist die Betreiberin eines Lokals namens Blauer Keiler im Nordosten der Stadt. Es ist ein hübscher Ort, mit allem, was dazugehört. Du weißt schon: weiche Liegen, teure Getränke und Mädchen, so schön, dass man von ihnen sonst nur träumen kann. Sie hat mir sogar angeboten, mich kostenlos mit einer von ihnen zu vergnügen. Doch obwohl ich einen Steifen hatte wie eine Blutwurst für zwei Dinar, habe ich in den Frauen nur das gesehen, was Annia vor fünfzehn Jahren gewesen sein muss: ein Mädchen, das gezwungen war, etwas ihr Verhasstes zu tun, um ein bisschen Essen auf den Teller zu bekommen. Also habe ich ihr gesagt, ich wolle nur reden – was natürlich eine Lüge war. Denn was ich wirklich wollte, war, meinen Fehler rückgängig zu machen, als ich sie verließ, um zum Militär zu gehen. Wir haben ein paar Minuten miteinander gesprochen wie Fremde, was wir letztendlich ja auch sind. Zum Großteil hat sie geredet und erzählt, wie ihr Leben nach meiner Abreise verlaufen ist, während ich sie nur mit rotem Gesicht und Kuhaugen anstarrte und ihre Leibwächter sich hinter meinem Rücken über mich lustig machten. Als mir das zu viel wurde, habe ich mich entschuldigt und wollte gehen…«

Er verstummte und schüttelte mit geschlossenen Augen den Kopf. »Und dann?«

Julius seufzte, und ein verlegenes Lächeln huschte über seine Lippen. »Sie stand auf, nahm mich an die Hand und zog mich zu einer Nische mit Vorhang. Ihr großmäuliger Leibwächter, der mich anscheinend mittlerweile für sein Privateigentum hält, erzählte mir, sie nennen es das ›Schnellfick-Kabinett‹. Sie zog den Vorhang zu und legte einen Finger an meinen Mund. Dann fuhr sie mit der Hand unter meine Tunika und holte mir einen runter, und das dauerte gerade mal so lange, wie es braucht, um es dir zu erzählen. Als sie fertig war, drückte sie mir schnell einen Kuss auf die Wange, rief nach einem Stofftuch und hat mich nach Hause geschickt. Das ist der Grund, warum ich den Spaß mit Dubnus' Jungs verpasst habe.«

Eine Weile sah Marcus ihm ruhig in die Augen. »Und was für einen Reim machst du dir nun darauf?«

Sein Freund schüttelte erneut den Kopf. »Ich weiß es nicht. Ein Teil von mir weiß, dass ich einfach weggehen und das Ganze vergessen sollte, denn man kann Geschehenes nicht ungeschehen machen. Was ich aber am liebsten täte: das Scheißlokal mit bloßen Händen niederreißen und versuchen, alles bei ihr wiedergutzumachen.«

»Glaubst du denn, dass sie das überhaupt will?«

Julius antwortete darauf mit einem matten Lächeln. »Was meinst du denn, was sie lieber wäre? Die Frau eines Zenturios, die niemals weiß, in welchem verregneten Scheißloch von Kastell sie sich als Nächstes aufhalten wird, oder eine unabhängige Frau und Herrin ihres eigenen Schicksals?«

Marcus hob eine Braue. »Ich habe nicht die leiseste Ahnung. Und *du* scheinst es ja ebenso wenig zu wissen. Wie wäre es, wenn du sie einfach danach fragen würdest?«

Marcus überließ es Qadir, der Neunten Anweisungen für ihr Tagwerk zu geben, das darin bestand, den erfahreneren Bauhandwerkern Material zu bringen. Dann suchte er Arminius und traf ihn mit Lupus beim Kämpfen. Mal griff er das Kind an und gebot ihm, sich zu verteidigen, dann wieder ging er selbst in die Defensive und lehrte ihn den Gebrauch des Schwertes. Marcus beobachtete die beiden und nickte zustimmend, als er den Jungen mit zusammengepresstem Mund auf seinen Ausbilder losgehen sah, wobei sein hölzernes Übungsschwert unablässig eine Lücke in der Verteidigung des Germanen suchte.

»Und? Wie macht sich der Junge?«

Der Germane wandte sich von dem Kind ab, um sicherzugehen, dass der Junge nicht mithören würde. »Besser als ich dachte. Er ist flink mit dem Schwert und ein Naturtalent, was die Beinarbeit anbelangt … Gib mir ein paar Jahre, und ich mache einen Krieger aus ihm. Vielleicht ist er dann sogar gut genug, um zu gleichen Bedingungen mit mir zu kämpfen.«

Marcus sah mit forschendem Ausdruck auf das Kind. »Meinst du, er ist bereits so weit, dass er eine echte Ausrüstung braucht? Erinnere ich mich richtig, dass deine Abmachung mit Morban besagte, dass er die Mittel auftreiben würde, um seinem Enkel alles Notwendige zukommen zu lassen?«

Arminius zog eine wölfische Grimasse. »Willst du damit etwa andeuten, dass dein Feldzeichenträger neuerdings zu Geld gekommen ist?«

Marcus zuckte gleichgültig mit den Schultern. »Keine Ahnung, und außerdem lautete eure Vereinbarung ja, dass du selbst veranlassen würdest, was notwendig ist. Mir ist nur aufgefallen, dass er heute Morgen die Anzahl abgeschlagener Köpfe gezählt hat. Er war daran *derart* interessiert, als habe er eine Wette darauf abgeschlossen, wenn du verstehst, was ich meine. Daher könnte es sein, dass er heute geneigter ist, für den Jungen Geld auszugeben, als er das gestern gewesen wäre. Oder, ganz nebenbei gesagt, ist er jedenfalls heute geneigter, als er es sein wird, wenn er erst einmal Gelegenheit gefunden hat, den Inhalt seiner Geldbörse und seines Mannesorgans in den Vergnügungslokalen der Stadt auszuschütten.«

Als der Tribun und der Erste Speer am späteren Abend wie gewöhnlich beisammensaßen, um bei einem Becher Wein die Ereignisse des Tages durchzusprechen, fiel dem Ersten Speer Frontinius auf, dass sein übergeordneter Offizier in nachdenklicher Stimmung war.

»Hat Tribun Belletor sich denn nun bereit erklärt, die neuen Regeln für den Ausgang der Männer in die Stadt zu akzeptieren?«

»Oh, ja, das hat er. Nun, andererseits hatte er ja auch keine Wahl, wie ich ihm heute früh mehr als deutlich gemacht habe.«

»Und dennoch scheinst du heute seltsam abgelenkt zu sein, Tribun. Gibt es etwas, was dir auf der Seele lastet?«

Scaurus hob eine Augenbraue. »Ich weiß nicht recht. Alles scheint ziemlich genau nach Plan zu laufen. Acht der Baracken sind inzwischen nahezu fertiggestellt, und schon morgen werden sie einzugsbereit sein. Die Ordnung in der Stadt ist wiederhergestellt, und falls trotzdem noch Streit ausbrechen sollte, kann dies von dir oder dem Ersten Speer Sergius intern geregelt werden. Somit ist ein weiterer Quell des Unfriedens versiegt. Es ist nur …«

»Die Hinrichtungen heute?«

»Wie genau du beobachtest – richtig. Der Mann, der zu schreien begann.«

Frontinius zuckte die Achseln. »Es kommt öfter vor, dass jemand sein Ende nicht hinnehmen möchte, ohne zuvor jeden in Hörweite wissen zu lassen, wie er sich dabei fühlt. Aber das weißt du doch. Nicht jeder ist ein Stoiker.«

Er betrachtete Scaurus über den Rand seines Bechers hinweg und bemerkte, dass sein Gegenüber angesichts seines Kommentars verwirrt den Kopf schüttelte.

»Es war aber gar nicht die Tatsache, dass er schrie, die mich störte, Sextus Frontinius. Von mir aus hätten alle lautstark um Gnade flehen können, das hätte mich nicht weiter beeindruckt. Viel eher macht mir Sorge, *was* er geschrien hat.«

Frontinius zog fragend die Augenbrauen hoch und nippte an seinem Wein. »Wenn ich ehrlich sein soll, so habe ich gar nicht richtig zugehört, Tribun. Ich kann mich nur erinnern, dass er versuchte, uns von seiner Unschuld zu überzeugen.«

»Um genau zu sein, hat er anscheinend versucht, uns zu sagen, dass der viel größere Übeltäter in unserer Mitte weilt. Zuerst rief er: ›Unter uns sind Männer, die mehr Blut an ihren Händen haben als ich!‹, und später dann: ›Der da! Er ist derjenige, vor dem sich alle fürchten! Ich weiß es genau! Ich habe gehört, wie er…‹ Allerdings werden wir niemals erfahren, was er gehört hat, denn Caninus' übereifriger Stellvertreter hat ihn ja sofort außer Gefecht gesetzt. Später habe ich gehört, wie unser Kollege auf ihn losging, weil er den Mann inmitten seiner Enthüllung zum Schweigen gebracht hat. Aber was getan ist, ist getan. Dennoch bleibt die Tatsache, dass im Augenblick höchster Klarheit, den einige Menschen kurz vor ihrem Tod erleben, der verurteilte Räuber versucht hat, uns mitzuteilen, dass ein Feind unter uns weilt. Er konnte zwar nicht auf den Mann zeigen, aber er sah direkt zu den hochrangigen Offizieren und Männern um uns herum hinüber, während er seine Anschuldigungen hinausschrie. Was uns wiederum vor zwei Fragen stellt.«

»Erstens: Wen hat er angesehen?«

»Richtig. Und zweitens: Was meinte er genau, als er sagte: ›Er ist derjenige, vor dem sich alle fürchten!‹«

4

»Gut, eine Münze pro Kopf, damit ihr in dieser Angelegenheit den Mund haltet.« Morban reichte den Männern in dem engen Raum je ein Geldstück und blickte dabei jedem Einzelnen fest in die Augen. »Falls also jemand fragen sollte, wo ich bin, so sagt ihr, ich sei in die Stadt gegangen, um mir neue Stiefel zu besorgen.«

Einer der Soldaten, die sich um ihn scharten, sah missmutig auf die einsame Münze auf seiner Handfläche, ohne Anstalten zu machen, seinen ausgestreckten Arm zurückzuziehen.

»Ich glaube kaum, dass ein Sesterz ausreicht. Was, wenn der diensthabende Zenturio auftaucht und nach dir fragt? Wenn herauskommt, dass wir dich bei deiner Hurerei decken, laufen wir geradewegs ins Messer, denn dann lässt uns einer der Helmbusch tragenden Mistkerle zum Preis für dein Vergnügen auspeitschen.«

Mit ungläubigem Kopfschütteln starrte Morban den Sprecher an. »Jetzt pass mal auf, Kleiner: Mach einfach, was man dir sagt, und lass die erfahreneren Geschäftsleute die Früchte ihr harten Arbeit genießen. Außerdem will ich mich vorerst sowieso nur umsehen. Das heißt, ich gehe in die Stadt und gebe *mein* Geld aus, um herauszufinden, wo es die besten Huren gibt. Wenn wir dann offiziell Ausgang haben, kann ich euch direkt zu ihnen führen. Wie du siehst, haben wir alle etwas davon.« Er strich die Tunika über seinem dicken Bauch glatt, griff nach seinen Überwurf und steckte den schweren Wollumhang fest. »Seid also brav, Jungs, und tut nichts, was ich nicht auch tun würde...«

Als der Standartenträger die Tür der Kaserne öffnete, wurde er beim Heraustreten von einer großen dunklen Gestalt aufgehalten, die auf der unbeleuchteten Straße stand. Er wich zurück, griff mit einer Hand nach seinem Geldbeutel und mit der anderen nach dem kleinen Messer, das um seinen Hals hing. Der Mann war jedoch schneller und schloss seine große Hand um Morbans Faust mit der Waffe.

»Es ist nicht das Schlauste, vor einem Mann, der doppelt so groß ist wie du, das Messer herauszuziehen. Insbesondere, wenn dieser Mann auf deiner Seite ist.«

Morban stieß kurz den Atem aus und schüttelte halb erleichtert, halb verärgert den Kopf. »Was willst du, Arminius? Ich habe keine Zeit, mit dir zu plaudern.«

Der Germane grinste ihn von oben herab an. Dann baute er sich dicht vor dem Standartenträger auf, um ihm den Weg zu versperren, und verschränkte die Arme. »Das habe ich mir gedacht. Ein guter Freund erzählte mir, dass du über den Ausgang der heutigen Hinrichtungen Buch geführt hast. Wie es aussieht, bin ich gerade noch rechtzeitig gekommen, um zu verhindern, dass du dich wieder mal wie ein Bulle auf einer Kuhweide aufführst und deinen Wettgewinn verschleuderst.«

Wie üblich nahm Morbans Miene angesichts dieses Vorwurfs einen ungläubigen Ausdruck an. Mit zusammengezogenen Brauen und fragend hochgezogener Oberlippe zuckte er die Achseln und breitete entschuldigend die Hände aus.

»Wie bitte? Ich habe nur einen bescheidenen Gewinn erzielt, indem ich meinen Kollegen einen kleinen Dienst erwies. Tu also nicht so, als hätte ich den Bestattungsfonds ausgeraubt.«

Die Männer hinter ihm nickten zustimmend, denn Morban war bekannt dafür, ihre Ersparnisse pflichtgetreu zu verwalten.

Arminius schnaubte verächtlich. »Ich habe nichts dergleichen behauptet, also versuch jetzt nicht, das Thema zu wechseln. Nicht einmal du bist so dumm zu riskieren, was diese Männer mit dir machen würden, wenn sie auch nur andeutungsweise feststellen sollten, dass du ihr Geld veruntreust.« Die Soldaten tauschten zustimmende Blicke und nickten erneut, doch noch bevor Morban darauf antworten konnte, lehnte sich Arminius vor und flüsterte ihm ins Ohr: »Andererseits bist du schlau genug, deine Kameraden auf andere Weise zu narren, nicht wahr? Wenn ich mich recht erinnere, hattest du eine Menge Wetten angenommen, an welchen Ort deine Kohorte versetzt werden würde, bevor wir hierherkamen. Dabei hat fast keiner darauf gesetzt, dass wir Britannien verlassen würden, nicht? Wenn ich jetzt zynisch wäre, würde ich mich fragen, ob du unsere nächste Station nicht schon herausgefunden hattest, bevor du dein Wettbuch aufgemacht hast. Ich glaube mich zu erinnern, dass es schon damals ein paar harte Anschuldigungen gab, obwohl keiner nachweisen konnte, dass du vorab die entsprechenden Informationen hattest. Was meinst du, wie deine Kumpels reagieren würden, wenn sie herausfänden, dass du diesbezüglich ein Gespräch zwischen dem Ersten Speer und deinem Zenturio mitgehört hast? Und dass du somit alles wusstest, was vonnöten war, um dir einen schnellen und risikofreien Verdienst zu verschaffen?«

Morban riss vor Angst die Augen auf und zischte in ungläubigem Ton: »Du kannst nichts dergleichen beweisen.«

Arminius lächelte breit und holte zum endgültigen Schlag gegen den Standartenträger aus. »Wer redet denn von *mir*? Du wirst bald merken, dass die Person, die etwas dazu beizutragen hat, wesentlich mehr Glaubwürdigkeit besitzt als ich selbst. Er ist nämlich ein guter Mann, ziemlich jung noch, und trägt einen Helmbusch.«

Morban war fassungslos, und seine Augen verengten sich. »Du bluffst! Er würde nie …«

Arminius schüttelte den Kopf. »Doch, das würde er. Er wusste genauso gut wie ich, dass wir ein Druckmittel brauchen würden, um dich davon zu überzeugen, dein Versprechen gegenüber Lupus einzuhalten und den Jungen zu einem gegebenen Zeitpunkt mit einer angemessenen Ausrüstung auszustatten. Und dieser Zeitpunkt ist nun gekommen. Falls du unsere Übereinkunft also nicht einzuhalten gewillt bist, könnten deine Einkommensquellen in Zukunft beschränkter ausfallen, als dir lieb ist. Betrügerische Buchmacher sind ja nicht allzu beliebt, was, Morban?«

Der Standartenträger starrte ihn mit einem Gesichtsausdruck an, der zwischen Abscheu und Resignation schwankte. »Wie viel willst du?«

»*Ich* will gar nichts, Morban. Die Frage ist: Wie viel braucht dein *Enkel*? In der Stadt gibt es einen Waffenschmied, der sich bereit erklärt hat, für den Jungen ein Schwert und einen Brustpanzer anzufertigen. Gute Sachen, wohlgemerkt, gleich gut wie unsere oder sogar noch besser.«

»Und wie viel will dieser großartige Schmied dafür, dass er mir ein Panzerhemd verkauft, das dem Jungen sowieso nur ein Jahr lang passen wird?«

»Er wird die Arbeit für nur einhundert machen…« Morbans Gesicht erblasste leicht, während Arminius das Messer herumdrehte. »Dinar, um genau zu sein.«

Der Standartenträger wurde kreidebleich. »Einhundert Silbermünzen? Das sind ja vierhundert Sesterzen, zum Teufel! Bist du wahnsinnig? Ich kann… ich meine, so viel Geld habe ich nicht!«

Arminius grinste in der Dunkelheit und fischte blitzschnell den Geldbeutel von Morbans Gürtel. Während er mit der einen Hand den wutschnaubenden Standartenträger von sich fernhielt, hob er mit der anderen den Beutel hoch, öffnete ihn und hielt ihn ins Licht der Öllampen innerhalb der Kaserne. »Ach wirklich? Dabei sieht es ganz so aus, als ob du hier eine ordentliche Summe mit dir herumtragen würdest. Das meiste davon sogar in Gold. Sollen wir das Geld ausschütten und zählen?«

Als Morban klar wurde, dass er mit seiner List hier nicht weiterkam, schüttelte er trübselig den Kopf. »Das ist nicht nötig. Hier, ich zähle es dir selbst vor.«

Arminius lachte ihn jedoch nur aus. Er drehte sich um und schüttete den Inhalt der Geldbörse in seine riesige Handfläche. »Nein, nein, keine Umstände, es wird mir eine Freude sein! Um die Sache einfacher zu machen, werde ich nur die Goldmünzen zählen: Eins, zwei, drei…« Er schüttelte den Beutel, um die letzte Münze herauszubekommen. »Vier goldene Aurei. Und schon sind wir fertig. Das war doch wirklich nicht allzu schlimm, oder?« Er blickte in den Lederbeutel und machte ein beeindrucktes Gesicht. »Donnerwetter, Morban, du warst aber geschäftig! Hier« – er warf dem verängstigten Soldaten den Geldbeutel zu – »nimm, was von deinen Schätzen übrig ist. Und jetzt kannst du los, um deinen Spaß zu haben, und dabei das angenehm warme Gefühl genießen, das Richtige getan zu haben. Auch wenn ich dir dabei ein wenig auf die Sprünge helfen musste.«

Erbittert schüttelte Morban den Kopf und drehte sich zu den Männern herum, die ihn aus der Kaserne heraus anstarrten. Dann erklärte er in beleidigtem Ton: »Ich habe jegliche Lust auf einen Abend mit den Damen dieser Stadt verloren. Das kann passieren, wenn man beraubt und mit Gewalt bedroht wird.«

Arminius schnitt eine Grimasse hinter seinem Rücken und zog eine kleine Münze aus seiner Tasche. »Wohl eher beraubt und mit Erpressung bedroht wird, würde ich sagen. Ist aber egal. He, Morban!«

Er warf dem Standartenträger das Geldstück zu, der sich auf seinen Ruf hin umdrehte und die Münze im Flug fing. »Ein Sesterz? Was soll ich damit?«

Schon im Weggehen rief ihm der Germane über die Schulter zu: »Das sollte für eine Flasche dieser zusammengepanschten iberischen Katzenpisse reichen, die du so liebst. Zum Trost kannst du das Gesöff ja auf mich trinken.«

»Schau an! Wenn das nicht wieder der Soldatenjunge ist …« Mit lautem Bolzengeratter öffnete sich die Tür des Blauen Keilers, und Backpfeife erschien. Er warf Julius einen Blick zu, der zwischen Erstaunen und einer Spur Mitleid schwankte. »Also entweder hast du einen Hang zur Demütigung und Bestrafung, Kumpel, oder du stehst besonders darauf, dir mit der Hand einen runterholen zu lassen. Hast du noch immer nicht begriffen, was für eine Art Frau sie ist?«

Der Tungrer zuckte nur hilflos die Achseln. »Sie ist vielleicht ein wenig kratzbürstig, aber das ist in Anbetracht dessen, was sie erlebt hat, ja verständlich.«

Der Leibwächter antwortete mit einem ungläubigen Lachen, das Julius sehr verärgerte. Dennoch fiel es ihm neuerdings immer leichter, seine Wut im Zaum zu halten, was er etwas bedrückend fand.

»Ein wenig kratzbürstig? Sie ist ein Rasiermesser, Soldatenjunge, schärfer als jede Klinge, die du je in der Hand hattest. Sie ist viel zu schlau für diesen Beruf, und das weiß sie auch. Aber sie wurde da hineingedrängt und hatte keine andere Wahl – wofür du selbst einige Verantwortung trägst. Also wird sie zwar mehr oder minder höflich zu dir sein, aber dass mehr daraus wird, kann ich mir kaum vorstellen. Und jetzt komm rein.«

Julius breitete die Arme aus, um sich durchsuchen zu lassen, doch der Türsteher winkte ab.

»Ich denke, du bist vernünftig genug, keine Waffe mitzubringen. Du weißt genau, dass du vielleicht ein harter Kerl im Dienst des Kaisers sein magst, aber hier auf unserem Gelände sind wir die Experten und du nur ein Amateur.« Er deutete mit dem Daumen über seine Schulter. »Und jetzt rein mit dir. Ich werde ihr ausrichten lassen, dass du hier bist. Du kannst mir ja dann Bescheid geben, wenn du genug davon hast.«

Julius trat in das Bordell und blickte sich misstrauisch in dem schwach erleuchteten Hauptraum um. Ein älterer Mann saß in einer Ecke und wurde von zwei Mädchen unterhalten. Eine der beiden saß auf seinem Schoß und kicherte vor vorgetäuschter Freude darüber, dass er halbherzig und fast verlegen mit den Brüsten des anderen Mädchens spielte. Ansonsten war der Raum leer. Der Schankbursche hielt einen leeren Weinbecher in die Höhe, weil er sich an Julius' letzten Besuch erinnerte. Julius nickte dankbar und legte eine Münze auf die Theke. Er setzte sich an den Schanktisch, nippte an seinem Wein und beobachtete, wie die beiden Huren ihren älteren Kunden bei Laune hielten, um sicherzustellen, dass sein Geld weiter floss.

»Bist du nur zum Trinken hergekommen, oder wolltest du vielleicht sonst noch etwas?«

Er wandte sich zum Treppenaufgang, der zu den oberen Zimmern des Bordells führte. Beim Anblick von Annia, die auf halber Höhe der Holztreppe stand, schlug sein Herz höher. Sie trug ein durchsichtiges Kleid, das ihren Körper nur wenig verdeckte. Unbehaglich rutschte Julius auf seinem Stuhl hin und her, während sie ihn mit einem spitzbübischen Lächeln ansah.

»Ich bin … wegen dir gekommen. Ich meine …«

Scheinbar verzweifelt schüttelte sie den Kopf und bedeutete ihm, ihr die Treppe hinauf zu folgen. »Julius, ich hatte dir doch bereits gesagt, dass das mit uns nicht funktionieren wird. Aber um der alten Zeiten willen werde ich dieses eine Mal eine Ausnahme machen und dein Geld annehmen. Du hast doch Geld dabei?« Annias Gesichtsausdruck ließ Julius unwillkürlich aufstehen. Genauso war es in früheren Zeiten gewesen, als sie, kaum älter als Kinder, ihre Körper an unbeobachteten Orten, wo sie sich vor der Welt verbargen, gegenseitig erforscht hatten. Er trank seinen Becher leer und ging die Treppe zu ihr hinauf. Als er ihre vorgestreckte Hand sah, hob er fragend seine Brauen.

»Wie viel?«

Ihr Gesicht wurde weich und nahm einen fast schon traurigen Ausdruck an. »Ich bin die teuerste Frau, mit der du dich je vergnügen wirst, Zenturio. Einen goldenen Aureus pro Stunde – allerdings wird dir diese Stunde noch lange in Erinnerung bleiben. Ich habe viel Erfahrung gesammelt, seit du mich entjungfert hast.« Er reichte ihr das Geldstück, und sie warf die Münze dem wartenden Schankburschen zu, der sie in eine Kasse neben der Theke fallen ließ. »Schön. Und jetzt, wo wir dieses etwas anrüchige Geschäft abgeschlossen haben, lass uns sehen, wie viel Spaß wir miteinander haben können.« An der Hand führte sie ihn die Treppe hinauf und auf dem ersten Absatz durch eine Tür, die sie hinter ihm schloss. Sie legte einen Finger an die Lippen und flüsterte ihm fast unhörbar ins Ohr, während sie sich gleichzeitig an seinen Nacken schmiegte: »Sag kein Wort; diese Zimmer werden von den Männern meines Geschäftspartners überwacht. Fass einfach meine Brüste an, so als ob du darauf bestehen wolltest, dass dein Geld gut angelegt ist ... ja, genau so. Sobald du auf mir liegst, schieb deine Hand unter das Kopfkissen. Du wirst dort den Schlüssel zu einer Geheimtür auf der Ostseite des Gebäudes finden. Das Schloss liegt hinter einem Wandschrein zu Ehren der Venus Erycina verborgen. Die Tür führt zu meinen Privaträumen, aber du darfst sie nur in der Dunkelheit benutzen. Komm morgen Nacht.« Sie trat zurück und öffnete ihr Kleid, um ihm ihren nackten Körper zu zeigen. Mit den Händen strich sie sich über die Brustwarzen, die bereits von seinen Berührungen steif waren. Dann sank sie vor ihm auf die Knie und sprach mit lauter Stimme, sodass etwaige heimliche Beobachter es mithören konnten. »Nun zieh deine Tunika hoch, damit ich dir Befriedigung verschaffen kann. Wir wollen doch sicherstellen, dass unsere Begegnung ihr Geld wert ist.«

»Ich muss schon zugeben, das sind hübsche Sachen.«

Arminius hob ein Panzerhemd ins Morgenlicht, das durch ein dünnes Fenster fiel. Mit kritischem Blick untersuchte er die dicken Eisenringe. Der Waffenschmied kam hinter seinem Verkaufstisch hervor und verschränkte seine fleischigen Arme, die mit kräftigen Muskeln versehen und von Verbrennungen und Narben gezeichnet waren, welche die jahrzehntelange Arbeit mit heißem Metall und scharfem Eisen hinterlassen hatte.

Angesichts der augenscheinlich lustlosen Lobrede des Barbaren hob der Schmied eine Braue. »Ich sagte es dir doch bereits, als du gestern hierherkamst: Die Sachen sind mehr als hübsch. Etwas Besseres wirst du auf dieser Seite des Flusses Mosa nicht finden. Sogar die Legionsschmiede oben am Rhenus stellen keine Ausrüstungen dieser Qualität her. Schau das Kettenhemd genau an. Es ist mit feinstem Leder aus erstklassiger Tierhaut verstärkt. Wohlgemerkt arbeite ich ausschließlich mit ganzen Stücken und zerteile das Leder nicht, damit es für mehrere Futter reicht. Die Eisenringe sind zweimal so dick wie die eurer Standardhemden und halten einen Wurfspeer auf. Es gibt keine Schwertklinge auf der Welt, die das Kettenhemd durchtrennen könnte, abgesehen von einer einzigen Ausnahme. Wenn du den Jungen in diese Ausrüstung steckst, gewährst du ihm den besten Schutz, den er bekommen kann.« Angesichts dieser verkaufstüchtigen Lobrede hob Arminius eine Braue, und der Waffenschmied breitete die Arme aus. »Was ich sagen will, ist, dass Qualität ihren Preis hat. So hatten wir es doch ausgemacht: vierhundert Sesterzen, damit der Junge eine Rüstung und eine Waffe bekommt. Schau mal hier.« Er griff unter den Ladentisch und zog ein Bündel Ausrüstung hervor.

»Dies ist ein Panzerhemd für einen Burschen, der nicht viel größer als dein Junge hier ist. Ich habe es nach meinem üblichen Maß an Qualität gefertigt, und es ist groß genug, dass er noch hineinwachsen kann. Überdies ein Helm *und* ein Schwert in Zweidrittel-Länge. Schau, wie gut das Schwert gearbeitet ist.« Er reichte Arminius die Waffe, und der Germane hob sie ins Licht. »Fass die Klinge nicht an, sonst...«

Der Germane bedachte ihn mit einem amüsierten Blick. »Ich weiß. Wenn Schweiß daran kommt, könnte die Klinge rosten. Das ist wirklich eine schöne Arbeit. Sieh es dir auch mal an, Marcus.«

Er reichte das Schwert dem Römer, der es mit zustimmendem Blick untersuchte und mit überraschtem Ausdruck sein Gewicht abschätzte. »Sehr hübsch, Waffenschmied. Wie hast du das hergestellt?«

Der Schmied lächelte wissend. »Ich bitte dich! Du erwartest doch nicht, dass ich zwei Männern, die ich kaum kenne, die Kniffe meines Handwerks verrate, oder? Aber ich sehe, dass du ein gutes Auge für Klingen hast, Zenturio, daher zeige ich dir nun etwas noch Besseres.«

Er bückte sich hinter den Ladentisch und tauchte mit einer normal großen Waffe wieder auf. Das Schwert steckte in einer einfachen Metallscheide, und als er es herauszog, um die Klinge zu zeigen, griff Marcus danach und nahm es ihm aus der Hand. Genau untersuchte er den Rand des Schwertes, während der Schmied schweigend, aber mit stolzem Gesichtsausdruck zusah.

»Das Muster...«

Der Waffenschmied nickte. »Das Muster offenbart, wie stark eine Klinge ist. Diese hier wurde aus feinstem hochwertigem Stahl aus Noricum am Fluss Danubius und gutem

Eisen gefertigt. Man erhitzt die Metalle gemeinsam, damit man sie verarbeiten kann, dann faltet man sie wieder und wieder zusammen, bis das Schwert aus vielen Schichten beider Metalle besteht. Für diese Waffe habe ich wesentlich mehr Stunden gebraucht, als ich zählen kann: immer wieder erhitzen und kühlen und dabei die Metalle zusammenschmieden. Danach brauchte ich noch eine Woche, um das Muster zu schaffen, das du längs der Klinge sehen kannst. Wenn man das Schwert stark genug schwingt, kann es ein Eisenschwert in der Mitte durchtrennen, und kein Panzerhemd wird ihm widerstehen. Dies ist mein Meisterstück.«

Marcus betrachtete das Schwert und wusste sofort, dass er diese Waffe haben musste. »Und wie viel würde so ein Schwert kosten?«

Der Schmied zuckte zusammen. »Um ehrlich zu sein, habe ich noch nie daran gedacht, es zu verkaufen. Es ist von unschätzbarem Wert für mich.«

Der Römer hob eine Augenbraue. »Das wäre wohl das erste Mal, dass ein Handwerker unwillig ist, sein Erzeugnis zu verkaufen.«

Der Waffenschmied protestierte mit erhobenen Händen und einem Kopfschütteln. »Dies ist die schönste Arbeit, die ich je geleistet habe, Zenturio. Es ist eine perfekte Klinge. Ich könnte niemals ...«

»Dann möchtest du es also lieber bis ans Ende deiner Tage hinter diesem Ladentisch verstecken, anstatt es dem Zweck zuzuführen, für den es geschmiedet wurde? Nenne deinen Preis.«

Nachdenklich runzelte der andere Mann die Stirn. »Meinen Preis, Zenturio? Der Preis für einen Monat meines Lebens und für die besten Materialien, die zu finden und ruinös teuer waren? Der Preis für meine lebenslange Arbeit und Erfahrung, die in diese eine Klinge geflossen sind? Ich müsste mindestens fünfzig Aurei dafür verlangen …«

Marcus lächelte. Der Preis war zwar erstaunlich hoch für ein Schwert, aber wohl eher genannt worden, um ihn vom Kauf abzuhalten. »Abgemacht.«

Der Schmied riss die Augen auf, überrascht darüber, dass der Römer tatsächlich bereit war, so viel Geld für eine Waffe auszugeben.

»Ich werde heute Nachmittag zurückkommen und das Geld mitbringen. Ich nehme an, dieser Preis umfasst dann gleich auch die Ausrüstung für den Jungen, sozusagen als Zeichen deines guten Willens?«

Der Waffenschmied zauderte. »In diesem Fall werde ich die Hälfte des ursprünglichen Preises verlangen, Zenturio. Zwei Goldmünzen extra für die Ausrüstung des Jungen, und wir sind uns einig.«

Marcus nickte und deutete dann auf ein Regal über dem Kopf des Mannes. »Doch bevor ich gehe, würde ich gern noch einen Blick auf den Helm werfen, den du da oben hast. Darf ich?«

Der Schmied streckte sich und zog einen glänzenden Kavalleriehelm aus dem Regal. Er reichte ihn Marcus, der mit Interesse den fein verzinnten Gesichtsschutz betrachtete.

»Sechzehn Lagen Eisen und Stahl, Zenturio, so lange flach gehämmert, dass die Maske dennoch federleicht ist. Nichtsdestotrotz kann sie einen Pfeil abhalten, der aus zwanzig Schritt Entfernung abgeschossen wird. Möchtest du auch hierfür einen Preis wissen?«

Lächelnd schüttelte Marcus den Kopf. »Danke, aber ich glaube, ich werde schon jetzt genügend Ärger mit meiner

Frau bekommen.« Er wandte sich zum Gehen und erblickte im Ladeneingang Dubnus und den erschöpft aussehenden Julius. Die beiden traten ein, und Julius blickte mit großem Interesse auf die Waffenregale um ihn herum.

»Qadir sagte uns, wo du zu finden seist. Wir haben von Onkel Sextus den Befehl erhalten, dich zu suchen und anschließend ins Badehaus zu gehen. Heute Nachmittag findet eine Unterredung mit dem Tribun statt, und anscheinend will er nicht, dass wir dabei riechen wie ein Rudel Dachse.«

Er drehte sich zur Tür und sah Dubnus, der auf einen kleinen Gegenstand in einem der Regale hinter dem Ladentisch zeigte.

»Hattest du nicht auf unserem Weg hierher deine Pfeife verloren, Julius?«

Julius starrte ihn an, und Dubnus gelang es, ein bewundernswert unbeteiligtes Gesicht zu machen. Sobald sein älterer Freund sich jedoch umgedreht hatte, zwinkerte er Marcus zu und zog in stummer Warnung die Augenbrauen hoch.

»Ja, das hatte ich, jetzt, wo du es sagst. Ich bin erstaunt, dass du dich daran erinnern kannst. Wie viel kostet die Pfeife, Schmied?«

»Da drüben ist noch Platz, gleich neben dem verschlagen aussehenden Kerl.« Marcus wandte sich, wohin Julius mit der Hand gedeutet hatte, und bemerkte die freie Bank. »Geh mal voraus und setz dich, während ich versuche herauszufinden, wo Dubnus solange bleibt. Wahrscheinlich bedroht er gerade wieder die verdammten Bediensteten des Ankleideraums.«

Er trat in die Garderobe des Badehauses zurück und sah,

wie der muskulöse junge Zenturio einen der Badehaussklaven gegen die kalte Steinwand des Raumes drückte.

»...und wenn auch nur ein Stück unserer Ausrüstung auf mysteriöse Weise verschwinden sollte, während wir uns waschen, wirst du dir wünschen, deine Mutter hätte nie ihre Hand auf die Gurke deines Vaters gelegt. Dasselbe gilt für all deine verdammten...«

Julius tippte ihm auf die Schulter und nickte mit dem Kopf in Richtung des Wärmeraums. »Genug davon. Sollten die Trottel blöd genug sein, ihre Finger an unsere Ausrüstung zu legen, werden sie schon merken, worauf sie sich eingelassen haben. Jetzt aber komm mit mir und Zwei-Klingen ins Tepidarium, sonst verlieren wir noch unsere Sitzplätze.«

Die beiden Männer gingen ins Bad zurück und fanden Marcus von einer Gruppe verärgerter Einheimischer umringt. Obgleich Letztere wütend auf die freien Stellen der Steinbank rechts und links neben ihm zeigten, lächelte er sie frohgemut an. Er hatte seine Hände hinter dem Rücken verschränkt, als wolle er sein Rückgrat dehnen, doch Julius mit seinem geübten Auge sah, dass sein rechter Fuß sich gegen den Steinsockel der Bank stemmte, um, falls die Debatte ein physisches Ausmaß annehmen sollte, sogleich angriffsbereit zu sein. Julius tippte dem ihm am nächsten stehenden Mann auf die nackte Schulter und starrte ihm fest ins Gesicht. Seine muskulösen, vernarbten Arme waren verschränkt, und gleich darauf blickte er demonstrativ auf den tätowierten Adler auf seiner Schulter herab, unter dem die Buchstaben COH I TVNGR geschrieben standen.

»Für all jene unter euch, die noch nicht lesen können, werde ich es übersetzen. Hier steht ›Erste Tungrische Kohorte‹. Daher würde ich euch anraten, hier nicht weiter eure Schwänze zu schwingen wie eine Horde gallischer Hausfrauen ihre Rührbesen. Und nun fort mit euch, bevor ich ärgerlich werde.«

Einen Moment lang schien es, als wollten die Einheimischen etwas entgegnen, doch der Anblick eines noch größeren Männerexemplars hinter Julius' Schulter, der zudem so aussah, als käme ihm ein Kampf sehr gelegen, belehrte sie eines Besseren, und sie verzogen sich murrend. Die beiden Zenturios setzten sich neben Marcus, und Julius stöhnte vor Wohlbehagen, als er sich an die warme Steinwand lehnte.

»Oh, ja, das ist schon viel besser. Ich werde heute mit Sicherheit einen ganzen Eimer Dreck herausschwitzen.« Mit hochgezogener Braue sah er auf Marcus' Hände, als sein jüngerer Kamerad seine geballte Rechte hinter dem Rücken hervorzog, die Faust öffnete und ein paar zwischen den Fingern steckende Münzen in seine linke Handfläche fallen ließ. Dann reichte er die Münzen seinem Freund hinüber. »Ein so wohlerzogener Junge wie du kämpft mit denselben Methoden wie ein gewöhnlicher Soldat? Es wäre sicher besser, wenn der Tribun dich nicht dabei erwischen würde.«

Marcus zuckte mit den Schultern. »Immerhin waren sie zu fünft und nicht allzu begeistert, die letzten Sitzplätze im Raum freigeben zu müssen.«

»Also warst du bereits am Überlegen, welchen von ihnen du zuerst niederschlagen würdest, nicht wahr? Du blutrünstiger junger Mistkerl!« Julius zog eine schiefe Grimasse und schüttelte den Kopf. »Genau das ist wohl der Unterschied zwischen uns dreien. Dubnus hätte nämlich – wenn er nicht gerade die Badesklaven bedroht, für den Fall, dass seine neue Gewandspange verloren geht – einfach den erstbesten Mann gepackt und seinen Kopf an die Wand geschlagen, ihn dann fallen lassen und die anderen mit einem Lächeln in die Flucht geschlagen. Ich hingegen würde, ob ihr es glaubt oder nicht, eher versuchen, dem Idioten energisch entgegenzutreten und darauf hoffen, dass meine Narben und Tätowierungen bei ihm Eindruck schinden. Du aber, der wohlerzogene Sohn eines Senators, der du eigentlich der geborene Friedensstifter unter uns dreien sein müsstest, hättest dich wie der Rausschmeißer eines Hurenhauses auf die Männer gestürzt, nicht wahr?«

Marcus rutschte unbehaglich auf der Bank hin und her. »Was kann ich dir schon entgegnen, Julius, immerhin hast du mich bereits viel zu oft bei meinen Wutausbrüchen erlebt. Ich kann mich einfach nicht…« Hilflos zuckte er die Achseln und schüttelte den Kopf.

In einer herzlichen Geste zerzauste ihm sein Freund das Haar. »Ich weiß. Wann immer es auf eine Auseinandersetzung hinausläuft, kannst du dich schlecht zurückhalten. Wenn dann aber noch irgendein Trottel unüberlegtes Zeug palavert oder auch nur den falschen Gesichtsausdruck aufsetzt, geht dir auch der letzte Rest Selbstkontrolle flöten, und du kannst nicht umhin, dein Gegenüber mit der erstbesten Waffe anzugreifen. So war es auch vor ein paar Tagen, als wir Dubnus' Jungs von diesen Legionären trennen mussten. Während alle anderen Lugos anstarrten, als er sein ›Ich kämpfe gegen euch alle‹ herausbrüllte, hast du deinen Weinstock in den Bauch eines jeden gerammt, der in deine Nähe kam. Ich habe vier Männer gezählt, die auf Händen und Knien von dir wegkrochen, und wahrscheinlich haben die meisten von ihnen dich nicht einmal herantreten sehen.« Der ältere Zenturio schüttelte mit einem gutmütigen Lachen den Kopf. »Du bist ein guter Mann für den Krieg, das ist mal sicher, doch ich frage mich, was du tun wirst, wenn das Kämpfen einmal vorbei ist? Leute wie wir, die daran gewöhnt sind, regelmäßig Blut zu schmecken, haben meist Schwierigkeiten, sich in friedlichen Zeiten zurechtzufinden, aber Männer wie *du* …« Er unterbrach sich. »Marcus, du findest zwar schneller als jeder andere, den ich kenne, heraus, wie du jemandem mit den dir zur Verfügung stehenden Waffen den größten Schaden zufügen kannst, doch dir fehlt jene Beherrschung, die man erst nach Jahren bitterer Erfahrung erlangt und die manche gar nie erreichen. Ich war in deinem Alter genauso, immer mit geballten Fäusten und stets angriffsbereit. Erst nach etwa zehn Jahren wurde ich etwas ruhiger und habe gelernt, Männer lieber mit einem scharfen Blick abzufertigen, als ihnen das Gesicht einzuschlagen. Ich war nie so schnell wie du und hatte auch nie dein angsteinflößendes Temperament – ich wollte nur kämpfen und suchte nach Leuten, die sich darauf einlassen würden. Bei dir ist das anders, und du bist viel gefährlicher, weil es nichts gibt, was dich im Zaum halten könnte …« Er musterte den jüngeren Mann von Kopf bis Fuß. »Ich denke, dass kein großer Bedarf an Männern deiner Mentalität bestehen wird – was ein Segen oder ein Fluch sein mag –, wenn das Kämpfen erst einmal vorüber ist und der ganz normale Tagesablauf in Friedenszeiten wie ein Umhang aus gewebtem Blei auf unseren Schultern hängen wird.«

Marcus hob eine Braue. »Frieden? Glaubst du wirklich, dass wir das bald erleben werden?«

Sein Freund schob die Unterlippe vor und zuckte grübelnd mit den Schultern. »Es gibt nur eine begrenzte Anzahl an Stämmen. Wenn wir erst einmal diesen Obduro gefunden haben und mit ihm fertig sind, sollten die Legionen in

Britannien auch die Briganten unter Kontrolle haben. Dann werden unsere Tage wieder nur aus Drill und Marschrouten bestehen, und wo willst du dann Gelegenheiten zum Kämpfen finden? Darüber hinaus hast du doch eine Familie, um die du dich kümmern musst. Daher kann ich dir nur raten, Bruder, dass du lernst, den Kopf zugunsten derer einzuziehen, die dich lieben und befürchten, dass du sie allein und schutzlos in der Welt zurücklassen wirst. Könntest du das nicht für sie tun, wenn du es schon nicht für mich tun kannst?«

Marcus sah ihm mit ausdruckslosem Gesicht in die Augen. »Das kann ich, aber nicht einfach nur für sie. Ich habe in Rom noch eine Rechnung offen, eine Blutschuld gegenüber einem so mächtigen Mann, dass ich nur eine einzige Gelegenheit haben werde, ihn dafür bezahlen zu lassen. Dieser Gedanke wird stark genug sein, mir dabei zu helfen, mich in der Zwischenzeit aus allem Ärger herauszuhalten. Es wäre dumm, mir wegen ein paar hirnloser Narren die Chance auf ein Stelldichein mit dem Prätorianerpräfekten und einer scharfen Klinge zu verderben.« Er lächelte durch den Raum zu den finster dreinblickenden Einheimischen hinüber und breitete die Hände als Geste seines guten Willens aus.

Julius winkte dem Weinverkäufer und hob drei Finger, um diesem das allseits verständliche Zeichen zu geben. »Darauf sollten wir anstoßen. Lasst uns also deinen behelfsmäßigen Schlagring seinem ursprünglichen Zweck zuführen und uns einen Becher Wein und etwas zu essen kaufen. Dann sollten wir in den Heißbaderaum hinübergehen, uns mit Öl versorgen und den Dreck abkratzen. Immerhin erwartet der Tribun, dass wir für die Unterredung heute Abend hübsch und sauber sind, also habe ich nicht die Absicht…«

Er unterbrach seine Rede, als eine vertraute Gestalt in das Tepidarium trat und sich umsah. Als er die Tungrer entdeckte, ging er zu ihnen hinüber.

»Sei gegrüßt, Marcus, und auch ihr, meine Herren aus der Ersten tungrischen Mauleselkohorte.«

Diese Anrede war zwar ein mittlerweile abgedroschener Scherz, doch für Silus schien er noch immer seinen Reiz zu haben.

Julius nickte, und ein ironisches Lächeln spielte um seine Lippen. »Ich grüße dich, Silus. Gerade sagte ich zu Marcus, dass ich Pferdedung rieche, und schon kamst du in den Raum.«

Silus neigte den Kopf angesichts dieser Entgegnung und sah sich dann erneut um. »Dieser Raum ist ganz schön voll. Ich vermute, die guten Stadtbewohner baden lieber zeitig, bevor deine schrecklichen Soldaten nach Dienstschluss den Ort überrennen. Nicht dass ich sie dafür tadeln könnte. Und nun, nehme ich an, wunderst du dich, was ich hier suche, nachdem das Badehaus für alle Soldaten bis Sonnenuntergang gesperrt ist?«

Julius schüttelte den Kopf. »Nicht im Geringsten. Vermutlich wurdest auch du angewiesen, dich hier zu säubern, um allen Männern Gnade zu erweisen, die keine besondere Vorliebe für monatealten Schweiß, abgestandene Pferdepisse und frischen Stallmist hegen.«

Silus verzog sein Gesicht zu einem kurzen, offenkundig unaufrichtigen Lächeln. »Nein. Ich bin aus demselben Grund hier wie ihr selbst, nehme ich an. Heute Abend findet eine Besprechung mit dem Tribun statt, und euer Erster Speer wünscht, dass ich in meiner besten Tunika und hochpolierten Stiefeln daran teilnehme. Dabei wurde mir auch angeraten, ein Bad zu nehmen, und es hörte sich nicht so an, als sei das eine freie Entscheidung, also bin ich jetzt hier. Der gute Frontinius hat zwar nichts von euch gesagt, aber nachdem ihr jetzt ebenfalls hier seid und geflissentlich die entrüsteten Blicke der Einheimischen ignoriert, vermute ich, dass ihr demselben Befehl gefolgt seid. Und in Anbetracht der Blicke, die ihr von den Männern neben euch erhaltet, denke ich, keinesfalls zu früh gekommen zu sein.«

Dubnus drehte den Kopf zu seinem Sitznachbarn hinüber, der seinen beleidigten Blick einen Moment zu langsam abwandte. Mit einem Kopfschütteln stand er auf und dehnte seinen muskelbepackten Körper, dann beugte er sich vor und hielt sein Gesicht nur wenige Zentimeter vor das eines sehr beunruhigten Stadtbewohners. »Hat dir dein Vater nicht beigebracht, dass es unhöflich ist, Soldaten im Badehaus anzustarren? In Wirklichkeit ist es sogar gefährlich, denn wenn ich dich noch einmal meinen Schwanz anschauen sehe, werde ich deinen dummen fetten Schädel an die Wand hinter dir schlagen.« Mit angewidertem Kopfschütteln wandte er sich wieder seinen Offiziersbrüdern zu. »So, und nun lasst uns zum Schwitzen hinübergehen und noch ein paar weitere dieser Schafsböcke in Aufruhr versetzen.«

»Der Inhalt dieser Besprechung ist überaus geheim und darf mit niemandem außerhalb dieses Raumes geteilt werden. Unser Kamerad Caninus hier hat allen Grund zur Annahme, dass es in der Stadt Männer gibt, die diesem ›Obduro‹ Informationen zukommen lassen. Wenn also irgendetwas von dem, was ihr für mich tun sollt, nach außen dringt, werden wir die vielleicht einzige Chance verpassen, die wir haben, um diese Leute dingfest zu machen.« Scaurus sah nacheinander jeden Einzelnen an, um sicherzugehen, dass sein Ansinnen bei allen angekommen war.

Der Erste Speer nickte und richtete seinen Blick auf Silus, Marcus, Julius und Dubnus. »Ich werde euch vier zu einem Sonderauftrag abkommandieren. Was eure Männer anbelangt, so werden sie darüber unterrichtet, dass ihr zur Festung Bonna unterwegs seid, um mit der Ersten Legion Minervia zusammenzuarbeiten. Das Lager wird also annehmen, ihr suchtet dort Verstärkung, was als ausreichende Deckung für das dienen müsste, was ihr tatsächlich tun werdet. Decurio Silus wird von der berittenen Abteilung Pferde besorgen, sodass ihr nach Osten zur Furt über die Mosa reiten könnt. Dort angekommen, werdet ihr Papiere vorzeigen, die euch genehmigen, weiter nach Colonia Claudia am Rhenus und von dort den Fluss hinauf zur Legionsfestung Bonna zu ziehen. Allerdings werdet ihr, sobald ihr außer Sichtweite der Mosa-Furt seid, die Straße verlassen und in südwestlicher Richtung in den Arduinna-Forst reiten. Nutzt jeden Pfad, den ihr finden könnt, um zu Pferde eurem Ziel so nahe wie möglich zu kommen, dann schlagt an einem abgelegenen Ort euer Lager auf. Silus wird bei euren Pferden bleiben, während ihr anderen still und methodisch den Waldrand auskundschaftet, bis ihr ein Anzeichen dessen findet, wonach wir suchen. Sobald ihr die Informationen habt, die ich benötige, zieht ihr euch zurück. Stellt sicher, dass ihr unbemerkt bleibt, und bringt mir so schnell wie möglich die gewünschte Auskunft.«

»Und wonach genau sollen wir suchen, Tribun?«

»Nach einem Lager, Zenturio Corvus.«

Marcus wandte sich dem Mann zu, der still hinter dem

Licht der trüben Lampen in einer dunklen Ecke des Raumes wartete.

Scaurus bedeutete Caninus, ins Licht der um den Tisch aufgereihten Lampen zu treten. »Präfekt Caninus hat eine Theorie, die ihr überprüfen werdet, Zenturios.«

Er winkte Caninus, der zu einer Wandkarte hinüberging und seinen Finger auf die nordwestlichen Ausläufer des riesigen Waldes legte, der sich von der Stadt aus gesehen auf der anderen Seite des Flusses Mosa befand.

»Es ist einleuchtend, davon auszugehen, dass Obduro und seine Bande ihre Geschäfte von irgendwo am Rand des Forstes betreiben. Wäre ich er, würde ich es niemals riskieren wollen, nach einem größeren Überfall in freiem Gelände zu nächtigen, wenn die gesamte tungrische Garnison hinter mir her ist. Betrachtet diese Anhäufung von Überfällen, die unseres Wissens von seinen Männern durchgeführt wurden.« Er zeigte auf ein Gewirr von Kreuzen, das sich in der Nähe des Waldrands am nördlichen Ufer der Mosa befand. »Und dann dieser Angriff auf die treverische Zenturie, der dazu führte, dass sie massenweise desertierten. All diese Überfälle geschahen nur wenige Marschstunden von diesem Teil des Waldes entfernt und so nahe der Stadt, dass man es kaum glauben möchte.« Er zeigte mit dem Finger auf einen Punkt des Waldes, der in etwa gleicher Entfernung von den Angriffen lag. »Ich möchte wetten, dass er stets sicherstellt, vor Einbruch der Dunkelheit unter dem Schutz der Bäume sein zu können, also muss zweifellos irgendwo hier ihre Unterkunft liegen. Natürlich hat diese Leichtigkeit des Zugangs auch eine Gegenseite, denn sie macht es uns einfacher, das Lager aufzustöbern und anzugreifen, was bei einem tief im Wald versteckten Ort wesentlich schwieriger wäre. Die große Frage, die sich mir stellt, ist, wie er seine Männer über den Fluss zurückbekommt. Die einzigen Übergänge, von denen wir wissen, sind die Furt über die Mosa im Osten und die Brücke, wo die Straße zur Hauptstadt der Treverer weiter westlich den Fluss am Arduinna-Forst kreuzt.« Er betrachtete die Karte noch eine Weile und blickte dann zu den Männern auf, die ihn umringten. »Abgesehen davon wird ein so gerissener Mann wie Obduro niemals all seine Eier in nur einen Korb legen. Sicherlich hat er noch weitere Rückzugsorte, sollte der Waldrand nicht mehr sicher sein. Vermutlich ein Gebäude auf einem Hügel, aller Wahrscheinlichkeit nach stark befestigt, und das umliegende Gelände ist gewiss von Fallen und anderen hässlichen Überraschungen übersät. Sollten sie eine solche Art von Bollwerk errichtet haben, sind sie wahrscheinlich mit nur fünfhundert Mann in der Lage, zehnmal so viele Angreifer fernzuhalten, sofern keine Artillerie zur Verfügung steht, um die Mauern einzureißen.« Er unterbrach seine Rede für einen Augenblick, und Marcus sah, wie sein Gesicht einen frustrierten Ausdruck annahm. »Meine eigene bittere Erfahrung mit solchen Räuberbanden ist, dass sie, sobald sie Soldaten kommen sehen, sich in ein Dutzend unterschiedliche Richtungen zerstreuen und tief in den Wald zurückziehen. Und wenn sich die Bande dann erst einmal aufgelöst hat, ist sie ebenso schwer wieder einzufangen, als wolle man Pisse an die Wand nageln. Wenn wir ihnen also Zeit lassen abzuhauen, werden sie hübsch und behaglich in ihrer wo auch immer liegenden Festung sitzen, noch bevor wir diese finden und unsere Streitmacht zum Einsatz bringen können.«

Scaurus trat erneut vor. »Was bedeutet, dass wir nur einen Erfolg erzielen können, wenn wir sie mit einem dichten Ring von Truppen umzingeln, *bevor* sie die Chance haben, sich zurückzuziehen. Und das wiederum bedeutet, dass wir dieses Lager am Waldrand finden müssen, ohne dass sie es bemerken. Wenn uns das gelingt, sollte es möglich sein, eine Kohorte hinter ihnen im Wald zu platzieren, bevor der Rest unserer Abteilung zum Angriff aufmarschiert und an ihre Haustür klopft.«

Julius nickte dem Tribun zu. »Dann werden sie zur Hintertür eilen und feststellen, dass diese geschlossen und verriegelt ist. In diesem Fall können sie entweder aufgeben oder sich von unseren Speeren durchbohren lassen. Eine saubere Sache. Und alles, was wir dafür tun müssen, ist, den Waldrand zu durchkämmen, bis wir sie finden.«

»Genau, Zenturio.« Caninus hob eine Braue. »Aber meinst du wirklich, dass wir diese heikle Aufgabe bewerkstelligen können? Die Räuber haben sich über Jahre hinweg im Wald bewegt und kennen sich aus, wohingegen du, bei allem Respekt ...«

Dubnus sprach in nüchternem Tonfall. »Ich bin im großen Wald aufgewachsen, der das Rückgrat Britanniens säumt. Ich bin ein Waldhüter und Jäger, und wann immer ich in den Wald gehe, bewege ich mich geräuschlos. Ich werde eure Banditen finden, und sie werden meine Anwesenheit nicht einmal bemerken.«

Caninus nickte. »Gut. Wenngleich ich trotzdem vorschlagen möchte, dass du einen einheimischen Führer mitnimmst, der sein ganzes Leben im Wald verbracht hat.«

Scaurus hob eine Augenbraue. »Besteht dann nicht das Risiko, dass er einer von ihnen ist?«

Der Präfekt zuckte leicht zusammen. »Er ist einer der wenigen Männer, von deren Treue und Ergebenheit ich absolut überzeugt bin, daher bitte ich euch, einen derartigen Gedanken in seiner Anwesenheit nicht zu erwähnen. Seine Familie wurde letzten Sommer von der Räuberbande gefangen genommen, während er für mich als Fährtensucher arbeitete. Er weiß nicht einmal, ob sie noch am Leben sind. Ich rate euch also, ihn nicht zu eurem Feind zu machen, denn er kennt jeden Pfad durch den Wald, und wenn ihr ihn gut behandelt, wird er euch von großer Hilfe sein.«

Scaurus schaute zum Ersten Speer hinüber, der mit einem Achselzucken sein Einverständnis bedeutete.

»In Ordnung, Präfekt, wir akzeptieren dein Angebot, uns führen zu lassen.«

Caninus zeigte auf einen Punkt westlich der Stadt und fuhr mit dem Finger die Straße entlang bis in die Provinz Gallia Belgica hinein. »In diesem Fall ziehe ich morgen früh mit meinen Männern in den Westen nach Bagacum Nerviorum, um die Straße freizumachen. So kann ich sicherstellen, dass Obduro, falls er einen Spion unter meinen Leuten hat, zumindest nichts von eurer Reise in Richtung Osten erfährt, egal, wie harmlos diese auch erscheinen mag.« Er sah auf die Karte und nickte. »Vielleicht ist euer Unternehmen ja mit dem Quäntchen Glück gesegnet, das ich die letzten Monate so herbeigesehnt habe.«

Die Nachricht, dass die drei Zenturios nach Osten zu den Festungen am Rhenus zogen, löste an diesem Abend in der provisorisch errichteten Offiziersmesse der tungrischen Kohorten eine Reihe von Kommentaren aus.

»Macht euch keine Sorgen, Brüder.« Titus, der Kommandant der Zehnten Zenturie, die aus den größten Männern der Kohorte bestand und mit so schweren Äxten bewaffnet war, dass nur diese sie im Kampf schwingen konnten, lehnte sich über die drei Männer, als sie gerade bei einem Becher Wein zusammensaßen. »Euer Geheimnis ist bei mir in besten Händen«, polterte er mit tiefer Stimme und zwinkerte ihnen zu. »Onkel Sextus hat mir genau erzählt, was ihr während eurer Abwesenheit unternehmen werdet.«

»Hat er das?«

Julius warf ihm einen erstaunten Blick zu, während Dubnus mit ungläubigem Kopfschütteln zu Marcus hinübersah.

»Oh, ja, er hat alles ausführlich geschildert. Natürlich war das ein Haufen Unsinn, denn er hatte wieder diesen Ausdruck im Gesicht, den er immer hat, wenn er nicht die Wahrheit sagt. Und sein Gerede, dass ihr mit dem Quartiermeister der Legionsfestung über Ausrüstung sprechen müsst – alles Quatsch. Ich weiß, was ihr tatsächlich vorhabt.« Die drei Männer starrten ihn fassungslos an. Titus war nie der Hellste gewesen, stattdessen lag seine Stärke vor allem darin, den größten und oft auch unangenehmsten Männern der Kohorte Respekt oder gar Furcht einflößen zu können. Wenn es bereits ihm gelungen war, ihren Einsatz anhand der Worte des Ersten Speers und seiner eigenen simplen Schlussfolgerung zu durchschauen, so bestand keine Chance, dass ihr heikler Auftrag geheim bleiben würde. »In Wirklichkeit werdet ihr versuchen, alles über den Vicus an der Legionsfestung Bonna herauszufinden. Ihr werdet jede Schänke besuchen, um für unsere nächste Station bereit zu sein. Stimmt's oder habe ich recht?«

Julius' ungläubiger Blick wich einem schlauen Grinsen, als er begriff, welchem Irrglauben der große Mann unterlag. Sogleich stimmte er ein. »Im Namen des Cocidius, sprich *verdammt noch mal* leiser, Titus! Wenn die anderen Offiziere herausfinden, warum wir wirklich nach Osten ziehen, zetteln sie eine Meuterei an! Für alle anderen sieht es so aus, als ob wir mit dem Quartiermeister der Festung Bonna sprechen müssen, und dabei soll es auch bleiben.«

Titus lachte schallend und schlug seinem Kollegen so stark auf die Schulter, dass dieser zur Seite kippte. »Natürlich, Bruder, alles klar! Hör mal…« Er beugte sich herab, um Julius verschwörerisch ins Ohr zu flüstern. »Gestern bei der Wache sprach ich mit einem Händler, der nach Westen unterwegs war, und er erzählte mir von einer Hure mit nur einem Zahn…«

»*Genug davon!* Wir werden dir alles berichten, wenn wir wieder da sind, aber verschone mich mit deinen Mutmaßungen, denn bis zu unserer Rückkehr will ich nichts davon hören. Behalte also unser kleines Geheimnis für dich, dann garantiere ich, dass ich dir alle Einzelheiten höchstpersönlich erzählen werde.«

Bis die drei ihren nächsten Becher Wein getrunken hatten, war die Geschichte ihres »heimlichen« Auftrags bereits im gesamten Lager herumgegangen. Als dann auch noch Morban seinen Zenturio auf das Thema ansprach, bewunderte Marcus bereits den Geniestreich des Ersten Speers, mit einem augenscheinlich harmlosen Gespräch so kunstvoll alle in die Irre zu führen.

»Du bist zur Festung Bonna unterwegs, was, Herr? Willst anscheinend die *horizontalen* Gegebenheiten des Landes erkunden, wie ich höre. Man hat mir erzählt, es gäbe dort eine Hure mit nur einem Zahn, die…«

»Standartenträger!«

Der scharfe Unterton in der Stimme des Zenturios brachte Morban unmittelbar zum Schweigen.

»Mein Herr?«

»Streck deine Hand aus.«

Morban blickte seinen Offizier mit unbehaglicher Verwunderung und zusammengekniffenen Augen an, dann streckte er seine Rechte aus. Dabei schloss er die Finger schützend um die Handfläche, da er einen Streich mit dem Weinstock des Römers befürchtete.

»Dreh sie um und öffne die Hand.«

Morban gehorchte und schloss leicht die Augen, um sich für die erwartete Bestrafung bereit zu machen. Als Marcus jedoch eine Goldmünze hineinfallen ließ, starrte er verwundert auf seine Handfläche.

»Es ist mir gelungen, einen Preisnachlass für die Rüstung des Jungen herauszuhandeln. Daher bekommst du nun hundert Sesterzen zurück, mit denen du machen kannst, was du willst. Arminius wird allerdings den zweiten Aureus für zukünftige Ausgaben einbehalten. Wir können es nicht zulassen, dass er seine Zeit damit vergeudet, jedes Mal, wenn Lupus neue Stiefel braucht, bei dir vorzusprechen und dir das Geld aus der Tasche zu ziehen. Abtreten.«

Der Standartenträger drehte sich verwirrt um und starrte noch immer auf die goldene Münze.

»Oh, und übrigens, Standartenträger.«

»Herr?«

»Die Frau mit nur einem Zahn. Anscheinend stimmt das. Allerdings scheint es alles andere als sicher, dass sie tatsächlich jenen Dienst erweist, für den sie unter den Männern der Kohorte schon jetzt berüchtigt ist. Das werden wir aber bald genug herausfinden.«

Er drehte sich um und ging, während Morban ihm mit offenem Mund nachstarrte. Morban wartete, bis Marcus um die Ecke war und machte sich dann auf den Weg zu seiner Unterkunft. Dabei murmelte er leise vor sich hin und schüttelte angewidert den Kopf. »Demnächst wird er wahrscheinlich auch noch mein Wettbuch übernehmen. Ich glaube, die andere Version war mir lieber.«

Julius wartete, bis der letzte Soldat, der an diesem Abend Ausgang hatte, in die Kaserne zurückgekehrt war. Dann machte er sich auf den Weg in die Stadt. Diesmal war er in seine Uniform gekleidet, und sowohl sein Schwert als auch der Dolch hingen an seinem Gürtel. Er umging den Blauen Keiler auf der östlichen Seite und sah, dass die Straßen menschenleer waren. Leise begab er sich bis zu dem von Annia beschriebenen Schrein, und auch seine genagelten Stiefel machten kein Geräusch, da er Stofflappen um sie gebunden hatte. Nachdem er die Straße hoch- und hinuntergesehen hatte, um sicherzugehen, dass er unbeobachtet war, griff er in den Schrein und betastete die Wand hinter der Statue der Göttin, bis er auf einen schmalen waagrechten Schlitz stieß. Dort führte er den Schlüssel ein, der aus einem langen Stab mit einem zweizinkigen, ankerartig geformten Ende bestand. Behutsam drehte er den Schlüssel, rüttelte ein wenig daran und fühlte, dass die Metallspitzen des Ankers in zwei Löcher des Bolzens eingriffen, der die verborgene Tür verschlossen hielt. Als er den Stab nach rechts zog, spürte er ein leichtes Klicken, und der Bolzen glitt aus seiner Halterung. Danach war die schwere Tür, die auf gut geschmierten Angeln ruhte, durch nur leichtes Drücken zu öffnen. Er glitt durch den engen Spalt und zog die Holztür hinter sich zu, die kunstvoll mit Stein verkleidet war, um nahtlos wieder in der Wand zu verschwinden. Im

Dunkeln tastend, schob er anschließend den Bolzen zurück in die Halterung.

Über ihm, am oberen Ende einer Steintreppe, war ein schwacher Schein zu sehen, und eine Gestalt trat ins Licht, um ihn hinaufzuwinken. Julius stieg die Treppen hoch und hielt dabei eine Hand auf seinem Dolch, um kampfbereit zu sein, doch als er schon fast oben war, erkannte er, dass es Annia war, die ihn erwartete. Sie war in eine leichte Tunika gekleidet und trug keine Schminke. Begeistert umarmte sie ihn.

»Ich dachte schon, du würdest nicht kommen!« Sie flüsterte diese Worte so leise, dass sie kaum hörbar waren, weshalb sie ihren Mund ganz nahe an sein Ohr führte. »Nimm deine Schwerter ab und komm rein.« Sie schob ihn in ein Zimmer, das nur von einer einzigen Lampe erhellt war, zog die Tür hinter ihm zu und drapierte den Wandbehang neu, der die Tür verbarg. Sie bedeutete ihm, sich auf das Sofa zu setzen, schenkte ihm einen Becher Wein ein und setzte sich anschließend neben ihn. »Die Geheimtür gab es bereits, als ich das Lokal übernommen habe. Der Keiler war bei seiner Erbauung vor dreißig Jahren schon als Bordell gedacht, und wer immer das Gebäude geplant haben mag, hatte ein Auge für zukünftige Entwicklungen. Alle Räume sind von Geheimgängen aus zu beobachten, damit wichtiges Bettgeflüster von den Wachen mitgehört werden und Petrus weitererzählt werden kann…«

Julius zuckte überrascht zusammen. »Petrus?«

Sie legte einen Finger an die Lippen. »*Psssst!* Man kann nie wissen, ob nicht ein Mann draußen steht und sein Ohr an die Tür hält. Tatsächlich wäre es nicht das erste Mal, dass Petrus mich ausspionieren ließe. Ich bin sein Eigentum,

Julius, und er ist ein eifersüchtiger Herr. Wenn er das mit der Tür zur Straße wüsste, würde er sie noch am selben Tag für alle Zeit verriegeln lassen.«

»Aber Petrus arbeitet doch eng mit dem Prokurator. Wie könnte er da...« Er unterbrach sich und dachte einen Augenblick nach. Dann schüttelte er den Kopf vor Verwunderung, wie einfach die Wahrheit doch war, wenn man sie erst einmal kannte.

»Petrus ist der eigentlich mächtige Mann in dieser Stadt. Er kontrolliert die Banden, und Albanus ist so tief mit ihm verstrickt, dass er, würde Petrus ihn anweisen, in die Luft zu springen, lediglich fragen würde, wie lange er dort zu bleiben habe. Schon im ersten Moment, als ich dich wiedergesehen habe, wusste ich, dass ich genau dasselbe für dich empfinde wie vor fünfzehn Jahren. Aber ich habe nicht gewagt, dich das wissen zu lassen, denn wenn du es bemerkt hättest, hätten die anderen es auch bemerken können. Und sobald Petrus es erfahren hätte, hätte er seine Maßnahmen ergriffen und dich schnell und leise beseitigen lassen. Danach hätte er mir das Geschehene in allen Einzelheiten geschildert, mich dabei auf dieses Bett gedrängt und sich an meiner Verzweiflung ergötzt. Es war also viel sicherer, dass seine Muskelprotze ihm erzählen würden, ich sei ungehalten und wolle nichts mehr von dir wissen. Verzeih mir.«

Der Tungrer legte schützend seinen Arm um sie. »Das muss aber nicht so weitergehen. Komm mit mir, nimm, was immer du brauchst, und verlasse diesen Ort für immer. Du wirst nie mehr als Hure arbeiten oder die Aufmerksamkeiten dieses ekelhaften Dreckskerls ertragen müssen.«

Er hörte auf zu reden, als er sah, dass sie den Kopf schüttelte.

»Wenn ich dieses Bordell verlasse, muss ich *im selben Moment* auch aus der Stadt verschwinden. Du denkst vielleicht, du könntest mich beschützen, aber ich weiß, dass ich schon ein paar Tage später tot wäre, um jedem eine Lektion zu erteilen, der dieselbe Idee hegen könnte. Ich kann dieses Haus auf nur zwei Arten verlassen: Entweder wirst du an einen anderen Ort beordert und kannst mich dorthin mitnehmen, oder Petrus ist tot und mit ihm jeder einzelne Mann, der sich in seinem Namen rächen könnte, um sich als sein würdiger Nachfolger zu beweisen. Sofern du keines dieser beiden Ereignisse heute Nacht eintreten lassen kannst, werde ich morgen wie eh und je die Herrin des Blauen Keilers sein.«

Im Morgengrauen des nächsten Tages ritt die kleine Gruppe Richtung Osten. Marcus, Julius, Dubnus und Silus saßen auf Kavalleriepferden, und Silus' Reittier folgte ein Maulesel, der mit Vorräten für mehrere Tage beladen war. Falls die Kameraden bemerkten, dass Julius noch mürrischer als gewöhnlich war, so erwähnten sie dies nicht.

»Er war gestern Nacht wieder in der Stadt«, hatte Dubnus Marcus anvertraut, während sie auf Silus und die Pferde warteten, die sie zu ihrer Mission bringen sollten. »Er dachte sicher, keiner hätte etwas bemerkt, aber einer meiner Jungs musste als Bestrafung für die Keilerei mit der Legion doppelten Wachdienst schieben, und er erzählte mir, er habe den Dummkopf in Richtung Forum gehen sehen, nachdem alle vom Ausgang zurückgekehrt waren.«

Die beiden Männer tauschten einen bangen Blick, denn sie wussten, dass ein derartiges Betragen eigentlich dem Ersten Speer zu melden war. Gleichzeitig wussten sie aber auch, dass keiner von ihnen dies je tun würde.

»Er wird es uns zu gegebener Zeit selbst erzählen. Aber solange er das nicht tut, müssen wir ihm wohl oder übel den Rücken decken.«

Dubnus nickte unglücklich über die Entscheidung seines Freundes, und als sie die Straße erreicht hatten, war Silus der Einzige, der ungerührt weiterplauderte. Doch auch er hatte schnell gespürt, dass seine Kameraden nicht in das übliche Wortgeplänkel von Neckereien und Beleidigungen einstimmten. Somit ritt die Gruppe still vor sich hin, bis sie den Mann des Präfekten Caninus in sicherer Entfernung außerhalb der Sichtweite der Stadtmauern am Rand der Straße antraf. Der Späher gesellte sich der Gruppe ohne viel Federlesen hinzu, salutierte Julius nur knapp und übergab ihm als Nachweis seiner Person eine kleine Wachstafel, die von Caninus unterzeichnet und mit seinem Siegel versehen war.

Der Späher war zierlich und hatte ein tief zerfurchtes Gesicht, was ihm das wettergegerbte Aussehen eines Mannes verlieh, der sein Leben lang im Freien gearbeitet hatte. Ein Jagdbogen hing über seiner Schulter und ein Köcher Pfeile mit schweren Eisenspitzen an seinem Gürtel. Das einzige Anzeichen von Schmuck bestand in einer verschlungen geprägten Lederscheide, in der ein Jagdmesser steckte, das fast so lang wie ein Infanterieschwert war. Der Mann, der auf der Wachstafel des Präfekten als Arabus vorgestellt wurde, erwies sich sogleich als äußerst schweigsam, weshalb Marcus' Versuche, ihn in ein Gespräch zu verwickeln, an dessen einsilbigen Antworten scheiterten. Mehr als ein Nicken, ein Kopfschütteln oder eine knapp hervorgestoßene Entgegnung auf Fragen, die nicht mit Ja oder Nein beantwortet werden konnten, waren ihm nicht zu entlocken. Julius und Dubnus ritten neben Marcus, und Dubnus bedeutete seinem

Freund mit dem Kopf, den Führer in Ruhe zu lassen. Erst als die drei Zenturios außer Hörweite waren, begannen sie wieder zu sprechen.

»Mehr wirst du aus dem nicht herausholen. Ich kenne solche Kerle: Sie haben von Geburt an nichts anderes als den Wald gesehen, und nichts, was du sagst oder tust, kann ihn öffnen, wenn er selbst nicht das Gefühl hat, die Zeit dazu sei gekommen. Ich sage dir jetzt mal etwas, was mich zum Lachen bringt.«

Marcus hob eine Braue. »Was denn?«

»Sein Name.«

»Was ist mit dem Namen Arabus?«

Sein Freund grinste und warf dem Führer einen kurzen Blick zu. »Ich glaube, in der gallischen Sprache bedeutet das ›witzig‹. Nun, wenn *er* der Witzbold in seiner Familie ist, möchte ich mir gar nicht ausmalen, wie seine Geschwister sind!«

Julius, der anscheinend aus seiner Träumerei erwacht war, stupste Marcus an und streckte die Hand aus. »Na, dann lass uns mal sehen, was für eine schöne neue Klinge du da gekauft hast.«

Marcus zog das gemusterte Schwert aus der Scheide und reichte es Julius. Sein Pferd stellte beim metallischen Klang des Herausziehens aus dem Gehänge die Ohren auf, also lehnte sich Marcus vor und strich liebevoll über die kurz geschorene Mähne am Kopf des Tieres.

»Heute nicht, Dickschädel. Heute legen wir nur eine weite Strecke zurück.«

Julius betrachtete die Klinge aufmerksam und schwang sie zur Übung rechts neben dem Kopf seines eigenen Pferdes herab. »Leicht wie eine Feder. Und was hat Onkel Sextus gesagt, als du ihn um einen so hohen Betrag deines angesparten Soldes gebeten hast?«

Marcus lächelte angesichts der Erinnerung. »Sagen wir einfach, der Erste Speer war nicht unbedingt begeistert, dass auf einmal fünfzig Aurei aus dem Zahlkorb herausgeholt wurden. Als er dann aber das Schwert sah, hat er es derart lange betrachtet, dass ich glaubte, er würde seinen Rang geltend machen, mich übertrumpfen und das Schwert für sich selbst kaufen.«

Er nahm die Waffe von Julius zurück, der abwartete, bis die Klinge wieder sicher in der Scheide steckte, bevor er erneut sprach.

»Glaubst du wirklich, Frontinius würde so viel für ein Schwert ausgeben, wenn er eine Dienstwaffe für einen Bruchteil des Geldes haben kann? Übrigens wird es sicher ein kleines Gedränge geben, falls du einem Speerwurf erliegen solltest und dieses hübsche kleine Spielzeug noch an deiner Hüfte hängt. Du kannst dir sicher sein, dass einer von uns es bereits tragen wird, bevor du kalt bist!«

Dubnus lächelte dem älteren Mann kopfschüttelnd zu, und seine Stimme nahm einen ironischen Klang an. »Schlag dir diese Idee aus dem Kopf, Julius! Unser Freund hier hat schon zugestimmt, dass ich der richtige Mann wäre, um solch eine Waffe zu erben. Bei mir würde sie nämlich mit der Fachkenntnis behandelt werden, die ihr zusteht. Es wäre ein trauriges Schicksal für eine so schöne Klinge, in den Händen eines Vertreters der Hieb- und Stoßabteilung wie dir zu enden.«

Julius blickte mit hochgezogener Braue zu Marcus, der gleichmütig die Achseln zuckte, worauf der große Zenturio triumphierend zu ihrem Kollegen hinübergrinste. »Es sieht mir nicht danach aus, als hättet ihr eine derartige Vereinbarung, Dubnus. Es scheint mehr ein ›Wer zuerst kommt, mahlt zuerst‹ zu sein.«

Dubnus zuckte nun ebenfalls die Achseln. »Na schön! Wer immer zuerst die Hände darauflegt, darf die Waffe behalten. Vorausgesetzt natürlich, es sollte irgendjemanden da draußen geben, der geschickt genug wäre, das Schwert herrenlos zu machen.« Er schielte gerissen zu seinem Freund hinüber. »Wie dem auch sei, Julius, ich wollte dich schon lange fragen, ob du dazu gekommen bist, die Pfeife zu kaufen, die du dir angesehen hast, während unser Kollege hier eine ganze Soldatenpension für sein neues Spielzeug ausgegeben hat.«

Sein Freund nickte und fischte eine auf Hochglanz polierte Pfeife aus seiner Tasche. Dubnus warf ihm einen kurzen Blick zu und musste sich sehr beherrschen, ein unbeteiligtes Gesicht zu machen. Dann wandte er den Kopf wieder zurück zur Straße, weshalb Julius verwundert die Stirn in Falten legte.

»Anscheinend verstehe ich hier irgendetwas nicht, oder? Warum grinst du wie ein Standartenträger, der einen Überschuss von hundert Dinar im Bestattungsfonds des Zenturios entdeckt hat, von dem niemand etwas weiß? Was hast du denn …?« Er betrachtete die Pfeife genauer und zog seine Augenbrauen abrupt hoch, als er bemerkte, dass es seine eigene, verloren geglaubte Pfeife war. Er blickte auf und sah, dass Dubnus seine neue Pfeife in der Hand hielt. »Du gerissener Mistkerl! Wusstest du davon, Zenturio Corvus?«

Marcus musste sich beherrschen, das Lachen zurückzuhalten, doch war ihm diese Mühe deutlich anzusehen. »Ich wusste, dass dein Verlust nicht genau das war, was er schien. Immerhin hast du nun eine hübsche neue Pfeife, und wie es aussieht, ist es ein sehr schön gearbeitetes Exemplar. Und hier ist die Furt über die Mosa, ich kann die Festungsmauern durch die Bäume erkennen. Daher vermute ich, es wäre nun an der Zeit, dass wir uns wieder wie geschulte Armeeoffiziere verhalten.«

Julius schnaubte verächtlich und betrachtete seine alte Pfeife eine Weile abschätzend, bevor er sie in seinen Beutel zurücksteckte. Dubnus wartete, bis seine Hand in der Tasche verschwunden war, und warf ihm dann die neue Pfeife zu, die Julius mit einer schnellen Bewegung dennoch auffing. Kopfschüttelnd und mit angewidertem Blick hielt er das glänzende Messinginstrument in die Höhe.

»Zehn Dinar für etwas, das ich gar nicht brauche? Und dann schlägst du mir vor, *ich* solle mich wie ein geschulter Offizier aufführen? Nimm, du hast doch keine, oder?«

Er reichte Marcus die Pfeife, der sie mit gehobener Braue entgegennahm.

»Danke. Aber wäre es nicht besser, du behältst die neue?«

»Nein. Ich habe meine alte Pfeife schon, seit ich in den Dienst getreten bin. Es brächte Unglück, sie abzulegen.« Er warf Dubnus einen bösen Blick zu. »Außerdem, wenn ich sie dir schenke, stehe ich dafür doch sicher ganz oben auf der Liste, was dein schönes Schwert anbelangt.«

Die Reisegruppe bestand ohne größere Schwierigkeiten die Überprüfung des Legionskommandos, das sich an der Brücke über den Fluss befand. Die von Tribun Scaurus verfassten Anweisungen, zu den Festungen am Rhenus weiterzuziehen, waren deutlich genug, und das eindrucksvolle Siegel auf dem Schriftstück tat ein Weiteres, um ihre Glaubwürdigkeit zu belegen. Dennoch wurde Julius, gleich nachdem das Westtor des Vorpostens hinter ihnen geschlossen war und die Wachen ihre Kontrollgänge entlang der Holzpalisade wieder aufgenommen hatten, vom diensthabenden Zenturio zur Seite gezogen. Marcus schritt mit zwei Männern durch die befestigte Siedlung zur Brücke hinüber und hörte still zu, während der Wachoffizier seinen Rat in das Ohr des Tungrers flüsterte.

»...du solltest auch vorsichtig mit dem dunkelgesichtigen Wicht sein, der euch begleitet. Ich kenne diese Kerle und weiß, dass sie Ärger heraufbeschwören.«

Julius hob fragend eine Augenbraue, und sein Gesicht verdüsterte sich. »Diese Kerle? Willst du damit sagen, man kann ihm nicht trauen, nur weil er ein *Einheimischer* ist?«

»Nein, die Einheimischen sind ganz in Ordnung. Ich meine damit, du kannst ihm nicht trauen, weil er von *da drinnen* kommt.« Sie hatten das westliche Ende der Brücke erreicht, und Marcus blickte über den Fluss. Auf der Wasseroberfläche waren Steine sichtbar, welche die untiefen Stellen anzeigten, weshalb dieser Flussabschnitt einen idealen Flussübergang zu den Festungen am Rhenus darstellte. Der diensthabende Offizier zeigte auf die bewaldeten Hügel, die sich hinter der kleinen Siedlung an der Ostseite der Brücke erstreckten, und spuckte dann über das Geländer. »Du magst zwar darüber lachen, aber hättest du so lange wie ich in der Nähe dieses verfluchten Waldes gedient, würde dir das Lachen schnell vergehen. Es sind zwar nur vierhundert Schritte von hier bis zum Waldrand, aber schon nach hundert Schritten mehr hat man das Gefühl, fünfhundert Meilen entfernt zu sein. Dort leben Menschen, die das ganze Jahr kein Tageslicht sehen, halbwilde Jäger. Sie folgen nicht den Werten, die aus uns das zivilisierte Volk gemacht haben, das wir heute sind. Manchmal sehen wir sie, wie sie vom

Waldrand aus die Festung beobachten. Zu Beginn sandten wir Patrouillen aus und hofften, einen von ihnen zu erwischen, aber es war so, als ob man versuchte, Rauch einzufangen. Meine Leute haben sich vor Angst fast in die Hose gemacht.« Bevor er erneut sprach, sah er durch die offenen Tore in die Ferne hinaus. »Ich habe die Spähpatrouillen einstellen lassen, als wir im letzten Jahr einen Mann dabei verloren haben. Er marschierte am Ende der Reihe, und von einem Moment auf den anderen war er verschwunden. Am helllichten Tag in Luft aufgelöst, ohne irgendein Geräusch und ohne eine Spur zu hinterlassen. Wir haben nie mehr etwas von ihm gesehen. Allerdings meinten einige unserer Leute, sie hätten ihn in derselben Nacht schreien hören, ein so fernes Geräusch im Wind, dass es nur die Jüngeren vernehmen konnten. Dennoch schworen sie, es sei so gewesen.« Er spuckte auf den Boden und machte hinter dem Rücken des Führers eine magische Banngeste. »Er ist einer von ihnen. Wäre er hier allein aufgetaucht, hätte ich ihm den Hals durchschneiden und ihn in den Fluss werfen lassen. Nachdem er aber unter eurem Schutz steht, kann ich euch nur vor ihm warnen. Wohin zieht ihr denn von hier aus?«

Julius deutete mit der Hand nach Osten. »Nach Colonia Claudia, dann zur Legionsfestung Bonna.«

»Direkt zum Rhenus also? Na gut. Solange ihr auf der Straße bleibt und nicht in den Wald geht, solltet ihr sicher sein. Passt aber auf den kleinen Dreckskerl auf, ja?«

Er blieb stehen und beobachtete, wie die Truppe aufsaß und nach Osten den Hügel hinaufritt. Julius wartete, bis der Vorposten außer Sichtweite war, und hob dann die Hand, um ihren Zug anzuhalten. Er starrte einen Augenblick auf die dicht stehenden Bäume und wandte sich dann an Arabus.

»Jetzt wird es wohl Zeit, dass du dich verdient machst. Hat man dich darüber unterrichtet, was unsere Aufgabe hier sein wird?«

Der Späher erwiderte kurz seinen Blick und drehte sich dann zum Wald hinüber. Er atmete einmal tief durch die Nase ein und seufzte vor Wohlbehagen. »Ja, Caninus hat mir gesagt, was ich zu tun habe. Ihr wollt den Waldrand des Arduinna-Forstes absuchen, ab hier das Flussufer hinunter und zurück in westlicher Richtung, bis wir irgendwelche Spuren eines Räuberlagers finden.« Sein Gesicht nahm einen heiteren Ausdruck an, als er den Ort betrachtete, der offensichtlich sein Zuhause war. »Dann lasst uns losreiten. Folgt mir in den Forst.«

Er führte sie über einen etwa hundert Schritte breiten Geländestreifen zwischen der Straße und dem Wald, der wohl schon Jahre zuvor abgeholzt worden war, um Überfälle aus dem Hinterhalt des Waldes zu verhindern. Der nackte Boden war offensichtlich erst kürzlich von Einheimischen bearbeitet worden, denn außer etwas Gras und kleineren Büschen war kein Bodenbewuchs vorhanden. Bei den Bäumen angekommen, hielt Arabus an und atmete tief ein, als er den Geruch von Kiefern wahrnahm, der ihnen in die Nase zog.

»Wir werden die Pferde von Hand führen, bis wir einen Pfad finden. Passt auf, wohin ihr eure Füße setzt.«

Er ging vorsichtig durch das dichte Gestrüpp in den Wald voran. Die Zenturios folgte ihm und blickten sich interessiert um. Je mehr sie sich vom Waldrand entfernten, desto gedämpfter erschien das Licht und wurde zu einem grünlichen Schein, doch abgesehen davon konnte Marcus keinen Unterschied zwischen dem Arduinna-Forst und anderen Wäldern ausmachen. Arabus tappte vorwärts und führte sein Pferd durch die Bäume. Dabei hielt er seinen Blick auf dem Boden, bis er sich nach ein paar Minuten umdrehte und die Zenturios zu sich winkte. Eine schwach sichtbare Spur zog sich über den Waldboden und verlor sich nach etwa fünfzig Schritten im Unterholz, wohl in südwestlicher Richtung, wie Marcus nur annehmen konnte.

Mit stolzem Lächeln zeigte Arabus auf diesen Pfad. »Wie ich erwartet habe: Dies ist ein Jägerweg. Ich selbst habe schon seit Jahren nicht mehr in diesem Teil des Waldes gejagt, dennoch kann ich mich daran erinnern.«

Julius sah den Pfad hinauf und wieder hinunter. »Wenn wir diesem Pfad folgen, dann besteht sicher die Gefahr, dass wir auf andere Reisende stoßen?«

Arabus schüttelte den Kopf. »Ich werde den Pfad zu Fuß ausspähen, während ihr hundert Schritte hinter mir reitet. Bindet mein Pferd an euer Maultier. So kann ich jeden hören, der hier entlangkommt, noch bevor sie *mich* hören, dessen könnt ihr euch sicher sein.«

Die Reisenden verbrachten den Rest des Tages auf der Jagdfährte und folgten dabei dem vorsichtigen Vorantasten ihres Führers Arabus. Einer von ihnen beobachtete gleichzeitig den Weg hinter ihnen. Als das Licht, das durch das Blätterdach schien, bleicher wurde, erwartete Arabus sie auf einer leichten Erhebung und zeigte den kleinen Hügel hinauf in den Wald hinein.

»Bald ist es Nacht. Wir sollten unser Lager aufschlagen und Feuerholz sammeln, bevor es zu dunkel dafür wird. Folgt mir.«

Er führte sie vom Pfad weg die Steigung hinauf, bis sie eine Lichtung erreichten, die in einer Mulde an der Hügelflanke lag.

»Hier können wir ein Feuer entfachen, ohne dass man uns sieht, denn die Dunkelheit wird den Rauch verdecken.« Er zeigte auf das Gelände, das die Lichtung umgab. »Auf dem Boden hier sollte es eine Menge Feuerholz geben. Ich gehe dort entlang.«

Er stieg den Hügel hinauf und hielt seinen Blick auf dem Boden, um totes Holz zu finden, das schnell Feuer fangen würde.

Marcus sah die anderen Zenturios an. »Wenn Silus die Pferde versorgt, sollte der Rest von uns ebenfalls Holz suchen.«

Sie nickten zustimmend, und Marcus ging rechts der Lichtung den Hang hinab. Als er auf ein dichtes Gestrüpp undurchdringlicher Dornbüsche stieß, wandte er sich nach links und ging wieder den Hügel empor. Kurz darauf wurde sein Weiterkommen jedoch erneut von einem Weißdorndickicht behindert. Ein großer Ast ragte aus dem hohen Gras, also beugte er sich mit einem Knie auf den Boden und ergriff ihn, um zu sehen, ob das Holz alt genug war, um es in handliche Stücke zu brechen. Beim Untersuchen des Astes hörte er ein schwaches Geräusch über sich. Als er den Hügel hinaufblickte, sah er etwas Dunkles den Hügel herunterkommen. Die Gestalt wurde von den Bäumen verborgen und bewegte sich von links nach rechts. Marcus griff an seinen Gürtel und zog sein Schwert. Die verzierte Klinge erzeugte bei der Berührung mit dem Metallende der Scheide ein kratzendes Geräusch, das über die sonst stille Hangseite drang. Was immer den Hügel herunterkam, wurde von dem Geräusch vertrieben und sprang blitzschnell in Deckung. Stirnrunzelnd blieb Marcus stehen, da er der Erscheinung nicht durch die Dornbüsche folgen konnte.

Nachdem die erschreckte Gestalt im Gehölz verschwunden war, trat Arabus aus den Bäumen links von Marcus hervor. Er hielt seinen gespannten Bogen schussbereit in der Hand. Marcus blickte auf den Schaft des Geschosses und gleich danach in die leeren Augen des Spähers, der nur eine Pfeilschusslänge von ihm entfernt stand. Unwillkürlich spannte er sich, um für den Einschlag des Geschosses bereit zu sein. Nach einem Augenblick lockerte der Späher die Sehne, steckte den Pfeil in den Köcher zurück und legte sich den Bogen wieder über die Schulter. Er ging gemächlich den Hang hinunter und auf den jungen Zenturio zu, wobei er offensichtlich amüsiert den Kopf schüttelte. Es war das erste Mal, dass Marcus den dunkelhäutigen Mann lächeln sah. Auch er steckte seine Klinge in die Scheide zurück und wartete, bis der Führer bei ihm war.

Arabus stemmte seine Hände in die Hüften und blickte sich um, ob in ihrer Nähe eine Gefahr lauerte. »Ich habe gehört, wie ein Schwert gezogen wurde.«

Marcus nickte, beugte sich leicht nach unten und nahm den Ast, den er betrachtet hatte, bevor seine Aufmerksamkeit abgelenkt wurde. »Etwas ist durch die Bäume verschwunden.«

Arabus lächelte erneut und schien noch mehr erheitert. »Ja, ein wilder Keiler. Ich wollte ihn gerade erlegen, als ich gehört habe, wie du dein Schwert gezogen hast. Doch das Tier floh, noch bevor ich den Pfeil abschießen konnte.«

Marcus schüttelte unwillig den Kopf. »Ein Keiler? Ich habe ihn für einen *Menschen* gehalten.«

Arabus hob die Hände. »Dieser Fehler ist durchaus verzeihlich. Ein kurzes Aufblitzen inmitten so vieler Bäume würde auch den besten Jäger täuschen. Ich konnte das Tier deutlich sehen, und in Anbetracht seiner Größe hätten wir tagelang gut davon essen können, wenn ich es erwischt hätte. Das macht aber nichts, dann werden wir heute Abend eben Trockenfleisch statt Wildschwein essen.«

Marcus brach den Ast in drei Stücke und machte sich auf, um noch mehr Holz zu suchen. Der Führer ging indessen den Hügel hinauf, um sein eigenes Holzbündel zu holen. Als die Sonne bereits als ein ferner blasser Streifen am Horizont stand, entfachte Arabus schnell und fachkundig mit Feuerstein und Eisen ein Feuer und blies sanft in die zündelnden Flammen, bis sie höher brannten. Dann fügte er Zweige und dünne Äste hinzu. Als das Lagerfeuer ordentlich loderte, wickelten sich die fünf Männer in ihre Decken und kauten stumm auf ihren Essensrationen, die aus Trockenfleisch, hartem Käse und Brot bestanden. Der Jäger zog ein langes Messer hervor und nahm einen Wetzstein aus seinem Bündel. Er spuckte darauf und fuhr mit dem blauen Stein längs über die Klinge, was ein hartes, metallisches Kratzen erzeugte. Marcus sah ihm dabei zu und bewunderte die kunstvolle Verzierung der Messerscheide, die einen angreifenden Keiler zeigte, der von einer weiblichen Figur mit gespanntem Bogen geritten wurde.

»Das ist eine schöne Lederarbeit.«

Der Späher antwortete, ohne von seiner Tätigkeit aufzusehen, die er mit der Präzision und Sorgfalt jahrelanger Erfahrung ausführte. »Die Scheide habe ich selbst angefertigt. Wenn man nachts im Wald jagen geht, hat man viel Zeit, so ein Handwerk zu erlernen.«

Der Römer nickte. Er betrachtete den vom Licht der Sterne erhellten Boden und die dunkle Masse an Bäumen um sie herum. »Ist die auf dem Keiler reitende Frau eure Göttin?«

Arabus sah kurz hoch und nickte. »Ja. Ich habe zwei solcher Scheiden angefertigt: eine für mich und eine für meinen Sohn.« Er unterbrach sich kurz und schien in Erinnerungen zu schwelgen. »Wann immer ich mein Messer ziehe oder in die Lederscheide zurückstecke, erweise ich Arduinna meine Ehrerbietung.«

Marcus sah ihn über das Feuer hinweg an. »Du sprichst von dem Wald, als ob er ein Mensch wäre. Du nennst ihn ›Arduinna‹, so als sprächest du von einer Frau und nicht von einer Ansammlung von Bäumen. Mir ist aufgefallen, dass sich Präfekt Caninus gestern ebenso äußerte. Habt ihr alle ein solches Gefühl gegenüber dem Forst?«

Arabus sah ihn lange an, und es schien, als versuche er herauszufinden, ob der Römer im Ernst redete oder sich nur über ihn lustig machen wollte. Als er jedoch keine Anzeichen von Heiterkeit auf Marcus' Gesicht erblickte, antwortete er mit feierlicher Miene: »Arduinna hat für jeden Menschen eine unterschiedliche Bedeutung. Für euch Römer, die ihr nicht unter ihrem Schatten geboren wurdet, ist sie nur ein Wald. Ihr schaut sie an und seht lediglich Bäume und Tiere, die unter ihrem Schutz leben. Ihr spürt ihren Geist nicht und seid taub für das langsame Schlagen ihres Herzens.« Er verstummte und starrte so lange in die dunklen Baumreihen, dass Marcus ihn schon zum erneuten Sprechen auffordern wollte. »Für mich – und dasselbe gilt für alle anderen, die, seit sie denken können, unter ihrem Zweigdach gelebt haben – ist sie ein lebendiges, atmendes Wesen, und deshalb beten wir zu ihr. Wie Menschen die Göttin also wahrnehmen, hängt davon ab, wo sie herkommen. Für alle, die unter ihrem Schutz leben, ist sie eine mächtige Jägerin mit schönem Gesicht, die auf einem Keiler durch den Wald reitet und nach Beute sucht, welche sie dann mit ihrem Bogen erlegt. Wir beten sie an und entrichten ihr unseren Dank, wenn unsere Jagd erfolgreich war.«

Marcus wünschte mehr zu wissen, drückte sich aber vorsichtig aus, um ihren Führer nicht unbeabsichtigt zu beleidigen. »Bringt ihr der Göttin auch… Opfer dar?«

Arabus kniff angewidert die Brauen zusammen. »Für wen hältst du mich? Einen Wilden? Hoffst du vielleicht, Geschichten über Altäre tief im Wald zu hören, wo Menschen zur Ehre der Göttin geopfert werden?«

Angesichts des Ärgers, der dem Späher ins Gesicht geschrieben stand, zuckte der Römer entschuldigend die Achseln. »Es sind Gerüchte im Umlauf…«

Arabus gestikulierte wütend. »Alles Lügen, die von *deinem* Volk erfunden wurden, um ihre Angst vor etwas zu erklären, das sie nicht begreifen! Wir bringen lediglich einen kleinen Anteil unserer Beute der Göttin dar, nichts weiter!«

Marcus lächelte freundlich. »Dann möchte ich mich entschuldigen. Du sagtest, die Einheimischen sähen sie als einen guten Geist. Wie aber wird sie von Außenstehenden wahrgenommen?«

Die Augen des Spähers blitzten unvermittelt auf, und Marcus spürte, dass er einen Moment lang in dessen Seele geblickt hatte.

»Als Rächerin.« Als Arabus dies sagte, war seine Stimme ebenso hart wie sein Gesichtsausdruck. »Ungläubige, die närrisch genug sind, tief in den Wald vorzudringen, werden von ihr niedergeritten. Sie besitzt viele Waffen. Männer wie du sind in den Arduinna-Forst geritten und haben in ihrem Königreich gejagt, ohne ihr den angemessenen Respekt zu zollen. Man hat sie nie wiedergesehen. Du kannst dich glücklich schätzen, von einem Gläubigen begleitet zu werden, der dich vor ihrem Zorn schützt.«

Nach diesen Worten verstummte er wieder. Als Marcus sich zu seinen Kameraden am Feuer umblickte und sah, dass ihre Gesichter den gleichen Zweifel ausdrückten, den er hinsichtlich der leidenschaftlichen Äußerungen ihres Spähers empfand, fühlte er sich gedrängt, noch etwas zu sagen.

»Aber es könnte dafür doch … eine andere Erklärung geben?«

Er wollte schon andere Gründe anführen, wie Menschen in einem Wald verschwinden konnten, als Arabus mit barscher Stimme antwortete.

»Natürlich, sie könnten sich verlaufen haben und verhungert sein, oder sie wurden von Wölfen gefressen, all das kann passieren. Aber, wie ich dir soeben sagte, verfügt die Göttin über *viele* Waffen. Würdest du Arduinna so gut kennen wie ich, würdest du keine komplizierten Erklärungen für ein solches Verschwinden suchen, da die einfachste Antwort doch die offensichtlichste ist. Wir kennen die Göttin, Zenturio, und wissen, wozu sie fähig ist. Wir ziehen es vor, ihre Macht anzuerkennen, wogegen Männer wie du in ihr Reich einfallen und den Preis für ihre mangelnde Vorsicht entrichten. Ihr aber habt Glück, denn unter meiner Führung und meinem Schutz seid ihr sicher, zumindest solange ihr die Regeln respektiert, die ich selbst befolge. Und nun würde ich vorschlagen, wir schlafen.«

Julius regte sich, warf seine Decke ab und stand auf, um sich am Feuer zu wärmen. »Ich übernehme die erste Wache.«

Arabus runzelte die Stirn. »Das wird kaum nötig sein. Wir sind hier außer Sichtweite und sicher, außerdem …«

Der stämmige Offizier schüttelte den Kopf und wandte

sich ab. »Wir folgen unserer üblichen Routine, mein Freund, und die ist stets dieselbe. Einer von uns wird immer Wache halten, bis wir diesen Wald verlassen und in die Stadt zurückkehren.«

Er ging über die Lichtung ins Dunkel hinüber, während die anderen Soldaten sich in ihre Umhänge und Decken hüllten, um zu schlafen.

Zwei Stunden nach Sonnenuntergang verließ Felicia das Hospital von Tungrorum. Sie war länger als beabsichtigt dort geblieben, da sie einen Soldaten der Legionskohorte behandeln musste, der beim Training einen tiefen Schnitt am Schenkel davongetragen hatte. Bedauerlicherweise hatte die Wunde begonnen, mit dem ihr so schrecklich vertrauten Geruch einer Infektion zu stinken, als ob bereits Fäulnis einsetzen würde. Nach gründlichem Händewaschen hatte sie ihm eine Mischung aus Wein, Honig sowie getrocknetem und gemahlenem Mohn verabreicht und dann seine Wunde verarztet. Mit ihren medizinischen Instrumenten schnitt und kratzte sie alles tote Fleisch ab, wobei sie in der Hoffnung, sein Leben retten zu können, auch gesundes Gewebe opfern musste. Zuletzt hatte sie ihm schweren Herzens die Wunde verbunden und ihn zurückgelassen, damit er die verabreichte Mischung aus Opiaten ausschlafen konnte.

Sie trat auf die Straße hinaus, zog ihren Umhang fester um sich und fühlte, wie die dicke Wolle über ihrem leicht gewölbten Bauch spannte. Das Baby wurde immer schwerer, und ihr Gang hatte sich bereits verändert, um das erhöhte Gewicht und das Gefühl von Plumpheit auszugleichen, das die Schwangerschaft bewirkte. Tief sog sie die kalte Luft ein und senkte den Kopf vor dem eisigen Wind, der durch die enge Straße pfiff, während sie sich verbissen weiterkämpfte. Plötzlich ertönte eine Stimme aus dem Dunkel, und sie zuckte vor Schreck zusammen.

»Na bitte! Ich sagte doch, dass gut Ding Weile haben will und Geduld immer belohnt wird.«

Eine dunkle Gestalt trat aus dem Schatten der Steinmauer des Hospitals hervor. Der blasse Schein der Fackeln am Eingang des Hospitals offenbarte einen Mann in der weißen Tunika eines Legionärs. Felicia sah in sein Gesicht. Er hatte seine Nase und den Mund mit einem Streifen dunklen Materials verborgen, aber dennoch erkannte Felicia seine Absichten bei einem Blick in seine blass schimmernden Augen. Sie drehte sich um und wollte zum Eingang zurücklaufen, der weniger als zwanzig Schritte entfernt lag, erstarrte dann aber vor Entsetzen, als ein weiterer Mann vor ihr aus dem Schatten des Gebäudes trat. Auch sein Gesicht war auf ähnliche Weise verborgen.

»Du hattest recht: Es hat sich durchaus gelohnt, auf sie zu warten.« Felicia konnte sehen, dass er sie anlächelte, bezweifelte jedoch, dass hinter seiner Maske ein angenehmer Gesichtsausdruck zutage treten würde. »Wir werden dich bald warm bekommen, Süße. Als kleine Gegenleistung dafür, dass deine Leute uns an vier von fünf Tagen aus der Stadt fernhalten.«

Sie fühlte, wie der erste Mann mit kräftigen Händen ihre Arme von hinten umfasste, und wusste, dass sie, auch wenn sie Dubnus' Messer bei sich gehabt hätte, die Waffe gar nicht hätte benutzen können.

»Ich bin schwanger.«

Der zweite Mann lachte geringschätzig, und seine Stimme klang dabei ebenso ungerührt, als habe sein Opfer erklärt, rotes Haar zu haben. Er streckte seine Arme vor, schlug ihren Umhang zur Seite und legte seine Hände auf ihre Brüste. Sein anzügliches Grinsen war trotz der Maskierung deutlich zu sehen.

»Das macht nichts, Liebchen. Es wird uns nicht weiter stören. Im Übrigen: Würdest du nicht jetzt schon einen Laib Brot ausbacken, so wäre das spätestens der Fall, wenn wir erst einmal alle in dir drin gewesen sind.«

Felicias Augen weiteten sich vor Entsetzen. Sie spürte, wie der Griff um ihre Arme fester wurde, der Mann sich von hinten vorlehnte und ihr ins Ohr flüsterte.

»Richtig, Süße, *wir alle*. Da sind noch mal sechs Kerle, die in unserer Kaserne auf dich warten, und wir werden dir schon zeigen, wie man eine Frau anständig rannimmt. Wir werden dich überall ficken, nicht nur …«

Ein Ruf hallte vom hinteren Ende der Straße herüber, und der Mann vor ihr wandte sich um, um herauszufinden, woher das Geräusch stammte. Gleichzeitig zog er einen Dolch von seinem Gürtel. Eine mit Umhang bekleidete Gestalt rannte entlang der Mauern des Hospitals auf sie zu, und noch im Rennen zog sie ihr Schwert aus der Scheide. Eine lange Klinge blitzte golden im Licht der Fackeln, die den Eingang erhellten. Der Soldat hinter Felicia stieß sie von sich und begann wegzulaufen. Sein Kamerad überholte ihn und ließ vor lauter Hast seinen Dolch fallen. Felicia sank auf die Knie. Mit einer Hand stützte sie sich auf dem Boden ab, während sie die andere instinktiv schützend auf ihren Bauch legte. Ihr Retter rannte zunächst an ihr vorbei, aber als er sah, dass die beiden Soldaten schneller waren, schob er sein Schwert in die Scheide zurück, wandte sich mit einer knappen Verbeugung um und half ihr zurück auf die Füße.

»Domina, wie geht es …?«

»Gut, vielen Dank, wer immer du bist.«

»Caninus. Quintus Caninus. Ich bin der Präfekt der Einheit, die sich in dieser Stadt mit der Verfolgung von Banditen befasst. Und du musst die Medica der tungrischen Kohorte sein?«

Sie nickte und war erleichtert, dass der Schmerz, den sie fühlte, von den aufgeschürften Knien herrührte und nicht von ihrem Bauch.

»Wer waren diese Männer? Soldaten?«

»Ja, Präfekt. Legionäre, die einen Groll gegen die Kohorte meines Gatten hegen. Sie wollten mich entführen und schänden, das zumindest haben sie …«

Caninus starrte sie mit offenem Mund an. »*Schänden?* Ich dachte, sie wollten dich ausrauben! Bist du sicher, dass es sich um Legionäre handelte?«

Felicia zeigte auf den Dolch, der im Schatten des Gebäudes lag. »Hilft das vielleicht?«

Caninus beugte sich vor, um die Waffe aufzuheben. Als er sie ins Licht hielt, runzelte er die Stirn. »Dies scheint eine Dienstwaffe der Armee zu sein. Komm mit! Ich denke, wir sollten sie eurem Tribun zeigen. Ein Groll mag ja verständlich sein, aber das hier … das liegt außerhalb meines Erfahrungsbereichs und im Übrigen auch außerhalb jeder Grenze, die für mich nachvollziehbar wäre.«

Marcus übernahm die zweite Wache und lächelte, als er sah, wie Julius sich in seiner Decke zusammenrollte und nach wenigen Sekunden eingeschlafen war. Im schwachen Schein des Feuers blickte er sich im Lager um und betrachtete Arabus eine Weile aufmerksam, doch der Späher schlief fest und schnarchte leise. Er legte ein paar Holzscheite auf das Feuer und tappte ins Dunkel hinaus. Er stieg den Hügel hinauf, bis sich das leise Knistern des Feuers im Rauschen des Windes verlor, der durch die Äste über seinem Kopf strich. Marcus ließ sich im Schatten einer alten Eiche nieder, lauschte den Geräuschen des nächtlichen Waldes und betrachtete die Sterne über seinem Kopf. Dabei folgte er den Anweisungen, die Dubnus ihm Monate zuvor gegeben hatte, und gewährte seinen Sinnen Zeit, sich an die Geräusche seines Umfelds zu gewöhnen. Dann ließ er seinen Gedanken freien Lauf, dachte über seine bevorstehende Vaterschaft und über die Verantwortung nach, ein Kind in die Welt zu setzen, während er und alle, die ihm lieb waren, der unerbittlichen Verfolgung durch den Kaiser ausgesetzt waren, vorangetrieben von einem rachelüsternen Prätorianerpräfekten.

Er hörte ein winziges Geräusch, so leise, dass es im Rauschen des Windes kaum zu vernehmen war. Es hörte sich an wie das Brechen eines Zweiges – nicht nahe, doch immerhin in Hörweite. Er hielt den Atem an und wartete, bis er ein weiteres, ebenso leises Geräusch hörte. Langsam drehte er den Kopf und vermied jede abrupte Bewegung, die den Verursacher des Geräusches hätte aufschrecken können. Als ein weiteres Geräusch leicht rechts von dem ersten ertönte, griff Marcus nach seinem Schwert und zog die Klinge mit größter Sorgfalt aus der Scheide, um seine Anwesenheit nicht noch einmal zu verraten. Die Schwertklinge glänzte im Mondlicht, also hielt er sie hinter seinem Rücken hoch, damit der silberne Widerschein der Waffe seine Position nicht verraten würde.

Langsam ging er den Hügel hinunter und überprüfte mit größter Vorsicht jeden einzelnen Tritt, bevor er sein volles

Gewicht auf den jeweiligen Fuß verlagerte. In der Mulde der Lichtung angekommen, berührte er Dubnus an der Schulter. Sein Freund erwachte sofort, riss die Augen auf und sah Marcus über ihm knien, der einen Finger an die Lippen hielt. Leise richtete sich der stämmige Mann auf, wobei er Julius mit dem Fuß anstieß, der seine Decke abwarf, sich ebenfalls erhob und lautlos das Schwert zog. Ohne Silus und ihren Führer zu wecken, stiegen die drei Männer aus der Mulde der Lichtung, und ihre Schwerter glänzten im Mondlicht. Mit seiner flach ausgestreckten Linken deutete Marcus in die Richtung, aus der das Geräusch gekommen war. Es war ungefähr derselbe Ort, an dem der wilde Keiler Reißaus genommen hatte. Sie verteilten sich ein wenig, schritten ruhig und langsam ins Dunkel der Nacht und versuchten mit all ihren Sinnen, ein winziges Geräusch oder eine Bewegung auszumachen. Irgendwo hinter ihnen grunzte ein Tier trostlos in der kalten Nachtluft, und nur einen Moment später war das gleiche Geräusch aus der entgegengesetzten Richtung zu hören.

»Vorwärts!«

Das dringliche Flüstern von Julius trieb sie zu einem schnelleren Schritt an, bei dem die Geschwindigkeit Vorrang vor der Geräuschlosigkeit hatte. Gras raschelte, und Zweige knisterten, während sie sich durch die Bäume schlängelten, doch nach dreißig Schritten hob Julius die Hand, um sie anzuhalten, und lauschte wieder in die Stille hinaus.

»Nichts.«

Dubnus nickte zustimmend, als er Marcus' geflüstertes Wort hörte. »Wenn etwas da draußen gewesen sein sollte, ist es vom Erdboden verschluckt worden. Wir hätten es gehört, wenn etwas davongerannt wäre.«

Marcus blickte unglücklich in die Dunkelheit hinaus. »Da war etwas, dessen bin ich mir sicher.«

Sie kehrten zur Lichtung zurück, auf der Silus und Arabus noch immer schliefen. Als Marcus die Schulter des Spähers berührte, erwachte er, blinzelte und sah den Römer einen Moment lang in völligem Unverständnis an.

»Was ist?«

Julius sank auf den Boden zurück und griff nach seiner Decke. »Da draußen hat sich etwas bewegt.«

Arabus schnitt eine Grimasse, setzte sich auf und rieb sich die Augen. »Wildschweine jagen manchmal in der Nacht. Wenn es still ist, kann man sie hören, wie sie nach Wurzeln graben und sich gegenseitig zugrunzen oder schnauben. Wahrscheinlich war es dasselbe Tier, das wir heute Mittag schon gesehen haben. Merkt ihr, wie Arduinna euch jetzt schon dazu bringt, auf Schatten loszugehen?«

Silus öffnete ein Auge und blickte zu den Männern hoch, die über ihm standen. »Gut, dass ich so große und starke Infanteristen um mich habe, die dafür sorgen, dass sich niemand an mich heranschleicht, während ich von Bier und Frauen träume. Das einzige Problem ist, dass ich anscheinend nicht allzu viel Zeit zum Träumen haben werde.« Er gähnte ausgiebig, drehte sich um und schmiegte sich wieder in seine Decke. Gleich darauf war noch eine Bemerkung durch das raue Stoffgewebe zu hören. »Und ich wette, dass nicht einer von euch auch nur daran gedacht hat, nach den Pferden zu sehen.«

Wie erwartet, kochte Tribun Scaurus vor Wut über die Ereignisse des vorangegangenen Abends. Tief hieb er die Spitze des aufgegriffenen Dolches in den polierten Holztisch der

Basilika. Das Messer blieb senkrecht in der Tischplatte stecken und schwankte leicht vor Belletor hin und her. Scaurus ließ den Tribun, der entsetzt auf die Waffe blickte, stehen und ging zur gegenüberliegenden Wand hinüber. Dort angekommen, drehte er sich um und wandte sich erneut an seinen Kollegen, wobei sein Gesicht noch immer blass vor Zorn war, den er versucht hatte, unter Kontrolle zu halten, seit Caninus am Abend zuvor Felicia in seine Amtsstube gebracht hatte. Nun aber brüllte er seinem ungläubigen Kollegen all seine Wut entgegen und tat dies mit einer solchen Heftigkeit, als sei sie ein Ballista-Geschoss.

»Ich habe in den letzten zehn Jahren schon viele brutale und bestialische Handlungen gesehen, aber ich hätte mir nicht träumen lassen, von einem römischen Soldaten zu hören, der einer respektablen Dame, einer Medica unseres Militärs und überdies schwangeren Frau, Gewalt zufügen und sie mit Schändung bedrohen würde! Ich bin darüber mehr als erstaunt, Tribun; ich bin sogar buchstäblich angewidert davon, dass angeblich zivilisierte Männer sich derart erniedrigen, aus Rache eine solche Tat begehen zu wollen! Wäre unser geschätzter Kollege Quintus Caninus nicht rechtzeitig von seinem täglichen Streifengang zurückgekehrt, so würde meine Medica noch jetzt die unerbetenen Annäherungen einer ganzen *verfluchten Zeltmannschaft* erleiden, die ein Gelage abhalten wollte!« Die letzten Worte brüllte er mit aller Kraft heraus, und er näherte sich dem sitzenden Belletor mit einem Ausdruck von derartiger Böswilligkeit, dass der sonst eher aggressive Tribun auf seinem Stuhl erstarrte. Der Erste Speer Frontinius warf seinem Kollegen Sergius einen vielsagenden Blick zu und humpelte von seinem Platz zu seinem übergeordneten Offizier hinüber, um Scaurus mit einem kalten Griff auf den Arm von Belletor abzulenken und die Aufmerksamkeit des rasenden Tribuns auf sich selbst zu lenken. Er lehnte sich vor und murmelte ihm leise etwas ins Ohr, was von den anderen nicht mitgehört werden sollte.

»Tribun, auf diese Weise kannst du nichts ungeschehen machen. Auch wenn es dir gerade richtig erscheint, diesen Mann mit Gewalt zu überschütten, so würdest du das sicher in den nächsten Tagen bereuen.«

Scaurus sah ihn zornig an, doch Frontinius beugte sich nicht, sondern nickte zu Sergius hinüber. Letzterer trat vor und zog den Dolch aus der Tischplatte, der eine tiefe Kerbe in der glatten Oberfläche hinterließ.

»Dies ist eines der Messer, die wir an Soldaten ausgeben. Und der betreffende Soldat scheint dumm genug gewesen zu sein, seine eigene Waffe für das Verbrechen zu benutzen.« Er hielt den Dolch hoch und drehte ihn ins Licht, sodass Buchstaben und Zahlen sichtbar wurden, die in Form von kleinen Löchern in den Metallgriff gestanzt waren. »Seht ihr? Hier steht ›Julius, VII II IV‹. Also Soldat Julius, Siebte Kohorte, Zweite Zenturie, Vierte Zeltmannschaft. Dieser Mann ist schon so gut wie verurteilt, es sei denn, er kann nachweisen, dass die Waffe nicht in seinem Besitz war, als das Verbrechen begangen wurde. Mit deiner Erlaubnis, Tribun?«

Er sah zu Belletor, der seinen Blick von Scaurus abwandte und zerstreut mit der Hand eine zustimmende Geste machte. Sergius salutierte, nickte Frontinius zu und verließ mit der Waffe den Raum.

»Der Erste Speer Sergius wird schon bald die Wahrheit erfahren, nehme ich an. In der Zwischenzeit würde ich vorschlagen, dass wir diese Feindseligkeiten beiseiteschieben. Nicht alles ist so einfach, wie es scheint.«

Scaurus starrte einen Moment lang auf seinen Ersten Speer und wusste, dass die warnenden Worte des älteren Mannes einen Kern Weisheit enthielten, den er nicht ignorieren sollte. Schließlich legte er seine Hand auf die von Frontinius und befreite sich sanft von dessen Griff. Dann wandte er seinen unerbittlichen Blick wieder zu Belletor.

»In Ordnung, Erster Speer. Aber sobald wir die Wahrheit hinter diesen Ereignissen kennen, wird es eine Abrechnung mit denen geben, die vor den Richter geführt werden. Und während sie dann die Todesstrafe erleiden, werde ich in die Augen der Männer blicken, die eine schwangere Frau schänden wollten. Und *dir*« – er zeigte mit dem Finger auf Belletor –, »*dir* kann ich nur raten, mir in der Zeit dazwischen keine Vorträge zu halten. Sorg dafür, dass der Rest unter deinem Kommando erfährt, dass ich der Medica eine Wache zugeteilt habe. Vier Veteranen werden rund um die Uhr bei ihr sein, einige der Soldaten sind durch ihre Pflege von Kampfwunden geheilt worden. Ich habe sie angewiesen, alles zu tun, was sie für richtig befinden, um jede mögliche Gefahr von der Medica abzuwenden. Wer immer sich ihr nicht mit der größten Umsicht nähert, kann damit rechnen, ihre Speerschäfte von oben zu sehen und dahinter in unfreundliche Augen zu blicken.«

5

Bereits in der Morgendämmerung war die Gruppe wieder auf dem Jagdpfad. Marcus' Augen waren rot umrandet, denn nach den störenden Ereignissen der vergangenen Nacht hatte er nicht mehr einschlafen können, obwohl es kein weiteres Anzeichen des nächtlichen Eindringlings gab, den er mit Sicherheit gehört zu haben glaubte.

»Neben dem Geräusch knackender Zweige habe ich noch etwas anderes vernommen, aber ich kann nicht sagen, was. Es klang jedoch nicht wie das Geräusch, das ein Schwein machen würde.«

Er hing noch eine Weile dieser Erinnerung nach, während sie im grauen Morgenlicht den Pfad weiterritten. Schließlich schüttelte er den Kopf und beschloss, die Sache erst einmal auf sich beruhen zu lassen. Als die Sonne den Zenit erreicht hatte, waren sie nach seiner Berechnung fünf Meilen weit gekommen, weshalb er eine Mittagspause vorschlagen wollte. Dann aber sprang Arabus in den Schatten einer knorrigen Ulme und hob die Hand, um ihnen zu bedeuten, dass sie ihm lautlos dorthin folgen sollten. Die Zenturios ließen Silus zurück, der knurrend die Pferde beisammenhielt, und näherten sich schweigend ihrem Späher. Unter dem Schutz des Baumes gingen sie in die Hocke und warteten darauf, dass er mit ihnen sprechen würde.

Arabus zeigte mit dem Finger auf den Pfad vor der Ulme, lehnte sich vor und begann zu flüstern. »Ich habe etwas gehört. Nicht laut, aber es war kein Geräusch des Waldes. Es könnte eine schreiende Männerstimme gewesen sein, aber so fern, dass ich mir nicht sicher sein kann. Wir müssen den Pfad verlassen und uns weiter vorantasten.«

Julius nickte und gab ebenfalls im Flüsterton seine Anweisungen. »Zieht die Schwerter, Brüder. Das Gelände hier ist dicht mit Bäumen bewachsen, sodass wir nicht auf eine Vorwarnung bei Gefahren hoffen können. Marcus, geh und sag Silus, er soll die Tiere in Deckung bringen und dann hier auf uns warten. Sag ihm, die Parole ist ›Tungrien‹ – wenn er also jemanden ohne diese Parole herankommen hört, kann er sich nach Belieben aus dem Staub machen. Falls wir hier draußen in Schwierigkeiten geraten, ist es mir lieber, der Tribun erfährt etwas davon, als gänzlich im Ungewissen zu bleiben.«

Marcus gab Silus die Anweisungen weiter, der sogleich die Pferde und das Maultier vom Pfad weg in den Wald führte. Er konnte aber nicht umhin, seinem Kameraden noch eine bissige Bemerkung zuzuraunen.

»Keine Angst, Zenturio, beim ersten Geräusch, ohne dass ich einen von euch die Parole rufen höre, haue ich ab. Pass du aber selbst auf dich auf, junger Corvus, und sieh zu, dass du nicht von schlecht gelaunten Schweinen angegriffen wirst, ja?«

Die vier Männer zogen mit etwas Abstand vorsichtig in einer langen Reihe weiter durch das Gestrüpp, blieben aber in Sichtweite zueinander. Nach wenigen Minuten, als die von der Warnung des Spähers verursachte Anspannung aus seinen Muskeln gewichen war, begann Marcus vor Kälte zu zittern. Er wickelte seinen Umhang fester um sich und bahnte sich einen Weg durch die Bäume und Sträucher. Die Stille des Forsts wurde nur vom leisen Seufzen des Windes durchbrochen, der die Blätter zum Rascheln brachte. Er verlor Dubnus aus den Augen, der in der Reihe vor ihm ging, als dieser in eine Waldsenke vorstieß. In diesem Moment der Ablenkung hob er seinen Blick vom dichten Gestrüpp, und ein Schwein brach aus dem Unterholz hervor und raste über den weichen Boden davon. Einen Moment später sprang ein Mann mit erhobenem Speer aus den Büschen und jagte dem Tier hinterher.

Nach einer Stunde eiliger Ermittlungen kehrte Sergius mit frustriertem Gesichtsausdruck zu den beiden Tribunen zurück.

»Das Messer wurde gestern dem Legionär gestohlen, dessen Name auf dem Griff steht, während seine Zeltmannschaft zu einem Arbeitseinsatz abkommandiert war. Er hat es schon gestern am frühen Nachmittag als vermisst gemeldet, was von seinem Zenturio bestätigt wurde. Es scheint offensichtlich, dass es genau zu diesem Zweck gestohlen wurde, für den Fall, dass es verloren gehen sollte, aber dies gibt uns keinen Hinweis darauf, wer die Dame gestern Nacht überfallen hat. Vielleicht hilft es ja, dass ich habe verbreiten lassen, es gäbe eine Belohnung für Informationen, die zur Ergreifung der Männer führen, aber darauf würde ich nicht wetten. Innerhalb der betreffenden Zeltmannschaft wird keiner ein Wort sagen, und außerdem haben sie ihre Pläne wahrscheinlich für sich behalten.«

Scaurus schritt durch den Raum zur gegenüberliegenden Wand, und als er sich umdrehte, hatte seine Stimme einen unerbittlichen Klang. »Ich nehme an, das war zu erwarten. Ich habe also keine Aussicht, diese Soldaten zu identifizieren, was sicher genau so beabsichtigt war. Auch kann ich nicht identifizierbare Männer nicht zur Rechenschaft ziehen. Aber der Hunger nach Vergeltung wird mich so lange weiter antreiben, bis sie selbst einen Fehler begehen, der mich zu ihnen führen wird.«

Präfekt Caninus nickte zustimmend, nahm das Messer von der gekerbten Oberfläche des Holztisches und hob es hoch. Lange starrte er auf die glänzende Klinge aus scharfem Eisen. »Da bin ich deiner Meinung, Tribun. Früher oder später werden wir für Gerechtigkeit sorgen.«

Der Speerträger stolperte, blieb stehen und glotzte erstaunt auf den uniformierten römischen Offizier, der vor ihm stand. Gerade als sich sein Mund zu einem Schrei verziehen wollte, sauste Marcus' Schwert in weitem Bogen auf ihn herunter. Die Klinge durchtrennte seinen Nacken, und sein Kopf fiel auf den Boden. Einen Moment lang blieb sein Körper stehen, bevor er seitlich auf den Waldboden fiel und ein Blutstrahl aus seinem Nacken spritzte. Ganz in der Nähe rief ein Mann etwas in der Sprache der Einheimischen, weshalb der Römer sich eng an den nächsten Baum drückte, während dumpfe Tritte auf dem Waldboden zu hören waren, als ein zweiter Jäger sich ihm näherte. Als der Mann mit locker über der Schulter gehaltenem Speer zu seiner Rechten erschien, trat Marcus ihm die Füße weg, sodass er auf den Rücken fiel. Dann setzte er ihm die Spitze seines Schwertes an den Hals und bedeutete dem Gefangenen mit einem Finger an den Lippen stillzuhalten. Der flach daliegende Jäger schluckte, als er das kalte Eisen am Hals spürte, und erstarrte, während Arabus und die anderen Zenturios sich um ihn scharten.

»Töte ihn!«

Julius streckte einen Arm aus, packte Arabus fest am Hals und ignorierte dabei das lange Messer, das der Späher gezogen hatte. Aus dem Mundwinkel zischte er ihm eine Warnung zu. »Steck das Messer weg, sonst nehme ich es dir ab.«

Der Späher sah ihn lange an, und die Knöchel seiner Hand auf dem Messergriff traten weiß hervor. Dann bemerkte er, dass Dubnus' Schwertspitze nur einen Fingerbreit von seiner Achsel entfernt war. Der stämmige Zenturio lehnte sich zu ihm und berührte mit dem Messer seine Haut stark genug, um eine Mulde im Fleisch zu bilden.

»Tu, was er sagt, sonst endest du als Futter für die Schweine, die du so gerne hast.«

Arabus senkte die Klinge, ließ sie in die Lederscheide zurückgleiten und trat von dem erschrockenen Gefangenen zurück. Sein Gesicht blieb jedoch von einer Mischung aus Hass und Ekel gezeichnet. »Er ist einer von *denen.*«

Julius grinste wölfisch. »Du meinst, er ist ein Bandit?«

Ihr Führer nickte und hielt seinen Blick auf den Gefangenen gerichtet. Seine Stimme war kalt und ebenso ausdruckslos wie seine Augen. »Er ist einer der Männer, die meine Frau und meinen Sohn entführt haben. Überlass ihn mir.«

Der große Tungrer schüttelte den Kopf und warf Arabus einen warnenden Blick zu. »Nein. Zumindest jetzt noch nicht. Ich möchte wissen, was er hier macht, bevor jemand irgendwelche Rachespielchen mit ihm austrägt. Außerdem will ich noch etwas wissen, bevor wir damit anfangen.« Er rammte sein Schwert in den weichen Boden, griff hinab und packte den Ärmel des Speerträgers. Dann zog er seinen

Dolch und durchtrennte den groben Stoff mit einem einzigen Streich seiner gefährlich scharfen Klinge. Er betrachtete die nackte Haut des Mannes und schüttelte langsam den Kopf, als er sah, was sein Messer zum Vorschein gebracht hatte. »Was haben wir denn da? Was für ein unanständiger Junge bist du denn?«

Mit der Spitze seiner Waffe tippte er auf die Schulter des Mannes, wo ein grob auf die Haut tätowiertes Symbol zu sehen war. Es war eine ähnliche Kennzeichnung wie jene, die seinen eigenen und Dubnus' linken Arm schmückte.

Dubnus lehnte sich vor, betrachtete einen Moment lang die Markierung, und ein Lächeln trat auf sein Gesicht. »Na, da schau an! Zweite Treverische Kohorte, ja? Was zunächst einmal heißt, dass du Latein sprichst, also stell dich hier nicht dumm.« Der Bandit entgegnete seinen Blick mit einer Mischung aus Furcht und Hass.

Erneut berührte Julius die Tätowierung mit seinem Dolch. »Das bedeutet aber auch, dass du die Strafe genau kennst, die auf den Mord an deinem Präfekten steht. Ich glaube, wir sollten ihn mit uns zurück nach Tungrorum nehmen und der Militärjustiz erlauben, ihren brutalen Gang zu nehmen, was, Jungs?« Er wandte sich wieder Arabus zu. »Dein Präfekt sagte uns, dass deine Familie vor etwa einem Jahr verschwunden ist?« Der Führer nickte widerwillig, und seine Augen fixierten noch immer den Gefangenen. »Nun, diese Jungs haben erst letzten Herbst gemeutert, also vergiss es, dass du diesen erstichst. Was immer deiner Familie passiert ist, er hatte keinen Anteil daran. Ich will immer noch wissen, wo sich dieses Räuberlager befindet, also kannst du mit meinem Kollegen hier« – er deutete auf Dubnus – »vorausgehen und es suchen. Marcus und ich bleiben derweil hier und plaudern ein wenig mit unserem neuen Freund.«

Dubnus legte seinen muskulösen Arm um die Schulter des Spähers und drehte ihn von dem Gefangenen weg. »Wir können nicht weit von ihrem Lager entfernt sein, also sollten wir weitersuchen. Kommst du mit, oder willst du hierbleiben und ihn weiter anstarren?«

Der Späher schoss dem Banditen einen letzten giftigen Blick zu und ging davon, wobei er leise in die Stille des Waldes hineinsprach. »Folge mir. Ich kenne diese Gegend so gut, wie ich den Leib meiner Frau kannte, bevor *die* auftauchten und sie mir wegnahmen.« Er verschwand zwischen den Bäumen und machte dabei kein lauteres Geräusch als ein leichter Windstoß.

Julius zwinkerte Marcus zu, und die beiden beobachteten, wie ihr Freund mit kampfbereiter Axt hinter Arabus in den Forst trottete. Dann lehnte sich Julius über den Gefangenen, der noch immer auf dem Rücken lag. »Nun, Zweite Treverische: Jetzt, wo wir etwas Ruhe haben und der böse kleine Mann nicht mehr mit dem Messer herumhantiert und deinen Hals anstarrt, können wir vielleicht ein zivilisiertes Gespräch führen. Ich werde es dir leicht machen: Entweder du beantwortest jede meiner Fragen schnell, ehrlich und so, dass ich nicht auf dumme Gedanken bezüglich deiner Vertrauenswürdigkeit komme, oder ich wäre gezwungen, ein paar Stückchen von dir abzuschneiden, beginnend hiermit.« Er packte mit blitzschnellem Griff das Ohr des Mannes und legte die kalte, fein gezackte Dolchklinge an den Punkt, wo Ohr und Kopfhaut zusammenstießen. »Nimm dir Zeit …«

Der Bandit rollte hilflos mit den Augen. »Was willst du wissen?«

Marcus ging vor ihm in die Hocke und schüttelte mit einem Ausdruck aufgesetzten Bedauerns den Kopf. »Was wir wissen wollen? Ist das nicht offensichtlich, Soldat? Wir wollen *alles* wissen.«

Dubnus und Arabus bewegten sich lautlos über den sonnenbefleckten Waldboden. Der massige Zenturio fluchte leise, da er sich ständig um die Lichtsäulen, die durch das Blätterdach der Bäume herunterschienen, herumschlängeln musste, um zu vermeiden, dass die Sonnenstrahlen das Metall seiner Waffe aufblitzen ließen. Der Späher schien indessen seinen Ärger überwunden zu haben, den Gefangenen sein Messer nicht spüren lassen zu können, und führte ihn fachkundig weiter, wobei er ein geschultes Auge für Deckung bewies und entschlossen schien, ihr Vorankommen unbemerkt zu halten. Beim Gedanken an Julius, der sicher lauter gewesen wäre als sie beide zusammen, lächelte der Zenturio, doch seine Miene änderte sich schlagartig, als ein Geruch von Verwesung seine feine Nase erreichte. Er zischte zu Arabus hinüber und rümpfte die Nase, um ihn auf den unerwarteten Geruch aufmerksam zu machen.

Vorsichtig tastete sich der Führer an seine Seite und flüsterte ihm ins Ohr. »Ich glaube, wir sind jetzt in der Nähe ihres Lagers. Sie stellen für gewöhnlich Käfige auf, um Jäger abzuhalten, die zufällig an ihren Verstecken vorbeikommen. Ich habe schon einige Male solche Käfige gefunden, nachdem die Banditen ein Lager verlassen hatten.«

Dubnus schüttelte verständnislos den Kopf, doch der Späher legte einen Finger an die Lippen und bedeutete ihm mit einer Geste weiterzugehen. Arabus bewegte sich mit geradezu übertriebener Vorsicht, setzte seine Füße langsam und sanft auf den Boden und bahnte sich einen Weg durch das Unterholz. Immer öfter hielt er an, um sicherzugehen, dass sie unbeobachtet waren, bevor sie auch winzige gebüschfreie Stellen durchquerten. Als sie eine kleine Erhebung erreicht hatten, verstand Dubnus, was Arabus einige Minuten zuvor mit dem Begriff »Käfige« gemeint hatte: Aus der umliegenden Vegetation erhob sich ein großes Gebilde aus dicken Ästen, die zylinderförmig zusammengebunden waren. Die waagrechten Streben bestanden aus dicht verflochtenen Rindenstreifen, die den Blick in und aus dem Käfig heraus freigaben, gleichzeitig aber die Äste zusammenhielten. Die gesamte Struktur war mit tief eingepflockten Zapfen im Waldboden verankert, von denen jeder einzelne etwa einen Mannsdaumen breit war. Dubnus betrachtete die Bauten mit dem unseligen Gefühl zu wissen, was sie enthalten würden.

»Doch sicher nicht …?«

Arabus wandte sich um, nickte grimmig, als er Dubnus' halb gebannten, halb entsetzten Gesichtsausdruck sah, und flüsterte ihm scharf ins Ohr: »Was hast du erwartet? Dieser Obduro weiß, wie man Macht erlangt, indem man Männer wie diese in Angst und Schrecken versetzt. Was übrigens auch für uns beide gilt. Lass uns weitergehen.«

Er führte den Tungrer näher heran, und bei jedem vorsichtigen Schritt wurde der Geruch schlimmer. Als sie nahe genug waren, dass Dubnus in den Schatten des Käfigs hineinschauen konnte, wurde der Gestank so beißend, dass es Dubnus würgte, obgleich er lange Erfahrung in Schlachten gesammelt, schreckliche Wunden und verwesende Körper gesehen hatte. Eine Leiche war gegen die Gitterstäbe gelehnt und blickte mit blinden Augen auf Dubnus, der entsetzt zurückstarrte. Die freiliegenden Teile des Körpers wimmelten von Maden, und Dubnus musste seinen ganzen Willen zusammennehmen, um sich nicht auf den Waldboden zu übergeben.

Arabus beobachtete seine Reaktion und flüsterte ihm in scharfem Ton zu: »Der Zustand dieses Mannes ist als Warnung gedacht, sowohl an sein eigenes Volk als auch an Außenstehende. Wenn man uns erwischt, wie wir uns ihrem Lager nähern, werden wir mit Sicherheit dasselbe Schicksal erleiden.«

Er betrachtete Dubnus abwartend, als ob er damit rechnete, dass der Tungrer ihn zum Rückzug auffordern würde, doch der große Mann deutete nur kopfnickend auf das Gelände vor ihnen. Mit einem Achselzucken wandte sich der Gallier von dem Käfig ab, bückte sich bis fast zum Boden und führte ihn mit noch vorsichtigeren Schritten weiter. Nach etwa fünfzig Schritten drehte er den Kopf und legte eine Hand ans Ohr.

»Hörst du das?«

Dubnus lauschte konzentriert, wobei er das Rascheln der Blätter im Wind des frühen Nachmittags ausblendete. Das entfernte Geräusch männlicher Stimmen erreichte ihn. Die Worte waren zwar nicht zu verstehen, der Ton der Männer jedoch war mehr als deutlich. Er nickte dem Späher zu und bedeutete ihm, dort zu bleiben, wo er gerade kauerte, dann legte er sich flach auf den Waldboden. Langsam kroch er in Richtung der Stimmen und räumte währenddessen vorsichtig alles beiseite, was ein Geräusch erzeugen und dadurch seine Anwesenheit verraten könnte. Je näher er kroch, desto lauter wurden die Stimmen. Eine Gruppe Männer sprach ohne jede Angst, belauscht zu werden, und mittlerweile waren auch einzelne Worte zu verstehen. Er hielt an und horchte. Er war wohl noch immer zwanzig oder dreißig Schritte von ihnen entfernt, weshalb er der Diskussion nicht folgen konnte. Nach einem tiefen Atemzug wand er sich weiter vor und bewegte sich dabei so langsam, dass sein Vorankommen buchstäblich lautlos vonstattenging. Der Wind, der durch die Blätter hoch über seinem Kopf blies, ließ einen Moment nach, und plötzlich waren die Stimmen beunruhigend deutlich.

»...und ich sage es euch noch einmal: Hier werden sie uns niemals finden. Dafür wird *er* schon sorgen; er wird sie dazu bringen, über den längeren Weg zu uns zu kommen, und selbst wenn sie die Kreuzung finden sollten, wären wir immer noch sicher auf dem Hügel, bevor sie den Fluss überquert haben und kampfbereit sind. Keine verfluchte Infanteriekohorte könnte uns aus unserer Verteidigungsanlage herausholen, nicht ohne Artillerie, und diese Legionskohorte hat noch nicht einmal ein einziges Ballistageschoss. Ganz offensichtlich traut man ihnen schwere Geschütze gar nicht zu.«

Ein anderer Mann lachte. »Du kennst dich ja mit der Armee und dem Zutrauen aus!«

Dubnus nickte leicht, denn er hatte bereits erraten, dass der erste Sprechende einer der Deserteure der treverischen Kohorte war. Der Mann antwortete gelassen, doch Dubnus meinte, eine gewisse Verärgerung in seiner Stimme zu hören.

»Vielleicht tue ich das ja auch. Jedenfalls wird *er* dafür sorgen, dass wir ausreichend vor jedem Angriffsversuch gewarnt sind. Außerdem werden sie niemals darauf kommen, dass er...«

Der Wind blies wieder stärker, weshalb der Rest des Satzes außer ein paar einzelnen Worten im Geraschel der Blätter unterging. Nach einem Augenblick lachten die Männer, und Dubnus wurde aufgrund der Lautstärke des Gelächters klar, dass es sich um mindestens zwanzig Personen handelte. Beim Gedanken daran, wie nah er ihrem Lager war, zog er eine Grimasse und trat langsam den Rückzug an, um so bald wie möglich aus der Gefahrenzone zu gelangen. Nach etwa fünfzig kriechend zurückgelegten Schritten stand er vorsichtig auf und ging zu der Stelle zurück, an der Arabus noch immer kauerte. Er fasste den Späher im Vorbeigehen an der Schulter und zog ihn mit sich.

»Wir sollten abhauen.«

Er führte den Späher zu den anderen beiden Männern zurück, die mit dem mittlerweile völlig eingeschüchterten Gefangenen auf sie warteten.

Julius sah fragend hoch, als Dubnus und Arabus die Lichtung betraten. »Habt ihr sie gefunden?«

Dubnus nickte grimmig. »Allerdings. Und das war alles andere als schön. Dafür haben wir jetzt aber keine Zeit, denn wir müssen …« Er griff mit der Hand an seinen Gürtel. »Mist! Mein verdammter Dolch ist von meinem Gürtel gefallen. Wahrscheinlich ist der Riemen letztlich doch verfault.« Er warf Julius und Marcus einen bedeutungsvollen Blick zu. »Ich habe ja schon immer die Qualität der Ausrüstung bemängelt, aber ausgerechnet jetzt … Ich werde zurückschleichen und ihn suchen, und ihr könnt inzwischen zu Silus zurückgehen. Schlagt euer Lager am selben Platz wie gestern auf, ich werde dann später zu euch stoßen.«

Er wandte sich um, noch bevor irgendjemand Gelegenheit fand, etwas zu entgegnen, und kroch durch die Bäume zurück, bis er den Dolch fand, wo er ihn während seines

Rückzugs vom Räuberlager verloren hatte. Er wartete einen Augenblick, um sicherzugehen, dass er unbeobachtet war, dann wandte er sich nördlich in Richtung des Flusses und verschwand leise im Unterholz.

An jenem Abend, als die Fackeln bereits angezündet und die Straßen von Tungrorum menschenleer waren, ging Marcus müde die Straße hinauf und stoppte vor der Amtsstube des Beauftragten für die Banditenjagd. Ein mit einem Speer bewaffneter Mann stand vor der Tür und zeigte beim Erscheinen eines uniformierten Zenturios im Licht der Fackeln nicht mehr Neugier, als wenn der Lieferjunge des Metzgers vorbeigekommen wäre. Er trat zur Seite, salutierte und bedeutete mit dem Finger den Weg in das Gebäude.

»Der Präfekt ist drinnen, Zenturio.«

Marcus nickte und ging an ihm vorbei in die Eingangshalle. Beim Eintreten betrachtete er die bildhauerische Ausstattung des Raumes, die im Lodern der Fackeln züngelnde Schatten warf. Eine eindrucksvolle Büste des Kaisers stand an der Seite der Tür, die vermutlich in den Hauptraum des Gebäudes führte, während auf der anderen Seite eine große weibliche Figur auf einem angreifenden Tier saß. Die dargestellte Frau trug einen Bogen in einer Hand, während sie mit der anderen einen Pfeil aus ihrem sorgfältig und peinlich genau ausgearbeiteten Köcher zog. Als er näher herantrat, bewunderte er die Kunstfertigkeit des Schöpfers, der die Befiederung jedes einzelnen Pfeils in allen Details wiedergegeben hatte, und die feine Maserung des Bogens aus massivem Marmor.

»Schön gearbeitet, nicht? Man fragt sich fast, warum er nicht auch noch eine passende Bogensehne gemeißelt hat.«

Der Römer wandte sich um und sah Caninus lächelnd in der Tür zu seiner Amtsstube stehend. »Jeder, der diese Statue erblickt, macht genau dasselbe. Alle lehnen sich so weit vor, dass sie mit ihren Nasen fast die Pfeile im Köcher berühren, dann betrachten sie die Biegung des Bogens und tragen dabei den gleichen Gesichtsausdruck, den du soeben hattest. Wer immer diese Statue aus einem rohen Steinblock herausgehauen hat, muss ein wahrer Meister gewesen sein. Das Standbild war bereits bei meiner Ankunft hier, und ich behalte es, um mich daran zu erinnern, welch schreckliche Macht der Wald über unachtsame Menschen hat – wenngleich ich persönlich die Rätselhaftigkeiten unseres Gottes vorziehe. Außerdem, nehme ich an, dient es als stete Warnung hinsichtlich der oft geäußerten und anscheinend unerbittlichen Absicht meines Feindes, mich auf einem Altar zu ihren Ehren sterben zu sehen.«

Marcus blickte erneut auf die Statue und stellte erst jetzt fest, dass die Jägerin auf einem wilden Eber ritt. Es war die klassische Studie einer weiblichen Gottheit, der es irgendwie gelang, sowohl die Schönheit der Dargestellten als auch ihre wilde Ungezähmtheit zum Ausdruck zu bringen. Seine Augen auf das Gesicht der Göttin geheftet, sagte er: »Ich hatte die Figur für eine Abbildung der Diana gehalten, aber jetzt erkenne ich die Wahrheit. Sie ist wirklich wundervoll, Präfekt, und eines kaiserlichen Palastes würdig.« Er wandte seinem Gastgeber das Gesicht zu, verbeugte sich in aller Form und hielt diese Stellung etwas länger als notwendig, um das Ansinnen seines Vorsprechens bereits anzudeuten. »Dieser Besuch ist rein privat, Präfekt, doch drängt es mich, auch ohne offizielle Genehmigung für mich selbst und im Namen meiner Frau meine innigste Dankbarkeit auszudrücken. Als ich heute Abend durch das Stadttor kam, wurde mir von deinem Edelmut berichtet und dass du Felicia vor einem erbärmlichen und demütigenden Überfall gerettet hast, und sobald ich mich vergewissert hatte, dass es ihr gut geht, kam ich direkt hierher. Ich habe nicht viel Zeit – gleich findet eine Unterredung mit den Zenturios statt –, aber ich fühlte mich in der Pflicht, dir meinen Dank auszusprechen.«

Caninus beantwortete seine Rede mit einer leichten Verbeugung. »Dein Dank ist kaum nötig, Zenturio Corvus. Jeder anständige Mann hätte ebenso gehandelt. Möchtest du einen Becher Wein mit mir trinken?«

Marcus lächelte kopfnickend. »Nach einem langen Tag auf der Straße ist mir dein Angebot mehr als willkommen.«

Der Präfekt ging in seine Amtsstube zurück und bedeutete dem Römer, ihm in den hell erleuchteten Raum zu folgen. Er goss eine großzügige Menge Wein in einen Becher und reichte ihn dem Gast, schenkte sich dann selbst ein und hob den Becher, um mit Marcus anzustoßen. »Auf stets sicheres Heimkommen.« Sie tranken, dann zeigte der Präfekt mit der Hand auf die gemalte Karte an der Wand. »Und jetzt, da du den Arduinna-Forst persönlich kennengelernt hast, wirst du besser verstehen, warum wir dem Wald so großen Respekt zollen, vermute ich.«

Marcus lächelte schief. »In der Tat. Dein Gehilfe Arabus hat das Thema sehr nachdrücklich ausgeführt.«

Caninus antwortete mit einem ebenso ironischen Lächeln. »Das hatte ich mir gedacht. Um ehrlich zu sein, war dies einer der Gründe, warum ich ihn euch mitgegeben habe. Er ist ein Anbeter der Göttin, und ich dachte, ihr solltet einen Einblick in den Fanatismus bekommen, der diese

Leute antreibt. Dies sind keine Banditen wie jene, die ihr bis jetzt kennengelernt habt; es sind Männer, die sich einer missgünstigen und teuflischen Religion verschrieben haben, die weder Kritik noch Einmischung erlaubt und die sogar ihre gläubigsten Jünger sehr streng behandelt.«

Marcus nahm noch einen Schluck und sah über den Becherrand zur Caninus hinüber. »Und dennoch hast du beschlossen, ihnen vor aller Öffentlichkeit entgegenzutreten, trotz ihrer mehrfach geäußerten Drohungen?«

Caninus zuckte mit den Schultern. »Was sollte ich denn sonst tun? Wenn ich es nicht täte, müsste ich mich geschlagen geben und wäre dann nicht nur in den Augen meiner Kameraden, sondern – was schlimmer ist – auch in meiner eigenen Selbstachtung geschmälert. Ich bezweifle, dass ich mit so einer schmerzlichen Last gut weiterleben könnte. Aber wir sollten nicht einmal andeutungsweise über eine solche Möglichkeit sprechen. Ich nehme an, euer Auftrag ist erfolgreich verlaufen?« Er hob die Hand, um einer Antwort zuvorzukommen. »Nein, ich weiß, dass du mir an dieser Stelle keine Einzelheiten berichten kannst, daher frage ich nur, ob du der Meinung bist, euer Ausflug habe sich gelohnt. War Arabus so hilfreich, wie ich das gehofft hatte?«

Marcus lächelte und hob den Becher zu einem erneuten Schluck. »Das war er tatsächlich. Ferner habe ich Grund, auch ihm dankbar zu sein, denn als ich ihm in den Weg kam, während er einen Eber jagte, hat er es unterlassen, mich mit einem Pfeil zu durchbohren.«

Caninus hob eine Braue. »Ach wirklich? Dann hattest du Glück. Er ist zwar niemand, der besonders schnell schießt, aber wenn er den Schaft einmal in die Bogensehne gespannt hat, trifft der Pfeil unweigerlich, was immer er anvisiert.

Vielleicht hat Arduinna beschlossen, in jenem Moment auf dich herabzulächeln.«

Marcus fiel auf, dass Caninus' Gesicht bei diesen Worten keine Spur von Heiterkeit zeigte.

Die beiden Tribunen gingen zur Versammlung ihrer Zenturios und sahen dabei aus, als ob ihr Gefühl von Gemeinsamkeit, falls es überhaupt je existiert hatte, sich schon längst in nichts aufgelöst hätte. Scaurus, der einen Becher Wein in der Hand hielt, stoppte kurz, als er im Eingang stand, und hörte dem Geplapper der Unterhaltung zu.

»Wie angenehm, zur Abwechslung mal einen Becher guten roten Weins zu bekommen, statt der Katzenpisse, die sie uns angeboten haben, seit wir…«

»Wie ich gehört habe, waren es vier Männer, die alle wild darauf waren, ein Stück eines uniformierten Schwanzes…«

»Und er hat einhundert verfluchte Goldmünzen für ein *Schwert* ausgegeben! Wenn du mich fragst, so hat dieser junge Mann…«

Die beiden Ersten Speere traten vor, und jeder von ihnen bellte seinen Offizieren den Befehl zu, Haltung anzunehmen.

Scaurus wartete, bis ihre Anweisung ausgeführt war und Ruhe einkehrte, bevor er zu sprechen begann. »Rührt euch, meine Herren!«

Tribun Belletor stand neben Scaurus und machte ein übelgelauntes Gesicht, sodass Julius sich entgegen des warnenden Blickes des Ersten Speers zu Marcus hinüberlehnte und ihm ins Ohr flüsterte: »Ihr Tribun sieht so aus, als hätte er einen Aureus verloren und stattdessen nur einen Kupferquadrans gefunden. Ich habe gehört, Scaurus hätte fast sein Schwert gegen ihn gezogen und war nur…«

Scaurus begann wieder zu sprechen und sah die um ihn gescharten Offiziere mit entschlossener Miene an. »Zenturios, es ist gut, euch alle an einem Ort versammelt zu sehen. Wenn wir zusammenarbeiten wollen, müssen wir einige der Barrieren einreißen, die traditionsgemäß Hilfstruppen von Legionären trennen. Ich glaube, dass genau diese Barrieren zu Missverständnissen führen und in der Folge auch zu jener Art von inakzeptablem Verhalten, das wir gestern Nacht erleben mussten. Ein Verhalten, das, wie ich euch ins Gedächtnis rufen will, zur mehrfachen Vergewaltigung einer unschuldigen, schwangeren Frau geführt hätte, wenn unser Kollege, Präfekt Caninus, nicht eingegriffen hätte. Und danach wären auch unsere Kohorten sich gegenseitig an die Gurgel gegangen.«

Scaurus hielt einen Moment inne und blickte langsam in die ihm aufmerksam zugewandten Gesichter. Wenige Minuten zuvor hatte er etwa dasselbe zu Belletor gesagt, als er seine Enttäuschung darüber ausdrückte, dass es den Zenturios der Legionskohorten noch nicht gelungen war, die Schuldigen zu überführen. Selbst Frontinius, der sich mit seinem Kollegen Sergius in der sonst unüblichen Rolle des Vermittlers befand, hatte ihm unter vier Augen versichert, er würde die Missetäter in weniger als einem Tag finden.

»Zuckerbrot und Peitsche, nur so wird es klappen. Belohnungen für jene, die die Mistkerle ausliefern, und Kollektivstrafen für die ganze verdammte Kohorte, bis sie zur Vernunft kommen.«

Belletor stand neben Scaurus und schwieg unglücklich, während sein Kollege den Zenturios erklärte, wie sie gemeinschaftlich vorgehen sollten. Er zeigte auf die Karte an der Wand der Haupthalle der Basilika, die er für die abendliche Besprechung so energisch eingefordert hatte, dass Prokurator Albanus kaum etwas anderes übrig blieb, als zuzustimmen. Der Zivilverwalter stand etwas abseits und hatte sichtlich Mühe, seinen Ärger darüber zu unterdrücken, eine Schar Armeeoffiziere in dem Gebäude zu sehen, wo er üblicherweise seiner Arbeit nachging.

»Zenturios, wir sind hier, um die Getreideversorgung der Legionskastelle am Rhenus abzusichern. Ohne diese Vorräte wird ihre Lage bedenklich, weshalb unsere Aufgabe von höchster Dringlichkeit ist. Die Bedrohung seitens der Banditen in diesem Teil der Provinz auszuschalten wird natürlich auch für die Einheimischen von Nutzen sein, doch unsere erste Priorität ist die Aufrechterhaltung der Nordwestflanke des Imperiums. Wie ihr auf der Karte sehen könnt, hat das Ausradieren zweier Räuberbanden, die die Straßen zur Stadt unsicher machten, bewirkt, dass die offensichtlichste Bedrohung der Versorgungswege zu den Legionen nun von hier ausgeht.« Er tippte mit seinem Zeigestock auf den großflächigen grünen Fleck, der den Arduinna-Forst symbolisierte. »Augenblicklich beherbergt der Wald die größte aller Räuberbanden, die womöglich fünfhundert Mann umfasst. Diese Bande muss nun unser Hauptziel sein. Wenn es uns gelingt, sie zu finden und ihr Rückzugslager zu zerstören, so viele wie möglich zu töten und den Rest in alle Winde zu zerstreuen, und wenn der Kopf ihres Anführers erst einmal auf einem Speer steckt« – er unterbrach sich und sah die versammelten Offiziere mit einem schiefen Lächeln an –, »mit oder ohne seine berühmte Gesichtsmaske, dann werden wir das Problem an der Wurzel gelöst haben! Und wohlgemerkt: Dieser Mann hat nichts Geheimnisvolles an sich und ebenso wenig seine Gefolgsleute. Seinem furchterregenden Ruf zum Trotz ist er einfach nur ein Verbrecher wie viele, und dasselbe gilt für seine Bande. Ich weiß nicht, wie ihr das seht, aber meine frühere Erfahrung besagt: Wenn man den Anführer einer Bande beseitigt, verlieren die Mitglieder ihren Mumm. Wenn sie also unsere Kampfstärke erkennen, werden sie ziemlich rasch beschließen, ihr Überleben über eine etwaige Beute zu stellen, dessen könnt ihr euch sicher sein! Zivilisten einschüchtern und schlecht geführte einheimische Hilfstruppen zum Überlaufen verleiten ist eine Sache – doch sich zwei Kohorten von kampferfahrenen Infanteristen zu stellen eine ganz andere.« Er trank einen Schluck Wein, bevor er weitersprach. »Morgen früh in der Dämmerung werden wir also zum Appell antreten und nach Westen ziehen. Ein rascher Marsch wird uns im Laufe des Morgens zum Verbindungspunkt mit der Straße nach Süden in Richtung der Hauptstadt der Treverer führen. Von dort wenden wir uns nach Süden und überqueren den Fluss Mosa. Ich gehe davon aus, dass wir uns am Ende des Tages bereits in unmittelbarer Nähe des Waldrands befinden. Dort werden wir unter Kriegsbedingungen unser Lager aufschlagen, um für alle Fälle gerüstet zu sein, falls sie uns kommen sehen und versuchen, uns zu überraschen. Tags darauf werden wir versuchen, zu ihrem Lager vorzudringen, von dem wir dank einem Spähtrupp aus der Ersten Tungrischen Kohorte wissen, dass es hier liegt, in der Nähe des Flusses.«

Er zeigte auf die Karte hinter ihm, und als Marcus einen Blick in die Runde warf, sah er, wie Titus ihn mit wissendem Ausdruck anstarrte. Sein Offiziersbruder war kurz zuvor mit ironischem Lächeln auf Julius zugegangen, hatte Marcus seine schwere Hand auf die Schulter gelegt und gemurmelt: »Eine Hure mit nur einem Zahn, was? Schlau eingefädelt, Bruder.«

Scaurus sprach weiter, und sein Gesicht hatte im Licht der Fackeln ein falkenartiges Aussehen. »Es war von Anfang an logisch anzunehmen, dass Obduro und seine Bande von irgendwo an diesem Rand des Arduinna agieren. Nach Ende eines Überfalls müssen sie so schnell wie möglich in Deckung gehen und im Wald verschwinden, nun aber wissen wir, wo wir sie finden können. Nämlich hier.« Er zeigte auf die Karte. »Nur ein paar hundert Schritte vom Fluss entfernt und zu beiden Seiten des Hauptpfads, der sich westlich durch den Wald zieht und auf die Straße nach Süden zur Hauptstadt der Treverer führt. Diese leichte Erreichbarkeit des Lagers hat natürlich zwei Seiten. Einerseits ist ihr Schlupfwinkel für uns einfacher zu finden und besser anzugreifen als ein Versteck tief im Wald. Das ist die gute Nachricht. Schlecht ist allerdings, dass sie ein weiteres, höher gelegenes Lager tiefer im Wald haben müssen, das sie aufsuchen können, sobald das erste nicht mehr sicher ist. Wahrscheinlich wurde es auf einem Hügel errichtet und ist vermutlich stark befestigt, außerdem dürfte das umliegende Gelände voller Fallen sein. Sobald sie merken, dass wir kommen, werden sie voraussichtlich in ein Dutzend Richtungen auseinanderstieben und sich tief in den Wald zurückziehen. Sobald sie das getan haben, wird das Einfangen etwa so, als wolle man Rauch in eine Flasche füllen. Was wir also tun müssen, ist, das Lager mit einem dichten Ring von Truppen zu umzingeln, noch bevor sie Gelegenheit haben zu flüchten. Wir blockieren ihre Rückzugsmöglichkeiten, und dann können sie sich entweder ergeben oder sterben – mir ist beides recht. Dieser Plan muss aber vertraulich bleiben und darf nicht aus diesem Raum dringen, bis die Zeit gekommen ist, ihn in die Tat umzusetzen. Das wär's, meine Herren. Geht zurück zu euren Zenturien und sorgt dafür, dass eure Männer kampfbereit sind, wenn wir morgen losmarschieren. Und nun lasst uns anstoßen.« Er hob seinen Becher. »Auf unseren gemeinsamen Sieg!«

Die Zenturios antworteten mit demselben Satz, hoben ihre Becher und tranken ihren Wein aus.

Einer der Legionszenturios sprach in die Stille, die auf das Anstoßen folgte. »Schon morgen kampfbereit, Tribun? Ich dachte, du wolltest die Banditen erst am Tag danach dingfest machen?«

Scaurus nickte grimmig und lächelte den Zenturio unerbittlich an. »Das ist richtig. Aber wir haben mit Feinden, wer immer sie sein mögen, die Erfahrung gemacht, dass sie zu den ungelegensten Zeiten angreifen. Daher könnten wir uns schon morgen im Kampf befinden, ganz egal, ob wir das wollen oder nicht.«

»Das ist mal wieder typisch für diese Drecksarmee! Wir schwitzen uns hier eine Woche lang den Arsch ab, um Baracken zum Schutz vor dem Regen zu bauen, während unsere Zelte zusammenfaulen, und genau jetzt, wo wir damit fertig sind, beschließen sie, dass eine Expedition ins offene Gelände ein guter Einfall ist. Der Schlaumeier, der auf diese Idee gekommen ist, sollte mal sein Hirn untersuchen lassen. Ich vermute ...«

Narbengesicht nahm ruckartig Haltung an, als sich eine große Gestalt über seine Schulter lehnte und ihm eine ruhige, aber entschiedene Stimme leise ins Ohr sprach.

»Und *ich* vermute, es wäre besser, du würdest deine Meinung für dich behalten, Soldat. Jeder hat das Recht, sich so oft und so ausführlich zu beschweren, wie er will, aber das gilt nur, solange er dafür sorgt, dass keiner mithört. Denn wenn ich eine solche Klage tatsächlich vernehmen sollte, müsste ich dir eine angemessene Strafe zukommen lassen.« Narbengesicht errötete, blieb starr und stumm stehen und richtete seinen Blick auf die Reihe neuer Kasernen, vor denen die Kohorte zur Parade aufzog. Alle wussten, das der Optio der Neunten Zenturie an diesem Morgen nicht der Glücklichste aller Männer war: Zum einen war Tungrorum über Nacht von eisiger Kälte heimgesucht worden, zum anderen hatte der Veteran hinlänglich Erfahrung mit seinen übergeordneten Offizieren, um zu wissen, wann er den Schwanz einziehen musste. »Trotz deiner vielgepriesenen Mission, dafür zu sorgen, dass unserem Zenturio kein Leid geschieht, weiß ich zufällig heute einmal etwas mehr als du über die Gründe, weshalb wir ›ins offene Gelände‹ ziehen sollen. Soll ich dich darüber aufklären?« Er ging die hintere Reihe der Zenturie entlang und hielt den Optiostab mit dem Messingknauf an seine breite, gepanzerte Schulter gelegt. Als er zum Ende der Reihe gelangte, bewegte er sich zur Frontreihe hinüber und sprach im Gehen weiter. »Tribun Scaurus ist der Meinung, es sei an der Zeit, dass wir uns um die Banditen kümmern, die sich im Arduinna-Forst verstecken. Das hat *er* zu entscheiden, nicht der Zenturio, nicht ich und schon gar nicht *du*. In Kürze werdet ihr von Zenturio Corvus inspiziert und genauer unterrichtet, dann marschieren wir los und stoßen zu den anderen Kohorten, die außerhalb der Mauern warten. Nachdem der Befehl von ›kampfbereit‹ sprach, wärst du gut beraten, Soldat, dafür zu sorgen, dass dein Schwert scharf und dein Arm geharnischt ist, denn es könnte sein, dass du noch vor Ende des Tages beide brauchst.«

»Unverschämter hamischer Dr. . .«

Narbengesicht verkniff sich das letzte Wort seiner gemurmelten Beleidigung, denn Qadirs Optiostab sauste mit erstaunlicher Geschwindigkeit von seiner Schulter auf ihn nieder. Als der Messingknauf mit einem klirrenden Schlag seinen eisernen Helm berührte, zuckte er zusammen. Normalerweise wurde der Stab eher dazu verwendet, die Männer der hinteren Reihe einer Zenturie voranzutreiben, falls sie sich widerstrebend zeigten, doch Qadir benutzte ihn ebenso gerne zu einem anderen Zweck, nämlich als schlagkräftiges Instrument seiner Autorität, wie das jeder Optio in der Kohorte tat. Er schritt mit gleichgültiger Miene die Reihe seiner Männer entlang, doch Narbengesicht, der seinen beschämten Blick fest auf die Baracke vor ihm richtete, wusste genau, dass die Augen des Hamiers vor nur schwer zu unterdrückender Wut glühten.

»Nachdem du ein hochrangiger Soldat bist, werde ich so tun, als hätte ich deine Bemerkung nicht gehört. Doch solltest du mich noch einmal mit einer beiläufig geäußerten Beleidigung herausfordern, die in Hörweite meiner hervorragend funktionierenden Ohren stattfindet, werden wir beide eine kurze, aber unangenehme Unterredung hinter der Kasernen führen müssen.«

Narbengesicht starrte noch aufmerksamer auf die Wand vor ihm und presste die Lippen zusammen. Trotz seiner eigenen Begabung in der schmutzigen Kunst des Kasernengeplänkels, das er normalerweise in wenigen Sekunden mit instinktiver Brutalität zu beenden verstand, wusste er doch, dass Qadir blitzschnell mit seinen Fäusten und Stiefeln zuschlagen konnte. Wenn er richtig in Fahrt kam, benutzte er sie sogar ohne jeden Skrupel, um den Aufmüpfigen, die seine täuschend sanften Warnungen ignorierten, seinen Standpunkt klarzumachen. Es gab keinen Zweifel, dass der große Hamier dem Veteranen einen guten Kampf liefern würde, und es war ebenso offensichtlich, dass Narbengesicht diesen Kampf verlieren würde.

Der Optio sah ihm einen Moment lang fest in die Augen, bevor er weitersprach. »Gut, nun ist die Ordnung wiederhergestellt. Nachdem dieser Soldat hier mehr über die Hintergründe unseres heutigen Vorhabens erfahren will, werde ich euch aufklären.« Der Hamier betrachtete mit hartem Blick die Reihen von ausdruckslosen Soldaten vor ihm. »Um es in einfachen Worten auszudrücken, die auch ihr versteht: Wir marschieren zum Angriff auf die Banditen, die sich im großen Wald verstecken. Augenblicklich hausen sie in einem Lager nahe der anderen Seite des Flusses, und wir werden versuchen, sie dort zu stellen und zu verhindern, dass sie zu ihrer Festung tiefer im Wald flüchten. Sollte ihnen diese Flucht in den Wald gelingen, wäre das schlecht und würde großes Unheil anrichten. Und Unheil fließt, wie wir alle wissen, immer nur in eine Richtung. Daher rate ich euch zu tun, was man euch sagt, und genau dann, wenn man es euch sagt! Und noch eine Schlussbemerkung: Wir werden gegen hartgesottene Feinde kämpfen, die sich auf vertrautem Boden befinden. Wenn ich das ganze Geld zusammenzähle, das eure Waffen und Ausrüstung gekostet haben, und dann noch die kleine Messingmünze dazuwerfe, die jeder von euch wert ist, so ist klar, dass Tribun Scaurus so wenige von euch verlieren will wie möglich. Seid also auf der Hut und bereit für den Kampf! Und um uns jede weitere Debatte zu ersparen, kommt nun der Zenturio. Zieht eure Waffen aus der Scheide, Soldaten, und lasst uns sehen, wie gut ihr euch vorbereitet habt. Präsentiert eure Schwerter!«

Die beiden tungrischen Kohorten marschierten in einer kompakten Reihe aus dem Südwesttor der Stadt – vierzehnhundert grimmig dreinblickende, kampferfahrene Männer, deren Ausrüstung die Kerben früherer Schlachten trug, als seien es Ehrenorden. Obwohl die Messingränder und Buckel ihrer Schilde im kalten Morgenlicht wie Gold glänzten, waren die meisten verbeult von den Schwertern und Äxten der Barbaren; zuweilen waren die Lorbeerkränze und Mondsicheln, welche die stoffbedeckten Holzoberflächen zierten, von den Spuren der Schlacht und den Wettereinflüssen im Grenzgebiet fast vollständig ausgelöscht. Ihre Eisenhelme waren zwar rostfrei, aber oft zerbeult und riefig, und ihre Augenschirme wiesen tiefe Kerben von den feindlichen Schwertern und Äxten auf. In jeder Zenturie gab es mehrere Männer, deren beidseitig mit Wangenklappen geschützten Gesichter stark vernarbt waren. Breite, weiße Linien teilten ihre Augenbrauen und Lippen, oder es waren tiefe Furchen in Nasen und Wangenknochen zu sehen. Die Soldaten marschierten an der Kohorte der Ersten Legion Minervia vorbei und zeigten dabei jene Präzision, die auf dem Exerzierplatz üblich war: Ihre genagelten Stiefel klapperten in perfektem Einklang über die Pflastersteine der Straße, und mehr als einer von ihnen warf einen schnellen seitlichen Blick auf die grobschlächtigen Legionäre, die auf sie warteten und deren Atem silberne Federbüsche in der kalten Morgenluft entstehen ließ.

Hinter der Ersten Tungrischen Kohorte marschierten Martos' Barbarenkrieger der Votadini. Ihr langes Haar und ihre dicke, bunte Wollkleidung erschienen in seltsamem Kontrast zu den uniformierten Soldaten. Einige waren in warme Pelze gehüllt, und jeder von ihnen trug seine bevorzugte Waffe: Schwerter, Speere oder Äxte. Während die Männer der Ersten Kohorte ihre Geringschätzung noch auf beiläufige Blicke beschränkt hatten, starrten diese zerlumpten und vernarbten Kämpfer die Legionäre mit offen zur Schau getragenem Ekel an, und zuweilen schüttelte jemand den Kopf oder spuckte in eindeutiger Herausforderung auf den Boden. Einige trugen Schlachthämmer, darunter auch der bullige Krieger Lugos vom Stamm der Selgovae, der an Größe alle überragte. Als Gewichtsausgleich zu seinem massigen Hammer mit dem spitzen Schlagdorn trug er auf der anderen Seite eine scharfe, halbmondförmige Klinge, mit der er seinen Feinden tödliche Wunden zufügen konnte und deren Spitzen er zum Verhaken und Festhalten fliehender Feinde benutzte.

Hinter den Votadini, also absichtlich in einer Position, die sein vollstes Vertrauen in jene Männer ausdrücken sollte, die noch vor wenigen Monaten seine Feinde gewesen waren, ging Tribun Scaurus. Als einzige Eskorte neben ihm marschierte sein germanischer Leibwächter Arminius. Danach kam die Zweite Tungrische Kohorte, die ebenso schlachtgebeutelt wie ihre Brüder der Ersten Kohorte aussah. Den Schluss des Zuges bildeten dreißig Männer der berittenen Truppe. Die Pferde wurden von ihren Reitern geführt, die neben ihnen marschierten und ihr Zaumzeug straff hielten, um die ungebärdigen Tiere unter Kontrolle zu halten, die deutlich spürten, dass es eine Gelegenheit zum Auslauf gab. Als die letzte Zenturie der Zweiten Kohorte den Weg für die Legionssoldaten freigemacht hatte, trat der Erste Speer

Frontinius vor seine Männer und brüllte einen Befehl, wobei er nach links zeigte.

»Halt! Rechtsum! Vorwärts, Marsch!« Im selben Augenblick wurde dieser Befehl von den Zenturios jeder Zenturie wiederholt, und die Männer beider Kohorten drehten sich auf dem Fleck und gingen die zehn Schritte, die ihre Formation neben die der Legionskohorte brachte. »Halt! Kehrtwende! *Rührt euch!*«

Frontinius sah die Straße zu der Stelle hinunter, an der Tribun Scaurus stehen geblieben war, um im Gefolge der marschierenden Zenturien zu warten, salutierte und ging zu dem ihm zugemessenen Platz, wo die beiden Kohorten zusammentrafen.

Scaurus, der neben Tribun Belletor stand, hob den Kopf und betrachtete die Reihe stumm stehender Soldaten, bevor er zu sprechen begann. »Männer der Ersten Minervia und tungrische Kohorten! Dies ist der Tag, an dem wir uns zu einer Offensive gegen den Banditenanführer Obduro aufmachen! Heute marschieren wir bis in die Nähe ihres Feldlagers im Wald, tags darauf werden wir angreifen. Ihr müsst bei allem Ungewöhnlichen in Alarmbereitschaft bleiben, denn dies ist kein gewöhnlicher Gegner. Vielleicht sind es nur ein paar Hundert Männer, aber sie sind Einheimische, und viele von ihnen sind militärisch ausgebildet. Ich gehe davon aus, dass sie wie Tiere kämpfen werden, um der Gefangenschaft und Hinrichtung zu entgehen, und ihr werdet womöglich mit derselben Grausamkeit angreifen müssen, um ihrer Herr zu werden, obgleich wir an Kampfstärke überlegen sein sollten. Das ist alles. Erste Speere?«

Frontinius ging wieder nach vorn und nickte dabei Sergius zu, der ebenfalls vor die Reihe der Legionäre trat.

»Vorwärts… marsch!« Ihr gemeinsam gerufenes Kommando brachte die drei Kohorten in Bewegung, und als die lange Reihe Soldaten die Straße erreicht hatte, ertönte ein neues Kommando. »Halt! Rechts… um!« Sekunden später waren die drei Kohorten längs der Straße aufgereiht, während Scaurus, der bei ihrem Vorbeiziehen von der Straße und damit aus dem Weg getreten war, seinem Kollegen ein ironisches Grinsen zuwarf.

»Seid ihr bereit, ein bisschen zu marschieren, Tribun?«

Belletor zog eine Braue hoch. »Marschieren? *Marschieren*, Rutilius Scaurus? Warum sollten wir *marschieren*?«

Sein Kollege lächelte wissend. »Einigen hochrangigen Offizieren, Tribun, gefällt es, ihre körperliche Tauglichkeit mit der ihrer Männer zu messen, um herauszufinden, ob sie mit den alten Haudegen einen ganzen Tag lang mithalten können. Ganz nebenbei gesagt ist heute ein reizender Tag für einen Spaziergang.«

Belletor schnaubte ungläubig angesichts dieses Vorschlags. »Ein reizender Tag für einen Spaziergang? Ich werde auf meinem Pferd reiten und möchte dir anraten, dasselbe zu tun, falls du nicht für einen jener Männer gehalten werden willst, welche die Gunst ihrer Soldaten dadurch zu erringen suchen, dass sie sie nachäffen.«

Scaurus lachte und wandte sich ab. »Und du, Tribun, solltest dir überlegen, ob du nicht doch eine Weile zu Fuß gehen willst, falls du nicht für einen jener Männer gehalten werden willst, deren Füße nicht hart genug sind, um Schritt zu halten. Ich kann dir versichern: Es gibt Schlimmeres, als für einen Offizier gehalten zu werden, der seine Männer hoch genug schätzt, um ihre Strapazen zu teilen.« Er hob seine Stimme zu der Lautstärke an, die er auf dem Exerzierplatz anwandte. »Wollen wir uns in Bewegung setzen, meine Herren? Dieser Obduro wird sicher nicht ewig auf uns warten!«

Frontinius hob seinen Rebholzstock über Kopfhöhe und trat an die Seite der langen Reihe, um so sichtbar wie möglich zu sein. »Erste Kohorte! Im üblichen Marschtempo … marsch!«

Als die vorderen Zenturien die Straße hinunterzogen, drehte sich Präfekt Caninus zu Scaurus hinüber, winkte seinen Männern, die neben ihren Pferden warteten, und sprach dann in leisem Ton zu ihm, um ihr Gespräch vertraulich zu halten. »Ich wünsche dir eine erfolgreiche Jagd, Tribun. Wie wir vereinbart haben, werde ich meine Männer die Straße hinunter nach Westen führen, um sicherzustellen, dass kein etwaiger Verräter in ihren Reihen Gelegenheit hat, die Banditen über euer Herannahen zu unterrichten.«

Der Tribun nickte. »Ich danke dir, Präfekt. Es wird mich erleichtern zu wissen, dass wir uns keine Gedanken darüber machen müssen, wen Obduro auf dich angesetzt hat. Meine eigene Späherzenturie wird euch begleiten, bis ihr an die Abzweigung der Straße in Richtung Süden nach Augusta Treverorum gelangt. In der Folge werden sie zu mir zurückkehren und melden, dass die Straße frei ist und es keine Anzeichen von Obduros Bande gibt. Das wird für ihre Pferde eine willkommene Gelegenheit zum Auslauf sein, und auch die Reiter werden sich freuen, zur Abwechslung einmal etwas anderes tun zu können, als ihre Pferde zu striegeln und deren Dung wegzuschaufeln.«

Caninus nickte zustimmend, wandte sich ab und schrie seinen Männern Befehle zu. Scaurus hob den Arm und gab ein Signal an Decurio Silus. Der Decurio salutierte und gab seinen Männern ebenfalls ein Zeichen, die unverzüglich aufsaßen und mit ihren Pferden die Kolonne entlangritten, gefolgt von Caninus und seiner Einheit.

Scaurus wandte sich zu Belletor um und deutete auf die Straße, die nach Westen führte. »Deine letzte Chance, Tribun. Möchtest du mich eine Weile begleiten? Dabei könnten wir vielleicht ein Gespräch über Rom führen. Ich bin sicher, du vermisst die Stadt genauso sehr wie ich.«

Der andere Mann schüttelte ablehnend den Kopf. »Ich werde reiten, danke. Aber komm bitte unbedingt auf ein Gespräch bei mir vorbei, wenn du genug davon hast, dich unter deine Soldaten zu mischen.«

Mit einem ironischen Kopfschütteln wandte sich Scaurus ab. »Die Gesellschaft meiner Männer wird mich wahrscheinlich länger amüsieren, als du dir vorstellen kannst.«

Silus zügelte sein Pferd, während er neben den marschierenden Soldaten der Neunten Zenturie ritt, und grinste Marcus mit fragend erhobener Augenbraue an. »Mein Angebot steht noch, Zenturio. Du könntest heute Morgen auch mit uns Spähern vorausreiten, denn ich bin mir sicher, dein Optio ist durchaus fähig, diese Soldaten zu beaufsichtigen.«

Der junge Zenturio schüttelte den Kopf. »Heute nicht, befürchte ich. So sehr es mir gefallen würde, neben dir zu reiten, Silus, aber meine Pflicht liegt hier bei meinen Soldaten. Außerdem möchte ich doch denjenigen, der heute Dickschädel reitet, des Untieres nicht berauben und ihn dazu verdammen, sich die Füße wundzulaufen und unser gesamtes Repertoire von Liedern über Kavalleristen und deren vertrauensvolles Verhältnis zur einheimischen Tierwelt anzuhören.«

Einer der jüngeren Soldaten, die neben ihm marschierten, konnte sich nicht zurückhalten und rief über das Klappern der Nagelstiefel hinweg: »Und zu Schafen, Zenturio!«

Der Wachoffizier der Zenturie, ein einäugiger Veteran, der von allen »Zyklop« genannt wurde, wenn er nicht mithörte, trat sogleich aus der Reihe vor dem vorlauten Übeltäter. Er marschierte neben ihm und hielt sein Gesicht nur wenige Zentimeter von seinem entfernt, wobei er mit lauter Stimme Mahnungen und Verwünschungen ausstieß, was den jungen Soldaten betroffen machte und Silus hoch erfreute.

»Wage es nicht noch einmal, den jungen Herrn zu unterbrechen, während er mit einem anderen Offizier spricht, du hässlicher kleiner Zwerg! Ich werde dafür sorgen, dass du den nächsten Monat nur noch die Scheiße aus der Latrine schaufelst!« Marcus sah den Decurio mit erhobener Braue an und verdrehte die Augen angesichts der Heftigkeit des Wortschwalls. Aus den Augenwinkeln bemerkte dies der Wachoffizier, doch er deutete den Grund dafür falsch, weshalb er seinen verbalen Angriff auf den sichtbar erschlaffenden Soldaten verdoppelte. »Und nun hast du den Offizier verärgert, du elendes Exemplar eines Soldaten. Er hält dich für einen Trottel, der Decurio hält dich für einen Trottel, und ich bin mir ebenfalls verflucht sicher, dass du ein Trottel bist. Was folgerst du daraus? Was meinst du, was du bist?«

»Ein ... Trottel?«

»Ein Trottel, *Wachoffizier*! Komm mit!« Er zog den Soldaten aus der Reihe, indem er ihm mit seinem Stiefel in den Hintern trat. »Lauf, du Mistkerl! Mal sehen, wie lange du bei den Pferden mithalten kannst, was?«

»Welch eine Freude, einen erfahrenen Berufssoldaten im Einsatz zu sehen. Wie ich bemerke, ist Personalführung noch immer eine der Stärken der Infanterie.«

Marcus schüttelte halb resigniert, halb vergnügt den Kopf und bedeutete Silus, sich zu entfernen. »Schau du lieber mal nach, was hinter dem nächsten Hügel vor sich geht. Ich hingegen sollte wohl diesen Soldaten retten, bevor Wachoffizier Augustus seinen abgetrennten Schädel auf einen Speer steckt, um den Rest meiner Leute zu ermutigen. Viel Vergnügen beim Auskundschaften!«

Der Decurio salutierte ironisch und schloss sich seinen Männern an. Dabei rief er ein Kommando und trieb sein Pferd zu einem schnellen Trab an. Als die Späher sich dem Horizont näherten, wandte Marcus seine Aufmerksamkeit wieder dem unglückseligen Soldaten zu, der bereits fünfzig Schritte vor ihnen auf der Straße war und von Zyklop energisch und lautstark verfolgt wurde.

»Halte das mal kurz. Ich muss meinen Umhang herausziehen und das verfluchte Ding umlegen.«

Morban reichte dem Trompeter, der neben ihm marschierte, seine Standarte und holte das schwere, wollene Rechteck heraus. Dabei dankte er seiner weisen Voraussicht, die ihn veranlasst hatte, den Umhang einzurollen und an seinem Gürtel zu befestigen. Der jüngere Trompeter grinste, als Morban mit befriedigtem Grunzen das Stoffstück um seinen fassartigen Körper schlang.

»Du spürst die Kälte, nicht?«

Der Standartenträger antwortete laut genug, dass er über das Klappern der Schuhnägel gehört werden konnte, konzentrierte seine Aufmerksamkeit aber gleichzeitig auf die widerspenstige Gewandspange. »Das dumme Ding schließt nicht. Ich wusste, dass ich es hätte überprüfen müssen, als wir noch in der Kaserne waren. Die Nadel ist zu kurz und zu allem Übel in der Mitte verbogen.« Er warf dem Trompeter einen rachsüchtigen Blick zu, drehte dann seinen Kopf und sah die Soldaten hinter ihnen fragend an. »Ein bisschen wie deine eigene Gurke, wie ich gestern Abend unangenehmerweise sehen musste, als ich ohne anzuklopfen in die Baracke kam und du keine Zeit hattest, sie zu verbergen. Hast du nun genug, oder willst du noch etwas mehr hören, du winziger, krummer Schwanz?« Morban wartete einen Moment, um sicherzugehen, dass der beschämte Trompeter nicht doch noch eine witzige Bemerkung machte, die er selbst unter ähnlichen Umständen geäußert hätte, dann schüttelte er offensichtlich angewidert den Kopf. »Soldaten mit weniger als zehn Jahren Dienst sollte man lieber sehen als hören, meine ich.«

Der Veteran hinter ihm nickte und stimmte mit einem rauen Krächzen in Morbans Spiel ein. »Wem sagst du das. Schon nach wenigen Monaten wollen sie mit den großen Jungs spielen, aber sobald du sie anständig versohlst, halten sie sofort den Mund und rennen davon. Man sollte sie nicht an unseren Vergnügungen und Spielchen teilhaben lassen, solange sie nicht ihre ersten zehn Jahre hinter sich gebracht und gelernt haben, sich zu verteidigen. Und ihr Bier bei sich …«

Er zwinkerte Morban zu, der dem Trompeter einen bedeutungsvollen Blick zuwarf. Der junge Mann wollte protestieren, schloss jedoch sofort wieder den Mund, als er Morbans fragend hochgezogene Augenbraue bemerkte.

»Das würde ich bleiben lassen, wenn ich du wäre. Es wäre schlauer, ein Gespräch über ein Thema anzufangen, das man nicht gegen dich verwenden kann.«

»Was zum Beispiel?«

»Zum Beispiel das Wetter. Schau mal, als wir heute Morgen losmarschierten, schien die Sonne, und du dachtest, es würde ein wunderbarer Tag zum Marschieren werden, doch nun hat der Himmel dieselbe Farbe wie ...«

Der Trompeter öffnete den Mund, um etwas vorzuschlagen, was dem trüben Grau des westlichen Himmels ähnelte, kam aber nicht mehr dazu, weil der Soldat hinter ihm schneller war.

»Wie sein Gesicht, als er letzte Nacht damit fertig war, über seine Stiefel zu kotzen?«

»Richtig, genau dieselbe Farbe!« Morban grinste den jüngeren Mann kurz an, doch dann tat er ihm aufgrund seines Ausdrucks verwirrten Zornes leid. »Aber, aber, jetzt reg dich nicht weiter auf. Schau, dort hinten am Horizont sind bereits Bäume zu sehen; das ist der Wald, den wir erobern werden!«

»Dies ist also diese Arduinna, die alle Einheimischen anbeten?«

Tribun Scaurus blickte über das Ackerland, das sich vor ihnen bis zu den bewaldeten Hügeln in der Ferne ausbreitete, deren dunkle Hänge mit dem bewölkten Himmel verschwammen.

Frontinius hinkte leicht, während er neben ihm marschierte, was auf den Pfeil eines scharfäugigen barbarischen Bogenschützen zurückging, der ihn während der Schlacht des Verlorenen Adlers im vorigen Jahr getroffen hatte. Er nickte, ohne seinen Schritt zu verlangsamen. »Richtig, Tribun, das ist der Arduinna-Forst. Wenn die Karten korrekt sind, sind wir nur ein paar Meilen vom Waldrand entfernt, aber es könnten auch zwanzig sein, nachdem zwischen uns und den Hügeln noch der Fluss verläuft. Dieser ist hundert und mehr Schritte breit, und anscheinend tief genug, um nicht überquert werden zu können, außer man geht über die Untiefen an der Mosa-Furt. Wenn Dubnus unrecht haben sollte, müssen wir den ganzen Weg nach Westen zur Brücke zurückmarschieren, die auf der Straße zur Hauptstadt der Treverer liegt, und dann wieder am Flussufer entlang nach Osten.«

Er unterbrach seine Rede und sah fragend zum Tribun, der leicht den Kopf schüttelte.

»Wir werden also einfach hoffen müssen, dass die Augen deines Zenturios ihn nicht getäuscht haben, oder? Ah, hier kommen die berittenen Späher zurück. Erster Speer, du kannst die Kolonne für eine Rast anhalten lassen. Wollen wir mal hören, was dein Mann Silus zu sagen hat.«

Der Decurio ritt zu ihnen und stieg vom Pferd. Er salutierte vor dem Tribun und den beiden Ersten Speeren, die zusammenstanden, um seinen Bericht zu hören.

»Wir sind den ganzen Weg bis zur Brücke geritten, Tribun, und haben kein Zeichen irgendeiner Bewegung gesehen. Ein paar Meilen die Straße hinunter waren einige Karren, die aber für uns nicht von Belang sind. Präfekt Caninus ist mit seinen Männern wie vereinbart nach Westen gezogen.«

Scaurus nickte Frontinius zu, der seinen Blick mit einem fragenden Ausdruck erwiderte.

»Wie vereinbart, Tribun?«

Als Scaurus den Mund öffnete, um diesen Befehl zu bestätigen, wurde er von einer Stimme hinter ihm unterbrochen.

»Ihr habt *was* vereinbart?«

Scaurus wandte sich um und sah Belletor auf seinem

Pferd dicht hinter ihm. Er betrachtete den erstaunten Tribun mit einem schmallippigen Lächeln und zeigte in Richtung des Flusses. »Wir verlassen die Straße und marschieren südlich zum Fluss Mosa. Sobald wir von der Straße weg sind, werden wir in Formation vorrücken, während deine Männer mit dem hinteren Teil aufschließen können.«

Belletor blickte ihn finster an. »Aber ich dachte …«

»… dass wir zur Straßenbrücke über die Mosa ziehen, die weitere zehn Meilen westlich liegt? Ja, genau das dachtest du, und mit dir die ganze Bevölkerung von Tungrorum, vermute ich. Doch einer meiner Zenturios hat ein kleines Geheimnis entdeckt, eine kleine, taktisch wertvolle Information, die ich persönlich für pures Gold erachte, daher werden wir etwas Neues versuchen, wovon noch nicht einmal Caninus und seine Männer etwas wissen.« Er wandte sich von dem verblüfften Tribun ab und winkte Frontinius. »Wann immer du bereit bist, Sextus.«

Frontinius humpelte davon, rief nach seinen Zenturios und versammelte sie rasch in einer dichten Gruppe um sich. Der Erste Speer Sergius salutierte knapp vor Belletor und gesellte sich dann zu ihnen, während von allen Seiten Soldaten mit unverhohlener Neugier auf die Versammlung starrten.

Narbengesicht betrachtete den Haufen gepanzerter Männer ebenfalls einen Moment, wandte sich dann aber kopfschüttelnd ab und griff nach seinem Schild und Helm. »Ihr solltet eure Ausrüstung anziehen, Männer. Das letzte Mal, als ich Onkel Sextus so ernst gesehen habe, war vor der Schlacht, in der die Sechste Legion ihren Adler verloren hat und ich den Rest des Nachmittags mit den verfluchten Blaunasen kämpfen musste. Ich habe mir dabei eine hässliche Schnittwunde am Arm eingehandelt und zwei meiner besten Kameraden verloren. Der eine war schon tot, bevor er den Boden erreichte, und der andere spuckte einen halben Tag lang Blut, bevor sich seine Augen endgültig schlossen. Wenn ich richtig liege, wird auch das hier damit enden, dass wir an der Front stehen. Und es sieht ganz danach aus, als ob es zum Teufel auch noch regnen wird.«

Frontinius stand inmitten der versammelten Offiziere, blickte in die gespannten Gesichter um ihn herum und nickte anerkennend angesichts ihrer Ernsthaftigkeit. »Ja, ihr habt es alle erraten: Wir haben einen direkten Weg ins feindliche Lager gefunden und werden diesen nun umgehend beschreiten. Während Dubnus mit den Zenturios Julius und Corvus das Gelände auskundschaftete, ist er auf einen Weg über den Fluss gestoßen, also marschieren wir nun schnellstens südlich zur Mosa. Dort werden wir den Fluss so rasch und unauffällig wie möglich überqueren und uns dann aufmachen, das Rebellenlager zu umzingeln – all das, noch bevor sie wissen, dass und von wem sie mit Speeren angegriffen werden. Falls wir dieser Bande das Handwerk legen, wird unsere Aufgabe hier erfüllt sein, und wir können ein wenig wohlverdiente Ruhe und Frieden genießen. Sobald wir unsere Rast beendet haben, werden wir in Formation vorrücken.« Er sah sich noch einmal in der Gruppe um. »Ich werde die Neunte Zenturie in geöffneter Anordnung voranschicken, um den Weg bis zum Fluss schnell und leise auszuspähen. Achte darauf, dass es unauffällig abläuft, Zenturio Corvus. Ich möchte nicht, dass sie von unserer Ankunft erfahren, bevor wir den Fluss überquert haben, und am besten wäre es, wenn sie uns erst bemerken, wenn wir ihr Lager mit genügend Speeren umzingelt haben, dass sie ihre Waffen möglicherweise ohne Kampf niederlegen. Glaubst du, dass du das hinbekommst?«

Marcus nickte stumm und stellte im Kopf bereits die Befehle zusammen, die er seinen Männern geben würde.

Frontinius fuhr mit der Besprechung fort. »Gut. Dubnus, du wirst gemeinsam mit der Neunten vorrücken. Du musst uns direkt zu dem betreffenden Ort führen, ohne jegliche Umwege durch die reizvolle Landschaft. Dein Optio kann unterdessen deine Männer beaufsichtigen. Hinter den Spähern möchte ich eine Frontlinie aus drei Zenturien, die eine stabile Wand aus Schilden bilden, falls es notwendig sein sollte, also haltet die Formation so eng, wie ihr es für richtig erachtet. Zenturios Clodius, Caelius und Otho, euren Männern wird das sicher gut gefallen.«

Julius schnaubte lachend in die aufmerksame Stille. »Der Dachs, der Igel und die Faust zusammen in einer Reihe. Du musst es wirklich ernst meinen.«

Marcus zwinkerte zu Caelius hinüber und beobachtete, wie sein Offiziersbruder sich verlegen, aber lächelnd aufgrund Julius' lobender Bemerkung über die stachelige, bürstenartige Haarpracht strich, die ihm seinen Spitznamen eingebracht hatte. Während Clodius und Otho kaltblütige und prahlerische Truppenführer waren, die ihre Männer stets zum Wettbewerb anstachelten, wer den Titel der gefährlichsten Zenturie der Kohorte erlangte, war Caelius ein ruhiger Mann, zumindest solange sich kein Feind in Speerwurfnähe befand. Dann jedoch, und nur dann, schien er über seine normale Größe hinauszuwachsen und ein Anführer zu werden, dessen beispielhaftes Vorangehen die Männer zur Kühnheit ermutigte.

Frontinius nickte Julius mit entschlossenem Gesichtsausdruck zu. »Falls wir aus irgendwelchen Gründen in Kampfhandlungen verwickelt werden, noch bevor wir den Fluss erreicht haben, müssen wir das schnell und schmerzlos hinter uns bringen. Daher seid ihr drei gut beraten, auf alles vorbereitet zu sein.«

Julius nickte vielsagend. »Nachdem die Männer der Neunten dann bereits tot oder auf dem Weg dorthin sein werden, möchtest du wohl, dass diese drei sie überholen und das hübsche Schwert retten, was, Erster Speer?«

Sein ranghöherer Offizier lächelte grimmig. »Nun, zumindest *du* wirst keine Gelegenheit haben, es zu bergen, Julius, denn du wirst eine der Alae anführen. Wir werden drei Zenturien auf deiner Seite der Frontlinie platzieren, die sich zur Einkesselung bereithalten, sobald die drei Frontzenturien den Feind unter Kontrolle gebracht haben – falls wir tatsächlich auf Feinde stoßen sollten. Du wirst die linke Ala befehligen, Julius, die aus deiner Fünften Zenturie sowie der Achten und Zweiten hinter euch besteht, wogegen die rechte Ala von der Ersten und Zehnten Zenturie unter der Führung von Titus gebildet wird.«

Der hünenhafte Kommandant der Zehnten Zenturie ergriff mit grollender Bassstimme das Wort und zeigte mit dem Finger auf Julius. »Wenn wir schon den Hauptstoß der Attacke aushalten müssen, dann sorge dafür, dass deine Mädchen im Laufschritt zu uns stoßen, in Ordnung, Kleiner? Zwei Zenturien könnten Schwierigkeiten haben, fünfhundert Meuterer in Schach zu halten, auch wenn es die beiden besten Zenturien der Kohorte sind.«

Julius, der zwar einen Kopf kleiner als sein Kollege, aber ebenfalls ein stämmiger Koloss war, grinste anzüglich, bevor er sich zu seinem Freund Frontinius zurückwandte. »Und du, Erster Speer? Wo wirst du sein, während ich deine Jungs zusammen mit meinen anführe?«

»Ich? Ich werde Zenturio Caelius begleiten und so nahe an der Neunten dran sein, wie wir es einrichten können. Nun, Zweite Kohorte...« Die Zenturios der Schwestereinheit traten vor, und ihre Gesichter waren ebenso grimmig wie die ihrer Kameraden. »Wir alle wissen, dass die Legionskohorte nicht genügend Erfahrung hat, um allein einem entschlossenen Angriff standzuhalten – keine Beleidigung beabsichtigt, Kollege.« Sergius nickte gnädig, um zu zeigen, dass er sich nicht angegriffen fühlte. »Daher werde ich deine Jungs direkt hinter uns aufschließen lassen, damit wir schnell auf Verstärkung zurückgreifen können.«

»Bist du sicher, dass du diese Flussquerung finden kannst?«

Dubnus beantwortete Arminius' Frage mit einem entschiedenen Nicken und warf den Kopf zurück, um gierig die kalte Luft einzusaugen, während sie eher rennend als marschierend der breiten Reihe der Neunten Zenturie folgten.

»So sicher, wie ich es sein kann, wenn man davon ausgeht, dass ich den Ort nur einmal vom gegenüberliegenden Ufer aus gesehen habe und dabei den Kopf fünfzehn Zentimeter über dem Boden hielt. Wie ich deinen Jungs erzählt habe, die vorausgerannt sind, um das Flussufer auszukundschaften: Die einzig wirkliche Landmarke, an die ich mich erinnern kann, war ein verdammt großer Baum auf dieser Seite des Flusses, der fast gänzlich zum Boden gekrümmt ist und dessen Zweige bis ins Wasser reichen. Sobald wir den finden, sind wir an der Furt.«

Marcus und Qadir hatten bereits entschieden, ihren Vorstoß zu beschleunigen, indem sie die sechs schnellsten Langstreckenläufer der Zenturie voranschickten. Die betreffenden Männer hatten ihren Kameraden ihre Schilde und Speere überlassen und jagten vor der ohnehin schon rasch vorrückenden Neunten über das offene Gelände zwischen der Straße und dem Fluss. Man hatte ihnen aufgetragen, die Landmarke auszumachen, die Dubnus beschrieben hatte. Als er sich umdrehte, konnte Marcus die Schilde der Zenturien sehen, die eine gute halbe Meile hinter ihnen folgten.

»Es ist derart kalt, dass meine verdammten Finger allmählich taub werden.« Dubnus ballte seine Fäuste und versuchte, mehr Blut in seine Hände hineinzupumpen, dann schnupperte er fragend in der Luft. »Wenn es nicht bereits Mitte des Monats Aprilis wäre, würde ich schwören, dass wir Schnee bekommen.«

Sie betrachteten unglücklich die schwere graue Wolkendecke, die unheilvoll vom westlichen Himmel her aufzog, und Marcus schüttelte unbehaglich den Kopf.

»Was immer aus dieser Wolke herunterkommt, wird mit Sicherheit nicht warm sein.«

Arminius sah zu Marcus hinüber, der die aufgetürmte graue Wolkenmasse mit irritiertem Gesichtsausdruck betrachtete.

»So sah es manchmal auch in meinem Heimatdorf aus. Dann wussten wir, dass wir uns einen Unterschlupf suchen mussten und so lange nicht wieder herauskommen durften, bis der Sturm vorüber war. Sobald es zu regnen beginnt, werden wir nicht weiter als bis zu unseren Fingerspitzen sehen.«

Dubnus zuckte die Achseln. »Keiner hat dich gezwungen, mit uns zusammen vorzurücken. Du hättest ebenso gut sicher bei den Tribunen hinten bleiben können. Aber du warst ja wild entschlossen, uns Gesellschaft zu leisten.«

Ein schnelles Grinsen zog über das Gesicht des Germanen. Er schüttelte herablassend den Kopf und winkte Marcus zu. »Ich bin nicht wegen dir hier, Dubnus, wenngleich du gelegentlich ein guter Kampfpartner bist. Ich bin wegen *ihm* hier. Ich schulde dem Zenturio noch immer mein Leben, und wenn der Tribun uns demnächst in den Frühlingssturm hinausschicken wird, um Deserteure der Armee zu jagen, hoffe ich auf eine Gelegenheit, meine Schuld bei ihm zu begleichen.«

Ein scharfäugiger hamischer Soldat, der vor Marcus lief, zeigte auf etwas und rief Qadir in seiner eigenen Sprache etwas zu.

Qadir schaute einen Augenblick in die angegebene Richtung und rief dann zu Marcus: »Einer der Läufer macht uns ein Zeichen. Sie können den Baum sehen!«

Marcus führte die Neunte Zenturie den leichten Abhang bis auf zweihundert Schritte Abstand zum Ufer des gewundenen Flusses Mosa hinunter. Dann bedeutete er den Soldaten, im hohen Gras unter den vereinzelten Büschen in Deckung zu gehen. Er selbst lief mit Dubnus und Arminius weiter, bis sie im Schutz des gekrümmten Baumes hockten, dessen Stamm sie vor dem eisigen Wind schützte. Der Späher, der die Landmarke gesehen hatte, war einer der hamischen Bogenschützen der Zenturie. Er kauerte neben ihnen, fest in seinen Umhang gewickelt, und betrachtete das schwere, kalte Wasser mit betrübtem Gesichtsausdruck.

»Bist du sicher, dass dies der richtige Ort ist?«

Dubnus beantwortete Marcus' Frage mit einem Nicken, schnürte seine Stiefel auf und nahm die Strumpfbänder ab, die seine Waden schützten, bevor er seine groben, wollenen Beinkleider hochrollte. Er hängte sich die Stiefel um den Hals und wandte sich zu dem Hamier. »Gib mir deinen Speer.« Mit neugierigem Blick, den der Zenturio ignorierte, reichte ihm der Späher die Waffe. Dann richtete er seine Augen wieder auf den Fluss. »Schaut her.«

Er trat vorsichtig an den Flussrand und stach mit dem Speer des Spähers in das flache Wasser des matschigen Ufers, wobei Schlamm zwischen seinen Zehen hindurch an die Wasseroberfläche trat. Mit jedem Stechen sank der Speer tiefer ins Wasser, und der Soldat runzelte unwillkürlich die Stirn beim Gedanken daran, wie sehr er die Waffe würde polieren müssen, um sie wieder in einen Zustand zu bringen, der Qadirs strengen Ansprüchen hinsichtlich der Ausrüstung seiner Soldaten entsprechen würde. Plötzlich aber blieb die Eisenklinge ohne ersichtlichen Grund auf ihrer halben Länge im Flussgrund stecken. Mit einem triumphierenden Grinsen drehte Dubnus sich um und trat dann in den Fluss hinein, wobei nur seine Füße im kalten Wasser verschwanden.

Der Späher riss den Mund auf und zeigte mit erstauntem Blick auf das Wasser, das um die Knöchel des Zenturios strömte. »Schau, Zenturio! Er … er läuft auf dem Wasser!«

Marcus schüttelte lächelnd den Kopf. »Nein, das tut er nicht. Aber irgendetwas in diesem Fluss ist stark genug, um sein Gewicht zu halten.« Er bedeutete dem Mann mit einer Geste, wieder zu seiner wartenden Zenturie zurückzugehen. »Hol den Ersten Speer. Sag ihm, wir haben die Brücke gefunden, und bring ihn zu mir.«

Bis Frontinius mit einer Gruppe Zenturios zu ihm herangehinkt war, befand sich Dubnus bereits in hundert Schritten Entfernung über dem Fluss und schnürte sich die Stiefel zu. Der ranghohe Zenturio starrte seinen Offizier über den

Fluss hinweg an, schüttelte ungläubig den Kopf und sprach leise mit Marcus.

»Ich kann es kaum glauben, aber Dubnus hatte recht. Hier ist sie – eine Steinbrücke unter der Wasseroberfläche.« Er beobachtete aufmerksam die gegenüberliegende Seite des Flusses, doch abgesehen von Dubnus war kein Anzeichen einer Bewegung zwischen den Bäumen zu sehen, die das Ufer säumten. »Zenturio Corvus, schick deine Männer hinüber und bildet dann einen Verteidigungsgürtel in fünfzig Schritten Abstand. Und im Namen des Cocidius: Verhaltet euch *leise*! Kundschaftet das Gebiet vor euch aus, aber sie dürfen unsere Anwesenheit keinesfalls bemerken, solange nur ein Teil der Kohorte im Einsatz ist, sonst könnte es zu einem Massaker unter denen kommen, die bereits auf der anderen Flussseite sind. Und nun bewegt euch.« Marcus wandte sich ab und winkte Qadir und Arminius zu sich, wogegen Frontinius zu den versammelten Zenturios der Ersten Kohorte zurückging. »Gut, ihr bleibt also in derselben Formation und marschiert zum Fluss hinunter. Dort angekommen, folgen die ersten drei Zenturien der Neunten über das Wasser, während der Flankenschutz hierbleibt, um sicherzustellen, dass wir die Kontrolle über diese Seite der Furt aufrechterhalten. Wenn wir gleich danach die Zweite Kohorte hinüberschicken, haben wir vierzehnhundert Männer am jenseitigen Ufer. Erster Speer Sergius?«

»Ja?« Sergius trat aus der Gruppe von Offizieren heraus, und Frontinius betrachtete ihn einen Moment lang abschätzend, da er sich an Scaurus' Besorgnis bezüglich der Kampfeslust des Mannes erinnerte. Der Erste Speer der Legionskohorte beantwortete den Blick mit einem angedeuteten Lächeln, das die Narbe in seinem Gesicht zucken ließ. »Fragst du dich, ob wir ausreichend Lust zum Kämpfen haben?«

Frontinius nickte, da er beschlossen hatte, das Thema offen anzusprechen. »Genau das tue ich. Wenn ich deine Männer über den Fluss schicke und sie bei einem Gegenangriff seitens der Banditen auf dem falschen Fuß erwischt werden, könnten sie den Kampf abbrechen und sich im Wald zerstreuen. Niemand wird mir dankbar sein, wenn ich eine ganze Kohorte von Legionären verlieren sollte, nicht wahr?«

»Zugegeben. Und trotzdem müssen sie ihr Handwerk ja irgendwann erlernen. Warum lässt du mich nicht die Verteidigung der Brücke auf dieser Seite übernehmen? Für den unwahrscheinlichen Fall, dass ihr einen Rückzug aus dem Räuberlager durchführen müsstet, könnten wir die Übergangsstelle halten und so verhindern, dass euch der Weg abgeschnitten wird. Dies wäre eine einfache, aber durchaus nützliche Aufgabe für meine Jungs.«

Er sah Frontinius eindringlich an, und irgendetwas in seinem Gesichtsausdruck brachte den Tungrer zum Schwanken.

»In Ordnung. Ich werde dafür sorgen, dass unsere beiden Tribune diese Möglichkeit in Erwägung ziehen. Es wäre ja wirklich an der Zeit, dass wir uns endlich alle wie Erwachsene aufführen.«

Sergius nickte und ging davon, wobei sein Helmbusch im stoßweise stark wehenden Wind flatterte.

Frontinius wandte sich wieder seinen Zenturios zu. »An die Arbeit! Ich möchte die vorderen Zenturien über den Fluss bekommen und sie die Verteidigungslinie aufbauen lassen, also sorgt dafür, dass eure Jungs sich in Bewegung setzen!«

Die Neunte Zenturie durchschritt den Fluss. Zunächst tasteten sie sich mit übertriebener Vorsicht über die vom Wasser überspülte Brücke, wobei ihre nackten Füße bis zu den Knöcheln in der kalten, rasch fließenden Mosa versanken. Doch mit jedem Mann, der die Überquerung meisterte, wuchs ihr Vertrauen sichtbar, und als beinahe die ganze Zenturie auf der anderen Seite war, liefen die letzten Soldaten leichtfüßig über die rauen Steinplatten, die auf Pfeiler aus Steinblöcken gelegt waren und so die Oberfläche der vom Wasser überspülten Brücke bildeten. Marcus und Dubnus kauerten in der Deckung eines breiten Busches und warteten, bis die Soldaten in der Hocke ans Ufer krochen. Dann zogen sie ihre Socken und Stiefel wieder an und wickelten die schweren, wollenen Strumpfbänder um ihre feuchten Knöchel.

»Sie müssen die Brücke im Hochsommer des letzten Jahres erbaut haben, als das Wasser tiefer stand.«

Marcus bedachte Dubnus' Bemerkung mit einem abwesenden Kopfnicken, während er zurück über die Mosa schaute und dann die Bäume betrachtete, die fast bis ans Wasser reichten.

»Es ist eigentlich ganz einfach, wenn man es genauer bedenkt. Obduro ist auf eine flache Stelle am Fluss gestoßen, die zwar zu tief ist, um zu Fuß überquert zu werden, wie das an der Mosa-Furt neben der Brücke der Fall ist, aber immer noch flach genug für seine Zwecke. Er hat gewiss einheimischen Stein für die Brücke verwenden lassen. Es ist ausgeschlossen, dass jemand den Fluss so weit hinaufsegelt, nachdem es eine Menge Untiefen und die Brücke gibt, die den Weg bei der Furt versperrt. Daher war das Risiko, dass jemand die Flussquerung findet, von Anfang an gering.

Hättest du seine Männer nicht bei ihrem Gespräch darüber belauscht, hätten wir nie davon erfahren. Onkel Sextus möchte, dass wir den Verteidigungsgürtel größer machen, damit der Rest der Kohorte darin Platz hat, also muss ich herausfinden, was uns hinter den Bäumen erwarten könnte.«

Er winkte Qadir zu sich, und der Hamier kroch die Zenturie entlang, wobei er sich dicht auf den Boden duckte, um nicht gesehen werden zu können.

»Zenturio?«

»Lass die Zenturie vorrücken, aber langsam und ruhig, und nur etwa hundert Schritte weiter. Ich hole Narbengesicht, der mit seiner Zeltmannschaft ein kleines Erkundungskommando bilden soll.«

Der Hamier salutierte und sah nach oben, als der durch die Bäume pfeifende Wind einen Schauer von Zweigen herabregnen ließ. »Ja, Zenturio. Und wenn wir angegriffen werden?«

»Wenn ihr angegriffen werdet, benutzt ihr eure Pfeifen, und wir werden uns zum Rest der Kohorte zurückziehen. Ich werde nicht noch eine Zenturie verlieren wie damals, als die Sechste in der Schlacht am Barbarenlager in Stücke gehauen wurde. Außerdem habe ich nicht genügend ausgebildete Zenturios, um zwei gute Offiziere und meinen besten Optio zu opfern.«

Als sie sich umdrehten, sahen sie den Ersten Speer Frontinius am Flussufer, der seine Stiefel aufschnürte. Er hatte in vorgetäuschter Verzweiflung eine Braue hochgezogen und winkte mit der Hand Marcus und Dubnus von sich weg. »Steht hier nicht herum und starrt mich an, sondern beginnt, die Gegend auszukundschaften. Und macht euch keine Sorgen: Ihr werdet drei Zenturien hinter euch haben, sobald ich sie über den Fluss bekomme, und zwei vollzählige Kohorten stehen ebenfalls Schlange. Ich werde an eurer Stelle derweil die Neunte beaufsichtigen.«

Marcus und Qadir wechselten einen kurzen Blick, und der Hamier neigte leicht den Kopf, um zu signalisieren, dass er die Befehle verstanden hatte. Der Römer winkte Narbengesicht zu sich heran, der sich wie üblich in der Nähe seines übergeordneten Offiziers aufhielt.

»Soldat, trommle deine Zeltmannschaft zusammen und folge mir.«

Der Veteran sah zu Qadir hinüber, dessen knappes Nicken halb als Kommando, halb als Warnung zu verstehen war, und flüsterte seinen Kameraden mit heiserer Stimme zu: »Los, Männer.«

Die Soldaten packten ihre Schilde, postierten sich in enger Formation zu beiden Seiten ihres Offiziers und warteten darauf, dass Marcus sie in den Wald führen würde. Dubnus und Arminius tauschten ein ironisches Lächeln, als sie sahen, dass sich die Männer wie üblich schützend um »ihren jungen Herrn« scharten, und folgten der kleinen Gruppe mit gezogenen Schwertern.

Während sie sich leise in den dichten Wald vortasteten, war Marcus beeindruckt davon, wie schnell das durch die Blätter der Bäume gefilterte Licht eine ausgewaschene grüne Farbe annahm. Er versuchte, tiefer in den Wald zu blicken, und runzelte die Stirn, denn durch das vom Wind bewegte Laub schien alles zu einer verschwommenen grünen Wand zu verschmelzen, die auch seine scharfen Augen täuschte. Während die Männer neben ihm langsam durch die Bäume schritten und die Tungrer sich von den beiden jagderfahrenen Hamiern führen ließen, wandte Marcus sich um, um mit Dubnus zu sprechen. Er lehnte sich näher, um etwas in das Ohr seines Freundes zu flüstern.

»Wie machst du das, dass du hier drin überhaupt etwas sehen kannst?«

Dubnus nickte und murmelte seine Antwort in so sanftem Ton, dass sie sich im stetig stärker werdenden Seufzen des Windes nahezu verlor. »Du darfst deine Augen nicht auf einen bestimmten Punkt fixieren, sondern musst das Ganze anschauen.«

Marcus runzelte die Stirn angesichts dieses Ratschlags, und Arminius näherte sich, um die Frage mit amüsiertem Blick zu kommentieren.

»Um diese Fähigkeit auszubilden, braucht es jahrelange Erfahrung als Jäger, mein Freund. Du hingegen versuchst gerade, es bei einem zweihundert Schritte umfassenden Spaziergang zu erlernen. Vertraue deinen Hamiern, denn sie sind Meister darin, auch an Orten wie diesem die kleinste Bewegung auszumachen.«

So klug wie zuvor, zuckte der Römer resigniert die Achseln und ging zu seinem Abschnitt der Reihe zurück, während seine Freunde ihm nachblickten. Die Zeltmannschaft tastete sich Schritt für Schritt vorwärts und wandte die Köpfe immer öfter nach oben, um zu den windgepeitschten Bäumen hinaufzusehen. Plötzlich sprang einer der Männer zu seiner Rechten mit erhobener Hand in Deckung. Die Soldaten auf beiden Seiten zischten sich Warnungen zu und folgten seinem Beispiel. Marcus legte seine Hand auf den Griff seiner Spatha, ging schnell nach vorne und kniete sich neben den Hamier.

»Was hast du gesehen?«

»Das ist ihr Lager, Zenturio.«

Der Römer hob leicht den Kopf, blickte über die Büsche hinweg und direkt in ein Lager, das auf einer großen, runden Lichtung gute hundert Schritte vor ihnen lag. Um die Lichtung herum waren in einer halbmondförmigen Reihe einfach gebaute Holzhütten zu sehen, aus deren Abzug dünne Rauchschwaden emporstiegen, die auf erst kürzlich gelöschte Feuer schließen ließen. Mit finsterem Gesichtsausdruck drehte er langsam den Kopf und versuchte vergeblich, eine Spur der Anwesenheit von Banditen zu entdecken.

»Nichts?«

Marcus wandte sich leicht um, hielt aber seinen Blick weiter auf die Lichtung gerichtet.

»Nichts. Aber sie waren noch vor kurzem hier, sonst würden die Feuer nicht noch brennen. Ich…«

Er hielt mitten im Satz inne, als eine dicke Schneeflocke an seinem Gesicht vorbeitanzte. Er blickte ihr nach, wie sie auf den Waldboden fiel und in einem Augenblick wegschmolz, als ob es sie nie gegeben hätte. Die beiden Männer hoben die Köpfe und sahen, wie plötzlich eine ganze Ladung Schneeflocken von den Baumspitzen hoch über ihnen herabfiel. Dieser plötzliche Überfall war umso bestürzender, als sie gleichzeitig von einer Welle bitterkalter Luft überrollt wurden.

Narbengesicht sah verwirrt nach oben und schüttelte den Kopf. »Verflucht, jetzt geht's los.« Seinen Umhang fester zuziehend, wandte er sich fragend an Marcus. »Was nun, Zenturio?«

Der Römer starrte in den herabfallenden Schnee und war einen Augenblick unsicher, was zu tun sei. Er blickte zu Dubnus und fand im Gesicht des Freundes dieselbe Unsicherheit.

»Wir könnten uns zur Brücke zurückziehen.« Er unterbrach sich und schüttelte den Kopf bei dem Gedanken, wie der Erste Speer reagieren würde, wenn sie aufgrund von Schneefall ein Rückzugsmanöver antreten würden. »Nein, wir gehen weiter, langsam und vorsichtig, und werden den Schnee vorerst ignorieren. Vielleicht handelt es sich ja nur um eine vorübergehende Unannehmlichkeit.«

Narbengesicht schürzte die Lippen, nickte und winkte seine Männer mit einem geflüsterten Kommando vorwärts. »Immer weiter, Männer, schön langsam. Und haltet eure verdammten Augen offen!«

Der junge Zenturio trat aus seiner Reihe und war somit der Erste, der die Deckung des Waldrands verließ. Er hatte seine verzierte Spatha gezogen und hielt sie in der Rechten, da die Schwere ihres geschnitzten Griffes ihn über den Moment der Unsicherheit hinwegtröstete. Inzwischen schneite es heftiger als zuvor, und die andere Seite der Lichtung war fast gänzlich hinter einem mattweißen Vorhang verschwunden, der mit dem Gewicht und der Geschwindigkeit von Regen herabzufallen schien. Der Boden unter ihren Füßen war von einer dünnen Schicht aus gefrorenen weißen Flocken bedeckt, sodass die Abdrücke der Nagelstiefel zu sehen waren, wann immer ein Mann seinen Fuß hob. Mit ungutem Gefühl wurde Marcus bewusst, dass der Schneesturm wahrscheinlich länger andauern würde. Er wandte sich um und sah Dubnus hinter ihm, der kopfschüttelnd in den Schnee starrte, der ihm bei jeder Sturmbö ins Gesicht wirbelte. Sein Freund hob die Stimme, um durch das Heulen des Windes zu dringen, doch schon der Blick, den er Marcus zuwarf, sprach Bände.

»Wir müssen umkehren. Das ist kein kurzer Wettereinbruch, sondern ein wahrhaftiger, eiskalter Schneesturm!«

»Aber die Banditen ...«

Dubnus schüttelte den Kopf und zeigte auf die andere Seite der Lichtung, die mittlerweile hinter der wabernden weißen Wand des Schneesturms verschwunden war. »Die Banditen sind fort. Entweder wurden sie gewarnt, oder sie haben sich von alleine zurückgezogen, als der Sturm herannahte. In beiden Fällen musst du deine Männer zum Rückzug bewegen, Marcus, denn das Ganze wird nur noch schlimmer. Wir müssen zurück zu den ...«

Eine Bewegung hinter der Schneewand vor ihnen zog seine Aufmerksamkeit auf sich. Als er in die weiße Düsternis blickte, zischten mehrere Pfeile aus den kaum sichtbaren Bäumen. Einer der Soldaten fiel auf die Knie, und Blut strömte aus seinem Hals. Er umklammerte mit den Händen den Pfeil, der seinen Hals durchbohrt hatte, und fiel dann der Länge nach in eine dunkle, sich ausweitende Blutpfütze. Der Soldat Sanga, der Marcus am nächsten stand, trat geistesgegenwärtig vor, hielt seinen Schild vor ihre beiden Körper und konnte ihn durch sein schnelles Handeln vor dem nächsten Pfeilhagel schützen. Der Römer musste zusehen, wie zwei eiserne Pfeilspitzen mit so großer Wucht in dem mehrlagigen Holz des Schildes einschlugen, dass sie einen Fingerbreit auf der anderen Seite heraustraten. Der Soldat blickte sich mit schockiertem Gesichtsausdruck um, ließ den Schild fallen und sank langsam mit einem Schmerzensschrei auf den Boden, denn ein weiterer Pfeil hatte ihn gleich über dem Knie getroffen. Mit zusammengekniffenen Augen versuchte Marcus abzuschätzen, wie ihre Chancen standen.

»Dubnus! Schaff die Männer von hier weg!«

Er hob Sangas pfeildurchbohrten Schild vom Boden auf

und rannte über die Lichtung. Dabei schlug er Haken nach links und rechts, während die Pfeile beiderseits an ihm vorbeischnellten, doch die dicken, wabernden Schneemassen gaben ihm Deckung. Ohne jede Vorwarnung tauchte ein Bogenschütze vor ihm auf, der durch eine plötzliche Windbö hinter dem Schneesturm sichtbar geworden war. Ohne seinen Lauf zu unterbrechen, schlug Marcus den schäbigen Messingbuckel seines Schildes in das Gesicht des Banditen und hörte durch das dämonische Heulen des Sturmes das Geräusch brechender Knochen. Er drehte sich von dem niedergestreckten Banditen weg und erblickte eine Reihe Bogenschützen zu seiner Linken, die ihn aber noch nicht bemerkt hatten, weil sie damit beschäftigt waren, einen weiteren Pfeilhagel in die Düsternis des Schnees zu entlassen. Marcus ließ den Schild fallen, wohl wissend, dass dieser auf so engem Raum eher hinderlich sein als ihm helfen würde, und zog stattdessen seinen Gladius. Dann rannte er durch die Bäume auf die Bogenschützen zu und hob seine Spatha, um zuzuschlagen. Er hatte den ersten erreicht, als dieser noch mit klammen Fingern einen Pfeil einzunocken versuchte. Bevor dem Schützen klar war, dass er angegriffen wurde, hatte ihm der Römer bereits seine lange Klinge in den Hals gestoßen.

Hinter dem ersten Mann ließ der nächste seinen Bogen fallen, als er die röchelnden Todesschreie seines Kameraden hörte. Er zog sein Schwert und griff gerade nach dem kleinen Schild zu seinen Füßen, als sein Angreifer sich ohne Zögern auf ihn stürzte. Marcus hielt seine Spatha waagerecht und schlug mit der Rückhand den erhobenen Schild zur Seite. Dabei ignorierte er das kleine Messer des Banditen, das über die Oberfläche seiner Panzerung schrammte, denn er ging davon aus, dass die Klingenspitze nicht durch die Ringe seines schützenden Kettenhemds dringen würde. Dann rammte er seinen Gladius in die Brust seines Gegners und durchbohrte sein Herz. Mit einem letzten keuchenden Atemstoß sackte der Mann in seine Arme, und Marcus hielt ihn dort fest. Das heiße Blut ignorierend, das an ihm herunterlief und auf seine Stiefel spritzte, sah er über die Schulter seines Opfers. Die Bogenschützen ließen einen Pfeilhagel auf ihren Kameraden los, da sie hofften, den Angreifer ebenfalls zu erwischen. Drei Mal erzitterte der Leichnam unter dem Einschlag der Pfeile, und Marcus fühlte drei harte Schläge gegen seine Rüstung, als die Eisenspitzen durch den Körper des toten Mannes hindurch gegen die Ringe seines Kettenhemdes schlugen.

Er schob den Leichnam links zur Seite, sprang dann nach rechts und hoffte, den Augenblick von Unentschlossenheit ausnutzen zu können, bevor die restlichen Bogenschützen begriffen, was als Nächstes zu tun sei. Er duckte sich unter einen Baum und rannte an dem ersten vorbei, wobei er ihm mit seinem Gladius eine tiefe Wunde am Schenkel zufügte. Während der Mann aufheulte und davonwankte, griff er sein nächstes Opfer an und entging einem letzten, erschrockenen Pfeilschuss, bevor er dem Schützen mit gesenkter Schulter einen Schlag versetzte, der diesem den Atem raubte. Er drehte sich von dem keuchenden Mann weg und warf seinen Gladius auf den letzten Angreifer. Der Mann duckte sich vor der schimmernd auf ihn zusausenden Eisenklinge, was Marcus genügend Zeit verschaffte, die letzten Schritte auf ihn zuzulaufen und sein Langschwert in dessen freiliegenden Hals zu schlagen. Die verzierte, tödlich scharfe Klinge glitt durch Fleisch und Knochen, als ob sie Rauch wären, und der Kopf des Bogenschützen flog durch die Luft und landete auf dem schneebedeckten Boden, während sein Körper wie eine Marionette mit gekappten Fäden in sich zusammensackte und Blut aus der durchtrennten Hauptschlagader spritzte. Blitzschnell wandte Marcus sich um und richtete seine Schwertspitze auf den Hals des noch immer keuchenden vorherigen Gegners. Mit einer Geste bedeutete er ihm, den nutzlos in seiner rechten Hand hängenden Bogen fallen zu lassen. Der Bandit gehorchte, ohne zu zögern, als er den wilden Blick seines Angreifers sah. Er entfernte die Hände von dem Messer, das an seinem Gürtel hing, hob sie in die Luft und wich in den schützenden Schneesturm zurück.

Marcus drehte sich um, fand seinen Gladius am Boden liegend und steckte ihn zurück in die Scheide.

»Marcus!«

Der Ruf hörte sich entfernt an und wurde vom Schneefall gedämpft. Mit einem unguten Gefühl begriff Marcus, dass er zu schnell und zu weit gelaufen war, um sicher sein zu können, in welcher Richtung sich seine Männer befanden. Er öffnete den Mund, um eine Antwort zu rufen, als eine Handvoll Männer aus dem herunterrieselnden Schnee trat. Jeder von ihnen trug einen Schild, wie er den Hilfstruppen zur Ausrüstung gestellt wurde, sowie einen Speer, deren Spitzen allesamt auf ihn gerichtet waren. Marcus wippte auf den Fußballen und war zum Angriff entschlossen, ganz egal, wie es ausgehen würde. Dann jedoch hörte er eine Stimme hinter sich. Als er sich umwandte, sah er, wie eine Gestalt aus dem Schneewirbel heraustrat, die von weiteren Speerträgern umringt war. Die Schneeflocken, die an seiner glänzend polierten Gesichtsmaske vorbeitanzten, waren derart dick, dass das Metall so weiß wie der Schneesturm selbst schimmerte. Marcus starrte die Erscheinung einen Augenblick an, bevor der Mann hinter der Maske das Wort ergriff.

»Steck deine Schwerter in die Scheiden zurück, Zenturio, und wir werden dich am Leben lassen. Ich brauche einen Boten, der eine Nachricht nach Tungrorum bringt, und du wärst diesem Zweck dienlich, sofern du nicht noch mehr meiner Männer umbringst. Ansonsten können wir dich aber auch auf der Stelle aufspießen und dem Sturm überlassen, um Arduinnas Zorn darüber zu besänftigen, dass ihr in ihr heiliges Land eingedrungen seid.«

Marcus starrte ihn eine Weile an, bevor er seine Arme ausstreckte und die Schwerter kraftlos in seinen offenen Händen hängen ließ. Während die Speerträger vortraten und ihm die Waffen abnahmen, hörte er erneut seinen Namen rufen. Diesmal klang das Geräusch noch schwächer als zuvor, wenngleich Marcus nicht sagen konnte, ob dies tatsächlich an der größeren Entfernung lag oder ob das dichte Schneetreiben es dämpfte.

»Eine wahrhaft weise Entscheidung, Zenturio. Du wirst diese Nacht mein Gast sein, solange der Zorn der Göttin nicht abebbt und der Schneefall nachlässt. Bringt ihn zu mir.«

Ein paar Speere wurden fest gegen seinen Rücken gedrückt, und ihre Spitzen stachen durch die dünnen Ringe seines Kettenhemds. Marcus wusste, dass er keine andere Wahl mehr hatte: Er war Obduros Gefangener.

6

»Also: Entweder wir schaffen die Männer über den Fluss, oder sie werden hier sterben, ganz einfach!«

Durch die verfrühte Düsternis jenes Nachmittags betrachtete der Erste Speer Sergius unglücklich das schwarze Wasser der Mosa. Er blickte zu seinem Tribun und wartete auf Anweisungen, doch Belletor sah nur in den fallenden Schnee hinaus und schien offensichtlich von den Ereignissen überfordert.

»Und wenn wir unsere Zelte hier aufschlagen würden? Dann wären wir doch genug geschützt, oder?«

Frontinius schüttelte ungeduldig den Kopf und zeigte auf die vom Wasser bedeckte Brücke. »Ich bin nicht über dieses verfluchte Ding zurückgelaufen und habe dabei riskiert zu ertrinken, damit wir hier eine nette Plauderei abhalten können, Sergius! Hörst du das?« Er legte eine Hand an sein Ohr und tippte sich fragend an den Kopf.

Sergius nickte nachdenklich. »Äxte.«

»Ganz genau, Äxte! Meine Pionierzenturien haben den Fluss überquert und fällen auf der anderen Seite Bäume, so schnell sie können. Schau dich um, Mann! Auf dieser Seite des Flusses gibt es nichts, keinen Unterschlupf, kein Brennholz außer ein paar Büschen und Zweigen; alles andere wurde ausgerissen und abgegrast. Dort drüben hingegen ist ihr Lager, und es ist von Bäumen gesäumt. Das heißt, dort gibt es Holz zum Feuern und zumindest ein bisschen Zuflucht vor diesem Wind.«

Sergius zog ungläubig die Augen zusammen und deutete mit der Hand auf den fallenden Schnee. »Und wie willst du unter diesen Bedingungen irgendetwas zum Brennen bringen?«

Frontinius hob flehend die Arme. »Verdammter Cocidius, hilf mir! Tribun?«

Scaurus sah kurz zu Belletor hinüber und trat dann vor. Sein schwarzer Umhang hatte sich durch den auf ihm klebenden Schnee grau gefärbt, und seine Stimme klang dringlich. »Wir haben im letzten Jahr einiges gelernt, Erster Speer Sergius. Vertraue mir bitte, wenn ich dir sage, dass es nicht schwer sein wird, diese Bäume zum Brennen zu bringen, sobald wir eine Flamme haben. Dann wird es, noch bevor wir alle den Fluss überquert haben, genügend Licht und Wärme für uns geben, aber wir müssen die Männer jetzt anschieben, sonst riskieren wir, dass Hunderte von ihnen in der Eiseskälte dieses Schneesturms erfrieren.«

Sergius sah erneut zu seinem eigenen Tribun hinüber, doch von dort war keine Unterstützung zu erwarten. Daher fällte er seine Entscheidung allein und nickte zustimmend angesichts des Vorschlags seines Kollegen. »In Ordnung. Ich habe genügend Seile in unseren Karren, um ein Geländer über den Fluss zu ziehen, an dem die Männer sich festhalten können.«

Frontinius schlug ihm auf die Schulter. »Guter Mann, das ist die richtige Einstellung. Mit ein bisschen Glück bekommen wir die Jungs über den Fluss und in die Wärme, bevor auch nur einer von ihnen erfriert. Julius?«

Sein Stellvertreter trat vor, wobei er das Gesicht vom beißenden Schneesturm wegdrehte. »Erster Speer?«

»Du übernimmst das Kommando für diese Seite. Bring zuerst die Legionstruppen, dann die Zweite Kohorte und zum Schluss diejenigen hinüber, die von der Ersten Kohorte übrig sind. Du solltest sie daran erinnern, auch ein Auge auf die Maultiere zu haben und sofort all jene zu schlachten, welche die Kälte nicht überleben werden, denn sonst werden sie steif. Auf diese Weise werden wir wenigstens etwas zum Braten haben, wenn die Feuer erst einmal brennen. Du sorgst also dafür, dass die Männer hier in Gang kommen, und ich gehe wieder auf die andere Flussseite und vergewissere mich, ob die Leute, die drüben warten, unversehrt sind.« Er betrachtete einen Moment das schwarze Wasser des Flusses, bevor er auf die glitschigen Steinplatten der Unterwasser-Brücke trat. Dann drehte er sich noch einmal um und rief eine letzte Anweisung. »Martos! Ich will dich und deine Krieger auf der anderen Flussseite haben, also setzt euch in Bewegung! Bring auch das Gefäß mit, und im Namen jeden Gottes, zu dem du betest, lass das verfluchte Ding nicht in den Fluss fallen, sonst sind wir alle so gut wie tot!«

»Verbinde ihm die Augen, Grumo. Und sorge dafür, dass er keinen Widerstand mehr leistet.«

Nachdem er einem der Speerträger seinen Helm übergeben hatte, stand Marcus stumm da, während ein riesiger braun gekleideter Mann hinter dem Zaun von Speeren hervortrat und mit entschlossenem Blick auf ihn zuging. Obwohl Marcus wusste, dass ihm ein Hieb bevorstand, konnte er dessen Wucht kaum abmildern, weshalb er nach einem kräftigen Faustschlag des Riesen einige Schritte zurücktaumelte. Der Bandit hatte ihn an der Schläfe getroffen, um seinen Verstand zu benebeln, und der Römer stützte hilflos seine Hände auf die Knie und sah aus vor Schmerz zusammengekniffenen Augen, wie sein Peiniger eine Augenbinde hervorzog und ihm diese grob um den Kopf schlang. Ein zweiter Mann nahm ihm mit schnellen und geschickten Bewegungen die Waffen ab und packte ihn am Arm, um ihn aus seiner zusammengesackten Haltung hochzuziehen. Er steckte die eiskalte Spitze seines Messers durch den Ärmel von Marcus' Kettenhemd und kitzelte die weiche Haut seiner Achsel, um ihm zu bedeuten, dass ein einziger Stoß ausreichen würde, ihn umzubringen. Dann schnitt er ihm ins Fleisch, um diese Warnung wortlos zu unterstreichen, und ein Blutrinnsal lief die Tunika unter seiner Rüstung hinunter.

»Steh still, Dreckskerl, oder ich stoße das Ding bis zum Griff in dich hinein.«

Marcus vermutete, dass es sich dabei um den Bogenschützen handelte, dessen Leben er verschont hatte und der zweifellos aufgrund seiner schnellen Niederlage und des Todes seiner Kameraden vor Wut auf ihn kochte.

Hinter ihm ertönte erneut die flache, verzerrte Stimme, die jedoch einen entschiedenen Ton anschlug. »Immer mit der Ruhe, Mann, er wird keinen Widerstand leisten. Und pass auf, dass seine Waffen auf dem Weg zurück ins Lager nicht verschwinden. Ich werde es nicht dulden, dass unsere Gäste bestohlen werden.«

Der Messerträger schnaubte amüsiert. »Er ist also unser *Gast*, ja? Nachdem er bereits drei meiner Kameraden ermordet hat? Diese Schwerter sind ein Vermögen wert, also wüsste ich nicht, warum …«

Das schwache Geräusch einer Klinge, die aus der Scheide gezogen wurde, beendete die Diskussion abrupt.

»Du kennst meine Regel: Sobald diese Klinge ganz herausgezogen wird, muss sie Blut schmecken, sonst ist ihr Geist gekränkt, ohne triftigen Grund geweckt worden zu sein. Noch kann ich sie in die Scheide zurückstecken, aber jede weitere Auseinandersetzung zu diesem Thema wird mich dazu veranlassen sicherzustellen, dass *ich* hier das Kommando habe und nicht du. Entscheide also.«

Die Augenbinde wurde festgezurrt, und Marcus spürte, wie der große Mann sich von ihm zurückzog, um ein womöglich drohendes Schwertgefecht zu vermeiden. Der straff gebundene Stoff verstärkte seine Kopfschmerzen, aber er vermied es, die ohnehin schon angespannte Atmosphäre durch eine diesbezügliche Bemerkung weiter zu verschärfen. Also begnügte er sich damit, regungslos in der Eiseskälte des Schneesturms zu stehen, während um ihn herum Stille herrschte. Schließlich trat der Messerstecher weg, und Marcus bereitete sich innerlich darauf vor, sich auf den Boden zu werfen, falls er hören sollte, wie der Maskierte sein Schwert aus der Scheide zog. Die verzerrte Stimme erklang erneut und hatte noch immer jenen plaudernden Ton, mit dem der Anführer kurz zuvor dem anderen Mann bedeutet hatte, entweder zu kämpfen oder klein beizugeben.

»Eine sehr gute Entscheidung. Noch weiser wäre es allerdings gewesen, dich von vornherein nicht mit mir anzulegen, aber wie man weiß, ist Weisheit nicht allen Menschen gleichermaßen vergönnt.«

Einen Augenblick herrschte Stille, doch dann, als Marcus gerade dachte, die Gefahr einer gewaltsamen Auseinandersetzung sei gebannt, hörte er das beängstigende Kratzen eines Schwertes, das aus der Scheide gezogen wurde. Instinktiv wich er vor dem Bogenschützen zurück, hörte dann das Geräusch einer nervösen Bewegung und ein plötzliches Japsen nach Luft. Danach vernahm er, wie das Ausatmen seines verhinderten Mörders sich in ein röchelndes Keuchen verwandelte und er geräuschvoll zu Boden fiel.

Obduro sprach in die darauffolgende Stille hinein, und seine Stimme klang nun harsch. »Niemand stellt mein Urteil in Frage, ohne den entsprechenden Preis für diesen Augenblick des Vergnügens zu bezahlen. Und diesen Preis bestimme ich allein! Will also jetzt noch jemand eine Frage äußern, oder können wir endlich zur Festung eilen und dem göttlichen Eingreifen durch Arduinna entrinnen?« Wieder herrschte Schweigen, das nur durch den gedämpften Klang von Schneeflocken auf den Helmen der Männer unterbrochen wurde. »Nein? Sehr gut, dann lasst uns abhauen. Ihr dürft ihn liegen lassen, dann können die Tiere seinen Leichnam als Opfer für die Göttin bekommen. Legt dem Gefangenen seinen Umhang um und setzen wir uns in Bewegung. Sturm oder nicht, seine Kameraden suchen ihn, und ich möchte nicht riskieren, dass sie uns finden. *Los jetzt!*«

Ein schweres Gewicht sank auf Marcus' Schultern, und der Gestank nasser Wolle erinnerte ihn tröstlich an seine Männer. Dann packte ihn eine Hand fest am Arm und zog ihn mit steter und unwiderstehlicher Kraft vorwärts.

Obduros unheimliche Stimme ertönte leise ganz nah an seinem Ohr. »Nun, ich konnte ihn doch kaum am Leben lassen, Zenturio, findest du nicht? Gerade du wirst verstehen, wie sehr das Anführen der Bauernfängerei ähnelt, nämlich der Kunst, deine Gefolgsleute davon zu überzeugen, dass sie dich fürchten sollten. Ich führe diese Männer so, wie man ein Rudel gefährlicher Hunde beherrscht: Ich werfe ihnen ein paar Brocken zu, damit sie ruhig bleiben, und bestrafe mit eiserner Faust all jene, die mich herausfordern.« Marcus nickte verständig, und der Räuberhauptmann sprach erneut, zog ihn dabei sanft am Arm nach links. »Wir wollen ja nicht, dass du in einen Baum läufst, oder? Ich möchte, dass du bei vollem Bewusstsein bist, wenn ich dir zeige, was ich dir zu offenbaren beschlossen habe. Du bist ein glücklicher Mann, Zenturio, denn du wirst einen Teil des Arduinna-Forstes sehen, den noch nie ein Mann betreten hat, der sich nicht unserer Sache verschworen hatte, ohne dafür als Opfer an unsere Göttin zu sterben. Ganz offensichtlich ist heute dein Glückstag.«

Frontinius fand den Zenturio der Zehnten inmitten des Räuberlagers stehend, und der Boden an dessen Rand war von Stümpfen gefällter Bäume übersät. Mit dem reißenden Geräusch splitternden Holzes fiel ein weiterer Baum vom Lichtungsrand in den freien Raum zur Mitte. Zwei Zeltmannschaften der bärtigen Pioniere stürzten sich mit einem Gewimmel von Äxten auf ihn und entfernten rasch die Äste, die wiederum von den wartenden Soldaten der anderen tungrischen Zenturien, die bereits den Fluss überquert hatten, abtransportiert wurden. Die übrigen Männer befassten sich mit dem Baumstamm und hackten das sechzig Fuß lange Stück in Blöcke, die kurz genug waren, um von kleineren Soldatengruppen zu dem wachsenden Holzberg in der Mitte der Lichtung getragen zu werden. Wieder andere Männer stapelten die harzigen Zweige zu mehreren Feuerstellen zusammen.

»Deine Jungs kommen gut voran, Titus. Schon bald werde

ich mehr Arbeitskräfte über der Brücke haben, als du mit Aufgaben beschäftigen kannst.«

Der stämmige Zenturio nickte und warf einen abschätzenden Blick über die Lichtung. »Hier ist Platz für drei, vielleicht vier Feuer. Genügend, um uns am Leben zu erhalten, bis es zu schneien aufhört.« Er zeigte auf den ersten Holzstapel. »Dieser hier ist groß genug, um stundenlang zu brennen. Lass mich den nächsten Stapel vorbereiten, während du diesen hier anzündest.«

Der Erste Speer nickte, wandte sich um und rief in das rege Treiben auf der Lichtung hinein: *»Martos!«*

Der Prinz der Votadini trat aus der Ansammlung arbeitender Soldaten vor. Er trug ein Gefäß aus Steingut unter dem Arm, und an seinen Seiten hielten zwei seiner Krieger jeden zurück, der ihnen zu nahe kam.

»Erster Speer, ist nun der Moment für deinen Feuerzauber gekommen?«

Frontinius nickte. »Richtig.«

Martos wollte das Gefäß zu Frontinius' Füßen abstellen, doch der Erste Speer hob seine Hand, um ihn zu stoppen.

»Nein, halte es bitte noch ein wenig länger. Es ist ziemlich harmlos, solange es in dem Gefäß bleibt, und ich brauche brennfertiges Feuer, bevor ich das Wunder in Gang setzen kann.«

Martos knurrte etwas, schüttelte den Schnee aus seinem langen Haar und wandte sich an seine Männer. »Er sagt ›Feuer‹, als ob es das Einfachste auf der Welt wäre, mitten in einem Schneesturm ein Feuer zu entfachen. Aerth! Wir brauchen eine Flamme!«

Einer seiner Krieger trat aus der um ihren Führer versammelten Gruppe heraus. Es war ein älterer Mann, dessen Gesicht tiefe Falten aufwies. Neben ihm trug ein jüngerer Soldat ein Bündel, das in seinen Umhang gewickelt war. Aerth griff in seine Gürteltasche und winkte mehrere von Martos' Kriegern heran, indem er ihnen mit polternder, kehliger Stimme in seiner Muttersprache eine Anweisung zurief. »Schirmt mich ab.«

Vier Männer knieten sich eng zusammen hin, und drei von ihnen positionierten ihre Schilde so, dass sie eine kleine, gebogene Wand gegen den Wind bildeten. Der vierte Mann hingegen legte seinen Schild über die anderen, um die Einfassung von oben zu schließen. Kein Schnee fiel mehr in den engen Raum, und der Wind des Schneesturms war nur noch ein kleines Lüftchen.

Nun kniete sich Aerth auf den Boden und senkte den Kopf, während er einen weiteren Befehl knurrte. »Späne.«

Der junge Krieger kniete sich neben ihn, öffnete sein Umhangbündel und schüttete eine Ladung Zweige und getrockneten Farn in den Windschutz.

Der Barbar überprüfte das Anmachholz mit den Fingern und schüttelte dann den Kopf. »Immer noch feucht.« Er griff in seine Tasche und zog ein Stück grober Wolle hervor, dessen unbehandelte Fasern noch von dem natürlichen Fett trieften, das die Soldaten als Schutz vor Feuchtigkeit so schätzten.

Frontinius lächelte finster zu Martos hinüber und ignorierte den Schnee, der um sein Gesicht tanzte. »Dein Mann scheint sich auszukennen. Das stammt von einem unserer Umhänge, nehme ich an?«

Der Anführer der Votadini nickte und kniff mit einem ironischen Lächeln eines seiner Augen zusammen. »Du weißt ja, wie es ist, Erster Speer. Jeder muss die Chance nutzen, alle Mittel zusammenzutragen, die seine Sachkenntnis unter Beweis stellen können. Ich glaube kaum, dass dein Soldat ein so kleines Stück seiner Kleidung vermissen wird.«

Aerth blickte kurz zu den beiden Männern auf und wandte sich dann wieder seiner Aufgabe zu. Sein Gesicht war regungslos vor Konzentration. Mit einem kleinen Messer schnitt er die ölgetränkte Wolle in dünne Streifen und zerpflückte jeden davon in seine einzelnen Fasern, dann verwebte er diese mit geschickten Fingern zu einem Zunderknäuel.

Als Martos sah, wie Frontinius die Stirn runzelte, lehnte er sich vor und sprach leise in das Ohr des Tungrers. »Er beherrscht diese Kunst meisterhaft. Das Geheimnis liegt darin, die richtige Mischung aus trockenem und feuchtem Material herzustellen, um eine Flamme am Brennen zu halten.«

Während er sprach, sah der kniende Krieger auf, und seine kratzende Stimme war kaum vom Heulen des Schneesturms zu unterscheiden. »Und zu wissen, welcher der Götter mein Beten gnädig beantworten wird.« Er blickte kurz in die grauen Wolken, und seine Lippen bewegten sich, als ob er ein beschwörendes Gebet zu der Gottheit hinaufsandte, die seine Hände führte. Dann beugte er sich vor und schlug mit dem harten Eisengriff seines Dolches gegen den Feuerstein in seiner linken Hand. Ein Funkenregen ergoss sich über die Späne, und er beugte sich so dicht an das Zunderknäuel, dass er es fast mit der Nase berührte. Dann blies er sanft in die winzigen Lichtfunken.

Die Männer, die ihn umringten, hielten den Atem an.

Nach einer Weile ging er knurrend aus der knienden Stellung in die Hocke, hob seinen Kopf, starrte in den Himmel und wiederholte sein Flehen um göttlichen Beistand. Wieder trafen Feuerstein und Eisen aufeinander, und wieder beugte sich der Barbar über das Anmachholz und blies mit der behutsamen Sorgfalt eines Mannes, der sich um seinen Erstgeborenen kümmerte. Doch auch dieses Mal lehnte er sich mit einem leichten Kopfschütteln zurück. »Die Göttin des Waldes ist mächtig, und sie verbietet es uns, ein Feuer in ihrem Reich zu entfachen.« Er hob seinen Dolch und zog seinen linken Ärmel zurück, unter dem ein grausam zerschnittener Unterarm zu sehen war. Die meisten Wunden waren schon lange zu weißen Narben verheilt, einige jedoch waren neueren Datums und traten hellrot aus seinem weißen Fleisch hervor.

Martos lehnte sich zu Frontinius hinüber und murmelte ihm ins Ohr. »Manchmal wollen die Götter Blut als Preis für ihren Beistand. *Das* ist das Geheimnis seiner Kunst.«

Frontinius nickte feierlich und sah zu, wie Aerth die glänzende Dolchklinge über seinen Arm gleiten ließ. Dabei sorgte er dafür, dass der Schnitt tiefer als ein Kratzer war, jedoch nicht tief genug, um genäht werden zu müssen. Ein dunkelrotes Rinnsal floss von seinem Arm bis zu den Fingerspitzen hinab. Noch einmal wiederholte er den Schwur, seinen Göttern zu dienen, dann schüttelte er die Finger drei Mal, sodass Blutstropfen in das Geflecht von Holz und Blättern spritzten. Nachdem er wiederum sanft in das Anmachholz geblasen hatte, wandte er den Kopf, um zu atmen, blies dann erneut, diesmal ein wenig kräftiger, und richtete den Atemstrom auf einen der wenigen Lichtfunken. Zunächst war der Funke nicht mehr als die ferne Andeutung einer Flamme, doch dann wurde er stärker und erfasste einen Fetzen des öligen Wollmaterials. Der Funke loderte zu einer winzigen Flamme auf. Aerth rollte das Zunderknäuel in seinen Händen hin und her und versuchte, das beginnende Feuer in den besten Spänen zu nutzen, dann blickte er mit einem entschiedenen Nicken zu Martos.

Der einäugige Votadini-Häuptling gestikulierte eindringlich auf die Anhäufung von Holz und Laub. »Jetzt ist der Moment gekommen, Erster Speer! Das Feuer wird so viel Zunder schnell aufbrennen!«

Frontinius ergriff das Gefäß und löste dessen Deckel. Er drehte sich zu der dunklen Holzmasse und schüttete eine großzügige Menge Flüssigkeit auf einen dicken Ast, der in die Lichtung hinausreichte und dessen Zweige dick mit dunkelgrünen Nadeln bewachsen waren. Dann goss er eine Linie der scharfen Flüssigkeit über die Länge des Astes bis in die Mitte der Feuerstelle. Ein beißender Geruch erfüllte die Luft, und seine Augen tränten, als er zurücktrat. »Zündet das an, aber wendet eure Gesichter ab. Sobald es Feuer gefangen hat, wird es brennen wie die Flammen der Hölle.«

Aerth trat vor und zeigte kein Anzeichen, dass er die Worte des römischen Offiziers gehört hatte. Seine Augen waren noch immer auf das Zunderknäuel gerichtet, dessen Inneres mittlerweile in seinen Händen glühte. Er bückte sich, um das Knäuel an den herausstehenden Ast zu halten, und führte die auflodernde Flamme an das stinkende Holz. Sogleich ergriff die Flamme den Brennstoff, entzündete mit einem lauten Puffen den verdampfenden Spiritus, und die Feuerexplosion warf den Barbaren in die Hocke zurück. Er hob die Hand, um seine Augen zu schützen, während das Feuer in Sekundenschnelle von einem anfänglichen Lodern zu einem gleißenden Flammenmeer aufschoss, das die Flüssigkeitsspur entlangjagte, die der Erste Speer bis in die Mitte des Lagerfeuers gelegt hatte. Die Votadini beobachteten mit verwundertem Schweigen, wie das mannshoch gestapelte frische Holz zu einer Feuersäule entbrannte. Aus den Kiefernnadeln unter den Zweigen verdampfte das Harz, das sich so stark entzündete, dass sogar das grüne Holz entbrannte.

»Ich würde alles, was ich habe, dafür geben, das Geheimnis dieses Feuers zu ergründen. Dafür würde ich mich auch hundert Mal ins Fleisch schneiden.«

Frontinius drehte sich um und sah Aerth hinter sich, dessen Augen auf den lodernden Holzstoß gerichtet waren. Seine Brauen bestanden nur noch aus stinkenden, verbrannten Härchen. Er nahm noch einmal den Deckel von dem Gefäß und hielt es dem anderen Mann hin, um daran zu riechen. Mit finsterem Vergnügen beobachtete er, wie der Barbar angesichts des stechenden Dampfes, der seine Augen tränen ließ, von der Öffnung zurückwich, und antwortete ihm in seiner eigenen Sprache.

»Da gibt es kein Geheimnis zu ergründen, Bruder. Dies ist Naphtha, eine natürliche Flüssigkeit, die man kaufen kann. Allerdings kostet sie mehr, als du und ich uns vorstellen könnten, für das simple Entzünden eines Feuers auszugeben. Schon die kleine Menge, die wir hierfür gebraucht haben, hat meinen Tribun so viel Gold gekostet, dass er damit acht Soldaten ein Jahr lang bezahlen könnte.«

Aerth nickte und starrte tief in die Mitte des Feuers.

Frontinius begriff, dass er von der Flamme magisch angezogen war, von etwas, das tief im Wesen des Feuers lag. Er klopfte dem Barbaren auf die Schulter, wandte sich ab und reichte das Gefäß dem Optio seiner Zenturie. »Lass es bewachen. Stell zwei gute Männer … nein, *vier* gute Männer dazu ab, denen du auch die Ehre deiner Frau anvertrauen würdest. Der Inhalt ist so wertvoll, dass man die Zenturie ein Jahr lang davon bezahlen könnte, und es wird mehr als einen Mann geben, der sein Auge auf dieses Gefäß richten wird, jetzt, wo seine Macht bekannt ist.« Er sah in das flackernde Licht des Lagerfeuers und brüllte über das wütende Geräusch der immer stärker auflodernden Flammen: »Zenturios, her zu mir! Lasst uns noch mehr solcher Feuer entzünden!«

»Vielleicht werdet ihr Römer jetzt verstehen, warum ihr Arduinna zukünftig in Ruhe lassen solltet, was? Sie hat viele Waffen, und dieser Schnee zur falschen Zeit ist schlicht ein weiteres Beispiel ihrer Fähigkeit, mit Eindringlingen umzugehen, die sich anschicken, ihren heiligen Hain zu schänden. Sie hat deutlich gemacht, dass sie eure Stiefel auf ihrem Boden nicht in so großer Anzahl tolerieren wird, dass ihr uns besiegen könnt, und wir können uns so tief in ihr Schutzgebiet zurückziehen, dass ihr uns auch nach einem Monat eifriger Suche nicht finden würdet. Jetzt ein bisschen nach rechts …«

Der Weg, den Marcus entlanggeführt wurde, wurde nach einer lang anhaltenden Steigung wieder flacher. Nach einer weiteren Weile, die er von Obduros Hand an seinem Ärmel geleitet wurde, bemerkte der Römer, wie sich die Luft um ihn plötzlich veränderte. Der Schnee peitschte ihm nicht mehr ins Gesicht, und er spürte Felsen unter seinem Fuß. Als die hohle Stimme des Räuberanführers wieder ertönte, hatte sie einen etwas anderen Klang.

»Diese Treppen hinunter … genau so, ertaste sie mit den Füßen und geh langsam, denn wir wollen ja nicht, dass du mit dem Kopf zuerst hinuntergehst. Jetzt sind wir da. Umso besser.«

Marcus vernahm das Geräusch eines Umhangs, der geschüttelt wurde, dann spürte er Hände am Knoten seiner Augenbinde, während die Spitze einer Waffe fühlbar in seinen Rücken gedrückt wurde und ihn stillhalten ließ. Die raue Wollbinde wurde von seinen Augen entfernt, und er stand blinzelnd im Licht einer gleißenden Fackel, die von einem der Männer seines Entführers gehalten wurde. Obduro selbst war nur eine Armlänge von ihm entfernt und schien ihn aus der Unkenntlichkeit hinter seiner Maske heraus genau zu inspizieren. Obgleich er auf jeden Versuch der Einschüchterung durch seinen Häscher vorbereitet war, ergriff Marcus doch eine gewisse Bestürzung, dem Anführer der Banditen direkt gegenüberzustehen. Er hatte erwartet, einen großen Mann zu sehen, der seine Leute mit brutaler Gewalt beherrschen konnte, stattdessen war Obduro nur von durchschnittlicher Größe und Statur. Die Maske, die an seinem Kavalleriehelm befestigt war, ließ jedoch Marcus' Atem stocken, denn aus der Nähe spiegelte die glänzende Oberfläche alles wider, was um sie geschah.

Im Vordergrund waren zwei Figuren zu sehen, er selbst und der hünenhafte Bandit, der ihn im Wald niedergeschlagen und ihm die Augen verbunden hatte. Dieser Mann namens Grumo lauerte hinter ihm und hielt seinen Speer bereit, um durch die Ringe seines Kettenhemdes tief in seinen Rücken zu stechen. Über sein grobschlächtiges Gesicht spielte ein kleines Lächeln. Um sie herum war – in verzerrter Abbildung, da die Maske gebogen war – eine Höhle zu sehen, deren Inneres vom Lichtschein eines Dutzends Fackeln an den Wänden kontrastreich hervorgehoben wurde. Als Marcus sich umblickte, wurde dieser erste Eindruck bestätigt: Die Höhle bestand aus sandigen Wänden sowie einem Felsenboden, der von den Spuren früherer Bewohner freigefegt worden war. Der Innenraum war zwanzig Schritte breit und vierzig lang, und am Ende in einer tiefen Nische erblickte er einen schweren Holzstuhl. Als er zu Obduro zurückblickte, wurde ihm klar, dass die Nähe der lodernden Fackel an seinem maskierten Gesicht Absicht war, denn so waren seine Augen hinter den dunklen Löchern der Maske kaum auszumachen.

»Dies ist die tiefste Ebene unseres Unterschlupfs, wo wir unsere Gefangenen zum Verhör hinbringen.« Die Stimme des Banditenanführers hörte sich in dem von Wänden begrenzten Raum anders an, denn neben dem unheimlichen Klang, der durch die Maske entstand, war sie nun noch mit einem dröhnenden Echo versehen. Er winkte den Männern zu seinen Seiten, und sie begannen flink mit einer Reihe gut eingeübter Handlungen.

Die Fackeln wurden von ihren Halterungen an den Wänden genommen und in den unterirdischen Raum am hintersten Ende der Höhle getragen. Dort wurden sie in Eisenringe gesteckt, die an der Felswand befestigt waren, wodurch der Raum in gleißendes Licht getaucht wurde und der Holzstuhl mit einem Ring aus Flammen umgeben schien.

»Lasst uns allein.«

Obduro winkte mit seiner Hand die Wachen weg und Marcus zu sich heran. Während er gemächlich durch die Höhle schritt, zog er sein Schwert und legte es sich über seine Knie, nachdem er sich auf dem Stuhl niedergelassen hatte.

»Setz dich, Zenturio. Ich vermute, du bist mehr Bequemlichkeit gewohnt, aber ich kann dir versichern, dass es dir ausgesprochen gut geht im Vergleich zum letzten Mann, den ich an diesen Ort gebracht habe.« Im Schein der Fackeln hinter ihm sah der Bandit noch einmal anders aus, denn der Feuerkranz machte sogar die glänzende Oberfläche seines Helmes nahezu unsichtbar, weshalb Marcus nicht mehr als eine dunkle Silhouette erblickte. »Normalerweise nehme ich die unbequeme Last des Helmes zu diesem Zeitpunkt ab, weil ich mich aus zwei Gründen diesbezüglich sicher fühle: Zum einen sorgt das starke Licht hinter mir dafür, dass mein Gesicht nicht sichtbar ist. Kannst du dir den zweiten Grund denken?«

Nach kurzer Überlegung antwortete Marcus, denn er hatte beschlossen, sich von dem sehr ausgeprägten Selbstvertrauen des Räuberanführers nicht beirren zu lassen. »Warum solltest du Vorkehrungen treffen, wenn du dein Gegenüber ohnehin töten wirst?«

»Richtig geraten, und das schon beim ersten Versuch. Meine Leute in der Stadt hatten mir berichtet, dass du ein kluger Mann seist, Zenturio Corvus, und nun verstehe ich auch, warum.«

Der Römer rutschte erstaunt hin und her. »Du kennst meinen Namen?«

Aufgrund der Kopfhaltung seines Gegenübers spürte Marcus instinktiv, dass der Räuberanführer hinter dem glänzenden Metall seiner undurchschaubaren Gesichtsmaske grinste.

»Mehr noch, Zenturio: Ich kenne *beide*.«

»Seit wann ist er denn verschwunden?«

Dubnus schüttelte unglücklich den Kopf. »Wir haben das Räuberlager gefunden, wie wir erwartet hatten. Es schien erst seit kurzem verlassen, und wir waren gerade dabei, es nach Spuren abzusuchen, als es zu schneien begann. Einen Augenblick später flogen aus den Bäumen heraus Pfeile auf uns zu. Einer der Männer wurde am Bein getroffen, und Marcus griff einen der Banditen an, um uns Zeit zu geben, den Verwundeten wegzubringen. Als ich zurückkam, um ihn zu suchen, war das Schneetreiben bereits so verdammt stark, dass ich zwanzig Schritte von einer Festungsmauer entfernt hätte stehen können, ohne sie zu sehen. Ich habe ihn mehrmals gerufen, aber er gab keine Antwort. Ich wusste, dass ich ihn nicht hätte allein lassen dürfen, keine Sekunde lang…« Er unterbrach sich und blickte in das Gesicht seines Vorgesetzten.

Frontinius starrte auf den schneebedeckten Waldboden und dann wieder zurück zu seinem Offizier. Er sprach mit erhobener Stimme, um das stete Heulen des Schneesturms zu übertönen. »Dann ist er also entweder tot oder gefangen genommen worden. Wie dem auch sei – ich kann nichts dagegen unternehmen. Schau dich doch um…«

Ein Großteil der drei Kohorten hatte sich um die lodernden Feuer versammelt, die aus den gefällten Kiefern errichtet worden waren. Die anderen arbeiteten in Gruppen weiter, die aus etwa so vielen Männern wie Zeltmannschaften bestanden. Sie hatten einige Äste als Fackeln entzündet und durchforsteten den umliegenden Wald nach brennbarem Holz. Alle waren fest in ihre Umhänge gehüllt und trugen jedes Stück Kleidung, das sie mitgebracht hatten, um der Kälte des Sturms Herr zu werden.

»Ich weiß. Wir haben nicht die geringste Chance, die betreffende Stelle bei diesem Wetter wiederzufinden. Außerdem käme es einem Todesurteil gleich, wenn wir Männer in diesen Sturm hinausschicken würden.«

Frontinius nickte grimmig. »Und ich habe Arbeit für dich. Schnapp dir einige Männer, leiht euch ein paar Äxte von Titus und fällt noch ein paar Bäume. Es sieht ganz danach aus, als ob das Wetter die ganze Nacht so bleiben würde.«

Marcus starrte den Maskierten an und versuchte angestrengt, sein Gesicht ausdruckslos zu halten, während sein Häscher den taktischen Vorteil über seinen Gefangenen zu seinen Gunsten ausnutzte.

»Ich weiß *alles* über dich, Zenturio. Ich weiß, wie viel du für dieses hübsche Schwert bezahlt hast, ich weiß, wann deine Frau mit dem Kind niederkommen soll, und ich weiß, wer du wirklich bist und wo du herkommst. Geheimnisse sind mein Geschäft, Marcus Valerius Aquila. Geheimnisse sind mein täglich Brot. Geheimnisse sind das, was den Männern hier Nahrung verschafft und was uns *beide* vor dem kaiserlichen Scharfrichter schützt. Ich weiß Dinge über all jene, die Tungrorum regieren, sei es auf amtlichem Wege als Gesandte des Kaisers oder inoffiziell, wenn sie mit Banden die Straßen unter Kontrolle halten. Ich weiß Dinge, die in nur einem Tag zu ihrer Hinrichtung führen würden, wenn ich sie preisgeben würde. Ich habe Zugang zu einem Großteil der amtlichen Akten und Botschaften, welche die Dienststellen dieser Männer durchlaufen, und üblicherweise ist jeder Papierladung ein kleiner Klumpen Gold beigelegt. In Anbetracht deines Gesichtsausdrucks scheint es, dass ich daraus besseren Nutzen ziehe als dieser Narr Caninus, was? Der *Präfekt* Caninus? Dieser Mann ist eine Witzfigur und ein derart unfähiger Banditenjäger, wie ich ihn mir nur hätte wünschen können. Wenn die Zeit gekommen ist, werde ich ihn töten, und das weiß er auch, aber im Moment ist seine

Unfähigkeit für meine Zwecke von größtem Nutzen.« Er verstummte einen Augenblick und sprach dann mit sanfterer Stimme weiter. »Aber nicht mehr von unserem gemeinsamen Freund, dem Präfekten. Lass uns lieber noch ein bisschen von dir reden, Zenturio. Du bist, wie wir beide wissen, Marcus Valerius Aquila, der Sohn eines ermordeten Senators und auf der Flucht vor den kaiserlichen Schergen. In den Botschaften aus Rom steht, dass du womöglich bei einer der Kohorten Unterschlupf gefunden hast, die den Nordwall Britanniens patrouillieren, und dass die Belohnung auf deine Gefangennahme verdoppelt wurde, seit ein Prätorianerzenturio und ein Frumentarius verschwunden sind, die ausgesandt wurden, dich zu fangen. Was wiederum deinem ursprünglichen Verbrechen des Verrats nun noch den Mord an kaiserlichen Amtspersonen hinzufügt. Du scheinst ein gefährlicher Mann zu sein, und nachdem du keine Familie mehr besitzt, hast du auch keine wunde Stelle, die sie für sich ausnützen könnten, wenn ich einmal von deiner Frau und deinem ungeborenen Kind absehe.« Er sah, wie sich Marcus' Gesicht verhärtete und winkte ab. »Keine Sorge, ich vergreife mich genauso wenig an Frauen und Kindern, wie du das tun würdest. Und außerdem: Warum sollte ich überhaupt einem Mann drohen, der so viel mit mir gemein hat? Auch ich bin ein Flüchtiger der kaiserlichen Justiz, beziehungsweise dessen, was für Justiz gehalten und so untauglich von Präfekt Caninus vollstreckt wird. Auch ich würde nichts lieber tun, als nach Hause zurückzukehren und in Frieden zu leben. Doch ebenso wie du habe ich keine andere Wahl, als um mein Überleben zu kämpfen, indem ich nehme, was und wann ich es bekommen kann. Du und ich, Valerius Aquila, sollten gemeinsam gegen die Ungerechtigkeit vorgehen, statt uns als Feinde mit Schwertern zu bekämpfen.« Er stand auf, ging auf Marcus zu und drängte dabei die Fackeln hinter ihm in den Schatten. Dann stand er vor dem Römer. »Denk über meine Worte nach, Zenturio, und lass sie eine Weile auf dich wirken, bevor du diese Idee verwirfst. Wir beide wären ein Zusammenschluss, den niemand besiegen könnte. Mit der Gunst Arduinnas könnten wir diesen Wald gegen jede Streitmacht verteidigen, die der Statthalter auf uns hetzen würde, und eine Armee aufbauen, die das Überleben der Garnisonen an der germanischen Grenze in der Hand hielte. Tu dich mit mir zusammen, Valerius Aquila, dann werden wir gemeinsam über das Schicksal der ganzen Provinz entscheiden und Rache an den Männern nehmen, die uns Böses angetan haben. Oder findest du das Dasein als flüchtiger Zenturio, der stets mit der Furcht vor Entdeckung lebt, sowie die Ermordung all jener, die deine Freunde waren und dir geholfen haben, so anziehend? Du bist mein Gast heute Nacht, denn dieser Sturm wird vor Sonnenaufgang nicht nachlassen, was heißt, dass du mehr als genug Zeit haben wirst, um meine Worte zu überdenken. Wäge mein Angebot sorgfältig ab, Valerius Aquila. Morgen früh erwarte ich deine Antwort.« Er wandte sich in Richtung des Höhleneingangs. »Grumo!«

Der große Mann erschien in der gebogenen Öffnung, und Obduro deutete zu dem Römer hinüber. »Lass diesen Raum von zwei Speerträgern bewachen. Wir wollen ja nicht, dass er auf die Idee kommt zu fliehen.«

»Es scheint nachzulassen.«

Julius folgte mit dem Blick der Hand seines Kameraden Dubnus, der auf den nächtlichen Himmel zeigte.

»Die Schneeflocken sind bereits ein wenig kleiner, zugegeben. Und das war auch verdammt noch mal an der Zeit: Ich habe so viel Schnee gesehen, dass es für mein ganzes Leben ausreichen wird.«

Er deutete mit der Hand auf die düstere Lichtung und die Hunderte Männer, die sich lustlos um die glühenden Überreste der Lagerfeuer scharten. Die Fußtritte ihrer Stiefel und die Wärme der Flammen hatten den schneebedeckten Boden um die Feuerstellen schnell in knöcheltiefen Matsch verwandelt, weshalb sich die Aufgabe, frisches Holz vom Rande der Lichtung herzutragen, mittlerweile schwierig gestaltete, da die Männer nicht nur mit dem Gewicht ihrer Last, sondern auch mit dem Widerstand des sumpfigen Bodens zu kämpfen hatten. Die Axtträger hatten ihre Werkzeuge schon längst frischeren Männern gereicht, denn sie waren erschöpft, und ihre Hände waren trotz der aus jahrelangem Dienst herrührenden Hornhaut zerschnitten und trugen Blasen. Doch das Tempo derer, die sie ablösen sollten, war so langsam, dass Frontinius beschlossen hatte, die Arbeit zu beenden.

Dubnus zeigte erneut in den Himmel und tippte Julius auf den Arm. »Schau, ich kann die Sterne sehen. Die Wolken reißen auf.«

Die Morgendämmerung bestätigte ihre Erwartungen und offenbarte ein wolkenloses Blau, als sei die Luft vom Sturm reingewaschen worden. Als die Sonne aufging, war der Himmel in ein rosiges Licht getaucht, das den übrig gebliebenen Schnee golden färbte. Frontinius und Sergius besprachen sich kurz und ordneten dann an, dass die Soldaten ein rasches Frühstück einnehmen und sich auf den Rückmarsch nach Tungrorum vorbereiten sollten. Der Erste Speer versammelte seine Zenturios um sich.

»Es wird nun Zeit, pragmatisch zu denken. Nach einem so heftigen Schneefall ist es ausgeschlossen, dass wir Obduros Bande finden, von einem Kampf gar nicht zu reden. Sobald die Sonne höher steht und der Schnee wegschmilzt, wird sich der Wald in einen Morast verwandeln. Ich sehe keinen Sinn darin, dass wir darin herumwaten, während die Banditen in ihrer Festung oder einem sonstigen Gebäude sitzen und uns auslachen. Oder, noch schlimmer, dass sie uns abschießen, während wir durch ein Gelände stolpern, das sie bestens kennen. Lasst eure Männer also ihre Reste essen und sich dann zum Abmarsch bereit machen. Wir werden weitere Verluste vermeiden und ziehen zurück in die Stadt.«

Julius hob die Hand und trug, entgegen seiner sonst eher scherzhaften Haltung bezüglich solcher Unterredungen, einen derart ernsten Ausdruck im Gesicht, dass Frontinius bereits wusste, was er sagen wollte und sein Ansinnen vorwegnahm.

»Nein, Zenturio, es ist dir nicht erlaubt, mit einer kleinen Truppe in den Wald zu ziehen und nach Zenturio Corvus zu suchen. Ihr hättet nur geringe Aussicht, ihn zu finden, und falls doch, wäre er aller Wahrscheinlichkeit nach von mehreren hundert Banditen umringt. Keines dieser beiden Risiken bin ich gewillt, auf mich zu nehmen. Ich werde mich erst dann um unseren vermissten Zenturio kümmern, wenn die Umstände etwas weniger ungünstig sind.«

Marcus erwachte in völliger Dunkelheit, und einen Moment lang glaubte er, in seinem eigenen Bett neben Felicia zu liegen, doch der harte Boden unter ihm und sein steifer Rücken erinnerten ihn daran, wo er sich befand. Mit einem Stöhnen setzte er sich auf und lehnte sich gegen die Wand.

Einen Augenblick später erschien ein Licht am anderen Ende der Höhle, und eine Wache trug eine Fackel durch die Öffnung, die zum Rest des Räuberlagers führte.

»Folge mir.«

Der Römer reckte sich, um seine steifen Glieder geschmeidig zu machen, stand auf und ging auf das Licht zu. Als er den Höhleneingang erreichte, wurde ihm der Weg von zwei waagrecht auf ihn gerichteten Speeren versperrt. Dahinter stand Grumo, der große Mann, der ihm am Abend zuvor die Augen verbunden hatte. Er warf dem Römer einen langen, abschätzigen Blick zu und sprach schließlich in einem Ton, der halb von Hass, halb von Verachtung zeugte.

»Obduro wünscht mit dir zu sprechen. Ich hätte dir lieber die Kehle durchgeschnitten, aber er hat angeordnet, dass du verschont wirst. Hier entlang.«

Er ging zu den Stufen, die ins Freie führten, doch bevor Marcus ihm folgte, hielt er inne und sah sich um. Sein neugieriger Blick streifte den Gang entlang zu einer weiteren Öffnung in der Felswand. Eine der Wachen stieß ihm mit der Speerspitze in den Rücken, dann schritten sie beide mit noch immer auf ihn gerichteten Speeren hinter ihm her. Er folgte ihrem Führer eine Treppe aus grob behauenen Stufen hinauf und trat in das helle Sonnenlicht. Er blinzelte und hob eine Hand, um seine unvorbereiteten Augen zu schützen.

»Bringt ihn zu mir!«

Beim Klang von Obduros Stimme drehte er sich um und bemerkte, dass er im Herzen der Banditenfestung stand: ein großflächiger runder Raum, der von einer Holzpalisade umgeben war, die sich zwanzig Fuß hoch vom Boden erhob. Im Innern des Walls waren Holzgebäude, die der Bande als Unterkünfte dienten. Um ihn herum standen unzählige

Männer, von denen viele noch in die Überreste ihrer kaiserlichen Uniformen gekleidet waren. Alle anderen trugen einfache Gewänder, wie sie Waldarbeiter benutzten, doch jeder Mann war mit Speer, Schwert und Schild bewaffnet. Viele hatten auch Bogen über ihren Schultern hängen. Die Wachen schoben ihn zu ihrem wartenden Anführer, und als die Menschenmenge sich teilte, bemerkte Marcus, dass Obduro vor einem Bau stand, der ein Altar zu sein schien. Als er näher kam, sah der Römer, dass es sich um einen Steinblock handelte, der lang und breit genug war, dass ein liegender Mann darauf Platz finden würde. Der Steinblock trug eingemeißelte Abbildungen von Arduinna, wie sie auf ihrem Eber durch den Wald ritt. In jeder dargestellten Szene waren Männer zu sehen, die von ihr getötet wurden: Sie waren von Pfeilen durchbohrt oder mit unterschiedlichsten Waffen niedergestreckt worden, und die sich windenden Körper drückten ihren Todeskampf aus. Der Stein war mit Haken versehen, an denen Opfergaben hingen. In diesem Gewirr von Dingen sah Marcus etwas, das er zu erkennen glaubte, wenngleich er nicht sagen konnte, um was es sich handelte. Er runzelte die Stirn.

Obduro, der seinen Gesichtsausdruck als ablehnend missdeutete, begann in spöttischem Ton zu sprechen. »Dieser Gefangene hält unseren Altar für verabscheuungswürdig, meine Brüder, wenngleich ich mir nicht vorstellen kann, warum.« Seine Stimme schallte über das stille Lager, und die Banditen zischten missbilligende Bemerkungen. Ihr Anführer drehte sich zu dem Steinblock und deutete mit der Hand auf dessen Bilderschmuck. »Sieh die schönen Schnitzereien, mit denen wir unsere Ergebenheit an die Göttin ausdrücken!«

Marcus nickte. »Ich habe schon früher Arbeiten dieses Künstlers gesehen, glaube ich. Sie sind von durchaus hoher Qualität. Weshalb es schade ist, so viel davon mit diesen... *Ephemera* zu bedecken.«

Der Räuberhauptmann drehte sich um und schüttelte seinen helmbedeckten Kopf, als ob er traurig wäre. »Jeder Gegenstand hier gehörte einem Mann, der auf diesem Altar den Tod fand, damit wir sein Blut für unsere Zeremonien sammeln konnten. Wir behalten die Gegenstände, um uns an ihr Opfer zu erinnern.«

Marcus betrachtete die Steinplatte genauer und bemerkte erst jetzt, dass sie von eingeritzten Furchen übersät war, die in tiefere Kanäle mündeten, welche wiederum zu einem Ausguss am Rande des Altars führten. Mit hochgezogener Braue sah er den Anführer an. »Ich war der Meinung, Blutopfer seien im ganzen Imperium abgeschafft worden.«

Obduro trat vor, legte seine Hand an Marcus' Kinn und hob seinen Kopf an, um die Haut seines Halses freizulegen. »Du siehst aus, als seist du ein Mann, der gut für uns bluten würde, Valerius Aquila. Du magst zwar noch unter meinem Schutz stehen, doch jedes einzelne Wort, das unsere Göttin besudelt, würde mir keine andere Wahl lassen, als deinen Lebenssaft zu rauben und deinen Körper in die Knochengrube zu werfen.«

Marcus hielt sein Gesicht weiter ausdruckslos. »Es lag mir fern, eure Göttin geringschätzig zu behandeln, denn ihre Macht wurde mir gestern in aller Deutlichkeit offenbar. Ich war nur erstaunt zu sehen, dass dieser Kult überlebt hat.«

Obduro schnaubte vor Lachen und ließ das Kinn seines Gefangenen los. »Wie überaus *römisch* von dir! Euer Imperium erlässt ein Verbot und erwartet von uns Wilden, unsere

Gewohnheiten zu ändern, die uns, so lange wir zurückdenken können, dienlich waren. Wir haben den Kult nie aufgegeben, Zenturio, sondern ihn nur an Orten ausgeübt, wo das Imperium nichts davon bemerkte! Und wo keine Gefahr bestand, dass das Imperium in unsere Privatsphäre eindrang. Denn wie du siehst, Valerius Aquila, sind wir auf jeden Versuch vorbereitet, uns von dieser Hügelkuppe zu vertreiben. Unser Wall ist zwanzig Fuß hoch, doch jeder einzelne Pfahl ist weitere zehn Fuß tief in die Erde geschlagen und über Querstreben mit dem nächsten verbunden, wofür wir gute römische Nägel aus den Versorgungskonvois verwendet haben, die für die Truppen am Rhenus bestimmt waren. Sogar ein Legionskatapult würde kaum einen Einschlag in so dicke Wände bewerkstelligen, wenn eine solche Last überhaupt durch den Wald und diesen Hügel hinaufgezogen werden könnte. Unser Tor hat sowohl innere als auch äußere Türen, und wer immer das äußere Tor durchdringen sollte, würde einen hohen Preis dafür zahlen, das dicke Holz dahinter betrachten zu können. Du wirst die Hänge nicht sehen, die unsere Festung säumen, da du mit ebenso verbundenen Augen gehen wirst, wie du gekommen bist, aber ich kann dir versichern, dass wir keine Einzelheit moderner Belagerungstechnik außer Acht gelassen haben, als wir unsere Gegenmaßnahmen vorbereitet haben, um den Angriff von Streitmächten abzuwehren, die unsere Unabhängigkeit von eurer Unterdrückung so gerne beenden würden.«

Marcus bemerkte, dass der Anführer der Banditen ebenso zu seinen eigenen Männern wie zu seinem Gefangenen sprach, weshalb er sich aufrichtig interessiert umblickte. Als er antwortete, hielt er seine Stimme tief und leise, wodurch Obduro gezwungen war, sich vorzulehnen, um ihn verstehen zu können. Dabei verbarg er kurzzeitig das Sonnenlicht, aufgrund dessen der Römer ihn bislang nur mit halb geschlossenen Augen betrachten konnte.

»Ich habe schon dickere Wälle fallen sehen.«

Obduro lehnte sich zurück, und aus dem Schutz der glänzenden Maske war ein knatterndes Kichern zu hören. »Das hast du sicher, Zenturio, aber ich würde gutes Geld darauf wetten, dass dabei jemand von innen heraus ein wenig nachgeholfen hat. Keiner der Männer hier wäre jedoch dumm genug, einen solchen Verrat auch nur in Betracht zu ziehen, denn er wüsste ja, dass er gleich nach dem Gefecht Bekanntschaft mit Holz und Nägeln machen würde. Wird das Banditentum nicht immer noch mit der Todesstrafe geahndet, die ausnahmslos und unverzüglich durchzuführen ist?« Er wandte sich den um ihn versammelten Kriegern zu und hob die Stimme, um von allen gehört zu werden. »Der Zenturio hier glaubt, diese Wälle könnten gestürzt werden – ich hingegen meine, dass wir das besser wissen, ihr und ich. Zunächst einmal müssten sie uns finden. Dann müssten sie diesen Hügel erklimmen und hinterher noch gut genug in Form sein, um zu kämpfen. Danach müssten sie unsere Tore niederreißen oder über unsere Palisade klettern, und das bei allem Widerstand, den wir leisten werden. Und wir werden Widerstand leisten und bis aufs Blut kämpfen! Die Göttin steht auf unserer Seite und nicht auf ihrer, wie sie gestern sogleich bewiesen hat, als der erste Ungläubige seinen Fuß in den Wald setzte. Wir sind zu gut versteckt, zu begünstigt und zu gut bewehrt, als dass ihre Anstrengungen in etwas anderes münden könnten als ihrer Abschlachtung und Niederlage.« Die Banditen standen stumm da und starrten Marcus an. Obduro drehte sich wieder zu ihm. »Lass uns nun zum Punkt kommen. Ich habe dich geschont, Valerius Aquila, weil ich hoffe, du wirst dich dafür entscheiden, mit uns gegen unseren gemeinsamen Feind zu kämpfen. Du hast eine ebenso große Ungerechtigkeit erlitten wie jeder andere Mann hier, weshalb ich mich geehrt fühlen würde, dich an meiner Seite zu wissen. Wie ist deine Antwort?«

Marcus schüttelte den Kopf mit einem Ausdruck von höflichem Bedauern und fragte sich, wie der ganz offensichtlich skrupellose Anführer der Banditen auf seine Weigerung reagieren würde. »Ich danke dir für dein Angebot, jedoch bin ich gezwungen, deine Großzügigkeit auszuschlagen. Ich kann deinen Vorschlag, gegen meine eigenen Leute zu kämpfen, nicht annehmen.« Er unterbrach sich einen Moment und versuchte, einen Blick durch die glänzende Gesichtsmaske zu werfen und Obduros Reaktion zu sehen, wenngleich er wusste, dass dies sinnlos war. »Ich stehe immer noch im Dienste des Imperiums.«

Obduro wandte sich von ihm ab und schüttelte enttäuscht den behelmten Kopf. »Wie schade! Ich hatte große Hoffnungen in dich gesetzt, Valerius Aquila. Aber das macht nichts, denn du kannst trotzdem als Bote dienen. Also bring folgende Nachricht zur Stadt Tungrorum: Eure Speere mögen für jeden anderen Banditen der Provinz ausgereicht haben, doch es würde eine ganze Legion und mehr benötigen, um uns aus diesem Ort herauszuholen, und selbst dann würdet ihr einen schmerzlichen Verlust an Soldaten erleiden. Und bevor ich dich zum Waldrand begleiten lasse, will ich dir noch etwas zeigen. Bringt mir seine Waffen!« Ein Mann kam mit Marcus' Schwertern, und Obduro wartete, bis er seinen Gürtel festgezurrt und die Tragegurte der Waffen über seine Schulter gehängt hatte. »Du besitzt ein

Langschwert einheimischer Machart, habe ich vernommen. Eine schöne Waffe, für die du einen hohen Preis bezahlt hast. Darf ich es sehen?«

Marcus zog seine gemusterte Spatha und war sich der Speerspitzen bewusst, die nur wenige Zentimeter hinter ihm auf seinen Rücken gerichtet waren. Dann reichte er sie Obduro mit dem Heft nach vorne.

Der Räuberhauptmann wog die Waffe in der Hand und betrachtete eingehend die mehrlagige Struktur der Klinge, dann nickte er anerkennend. »In der Tat eine schöne Waffe, die jede Sekunde Arbeit wert ist, die der Schmied für sie aufwandte. Ich würde sogar behaupten, es ist das schönste Schwert, das ich je gesehen habe, gäbe es nicht dieses hier…« Er reichte Marcus die Spatha zurück und wartete, bis dieser sie wieder in die Scheide geschoben hatte. Dann zog er seine eigene Klinge und übergab sie, ebenfalls mit dem Heft nach vorne, seinem Gefangenen. »Vergiss nicht, dass meine Männer dich töten werden, falls du mich auch nur schief anschaust, solange du diese Waffe in der Hand hältst. Sie haben nämlich gesehen, welches Unheil die Klinge auch bei Männern anrichtet, die mit den besten Waffen ausgerüstet sind.«

Marcus nahm das Schwert behutsam entgegen. Er hielt es mit dem Heft in einer Hand, legte die Klinge über den anderen Arm und bewunderte deren exquisite Machart. Mit einem Stirnrunzeln betrachtete er das graue Metall, welches dunkler als jedes andere erschien, das er je gesehen hatte. Die Klinge war über ihre gesamte Länge gemustert, doch so dunkel, dass sie fast schwarz aussah.

Obduro lachte leise. »Lass mich dir die Mühe ersparen, deine nächste Frage zu stellen. Du betrachtest das Schwert und fragst dich, aus welcher Art Eisen es geschmiedet ist. Die Antwort ist, dass sogar ich das nicht sicher weiß, wenngleich der Mann, dem ich es abgenommen habe, prahlte, es sei in Damaskus hergestellt worden, fern im Osten. Das Eisen sei über Handelsrouten dorthin gelangt, die weit außerhalb der Grenzen des Imperiums liegen. Er nannte es sein ›Leopardenschwert‹ und behauptete, es sei von den Göttern mit magischen Eigenschaften ausgestattet worden.« Der Maskierte lachte finster. »Ob es tatsächlich derart von oben gesegnet ist, weiß ich nicht, aber was immer es für göttliche Eigenschaften besitzen sollte – offensichtlich galten diese nicht für den Mann, dem ich es abgenommen habe. Ein solches Schwert kann einen guten Schwertkämpfer unbesiegbar machen, doch er war nichts dergleichen. In den Händen eines Meisters hingegen, wie ich einer bin …«

Er streckte die Hand nach der Waffe aus, und Marcus gab sie ihm zurück, nachdem er einen letzten ausgiebigen Blick auf die wunderschön marmorierte Klinge geworfen hatte.

Obduro schwang das Schwert durch die Luft und rief seinen Männern eine Anweisung zu. Drei von ihnen traten vor und stellten sich ihm mit erhobenen Schilden entgegen. Sie zogen ihre Schwerter und schlugen die Klingen gegen die Messingränder der Schilde, um ihn zum Kampf herauszufordern. Der Banditenanführer griff nach einem kleinen Rundschild, trat zur Seite in Richtung seiner Übungspartner und erlaubte ihnen, sich um ihn zu scharen. Über die Schulter sprach er zu Marcus, zog gleichzeitig sein Schwert und war kampfbereit. »Auch der beste Schwertkämpfer würde eine solche Situation als Herausforderung betrachten, für die man jahrelange Übung braucht. Doch selbst in dieser Lage verleiht mir die Klinge einen so großen Vorteil, dass diese

Männer in einem echten Kampf schon jetzt Todgeweihte wären, auch wenn sie selbst noch nichts davon wüssten. Ich habe sie angewiesen zu kämpfen, als ob ich ein echter Gegner wäre, und sie wissen, dass ich sie nicht verletzen werde, sofern ich das vermeiden kann … eine gerechte Eignungsprüfung für einen Schwertträger, wie du mir sicher zustimmen wirst.«

Er sprang auf den Mann vor ihm zu, der rasch einen Schritt zurücktreten musste, drehte sich dann blitzschnell um und griff den Banditen hinter und rechts von ihm an. Er führte einen harten Hieb auf das Schwert seines Gegners, und zu Marcus' Erstaunen zerbrach die Klinge in zwei Teile, und die Schwertspitze fiel in den schmelzenden Schnee. Mit der Rückhand zog er das Schwert über den Körper des unseligen Banditen und zerteilte dessen Schild, wobei der Schnitt sauber durch die mehrlagige Holzplatte und den Messingrand glitt, als seien sie nicht dicker als Papier. Als der entwaffnete Räuber zurücktrat und seine Hände zur Kapitulation hob, traten die anderen beiden vor, denn sie wollten die Gelegenheit nutzen, ihren Anführer zu überwältigen, bevor er bei ihnen dieselbe List anwandte. Doch Obduro war zu schnell für sie: Er duckte sich unter dem Hieb des einen Mannes weg und zog dessen Bein mit seinem Fuß nach hinten, um ihn zu Fall zu bringen, dann hob er die marmorierte Klinge und ließ sie von oben nach unten durch den Schild des anderen Mannes gleiten. Auch dieser Schild klaffte in zwei Teile und ließ den Gegner schutzlos zurück. Der Bandit stieß einen Fluch aus und ließ sein Schwert fallen. Er griff sich an die Hand, die den Schildgriff umklammert hatte, und ein dicker Blutstrom floss zwischen seinen Fingern hervor. Marcus bemerkte, dass die furchterregende

Klinge ihm tief zwischen die mittleren Knöchel geschnitten hatte. Der dritte und letzte Mann stellte sein Schwert hoch, um zu zeigen, dass er keinesfalls eine solche Wunde erleiden wollte, und Obduro zuckte die Achseln. Er betrachtete die Klinge seiner Waffe, wischte mit einem Lappen das Blut davon ab und schob sie in ihre Scheide zurück.

»Zuweilen muss man ein kleines Opfer bringen, um etwas anschaulich darzulegen. Man wird sich gut um ihn kümmern. Aber verstehst du nun, was ich sagen wollte? In den Händen eines durchschnittlichen Schwertkämpfers ist diese Waffe schon großartig – in meinen Händen hingegen bekommt sie zusätzliche Geschwindigkeit und Entschlossenheit, wodurch sie wahrhaft unbesiegbar wird. Ich habe diese Darbietung nur für dich veranstaltet, Zenturio Aquila, um sicherzugehen, dass du nicht auf irgendwelche Ideen kommst, beispielsweise diesen Ort zu suchen und deine zweifellos hohen Fähigkeiten gegen mich zu verwenden, wenn du erst einmal geheilt bist. Wir mögen zwar mit dem gleichen Talent gesegnet sein, Schwerter kunstvoll zu schwingen, doch selbst die hochwertige Machart deiner Klinge hätte keine Chance gegenüber dieser.« Er hielt das dunkel gefleckte Schwert ins Licht und hob sein maskiertes Gesicht, um hinaufzusehen. »Und nun ist es an der Zeit, dass du den Zweck erfüllst, für den ich dich geschont habe, Valerius Aquila. Geh und sag deinem Tribun, dass er gut daran täte, uns in Ruhe zu lassen. Fortan bist du hier nicht mehr willkommen, und sollten wir uns wiedertreffen, dann werde ich über die Klinge meines Leopardenschwerts auf einen Todgeweihten blicken. Grumo!«

Er nickte dem großen Mann neben Marcus zu, und als der Römer sich umdrehte, um zu sehen, was dieses Nicken bedeuten sollte, traf ihn die riesige Faust des Banditen am Kiefer. Sein Gesicht brannte vor Schmerz, und er sackte zu Boden. Während er im Schnee kniete, trat ein Stiefelpaar in sein Sichtfeld, und ohne aufzublicken, wusste er, dass Obduro über ihm stand.

»Vergib mir diese letzte Demütigung, Valerius Aquila. Aber ich kann wohl kaum einen Mann freilassen, dessen Talent in der Waffenführung meinem ebenbürtig ist, ohne einen kleinen Schritt zu unternehmen, ihn aus den Reihen derer zu entfernen, die sich gegen mich verschworen haben. Findest du nicht auch?«

Mit wieder verbundenen Augen und nur halb bei Bewusstsein wurde Marcus aus dem Räuberlager den Hügel hinuntergeführt, dann weiter in den Wald hinein. Der große Mann blieb still und sprach nur, um Richtungsänderungen anzugeben. Nach einer Zeit des Taumelns und Weitergehens, die Marcus wie eine Ewigkeit vorkam, murmelte er ein einziges Wort.

»Halt.«

In der Luft hing ein schwacher Geruch von Holzfeuer, der mit der Brise zu ihm wehte, und der Römer fragte sich, ob es möglich sei, dass er in der tiefen Stille des Waldes mit seinen geschärften Sinnen den Klang von Männerstimmen wahrnehmen konnte, die Befehle riefen. Während er regungslos dastand und unsicher war, ob Obduros Anweisung, dass er am Leben bleiben sollte, ausgeführt werden würde, spürte er, dass der Bandit sich in seiner Nähe bewegte. Der stämmige Mann packte seinen verletzten Kiefer so fest mit einer Hand, dass Marcus sich nur schwer zurückhalten konnte, nicht vor Schmerz aufzustöhnen. Dann zog Grumo ihm mit der anderen Hand die Augenbinde ab.

Marcus' Gesicht noch immer festhaltend, lehnte er sich vor, sodass der Römer in der morgendlichen Kälte seinen sauren Atem warm auf der Haut spüren konnte. Marcus schwankte. Nur mit Mühe konnte er sich auf den über ihm aufragenden Schatten konzentrieren, überdies war er geblendet vom plötzlichen Sonnenlicht und blinzelte hilflos, da er noch immer unter den Folgen des vorangegangenen Faustschlags litt. Völlig wehrlos starrte er Grumo entgegen.

»Schau einmal an.« Der Hüne räusperte sich und spuckte seinem Gefangenen auf die Füße. »Das also ist der mächtige römische Eroberer? Ich könnte dich jetzt sogar mit dem Messerchen umbringen, das ich zum Essen verwende. Wenn ich nicht wüsste, dass unser Anführer es herausbekommen würde, würde ich dich auf der Stelle abschlachten und als Schweinefraß liegen lassen. Du hast gestern drei meiner Leute getötet. Wenn ich dich also das nächste Mal sehe, werde ich nicht auf die Erlaubnis von irgendwem warten, diese Angelegenheit zu Ende zu bringen.« Er ließ Marcus' Kiefer los, legte ihm eine Hand auf die Stirn und stieß ihn nach hinten, sodass er wankend umkippte und in den schmelzenden Schnee stürzte. »Fort mit dir! Und komm uns bald wieder besuchen…« Er drehte sich weg und rief eine letzte Bemerkung über die Schulter. »Ich werde auf dich warten!«

Die drei Kohorten hatten wohlgeordnet den Fluss überquert. Als die ersten Männer auf der anderen Seite angekommen waren, hatten sie sich in Zenturien verteilt, um den Nachkommenden sicheres Geleit zu geben. In Wahrheit waren die Soldaten jedoch weniger daran interessiert, eine drohende Gefahr abzuwehren, als vielmehr die morgendliche Sonne zu genießen, nachdem sie nun wieder auf freundlichem Boden weilten. Die übrige Streitmacht am südlichen Flussufer wurde unter der Aufsicht von Frontinius ordnungsgemäß reduziert, der für den Abzug jeder Zenturie am südlichen Ende der Brücke auch eine am Brückenkopf abmarschieren ließ, sodass schließlich nur noch zwei Zenturien übrig waren.

»Bring zuerst deine Männer herüber, Dubnus. Julius und ich werden folgen, sobald dein letzter Mann auf der Brücke ist.«

Dubnus salutierte vor dem Ersten Speer, wandte sich ab und rief seinem Optio und dem Wachoffizier die entsprechenden Befehle zu. »Bewegt eure Ärsche, Achte Zenturie! Gruppiert euch zu Zeltmannschaften, watet über die Brücke und geht dann wieder in Stellung! Und das bitte zackig, zumal ihr Zuschauer habt!«

Er ging Richtung Fluss und rief seine Männer aufgrund des Zustands ihrer Kleidung derart heftig zur Ordnung, dass Julius sich ein grimmiges Lächeln nicht verkneifen konnte.

»Sonne oder nicht – hört sich ganz so an, als sei unser Kamerad heute Morgen ebenso glücklich wie ich.«

Frontinius brummte zustimmend und durchforstete mit einem letzten langen Blick die Bäume rings um die verwüstete Lichtung, dann beobachtete er, wie die Achte Zenturie den Fluss zu überqueren begann. »Weißt du, wahrscheinlich hatten wir Glück, nur zwei Männer zu verlieren. Mir scheint, als hätten sie gewusst, dass wir kommen.«

Julius nickte verdrießlich. »Aber dass wir ausgerechnet Marcus verloren haben! Irgendwer wird es seiner Fr…«

Ein Mann in der vordersten Reihe der Fünften unterbrach ihn mit einem heiseren Schrei und zeigte in die

Bäume. »Mann im Anmarsch! Sieht aus, als wäre er einer von uns!«

Beide Offiziere drehten sich um und folgten seinem ausgestreckten Arm. Julius' Kiefer sank nach unten, als er den Zenturio in erbärmlichem Zustand aus den Bäumen hervorwanken sah. Er rannte zum Rand der Lichtung hinüber und winkte seinen Männern.

»Zu mir!«

Die Zenturie lief zu ihm und positionierte sich an beiden Seiten des erschöpften Marcus, der in Julius' Arme sank. Frontinius humpelte ihnen nach, befahl lautstark, eine Linie zu bilden, und starrte in die Bäume, um zu überprüfen, ob es Anzeichen von Verfolgern gab.

»Deckt ihn mit ein paar Schilden!«

Frontinius und Julius nahmen ihren halb bewusstlosen Kameraden in die Mitte und führten ihn in Richtung Brücke, während sie von der Fünften Zenturie gedeckt wurden. Sie wechselten unglückliche Blicke, als sie Marcus' zerschlagenes Gesicht mit den verquollenen Augen sahen und erkannten, dass er trotz ihrer Hilfe seine Füße kaum vom Boden heben konnte.

»Er wird den Fluss nicht ohne Hilfe überqueren können, und falls er hineinfällt, werden wir ihn verlieren.«

Frontinius schüttelte den Kopf. »Er wird es nicht selbst tun müssen. Schau.«

Lugos hatte seinen Streithammer zu Boden geworfen und watete mit entschlossenem Gesicht über die Brücke. Als er die beiden Offiziere erreichte, sah er zu Marcus hinunter, der eine schlaffe Hand zum Gruß hob. Ohne ein weiteres Wort beugte sich der selgovische Krieger hinab und untersuchte das Gesicht des Römers, wobei seine Hände beim

Berühren des verletzten Kiefers erstaunlich sanft waren. Kopfschüttelnd winkte er die zwei Zenturios zur Seite, ging vor Marcus in die Hocke und lehnte sich seitlich gegen den Bauch des erschöpften Mannes. Dann legte er sich den Römer samt seiner Ausrüstung über die Schultern und kam wieder zum Stehen, als handle es sich um ein müdes Kind, das er zu Bett brachte. Wortlos ging er zur Flussquerung zurück, und Frontinius sah ihn mit größter Vorsicht auf die Unterwasser-Brücke treten.

Ohne seine Augen von dem hünenhaften Krieger und seiner Last abzuwenden, sagte er zu Julius: »Wir sollten ihn gleich auf einen Karren legen und nach Tungrorum zurückschaffen. Falls seine Gesichtsverletzung so schlimm ist, wie sie aussieht, wird er die ganze Heilkunst seiner Frau benötigen, um diesen Kiefer wieder gerade zu bekommen.«

Felicia warf nur einen Blick auf ihren Gatten, als Dubnus und Julius ihn durch die Tür des Behandlungsraums trugen, und deutete dann auf den Operationstisch. »Hebt ihn dort hinauf, bitte.« Mit vorsichtigen Händen untersuchte sie behutsam den anschwellenden Bluterguss, der sich über die rechte Seite seines Gesichts ausbreitete. Marcus beugte sich vor und murmelte ihr etwas ins Ohr. Mit einem fast verzweifelt wirkenden Ausdruck sah sie zu seinen Kameraden und schüttelte den Kopf. »Ganz offensichtlich hat er eine Gehirnerschütterung, aber ich vermute, das habt ihr euch selbst schon gedacht. Sein Kiefer ist stark verletzt, zumindest fühlt es sich so an. Vielleicht nicht komplett durchtrennt, aber mit Sicherheit angebrochen. Er wird mindestens vierzehn Tage lang kein festes Essen zu sich nehmen oder sprechen können, vielleicht auch länger. Entkleidet ihn bitte.«

Die beiden Zenturios zogen Marcus die Rüstung über den Kopf, während dieser vor Schmerzen bebte. Seine Augen waren ausdruckslos und unscharf.

Dubnus schnitt eine Grimasse und besah eingehend die Schwellung, die seinen Kiefer auf der einen Seite doppelt so groß hatte werden lassen. »Wir bleiben wohl besser noch ein Weilchen hier, was? Deine Frau wird zwei starke Männer brauchen können, falls sie beschließt, etwas zu amputieren, und man dich festhalten muss. Und falls du sterben solltest, vergiss nicht, dass ich an oberster Stelle auf der Liste der Erben für dein hübsches Schwert stehe.«

»An oberster Stelle stehe ich, Zenturio, in Anbetracht der Summe, die er dafür ausgegeben hat.«

Dubnus verbeugte sich vor der Medica, die mit einem Arm voller Gefäße in den Behandlungsraum zurückkehrte. »Natürlich, Domina, das war nur …«

»Ein Scherz unter Soldaten, ich weiß. Aber nachdem mein Gatte vor Schmerz fast bewusstlos ist, amüsiert du dich selbst wohl am meisten darüber. Dabei bist du hier ja eigentlich nicht derjenige, der Beruhigung braucht, oder?« Sie stellte die Gefäße ab und beugte sich kurz darüber. Dann drehte sie sich um und ergriff mit Tränen in den Augen die Hand des erstaunten Zenturios. »Vergib mir, Dubnus, niemand hat je größere Opfer für Marcus und mich gebracht als du, und dafür danke ich dir. Ich bin nur …«

Mit erhobener Hand wehrte der große Mann ihre Entschuldigung ab. »Ich weiß. Heile ihn mit deiner Zauberkunst und ignoriere mein Geschwätz. Wie können wir dir helfen?«

Sie wandte sich wieder den Gefäßen zu. Schnell füllte sie zwei geringe Mengen Pulver in einen Becher Wein, fügte Honig dazu, rührte um und reicht Dubnus die Mischung.

»Gib ihm das zu trinken. Es könnte trotz des Honigs bitter schmecken, aber ich kann seine Wunde nicht behandeln, bevor er nicht alles getrunken hat. Hier« – sie reichte ihm ein dünnes Glasröhrchen –, »er kann dies benutzen, damit er den Mund nicht zu weit öffnen muss.«

Marcus zuckte zusammen, als er das Gebräu schmeckte, doch als er den Ausdruck auf dem Gesicht seiner Frau sah, senkte er gehorsam den Kopf und nippte weiter daran.

Julius lehnte sich vor, roch an dem Becher und rümpfte die Nase. »Was ist da drin?«

Felicia antwortete ihm über ihre Schulter hinweg, während sie ihre Instrumente auslegte. »Das ist eine Mischung aus getrocknetem Mohnsaft und etwas, von dem ich erst kürzlich gelesen habe, nämlich pulverisierte Alraunwurzel. Der kaiserliche Medicus Galen empfiehlt sie zum Sedieren eines Patienten während schmerzhafter Behandlungen. Sorge dafür, dass er den Becher austrinkt.« Sie wartete, bis Marcus' Augen geschlossen waren und er auch auf ein festes Kneifen seines Handrückens nicht mehr reagierte. Dann hob sie sachte seinen Kiefer an und betastete den Bluterguss mit ihren Fingern. Als er auch darauf nicht reagierte, griff sie fester zu und übte sanften Druck auf den Knochen aus, indem sie mit der flachen Hand dagegenpresste. Mit einem erleichterten Seufzer nickte sie den Zenturios zu. »Wie ich vermutet habe: Der Knochen ist nicht gebrochen. Was immer gegen seinen Kiefer schlug, war nur ein Streifhieb oder bestand, aller Voraussicht nach, nicht aus Eisen. Vielleicht eine Faust? Ich gehe davon aus, dass der Knochen einen Riss davongetragen hat, daher werde ich die einzigen drei Behandlungen durchführen, die mir zur Verfügung stehen. Reich mir bitte den Faden, Dubnus.« Sie nahm dem erstaunten Zenturio die Fadenrolle ab. »Jetzt öffne, so vorsichtig du kannst, seinen Mund und halte ihn offen.« Sie schlang den dünnen Faden um einen der Frontzähne ihres Gatten, sicherte ihn mit einem Knoten, schlang ihn um den Zahn dahinter und zog den Faden straff. Dann wiederholte sie dieselbe Prozedur mit dem nächsten Zahn. »Dieser hier ist der wichtigste. Ich vermute, der Riss im Kieferknochen befindet sich zwischen diesem Zahn und dem nächsten, also muss ich die Knochenteile fest aneinanderfügen und die Zähne dabei als Verankerungen für den Faden benutzen. Öffne seinen Mund, so weit du kannst, bitte.« Sie griff tiefer in Marcus' Mundhöhle, legte eine Schlinge um den betreffenden Zahn und zog den Faden mit einem triumphierenden Lächeln straff. »Geschafft!«

Nun schlang sie den Faden Zahn für Zahn wieder zum vorderen Ankerpunkt zurück und sicherte ihn mit einem Knoten. Dann trat sie von ihrem bewusstlosen Gatten zurück und fischte nach einem weiteren Gefäß, das hinter ihr stand. Sie öffnete den Verschluss und tupfte mit dem Finger in eine weißgraue Paste, die sie sogleich behutsam auf der Schwellung an Marcus' Kiefer verrieb.

»Das ist Beinwell, ein blühendes Kraut, das zuerst in Wasser gekocht, dann zu einer Paste verarbeitet und in diese Wundsalbe gegeben wird. Wenn wir sein Gesicht zwei Mal am Tag damit einreiben, wird der Knochen schneller zusammenwachsen. Und nun …« Sie nahm einen langen Verbandstreifen, legte ihn um Marcus' Kopf und band ihn locker über seinem Kiefer zusammen. »Fest genug, um dem Knochen ein wenig Halt zu geben, aber nicht so fest, dass der Riss wieder aufplatzt. Und jetzt, meine Herren, haben wir die Grenze meiner Künste erreicht. Jetzt können wir ihn nur noch die Behandlung ausschlafen lassen und alle Gebete sprechen, die wir für angebracht halten, um die Götter für seine Heilung günstig zu stimmen. Jetzt, wo wir alles Mögliche für diesen Offizier getan haben, sollte ich noch eine Pfeilwunde versorgen, und danach war da, glaube ich, auch noch eine Frostbeule, oder?«

»Da gibt es nicht viel zu erzählen, Tribun. Wir sind nach Westen geritten, bis es anfing zu schneien, und waren glücklicherweise nahe genug an einem Bauernhof, um in einer Scheune Zuflucht zu finden. Dort sind wir geblieben und haben gewartet, bis es vorbei war. Wer immer sich auf der Straße befand, wird eine erbärmliche Nacht verbracht haben. Sobald es zu schneien aufhörte, sind wir direkt hierher zurückgeritten, um herauszufinden, wie euer Einfall in den Wald gelaufen ist.« Als er Julius und Dubnus im Eingang des Verwaltungsgebäudes erblickte, unterbrach Caninus seine Erzählung der Ereignisse des vorigen Tages.

Scaurus, der seine Zenturios darauf warten sah, dass er ihnen erlaubte einzutreten, winkte sie ungeduldig herein. »Meine Herren, bringt ihr Neuigkeiten bezüglich unseres Kollegen?«

Beide Männer gingen hinein und nahmen Haltung an. Julius salutierte, bevor er zu sprechen begann.

»Der Zenturio hat einen angebrochenen Kiefer, Tribun, und es wird mindestens zwei Wochen dauern, bevor er den Dienst wieder aufnehmen kann. Vielleicht auch länger.«

Der Tribun nickte. »Dann sollten wir für diese kleine Gnade dankbar sein. Mithras hat über ihn gewacht, daran besteht kein Zweifel. Ich habe schon früher gebrochene Kiefer und ausgeschlagene Zähne gesehen, und einer dieser

Männer hatte danach für den Rest seines Lebens ein entstelltes Gesicht. Im Extremfall wurden sie sogar als dienstuntauglich eingestuft und aus der Armee entlassen. Wer also soll seine Zenturie nun anführen, Erster Speer?«

Frontinius zog fragend eine Braue hoch und sah zu Julius hinüber.

Sein ranghoher Zenturio antwortete, ohne zu zögern. »Sein Optio ist ein guter Mann. Sogar sehr gut, um genau zu sein. Er ist in letzter Zeit ein wenig mürrisch, was womöglich Probleme bereiten könnte. Daher frage ich mich, ob er der Richtige ist, um die Jungs von Zenturio Corvus zu übernehmen, wo sie ihrem Offizier doch so treu ergeben sind. Natürlich war er schon mal zeitlich befristet Zenturio, als die Hamier zum Kastell Arbei verschifft wurden, allerdings hat er noch nie eine Zenturie in den Kampf geführt.«

Frontinius nickte entschieden. »Dann lassen wir es darauf ankommen. Sollte Tribun Scaurus zustimmen, kannst du Optio Qadir darüber unterrichten, dass er ernannt wurde, die Neunte Zenturie anzuführen, bis Zenturio Corvus den Dienst wieder aufnehmen kann. Und du kannst ihm auch deutlich machen, dass ich ihn sehr genau beobachten werde. Schließlich müssen wir immer noch die Sechste neu formieren, sobald wir achtzig taugliche Männer dafür finden. Vielleicht könnte er sogar der Richtige sein, um die neue Zenturie aufzubauen, falls er es schafft, seine Leute über die nächsten Tage zusammenzuhalten. Tribun?«

Scaurus nickte zustimmend. »Erster Speer, wie immer vertraue ich auf dein Urteil, wenn es darum geht, wie deine Leute zu führen sind.« Die beiden Zenturios salutierten und wandten sich zum Gehen. »Zenturio Julius, bleib bitte und nimm an unserer Unterredung teil. Wir wollen besprechen, was im Arduinna-Forst geschehen ist. Ich glaube kaum, dass wir über weitere Schritte entscheiden können, bevor wir nicht genau wissen, was derart schiefgelaufen ist. Egal, ob es nun Verrat oder göttliche Einflussnahme war – jedenfalls werde ich meine Männer nicht mehr in diesen Wald schicken, solange ich nicht sicher bin, dass ich diesen Obduro angreifen kann, ohne befürchten zu müssen, einen Pfeil zwischen meinen Schulterblättern stecken zu haben.«

Als Marcus erwachte, stellte er fest, dass er auf einem Bett im Hospital lag. Er war todmüde und abgekämpft von allem, was mit ihm geschehen war, während er unter der Wirkung von Felicias Trank stand. Er war froh, mit geschlossenen Augen in der Stille zu liegen, während sein Geist aus der langen, tiefen Versunkenheit wieder auftauchte und er allmählich seiner Umgebung gewahr wurde. Eine kratzige Decke lag über seinem nackten Körper, und unter der dünnen Matratze war der harte Bettrahmen zu spüren. Ganz in seiner Nähe stöhnte jemand, und Marcus zwang sich, die Augen zu öffnen. Das Licht einer Lampe neben seinem Bett brachte ihn zum Zwinkern, was ihm Schmerzen bereitete. Wer immer an seiner Seite lag, sprach mit sich selbst, und seine leise gemurmelte Schimpftirade von Obszönitäten schien unerschöpflich.

»Fünfzehn Jahre! Diese *Drecksbanditen*! Fünfzehn verfluchte Jahre haben wir die Blaunasen in ihre Schranken verwiesen, und nie habe ich mehr als einen Kratzer abbekommen. Und jetzt kommt ein räuberischer, ziegenfickender Hurensohn und schießt einen Pfeil durch mein verdammtes Knie.« Der Soldat versuchte, auf die Füße zu kommen, wobei er dem liegenden Zenturio den Rücken zukehrte. Sein linkes Bein war in schwere Bandagen gewickelt, die vom Schenkel bis zum Knöchel reichten, und eine Schiene war angebracht worden, um das Kniegelenk komplett ruhig zu halten. Er sackte wieder aufs Bett, noch immer mit dem Rücken zu dem nunmehr fast gänzlich erwachten Marcus, und betrachtete, nach dem Ton seiner Stimme zu urteilen, sein verwundetes Bein mit offenkundigem Ekel. »Wenn ich nur diesen Drecksstock herausziehen könnte, dann könnte ich das verfluchte Gelenk zumindest genügend beugen, um damit zu laufen.«

Du würdest es bereuen, wenn du das versuchst, sinnierte Marcus still. *Im Gegensatz zu mir kennst du die Medica und ihr Temperament nicht*. Er versuchte zu sprechen, doch aufgrund seines Verbands und der sofortigen Schmerzen brachte er nicht mehr als ein Knurren heraus.

Der Soldat wandte sich um, so gut er konnte, hob rasch seine Hand und salutierte. »Entschuldige, Zenturio, ich wusste nicht, dass du erwacht bist! Ich hatte ihnen gesagt, dass du besser ein Zimmer für dich allein hättest, aber Zenturio Dubnus war der Meinung, du würdest dich mit etwas Gesellschaft wohler fühlen. Ich werde sofort einen Pfleger rufen. *Pfleger!*« Er brüllte, so laut er konnte, und sofort waren eilige Schritte auf dem Korridor zu hören.

Felicia erschien an der Tür und sah mit nur einem Blick, was vor sich ging. »Geh *sofort* in dein Bett zurück, Soldat Sanga! Und wenn ich dich noch einmal ohne einen Pfleger außerhalb deines Bettes sehe, bevor ich dir dazu die Erlaubnis erteilt habe, werde ich deinem Zenturio sagen, er soll dir Strafdienst auferlegen, sobald du wieder gesund bist. Und nimm deine Hände von der Schiene, denn die hält dich davon ab, das Knie zu beugen und all die gute Arbeit zunichtezumachen, die ich geleistet habe. Immerhin habe ich den Pfeil herausbekommen, ohne dass ich Stücke aus deinem Knie herausschneiden musste.« Sanga hob seine Hand, aber die Medica schüttelte warnend den Kopf. »Ich bin nicht dein Zenturio, Sanga, also brauchst du auch nicht die Hand zu heben, wenn du mit mir sprechen willst. Was ist los?«

»Ich muss auf die Latrine, Domina.«

»Ist das alles? Manius!« Der Kopf des Pflegers erschien seitlich der Tür, und es war offensichtlich, dass er sich ebenso vor der neuen Medica fürchtete wie der beschämte Sanga. »Dieser Mann muss die Latrine benutzen. Vorne oder hinten?«

»Was? Oh ... vorne, Domina.«

Sie nickte ihrem Gehilfen zu, der in den Raum trat und eine Pfanne unter dem Bett hervorzog. Er half Sanga, sich auf die Seite zu drehen, sodass er seinen Urinstrahl auf die Pfanne richten konnte. Mit einem langen Seufzer der Erleichterung leerte der Soldat seine volle Blase. Manius sah den Inhalt der Bettpfanne genau an, führte dann seine Nase dicht an die Oberfläche und roch eingängig daran, wobei er den erstaunten Ausdruck in Sangas Gesicht ignorierte. Er streckte die Pfanne über den liegenden Soldaten hinweg der wartenden Medica hin, und Felicia wiederholte das Vorgehen.

»Das sieht ja schon ganz gut aus. Danke, Manius.« Sie reichte dem Pfleger die Pfanne zurück, der sie den Korridor zur Latrine hinuntertrug, um den Urin auszuschütten. »Und jetzt, wo deine Blase entleert ist, Soldat Sanga, kannst du still liegen, während ich mich um den Zenturio hier kümmere.« Mit geübtem Blick lehnte sie sich über Marcus, untersuchte die Schwellung am Rand seines Kiefers und rieb dann sanft noch etwas Beinwellsalbe in das aufgedunsene

Fleisch. »Du darfst nicht versuchen zu sprechen oder deinen Mund überhaupt auf- und zumachen, bis ich dir nicht sage, dass es geht. Wir werden dir Suppe geben, die du durch ein Röhrchen einsaugen kannst, und du kannst dies benutzen, um zu sprechen.«

Sie gab ihm eine aufklappbare hölzerne Schreibtafel, deren innere Oberfläche mit weichem Wachs überzogen war. Marcus dachte kurz nach, nahm dann den Griffel und schrieb eifrig.

»›Wann werde ich das Bett verlassen können?‹« Ihr Gesicht verzog sich zu einem Lächeln. »Typisch mein Ehemann. Erst, wenn ich es dir sage, Zenturio! Ich will, dass du dich ausruhst und wieder zu Kräften kommst, nach all den Schlägen und der Wirkung der Arzneien, die ich dir verabreichen musste. Nicht vor ein oder zwei Tagen, mindestens. Jetzt lehne dich zurück und bleib ruhig, dann wirst du in wenigen Minuten wieder einschlafen. Ich habe gelesen, dass die Wirkung der Alraune erst nach einem ganzen Tag und mehr wieder abklingt.« Sie küsste ihn auf die Stirn und wandte sich zum Gehen, sah dann aber Sanga, der wieder seine Hand in die Höhe streckte. »Ja, Soldat?«

»Domina, entschuldigt, wenn ich ungehobelt sein sollte, aber was soll ich tun, wenn es mich drängt ...« Er unterbrach sich und suchte ein Wort, um die Dame nicht zu beleidigen. »Du weißt schon ... das andere?«

Felicia sah ihn verwirrt an, bis sie die Frage verstand. »Das andere? Ah, du meinst, wenn du deine Gedärme entleeren musst. Pfleger Manius wird dir die Pfanne bringen, in der du dein Geschäft verrichtest, dann werden mein Gehilfe und ich uns das Ergebnis gut ansehen, um sicherzugehen, dass du auch in dieser Hinsicht keine Schwierigkeiten hast.«

Sangas Gesichtsausdruck wirkte ungläubig. »Ihre werdet euch meine Sch…« Er schüttelte den Kopf, sichtlich zu verwirrt, um sein Erstaunen in Worte zu fassen. »Also gut, wenn ihr glaubt, das tun zu müssen. Oh, und Domina…?« Sein Gesicht nahm wieder ein wenig den Ausdruck seiner sonst üblichen Keckheit an. »Bekomme auch ich einen Gutenachtkuss?«

Felicias Gesicht wurde sanft. »Natürlich bekommst du den, Soldat.«

Sanga hob eine Braue und war sichtbar erschrocken, dass sein Bluff funktioniert haben sollte.

Die Medica ging um Marcus' Bett herum. Am Eingang angekommen, hielt sie an und hob ihre Stimme, um über den langen Korridor zu rufen. *»Manius!«* Der Pfleger streckte seinen Kopf wieder zur Tür herein. »Der Soldat hier braucht einen Gutenachtkuss.« Während sie durch die Tür verschwand, warf sie noch eine letzte Bemerkung über ihre Schulter. »Nehmt euch Zeit, meine Herren.«

Als Marcus erneut erwachte, strömte Tageslicht in den Raum.

Sanga saß in seinem Bett und spielte mit einem Satz Knöchelchen. »Guten Morgen, Zenturio!« Er salutierte, warf ein Knöchelchen in die Luft, schnippte schnell ein weiteres an den freien Platz zwischen den Fingern seiner anderen Hand, die flach auf dem Bett lag, bevor er das wieder herabfallende Knöchelchen auffing. »Alle Pferde im Stall. Wie üblich.«

Er seufzte mit dem Ausdruck eines Mannes, der den lieben langen Morgen mit Knöchelchen gespielt hatte. Ein Geräusch an der Tür ließ beide den Kopf drehen.

»Was haben wir denn hier? Einen ziemlich schmutzigen Zenturio, dem es zurzeit verboten ist zu sprechen, falls er nicht auf all seine häuslichen Privilegien zu verzichten gewillt ist…« Dubnus stand im Zimmereingang. Er hatte eine Hand erhoben, um jeden Sprechversuch Marcus' von vornherein zu verhindern. »Nicht! Ich habe keine Lust, dass deine Frau auf mich losgeht wie ein wundarschiger Optio, nur weil du zu dumm bist, ihre Anweisungen zu befolgen. Und dann ist da noch ein Soldat mit einem Loch im Knie, der nicht laufen darf und daher auf dem Bett sitzen und sich mit Kinderspielchen vergnügen muss. *Narbengesicht!*« Sangas Kamerad erschien hinter dem Türrahmen, und hinter ihm kam noch einer von Marcus' Männern. Dubnus zeigte auf Sanga. »Die Medica hat mir erlaubt, dass diese beiden dich aus dem Bett holen und mit nach draußen nehmen. Unterdessen werden Qadir und ich ein bisschen mit dem Zenturio plaudern.«

»Das ist die beste Neuigkeit des Tages.« Sanga strahlte bei der Aussicht, dem engen Raum zu entfliehen und ein wenig Luft zu schnappen. »Bringt mich kurz an der Latrine vorbei, in Ordnung? Ich habe schon jetzt einen heftigen Druck, außerdem würde ich es vorziehen zu vermeiden, dass der verfluchte Pfleger meine Scheiße durchsucht. Es hat mir gereicht, wie der Mistkerl gestern Abend an meiner Pisse gerochen hat…«

Narbengesicht stürzte in den Raum und grinste zu seinem Freund hinüber, wobei er nach den Knöchelchen auf dem Bett griff. »Knöchelchen, was? Als Junge war ich ziemlich gut darin. Vielleicht können wir eine kleine Partie spielen, natürlich nur zum Spaß.«

Er steckte die Knöchelchen ein und nickte zu dem

anderen Soldaten hinüber. Gemeinsam hoben sie Sanga hoch, der jedem von ihnen einen Arm über die Schulter legte, und trugen ihn aus dem Raum. Die Zenturios lächelten, als sie hörten, wie Felicia sie ermahnte, ihn keinesfalls auf seine Füße abzusetzen, und Narbengesicht ihr antwortete.

»Da besteht keine Gefahr, Domina. Ich möchte doch auch vermeiden, dass er Reißaus nimmt, sobald wir diese Knöchelchen erst einmal zum Springen gebracht haben und er jedes Spiel verlieren wird!«

»Na, immerhin hast du jetzt ein wenig Ruhe, nicht?« Dubnus trat in den Raum; er trug eine Schüssel heißes Wasser und ein Stofftuch. Gleich hinter ihm kam Qadir. »Deine Frau hat uns gebeten, dich ein wenig frisch zu machen. Anscheinend hast du, seit du hier bist, nichts anderes getan, als herumzuliegen und zu schnarchen.« Er machte sich mit dem Waschlappen an die Arbeit, und wenige Minuten später saß Marcus mit seiner Schreibtafel auf dem Bett, Dubnus und Qadir an seiner Seite. Er schrieb etwas auf das Wachs und hob die Tafel, damit seine Kameraden es lesen konnten.

»›Danke, dass ihr mich zurückgebracht habt‹?« Dubnus lachte. »Schon in einer Woche wirst du mir sicher nicht mehr danken, wenn du dann immer noch nicht sprechen darfst. Was macht dein Kopf?« Marcus rieb das Wachs wieder glatt und schrieb seine Antwort auf die saubere Oberfläche. »›Besser. Kopfweh weg. Gesicht tut noch weh.‹ Das wird noch ein paar Tage so weitergehen. Was ist eigentlich passiert?«

In ein paar kurzen Sätzen beschrieb Marcus auf der beengten Tafel, was geschehen war. Dann lehnte er sich zurück, da ihn die geistige Anstrengung bereits hatte ermüden lassen.

Dubnus bemerkte seine schnelle Erschöpfung und stellte

eine letzte Frage. »Dann meinen sie also, ihr Lager sei ziemlich unverwundbar?«

Marcus nickte, wischte die Tafel wieder sauber und schrieb einen letzten Kommentar.

Dubnus klopfte seinem Freund auf die Schulter, stand auf und schob seinen Stuhl zurück an die Wand. »Du siehst fix und fertig aus. Schlaf noch ein bisschen, und wir kommen dann morgen wieder vorbei, in Ordnung?«

Qadir beugte sich über seinen Zenturio und murmelte ein paar leise Worte. Marcus schrieb eine Antwort, zeigte sie Qadir, zog herausfordernd seine Augenbrauen hoch und hob seine zur Faust geballte Hand. Der große Hamier sah ihn einen Moment lang an, bevor er Marcus' Faust feierlich mit seiner eigenen berührte. Dann drehte er sich um und folgte Dubnus zur Tür hinaus.

Draußen in der warmen Frühlingsluft fanden sie Narbengesicht und Sanga bei ihrer Zeltmannschaft, die sich um sie versammelt hatte. In Anbetracht des konzentrierten Gesichtsausdrucks von Sanga und dem kleinen Haufen von Münzen zwischen ihnen war er wohl gerade dabei, die Knöchelchen zum entscheidenden Treffer zu werfen. Der Hamier legte eine Hand auf Dubnus' Arm und schüttelte stumm den Kopf, um ihn vom Eingreifen oder dem Abgeben eines Kommentars abzuhalten. Leise trottete er auf die Gruppe von Soldaten zu, die ihn nicht bemerkten. Plötzlich griff er mit seiner breiten Hand in die Luft und schnappte alle vier Knöchelchen gleichzeitig. Sanga öffnete den Mund zum Protest, schloss ihn aber sofort wieder, als er den Ausdruck auf dem Gesicht des neuen Zenturios sah. Die Soldaten wollten sich gerade aus der Hocke erheben, doch Qadir kam ihnen zuvor und brüllte ihnen einen Befehl zu.

»Bleibt, wo ihr seid!« Bedrohlich ragte er über ihnen und bedachte die beiden Wettkämpfer mit einer Grimasse. »Narbengesicht, du solltest schlau genug sein, nicht Knöchelchen mit jemandem zu spielen, der den ganzen Morgen Zeit hatte zu üben. Und du, Sanga, solltest schlau genug sein, dich nicht beim Wetten erwischen zu lassen, wenn Offiziere in der Nähe sind. Noch schlimmer wäre es nur gewesen, wenn Morban ebenfalls teilgenommen und euch beide geschröpft hätte.« Er öffnete seine Hand und ließ die Knöchelchen auf den Boden zwischen ihnen fallen. »Nehmt eure Einsätze zurück, Soldaten, und seid dankbar, dass ich euch nicht zwinge, sie dem Bestattungsfonds zukommen zu lassen. Und jetzt haut alle ab, außer euch beiden, denn ihr müsst diesen verwundeten Soldaten zurück ins Bett bringen. Und weckt *bloß nicht* den Zenturio, oder die zwei Tage Strafdienst, die ihr euch gerade eingeheimst habt, werden wundersamerweise auf vier anwachsen.«

Die beiden Zenturios sahen zu, wie Sangas Kameraden ihn ins Hospital zurücktrugen, und Dubnus lächelte breit, als er bemerkte, wie Qadir die entrüsteten Blicke der Soldaten mit einem finsteren Zusammenziehen seiner Augenbrauen beantwortete.

»Gut gemacht, Bruder.« Dubnus klopfte seinem Kameraden auf die Schulter. »Diese Geschichte wird schnell die Runde machen, und dann werden all jene, die deine Stellung als Zenturio anzufechten gedenken, sofort den Schwanz einziehen. Aber was war es, das Marcus dir noch auf die Tafel geschrieben hat?«

Der Hamier hob eine Braue und entschied dann, seine neue Stellung noch einmal zu unterstreichen. »Nicht dass dich das irgendetwas anginge, *Kollege* …« Er ließ die Stille, die darauf folgte, ein wenig andauern, bevor er weitersprach. »Er schrieb: ›Gib ihnen Saures!‹«

Dubnus nickte und lächelte ein wenig, als er hörte, welchen Rat Marcus seinem Stellvertreter gegeben hatte, und sah, wie Qadir ihr Verhältnis sogleich umgestaltet hatte.

»Ein guter Rat. Dann mal los, Zenturio, lass uns zu Onkel Sextus gehen und ihm den Bericht liefern, auf den er bereits wartet.«

Später an jenem Tag, als die Abendsonne zum Horizont herabsank, ging der Erste Speer zu Scaurus, um ihn über den Zustand der zwei Kohorten zu unterrichten und ihm die Informationen zu überbringen, die Dubnus und Qadir aus Marcus herausbekommen hatten. Während er sprach, ging er im Raum auf und ab und machte ein säuerliches Gesicht, als er seine Schlussfolgerungen darlegte.

»Also ist alles, was Corvus uns erzählen konnte, dass Obduro körperlich unauffällig ist, die ganze Zeit eine Maske trägt, es sei denn, er ist allein oder von einigen vertrauenswürdigen Männern umgeben, dass er ein stark befestigtes Lager irgendwo im Wald hat und Zenturio Corvus vorhersehbarerweise vor Verlangen brennt, ihn zu finden und ihn baldmöglichst zu seinen Ahnen zu schicken. Kurz gesagt: nichts, was wir nicht schon wussten oder hätten erraten können. Vielleicht kommen noch ein paar Erinnerungen zurück, wenn er von seinem Schlag auf den Kiefer geheilt ist, aber bis dahin kann er uns nicht mehr geben. Er hat übrigens darum gebeten, dich zu sehen, sobald du einen Moment Zeit hast.« Er blickte zu Scaurus hinüber, der auf einem Stuhl saß und die Nachbildung von Präfekt Caninus' Landkarte an der Wand betrachtete.

Nach einer Weile stand der Tribun kopfschüttelnd auf, hielt seine Augen jedoch auf die Karte gerichtet. »Du hast bei deiner Zusammenfassung etwas vergessen. Zenturio Corvus bestätigt, dass unser Gegner einen tief verwurzelten Groll gegen unseren Kollegen, den Präfekten, hegt. Und aufgrund der Bestätigung dieser zugegebenermaßen nicht neuen Erkenntnis stellen sich nun zwei Fragen. Erstens: Warum sollte ein Räuberhauptmann so fixiert auf einen relativ rangniedrigen Offizier wie Caninus sein, insbesondere, wo er angeblich doch so unfähig ist und daher nur von ihm belächelt wird? Und wenn das wirklich so ist, wie und wo kreuzten sich ihre Wege? Was ist es, das der Präfekt uns nicht erzählen will?«

Frontinius zuckte die Achseln und schüttelte desinteressiert den Kopf. »Ich werde die Kopfarbeit dir überlassen, Tribun. Mein Interesse ist rein militärischer Natur, was im Augenblick bedeutet, dass ich unsere Kohorten wieder so weit in Form bringen will, dass wir noch einmal dorthin ziehen können. Ich habe eine ganze Zenturie Soldaten, deren Stiefel zerfetzt sind, viele haben keine Schilde mehr, da andere Soldaten es lustig fanden, diese ins Feuer zu werfen – obgleich natürlich niemand bemerkt haben will, dass jemand ein solches Vergehen beging. Ich habe sogar einen Zenturio der Zweiten Kohorte, der unter einer leichten Frostbeule leidet, denn der Volltrottel ist nur mit seinen Socken bekleidet losmarschiert.«

Scaurus wandte sich um und schenkte seinem Ersten Speer ein unerbittliches Lächeln. »Dann solltest du jetzt ein paar Offiziere aussenden und die Händler der Stadt glücklich machen, oder? Ich wünsche, dass beide Kohorten unverzüglich wieder kampfbereit sind. Ab morgen werden wir

Spähpatrouillen die Hauptstraße entlangschicken, so schnell wie möglich wieder auf die Füße kommen und Obduro erneut angreifen. Ohne Zweifel rollen die Männer immer noch die Augen und erzählen sich hinter vorgehaltener Hand, dass seine Göttin Schnee geschickt hat, um uns von ihm fernzuhalten, und ich werde nicht erlauben, dass weiter darüber nachgegrübelt wird. Jeder einzelne Getreidekonvoi aus dem Westen wird eine Eskorte brauchen, sobald er einen Tagesmarsch von der Stadt entfernt ist. Decurio Silus und seine berittene Spähtruppe werden ihren jetzigen Auftrag beenden und stattdessen sicherstellen, dass Obduro seine Männer nicht unbemerkt aus dem Wald herausbekommt. Ferner solltest du einige Männer mit Seilen Richtung Süden schicken, die diese Brücke zumindest so weit einreißen, dass sie nicht mehr zur Überquerung des Flusses Mosa taugt. Die Legionskohorte kann sich darum kümmern, dass das Getreidelager von Prokurator Albanus sicher bleibt, und die Stadt in Garnison legen, während wir ein wenig Sohlenleder investieren, um zu verhindern, dass Obduros Männer auch nur einen einzigen Kornsack von den Konvois stehlen. Ich werde dafür sorgen, dass dieser Abschaum von desertierten Treverern ab Herbst nur noch Bucheckern zu essen bekommt, dann werden wir ja sehen, wie ihre Göttin sie zu ernähren gedenkt. Mach also deine Arbeit weiter, Erster Speer, während ich Zenturio Corvus einen Besuch abstatte, wie er gewünscht hat. Wer weiß – womöglich hat er sich ja an etwas erinnert, das uns helfen kann?«

7

Als Marcus wieder erwachte, lag Sanga schlafend auf seinem Bett, also kletterte er leise von seiner Matratze herunter. Einen Moment blieb er still stehen und wartete, bis das leichte Schwindelgefühl vorüber war. Dann schlich er barfüßig den Korridor zur Latrine hinunter und suchte anschließend seine Frau. Felicia war hocherfreut, ihn bereits wieder auf den Beinen zu sehen, sorgte sich aber um sein Wohlergehen. Er konnte sie jedoch besänftigen, indem er sich einmal um die eigene Achse drehte.

»Nun, du scheinst bereits so rüstig, dass wir annehmen können, die Wirkung der Alraune sei vollständig abgeklungen. Dennoch wirst du für geraume Zeit weder sprechen noch festes Essen zu dir nehmen können.«

»Weshalb ich ihm dies hier mitgebracht habe.« Sie wandten sich um, und der Tribun stand im Eingang. Lächelnd streckte er seine Hand aus, von der ein kleiner Eisentopf herunterhing. »Es gibt einen Lebensmittelhändler am Ende der Straße, der nur allzu froh war, mir diesen Topf auszuleihen – in der Hoffnung, dich für die nächsten Wochen versorgen zu können. Gib mir einen Becher, dann kann ich dir etwas davon eingießen.«

Marcus nahm sein Glasröhrchen und trank einen Schluck von der Suppe. Dankbar nickte er dem Tribun zu.

Scaurus beobachtete, wie der hungrige Zenturio die kochend heiße Brühe so schnell aufsaugte, wie dies möglich war, und blieb still sitzen, bis Marcus den Becher geleert hatte. »Schon besser, was? Im Topf ist mehr davon, damit du noch etwas hast, wenn ich wieder fort bin. Ich vermute, du wirst eine weitere Nacht hier verbringen, um sicherzugehen, dass du das Schlimmste überstanden hast, doch zumindest wird dich die Suppe bis morgen früh über Wasser halten. Wollen wir nun über unser Anliegen reden, Zenturio? Der Erste Speer Frontinius sagte mir, du möchtest dich gerne mit mir unterhalten, wenngleich es ganz danach aussieht, dass ich den Großteil unseres Gespräches selbst bestreiten werde.«

Marcus nickte, griff nach seiner Tafel und schrieb einige Zeilen. Er reichte Scaurus die Tafel hinüber, der das Geschriebene las und seinen Zenturio mit erstaunt hochgezogenen Augenbrauen anstarrte.

»*Tatsächlich?* Bist du dir sicher?«

Marcus dachte einen Moment nach und streckte dann seine Hand aus, um die Tafel zurückzuerhalten. Er glättete das Wachs und kritzelte einen weiteren Satz.

Mit einem grimmigen Kopfschütteln sah Scaurus auf den Text. »Bist du ihm denn so nahe gekommen?«

Marcus schrieb erneut.

Scaurus las den Text laut vor, und sein Gesicht verzog sich zu einem schiefen Lächeln. »›Nimm eine Zeltmannschaft mit.‹ Eine Zeltmannschaft? Ich werde eine verdammte Zenturie brauchen, wenn er tatsächlich so gefährlich ist, wie du sagst. Und den bösesten, übellaunigsten Offizier der Ersten Kohorte. Fällt dir dazu irgendein Name ein, Zenturio?«

Julius wollte gerade in die Stadt gehen und hatte den Schlüssel zu Annias Geheimtür in eine Tasche an seinem Gürtel gesteckt, als er ein Klopfen an der Tür zu seiner Baracke hörte. Als er öffnete, fand er einen der Männer der Wache vor, der eine kleine Papierrolle in der Hand hielt.

»Dies wurde soeben beim diensthabenden Zenturio abgegeben, Herr. Euer Name steht darauf.«

Julius runzelte die Stirn, nahm die Rolle entgegen und drehte sie, um darauf seinen in sauberer Handschrift angebrachten Namen zu lesen.

»Abgegeben? Von wem?«

Der Soldat schüttelte den Kopf. »Irgendein Kind, das für eine Münze einen Dienst für jemanden verrichtete. Es gab die Mitteilung den Männern am Tor und hatte sich verdrückt, noch bevor irgendwer eine Frage stellen konnte.«

Julius nickte und winkte den Mann mit geistesabwesender Geste hinaus. Im Schein seiner Lampe rollte er das Papier auf und kniff die Augen zusammen, um die kurze Mitteilung bei den schlechten Lichtverhältnissen lesen zu können.

Du bist in meiner Schänke nicht länger willkommen, Zenturio. Besuche sie nicht mehr, sonst wird diese Geschichte sowohl für dich als auch für die Frau schlecht ausgehen. Damit ist diese Sache beendet.

Wütend und kopfschüttelnd murmelte der hünenhafte Zenturio in den stillen Raum. Mit der Faust packte er das zerknüllte Papier. »Beendet? Oh, nein, das ist die Sache noch lange nicht. Damit hast du nur dein eigenes Todesurteil unterzeichnet…« Er straffte die Schultern und wandte sich der Tür zu, von der ein erneutes Klopfen zu hören war. Er atmete tief ein und riss die Tür auf, um seine Wut hinauszuschreien, fand sich jedoch direkt vor dem Tribun wieder, der in voller Kampfmontur vor ihm stand. Unverzüglich nahm er Haltung an, und Scaurus musterte ihn einen Augenblick, bevor er zu sprechen begann.

»Das ist wirklich interessant, Zenturio. Angesichts dieser späten Stunde glaubte ich, dich aus dem Bett holen zu müssen – stattdessen stehst du hier komplett angezogen und bist, wie es aussieht, bereit zum Dienstantritt. Außerdem scheinst du ein Stück Papier in deiner Hand zu zerknüllen.«

Er streckte seinen Arm aus, und Julius übergab ihm widerstrebend die Mitteilung.

Scaurus glättete das Papier und las den Text im Licht der nahegelegensten Fackel. »Es scheint, dass deine Liaison mit der Herrin des Blauen Keilers beendet ist, Zenturio.« Julius runzelte in offensichtlicher Verwirrung die Stirn, und Scaurus lachte trocken. »Wenn du der Erste Speer dieser Kohorte wärst, Zenturio, würdest du ebenfalls sicherstellen, alles in Erfahrung zu bringen, was die Leistungsfähigkeit deiner Offiziere schmälern könnte, oder?« Er wartete ab, bis Julius nickte, und fuhr dann fort. »Eben. Dann wird es dich nicht erstaunen, dass das Interesse von Sextus Frontinius, als er Berichte über einen seiner Zenturios erhielt, der nach dem Löschen der Lichter in die Stadt ging und erst in den frühen Morgenstunden zurückkehrte, genügend geweckt war, um das anfängliche Widerstreben deiner Kameraden zu brechen und herauszufinden, was du während deiner nächtlichen Ausflüge anstellst. Und obwohl es deine Sache ist, mit wem du dich in deiner Freizeit umgibst, wird es zu *seiner* Sache, sobald es Einfluss auf deine Leistung im Rahmen der Stellung hat, für die das Imperium eine ziemlich großzügige Menge Geld ausgibt, findest du nicht? Weshalb es dann wiederum auch zu meiner Sache wird.«

Julius nickte erneut und hielt mit versteinertem Gesicht dem prüfenden Blick des Tribuns stand.

»Alles in allem betrachtet wird es dich also kaum überraschen, dass deine Versuche, das wiederzugewinnen, was du beim Weggehen aus dieser Stadt verloren hast, auch deinen Vorgesetzten bekannt sind, nicht wahr? Einstweilen zumindest hat derjenige, der diese Nachricht verfasst hat, ein Recht darauf. Falls du also, wonach es ganz aussieht, gerade im Begriff warst, als Einzelkämpfer nach Tungrorum zu gehen, um dir einen Weg durch die Türsteher des Blauen Keilers zu schlagen und die betreffende Dame zu retten, so bin ich genau zum richtigen Zeitpunkt gekommen. Ich verbiete dir aufs Strengste, auch nur in die Nähe dieses verfluchten Lokals zu gehen, anderenfalls würde dein Dienstgrad gemindert, und du hättest so viele verwaltungsmäßige Strafmaßnahmen zu erdulden, dass du bis ans Ende deines Dienstes mit dem Kopf in den Latrinen stecken würdest. Ist das klar?« Scaurus trat näher an seinen Zenturio heran, und sein harter Blick zwang den ansonsten regungslosen Julius zu einem Blinzeln. »Ist ... das ... *klar*?«

»Ja, Herr.«

Der Tribun bedachte ihn mit einem schmallippigen Lächeln und trat zurück. Dann musterte er Julius von oben bis unten. »Gut. Ich bin nämlich nicht gewillt, meinen besten Zenturio zu verlieren, nur weil er nicht erkennt, wann er sich – zumindest vorläufig – geschlagen geben muss. Ganz abgesehen davon wird Petrus, wenn du auch nur dein Gesicht an seine Tür hältst, dich damit bestrafen, dass er die Frau töten wird.« Etwas in Julius' Augen hatte wohl seine

Überraschung erkennen lassen, denn Scaurus lachte erneut. »Ja, Zenturio, wir wissen alles über den wahren Ort, von dem aus Petrus diese erbärmliche Stadt regiert. Die Erste Minervia ist lange genug hier stationiert, dass Sergius es bereits vor einigen Monaten herausgefunden hat, und ganz im Gegensatz zu seinem Tribun ist er kein Mann, der eine so wertvolle Information für sich behalten würde. Zu gegebener Zeit werde ich selbst mit Petrus abrechnen, und wenn du dein Temperament bis dahin zügeln kannst, wirst du an dieser Abrechnung persönlich beteiligt sein, aber im Augenblick haben wir ein größeres und dringlicheres Problem.«

Das Gesicht des Präfekten Caninus war ein Bildnis der Verständnislosigkeit, als er unerwartet und mit fragendem Stirnrunzeln eine ganze Zenturie von Soldaten in der Straße vor seinem Amtssitz erblickte und vom Tribun der Tungrer mit entschiedenem Ton gerufen wurde.

»Tribun Scaurus? Ich wollte gerade für die Nacht den Dienst beenden. Vielleicht könnten wir …«

Scaurus trat vor und unterbrach ihn mit erhobener Hand. Seine Stimme war ernst und unerbittlich. »Schick deine Männer heraus und nimm ihnen die Waffen ab, Präfekt! Ich werde dich nicht ein zweites Mal darum bitten! Meine Soldaten sind nach der Schlappe im Wald noch immer frustriert, und sie werden das Entwaffnen gerne für dich übernehmen, wenn ich sie von der Leine lasse. Aber das wird keinesfalls angenehm.«

Caninus breitete beschwichtigend die Hände aus, sah links und rechts von ihm nach seiner Leibwache und gestikulierte dann zu den Soldaten, die seine kleine Truppe umringten und deren Speere im Mondlicht schimmerten.

»Lasst uns am besten tun, was der Tribun sagt, meine Herren. Ich möchte meine Hände nicht mit eurem Blut beflecken, ganz zu schweigen von meinem eigenen. Tornach, sag deinen Männern, sie sollen wegtreten, und lasst eure Waffen fallen.«

Sein Stellvertreter knurrte einen Befehl, löste seinen Gürtel und legte sein Schwert auf das Kopfsteinpflaster zu seinen Füßen. Seine Männer folgten ihm und rührten sich nicht, als ein paar Soldaten vortraten und ihre Waffen aufsammelten.

Scaurus blieb stehen, wo er war, und deutete auf den Präfekten. »Deine eigene Waffe ebenfalls, Quintus Caninus.«

Die Soldaten spannten sich an und nahmen eine sichtbar kampfbereite Haltung ein, doch Caninus zog mit einem schiefen Lächeln seine Klinge und legte sie auf die Straße.

»Schau sie dir gut an, Tribun. Dabei wirst du sehen, dass es sich um ein ganz normales Dienstschwert handelt, nicht gefährlicher als das deine. Der Mann, nach dem du jagst, trägt etwas viel Exotischeres, meine ich zu wissen?«

Scaurus ignorierte ihn und nickte Julius zu, der neben ihm auf Anordnungen wartete. »Zenturio, sei so freundlich und kümmere dich an meiner Stelle um die Leibwache des Präfekten. Es gibt keinen Grund für unhöfliches Benehmen, es sei denn, sie leisten Widerstand. Und du, Präfekt, kannst mich hineinbegleiten. Ich habe dir Fragen zu stellen, die nicht bis morgen warten können. Und bitte, Julius, stelle ein paar Männer als Türwachen ab. Ich werde rufen, falls ich sie brauchen sollte.«

Caninus wandte sich zum Eingang seines Amtssitzes zurück und ging in das Gebäude. Scaurus nahm eine Fackel von einem seiner Männer entgegen und folgte ihm, wobei er die Hand auf seinen Schwertgriff legte. Der Präfekt steckte frische Fackeln in die Wandringe, Scaurus ging ihm nach und entzündete sie. Als der Raum mit Licht erfüllt war, drehte Caninus seinem Kollegen das Gesicht zu, und sein noch eben spöttischer Gesichtsausdruck wich wachsender Verärgerung.

»Nun denn, Tribun, was ist eigentlich so wichtig, dass wir es um diese Nachtzeit besprechen müssen? Überdies mit deinem Schwert so nahe bei mir, dass es meine Kehle küssen könnte?«

Der Tribun schüttelte den Kopf und sprach mit gefährlich ruhiger Stimme. »Ein bisschen zu spät, fürchte ich, Quintus Caninus. Die richtige Zeit für deine ehrliche Entrüstung wäre vorhin auf der Straße gewesen, als ich dich vor deinen Leuten gedemütigt habe. Dein vorgetäuschter Ärger narrt mich nicht, Präfekt, also kannst du mit dem Schauspielern aufhören und die Haltung eines Mannes annehmen, der beim Lügen erwischt wurde, bevor ich meinen Zenturio hereinrufe und es dir mit Schlägen klarmachen lasse. Glaub mir, es gäbe sicher nicht vieles, was Julius größere Freude bereiten würde, als ein paar Sekunden mit dir allein zu sein, insbesondere in Anbetracht der Tatsache, dass sein Freund, Zenturio Corvus, so grausam im Wald misshandelt wurde.«

Der Präfekt trat zurück, und sein Gesichtsausdruck wandelte sich im Zeitraum eines Herzschlags von Verwirrung zu blankem Entsetzen. »Du glaubst doch nicht wirklich …?«

Scaurus winkte sein ungläubiges Staunen mit einer Geste seiner Hand beiseite. »Nein, Caninus, ich *glaube* es nicht, sondern ich *weiß* es. Ich weiß, wer du bist. Ich sage ›Caninus‹, aber vielleicht wäre es besser, dich bei dem Namen zu nennen, den deine Männer dir gegeben haben. Was meinst du, *Obduro*?«

Der andere Mann schüttelte langsam den Kopf, und seine Augen weiteten sich vor Schreck. »Aber ich bin nicht…«

»Du hast meinen Zenturio im Arduinna-Forst gefangen genommen, dann hast du ihm die ganze Nacht lang erzählt, was für ein entsetzlicher Gegner du bist, wie sehr du den Präfekten von Tungrorum verabscheust und dass deine Räuberbande niemals geschlagen werden kann. Aber deine Verkleidung war einen kleinen Moment lang durchschaubar, als der Zenturio dich nahe genug an sich heranlockte, um durch die Löcher der Maske deine Augen im Tageslicht zu sehen. Zenturio Corvus ist ein aufgeweckter junger Mann, weshalb er dich sofort erkannt hat. Das Grün deiner Augen ist einzigartig genug, doch wenn man noch das leichte Schielen hinzunimmt, bist du unverwechselbar. Du bist der Mann hinter der Maske, dessen bin ich mir sicher, und im Zuge deiner Eitelkeit hast du dich selbst ans Kreuz genagelt, das ich von meinen Männern gleich morgen früh aufstellen lassen werde.« Er unterbrach sich, während sein Gegenüber sich mit stumpfem Gesicht abwandte. »Hast du nichts dazu zu sagen?«

Caninus schaute einen Moment zur Decke hinauf, dann senkte er den Blick, sah Scaurus trotzig in die Augen und beantwortete die Frage mit vier knappen Worten. Der Tribun riss die Augen auf. Seine übliche vornehme Zurückhaltung schwand in Sekundenschnelle und wurde von etwas viel Härterem verdrängt, das er normalerweise verborgen zu halten wusste.

»Er ist *was*, zum Teufel?«

Caninus sah den Tribun weiter mit zusammengebissenen Zähnen an. »Du hast schon beim ersten Mal richtig gehört, Tribun. Er ist mein Bruder. Obduro ist mein *Bruder*. Mein eineiiger Zwilling, um genau zu sein.«

Scaurus stand mit offenem Mund da und starrte Caninus lange an. Dann senkte er den Kopf und setzte beide Fäuste auf den Tisch zwischen ihnen. Weiß hoben sich seine Knöchel von der über die Jahre dunkel gewordenen Farbe des Holzes ab. Als er hochsah, war sein Gesicht finster von nur schwer zu beherrschendem Ärger. Dessen ungeachtet blieb seine Stimme ruhig.

»Vorausgesetzt, ich kann dir den enormen Vorschuss an Glauben entgegenbringen, den es braucht, um diese Geschichte überhaupt zu schlucken, möchtest du doch nicht im Ernst behaupten, dass es sich nicht gelohnt hätte, mir das früher zu sagen?«

Der Präfekt zuckte mit niedergeschlagener Miene die Achseln. »Wenn ich dir das zu Beginn erzählt hätte, hättest du mich von allen Unterredungen und Entscheidungen ausgeschlossen, ohne auch nur eine Sekunde darüber nachzudenken.«

Scaurus lachte dumpf. »Da hast du allerdings recht! Es wird dich also nicht überraschen, dass mir in diesem Augenblick genau das durch den Kopf geht, selbst wenn du mir zu guter Letzt die Wahrheit gesagt hast.« Er schüttelte den Kopf. »Also dann noch mal von vorn: Erzähl mir, wie dein Zwillingsbruder und du in so eine gewalttätige Auseinandersetzung geraten seid. Und überdies so völlig unterschiedliche Lebenswege eingeschlagen habt.« Er griff nach einem Stuhl unter einer der Fackeln, die den Raum erhellten, und setzte sich. Seine Augen lagen so weit im Schatten, dass sie keine Gefühlsregungen preisgaben. »Und sorge dafür, dass die Geschichte außerordentlich überzeugend ist, sonst wirst du schon morgen Mittag als Krähenfutter dienen.«

Caninus lehnte sich an die Wand hinter ihm und rieb sich

mit der Hand über die müden Augen. »Um ehrlich zu sein, ist es eine Erleichterung, es endlich jemandem erzählen zu können. Ich habe dies schon so lange vor meinen Männern geheim gehalten, dass es anfängt, mich innerlich aufzufressen. Sein Name ist Sextus. Er wurde weniger als hundert Herzschläge nach mir geboren, und wir sind praktisch identisch, bis hin zum Schielen. Dies ist leicht beweisbar, denn es reicht eine Kopie der Eintragung im Volkszählungsregister, die du dir beim Statthalter besorgen kannst. Dort wirst du uns beide finden. Wir wurden vor dreißig Jahren hier in der Stadt geboren, daher sind wir in der Volkszählung enthalten, die zwischen unserem Geburtstag und dem Tag abgehalten wurde, als wir beide fortzogen, um unseren getrennten Lebenswegen nachzugehen.« Er deutete auf einen Stuhl und hob fragend die Augenbrauen.

Scaurus knurrte seine Zustimmung, hielt seine Hand jedoch noch immer fest auf dem Schwertgriff.

Der Präfekt sackte auf den Stuhl und lehnte sich zurück. Er sah aus, als hätte er sich einer schweren Last entledigt. »Ich danke dir. Wir waren genau wie alle anderen Zwillinge, über die man in den Geschichtsbüchern lesen kann. Als wir aufwuchsen, waren wir uns vertrauter als zwei Erbsen in einer Schote und ebenso unmöglich auseinanderzuhalten. Als unsere Mutter bemerkte, dass wir identisch waren, ließ sie für uns Anhänger fertigen – runde Scheiben, in die unsere Erkennungsnummern eingestanzt waren. Diese hingen an absichtlich kurz gehaltenen Ketten, sodass wir sie nicht hätten austauschen können, ohne die Kettenglieder zu brechen. Was wir natürlich gerne getan hätten, doch unsere Mutter ermahnte uns stets, dass sie uns mit höllischen Strafen belegen würde, falls wir es nur versuchten.« Er zog den Ausschnitt seiner Tunika herunter und zeigte Scaurus die Metallscheibe, die an einer Kette von seinem Hals hing. »Auf dem Metall ist die Zahl sechs eingestanzt. Die Scheibe ist nicht schön gearbeitet, aber es ist das Einzige, was mich noch mit meiner Mutter verbindet. Sie wurde vor einigen Jahren von der Pest dahingerafft, wenngleich ich glaube, dass die Epidemie sie nur deshalb getroffen hat, weil sie sich jahrelang abrackern musste, um uns beide ernähren zu können.« Mit einem Kopfschütteln steckte er den Anhänger wieder unter seine wollene Tunika. »Sie hatte recht damit, vorsichtig zu sein und uns einzubläuen, dass die Missachtung ihres Verbots uns mehr Ärger einhandeln würde, als es der Spaß wert gewesen wäre, unsere Rollen zu tauschen. Wir haben das starke Band zwischen uns stets dadurch bewiesen, dass wir die gleichen Dummheiten begingen und uns in die gleichen Schwierigkeiten brachten. Dennoch waren wir insgesamt betrachtet gute Jungs, mehr oder weniger. Wir haben natürlich früh gelernt zu kämpfen, denn genügend Anlässe dazu hat uns unser beiderseitiges Schielen geliefert. Er war in den Auseinandersetzungen immer besser als ich, wohingegen ich besser darin war, witzige Bemerkungen mit geistreicher Schlagfähigkeit zu vergelten. Wie du dir vorstellen kannst, brachte mir das hin und wieder Prügel ein, daher waren wir im Alter von zehn Jahren zwar zwei hartgesottene kleine Mistkerle, insgesamt betrachtet aber harmlos. Und harmlos blieben wir auch, bis unsere Eier absackten und uns die ersten Schamhaare wuchsen. Auch darin war ich schneller, wenngleich es sich nur um ein paar Wochen handelte. Vor jener Zeit waren wir unzertrennlich, und man traf nie einen von uns ohne den anderen an, doch als wir ins Mannesalter kamen, kühlte sich unser Verhältnis ab. Ich nehme an, jeder von uns war auf der Suche nach seinem eigenen Lebensweg, also begannen wir, anstelle unserer früheren Zusammenarbeit uns nun gegenseitig aufzustacheln und zu konkurrieren. Nach nur einem Jahr waren wir nicht mehr ›die schielenden Zwillinge‹, sondern Quintus und Sextus. Jeder hatte seinen eigenen Freundeskreis und seine eigene Art, Dinge in Angriff zu nehmen. Er war der harte Kerl, ich der weichere und besser im Umgang mit anderen. Im Gegensatz zu mir, der ich nie besonders religiös war, wandte er sich dem Arduinna-Kult zu und legte dabei all den Eifer eines Waldjägers an den Tag. Natürlich verbrachten wir noch immer Zeit miteinander, aber wir hatten unterschiedliche Methoden entwickelt zu erlangen, was wir haben wollten – er mit seinen Fäusten, ich mit dem Verstand. Bei allen Göttern, was für ein großartiges Gespann wir hätten sein können! Wir hätten den hiesigen Banden rasch das Handwerk gelegt, aber das sollte wohl nicht sein. Was uns jedoch endgültig voneinander entfernte, war das Auftauchen eines Mädchens …«

Scaurus nickte verständnisvoll, denn sein ursprüngliches Misstrauen war der Neugier gewichen. »Wie in den meisten Geschichten, oder? Wie hieß sie?«

»Lucia. Ihren Familiennamen habe ich vergessen, aber der wäre leicht aus den Registern zu entnehmen. Sie kam aus reichem Hause, mischte sich allerdings gerne unter die armen Jungs, wenn du verstehst, was ich meine, und natürlich waren mein Bruder und ich gleichermaßen geeignet für diese Beschreibung. Ich vermute, sie mochte ein bisschen Gefahr, wenngleich sie letztendlich mehr davon abbekam, als sie ursprünglich dachte. Wir haben uns beide in sie verliebt, und zum ersten Mal in unserem Leben gab es etwas, das wir beide wollten, aber nicht geteilt werden konnte. Sie traf ihre

Wahl und wollte mit mir zusammen sein. Dabei ist gar nicht viel geschehen, lediglich ein paar Nächte, wann immer sie sich aus ihrem Elternhaus wegstehlen konnte, aber sie war meine erste große Liebe, und natürlich war ich überzeugt, es würde sich ein Weg finden, um für den Rest unseres Lebens zusammenzubleiben. Ich denke, sie hätte sich ohnehin bald von mir getrennt und mich einige Wochen später mit gebrochenem Herzen zurückgelassen, aber so weit kam es gar nicht.« Er unterbrach seine Rede und sah wieder zur Decke hinauf.

Scaurus ermunterte ihn, mittlerweile in freundlicherem Ton, zum Weitersprechen. »Hat dein Bruder euch zusammen erwischt?«

Caninus nickte. »Ja. Er hatte die ganze Stadt abgesucht, bis er den Ort fand, zu dem ich sie normalerweise führte – einen leer stehenden Stall, wo wir sicher sein konnten, ungestört zu bleiben. Vielleicht ist er mir nachgegangen, oder jemand hat ihm die Information verkauft. Das werde ich wohl nie erfahren. Er stürmte zu uns hinein und wollte mit dem Messer auf mich losgehen. Er war nicht nur wütend, dass ich ihn angelogen hatte, sondern völlig außer sich zu sehen, dass ich sie tatsächlich für mich gewonnen und er das Spiel verloren hatte. Lucia sprang auf und streckte die Hände vor, um ihn zu stoppen, er aber trat mit dem Fuß auf eine kaputte Bohle und stürzte. Noch im Fallen rammte er sein Messer bis zum Griff in ihren Schenkel. Sie ist in meinen Armen verblutet. Er unterdessen schrie mich an, wie sehr ich ihn betrogen hätte, und ich brüllte zurück, er solle mich doch umbringen, wenn es das sei, was er wolle. Ich glaube, das hätte er sogar getan, wenn ich nicht bereits von ihrem Blut überströmt gewesen wäre. Schließlich beruhigte er sich zumindest so weit, dass er verstand, was er angerichtet hatte. Nicht nur hatte er ein unschuldiges Mädchen getötet, was ihm allein bereits die Todesstrafe eingebracht hätte – vielmehr hatte es den schrecklichen Anschein, als handle es sich um die Entführung, Vergewaltigung und Tötung der Tochter eines reichen Stadtbewohners. Wir wussten beide, dass ihr Vater Schutzgelder an die mächtigsten Stadtbanden entrichtete und keinen Moment zögern würde, diese mit Vergeltungsmaßnahmen zu beauftragen. Abgesehen davon hätte er sicher auch lieber sein Gesicht retten wollen, als zuzugeben, dass Lucia seinem Schutz entwischen konnte. Und es gibt nichts, was Bandenführer lieber tun, als die Chance zu ergreifen, ihre Schläger in einer derartigen Sache loszulassen, denn bei solchen Gelegenheiten werden sie von den gewöhnlichen Menschen als Gerechtigkeitsbringer gesehen und nicht als der räuberische Abschaum, der sie in Wirklichkeit sind. Nachdem unsere Beziehung kein gut gehütetes Geheimnis war, wusste ich, dass sie zuerst zu mir kommen würden. Und ganz egal, wie laut ich meine Unschuld herausgeschrien hätte, hätte es doch dazu geführt, dass uns beiden auf dem Marktplatz die Kehle durchgeschnitten worden wäre – natürlich erst, nachdem sie uns zuvor alle Knochen im Leib gebrochen hätten.« Er schüttelte den Kopf. »Wir waren also beide dem Untergang geweiht, es sei denn, wir hätten die Stadt verlassen, noch bevor das Mädchen am nächsten Morgen vermisst werden würde. Wir wussten also, dass wir irgendwie durch die Stadtmauer kommen und abhauen mussten, doch zuerst legten wir ihren Leichnam unter die Bodendielen und schütteten altes Sägemehl darüber, um den Geruch einzudämmen. Die Wurm fließt durch einen Bogen im südöstlichen Abschnitt der Wehrmauer, und wir wussten beide, wie man das Gittertor hochziehen konnte. Sobald wir durch den Bogen die Stadt verlassen hatten, sagte er mir, dass er mich ohne Zögern töten werde, wenn er mir das nächste Mal begegnete, und ich sah in seinen Augen, dass er das ernst meinte. Fast hätte ich mich sofort auf ihn gestürzt, um diese Geschichte ein für alle Mal zu beenden, doch irgendetwas hielt mich davon ab. Vielleicht Angst – er war ja so viel besser im Kämpfen als ich. Oder aber es war ein Überrest der Vertrautheit, die wir einst zueinander verspürten. Wie dem auch sei: Er verschwand im Dunkel der Nacht, und nur wenige Minuten später sprach ich meinen letzten Abschiedsgruß an Lucia und rannte ebenfalls davon.«

Scaurus stand auf und streckte seinen müden Körper. »In Anbetracht unseres unheilvollen Beginns hast du dich recht gut geschlagen, finde ich, *vorausgesetzt*, du hast mir die Wahrheit erzählt. Wenngleich ich sehr daran interessiert wäre zu erfahren, wie ein Mann, auf dessen Kopf ein solcher Preis ausgesetzt war, es zum kaiserlichen Offizier gebracht hat. Insbesondere in der Stadt, wo er vermutlich noch immer wegen Mordes gesucht wird?«

Marcus war gerade mit dem letzten Rest Suppe fertig, die ihm der Pfleger auf dem Ofen des Hospitals gewärmt hatte, als Scaurus in sein Zimmer trat, den Gruß seines Zenturios knapp erwiderte und sich dann auf einen Stuhl an seinem Bett setzte. Sanga erstarrte und nahm auf seiner Matratze Haltung an.

Der Präfekt sah zu der schweren Holzkrücke hinüber, die neben seinem Bett stand. »Kannst du diese Krücke benutzen, Soldat?«

Sanga war es nicht gewohnt, mit jemandem zu sprechen,

der in seiner engen Weltvorstellung fast einem Gott gleichkam. Daher stammelte er mit rotem Gesicht seine Antwort und verblieb in strammer Haltung, obgleich er flach auf dem Rücken lag. »Ja, Herr, Tribun, Herr! Aber ein wenig wackelig … Herr.«

»Na, dann scheint es ja, als würde dir etwas Übung guttun. Fort mit dir. Lauf ein paar Runden den Gang hinauf und wieder hinunter, bis ich dir sage, dass du zurückkommen kannst.«

Der Soldat gehorchte eifrig und humpelte mit einem kränklich verlegenen Lächeln aus dem Raum.

Scaurus lehnte sich zurück und sah sich in dem Raum mit seinen grauen Wänden um. »Ist dir dieser Ort schon langweilig geworden, Zenturio Corvus?« Marcus nickte, und sein Gesichtsausdruck brachte den Tribun zum Lächeln. »Das dachte ich mir. Du bist keiner, der gerne herumsitzt und nichts tut, was? Doch die Zeit der Langeweile wird für dich bald beendet sein. Ich habe eine neue Aufgabe für dich, Zenturio, und es ist eine Aufgabe, bei dir deine Augen und Ohren wesentlich nützlicher sein werden als dein Sprachvermögen. Außerdem hast du dich ja bereits als überdurchschnittlich begabt erwiesen, wenn es darauf ankommt, kleine, aber wichtige Einzelheiten zu bemerken.« Manius erschien mit einem Armvoll Kleidung und Ausrüstung. »Ich habe den Pfleger angewiesen, deine Ausrüstung zu bringen, und die Medica hat bereits deine Entlassung und Befähigung zum Dienst unterzeichnet. Anscheinend weiß sie besser als ich, wie langweilig es dir hier mit nur einem Soldaten werden würde. Also zieh dich an, und wir treffen uns am vorderen Eingang. Der Dienst ruft, Zenturio, und in diesem Fall brauchst du keine Stimme, um zu antworten.«

Marcus und Scaurus standen an der Straßenecke vor Caninus' Amtsstube. Die Torwachen betrachteten sie unglücklich, da sie ihre Verhaftung in der vergangenen Nacht noch nicht verdaut hatten. Während sie vom Hospital aus durch Tungrorum spazierten, hatte der Tribun Marcus die Geschichte wiedergegeben, die ihm Präfekt Caninus erzählt hatte, und war nun gerade dabei, dessen Version der Wahrheit zu Ende zu führen.

»Er sagte also, sie hätten den Leichnam des Mädchens in Sägemehl gepackt, damit er nicht zu sehr stinken würde, dann flüchteten sie durch den Bogen, der als Einlass für den Fluss Wurm in die Stadt dient. Caninus ging Richtung Osten, um die Festung an der Furt über die Mosa herum, und watete durch eine seichte Stelle, damit er nicht von den Torwachen erwischt wurde. Dann zog er weiter bis nach Colonia Claudia am Fluss Rhenus. Dort angekommen, tat er alles, um nicht aufzufallen, arbeitete hart und schuf sich einen Ruf als kluger Junge, der seine Versprechen stets einhielt. Schließlich fand er eine Stellung als Verwalter bei den Zivilbehörden. Ab da führte eins zum anderen, und zehn Jahre später sitzt er nun hier als amtlich eingesetzter Präfekt mit dem Auftrag, die Räuberei in der Provinz zu unterbinden, während sein verschollener Bruder als der größte und gemeinste Banditenanführer von allen auftritt. Ich fragte ihn, wie es sein könnte, dass man ihn nicht als jenen Mann erkannte, der zehn Jahre früher aus der Stadt geflohen war, und muss zugeben, dass seine Antwort ein durchaus schlüssiges Ende der Geschichte darstellte – sei sie nun wahr oder nicht.« Marcus hob eine Braue, und der Tribun deutete mit dem Arm über die Stadt. »Es ist eigentlich offensichtlich, wenn du dich umblickst. Aufgrund ihrer Größe müsste die

Stadt Tungrorum zwei- oder dreimal so viele Einwohner haben.« Der junge Zenturio nickte bedächtig und schürzte die Lippen, als auch er den möglichen Wahrheitsgehalt in Caninus' Version erkannte. »Genau, die Epidemie. Die gleiche verfluchte Pestilenz, die das Imperium in den letzten fünfzehn Jahren heimsuchte, brach vor etwa fünf Jahren auch hier in der Stadt aus, sagt er – und in allen Festungen längs des Rhenus. Und nachdem die Plage so heimtückisch war, den letzten Kaiser innerhalb der sicheren Mauern seines Palastes umbringen zu können, warum sollte sie hier Menschen verschonen? Caninus meint, dass mindestens ein Drittel der Stadtbewohner starb, und noch wesentlich mehr packten ihre Sachen zusammen und machten sich aus dem Staub oder versuchten das zumindest. Als er dann als Präfekt hierher zurückversetzt wurde, war schlicht niemand mehr am Leben, der ihn hätte erkennen können. Zudem ist die gesamte Familie des Mädchens verstorben, also gibt es keinen mehr, der ihn anklagen könnte. Abgesehen davon hat er alle Spuren des Tötungsdelikts aus den offiziellen Registern entfernt, behauptet er.«

Marcus schrieb etwas auf seine Tafel und hob sie hoch, damit der Tribun es lesen könnte.

»Beweise? Die Einträge zur Volkszählung fielen allesamt einem Feuer zum Opfer, das während der Epidemie ausbrach, als irgendein Narr ein Gebäude voll Toter und Sterbender in Brand setzte. Dabei hat er einen ganzen Häuserblock vernichtet, inklusive des Gebäudes, in dem die Register aufbewahrt wurden. Caninus sagt, dass auch der Stall, in dem das Mädchen starb, auf diese Weise zerstört wurde, weshalb wir auch auf diese Weise keine Bestätigung seiner Geschichte bekommen werden.« Er sah Marcus' zweifelnden Blick und nickte. »Ich weiß. Alles sehr passend für ihn, nicht wahr? Eine Geschichte, die seine Unschuld ›beweist‹, aber letztendlich keine echten Beweise liefert. Glaube ich sie ihm also oder nicht?« Er schwieg eine Weile. »Um ehrlich zu sein, ja. Ich würde mir wünschen, dass seine Fassung der Wahrheit entspricht, und unser Gott möge über mich urteilen, falls ich mich irre. Aber Caninus erzählt die Geschichte mit der richtigen Mischung aus Verzweiflung und Fatalismus, wie ein Mann, der weiß, dass er kurz vor dem Fall in den Hades steht, diesen Fall jedoch nicht verdient hat. Wohlgemerkt: Ich traue dieser neuen Version des Präfekten nicht gänzlich, weshalb ich einen Boten zum Sitz des Statthalters entsandt habe, um mir eine Kopie jenes Eintrags anlässlich der Volkszählung zu besorgen. Auf diese Weise können wir zumindest überprüfen, ob die Sache mit den ›Zwillingen‹ stimmt. Ob ich ihm jetzt aber tatsächlich Vertrauen entgegenbringe – nun, wie ich dir im Hospital gesagt habe, bei dieser Frage kommst du ins Spiel. Ich werde dich an die zentrale Stelle seiner Befehlsgewalt versetzen, ohne ihm diesbezüglich eine Wahl zu lassen, dann kannst du ihn ein paar Tage beobachten und mir sagen, was du von ihm hältst. Wenn diese ganze Geschichte nur eine Lüge ist, wird der Tag kommen, an dem er nicht aufpasst, und sei es nur für einen kurzen Moment. Sollte er tatsächlich Obduro sein, dann wird ihn diese strikte Beobachtung davon abhalten, weitere Schritte gegen uns zu unternehmen. Ob er nun schuldig ist oder lediglich ein Opfer der Macht- und Rachegelüste seines Bruders – ich kann mir keinen besseren Weg denken, dies herauszufinden, es sei denn, wir würden einen womöglich unschuldigen Mann halb zu Tode foltern. Deshalb setze ich einen so schlauen jungen Mann wie dich auf ihn an.« Marcus nickte und sah zur Präfektur hinüber, während Scaurus weitersprach. »Doch im Namen des Mithras: Sei vorsichtig! Sollte er nämlich nicht unschuldig sein, wird er vermutlich nach einer Gelegenheit suchen, uns beide zu vernichten. Pass also auf dich auf, Zenturio. Und ich möchte jeden Abend einen Bericht von dir. Ich habe Caninus mitgeteilt, dass ich, falls du nicht zum abendlichen Appell erscheinst, seinen Amtssitz Stein für Stein auseinandernehmen und ihn samt aller, die sich mir entgegenstellen, kurzerhand hinrichten werde!« Marcus stand auf, salutierte, und Scaurus hob als Entgegnung die Hand. »Gut, dann bist du nun entlassen. Möge dich unser unbezwingbare Gott behüten.«

Die Wachen am Haupteingang der Präfektur nahmen Haltung an, als Marcus nahte, und zogen die schwere Holztür auf. Sie hatten ihre Waffen zurückbekommen, nachdem Scaurus beschlossen hatte, öffentlich so zu tun, als würde er ihrem Herrn zumindest vorläufig vertrauen. Marcus bemerkte jedoch, dass keine der Wachen ihm in die Augen sah. Im Gebäude angekommen, traf er auf den spindeldürren Stellvertreter des Präfekten, der bereits auf ihn wartete. Tornach nickte ihm teilnahmslos zu, öffnete die Tür zu Caninus' Amtsstube und trat zurück. Der Präfekt saß an seinem Schreibtisch. Er hatte beide Hände flach auf die Holzoberfläche gelegt, sodass klar wurde, dass er lediglich dort gesessen und gewartet hatte, bis Marcus kommen würde. Er stand auf, ging um den Tisch zu dem Römer hinüber und nahm Haltung an, während die Tür geschlossen wurde.

»Zenturio, ich stehe zu deiner Verfügung. Tribun Scaurus hat mich darüber informiert, dass die Freiheit, meinen Posten hier weiter auszufüllen, von deiner Anwesenheit in meinem Amtssitz abhängt. Daher glaube ich, der einfachste Weg, mit dieser Situation umzugehen, ist, ehrlich die Beschränkungen anzusprechen, die meinem Handlungsspielraum auferlegt werden. Ich begebe mich also in deine Hände.«

Marcus lächelte freundlich, zeigte auf seinen noch immer geschwollenen Kiefer und dann auf den Stuhl, von dem Caninus aufgestanden war.

»Ich verstehe. Sprechen scheint momentan … *schwierig* für dich zu sein?«

Marcus nickte, deutete erneut auf den Stuhl, und diesmal entspannte sich Caninus und ging an seinen Platz zurück. Der junge Zenturio reichte ihm die Holztafel, auf die er ein paar Zeilen eng gedrängten Textes geschrieben hatte. Er beobachtete, wie der Präfekt die Tafel mit seiner breitfingrigen Hand ins Licht hielt.

»›Ich werde dich beobachten, aber als ein Freund. Ich bin dir noch immer dankbar, dass du meine Frau gerettet hast.‹« Caninus neigte den Kopf. »Ich verlange keine Dankbarkeit, Zenturio, aber ich wertschätze deine Unvoreingenommenheit mehr, als du dir vorstellen kannst. Wie dem auch sei …« Er sah wieder auf die Tafel. »›Ich werde nur beobachten, nichts weiter. Führe deine Arbeit fort, als ob ich gar nicht da wäre.‹« Der Präfekt lächelte gequält. »Das ist leichter gesagt als getan, doch ich werde mein Bestes tun, deine Anwesenheit zu ignorieren. Außerdem fragst du, was ich vorhabe?« Er stand auf und zeigte auf die Landkarte hinter ihm. »Im Augenblick habe ich zwei Hauptziele … aber vielleicht möchtest du dich setzen, bevor ich es weiter erkläre? Ich muss noch immer davon ausgehen, dass meine Präfektur von Obduros Spionen unterwandert ist.«

Marcus setzte sich und bedeutete dem Präfekten fortzufahren.

»Mein erstes und offensichtlichstes Ziel ist natürlich Obduro selbst. Ich habe Späher in den Arduinna-Forst geschickt, die nach seinem Versteck suchen, denn unser Hauptanliegen ist es, das Lager zu finden. Du warst ja dort, Zenturio Corvus, wenngleich verletzt und mit verbundenen Augen. Kannst du mir eine Andeutung geben, auf welchen Ort ich meine Suche konzentrieren sollte?«

Marcus schrieb eine Weile und reichte die Tafel über den Schreibtisch.

Der Präfekt las, nickte und reichte sie zurück. »Ich verstehe. Du warst halb bewusstlos, dein Kiefer war gebrochen, und zweifellos haben sie alles Erdenkliche getan, um deinen Orientierungssinn zu verwirren. Daher sagst du, dass du ebenso eine wie drei Stunden durch den Wald hättest gehen können. Und trotzdem: Vielleicht kannst du mir ja doch irgendeinen winzig kleinen Anhaltspunkt geben? Schau auf die Karte. Wenn du raten müsstest, wo sich das Lager befinden könnte, was würdest du sagen?«

Marcus stand auf und ging zu der Wandkarte hinüber. Nach kurzer Überlegung tippte er auf einen Fleck südöstlich der Unterwasser-Brücke. Er zuckte hilflos mit den Schultern und drehte sich zu Caninus zurück, der den Kopf mit einem ernsthaften Lächeln senkte.

»Ich verstehe. In jedem Fall basiert deine Einschätzung auf mehr Informationen als unsere Mutmaßungen. Ich werde meine Späher anweisen, diesen Teil des Forstes genau zu erkunden.«

Marcus nickte und breitete die Hände aus, damit Caninus weitersprach.

»Vorhin habe ich ein zweites Ziel erwähnt. Tatsächlich aber handelt es sich dabei um etwas, was ich noch niemandem außerhalb dieser Amtsstube anvertraut habe.« Er lehnte sich über den Schreibtisch und senkte seine Stimme zu einem verschwörerischen Murmeln. »Wenn auch nur irgendeine Andeutung des Verdachts, den ich dir gleich mitteilen werde, nach außen dringt, bevor die Zeit dazu reif ist, werden alle Beweise dafür innerhalb weniger Stunden vernichtet werden, und der Mann, den ich verdächtige, groben Betrug zu Lasten der kaiserliche Schatzkasse zu begehen, hätte mich in seiner Hand.« Er lehnte sich in seinen Stuhl zurück und bedachte den Mann vor ihm mit einem abschätzenden Blick. »Doch ich vermute, du weißt bereits, wovon ich spreche. Vielleicht können wir beide uns in dieser Sache zusammentun. Womöglich wärst du sogar der perfekte Ermittler dafür.«

Nachdem er seine Sitzung mit Caninus beendet hatte, erklärte Marcus, dass er noch eine persönliche Angelegenheit zu regeln hatte, und verließ die Präfektur. Rasch ging er die Straße hinunter und fand den Lebensmittelladen, in dem Scaurus ihm am Abend zuvor die Suppe gekauft hatte. Nach einer kurzen Verhandlung in Zeichensprache und der Vorauszahlung des Betrags für eine Woche Essensvorrat war die Besitzerin überredet, ihrem neuen besten Kunden zwei Töpfe Suppe pro Tag zu liefern und die Geschmacksrichtungen dabei so vielseitig wie möglich zu halten.

Marcus' nächstes Ziel war der Schmied, bei dem er seine neue Spatha gekauft hatte. Im Gegensatz zu der Kauffrau im Laden vorher konnte der Waffenschmied lesen und arbeitete sich langsam und schwerfällig durch Marcus' handgeschriebene Anweisungen.

»Du willst also einen neuen Helm, Zenturio? Hast wohl den alten verloren, als du dir diese Schwellung im Gesicht eingehandelt hast?« Marcus nickte geduldig. »Du willst eine exakte Kopie des verlorenen Helms, aber in derselben Machart wie der Kavalleriehelm, den ich dir gezeigt habe? Ah, und du willst mehrlagiges Eisen, richtig? Du bist ein kluger Mann, Zenturio: Du wirst keinen besseren Schutz finden als einen meiner Helme. Nun, was sonst noch …?« Er schielte auf die Tafel und runzelte die Stirn, als er den nächsten Eintrag las. »Einen Schild?« Er kniff die Augenbrauen zusammen. »Ich dachte, ihr Offiziere tragt gar keine Schilde?« Marcus sah ihn fragend an und tippte auf die Tafel. »Ja, Herr. Und du willst ihn …« Seine Stirn furchte sich noch tiefer, als er weiterlas. »Und wozu sollte das gut sein, Zenturio? Die Form wäre doch falsch.«

Marcus nahm ihm die Tafel aus der Hand und hob sie an. Mit bedeutungsvollem Blick zeigte er auf die Zeilen, die er in das Wachs geschrieben hatte, und tippte dann auf seinen Geldbeutel.

Der Schmied zuckte die Achseln und nickte zustimmend. »Der Kunde ist König, Zenturio. Wenn du einen Schild willst, der dich aussehen lässt, als seist du aus der frühen Antike, und zudem völlig unhandlich sein wird, dann soll's mir recht sein. Also einen Speer, einen Helm und einen Schild, allesamt nach deinen sehr besonderen Wünschen gefertigt … sagen wir zehn Goldmünzen, ja?« Marcus schrieb eine neue Zeile auf die Tafel und reichte sie dem Schmied über den Ladentisch. »›Ja, aber nur, wenn …‹« Der Schmied schüttelte kläglich den Kopf. »Dafür, dass ich dich für meinen besten Kunden seit Jahren gehalten habe, verhandelst du aber sehr hart, Zenturio.«

Marcus zuckte mit den Achseln, nahm ihm die Tafel aus der Hand und wandte sich zur Tür.

Sogleich rannte der Schmied um seinen Ladentisch herum und stellte sich ihm mit einer Schnelligkeit in den Weg, die man ihm bei seiner Größe nicht zugetraut hätte. »Ich sagte nicht, dass der Handel nicht machbar wäre. Hier, setz dich. Darfst du trotz des Verbands um dein Gesicht etwas Wein trinken?«

Nachdem der Handel abgeschlossen und mit einem Becher ziemlich wässrigen Weins begossen war, ging Marcus mit nachdenklichem Gesicht zum Hospital zurück und holte auf dem Weg einen frischen Topf Suppe ab. Er küsste seine Frau und ging den Gang hinunter, bis er das Zimmer fand, nach dem er gesucht hatte. Es war von nur einem Mann in der Uniform eines Zenturios belegt. Als er Marcus im Türrahmen bemerkte, stand der Patient mühsam auf und streckte eine Hand zum Gruß aus.

»Zenturio Corvus! Es ist schon lange her, dass wir miteinander sprechen konnten. Ich sah dich im angrenzenden Raum liegen, als sie mich hier reingebracht haben, aber ich konnte bis heute nicht laufen, und selbst jetzt ist es noch ein wenig mühsam.« Er hob sein linkes Bein und zeigte Marcus seine Fußsohle, der beim Anblick der riesigen schwarzen Blasen zusammenzuckte. »Sie tun gar nicht so weh, und wenn sie verbunden sind, darf ich sogar darauf laufen, aber ich werde noch mindestens eine Woche lang außer Dienst sein.«

Marcus sah ihn mit aufrichtiger Zuneigung an und bedeutete seinem Gegenüber dann mit dem bereits eingeübten Tippen auf seinen geschwollenen Kiefer und dem Hinüberreichen seiner Tafel, dass er lesen solle. Während Tertius die eng aneinandergeschriebenen Zeilen las und dabei seine Lippen bewegte, dachte Marcus an ihre erste Begegnung in der Offiziersmesse am Hafen vor dem Kastell Arbeia am Ostende des Walls und daran, wie schnell Tertius seine wahre Identität und seine Situation als Flüchtiger durchschaut hatte. Der Zenturio der Zweiten Kohorte hätte damals viele Gelegenheiten gehabt, aus diesem Wissen seinen Nutzen zu ziehen, stattdessen hatte er sich entschieden, die Pläne seines Präfekten hinsichtlich der Auslieferung und Hinrichtung von Marcus zu durchkreuzen. Nach dem rätselhaften Ableben von Präfekt Furius waren unter den tungrischen Kohorten monatelang Gerüchte herumgegangen – trotz der offiziellen Darstellung, dass es sich um einen natürlichen Tod handelte. Man mutmaßte, Furius sei Opfer eines Rachefeldzugs geworden, und ein Zenturio der Zweiten Kohorte habe ihn ermordet, da sein Bruder, der ebenfalls Soldat war, auf dessen Befehl gekreuzigt worden sei. Es hatte jedoch keine Beweise dafür gegeben, und der betreffende Zenturio namens Tertius hatte ungerührt alle Aufforderungen ignoriert, sich dazu zu äußern.

Tertius blickte mit nachdenklichem Gesicht von der Tafel hoch. »Du möchtest, dass ich etwas für dich erledige, was mit der Jagd nach dem Mistkerl Obduro zusammenhängt. Es muss bald getan werden, und es könnte gefährlich sein.« Er grinste Marcus selbstsicher an. »Dann bin ich der richtige Mann für dich, und *das hier* kannst du vergessen…« Er schob die Hand seines Freundes von dessen Geldbeutel weg. »Dieser Schweinehund von Furius hat meinen Bruder kreuzigen lassen, und du hast mir die Gelegenheit verschafft, Rache an ihm zu nehmen. Möge Cocidius dich dafür lange und lautstark preisen! Was immer ich für dich tun kann, wird meine Blutschuld bei dir zumindest teilweise tilgen.

Und wenn ein bisschen Kämpfen vonnöten sein sollte, umso besser.« Er griff nach seinem Schwert und tätschelte die abgenutzte Metallscheide. »Obwohl: Nach dem, was du hier geschrieben hast, werde ich vielleicht eher mein anderes Schwert brauchen.«

»Hast du deine Besorgung erledigt, Zenturio Corvus?«

Marcus nickte, schrieb etwas auf seine Tafel und schob sie mit reumütigem Gesicht über den Schreibtisch.

»So viel? Für einen Helm? Himmel, dieser Schmied weiß, wie er seinen Kunden das Geld abknöpft! Für diesen Betrag hätte er dir genauso gut einen Helm aus Gold machen können.« Kopfschüttelnd schob Caninus die Tafel über den Tisch zurück. »Dann lass uns jetzt das kleinere meiner Vorhaben besprechen. Ich bin mir ziemlich sicher, du weißt bereits, wen ich meine, doch um jeden Zweifel auszuräumen, werde ich dir meinen Verdacht darlegen. Prokurator Albanus wurde von Statthalter Julianus berufen, und zwar eine ganze Weile, nachdem ich bereits hier war. Daher konnte ich dabei zusehen und zuhören, wie er fast unmerklich die Prozeduren veränderte, mit denen die Getreideversorgung der Legionen am Rhenus vonstattenging. Wie er jedem erzählt, der es hören will, ist sein Auftrag, der Armee so viel Korn wie möglich zukommen zu lassen, wenngleich sich meines Wissens die Anzahl an Karren nur wenig erhöht hat, die nach Osten zu den Kastellen am Rhenus ziehen. Mir ist jedoch aufgefallen, dass sich die Anzahl der eintreffenden Getreidetransporte aus den über die Provinz verteilten Anwesen erhöht hat. Wenn allerdings mehr Korn hereinkommt, gleichzeitig aber immer dieselbe Menge zu den Soldaten ausgeliefert wird, dann stimmt etwas nicht. Entweder wird ein Teil guten Getreides einfach nicht verschickt, was unwahrscheinlich ist, denn das würde aus den Registern herausstechen wie der Schwanz eines Bräutigams, oder er nimmt Getreide im Lager auf, das gar nicht in das Versorgungssystem gelangen sollte, und benutzt es, um den Vorrat an gutem Korn aufzupolstern.«

Marcus schrieb nur zwei Wörter auf seine Tafel.

»›Verschimmeltes Getreide‹. Exakt, Zenturio! Ich *wusste*, dass du ein schlauer Mann bist. Ich glaube, der Prokurator ermutigt die Bauern, ihm Getreide zu senden, das von Gesetzes wegen gar nicht essbar ist, und bezahlt ihnen einen kleinen Teil des Preises, den sie für gutes Korn erhalten würden. Seien wir ehrlich: Zehn Prozent des Marktpreises ist wesentlich mehr als nichts für etwas, das man eigentlich nur verbrennen kann. Er wird das Ganze unter irgendeinem Vorwand verbuchen, als Tierfutter oder Ähnliches, aber ich würde mein Geld darauf verwetten, dass er es mit dem guten Korn vermischt. Wenn er nur zwei Säcke des modrigen Zeugs unter hundert gute Säcke mischt, kann er immer noch neunzig Prozent des Werts guter Ware in seine eigene Tasche stecken. Das hört sich nach wenig an, nicht wahr? Aber du wärst erstaunt zu erfahren, wie viele Säcke das pro Jahr ausmacht.« Er nahm eine Papierrolle von seinem Schreibtisch und schob sie zu Marcus hinüber. »Siehst du, um welche Beträge es sich handelt? Wir senden den Legionen jedes Jahr sechshunderttausend Kornsäcke, durchschnittlich achtzig Wagenladungen pro Tag. Wenn er schlau genug ist, seinen Gewinn bei nur zwei Prozent zu halten, also zwei Säcke verdorbenen Korns je hundert – was wenig genug ist, um zwar ärgerlich zu sein, aber keine wirklichen Schwierigkeiten zu bereiten –, dann verdient er bei vier

Dinar pro Sack immer noch mehr als hunderttausend pro Jahr. Das macht fast zehntausend in Gold aus, Zenturio. Abzüglich dessen, was er für das schlechte Korn bezahlt, und der Bestechungsgelder, die er allen Beteiligten zukommen lassen muss, schätze ich, dass er immer noch sechs- oder siebentausend Goldmünzen pro Jahr verdient, und das steuerfrei. Der Prokurator ist bereits seit mehr als zwei Jahren hier. Bei dieser Gewinnrate kann ein Mann schon nach wenigen Jahren fast alles kaufen, was er will, wenn er nach Rom zurückkehrt, angefangen bei einem Sitz im Senat. Außerdem ist es ein perfektes Verbrechen, weil es keine wirklichen ›Opfer‹ gibt. Niemand erleidet einen Verlust, wenn man den Kaiser außer Acht lässt, denn das Getreide selbst kostet ja nichts und wird von den Bauern dieser und der südlichen gallischen Provinzen als Preis dafür eingetrieben, dass sie vor den germanischen Barbaren gleich auf der anderen Seite des Rhenus geschützt werden. Dennoch hat der Prokurator jetzt zwei unschöne Probleme: *mich*, und jetzt auch noch *dich*.«

Die Fackeln waren schon lange entzündet, und die übliche Menschenmenge hatte sich bereits ausgedünnt, als zwei Männer in den groben Tuniken, die Soldaten trugen, durch den niedrigen Eingang einer Bierschänke im südwestlichen Viertel der Stadt humpelten. Einer der beiden hinkte ganz offensichtlich aufgrund seines schmerzenden Fußes, der andere nahm eine Krücke zu Hilfe. Sie beantworteten das fragende Starren der Kundschaft mit leeren Blicken durch den von Lampen erhellten Raum. Militärdolche von etwa dreißig Zentimetern Länge hingen neben gut gefüllten Geldbeuteln von ihren Ledergürteln. Sie waren einfach und zweckdienlich gekleidet, die schwere Wolle ihrer Gewänder war an den abgenutzten Stellen grobschlächtig gestopft, und ihre Hände und Gesichter trugen die Schwielen und Narben, die man sich in jahrzehntelangem Dienst erarbeitete. Die Eisengriffe ihrer Waffen jedoch glänzten im Dunkel der Schänke wie hochpoliertes Silber, was als geplantes und weit sichtbares Abschreckungsmanöver diente. Mit einer Geste wiesen sie den Wirt an, ihnen zwei Biere einzuschenken, und hielten eine Münze hoch, um ihm zu zeigen, dass er sicher bezahlt werden würde. Der jüngere der beiden half seinem Kameraden auf einen Stuhl und lehnte die Krücke des Veteranen gegen die Wand. Ein Serviermädchen, das auffällig geschminkt war und eine weit ausgeschnittene Tunika trug, die ihre kleinen, fast vorpubertären Brüste hervortreten ließ, stellte das Bier auf dem zerkratzten und fleckigen Tisch ab und nahm die Münze entgegen. Verwirrt bemerkte sie, dass keiner der beiden Männer auch nur versuchte, sich ihr sexuell zu nähern, obwohl sie dazu ausreichend Gelegenheit gehabt hätten.

Kopfschüttelnd stemmte sie die Hände in die Hüften und sah sie voller Abscheu an. »Seid ihr zwei etwa Arschküsser? Kein Problem, es gibt ein paar Jungs im oberen Geschoss, falls es das ist, was …«

Der jüngere Mann hob die Hand, und sie verstummte, als er einen Schluck Bier trank und wohlig seufzte, wobei ihn die anderen Männer des Lokals beobachteten.

»Zweifellos das beste Bier des Tages.« Er bedachte das Mädchen mit einem Kopfschütteln und lächelte ihre Verärgerung, so abrupt abgewiesen zu werden, einfach weg. »Ich möchte nicht unhöflich sein, Süße, aber wenn ich weibliche Gesellschaft gegen Bezahlung suche, steht mir zur Zeit der

Sinn eher nach einer etwas älteren Dame als dir. Du bist schlicht zu jung und frisch für mich.« Er hob erneut die Hand, um das nächste Angebot ihrerseits vorwegzunehmen. »Ich weiß, ich weiß: Ihr habt dort oben auch ›ältere‹ Damen. Aber ohne unhöflich sein zu wollen, sind diese Frauen ebenfalls nicht mein Typ. Daher wollen wir jetzt einfach nur hier sitzen und ein Bier trinken, denn früher oder später wird uns sicher der ein oder andere Herr einen Tipp für ein Lokal geben, das uns etwas reifere Gesellschaft bieten kann. Oder, wie mein Kamerad es hier vorzieht« – er zeigte auf seinen Begleiter und warf einen verschlagenen Blick in den Raum, um sicherzugehen, dass alle aufmerksam zuhörten –, »die Gesellschaft einer aufgetakelten und geschminkten Hure mit Titten wie Kuheutern und einem Arsch wie der Hintern eines Karrengauls, die fickt wie ein voll gespanntes Ballista-Geschoss und Schwänze lutscht wie ein griechischer Matrose nach einer Woche auf See.«

Ein Chor dumpfen Gekichers folgte der jungen Dame, als sie davonging, und der ältere der beiden Soldaten hob seinen Becher, prostete frotzelnd seinem Kollegen zu und sagte mit knurrender Stimme: »Verdammt gut gemacht, Tertius. Du hast die einzige Frau hier verjagt, deren Gesellschaft für eine Nacht mehr als einen Denar wert gewesen wäre. Ich würde wetten, sie wäre schön stramm und eng gewesen.«

Ein narbengesichtiger Mann lehnte sich mit einem schiefen Lächeln vom nächsten Tisch zu ihnen herüber. »Nein, mein Freund, dein Kumpel hatte recht. Sie ist nur die hübscheste einer ziemlich hässlichen Brut, und das mit den Jungs im Obergeschoss war kein Witz. Es sind ihre Brüder, beide jünger als sie. Ja, ich weiß …« Er grinste angesichts Tertius' ungläubiger Miene. »Und ihre alte Mutter ist auch da oben. Wir leben in harten Zeiten, jetzt, wo die Banden ihre Finger in jedes Geschäft stecken. Aber wenn ihr Herren weibliche Gesellschaft mit etwas mehr Klasse sucht, dann zieht einen Stuhl her, gebt mir ein Bier aus, und ich werde euch erzählen, was Tungrorum Männern bietet, die einen Sinn für die besseren Dinge des Lebens haben.«

Zenturio Tertius hatte einen Ausdruck müden Triumphes im Gesicht, während Sanga, wie jeder Veteran in Anwesenheit seines Zenturios, Ersten Speers und Tribuns, eine versteinerte und undurchdringliche Miene zeigte.

»Bei der dritten Schänke, die wir aufsuchten, hatten wir dann Glück. Die Männer, die wir abends das Getreidelager verlassen sahen, saßen alle hübsch beisammen an einem Tisch, tranken ihr Bier und machten Pläne, wo sie in der Nacht herumhuren würden. Also mussten wir, das heißt ich und der Soldat hier, nur ein wenig schauspielern und ein paar Münzen zur Bekräftigung unserer Geschichte ausgeben, wie es kam, dass wir an jenem Abend Ausgang hatten – und schon wurden wir eingeladen, mit ihnen in den Blauen Keiler zu gehen. Als wir dort ankamen, wurde klar, dass sie regelmäßige Kunden waren, denn der Kerl an der Tür ließ sie ohne ein Wort herein und uns ebenso, nachdem sie für unser Benehmen gebürgt hatten. Das Lokal ist übrigens alles andere als billig.«

Der Erste Speer Frontinius hob sorgenerfüllt eine Braue. »Ich nehme an, ihr beide wart gezwungen, die Dienstleistungen des Lokals in Anspruch zu nehmen? Immerhin musstet ihr eure Geschichte aufrechterhalten, nur zwei Soldaten zu sein, die gegen ihren Standartenträger eine Wette gewonnen hatten?«

Sanga hatte Mühe, seinen undurchdringlichen Gesichtsausdruck beizubehalten, und einer seiner Mundwinkel zuckte leicht. Frontinius warf ihm einen langen, strengen Blick zu, doch Tertius sprach bereits ohne jede Spur von Ironie weiter.

»Ja, Herr. Es hätte seltsam gewirkt, wenn wir das nicht getan hätten, wenn du verstehst, was ich meine. Natürlich war es auch von Vorteil, dass Morban den Ruf hat, auf alles und jedes zu wetten, denn dieses Gerücht hat sich bereits in der Stadt verbreitet. Der muskelbepackte Türsteher des Bordells konnte sich kaum halten vor Lachen, als unsere neuen Freunde ihm unsere Geschichte erzählten.«

»Und?«

Tertius runzelte die Stirn, als er Scaurus' Frage hörte. »Tribun?«

Scaurus rieb sich mit einer Hand die Augen, während er mit der anderen ein Gähnen unterdrückte. »Zenturio, so nett diese Geschichte ist, bist du bislang noch nicht zum Punkt der Sache gekommen, oder?«

Tertius nickte entschuldigend. »In der Tat, Tribun. Um es kurz zu machen: Der Verdacht des Präfekten bezüglich des Treibens rund um das Getreidelager scheint sich erhärtet zu haben. Wie wir erwarteten, waren die besagten Männer Arbeiter, die das Korn von den Karren der Bauern abladen und in den Kornspeicher bringen und später dann auf die Fuhrwerke, wo es zu den Legionskastellen transportiert wird. Das war bereits beim ersten Bier klar, denn sie trugen noch ihre Arbeitskleidung. Doch erst nach ein paar weiteren Bechern konnten wir Genaueres in Erfahrung bringen. Soldat Sanga schwafelte etwas daher, dass die Arbeit im Getreidelager doch sicher gut bezahlt sein müsste…« Die Offiziere zuckten zeitgleich alle zusammen, da sie sich ausmalen konnten, welch unbequeme Stille sicher auf Sangas angeblich harmlose Worte gefolgt war. »Aber er sagte das auf so griesgrämige Weise, dass sie nur lachten und glaubten, er sei neidisch auf das viele Silber, mit dem sie um sich warfen. Einer von ihnen lehnte sich vor, tippte ihm auf die Nase – mit einem Lächeln, wohlgemerkt – und sagte, es geschähen Dinge im Lager, über die wir besser nichts wissen sollten. Dabei rieb er die Finger aneinander, als hätte er eine Münze dazwischen. Für mich war es ziemlich offensichtlich, dass dies die Männer sind, die die schmutzige Arbeit verrichten, das verschimmelte Getreide auf die abgehenden Karren laden und es zwischen die guten Säcke schmuggeln. Im Gegenzug erhalten sie einen Batzen Schmiergeld, der groß genug ist, dass sie sich ein wenig anständigen Spaß gönnen können.«

»Das heißt, sie haben euch nicht erzählt, wie der Betrug vonstattengeht?«

Tertius beantwortete die Frage des Präfekten Caninus mit einem Kopfschütteln. »Nein, Präfekt, und das hätten sie auch nie getan. Niemals würden sie ein paar Männern, die sie gerade erst kennengelernt haben, eine derartige Information anvertrauen. Um sie dahin zu bringen, ihren Mund so weit zu öffnen, bräuchte es einen weiteren Monat gemeinschaftlichen Saufens und Herumhurens.« Er sah, wie Frontinius kommentarlos die Augenbrauen hob, und beeilte sich weiterzusprechen. »Nachdem wir aber nicht so viel Zeit zur Verfügung haben, meine ich, es ist offensichtlich, dass es da etwas zu untersuchen gibt.«

Als die zwei Soldaten den Raum verlassen hatten, nickte Präfekt Caninus zu Marcus hinüber, der gezwungenermaßen stumm in der Ecke saß. »Gut gemacht, Zenturio. Ich denke, wir haben nun genügend Informationen, um diesen Betrug mit ein paar schnellen Durchsuchungen aufdecken zu können. Wenn wir alle wahrscheinlich Beteiligten gleichzeitig verhaften, wird einer von ihnen in Panik geraten und die anderen belasten.«

Scaurus rutschte unbehaglich auf seinem Stuhl hin und her. »Und wen, würdest du vorschlagen, sollen wir mit der Begründung verhaften, dass ein paar Lagerarbeiter mehr Geld auszugeben haben, als das normalerweise üblich ist, Präfekt?«

Caninus zuckte die Achseln. »Das hängt davon ab, was wir erreichen wollen: Wollen wir sie nur erschrecken, sodass sie es zukünftig unterlassen und sich der Gewinn ihres Verbrechens in Luft auflöst, oder wollen wir alle Beteiligten fangen und das Geld zurückgewinnen, das sie auf die hohe Kante gelegt haben? Denn diese Summe, Tribun, ist wahrscheinlich hoch genug, um jeden Einzelnen von uns ins Blickfeld des Kaisers zu rücken.« Er beobachtete aufmerksam, wie der Tribun und der Erste Speer Blicke austauschten.

Scaurus schüttelte langsam den Kopf und sah dem Präfekten dabei fest in die Augen. »Darauf lege ich keinen Wert, Quintus Caninus. Die Aufmerksamkeit des Throns ist ein zweischneidiges Schwert, wie dir jeder bestätigen kann, der seine Erfahrungen mit der kaiserlichen Politik gemacht hat. Mir reicht es, das Gold zurückzugewinnen und sicherzustellen, dass es seinem rechtmäßigen Besitzer erstattet wird. Wessen Tür soll ich meine Männer denn nun eintreten lassen? Ich nehme an, du wünschst, dass ich meine überwältigende Streitmacht zur Schau stelle?«

»Was in Hades' Namen tust du, Tribun? Bist du von einem derartigen Größenwahn besessen, dass du meinst, du könntest mich verhaften und dir in deinem endlosen Machtstreben meine Pflichten aneignen? Glaubst du denn, ich würde nicht…«

Albanus, der in der Mitte des Hauptzimmers der Basilika stand und von zwei tungrischen Veteranen bewacht wurde, spuckte Scaurus sprichwörtlich seine ganze Empörung entgegen, doch der saß nur mit einem Ausdruck müder Verachtung vor ihm. Julius, der dicht hinter dem Gefangenen stand und seinen Rebholzstock in der Hand hielt, schlug ihm mit dem Stab hart auf den Arm.

Als er dies tat, hob der Tribun eine Augenbraue und zeigte mit der Hand auf den wutschnaubenden Prokurator. »Das nächste Mal, wenn mein Offizier dich mit seiner Vitis berührt, wird er das fest genug tun, um dich zum Schweigen zu bringen. Und das so oft, wie es nötig sein wird, um dieses Ziel zu erreichen. Ob geschlagen oder unversehrt – du hast zu schweigen, wenn ich dir das befehle. Also halt deinen Mund und denke darüber nach, was dir lieber ist.«

Die beiden Männer starrten sich stumm an, dann machte der Tribun mit erhobener Hand eine Geste zu dem ungerührt dreinblickenden Julius. Dieser trat mit einem erneuten Schlag seines Stockes zurück und lächelte still vor sich hin, als der Prokurator bei der Berührung zusammenzuckte.

Albanus fasste sich und blickte zu den breiten Steinfliesen hinunter, auf denen er vor Scaurus' Stuhl stand. Dann hob er den Kopf, sah den Tribun an und wartete auf die Erlaubnis zu sprechen.

»Sehr gut, Prokurator. Jetzt, wo du etwas Zeit hattest, dir Gedanken über unsere jeweilige Stellung in dieser neu definierten Beziehung zu machen, darfst du gerne fortfahren und mir weiter deine Empörung um die Ohren schlagen.«

Als Albanus wieder zu sprechen begann, war seine Wut einer bedachteren Herangehensweise gewichen, die zwischen Unterwerfung und bitterem Hohn schwankte. »Ich danke dir sehr, Tribun, dass du es mir erlaubst, meine Meinung zu äußern. Ich versichere dich meiner Bewunderung für die List, mich aus meinem Bett zu ziehen und dazu zu zwingen, hier vor dir zu stehen, während du bequem sitzen kannst, nur um meine heikle Lage noch zu unterstreichen. Das ist sicher psychologisch interessant, Tribun, aber ich fürchte ...«

Scaurus unterbrach ihn, noch bevor er das Thema weiter ausführen konnte. Der Ton, mit dem er sprach, unterstrich die Erniedrigung, die er seinem Gefangenen zuteilwerden ließ. »Prokurator, ich sitze, weil ich die ganze Nacht auf den Beinen war und eine Reihe von Durchsuchungen an vielen Orten innerhalb Tungrorums durchgeführt habe. Möchtest du vielleicht eine Vermutung wagen, wen wir heute Morgen sonst noch geschnappt haben? Nein? Dann kläre den Gefangen bitte auf, Zenturio.«

Julius las laut vor, was auf seiner Tafel geschrieben stand. Seine Stimme, die das Schreien auf dem Exerzierplatz gewohnt war, dröhnte durch die vielsagende Stille des Raums. »Vier Arbeiter des Getreidelagers, der Aufseher über das Be- und Abladen, zwei Amtsschreiber, der Lagerleiter, dein Stellvertreter Petrus, und du selbst, Prokurator.«

Scaurus stand auf und streckte sich, dann ging er die zwei Schritte vor, die ihn vom Prokurator entfernten. Als er sprach, war seine Stimme zwar leise, aber von unverkennbarer Entschlossenheit. »Alle von euch, Albanus. Ich habe die gesamte Organisation aus den Angeln gehoben, die den Betrug zu Lasten des Imperiums begangen hat; jeden Mann in der Stadt, der eine offizielle Rolle bei der Führung des Getreidelagers innehatte. All diese Männer werden befragt, während wir beide hier sprechen, und zweifelsohne wird der eine oder andere von ihnen singen, um eine mildere Strafe zu erhalten. Nicht dass wir das bräuchten, wohlgemerkt, denn die Beweise sind auch jetzt schon mehr als überwältigend. Zenturio?«

Julius öffnete die Tür zum Vorzimmer und wuchtete einen Getreidesack ins Zimmer. Scaurus ging hinüber, öffnete den Sack und fuhr mit der Hand tief in das von Schimmel bedeckte Getreide, bevor er eine Handvoll davon wieder herauszog. Er öffnete seine Faust direkt unter Albanus' Nase und beobachtete, wie das Gesicht des Prokurators sich unwillkürlich vor Ekel verzog.

»Verdorbenes Getreide. Nicht nur mit etwas Schimmel überzogen, sondern weiter im Sack faulend. Und dieser Sack, möchte ich sofort anfügen, wurde in einem separaten Kornspeicher gefunden, der ein Stück entfernt von den guten Vorräten liegt. Also hast du weiterhin schlechtes Korn ins Lager bringen lassen, nur wurde es abseits der guten Getreidevorräte für die Legion aufbewahrt.« Er hob die Hand, um Albanus zuvorzukommen, der bereits den Mund geöffnet hatte, um zu antworten. »Nein, du brauchst es gar nicht zu sagen, stattdessen werde ich das tun. Es ist kein Verbrechen, dass deine Männer einen Sack schlechten Korns gefunden und diesen in einem eigenen Speicher gelagert haben, der genau für diesen Zweck gebaut wurde. Doch die Widerlegung derartiger Rechtfertigungen erfolgt meistens bei genauer Betrachtung der Details, Prokurator, und das ist auch hier der Fall. Wie viele Säcke, meinst du, haben wir gefunden? Keine Antwort? Du solltest dich mehr für die Teilbereiche deines Geschäfts interessieren, Albanus. Wir haben insgesamt siebenhundertdreiundvierzig Säcke schlechten Getreides entdeckt, von denen die meisten nicht einmal halb so verdorben waren wie dieser. Dennoch wären diese Säcke niemals bei der Kontrolle eines für Vorräte zuständigen Legionsoffiziers durchgekommen.« Er ließ das Getreide zurück in den Sack fallen und rieb sich angeekelt die Hände aufgrund der Schimmelflecken, die auf seiner Haut verblieben waren. »Verdorbenes Korn ist ein scheußliches Zeug. Für nichts mehr zu gebrauchen, noch nicht einmal als Tierfutter. Abgesehen davon, dass man es natürlich als Mittel zum Betrug nutzen kann. Man muss einfach nur heimlich, still und leise ein oder zwei Säcke aus dem hinteren Teil des Lagers hervorholen und auf jeden Karren laden. Ist natürlich ärgerlich für die Lageroffiziere am Bestimmungsort, wenn sie dann irgendwann geöffnet werden und man herausfindet, dass sie verdorben sind. Du hast sicherlich bereits ein paar Briefe bekommen, in denen das Problem angesprochen wurde und man dich bat, einen genaueren Blick darauf zu werfen, was verladen wird, aber letztendlich kann man das als die üblichen Einzelfälle von verdorbenen Nahrungsmitteln abtun. Ein wirklich genialer Einfall von dir, Albanus, den üblichen Anteil schlechten Korns schonungslos auszusondern und ihn dann zu deinem Gewinn zu verwerten. Wenngleich du dir natürlich ziemlich sicher bist, dass ich meine Anklagen gar nicht beweisen kann, nicht wahr?« Er sah den stummen Albanus einen Moment lang an, und der Prokurator hielt dem Blick stand. Sein ausdrucksloses Antlitz verriet tatsächlich seine Unsicherheit darüber, ob der Soldat Mittel und Wege hätte, seine Anschuldigungen zu belegen. Seufzend nickte der Tribun zu Julius hinüber. »Zenturio?«

Julius ging aus dem Raum und kam mit einer schweren Holzkiste zurück, die er unter dem Arm trug. Als Albanus dies sah, wurde er bleich und riss die Augen auf.

Der Tribun wechselte einen Blick mit ihm und deutete dann mit einem schmalen Lächeln auf die Kiste. »In der Tat. Das Versteck war gut gewählt und sehr kunstfertig verborgen, doch wie die meisten Soldaten sind auch meine Männer Experten, wenn es darum geht, versteckte Wertgegenstände zu finden. Die Bodenplatte, unter der du das versteckt hattest, war nur geringfügig niedriger als die umliegenden Fliesen, was bereits ausreichte, um ihr Interesse zu wecken. Also ist nun der Moment gekommen, wo du ohne jeden Zweifel weißt, dass ich dich und all deine Kumpane in der Hand habe. Ich habe bislang zwar noch keine konkreten Beweise hinsichtlich des tatsächlichen Begehens eures Betrugs, aber ich vermute, dass deine Komplizen nach ein bisschen härterer Ermutigung wie Vögel singen werden. Dieser Fund beinhaltet einige hochinteressante Beweismittel in Bezug auf die Gewinne, die du aus dem Verbrechen gezogen hast.« Er hob den Kistendeckel und nahm eine Papierrolle heraus, öffnete sie und las einen Moment lang im Stillen. »Eine eindrucksvolle Summe, Prokurator, die in einer Geschwindigkeit steigt, dass man davon ausgehen kann, der Betrug dauere weiterhin an. Allerdings zu wenig, um den Gesamtgewinn auszumachen, noch nicht mal annähernd, selbst wenn man die Bestechungsgelder abzieht, die du deinen Leuten bezahlt hast. Ich vermute, du hast einen Partner in diesem Geschäft, jemanden, der den Getreideverkauf, vielleicht sogar das Mahlen kontrolliert. Du stiehlst das gute Getreide und ersetzt es durch schimmliges Korn, für das du einen Hungerlohn bezahlt hast. Dann reichst du es an deinen Geschäftspartner weiter, und er übernimmt dessen Verkauf in die Stadt. Jegliche Beweise sind schon wenige Tage nach dem Diebstahl aufgebraucht, und alle sind zufrieden. Die Bauern können Korn verkaufen, das gar keinen Marktwert besitzt, und erzielen einen kleinen Ertrag damit. Du ziehst einen deftigen Gewinn aus dem Preis, den du deinem Geschäftspartner auferlegst, und er wiederum verkauft das gestohlene Korn zu Marktpreisen und erhält so seinen eigenen Erlös. Und damit sind alle glücklich. Mit Ausnahme eines nicht ganz unbedeutenden Beteiligten, wie mir gerade einfällt: Kaiser Commodus wäre wahrscheinlich gar nicht begeistert, wenn er von diesem Zustand seiner Geschäfte erfahren würde, Prokurator. Jeden Monat werden ihm Tausende von Dinar geraubt, und ich kann dir versichern, dass kein Kaiser jemals positiv darauf reagiert hat, wenn man seine Geldbörse erleichtert, selbst wenn das durch einen so wohlerzogenen Mann wie dich geschieht.«

Er wandte sich ab, ging durch das Zimmer und ließ sich von einem der Tungrer einen Speer reichen. Er spazierte zu Albanus zurück und hielt ihm mit angewidertem Gesichtsausdruck die Speerspitze unter das Kinn.

»Und nachdem der Kaiser nicht persönlich hier sein kann, um seinem Missfallen bezüglich deiner Handlungsweise Ausdruck zu verleihen, muss ich seinen Platz einnehmen und Recht über dich sprechen. Kaiserliche Rechtsprechung, Albanus.« Er stellte den Speer auf den Boden, wobei das Geräusch von Metall auf Stein zu hören war. Dann lehnte er sich näher an Albanus heran, und seine nächsten Worte waren ein Flüstern. »Scharfe Rechtsprechung.« Er ging wieder durch den Raum und schüttelte den Kopf in augenscheinlicher Betrübnis. »Ein kunstfertiger Scharfrichter kann einen Mann in einer Weise ans Kreuz nageln, dass er noch zwei oder drei Tage lebt, bevor er verdurstet, erstickt oder schreckliche Schmerzen spürt, sobald er versucht, das Atmen zu erleichtern, indem er sich mit den Füßen gegen den Widerstand des Nagels hochdrückt. Und dabei haben wir noch gar nicht von den Aasvögeln gesprochen, die ihr Möglichstes tun werden, deine Augen zu erwischen, solange du noch am Leben bist. Ich frage mich, wie es deine Familie wohl aufnehmen wird, wenn sie die Nachricht erreicht, dass du als abschreckendes Exempel für andere gekreuzigt wurdest? Natürlich könnte es sein, dass der Kaiser dein Verbrechen mit Nachsicht betrachtet. Vielleicht darf deine Familie ihr Eigentum behalten, und er lässt sie am Leben. Vielleicht ist er aber der Meinung, sie seien für deine Taten mitverantwortlich, und lässt sie von den Prätorianern auf die Straße jagen. Das Konfiszieren eures Familienbesitzes mag ihm als eine Art Wiedergutmachung erscheinen, wie auch die Demütigungen, welche die Soldaten ihnen dabei mit Sicherheit zuteilwerden lassen. Sie haben ja so selten Gelegenheit zur Unterhaltung, wie du weißt, sodass sie die Chance, gefallene Adlige zu verspotten, gierig ergreifen werden, denn das ist amüsanter als einfaches Herumhuren.« Er ging wieder von dem zitternden Prokurator weg und sprach laut weiter. »Es versteht sich von selbst, dass ich die Macht besitze, all dies für dich und deine Lieben etwas weniger unangenehm zu gestalten. Ich kann dein Strafmaß auf etwas weniger Drastisches heruntersetzen, sofern wir die Einnahmen aus deinem Verbrechen zurückgewinnen. Das aber kann nur geschehen, wenn du uns den Namen deines Geschäftspartners nennst.«

Er wartete still einen Moment, damit Albanus antworten konnte, doch nach einer langen Pause schüttelte der Gefangene langsam den Kopf, und seine Stimme wurde weinerlich.

»Ich kann nicht. Er weiß, wo meine Familie lebt…«

Scaurus schüttelte ebenfalls den Kopf und täuschte Mitgefühl vor. »Oh, ich verstehe. Nun, das ist wirklich ein Dilemma. Ich vermute, dein ›Partner‹ hat Schritte unternommen, um sich deiner Komplizenschaft zu versichern? Wahrscheinlich bist du der Juniorpartner, und er hält dich fest an den Eiern, damit du keine Dummheiten machst?«

Albanus nickte. »Gleich nachdem wir unseren Handel begonnen hatten, berichtete er mir in allen Einzelheiten vom Haus meiner Eltern, der Gattin meines Bruders und deren Kindern. Er tat dies sehr detailliert, um mir zu beweisen, dass er alles über ihr Leben wusste. Er hat Verbindungen zu den Banden in Rom, und er malte mir haarklein aus, was mit ihnen geschehen würde, wenn ich mir mehr als meinen Anteil nehmen oder ihn denunzieren würde. Meine Kreuzigung wäre im Vergleich dazu nichts, und das Risiko, was meiner Familie seitens des Kaisers geschehen könnte, ist ungewisser als das, was er mir androhte, falls ich ihn verraten sollte. Auch meine Männer werden nicht sprechen, keiner von ihnen, denn sie alle haben Familie hier in der Stadt.«

Scaurus nickte, und sein ironisches Lächeln war einem Stirnrunzeln gewichen, als er frustriert feststellte, dass seine Hoffnung auf eine rasche Beendigung dieser Angelegenheit enttäuscht worden war. »Ich beginne, deine Position in dieser Geschichte ein wenig besser zu verstehen, Prokurator. Zunächst einmal war er derjenige, der mit dieser Idee auf dich zukam, nicht wahr? Er hat Kontakte in Rom, die ihm alle Informationen zukommen ließen, um dich in diese Intrige mit hineinzuziehen. Zu Beginn genügte deine eigene Gier, um dies zu erreichen, doch es war auch von Anfang an dafür gesorgt, dass du keinen Gedanken daran verschwenden würdest auszusteigen, sobald du genügend Geld zur Seite gelegt hattest. Schließlich gibt es keinen ersichtlichen Grund, eine Einkommensquelle versiegen zu lassen, wenn das Gold erst einmal ordentlich hereinfließt. Ein Bandenführer kann ja nie zu viel Geld haben, wie man weiß.« Er betrachtete Albanus, und sein Gesichtsausdruck wechselte von Ärger zu Mitleid. »Du weißt, dass ich dich hinrichten lassen muss, ungeachtet der Umstände?« Der Gefangene nickte kläglich. »Und wenn ich dir sage, dass ich einen sehr fundierten Verdacht habe, wer dein Partner ist, und nur noch eine letzte Bestätigung dafür brauche?«

Albanus schüttelte wieder den Kopf. »Das würde keinen Unterschied machen. Wenn ich dir auch nur andeuten würde, wo du nach ihm suchen musst, würde er das auf die eine oder andere Weise erfahren. Es wäre besser, du würdest mir die Versuchung ersparen, indem du mich gleich töten lässt.«

Der Tribun nickte und lächelte traurig. »Jedenfalls empfinde ich Respekt für deinen Mut in dieser Angelegenheit, Prokurator. Ich verstehe, dass du dachtest, kaum eine andere Wahl zu haben, als dieser Mann mit seinem Angebot auf dich zukam. Immerhin war es ein Angebot, das man nur schwer ablehnen konnte. Und wenn ich dir schon nicht die Erniedrigung eines Verbrechertodes ersparen kann, so kann ich zumindest dafür sorgen, dass es ein schneller Tod sein wird. Ich werde mir den langsameren Ausstieg aus diesem Leben für deinen Peiniger aufsparen.« Er winkte Julius. »Bring ihn zurück in seine Zelle und sorge dafür, dass er nicht mit dem anderen Gefangenen zusammentrifft. Es scheint, als sei deine Stunde gekommen.«

Der Zenturio nickte, befahl seinen Männern, Albanus aus dem Raum zu führen, und wandte sich um, um ihnen mit einem entschlossenen Lächeln zu folgen.

Scaurus befasste sich mit einem Stapel Papiere und wartete auf das Hereinführen des nächsten Gefangenen. Als der Mann ins Zimmer gebracht wurde, hob er kurz den Blick und wandte seine Aufmerksamkeit dann erneut den Akten zu. Die Soldaten drängten ihren Schützling mit Speerstößen und drohenden Blicken an den ihm bestimmten Platz. Als der Gefangene dort saß, trat Julius nahe an ihn heran und beugte sich mit loderndem Blick über den kleineren Mann. Er zog einen Dolch von seinem Gürtel und schnitt damit die langen Ärmel ab, die das Gewand des stellvertretenden Prokurators schmückten, sodass seine Arme frei lagen. Mit der Hand griff er hinter sich und nahm eine Fackel von einem wartenden Soldaten entgegen. Er hielt sie an den Gefangenen, so nahe, dass die Armhaare des Mannes angesengt wurden und die vielen Bandentätowierungen zu sehen waren, die sich über beide Arme erstreckten. Mit einem mürrischen Nicken wandte er sich ab und gab die Fackel zurück, dann drehte er sich blitzschnell zurück und rammte seine Faust tief in den Bauch des Mannes, der sich krümmte und nach Atem rang.

Scaurus sah hoch und ließ eine Papierrolle auf die zerfurchte Schreibtischplatte fallen. »Stellvertretender Prokurator Petrus. Vergib mir, wenn mein Herangehen in dieser Sache ein wenig schroff ist, aber ich habe größere Probleme zu lösen als ein bisschen belanglosen Diebstahl. Ich hatte dem Zenturio versprochen, dass er dir einen kräftigen Faustschlag verabreichen darf, damit du weißt, mit wem du es hier zu tun hast. Allerdings muss ich zugeben, dass ich seine Sicht der Dinge teile und daher versucht war vorzuschlagen, er solle statt der Faust seinen Dolch nehmen und das Problem, das du für uns darstellst, mit einer einzigen Bewegung seines Handgelenks lösen. Du bist jetzt in den Händen des Militärs. Ich könnte dir auf der Stelle die Kehle durchschneiden lassen und bräuchte dafür keine Konsequenzen zu fürchten. Meine Männer würden deinen erbärmlichen Haufen von Schlägern und Mördern hinwegraffen, wie das Feuer ein Kornfeld verwüstet, und ich könnte stolz darauf sein, die Straßen von Tungrorum von solch kriminellem Abschaum gesäubert zu haben. Und bemühe dich nicht, etwas abzustreiten, denn deine Arme sprechen ihre eigene Sprache hinsichtlich deiner Stellung in dieser Stadt.« Er wartete darauf, dass der keuchende Gefangene antworten würde.

Bevor Petrus dies jedoch tat, betrachtete er Scaurus aus halb geschlossenen Augen, und in seiner Stimme war die Wirkung von Julius' Faustschlag zu hören. »Wie du sagtest, Tribun, offenbaren meine Tätowierungen tatsächlich die Art und Weise, wie ich mein Geld zu verdienen entschieden habe.« Er sah auf die Abbildungen hinunter, die seine beiden Arme schmückten. »Als ich jung war, dienten sie dazu, meinen Mitmenschen Angst einzuflößen, und nun … nun sollen sie mich vermutlich daran erinnern, wo ich herkomme. Ich bin auf der Straße aufgewachsen, Tribun, und das Erste, was ich dort gelernt habe, war, dass Banden wie Unkraut sprießen, egal wie hart man daran arbeitet, sie auszurotten. Wenn du meine Bande jetzt also ausradierst, wird in nur wenigen

Wochen eine neue entstehen, zusammen mit all den Straßenkämpfen, die das Buhlen um Macht üblicherweise mit sich bringt. Es wäre unvermeidbar, dass auch Unschuldige diesem Chaos zum Opfer fallen würden, aber ich bin mir sicher, du weißt das oder hast bereits in die Tat umgesetzt, was du angedroht hast. Aber um zu dieser augenscheinlichen Anklage gegen mich zurückzukommen ... belangloser Diebstahl, Tribun? Hier bin ich offensichtlich im Hintertreffen, denn seit ich heute Morgen aus meinem Bett gezerrt wurde, habe ich mit niemandem gesprochen und weiß insofern überhaupt nicht, wovon du sprichst.«

Scaurus lächelte kopfschüttelnd. »Natürlich nicht. Ausgerechnet du, der ruhige Mann hinter dem Prokurator, der still und erfolgreich die Geschäfte des Kaisers vorantreibt.« Er stand auf, nahm die Papierrolle vom Schreibtisch und ging zu dem Gefangenen hinüber. »Siehst du das?« Er rollte das Papier auf und hielt es dem anderen Mann vors Gesicht. »Prokurator Albanus – ich sollte wohl ›ehemaliger Prokurator‹ sagen – hat einen ziemlich umfangreichen Betrug zu Lasten des kaiserlichen Getreidevorrats gestanden. Die hier aufgelisteten Zahlen geben die Gewinne wieder, die er in den letzten beiden Jahren damit erzielte und die er mit einer finsteren Gestalt teilte, deren Namen er sich zu nennen weigerte.«

Der stellvertretende Prokurator starrte ihn glasig an und hielt sein Gesicht völlig ausdruckslos, um gleich darauf wieder zu seiner üblichen Reserviertheit zurückzukehren. »Betrug, Tribun? Prokurator Albanus? Das kann ich kaum glauben. Um wie viel handelt es sich denn?« Er warf mit vorgespieltem Erstaunen und hochgezogenen Brauen einen Blick auf das Papier. »Das kann doch nicht möglich sein!

Diese Beträge sind wirklich schockierend …« Er schüttelte den Kopf und zog sich wieder in sein Schweigen zurück, wobei er Scaurus mit demselben gleichmütigen Ausdruck ansah.

Der Tribun hielt seinen Blick eine Weile und ließ dann davon ab. Er ging wieder um den Tisch zurück und setzte sich, während er weitersprach. »Keine Sorge, Petrus, ich werde kein Geständnis aus dir herausprügeln lassen. Nicht dass ich Skrupel hätte, dir von Julius derart zusetzen zu lassen, dass dir die Scheiße an den Beinen herablaufen würde, wenn ich daran glaubte, dass ich dadurch ein hübsches kleines Geständnis erhalten würde. Und Julius würde keinen Moment zögern, dich halbtot zu schlagen.« Petrus warf einen kurzen Blick auf den finster dreinblickenden Zenturio, der seine Fäuste derart fest ballte, dass die Knöchel weiß hervorstanden. »Ich bin jedoch noch immer ein Mann mit Prinzipien, und wenn ich dich richtig einschätze, könntest du wahrscheinlich lange genug durchhalten, dass ich mir nie sicher sein könnte, ob du aus Schuld sprachst oder lediglich die Gewaltanwendung stoppen wolltest.«

Petrus blickte ihm mit völlig unverändertem Gesichtsausdruck direkt in die Augen, und in diesem Moment wusste Scaurus, dass er schuldig war.

»Nein, ich habe eine bessere Idee. Ich werde vorübergehend die Rolle des Prokurators übernehmen, bis ein Nachfolger für Albanus gefunden ist und bei uns eintrifft. In der Zwischenzeit werden deine Dienste nicht länger gebraucht. Also kannst du dich ab sofort als entlassen betrachten.«

Petrus neigte leicht den Kopf, wandte sich ab und wartete darauf, dass ihn die Wachen aus dem Raum führen würden.

Scaurus deutete auf den Stapel Akten auf seinem Schreibtisch. »Als Prokurator bin ich dann natürlich auch für die Aufrechterhaltung der Ordnung in dieser Stadt verantwortlich. Und ich muss sagen, dass die Ordnung unter dem letzten Mann in dieser Stellung maßgeblich gelitten hat. Um also den öffentlichen Anstand wiederherzustellen, werde ich alle Bordelle und Schänken, die keine Genehmigung vorweisen können, umgehend schließen lassen. Lokale mit Genehmigung werden fortan dank der Armee vor dem Eintreiben von den lächerlicherweise als ›Schutzgeldern‹ bezeichneten Beträgen gefeit sein, denn ich werde Tag und Nacht Soldaten vor ihren Türen postieren. Und ich werde sehr deutlich machen, dass ich dies als Strafe für vorherige Amtsvergehen anordne, Petrus, wobei dein Name in den öffentlichen Verkündigungen eine herausragende Stellung einnehmen wird. Ich denke, dies wird auf großes Interesse bei deinen Partnern innerhalb der kriminellen Bruderschaften von Tungrorum stoßen, denn damit versiegt ihre Einkommensquelle. Und um ihr Interesse in dieser Sache noch zu erhöhen, werde ich dich unter Hausarrest stellen. Meine Männer können zwar dafür sorgen, dass du im Blauen Keiler bleibst, aber vielleicht wird es ihnen nicht gelingen, deine Komplizen zurückzuhalten, wenn sie erst einmal begriffen haben, dass du der Grund für ihr Missgeschick bist… es sei denn, natürlich, es gäbe noch etwas, das du mir mitteilen möchtest?«

Petrus behielt sein unbewegtes Gesicht bei, weshalb Scaurus ihm nach einem Augenblick mit der Hand bedeutete, er könne abtreten. Mit angeekeltem Gesicht sah er zu, wie Petrus von den Wachen abgeführt wurde, deren Speere auf seinen Rücken zeigten. Mit einem erschöpften Kopfschütteln rief Scaurus dann Sextus Frontinius herein, der durch die Tür hinkte und salutierte.

»Tribun?«

Scaurus stand auf und schichtete die Papiere aufeinander, die über den Schreibtisch verteilt lagen. »Hier.« Er schob die Akten zu seinem Stellvertreter hinüber. »Dies sind die Vollstreckungsbefehle, die du zum Schließen der Bordelle und nicht genehmigten Bierlokale benötigst. Und hier die Aufzeichnungen, die wir in Albanus' Versteck gefunden haben. Sei bitte so freundlich und gib letztere einem deiner fähigeren Standartenträger. Ich denke, es wird höchste Zeit, dass wir das Geld des Kaisers von den örtlichen Geldverleihern zurückholen, die im Auftrag der früheren Besitzer gerade Profite daraus schlagen. Sag deinen Männern, sie sollen kein ›Nein‹ gelten lassen. Gegen jeden, der es nicht umgehend zurückerstattet, wird sofort und ohne Kompromisse durchgegriffen, denn noch bevor es dunkel wird, will ich das Geld gezählt und in den Soldtruhen verschwunden haben. Wen wirst du beauftragen, um die exakten Geldbeträge auszurechnen?«

Frontinius nahm den Stapel Akten vom Tisch und lächelte. »Wen werde ich wohl anheuern, um herauszufinden, wie viel Geld dem Thron aufgrund einer Betrügerbande durch die Lappen gegangen ist? Morban, natürlich. Neid und Habgier werden sein Antrieb sein, und außerdem wird er eine Chance wittern, sich selbst zu bereichern, sodass er mit Sicherheit jeden einzelnen Sesterz auftreiben wird. Anschließend werde ich seine Berechnungen von zwei Kollegen überprüfen lassen, um sicherzugehen, dass er nicht doch einen Weg findet, ein kleines Stück von dem Kuchen in seine eigene Tasche wandern zu lassen.« Sextus Frontinius verabschiedete sich.

Scaurus ließ Marcus und Caninus rufen und grüßte Letzteren wesentlich herzlicher, als er dies tags zuvor getan hatte. »Gut gemacht, Präfekt. Du hast ein Ausmaß an Diebstahl aufgedeckt, das ich für unmöglich gehalten hätte, wenn ich die Beweise nicht mit eigenen Augen gesehen hätte.«

Caninus verbeugte sich mit ernster Miene angesichts der neuesten Entwicklungen. »Es fällt mir schwer, mich darüber zu freuen, dass ich recht hatte, Tribun. Aber, wie du sagst, haben wir zumindest die Übeltäter geschnappt, und die Erlöse werden bald ihrem rechtmäßigen Eigentümer zurückgegeben werden. Was wirst du mit dem Geld anfangen?«

Scaurus zuckte die Achseln. »Am einfachsten wäre es wohl, das Problem dem am nächsten befindlichen Legionslegaten zu übertragen. Der Kommandeur der Festung Bonna würde zweifellos einen guten Zweck für diese Geldmittel finden, nachdem er dafür verantwortlich ist, die germanischen Stämme ruhig zu halten. Wenn das Geld erst einmal in seinen Händen ist, wäre es mir egal, ob er es nach Rom senden oder für Notfälle vergraben würde. Womöglich würde er die Hälfte der Stammesführer im Norden damit überschütten, damit sie die andere Hälfte weiter in Gefechte verwickeln. Hauptsache, ich habe das Geld nicht mehr selbst in den Händen.«

Caninus tauschte ein Lächeln mit ihm. »So viel Geld wird immer die falsche Art von Aufmerksamkeit auf sich ziehen. Dann nehme ich an, du wirst es so schnell wie möglich zum Fluss Rhenus bringen lassen?«

Der Tribun strich sich mit der Hand durch die Haare. »Beim Mithras, ich brauche wirklich ein Bad.« Er nickte abwesend. »Ja, ich werde es von meiner Ersten Kohorte längs der Straße nach Osten bringen lassen, sobald wir alles zusammenhaben. Und dann können wir unsere Aufmerksamkeit wieder auf unseren vorherigen Gegner Obduro lenken.«

Caninus nickte zustimmend. »Darf ich einen Vorschlag äußern?«

»Ja, Präfekt?«

»Gestern Nacht traf ein Reiter mit der Warnung ein, dass ein Getreidekonvoi auf der Straße von Bagacum Nerviorum unterwegs ist. Fast zweihundert Karren voller Korn, die für Obduro sicherlich verlockend sind. Wenn er tatsächlich so gut über unsere Geschäfte informiert ist, wie er vorgibt, wird er wissen, dass der Konvoi noch heute am Wald vorbeiziehen wird. Vielleicht wäre es gut, eine größere Streitmacht nach Westen zu entsenden, um von vornherein jeden Gedanken zu entmutigen, sich eine derartige Menge Getreide unter den Nagel zu reißen?«

Scaurus nickte matt. »Das wäre auch eine gute Gelegenheit für meinen Ersten Speer, seine Männer ins Gelände zu führen und zu verdeutlichen, dass *wir* hier das Kommando haben, und nicht eine zwielichtige Bande von Räubern und Deserteuren. Ich werde ihn mit ausreichend Kampfstärke nach Westen marschieren lassen, um Obduro von jeglichem Gedanken an einen Überfall abzuhalten.« Er stand auf und bedeutete den beiden Männern, dass ihre Unterredung beendet sei. Als sie in Richtung Tür gingen, runzelte er kurz die Stirn und traf dann eine rasche Entscheidung. »Nur eines noch, Präfekt.« Caninus wandte sich mit fragendem Gesichtsausdruck um, während Marcus neben ihm wartete. »Ich finde, du hast deine Vertrauenswürdigkeit über den gestrigen Tag hinweg mehr als angemessen bewiesen, und das obwohl du persönlich unter hohem Druck standest. Daher werde ich dich, mit deiner Erlaubnis, von der Gesellschaft meines Zenturios befreien. Ich bin mir sicher, er empfindet die Aufgabe, dich zu überwachen, als ebenso beschwerlich, wie es für dich unangenehm ist, kontinuierlich unter Beobachtung zu stehen. Außerdem habe ich eine andere Aufgabe für ihn, die seinen Talenten eher entspricht.«

Caninus breitete zustimmend seine Hände aus. »Tribun, es war zu keinem Zeitpunkt unangenehm, Zenturio Corvus an meiner Seite zu haben, im Gegenteil: Er war mir sehr hilfreich. Sein Einfall, eure Verwundeten dazu zu verwenden, Informationen über die Vorgänge im Getreidelager zu sammeln, war exzellent. Jedoch werde ich gerne auf seine Dienste verzichten, wenn du eine bessere Aufgabe für ihn hast. Und natürlich bin ich jederzeit bereit, auch meine eigenen Dienste zur Verfügung zu stellen, falls diese der neuen Aufgabe förderlich sein sollten.« Er hob fragend eine Augenbraue, und sein Mund verzog sich zu einem freundlichen Lächeln. »Mein Späher Arabus, vielleicht?«

Scaurus antwortete mit einem ironischen Kopfschütteln. »Präfekt Caninus, du bist zu scharfsinnig für mich, viel zu scharfsinnig. Ich werde es Zenturio Corvus überlassen zu entscheiden, welche Art von Hilfe er brauchen könnte. Und nun, meine Herren, könntet ihr mich vielleicht entschuldigen? Nach den Ereignissen dieser Nacht brauche ich dringend ein verdammt gutes Schwitzbad.«

Julius ging neben Petrus, als die Soldaten ihn zurück zum Blauen Keiler führten, und hatte die Hand leicht auf den Griff seines Dolches gelegt. Als sie um die Ecke in die Straße einbogen, in der das Bordell lag, hielt der bis dahin schweigende Bandenführer an und wandte sich mit einem höhnischen Lächeln an seinen Begleiter.

»Falls du vorhattest, mich abzustechen, wäre dies deine letzte Gelegenheit, Zenturio. Wäre es nicht wunderbar, mich aufzuschlitzen und hier liegen zu lassen, sodass ich langsam in aller Öffentlichkeit verblute? Ich frage mich nur, was dich davon abhält?«

Der groß gewachsene Tungrer schüttelte den Kopf. »Ich habe dem Tribun versprochen, nicht persönlich mit dir abzurechnen. Und ich werde mein Wort halten.«

Petrus zog eine boshafte Grimasse. »Dein Wort halten? Auch wenn ich dich provoziere? Hausarrest im Keiler ist nämlich gar keine so schlechte Sache, weißt du. Ich habe einen Vorrat an Wein und Huren, um mir die Zeit zu vertreiben, und genügend Gold, um meine Männer bei Laune zu halten, bis ihr Narren abmarschiert seid und mich mein Geschäft weiter betreiben lasst, als wärt ihr nie in der Stadt gewesen. Insbesondere gibt es da eine Hure, die ich regelmäßig zu reiten gedenke, während ich eingepfercht bin und auf bessere Zeiten warte. Ich werde sie mit der Faust am Haarschopf packen und von hinten rannehmen. Und dabei werde ich jedes Mal deinen Namen rufen, damit sie nicht vergisst, was ihr abgeht!« Er schielte zu dem wutentbrannten Zenturio hinauf und nickte in vorgetäuschter Bewunderung. »Du scheinst ja tatsächlich dein Wort zu hal…«

Ein blitzschneller Faustschlag warf Petrus zurück. Er wankte, fiel auf das Straßenpflaster, blinzelte und schnaubte Blut aus der Nase, während Julius seinen Dolch vom Gürtel nahm, sich über den am Boden liegenden Bandenführer stellte und in die Hocke ging.

»Tribun Scaurus hat mir *zwei* Faustschläge versprochen, und beim zweiten soll ich dir noch etwas von ihm ausrichten: Falls du auch nur einen Fuß aus dem Bordell heraussetzt, haben die Wachen den Befehl, dich aufzuspießen. Und ich werde dafür sorgen, dass es sich bei den Wachen um die Niederträchtigsten unserer gesamten Truppe handelt. Allerdings werde ich sie anweisen, dich nur zum Krüppel zu machen und mich dann persönlich zu holen. Und wenn ich komme, werden wir beide die letzten Augenblicke deines Lebens mit diesem kleinen Freund hier verbringen.« Er zeigte Petrus seinen Dolch und drehte ihn, sodass die frühe Morgensonne darauf fiel und ihr glitzerndes Licht von der scharf geschliffenen Klinge zurückgeworfen wurde. Dann hob er die Tunika des verschreckten Mannes und setzte die Dolchspitze unter seine Hoden. Mit einem Knurren nur leidlich unterdrückter Wut fuhr er über die weiche Haut. »Ich werde dir dein verdammtes Gemächt abschneiden und dich dabei zusehen lassen, wie die Hunde deinen Schwanz auffressen.« Petrus nickte unbeholfen, starrte in die vor Zorn brennenden Augen des Tungrers und wusste, dass er nur eine Wahl hatte, nämlich still zu bleiben. »Und noch etwas: Der Tribun lässt dir weiterhin ausrichten, dass Albanus einen ähnlichen Hausarrest wie du absolviert. Sollte ihm irgendein Unglück zustoßen, habe ich die Erlaubnis, zu dir zu kommen und dir jedwede Strafe aufzuerlegen, die ich für angemessen halte. Und glaub mir, Petrus: Ich kann verdammt erfinderisch sein, wenn ich es mit Männern wie dir zu tun bekomme.«

8

Marcus verabschiedete sich von dem Präfekten und ging zum Hospital zurück, wo Felicia kurz zuvor ihren Arbeitstag begonnen hatte. Als er in den Behandlungsraum trat, salutierten die beiden tungrischen Leibwächter, und er beantwortete die Geste, bevor er sie mit der Hand hinauswinkte. Die Wachen gingen um die Ecke, um dem Ehepaar ein wenig Zweisamkeit zu gewähren, doch sobald sie außer Sichtweite waren, stieß der eine den anderen mit dem Ellbogen an. Er formte mit der Hand den schwangeren Bauch der Medica nach, zwinkerte seinem Kameraden zu, dann beugte er die Knie und tat so, als würde er einer Frau von hinten in den Haarschopf greifen. Marcus ignorierte das dumpfe Gelächter und zog seine Frau an sich. Lange hielt er sie fest und lächelte auf ihre schläfrigen Augen hinab. Dann aber wurde seine Frau wieder zur Medica und machte sich an die Arbeit, indem sie seinen Gesichtsverband abnahm und den Bluterguss an seinem Kiefer mit kritischem Auge betrachtete.

»Gar nicht so schlecht, Zenturio. Die Heilung scheint ziemlich genau so zu verlaufen, wie ich das erwartet hatte. Du wirst doch deinen Verband anbehalten, oder?« Er nickte, und sie holte einen Stoffstreifen, um die Wunde neu zu verbinden. »Du siehst müde aus – um nicht zu sagen völlig erschöpft. Gehst du in unser Quartier zurück, um ein wenig zu schlafen?« Marcus hob seine Tafel, und Felicia las die sauber geschriebenen Zeilen, die in das Wachs geritzt waren. Dann warf sie ihm einen resignierten Blick zu. »Wirst du jemanden mitnehmen?« Er schüttelte den Kopf und zeigte auf eine Zeile seiner geschriebenen Botschaft, worauf sie beunruhigt die Augenbrauen zusammenzog. »Du bist ein fleißiger Mann, Marcus. Niemand könnte dir mangelnde Einsatzbereitschaft vorwerfen. Aber diese Aufgabe allein auszuführen erscheint mir wesentlich riskanter, als wenn du Dubnus oder Qadir bei dir hättest. Früher oder später wirst du dich ins Bett legen müssen, und falls du tatsächlich die Reaktion erhalten solltest, die du zu provozieren hoffst…«

Angesichts des freundlichen Lächelns in seinem Gesicht wusste Felicia nichts mehr einzuwenden, und Marcus zeigte mit bedeutungsvoller Miene auf den Griff seiner neuen Spatha.

»Einer allein gegen den Rest der Welt – ist es das, was du willst? Nun, dann achte zumindest darauf, dass du wachsam bleibst. Ein neues Schwert, egal wie hübsch, nützt nicht viel, wenn du unerwartet einen Speer in den Rücken bekommst. Und da wir gerade bei Schwertern sind: Sorge dafür, dass dieses hier wieder heil zurückkommt. Ich werde den Gewinn dringend brauchen, den wir aus seinem Verkauf herausschlagen können, um mich und dein Kind satt und warm zu halten, wenn du irgendwann auf jemanden stoßen solltest, der eine Klinge besser führen kann als du.« Er lächelte erneut und hob dann halb erstaunt, halb beleidigt die Augenbrauen, was seine Frau unwillkürlich zum Lachen brachte. »Ich weiß, ich weiß: Jemand, der eine Klinge besser führen sollte als du? Ausgeschlossen.«

Er küsste sie und ging.

Mit nachdenklichem Lächeln sah ihm die Medica nach, während die Soldaten wieder ihre Position zu beiden Seiten der Tür zum Behandlungsraum einnahmen. »Wollen wir hoffen, dass dein übliches Selbstvertrauen gerechtfertigt ist, Marcus Valerius Aquila. Ich bin nicht bereit, schon wieder die rote Kleidung einer Witwe tragen zu müssen.«

Als Marcus das Hospital verlassen hatte, hielt er kurz an und beobachtete eine lange Schlange von Soldaten, die durch das Westtor der Stadt hinausmarschierten. Als er seinen Freund Caelius an der Spitze der von ihm geführten Vierten Zenturie entdeckte, winkte er, und der junge Zenturio trat lächelnd aus der Reihe.

»Sei gegrüßt, Marcus! Es freut mich, dass es dir besser geht. Wie du siehst, ziehen wir nach Westen, um sicherzustellen, dass die Banditen sich nicht den Getreidekonvoi unter den Nagel reißen, der auf der Straße von Bagacum Nerviorum unterwegs ist.« Er sah mit ironischem Lächeln zum wolkenlosen Himmel hinauf. »Und nachdem heute ein so schöner Tag ist, hat Onkel Sextus beschlossen, die gesamte Zweite und die halbe Erste Kohorte zu diesem Spaziergang mitzunehmen! Denk an uns, die wir hier auf der Straße schwitzen und seinen Wutanfällen ausgesetzt sind, während du untätig durch die Stadt streifst und den Mädchen nachsiehst!« Er gab seinem Freund einen Klaps auf die Schulter und eilte zu seinen Männern zurück, um wieder seinen Platz an der Spitze der Zenturie einzunehmen.

Marcus beobachtete mit Stolz, wie der Rest der langen Kolonne durch das Tor verschwand und nur den Widerhall von Schritten und der ersten gesungenen Zeilen eines Marschliedes zurückließ. Er wandte sich vom Torbogen ab, der den Eingang zur Stadt bildete, und ging rasch durch die engen Straßen von Tungrorum. Im Vorbeigehen erwiderte er die Salute von Soldaten und Legionären und ignorierte die neugierigen Blicke von Zivilisten, die ihre täglichen Einkäufe erledigten. Er ging in einen der Läden und erstand zwei zusammenpassende Sanduhren, bevor er zu dem ehemals unbebauten Gelände zurückkehrte, auf dem die Tungrer ihre Kaserne errichtet hatten. Die berittene Zenturie der Ersten Kohorte hatte Ställe am anderen Ende des Hauptwegs durch die eng beieinanderstehenden Baracken erbaut. Dort herrschte rege Geschäftigkeit, während die Soldaten das tägliche Füttern und Striegeln ihrer Reittiere erledigten, um für die erste Patrouille bereit zu sein.

Als Decurio Silus seinen Freund herannahen sah, ging er ihm entgegen und streckte mit breitem Lächeln die Hand aus. »Wir haben gehört, du hättest einen Schlag ins Gesicht bekommen, aber ich dachte nicht, dass es so schlimm sei, dass du deine Verunstaltung verbergen musst.«

Marcus antwortete darauf mit einem kläglichen Lächeln, zeigte auf seinen Kiefer und deutete mit den Händen das Brechen eines Stabes an. Dann lehnte er sich vor, um an der Kleidung seines Freundes zu riechen, und wich in vorgetäuschtem Ekel zurück.

Silus stemmte die Hände in die Hüften und hob warnend die Augenbrauen. »Sehr witzig. Ja, ich rieche nach Pferd. Wohingegen du« – er lehnte sich ebenfalls vor und schnupperte – »nach dem Parfüm einer Dame riechst. Und ich weiß gut, welchen dieser beiden Ritte ich vorziehen würde!« Er musterte seinen Freund abschätzend von oben bis unten. »Nun denn: So sehr ich mich freue, dich zu sehen, bin ich mir sicher, dass du mich nicht einfach nur besuchen wolltest – immerhin stehst du hier in voller Rüstung und hast scharfes Eisen von beiden Hüften herabhängen. Was also können wir für dich tun, Zenturio Corvus?«

Marcus reichte Silus seine Tafel und wartete geduldig, bis der Decurio die Worte gelesen hatte, wobei er mit dem Finger über die Zeilen glitt und seine Lippen mitbewegte.

»Du willst dir ein Pferd ausleihen? Bist du sicher, dass du schon gesund genug bist, um es mit mehr als ein paar Korndieben aufzunehmen?« Silus sprach zwar in heiterem Ton, doch sein Blick war nachdenklich, während er mit dem Finger auf Marcus' Gesicht zeigte. »Wenn der Knochen bereits gebrochen ist, würde ein weiterer Schlag auf dein Kinn ihn wahrscheinlich vollständig zertrümmern, und selbst für deine reizende Frau wäre es schwierig, einen zerborstenen Kiefer wieder zusammenzuflicken. Ich habe in den letzten zehn Jahren genügend zerschundene Gesichter gesehen – Männer, die vom Pferd gefallen waren und den Boden mit ihren Mündern pflügten. Das war kein schöner Anblick, das kann ich dir sagen. Einem dieser armen Kerle war der Kiefer ganz abgerissen worden, und das Einzige, was wir für ihn tun konnten, war, seine Misere schnell und sauber zu beenden.« Bei der Erinnerung daran schüttelte er grimmig den Kopf und berührte das silberne Penis-Amulett, das an seinem Handgelenk hing und jegliches Unheil vertreiben sollte. »Alle Männer mit gebrochenem Kiefer, die ich gesehen habe, hatten für den Rest ihrer Tage ein verklumptes Gesicht, und die meisten von ihnen konnten nur noch lallen wie Betrunkene. Bist du dir also sicher, dass du es riskieren willst, den Rest deines Lebens mit willkürlich zusammengewachsenen Gesichtsknochen zu verbringen und Befehle auszustoßen, die nicht deutlicher zu verstehen sind als das Gemurmel eines Säufers?«

Marcus nahm die Tafel zurück, schrieb schnell eine neue Zeile und reichte sie wieder seinem Freund.

Nachdem Silus die Antwort gelesen hatte, zuckte er hilflos die Achseln. »Du bist also der Meinung, die Tatsache, dass du davon ausgehst, verfolgt zu werden, mache das Ganze vernünftiger? Pass bloß auf dich auf, Zenturio, das ist alles, was ich dazu sagen kann. Bist du sicher, dass du nicht ein paar meiner Jungs mitnehmen willst, die über dich wachen? Ich bin überzeugt, der Tribun hätte nichts dagegen.«

Marcus schüttelte den Kopf.

»Das hätte ich mir denken können. Nun gut, wenn du so entschlossen bist, die Sache alleine anzugehen…« Er drehte sich um und rief den eifrig hinter ihm arbeitenden Männern einen Befehl zu. Sogleich legte einer von ihnen die Bürste weg und führte das Pferd zu ihnen, das er gerade gestriegelt hatte. Das Tier hielt vor Marcus an und senkte den langen Kopf, um ihn an der Schulter zu stupsen, worauf Silus auflachte und liebevoll über die Flanke des Pferdes strich. »Sieht ganz so aus, als hätte Dickschädel seinen Seelenverwandten wiedergefunden. Er weiß, wo immer er mit dir hingeht, wird sich eine Gelegenheit bieten, wild herumzustieben und auszuschlagen, nicht wahr, du dummes Miststück?«

Marcus wartete, bis das Pferd gesattelt war, und führte es dann mit einer Dankesgeste davon. Er zog das widerspenstige Tier, bis er zu dem Gebäude gelangte, in dem seine Zenturie untergebracht war. Qadir trat aus dem Quartier des Optio, um ihn zu begrüßen, und verstand sofort, was sein Zenturio vorhatte, als Marcus ihm die Tafel und eine der beiden Sanduhren reichte. Mit einem Nicken bekräftigte er die sorgfältig aufgeschriebene Anweisung. Er rief einen Befehl über seine Schulter und sah Marcus ernst an.

»Zyklop! Wir brauchen dich!« Der Wachoffizier kam aus seiner Baracke, salutierte respektvoll vor Marcus und hörte den Anweisungen seines Optio zu. »Wähle die fünf verrufensten und am wenigsten nach Soldaten aussehenden Männer der Zenturie aus. Lass sie Tuniken anziehen und bring sie so schnell wie möglich her.« Der Hamier wandte sich wieder Marcus zu. »Wir werden etwas Zeit brauchen, um sie aus den Stadttoren zu bekommen. Lass eine Sanduhr durchlaufen, bevor du die Stadt verlässt; das müsste reichen, um die schlampigsten Kerle zusammenzutrommeln. Wie ich sehe, hast du dir wieder dein altes Pferd von Silus geborgt. Ich habe keinen Zweifel daran, dass er ein paar Männer zu deiner Begleitung mitschicken wollte, deshalb wird es mich nicht überraschen, wenn du auch meine Hilfe ablehnst.«

Marcus nickte und klopfte seinem Freund auf die Schulter. Dann drehte er demonstrativ seine Sanduhr um. Mit einem resignierten Kopfschütteln tat Qadir es ihm nach. Darauf wandte sich der Römer ab und ging. Er war zufrieden, die einzig mögliche Vorkehrung gegen das getroffen zu haben, was voraussichtlich geschehen würde, sobald er seine beabsichtigte Handlungsweise umsetzte. Er führte Dickschädel an den Zügeln weiter und begab sich zum Laden des Waffenhändlers, wo er vom Schmied höchstpersönlich herzlich begrüßt wurde.

»Es ist alles bereit, was du gewünscht hast, Zenturio, und wurde exakt nach deinen Anweisungen hergestellt. Komm mit mir. In der Zwischenzeit wird einer meiner Leute auf dein Pferd aufpassen.« In der Schmiede hinter dem Laden sah Marcus sämtliche Waren, die er hatte anfertigen lassen. Sie waren sauber ausgelegt, und der Schmied nahm jedes einzelne Teil und reichte es Marcus zur Begutachtung.

»Dein Speer. Die Spitze ist genau so geformt, wie du es beschrieben hast. Wenngleich es mir ein Rätsel ist, was du damit anfangen willst.« Marcus betrachtete den Speer eingehend, nickte zustimmend und legte ihn weg. Der Schmied zog eine robuste Lederscheide über die Spitze, um die neugierigen Blicke abzuwenden, welche die Waffe mit Sicherheit auf sich ziehen würde. Als Nächstes zeigte der Schmied den bestellten Helm, und der junge Zenturio betrachtete ihn genau von allen Seiten, bevor er seine Zustimmung ausdrückte. Dann schrieb er etwas auf seine Tafel und zeigte sie dem Schmied. »Ich soll ihn für dich halten? Selbstverständlich, Zenturio. Und hier ist der Schild, den du gewünscht hast. Ich habe ihn mit dem von dir bestellten Muster bemalen lassen und muss sagen, mein Handwerker hat dabei sich selbst übertroffen.« Er zog die dicke, lederne Schildbedeckung ab und drehte die Schutzwaffe, damit Marcus sie begutachten konnte. »Siehst du, er ist genau nach deinen Wünschen gearbeitet, wenngleich ich bezweifle, ob er sich in einem Kampf als nützlich erweisen wird, wenn man bedenkt, wie sehr …« Er verstummte, als Marcus den leicht gewölbten Schild drehte, um das kunstvoll gearbeitete Muster zu betrachten, das ihn schmückte. Er starrte es lange an und nickte dann zufrieden angesichts des Bildnisses, das sein Gegner sehen würde, wenn er den Schild beim Kampf benutzen würde. Der Schmied seufzte erleichtert und zog die Lederbedeckung wieder über sein Werk. »Zu guter Letzt nun das Geschenk, um das du mich gebeten hast.« Er reichte Marcus eine schwere Ledertasche und zeigte auf den Riemen, mit dem man sie an den Sattelknauf hängen konnte. »Ich bin mir sicher, du wirst mit allem zufrieden sein, und es wird dir ermöglichen …«

Marcus nickte, ließ einen Beutel Münzen in die Hand des Schmieds fallen und trug seine Einkäufe hinaus zu seinem wartenden Pferd. Er hängte die schwere Ledertasche an Dickschädels Sattel und schlang sich den Schild mit dem an seinem Einband befindlichen Riemen auf den Rücken. Dann bestieg er das eifrige Tier und ritt zu seiner letzten Station, nämlich dem Lebensmittelladen, um wie immer seine Suppe zu kaufen. Der Koch trat heraus und reichte ihm einen schweren Wasserbeutel, dessen Inhalt noch warm war. Marcus schluckte ein paar Mundvoll der Brühe, bevor er zum Osttor eilte, denn bei einem schnellen Blick auf seine Sanduhr hatte sich gezeigt, dass der obere Glaskolben schon fast leer war. Als er sich dem Tor näherte, sah er mit Freude einen seiner Männer untätig gegen eine Gebäudewand gelehnt. Er war in eine dreckige Tunika gekleidet, die ihm in völlig unmilitärischer Weise bis über die Knie herabhing. In seinem Gürtel trug er ein Messer mit Holzgriff und sah aus wie unzählige Männer, die man im Kaiserreich antraf: ein schlauer Kopf, der lieber von den Früchten seines Einfallsreichtums als vom Schweiß seiner Arbeit lebte. Er warf dem vorbeiziehenden Offizier ein höhnisches Grinsen zu, blickte dann gelangweilt auf die Straße hinter Marcus und schien völlig desinteressiert daran, dass der Zenturio durch das Tor auf die Straße ritt, die nach Osten führte.

Marcus brachte sein Pferd in Trab, und als die letzten Körner aus dem Glaskolben herunterfielen, drehte er seine Sanduhr, um die nächste Zeitmessung zu beginnen. Er ritt etwa eine Meile und nahm die Biegung um einen Hügelkamm zum Anlass, die Straße unbemerkt von allen Augen, die sich auf der Stadtmauer befinden konnten, zu verlassen. Er band das Pferd an einen Baum, der weit genug im Wald stand, um nicht von zufällig vorbeikommenden Personen gesehen zu werden. Langsam ging er die Bäume entlang zurück, bis er einen Flecken fand, von dem aus er die Stadt deutlich erkennen konnte, seine Silhouette sich jedoch nicht gegen den Horizont abzeichnete. Dann zog er die Sanduhr wieder hervor und wartete geduldig, bis der obere Teil leer war, wobei er seine Augen fest auf die Stadtmauer von Tungrorum richtete und nur gelegentlich auf das langsame Hinunterrinnen des Sandes blickte. Als die letzten Körner durch die winzige Öffnung fielen, starrte er noch aufmerksamer auf die Stadt, und nach einer Weile wurde seine Geduld belohnt. Eine Fahne dunklen Rauchs zog bogenförmig in den Himmel, denn ein brennender Pfeil flog in einer dünnen kohlschwarzen Linie über den Himmel südlich von Tungrorum. Marcus setzte ein entschlossenes Lächeln auf und ging zu seinem im Wald verborgenen Pferd zurück.

Am späten Vormittag saß Tribun Scaurus bereits wieder an seinem Schreibtisch. Erfrischt durch ein Bad und ein bisschen Schlaf, den er sich zugestanden hatte, arbeitete er sich geduldig durch einen Stapel offizieller Akten, die aus der Amtsstube des Prokurators stammten. Plötzlich eilte Caninus in sein Dienstzimmer. Der Banditenjäger salutierte knapp und nahm vor dem Schreibtisch seines übergeordneten Offiziers Haltung an.

Scaurus legte die Papierrolle nieder, die er gerade las, und sah mit zustimmendem Gesichtsausdruck zu seinem Kollegen hoch. »Je mehr ich lese, desto besser verstehe ich, welch großen Gefallen du dem Imperium tust, indem du diesem elenden Betrug ein Ende gesetzt hast. Was kann ich für dich tun, Präfekt?«

Die Antwort seines Gegenübers kam in knappem, dringlichem Ton. »Einer meiner Späher ist aus dem Arduinna-Forst in die Stadt zurückgekehrt und hat uns überaus wichtige Informationen bezüglich Obduro und seiner Bande gebracht.« Er ging zu der Wandkarte hinüber und zeigte auf einen Fleck im Wald, der nahe an dem Ort lag, wo die Tungrer den Fluss nur wenige Tage zuvor überquert hatten. »Er sagt, er habe den Wald nach ihrer Festung durchforstet, wie ich ihn angewiesen hatte. Statt aber ihr Versteck zu finden, ist er auf die Banditen selbst gestoßen, die in großer Zahl durch den Wald marschierten. Er sagt, es seien mehr als fünfhundert Mann gewesen. Als sie an seinem Versteck vorbei waren, ging er zum Fluss hinunter, überquerte ihn schwimmend und rannte dann in die Stadt zurück. Daher ist seine Entdeckung nicht länger als drei Stunden her.« Er zeigte erneut auf die Karte, diesmal auf den Punkt, wo die Straße Richtung Süden nach Augusta Treverorum den Fluss Mosa westlich des Waldes kreuzte. »Nachdem ihre Brücke mittlerweile zerstört ist, sind sie gezwungen, den längeren Weg nach Bagacum Nerviorum zu nehmen. Sie nutzen den Pfad aus der nordwestlichen Ecke des Waldes heraus und kreuzen die Mosa mithilfe der Straßenbrücke. Wo sie aber in so großer Anzahl hinwollen, kann ich nur schlussfolgern: *Vielleicht* sind sie zur Stadt unterwegs.«

Scaurus stand stirnrunzelnd auf und ging um den Schreibtisch herum. Als er sprach, hielt er seine Stimme leise, um zu vermeiden, dass die Wachen vor seiner Amtsstube ihn hören konnten. »Tungrorum? Wie könnten sie es wagen, uns anzugreifen, obwohl sie doch wissen, dass wir dreimal mehr Männer haben als sie? Wie könnte Obduro derart töricht sein?«

Der Präfekt zuckte die Achseln und machte ein unbeteiligtes Gesicht. »Genau das frage ich mich auch, Tribun. Aber bedenke die Fakten: Du hast einen Großteil deiner Männer losgeschickt, um die Straße nach Westen zu sichern, und es sind derart viele, dass jeglicher Versuch seinerseits, die Getreidekonvois zu überfallen, in einer Katastrophe enden würde. Und wie du richtig sagst: Obduro ist kein Narr.« Er kam einen Schritt näher und senkte seine Stimme so sehr, dass Scaurus die Ohren spitzen musste, um ihn zu verstehen. »Das ist ein Dilemma. Einerseits führt Obduro vielleicht gerade einen Marsch auf die Stadt durch, um zu versuchen, einen enormen Sieg zu erringen, indem er das Getreidelager ausraubt. In diesem Fall wäre unsere logische Reaktion natürlich, unsere Streitmächte hier zu konzentrieren und ihn zu schlagen. Andererseits: Wenn wir nun einen solchen Schritt nur auf der Basis eines Gerüchts unternähmen, gäbe ihm das die Gelegenheit, sich den Getreidekonvoi unter den Nagel zu reißen. Er wäre dann über dem Fluss und in der sicheren Deckung des Arduinna-Forstes, noch bevor wir überhaupt merken würden, dass wir getäuscht worden sind.«

Scaurus nickte nachdenklich und verstummte einen Augenblick, um die Karte eingehend zu studieren. »Falls er tatsächlich die Mosa überquert, wie du erwartest, wäre der entscheidendste Moment dann, wenn er die Kreuzung der beiden Straßen von Osten und Westen erreicht. Gehen sie links, sind sie eindeutig hinter dem Konvoi her; sollten sie sich aber rechts halten, wird er seinen Dolch wohl direkt auf die Stadt halten. Von der Stelle, wo wir den Fluss überquert haben, bis zur Kreuzung sind es zehn Meilen. Wenn er also mit seinen Männern im Morgengrauen losgezogen ist, sollte er sie bereits über der Mosa haben und um die Mittagszeit dort sein, wo er nach Osten oder Westen abzweigen muss. Sie könnten dann bereits zur Abenddämmerung an unsere Tore klopfen, und wir müssten bei Nacht gegen sie kämpfen. Zwar hätten wir in etwa die gleiche Kampfstärke, aber wir verfügen nur über die Tungrer und eine Kohorte schlecht ausgebildeter Jungen, wogegen er Männer hat, die trotz ihres Verrats eindeutig wissen, wie man in der Dunkelheit kämpft. Und ganz egal, ob meine Veteranen eine solche Schlacht gewinnen könnten oder nicht, wäre es eine Katastrophe für das Kaiserreich, den Inhalt unseres Getreidelagers an ihn zu verlieren.« Er dachte noch einen Moment weiter nach. »Nun gut. Ich werde einen Trupp Kavalleristen aussenden, um die Kreuzung zu beobachten, sodass sie uns mitteilen können, welche Richtung er eingeschlagen hat. Sie könnten auch gleich meine Kohorten informieren und sie zum sofortigen Umkehren bewegen. Egal, was er macht, wir werden ihn dadurch in der Zange haben. Er wird also entweder gegen eine überwältigende Streitmacht ankämpfen müssen, die ihn von beiden Seiten angreift, oder er sagt seinen Männern, sie sollen ihre Ausrüstung liegen lassen und über die Mosa schwimmen, das heißt zumindest jene, die überhaupt schwimmen können. Was also immer geschieht, dies wird das Ende der Bedrohung durch Obduro sein.«

Caninus nickte eifrig. »Ich habe einen noch besseren Vorschlag, Tribun. Schicke in jedem Fall die Kavalleristen zu deinen Einheiten, damit sie sie wieder nach Osten zurückbringen. Gewähre aber mir die Ehre, meine eigenen Reiter zur Beobachtung der Straßenkreuzung zu entsenden. Sobald klar ist, was er tun wird, werde ich Reiter zur dir zurückschicken, und du kannst mit der Legionskohorte und deinen eigenen Zenturien hinter mir einen Ausfall machen, um ihre Reihen zu verstärken. Mein treuer Arabus hat uns die Gelegenheit verschafft, Obduro zu überlisten, ihn einzuschließen und seine Mörderbande Glied für Glied auseinanderzureißen – *vorausgesetzt*, wir liegen in dieser Sache richtig.«

Marcus hatte wieder aufgesessen und ritt in schnellem Trab weiter. Er erreichte die Festung an der Furt über die Mosa, als die Legionäre des Wachdienstes ihr Mittagsmahl einnahmen. Der diensthabende Zenturio musterte ihn einen Moment lang mit tiefem Misstrauen und runzelte die Stirn, als er den Verband um sein Gesicht sah. Mit nervenaufreibender Langsamkeit las er den Passierschein, den der Tribun geschrieben hatte. Zu guter Letzt gab er den Befehl, die Tore zu öffnen, und Marcus ritt hindurch. Er folgte demselben Weg am Waldrand entlang, den sie zuvor als Spähtrupp benutzt hatten, und ging im Kopf dabei alle Schritte durch, die vonnöten waren, damit sein Plan Erfolg haben würde. Als er auf dem Jägerweg angelangt war, ließ er Dickschädel wieder traben und vertraute darauf, dass das Pferd sicher genug auf den Hufen war, um ihn nicht ins Unterholz hinabstürzen zu lassen. Weitere zwei Stunden später war er an der Lichtung, auf der sie ihre erste Nacht verbracht hatten und er so sicher gewesen war, etwas oder jemanden durch den Wald streifen zu hören. Er band das Tier an und ließ es nach der langen Anstrengung Gras fressen, das den Waldboden wie ein dichter Teppich bedeckte. Er selbst sammelte unterdessen schnell Äste und Kienspäne zusammen, um Holz für ein Lagerfeuer aufzuschichten, das mehrere Stunden brennen würde. Als er sah, dass die Sonne bereits zum Horizont herabsank, überlegte er kurz und beschloss dann, dass der richtige Moment gekommen war.

Nach kurzem Hantieren mit Feuerstein und Eisen war

das Feuer entzündet und brannte ordentlich. Marcus hatte viele grüne Äste unter das trockene Feuerholz geschichtet, sodass eine Säule dichten Rauchs in die Luft aufstieg. Er griff nach seinem neuen Speer und nahm die Lederbedeckung von dessen Spitze ab. Dann sank er zu Boden und legte sich flach hinter einen Baum am höher gelegenen Rand der Lichtung. Gut eine Stunde lang geschah nichts, außer dass das zunächst kräftig prasselnde Feuer zu einem leisen Flammengemurmel wurde, das langsam das Holz niederbrannte. In völliger Regungslosigkeit beobachtete Marcus sein Pferd dabei, wie es am Gras knabberte und sein Schädel von einer Wolke kleiner Insekten umschwirrt wurde. Plötzlich spitzte Dickschädel die Ohren, hob misstrauisch den Kopf und sah über die Lichtung zu etwas hinüber, das sich hinter einem Baumstamm befand. Der Römer hielt den Atem an und wartete, dass, was immer die Aufmerksamkeit des Pferdes auf sich gezogen hatte, sich zeigen oder zumindest ein winziges Geräusch machen würde, um zu bestätigen, dass etwas langsam und verstohlen über die Lichtung schlich. Eine Pfeilspitze blitzte hinter dem Baumstamm hervor, gefolgt von einem Bogen, in dem das Geschoss bereits schussbereit eingenockt war. Die Bogensehne war fast bis zu ihrer größtmöglichen Dehnung gespannt, und der Bogenschütze blieb stehen und durchsuchte die Bäume um die Lichtung nach einem Anzeichen seines auserwählten Opfers. Marcus wagte kaum zu atmen und schon gar nicht, sich zu bewegen. Mit blankem Entsetzen beobachtete er, wie der Pfeilkopf auf ihn gerichtet wurde, und wusste, dass der Schütze jeden Moment vortreten und ihn entdecken würde, während er auf dem Boden lag und auf so kurze Distanz dem tödlichen Einschlag eines Pfeils keinesfalls ausweichen konnte.

Das Pferd schnaubte und scharrte, wodurch der verborgene Bogenschütze einen kostbaren Moment lang abgelenkt war und sich fragte, ob das Tier wohl auf einen ihm vertrauten Menschen reagierte. Die grausame Pfeilspitze wurde von seinem Versteck abgewandt, und der Römer sandte einen stummen Dank an Mithras, während er sich bewegte, aufstand und seinen Speer wurfbereit machte. Der noch immer hinter dem Baumstamm verborgene Bogenschütze musste jedoch ein Geräusch gehört haben, denn als Marcus seinen Wurfarm nach hinten bewegte, war der Bogen erneut auf ihn gerichtet. Das Überleben beider Männer hing nur noch davon ab, wer von ihnen sein Geschoss schneller einsetzen konnte. Marcus trat vor, schleuderte seinen Speer auf den Körper seines Gegners und sprang zur Seite, als der Pfeil, den der Schütze in seiner Verzweiflung den Bruchteil einer Sekunde zu früh abgeschossen hatte, an seinem Ohr vorbeisauste. Mit einem dumpfen Schlag landete der Speer in der Seite des unseligen Jägers, der auf den Boden sank und sich mit einem gequälten Stöhnen an die Rippen fasste. Marcus zog sein Schwert und bewegte sich vorsichtig den Hang hinunter, wobei er mit Blicken den Wald absuchte, ob sein Opfer womöglich nicht allein gekommen war. Als er niemanden entdeckte, setzte er seinen Fuß auf die Brust des Jägers und rollte ihn zur Seite. Der liegende Mann keuchte vor Schmerz, und Marcus hob den Speer auf und nickte befriedigt, als er die gefütterte Lederkappe betrachtete, welche die stumpfe, abgerundete Eisenspitze bedeckte. Die Waffe war nämlich derart beschaffen, dass sie etwaige Opfer eher betäubte und wehrlos machte, als tatsächlich in deren Körper einzudringen. Die beiden Männer starrten sich einen Augenblick an. Dann griff der Römer sich ans Gesicht und löste den Verband, den er auf den Boden fallen ließ. Als er zu sprechen begann, war seine Stimme heiser, da er sie so lange nicht benutzt hatte. Seine Worte aber waren mehr als deutlich.

»Ich nehme an, ich brauche dies nicht mehr. Es scheint, als habe es seinen Zweck erfüllt, ebenso wie mein Feuer. Du hingegen, Arabus, hast deinen Zweck noch lange nicht erfüllt. Du wirst noch ein wenig sprechen müssen, bevor du den Fluss überquerst, der dich zu deiner Göttin bringen wird.«

Scaurus wartete ungeduldig in Caninus' Amtsstube und betrachtete stirnrunzelnd die Karte an der Wand. Er war noch immer dabei, seine möglichen Handlungsweisen zu durchdenken, als Julius mit grimmigem Ausdruck ins Zimmer stürmte.

»Tribun, ein Bote ist gekommen. Es ist einer der Männer des Präf...«

Der Mann schob sich an ihm vorbei in den Raum und ignorierte den Ärger des Zenturios. Sein Gesicht war blass und abgehärmt, und er befand sich offensichtlich in einem Zustand des Entsetzens. Scaurus erkannte ihn als Caninus' Stellvertreter, Tornach. Er war ein dünner Mann mit wachsamen Augen, der nur selten von der Seite seines Herrn wich. Scaurus hob die Hand, um Julius daran zu hindern, den Boten für das unerlaubte Eintreten zu bestrafen. Die beiden Männer sahen den Leibwächter an, und dieser nahm sich zusammen. Mit zitternden Händen hielt er ihnen einen Sack Korn entgegen.

»Ich habe eine Nachricht für dich, Herr. Eine Nachricht von... von...« Er schluckte, und sein Atem stockte, als ob er sich dazu zwingen müsste, den Namen auszusprechen. Als es ihm dann doch gelang, war seine Stimme dunkel vor Furcht. »*Obduro.*«

Er griff in den Sack, zog etwas Schweres heraus und hielt es dem Tribun entgegen. Mit einem dumpfen Zusammenzucken des Magens erkannte der Römer, dass es sich dabei um den Kopf eines Menschen handelte, dessen Züge ihm trotz der zugefügten schrecklichen Verwundungen bekannt erschienen. Seine Augen waren nur noch leere Höhlen, und der Mund hing schief aufgrund des Zahnfleischs, aus dem jeder einzelne Zahn herausgezogen worden war, was blutende Wunden hinterlassen hatte. Der Rest des Gesichts war mit Schlägen fast bis zur Unkenntlichkeit zertrümmert.

»Was ist geschehen?« Die Frage war nicht lauter als ein Flüstern.

Der Leibwächter ließ den Sack auf den gefliesten Boden der Amtsstube fallen. Er sah auf den abgetrennten Kopf seines Herrn und wandte dann den Blick zu Scaurus. »Wir haben die Banditen gefunden, oder vielmehr haben sie *uns* eine Meile von der Brücke entfernt gefunden. Sie haben abgewartet, bis wir fast bei ihnen waren, uns dann aus dem Hinterhalt überfallen und mit Pfeilen beschossen. Der erste Pfeilhagel brachte einen Großteil der Pferde zu Fall, und danach hatten wir kaum noch eine Chance. Die Hälfte von uns wurde im Kampf getötet, der Rest wurde nach unserer Gefangennahme enthauptet. Obduro wählte mich aus, um den Kopf des Präfekten zurückzubringen. Dieser gesichtslose Bastard.« Der Banditenjäger sah mit einem Ausdruck von Selbstverachtung auf den Boden. »Er hat mich eine Botschaft auswendig lernen lassen und mir gesagt, wie ich sie zu überbringen hätte. Er sagte, er würde es erfahren, wenn ich etwas falsch machen oder sie anders überbringen würde, als er es vorgegeben hatte. Und dann würde ich mit noch mehr Schmerzen sterben, als wenn er mich direkt getötet hätte.« Er riss sich zusammen, sah Scaurus ins Gesicht und begann mit der Botschaft. »›Tribun, wie du sehen kannst, habe ich, wie schon lange versprochen, Rache an diesem Narren geübt. Er hatte sich dafür entschieden, euch Römern als Lakai zu dienen, anstatt seine Göttin zu ehren, wie man es uns beiden in unserer Kindheit beigebracht hatte. Jetzt, wo ich diesen Schandfleck aus meiner Familiengeschichte entfernt habe, werde ich mich mit den Männern befassen, die du zum Streifengang entlang der Straße geschickt hast. Ich werde sie heute Nacht erledigen, während sie schlafen. Dann werde ich zurückkommen, dich besiegen und euer Getreidelager leeren. Und wenn wir uns das nächste Mal treffen, wirst du den Biss meines Leopardenschwerts zu spüren bekommen.‹« Der Bote sah den Tribun mit einem Blick voller Elend an. »Und dann hat er sie getötet, und zwar alle, die noch nicht mit dem Gesicht am Boden lagen. Er hat sie einen nach dem anderen in den Hades befördert und gelacht, als sie schrien und sich vor Angst in die Hose machten. Er lachte sogar noch, als sie mit durchtrennter Kehle umherwankten.« Tornach verstummte und rang die zitternden Hände, als ob er sie so zu beruhigen imstande wäre.

Scaurus erwachte aus seiner Verwunderung und nickte dann entschlossen dem wartenden Julius zu. »Damit haben wir den eindeutigen Beweis dafür, dass Caninus die Wahrheit bezüglich seines Zwillingsbruders Obduro gesagt hat. Bring diesen Mann fort und sorge dafür, dass man sich um ihn kümmert, denn nach diesem Schock wird er zu nicht viel imstande sein. Lass deine Zenturien antreten und benachrichtige Tribun Belletor: Ich bitte ihn höflich, zu mir zu stoßen, seine Männer so schnell wie möglich marschbereit zu machen und in Kampfformation anzurücken. Diese Ungeheuerlichkeit wird der Dreckskerl mit seinem Kopf bezahlen – Wunderschwert hin oder her. Ich bedaure nur, dass ich Caninus nicht vertraut habe, solange er noch am Leben war. Aber ich werde seinen Bruder schon bald in den Hades schicken, insofern wird er nicht mehr viel Zeit haben, seinen Brudermord zu feiern.«

Marcus entwaffnete Arabus, indem er dessen langes Jagdmesser aus der verzierten Lederscheide zog, die von seinem Gürtel herabhing. Dann schleifte er den stöhnenden Jäger am Rücken seiner dicken, wollenen Tunika über die Lichtung und ignorierte dessen schmerzgeplagtes Ächzen und seine Verwünschungen. Zuletzt warf er ihn gegen einen Baumstamm und setzte die Spitze seiner gemusterten Spatha an den Hals des Mannes. Dabei übte er ausreichend Druck auf den Schwertgriff aus, um die Haut einzukerben, und hielt ihn dadurch auf der Stelle fest, sodass er sich auch ohne geprellte Rippen nicht hätte bewegen können.

»Es scheint, mein Verdacht war gerechtfertigt, Arabus, trotz all deiner Hilfsbereitschaft und deines freundlichen Verhaltens. Du hattest schon versucht, uns in eine Falle zu führen, als wir hier übernachteten, nicht wahr? Hätte ich deine Komplizen nicht herannahen hören, wären wir allesamt im Arduinna-Forst verschwunden und nie wieder gesehen worden. Vermutlich, um ein weiteres Exempel bezüglich der Macht der Göttin zu statuieren, oder?« Der Späher sah ihn finster an, und sein Gesicht war von einer Mischung aus Angst und Schmerz überzogen. Dennoch antwortete er nicht, was seinem Fänger ein unerbittliches Lächeln entlockte. »Und jetzt glaubst du wohl, Schweigen sei die beste Antwort auf meine Fragen, was?« Er starrte in das unbewegte Gesicht des Spähers hinab, schüttelte den Kopf und bereitete sich innerlich darauf vor, alles zu tun, was in dieser Situation notwendig sein würde. Als er erneut sprach, war seine Stimme eiskalt. »Ich werde dir selbst die Wahl lassen: Entweder du sprichst jetzt sofort und erzählst mir alles, was ich wissen muss – dann verdienst du dir einen raschen und sauberen Tod, und ich werde deinen Körper fürs Jenseits unversehrt lassen. Oder du wirst die nächsten Tage mit durchtrennten Achillessehnen auf Händen und Knien herumkriechen, bis du zu schwach dafür bist, gegen die Wildschweine anzukämpfen, wenn sie kommen, um dich zu fressen. Man sagte mir, schon eine kleine Herde dieser Bestien könne den Körper eines Mannes in weniger als einer Stunde in Fetzen reißen und nur noch Knochen übrig lassen. Nimm dir einen Augenblick Zeit, um dir zu überlegen, welchen Austritt aus dem Leben du vorziehst.«

Er wartete schweigend, seufzte dann und schüttelte den Kopf. Er zog das Schwert von Arabus' Kehle weg und richtete die Klinge stattdessen auf seine Knöchel, um zum Durchtrennen der Sehnen des Gefangenen bereit zu sein.

Der Späher hob beschwichtigend die Hände und sah ihn mit jämmerlichem Ausdruck an. »Ich werde sprechen. Aber du musst auch mich verstehen: Sie haben meine Frau und meine Söhne.«

Marcus steckte seine Spatha in die Scheide zurück und zog seinen mit Silber verzierten Dolch heraus. »Du hast uns erzählt, deine Familie sei verstorben, da sie von Obduros Männern getötet wurde. Insofern hast du recht: Falls du dieses Leben nicht langsam und unter unvorstellbaren Schmerzen verlassen willst, solltest du sprechen. Und du wirst so lange sprechen, bis du mir alles erzählt hast, was ich wissen muss. Sobald du mich zufriedengestellt hast, werde ich entscheiden, was ich mit dir anfange.«

Arabus rutschte zur Seite und ächzte aufgrund des Schmerzes zwischen seinen Rippen, wohin Marcus den stumpfen Eisenspeer geschleudert hatte. »Ich war zwei Jahre lang im Dienst des Präfekten Caninus, habe für ihn Räuberbanden ausfindig gemacht und ihm gezeigt, wo er sie überwältigen konnte. Er hatte mich tief im Arduinna-Forst aufgestöbert, wo ich seit meiner Kindheit lebte und im Wald jagte, dessen Pfade auf keiner Karte verzeichnet sind. Er bot mir für meine Arbeit eine derart hohe Bezahlung an, dass ich nicht ablehnen konnte. Also habe ich meine Familie dort zurückgelassen und darauf vertraut, dass mein ältester Sohn jagen und Essen für alle besorgen würde, wie ich es ihm beigebracht hatte. Ich ging in die Stadt und wurde Caninus' Fährtenleser. Schon nach kurzer Zeit hatte ich meine Fähigkeiten unter Beweis gestellt und ihn zu den Banditen geführt, welche die Stadt in Angst und Schrecken versetzten. Mehr als fünfzig Männer wurden gefangen genommen und hingerichtet, weil ich so gut darin war, sie aufzuspüren. Das machte mir nichts aus, denn es war ihre eigene Schuld, dass sie ihre Mitmenschen ausraubten, und außerdem ist es gegen den Willen unserer Göttin, zu stehlen und Menschen umzubringen. Aber da gab es eine Räuberbande, der es immer wieder gelang, sich uns zu entziehen. Wann immer ich dachte, ich hätte eine Ahnung, wo sich Obduro und seine Leute befanden, musste ich frustriert feststellen, dass ich entweder falsch lag oder Pech hatte. Sogar als ich ihre Festung tief im Wald fand…« Er hielt kurz inne und lachte, als er den Ausdruck auf Marcus' Gesicht sah, doch seine Heiterkeit verwandelte sich sogleich in ein qualvolles Stöhnen, denn die Bewegung hatte seine Rippen erneut zum Schmerzen gebracht. »Richtig, ich habe ihr Versteck tief im Wald gefunden, wo es so viele Altäre für die Göttin gibt wie Grashalme auf einer Weide. Es ist ein geheimer, verbotener Ort für alle außer ihren ergebensten Jüngern. Einen Tag und eine Nacht lang habe ich still und unbewegt mit Warten und Beobachten zugebracht, um sicherzugehen, dass es sich wirklich um ihr Versteck handelte. Als ich mir sicher war, ging ich zum Präfekten zurück und überbrachte ihm die Nachricht. Er jedoch konnte nicht genügend Männer zusammentrommeln, um einen Angriff auf eine so starke Verteidigungsanlage zu wagen. Also behielt er das Geheimnis für sich, denn er befürchtete, sie würden ihr Lager woanders aufschlagen, sobald sie erführen, dass sie entdeckt worden waren.«

Marcus schüttelte verwirrt den Kopf. »Aber als wir erst einmal in der Stadt waren, hätte Caninus doch mehr Männer beisammengehabt, als er gebraucht hätte. Was hat ihn davon abgehalten, mit unseren Leuten in den Wald zu ziehen und Obduro zu besiegen?«

Arabus schüttelte den Kopf und verzog dabei wieder vor Schmerz das Gesicht. »Du scheinst nicht zu verstehen. Wärst auch du ein Anbeter unserer Göttin Arduinna, so wüsstest du, dass keiner ihrer Gefolgsmänner je wissentlich Fremde wie dich zu den geheimen Orten führen würde, an denen die Altäre zum Lob ihrer Herrlichkeit verborgen liegen. Und Caninus ist ein ergebener Anbeter ihrer allumfassenden Macht.« Er lächelte angesichts von Marcus' gehobenen Augenbrauen. »Du glaubst, er bete Mithras an, den

Gott deiner Soldaten. Caninus aber ist hier geboren und aufgewachsen, und für einen echten Mann aus Tungrorum gibt es nur eine Gottheit – unsere Göttin Arduinna.« Als er sah, dass sein Häscher noch immer ungläubig dreinblickte, zuckte er die Achseln. »Glaub mir oder glaub mir nicht – für mich macht das kaum einen Unterschied. Hätte der Präfekt deinen Soldaten geholfen, die heiligen Stätten zu finden, so hätte er damit seinen Untergang im Jenseits besiegelt…« Er seufzte, und obwohl er sich ganz offensichtlich mit Schmerzen quälte, nahm sein Gesicht einen mitleidvollen Ausdruck an, als er dem Römer in die Augen sah. »Ich hatte dir ja schon gesagt: Sie hat *viele* Waffen. Wenn ich sterbe, gehe ich davon aus, ihr Reich zu betreten. Es wird ein Wald wie dieser hier sein, der sich aber unendlich in neblige Weiten hinauszieht. Jäger werden in diesem Wald nie ihr Ziel verfehlen, und das Feiern und Schwelgen wird kein Ende haben. Wenn ich die Göttin aber verrate…«

Beim Gedanken daran schüttelte Marcus den Kopf und fasste unwillkürlich an das von Mithras gesegnete Amulett an seinem Handgelenk.

»Wer hat dir aufgetragen, mir zu folgen und mich umzubringen?«

Das Antlitz des Fährtenlesers wurde dunkler. »Bevor ich dir das sage, musst du erst einmal verstehen, warum ich dir nachgegangen bin. Letzten Winter, als wir aufgrund des Schnees innerhalb der Stadtmauern bleiben mussten, kam heimlich der Stellvertreter des Präfekten zu mir. Wie ich selbst, wurde auch Tornach im Wald geboren und ist ein treuer Anbeter der Arduinna. Außerdem hatte ich ihn über die Zeit als einen guten Mann kennengelernt und vertraute ihm. Wenn andere unter dem Kommando des Präfekten versuchten, ihre Macht über Menschen, die wir auf unseren Spähpatrouillen trafen, zu missbrauchen, sie zu bestehlen oder zu vergewaltigen, hat er sie ausnahmslos zur Räson gebracht. All dies tat er im Namen der Göttin. Auch die Nichtgläubigen mussten Strafen erdulden, wenn sie ihre Gebote brachen. Ich habe ihn mit großem Respekt behandelt und ihn für einen Mann gehalten, dem ich folgen kann. In jener Nacht aber kam er zu mir mit erbittertem Gesicht und gezogener Klinge, die er ohne Zögern benutzt hätte. Er sagte mir, meine Frau und meine Söhne seien gefangen genommen worden und befänden sich nun in Obduros verborgener Festung. Daher müsste ich, wenn ich sie jemals lebend wiedersehen wolle, alle Befehle ohne einen Fehler ausführen. Als Beweis ihrer Gefangennahme zeigte er mir ein Silberarmband, das ich meiner Frau geschenkt hatte, als sie meinen ältesten Sohn im Leib trug. Tornach drohte mir, sie würden einen langsamen und unehrenhaften Tod erleiden, falls ich nicht gehorchen sollte. Und von jenem Tage an war ich ein Sklave Obduros.« Er ließ eine Weile den Kopf hängen, bevor er Marcus erneut mit halb trotzigem, halb reuevollem Ausdruck anblickte. »Du richtest über mich, ich kann es in deinen Augen lesen. Und du urteilst, obwohl auch du ein Kind im Leib deiner Frau weißt. Ich frage mich, was du selbst tun würdest, wärst du irgendwann in ein paar Jahren gezwungen, das Leben dieses Kindes freizukaufen.«

Marcus schürzte die Lippen und nickte bedächtig. »Ja, das frage ich mich auch. Doch jetzt beantworte meine Frage.«

»Wer mir befohlen hat, dir nachzugehen, dich mit einem Pfeil zu töten und somit jede Chance auszuradieren, dass du womöglich Obduros Festung entdeckst? Tornach natürlich. Caninus hatte nie ein Geheimnis daraus gemacht, dass er erwartete, du würdest einen neuen Vorstoß in den Arduinna-Forst wagen. Er war besorgt, deine Anwesenheit würde den Ärger der Göttin auf uns alle herabrufen, aber er wusste nicht, wie er dich davon hätte abhalten sollen, die Stadt zu verlassen. Tornach nahm mich zur Seite und stellte mich vor die Wahl: Entweder ich finde und töte dich, womit ich die Freiheit meiner Familie zurückgewinne, oder ich weigere mich, und mein Körper wird in die städtische Knochengrube geworfen, ohne dass es mir vergönnt sei, die Gunst Arduinnas zu erlangen. In diesem Fall würden meine Söhne auf Obduros Altar als Opfer an die Göttin dargebracht. Er zeigte mir das Messer, das ich vor meiner Abreise aus dem Wald meinem ältesten Sohn gegeben hatte. Es ist das Gegenstück zu dem Messer, das ich selbst am Gürtel trage, und sollte beweisen, dass er meine Familie an einem sicheren Ort verwahrte. Er versprach mir im Namen der Göttin, er würde mich zu ihnen bringen, sobald ich diese letzte Aufgabe erledigt habe.«

»Das heißt, er hat dir gar keine Wahl gelassen.« Marcus' Augen ruhten auf der Darstellung des laufenden Ebers, der die leere Messerscheide des Jägers schmückte. »Also war es auch Tornach, der uns umzubringen versuchte, als wir das letzte Mal in den Wald vorstießen?«

»Ja. Er ist einer der ergebensten Gefolgsmänner der Göttin, die ich je kennengelernt habe. In seinen Augen ist schon die Tatsache, dass ihr mit euren Stiefeln ihren Boden betretet, eine Schändung all dessen, woran er glaubt. Der Präfekt mag zwar selbst ein Anbeter der Göttin sein, aber er ist immer noch ein Diener eures Kaisers. Ich glaube nicht, dass er in irgendeiner Form an dem Plan beteiligt war, dich aus dem Weg zu schaffen.«

Der Römer sah den ehrlichen Blick in den vor Schmerz zusammengekniffenen Augen des Fährtenlesers. Er hob erneut seinen Dolch und ließ Arabus diesen einen Moment lang betrachten. »Ich habe noch eine letzte Forderung. Ich vermute, es wird für dich schwer werden, mein Begehren auszuführen, aber du wirst keine andere Wahl haben. Sollte ich dich leben lassen, musst du mich zu den Altären von Arduinna führen und mir alles erzählen, was ich wissen muss, wenn ich in Obduros Festung eindringen möchte.«

Arabus biss die Zähne zusammen, um den Schmerz auszuhalten, der in seiner Brust tobte. Dann aber schüttelte er entschlossen den Kopf. »Ich habe dir bereits gesagt, dass ich meine Treue zu Arduinna nicht verraten werde. Kein Ungläubiger darf ihre heiligen Haine betreten, und genau dort hat Obduro sein Versteck. Du kannst mich gerne in den Hades senden, dennoch kann ich dir nicht erzählen, was du wissen willst.«

Marcus hob den Dolch wieder hoch. »Ich weiß. Immerhin frage ich dich nach etwas, was dich von der Gunst deiner Göttin fernhalten wird. Und dennoch wirst du mir zeigen, wo ich Obduro finde. Nicht etwa wegen des Dolches« – der Römer steckte die Waffe in die Scheide zurück und lehnte sich vor –, »sondern eher *deswegen* …« Er tippte auf die leere Messerscheide des Verwundeten und zeigte mit dem Finger auf den Eber, der in das dicke Leder eingeritzt war. Dann gab er ihm in einer vertrauensvollen Geste sein Jagdmesser zurück. »Du wirst mir helfen, Obduro zu finden. Nicht etwa, weil dies dein Todestag ist, sondern vielmehr, weil heute dein Tag der *Rache* sein wird.«

Scaurus trat gemeinsam mit Arminius vor die tungrischen Zenturien und schnallte seinen Helm fest, während die fünf Zenturios sich stumm und mit grimmigen Gesichtern um ihn versammelten. Prinz Martos stand etwas abseits und dachte wohl darüber nach, welche Rolle er in der Welt der Kohorten einnehmen sollte.

Scaurus betrachtete sie schweigend einen Moment lang und sagte dann: »Unser Kollege, Präfekt Caninus, wurde mit seinen Männern in einen Hinterhalt gelockt und getötet. Dies geschah durch seinen Bruder Sextus, der unter dem Namen ›Obduro‹ bekannt ist. Caninus wurde aus Rache für eine vermeintliche Kränkung ermordet, die in ihrer gemeinsam verbrachten Vergangenheit stattgefunden hat. Mittlerweile werden die Banditen die Mosa überquert haben und nach Westen abgebogen sein, denn sie planen, den Ersten Speer Frontinius und eure Offiziersbrüder auf der Straße nach Bagacum Nerviorum abzufangen und sie in der Dunkelheit anzugreifen, wenn unsere Männer dort ihr Lager für die Nacht aufgeschlagen haben. Unter solchen Umständen könnte ihnen womöglich sogar ein Sieg gelingen.« Kopfschüttelnd sah er sich erneut um und wägte die Entschlossenheit seiner Offiziere ab. »Was ich, Zenturios, nicht zu erlauben beabsichtige. Wir werden hinter ihnen nach Westen marschieren, und das so schnell, wie die Männer es mit ihrer Ausrüstung und den Waffen zu tun imstande sind. Dann werden wir diesen räuberischen Abschaum zwischen unseren und den Schilden unserer Kameraden einkesseln. Martos, ich wäre dir verbunden, wenn deine Männer das Gelände vor uns erkunden könnten, damit wir nicht in irgendeine Falle geraten, die sie sich für uns ausgedacht haben.« Der Prinz der Votadini nickte zustimmend. »Ich danke dir. Decurio Silus wird seine berittene Zenturie voranschicken, den Feind ausmachen und uns informieren. Außerdem wird er diese neuen Entwicklungen an den Ersten Speer weitergeben und ihm meine Anordnung überbringen, nach Osten zu ziehen und Obduro mit seinen Männern in eine Falle zu drängen, aus der es kein Entrinnen mehr gibt. Noch bevor der heutige Tag endet, werde ich den Kopf dieses Mannes auf einen Speer stecken, samt seinem Kavalleriehelm und was sonst noch daran hängt. Ihr habt Zeit, solange es braucht, um bis fünfhundert zu zählen, dann seid ihr marschbereit, und wir setzen uns in Bewegung. Zenturio Clodius, du bist unterdessen zum hochrangigen Offizier befördert, bis wir auf den Rest unserer Streitmacht stoßen. Ab da wird der Erste Speer Frontinius wieder das Kommando übernehmen. Zenturio Julius, bleib bitte noch einen Moment. Alle anderen können abtreten.«

Julius wartete mit unbewegter Miene, während die anderen Zenturios ausschwärmten, um eifrig sicherzustellen, dass ihre Männer sich für den Gewaltmarsch bereit machten. Keiner von ihnen wollte in die Verlegenheit kommen, der Kohorte bei ihrem Hals über Kopf organisierten Ausfall in Richtung Westen eine Verspätung zuzumuten.

Der Tribun sah ihnen kurz nach, dann wandte er sich mit einem grimmigen Lächeln an den stämmig gebauten Zenturio. »Nun, Zenturio, ich nehme an, du fragst dich, was du verbrochen hast, um den dir angemessenen Rang als Stellvertreter von Onkel Sextus an deinen Kollegen Clodius abtreten zu müssen?«

Julius zuckte mit den Schultern und macht ein unbeteiligtes Gesicht. »Der Dachs ist ein guter Mann, Tribun, und durchaus fähig, eine Kohorte die Straße hinabzuführen, um anschließend ein paar Hundert Banditen auszulöschen. Dennoch muss ich zugeben, dass ich neugierig bin. Habe ich tatsächlich etwas getan?«

Scaurus lächelte und legte dem großen Mann eine Hand auf die Schulter. »Ja, Julius, du hast etwas getan. Seit ich diese Kohorte unter mein Kommando nahm, hast du dich stets als ausgezeichneter Berufssoldat erwiesen, hast jeden Befehl perfekt ausgeführt und jeden Feind getötet, der zu töten war. Aufgrund der Abwesenheit des Ersten Speers bist du mein bester Offizier, und tatsächlich habe ich eine Aufgabe, die ich niemand anderem anvertrauen kann als meinem *allerbesten* Zenturio. Wir müssen unsere Streitmacht aus Tungrorum abziehen, um mit dieser neuen Bedrohung fertig zu werden. In der Schatzkammer der Kommandostelle befindet sich jedoch so viel Geld, dass davon die Diebe und Bandenführer der ganzen Stadt angelockt werden, insbesondere, wenn man die Soldtruhen und die Gewinne aus dem Getreidebetrug mit in Betracht zieht. Daher lasse ich dich und deine Zenturie hier, Julius, und verlasse mich darauf, dass niemand seine gierigen Finger auf dieses Geld legt. Ich möchte zwei Wacheinheiten vor der Kammer und den Rest deiner Leute nicht weiter als ein Dutzend Herzschläge davon entfernt, egal, ob sie essen, ruhen oder schlafen. Und während du das erledigst, kannst du gleichzeitig auch ein Auge auf die Gattin von Zenturio Corvus und die Verwundeten werfen. Außerdem kannst du mir die Mühe abnehmen, das vermaledeite Gefäß Naphtha durch die Gegend zu tragen. Von diesem Moment an bist du befähigt, jeden zu töten, den du als eine Bedrohung für das Gold des Kaisers ansiehst – ohne Zögern und ohne dass du dafür eine Strafe befürchten musst. Wenn wir dem Thron das Gold zurückerstatten, wird man uns beglückwünschen und uns womöglich sogar belohnen. Doch wenn wir es jetzt wieder verlieren, nachdem wir den Thron über den ursprünglichen Verlust und die Rückgewinnung informiert haben, wird dies ein sehr übles Nachspiel für alle Beteiligten haben. Haben wir uns verstanden, Zenturio?«

»Viele Männer sind innerhalb des letzten halben Tages hier vorbeigekommen, siehst du?« Marcus blickte von seinem Sattel in Richtung des Bodens, auf den Arabus zeigte. Der Jäger kletterte eifrig von seinem Platz hinter dem Römer herunter und zuckte zusammen, als seine Füße den Waldboden berührten und er den stechenden Schmerz an seinen Rippen spürte. Dann hockte er sich auf die Fersen und deutete auf die zahlreichen Einkerbungen, die den weichen Untergrund übersäten. »Schau. Stiefelabdrücke.«

Marcus saß ebenfalls ab und ging neben ihm in die Hocke. Eingehend studierte er die Abdrücke, welche die Männer im grünlichen Licht des Waldes hinterlassen hatten. »Du hast recht. Und es sind Hunderte.«

Arabus nickte weise. »Genügend Stiefel, um die gesamte Armee Obduros auszumachen. Und alle zeigen in eine Richtung, nämlich dort entlang.« Er deutete nach Westen. »Sie waren zur Brücke über die Mosa unterwegs, jetzt, wo ihr eigener Flussübergang zerstört ist. Die Frage ist nur, was sie tun werden, wenn sie den Fluss gekreuzt haben.« Er sah Marcus direkt ins Gesicht und wartete offensichtlich darauf, dass der Römer die gleiche Schlussfolgerung zog, die er selbst schon im Sinn hatte.

»Wenn also die gesamte Räuberbande abmarschiert ist, könnte ihre Festung unbewacht oder zumindest nur mit wenigen Leuten besetzt sein.«

Der Späher senkte zustimmend den Kopf. »Exakt. Und wir sind schon ganz in der Nähe, denn ich kann den Rauch eines Holzfeuers in der Luft riechen. Siehst du den Hügel da vorne?«

Der Römer kniff die Augen zusammen und blickte durch die nur schwach beleuchtete Fläche von Bäumen, doch es fiel ihm schwer, die Silhouette auszumachen, auf die Arabus zeigte. Der Wald dehnte sich sanft vor ihnen in die Höhe empor, und er konnte einige dunkle Laubknäuel auf dem baumbestandenen Hang erkennen, der sich etwa vierhundert Schritte bis zu einem Kamm hinaufzog. »Ja, ich sehe ihn.«

»Von dort oben aus können wir Obduros Festung überblicken. Wir müssen das Pferd zurücklassen. Falls Obduro Männer als Wachen abgestellt hat, könnte jedes unerwartete Geräusch uns die ganze Bande auf den Hals hetzen. Komm jetzt.«

Marcus band die Zügel des Tieres an einen Baum, nahm die schwere Ledertasche vom Sattelknauf und folgte dem humpelnden Jäger den langgestreckten Hügel hinauf. Er schlich hinter dem sich schattenartig bewegenden Späher um die dickeren Baumgruppen herum, und als er an einem Ast hängen blieb und das Laubwerk ungewollt nach hinten schnallte, warf Arabus ihm einen tadelnden Blick über die Schulter zu.

Als er durch das dichteste Gestrüpp spähte, konnte der Römer inmitten der Äste eine Gestalt erkennen, die fast menschliche Züge trug, aber stocksteif und unnatürlich still stand. Er reckte den Hals, um genauer sehen zu können, legte die Hand auf seinen Schwertgriff und erstarrte, als ihm jemand mit scharfer Stimme ins Ohr flüsterte. Der

Jäger war so leise an ihn herangeschlichen, dass er ihn gar nicht bemerkt hatte.

»Römer, du befindest dich hier im Herzen des Reichs von Arduinna, sozusagen in ihrer direkten Anwesenheit. Näher, als je ein Ungläubiger vorgedrungen und dabei am Leben geblieben ist.« Als habe sie Arabus' Worte gehört, wurde die verschwommene Gestalt im Dickicht deutlicher, und Marcus begriff, dass er auf eine lebensgroße Darstellung der Göttin blickte. »Auch wenn ich dir mein Leben schulde und du das Werkzeug meiner Rache sein wirst, sofern du beweisen kannst, dass mir großes Unrecht angetan wurde – du *musst* unserer Göttin angemessenen Respekt zollen, sonst wirst du einen hohen Preis dafür bezahlen.«

Der Römer nickte, wandte die Augen ab und murmelte ein rasches Gebet, um Mithras' Schutz auf sich herabzubitten. Arabus aber griff ihn am Ärmel und zog ihn ungeduldig vom heiligen Boden weg, so als sei seine Gefolgschaftstreue in diesem Loyalitätskonflikt bereits über Gebühr beansprucht worden. Marcus, der hinter dem Fährtenleser den schattenbefleckten Hang hinaufkletterte, bemerkte, dass das Dickicht auf beiden Seiten ihres Pfades mit ähnlichen Tributen an Arduinna ausgestattet war und sich die Äste der Bäume um verschiedene Statuen der Göttin schlangen. Manchmal war sie stehend zu sehen, manchmal auf dem Rücken eines angreifenden Ebers, doch jedes Standbild zeigte sie mit gespanntem Bogen. Mit Schaudern erinnerte sich Marcus daran, wie der plötzliche Wintereinbruch den Versuch der Tungrer, in den Wald vorzudringen, durchkreuzt hatte, und murmelte ein weiteres Stoßgebet an Mithras, bevor er Arabus auf den Hügelkamm folgte. Nach nur zehn Schritten starrte er erneut ins Gebüsch und erblickte einen Haufen Knochen, die um die Füße einer Statue aufgehäuft waren. Der Magen schien sich ihm umzudrehen, doch schon einen Moment später stand Arabus mit grimmiger Miene an seiner Seite.

»Menschenopfer. Männer, die sie bei ihren Überfällen schnappen und nicht sofort umbringen, werden hierhergebracht. Man verspricht ihnen, sie würden zur Göttin geführt, um ihrer ewigen Herrlichkeit beizuwohnen – was natürlich eine grausame Lüge ist. Obduro lässt sie gefesselt und hilflos zurück, er bindet ihre Arme an die Äste zweier Bäume und lässt sie dort für die Göttin hängen. So kann sie ihnen beim Sterben zusehen und ihre Kreaturen ausschicken, damit sie sich an ihren Leichnamen laben können.« Kopfschüttelnd wandte er den Blick von den Überresten der Menschenopfer ab. »Manchmal kommen die Tiere sogar schon bevor sie tot sind. Und jede dieser Opferhandlungen stärkt Obduros Pakt mit der Göttin Arduinna.« Seine Stimme nahm einen leicht ungeduldigen Klang an. »Nun komm und beachte die Göttin nicht länger. Meine Anwesenheit wird dich beschützen, denn ich bin ihr ein treuer Diener. Nichtsdestotrotz stehen wir unter ihrer Beobachtung.«

Dem Beispiel seines Führers folgend, sank Marcus auf seine Hände und Knie hinunter und kroch bäuchlings weiter, bis sie den Hügelkamm erreichten. Leise pfiff er durch die Zähne, als er die Aussicht sah, die sich ihnen von der Höhe aus darbot, was ihm einen verärgerten Blick und eine gezischte Warnung von seinem Späher einbrachte.

»Beim Namen der Arduinna! Du würdest einen Keiler auch nur dann erwischen, wenn er aus einem Baum auf deinen dummen Römerschädel herabfallen würde.«

Marcus nickte abwesend und starrte staunend auf die

Festung der Banditen. Die Holzpalisade war an allen Seiten von abfallenden Hängen umgeben, die sich steil vom Berggipfel aus hinabzogen und so eine natürliche Verteidigungsanlage um die Festung bildeten.

»Schau dir das an! Ich könnte diese Stellung mit nur einer einzigen Kohorte gegen eine ganze Legion verteidigen.«

Arabus sah mit stolzem Blick auf die Festung. »Solange wir hier im Wald leben, war dies eine Kultstätte und ein Zufluchtsort für unseren Stamm, so zumindest wird das in unseren Geschichten erzählt. Obduro hat seine Bande vor einigen Jahren hierher geführt und innerhalb des hölzernen Walls einen Altar für die Göttin errichtet.«

»Ja, den habe ich gesehen. Er opfert Menschen darauf und trinkt deren Blut.« Die Augen des Fährtenlesers verdunkelten sich angesichts seines erbitterten Tons, und Marcus klopfte ihm auf die Schulter, rollte sich dann auf den Rücken und griff in seine Ledertasche, die er den Hügel hinaufgeschleppt hatte. »Du hast gut daran getan, mich hierher zu bringen, und ich werde dir beweisen, dass ich die Wahrheit sage. Doch zunächst müssen wir ins Innere der Palisade gelangen. Es ist an der Zeit, dass ich die Führung übernehme und herausfinde, ob meine schauspielerischen Fähigkeiten dieser Aufgabe gewachsen sind.«

»Petrus! Die Soldaten haben sich in Bewegung gesetzt! Sie marschieren aus der Stadt hinaus!«

Mit einem selbstgefälligen Lächeln drehte sich der Anführer der Bande zu dem Mann um, der unter dem Türrahmen des Blauen Keilers stand, und nickte den wartenden Männern um ihn herum zu. »Was habe ich euch gesagt? Ich *wusste*, dass Obduro sich nicht zurücklehnen und abwarten würde, bis sie sich langweilen und aus eigenem Antrieb abhauen. Und während die Armee aus der Stadt ist, können wir uns hier vergnügen, so viel wir wollen, angefangen beim Zurückholen des hübschen Goldes, das sie Albanus abgenommen haben.« Er stand auf und zeigte auf einen seiner Stellvertreter. »Er wird das Geld zurückgelassen und nur wenige Männer zu dessen Bewachung abgestellt haben, die sich überdies gegenseitig beaufsichtigen müssen, falls einen von ihnen die Versuchung überkommen sollte. Du da, schicke Männer aus, um die Wachen zu finden, und zwar *schnell*. Ich will wissen, wo dieses Gold ist, bevor irgendwer den genialen Einfall hat, damit unterzutauchen. Und ihr beide …« Die Türsteher rechts und links von Annia richteten sich auf und nickten. »Ihr könnt sie nach oben bringen und sicherstellen, dass sie nicht auf die Idee kommt abzuhauen. Wer weiß, vielleicht ist der Tag, auf den ihr all die Jahre gewartet habt, nun endlich gekommen. Die lange Zeit, die ihr habt zusehen müssen, wie sie andere Männer für Geld fickte, aber selbst nie etwas davon abbekommen habt, könnte sich nun dem Ende nähern … Haltet die Sanduhr bereit.« Er setzte sich wieder, um weitere Neuigkeiten abzuwarten, und grinste angesichts der entsetzten Blicke, die Annia ihm zuwarf, während Backpfeife und Stecher sie die Treppe hinaufzerrten. »Und sollte das Leben wirklich gut zu mir sein, so wird es dieser Deckskerl von Zenturio sein, der zurückgelassen wurde, um das Gold zu bewachen. Dann werden wir ja schon bald sehen, wem er die Treue hält, nicht wahr?«

Julius sah unbewegt von der Stadtmauer aus zu, wie seine Kohorte auszog und zügig die Straße nach Westen hinuntermarschierte. Das Geräusch der von Clodius barsch ausgestoßenen Befehle wurde zunächst noch von der Brise zurückgetragen, dann allmählich leiser und verklang schließlich völlig aufgrund der Entfernung der rasch voranziehenden Soldaten. Der Mann an seiner Seite blickte dem Heer ebenfalls nach und nickte zustimmend. Er war ein Veteran, der über zwanzig Jahre gedient hatte und mit dem er schon lange auf jegliche Formalitäten verzichtete, wenn sie alleine waren.

»Nicht schlecht. Der Dachs wird eines Tages einen ganz ordentlichen Ersten Speer abgeben.«

Der Zenturio bedachte diesen Kommentar seines Optio mit einem eher unwillig zustimmenden Grunzen, drehte sich dann von der Straße weg und blickte zu dem weitläufigen Getreidelager hinüber. Die Erste Zenturie der Legionskohorte, die doppelte Mannschaftsstärke besaß, hielt unter dem Kommando des Ersten Speers Wache über den Kornspeicher, dessen Tore fest verschlossen waren. Vor Abmarsch der Truppen hatte Scaurus Julius zur Seite genommen, während die Tungrer ihre letzten Vorbereitungen trafen und ihr Optio die Ausrüstung und Stiefel jedes einzelnen Mannes nach Anzeichen von Schäden oder unzureichender Instandhaltung absuchte, die dazu führen könnten, dass jemand hinter der rasant voranschreitenden Marschlinie zurückblieb. Weniger als ein Dutzend Schritte entfernt hatte der wütende Optio einen Soldaten angebrüllt, ob er jemals die Kunst gelernt habe, die Schnürsenkel seiner Stiefel ordentlich zu binden, und ihn zur Vervollkommnung seiner Fähigkeiten angespornt, indem er ihm seinen Optiostab mit Messingknauf in die Zehen stieß und ihm Beschimpfungen ins Gesicht schleuderte.

Der Tribun hatte das wütende Treiben des Gehilfen des

Zenturios ignoriert und Julius leise seine letzten Anweisungen zugeraunt. »Tribun Belletor hat beschlossen, seine Erste Zenturie zur Bewachung des Getreidelagers hierzulassen, was zumindest einen Vorteil hat.«

Julius nickte. »Ja, die Erste ist seine Zenturie mit doppelter Mannschaftsstärke.«

Scaurus' Stirnrunzeln sprach Bände bezüglich seiner eigenen Ansicht, wie es zu dieser Entscheidung gekommen war. »Meines Erachtens hat die Stärke der Einheit nichts damit zu tun. Vielmehr wollte er einen unsanften Stoß in die Rippen seines Ersten Speers führen, nachdem dieser so offen mit Sextus Frontinius zusammengearbeitet hat. Vielleicht wird er diese Entscheidung noch bereuen, wenn er Obduros Kämpfern auf dem Schlachtfeld gegenübersteht und dabei nicht auf seinen hochrangigen Zenturio zählen kann, der den Männern ein wenig Mumm einflößt. Natürlich bin ich mir sicher, dass Sergius den Kornspeicher ausgezeichnet bewachen wird, aber ich habe meine Zweifel, ob seine Männer hart bleiben, wenn eine ernsthafte Bedrohung die Straße hinaufzieht, also wirst du ein Auge auf sie haben müssen.«

Julius hatte zwar eine Braue hochgezogen, ansonsten blieb sein Gesicht jedoch undurchdringlich. »Welche Art von Bedrohung glaubst du erwarten zu können, Tribun? Abgesehen von den Banden der Stadt, die versuchen werden, sich zu bereichern?«

Scaurus hatte den Kopf geschüttelt und die wartenden Reihen seiner Kohorte betrachtet. »Theoretisch betrachtet gar keine. Praktisch besehen jedoch … weiß ich es schlicht nicht. Dieser Obduro scheint geradezu ein Ausbund an List und Verschlagenheit zu sein. Daher werde ich keine Ruhe finden, bis wir seinen Kopf auf eine Speerspitze stecken und all diesen Unsinn hinter uns haben. Stell einfach sicher, dass du stets wachsam bleibst.«

Julius beschloss, über jenes Gespräch nun lange genug nachgedacht zu haben, also wandte er sich wieder an seinen Optio und deutete zum Kornspeicher hinunter. »Diese Grünschnäbel werden sich einem ernsthaften Überfall nicht widersetzen können, und sie bewachen genug Getreide, dass die Banditen sich bis nächstes Jahr davon ernähren könnten. Suche dir bitte fünf Zeltmannschaften und geh mit ihnen hinunter, Quintus. Grüß Sergius von mir und sag ihm, ich hätte euch geschickt, um seinen Männern ein bisschen mehr Rückgrat zu verleihen. Ich werde später selbst hinunterkommen und mich umsehen, sobald sich herausstellt, was die Banden der Stadt tun werden – jetzt, wo sie glauben, das Gold sei unbewacht.«

Das erste Anzeichen von Interesse erreichte das tungrische Hauptquartier weniger als eine Stunde, nachdem die Erste Kohorte es verlassen hatte. Zwei grimmig aussehende Männer streiften die Straße hinunter und passierten den Haupteingang. Dabei verweilten ihre Augen auf den vier Soldaten, die in voller Rüstung um das Tor herumstanden, während Julius' Wachoffizier – ein gedrungener Mann, der als Zeugnis seiner vorrangigen Stellung drei frische Narben im Gesicht trug – die Hände auf die Griffe seines Schwerts und Dolches gelegt hatte. Er spuckte hinter ihnen auf die Straße und verzog sein Gesicht zu einem verächtlichen Lächeln.

»So ist's richtig, lauft einfach weiter! Falls ihr vorhabt, wegen des Goldes wiederzukommen, solltet ihr besser ein paar Freunde mitbringen. Dieses Geld gehört nämlich meinem Vorgesetzten, und der würde mir ein zweites Arschloch aufreißen, falls ich es verlieren sollte.«

Die Späher der Straßenbanden gingen weiter, ohne zurückzublicken, und der Wachoffizier sah sie um die Ecke biegen, bevor er sich wieder in das Hauptquartier verzog. Dort traf er Julius in der Aedes, dem Fahnenheiligtum, wie er nachdenklich auf die Körbe mit den zurückgewonnenen Münzen sah, die Prokurator Albanus bei diversen Geldleihern investiert hatte.

»Du erwägst doch nicht etwa, mit dem Geld abzuhauen, Herr?« Er grinste, als er den resigniert lächelnden Gesichtsausdruck des Zenturios bemerkte, und wusste, dass er genügend Kampfstärke bewiesen hatte, um sich an den üblichen Frotzeleien zwischen Julius und seinen Offizierskollegen beteiligen zu können. »Denn falls du das tatsächlich vorhast, wirst du ein paar starke Arme brauchen, um den Haufen hier davonzutragen.« Er nickte zu den Körben, die schon aufgrund ihrer Machart sehr schwer waren und nun überdies noch das Gewicht des Goldes enthielten.

Julius lächelte ironisch und schüttelte den Kopf. »Ich glaube kaum. Dieses Geld gehört meinem Vorgesetzten, und er würde …«

»Dir ein zweites Arschloch aufreißen, wenn du es verlieren solltest? Dann hast du diese freundliche Warnung also auch gehört, Herr?«

»Das habe ich, Pugio, und hoffentlich auch der Rest der Stadt. Wenn wir heute tatsächlich nur den ganzen Tag lang hier herumstehen und die Körbe anstarren müssen, bin ich der glücklichste Mann der Stadt Tungrorum.«

Ein Soldat streckte seinen Kopf hinter der Tür der Aedes hervor und sprach mit dringlicher Stimme. »Da sind noch mehr von denen, Zenturio, und sie kommen von beiden Enden der Straße.«

Julius drehte sein Gesicht von dem Geld weg, rief seinen Männern eine Reihe von Anweisungen zu und ging auf die Straße hinaus. Nach der Kühle, die von dem kalten Steinboden des Fahnenheiligtums ausgestrahlt wurde, genoss er die Wärme draußen. Er trat zur Seite, als ein Schwall bewaffneter und gepanzerter Soldaten aus dem Eingang der Kommandostelle strömte. Sie bewegten sich schweigend und diszipliniert und bildeten zwei Reihen über die enge Straße. Der Wachoffizier holte seinen Schild hinter der Tür hervor und schob sich dann zwischen die Reihen. Dabei rollte er kurz den Kopf, als ob er seinen Nacken vor dem Kampf entspannen wollte. Dann zog er seine Spatha und brüllte einen Befehl.

»Schwerter!«

Die Soldaten legten ihre Speere ab, zogen ihre Klingen, hoben die Schilde und richteten automatisch ihre Reihen aus, um sich für den blutigen Kampf vorzubereiten, der auf ein derartiges Kommando des Wachoffiziers in den letzten Monaten stets gefolgt war. Rund zwanzig Bandenmitglieder kamen von beiden Enden der Straße auf sie zu, bis sie fast Nase an Nase mit den tungrischen Soldaten standen. Dann hielten sie an. Jeder von ihnen positionierte sich vor einem Soldaten der Hilfstruppen und starrte fest in die Augen seines Gegners, als versuchten sie ganz bewusst, die Verteidiger des Gebäudes unter Druck zu setzen. Pugio wartete einen Augenblick ab, bis völlige Stille unter beiden Gruppen herrschte, dann ließ er seinen Kopf vorschnellen und rammte den Augenschirm seines Helms ins Gesicht jenes Mannes, der ihn einzuschüchtern versuchte. Der Gauner taumelte mit gebrochener, blutüberströmter Nase zurück, und seine Kameraden fauchten vor Wut. Dennoch machte keiner von ihnen eine Bewegung, denn ihre Gegner hatten die Schwertspitzen auf sie gerichtet, und jeder von ihnen hatte einen weiteren Soldaten hinter sich, der offensichtlich nicht vor dem Töten zurückschreckte. Petrus trat aus der Masse heraus und schob zwei Bandenmitglieder der vordersten Reihe zur Seite. Er ging mit erhobenen Händen auf die Reihe der Tungrer zu und nickte Julius zu, als sähe er in ihm einen ebenbürtigen Mann, mit dem er sprechen wollte.

»Zenturio! Bevor diese Situation sich in ein hässliches Scharmützel verwandelt, sollten wir beide vielleicht wie Männer miteinander sprechen. Es gibt doch überhaupt keinen Grund für *Gewaltanwendung*.«

Julius betrachtete ihn kurz und nickte dann Pugio zu. »Lass ihn durch.«

Die tungrische Reihe öffnete sich weit genug, um den Bandenanführer zwischen dem Wachoffizier und dem Mann neben ihm durchzulassen, und Petrus nickte Julius in offenkundigem Selbstvertrauen zu, worauf der Zenturio abschätzend die Augen zusammenkniff. Er legte die Hand auf den Griff seines Dolches, trat heran und hielt sein Gesicht nur Zentimeter von dem des Bandenanführers entfernt.

»Warum sollte ich dir nicht auf der Stelle die Eingeweide herausschneiden, Petrus, wo du deinen Hausarrest doch ganz offenkundig missachtest? Warum schnüffelst du hier herum, wo ich dir doch genau gesagt habe, was dich erwartet, sobald du einen Fuß aus dem Bordell heraussetzt?«

Petrus lachte leise und schüttelte den Kopf. »Das ist rasch beantwortet: Wie ich vernommen habe, ist da drinnen genug Gold, um einen Mann zum Herrn über die ganze Stadt zu machen. Gold, das den Menschen dieser Provinz gestohlen wurde, und zwar von einem Mann, den Rom uns auferlegt hat. Also wollen wir dieses Gold zurück.«

Julius lächelte humorlos und schüttelte nun selbst den Kopf. »Sonst noch was! Dieses Geld wurde nicht dem Volk gestohlen, weil es dem Volk nie gehört hat. Es gehört dem Kaiser, und ich werde dafür sorgen, dass er es zurückbekommt.«

Mit fragendem Blick hob Petrus die Arme und sah sich mit gespielter Verwunderung um. »Ach ja, wirst du das? Wie viele Männer hast du denn, Zenturio? Dreißig? Vierzig? Ich kann zweihundert meiner Schläger hierherbringen, und eine Rotte von Stadtbewohnern dazu, wenn ich ihnen die richtige Geschichte erzähle. Glaubst du wirklich, du kannst dich gegen fünfhundert oder tausend goldgierige Männer behaupten?«

Julius blickte ihn einen Moment lang schweigend an und streckte dann, ohne seinen Blick vom Gesicht des Bandenführers abzuwenden, eine Hand zu dem Soldaten aus, der neben ihm stand. »Meinen Speer.« Er nahm die Waffe und befühlte kritisch ihre Eisenspitze, die hochpoliert und geschliffen genug war, um ein Rinnsal Blut aus seinem vernarbten Daumen fließen zu lassen. Er wandte sich wieder an Petrus und richtete die Speerspitze in nur einer Handbreit Entfernung auf dessen Gesicht. »Siehst du das? Es ist bloß ein Speer. Eine sechs Fuß lange Stange, die an beiden Enden mit Eisen bestückt ist. Sie sieht nicht anders aus als die Hunderttausende, welche von den kaiserlichen Armeen durch das Imperium getragen werden. Dennoch ist dieser Speer ein klein bisschen anders. Schau!« Er zeigte auf eine kleine Inschrift, die mit Punkten in die Speerklinge eingehämmert war. »I Tungri. Das heißt Erste Tungrische Kohorte, die stolzeste Hilfskohorte des Kaiserreichs und gleichzeitig die gefährlichste. Wir haben im letzten Jahr drei Mal gegen widrigste Umstände gekämpft, haben aufgrund von Verrat, Dummheit und schlichter Unterbesetzung kniehoch in der Scheiße gestanden, und jedes verdammte Mal haben wir die Situation gemeistert und sind duftend wie Rosen daraus hervorgegangen. Dieser Speer hat ein halbes Dutzend Barbaren getötet, würde ich meinen, und es waren Männer wie du, die nicht begriffen, was auf sie zukam, bevor er zwischen ihren Rippen steckte. Bist du jemals mit einer Klinge in Berührung gekommen?« Er grinste dem Bandenführer freudlos ins Gesicht und schüttelte den Kopf angesichts der Tätowierungen, die seine Arme übersäten. »Ich spreche nicht von den kleinen Kratzern am Arm, die du dir geholt hast, während du besinnungslos von billigem Wein warst. Ich spreche von einer scharfen Eisenklinge, die sich in dein Fleisch bohrt, sodass du sie tief in dir fühlen kannst, eiskalt und gleichzeitig heiß wie ein Brandeisen. Denn genau das ist unser täglich Brot, Petrus: Wir gehören nicht zu denen, die ihre Opfer schneiden und verstümmeln, um ihnen Geld abzuknöpfen oder sie zum Schweigen zu bringen. Wir töten Menschen, schlicht und simpel, und das tun wir schnell und ohne darüber nachzudenken. Wir töten, ziehen weiter und schauen nicht zurück.« Er hob den Arm in Richtung seiner Leute und äffte die vorherige theatralische Geste des Bandenführers nach. »Daher warne ich dich, Wichsfleck: Wenn du diesen Männern mit Gewalt begegnest, werden sie das annehmen, sie gegen dich richten und so hart zustoßen, dass du dir wünschen wirst, niemals geboren zu sein. Denn diese Männer sind nicht einfach Soldaten – es sind *Tungrer*!« Dieses letzte Wort spuckte er förmlich ins Gesicht des Bandenführers, sodass Petrus aufgrund dieser plötzlichen Heftigkeit unwillkürlich zusammenzuckte. Seine Augen weiteten sich, als der Tungrer ihn mit der Hand an der Tunika packte. »Tatsächlich denke ich, ich sollte gleich damit anfangen und deinen Männern zeigen, was sie erwartet. Zehennägel, Fingernägel, Kniescheiben, Augen, Hoden ... oh, ja, wir werden unseren Spaß haben, bevor du in den Hades hinüberwechselst!« Er verstummte einen Moment und gab Petrus Zeit, seine zusammengekniffenen Augen und geweiteten Nasenflügel zu betrachten. »Und als Hauptgericht werden wir herausfinden, wie weit ich diesen Speer deinen Hintereingang hinauftreiben kann. Du wirst wesentlich besser aussehen, wenn ich dich mit dem Gesicht nach unten drehe und drei Fußlängen dieses hübschen Stöckchens aus deinem Arschloch herausragen.«

Petrus nickte, schluckte seine Angst hinunter und reckte kampflustig den Kiefer vor. »Ich verstehe, Zenturio. Du hast deine Befehle. Doch jede Handlung hat ihre Konsequenzen, ob beabsichtigt oder nicht. Und in diesem Fall werden die Konsequenzen von jemandem getragen, zu dem du einmal ein sehr enges Verhältnis hattest, wie ich meine. Lange Zeit war sie die Herrin meines Bordells und zuweilen auch meine Bettwärmerin, solange ich nichts Jüngeres und Frischeres auftreiben konnte, doch diese höchst unglückselige Wendung macht sie nun zu meiner Feindin. Annia war einmal mein kostbarster Besitz, aber nun fürchte ich, dass sie nur noch als Druckmittel taugt. Und sollte ich die Macht ausnutzen, die sie mir über dich verleiht, so wird das alles andere als angenehm.« Er betrachtete Julius eine Weile mit mitleidigem Gesichtsausdruck, und der Zenturio ballte seine Faust fest um den Holzschaft des Speers. »Ach ja, und falls du in Betracht ziehen solltest, mir während einem deiner berüchtigten Wutausbrüche diesen Geißenstock ›hineinzurammen‹, so solltest du wissen, dass eine Sanduhr neben dem Bett steht, auf dem ich Annia vor meinem Ausflug festgebunden habe. Sollte ich nicht rechtzeitig zurück sein, um sie umzudrehen, so werden zwei meiner widerlichsten Männer damit anfangen, sie zu vergewaltigen. Und das in jeder Art und Weise, die du dir vorstellen kannst, wobei ihnen wahrscheinlich noch ein paar Dinge einfallen werden, auf die du gar nicht kämst. Und wenn sie irgendwann keinen mehr hochbekommen, werden die nächsten beiden Männer weitermachen. Sollte sie ohnmächtig werden, werden sie sie mit einem Eimer kalten Wassers wieder zu sich bringen und von vorne anfangen, sodass sie buchstäblich halb tot gefickt wird. Und wenn die Männer es dann nicht mehr über sich bringen sollten, sie weiterhin zu ficken, wenn jede ihrer Öffnungen nur noch eine blutende Wunde ist, dann werden sie ihr die Kehle durchschneiden. Die ganze Prozedur sollte aber nicht länger als ein oder zwei Tage dauern.« Er warf einen Blick auf seine Fingernägel. »Willst du mich also jetzt töten und deine Liebste zu einem so langwierigen und zutiefst unangenehmen Schicksal verdammen?«

Julius starrte ihn einen Moment an und schüttelte dann angewidert den Kopf. »Geh mir aus den Augen.«

Petrus glitt durch den Spalt, der sich in der Reihe der Tungrer öffnete, und als er bereits wieder hinter seinen eigenen Leuten stand, wandte er sich um, um einen Abschiedskommentar loszuwerden. »Ich bin sicher kein ungeduldiger Mann, Zenturio, aber wenn ich etwas will, dann bekomme ich es auch. Du hast bis Anbruch der Dunkelheit Zeit, mir das Gold auszuliefern. Solltest du das nicht tun, wird deine Frau sich wünschen, nie geboren zu sein – nicht ich.«

Marcus und Arabus gingen den langen, schmalen Fußweg von der burggrabenartigen Vertiefung hinauf, die Obduros Festung umgab. Vorsichtig hielten sie sich auf dem ausgetretenen Pfad um die Verteidigungsanlagen herum, mit denen die Hügel übersät waren. Marcus hatte seinen abgestumpften Speer auf den Rücken des Spähers gerichtet, um vorzutäuschen, er habe ihn gefangen genommen. Durch die Augenschlitze in der Gesichtsmaske des Kavalleriehelms, den er aus Tungrorum mitgebracht hatte, konnte der Römer getarnte Fallen sehen, die wie ein Gürtel den Boden auf beiden Seiten bedeckten. Dabei handelte es sich um die gleichen »Feldlilien«, welche die Tungrer zur Verteidigung anwandten: Gruben, die breit genug waren, um den Fuß eines Mannes aufzunehmen, und in denen spitze Holzpflöcke steckten, um die hineintretenden Opfer zu verstümmeln. Die Hänge waren überdies mit schweren Holzstäben versehen, deren Spitzen auf Halshöhe waren, um das Vordringen von Feinden zu behindern und sie zum Kriechen zu zwingen, was den Bogenschützen auf der Festungsmauer Zeit geben würde, einen Pfeilhagel auf ihre Angreifer herabregnen zu lassen. Marcus blickte aufmerksam über den tödlichen Fallenteppich und schüttelte den Kopf, denn er wusste, dass jeglicher Angriff seiner Hilfskohorten sich zu einer verlustreichen Katastrophe auswachsen würde. Er drückte die schwere Eisenspitze des Speers gegen Arabus' Rücken und schob den humpelnden Späher heftig genug vorwärts, um ihn mit einem Schmerzensschrei stolpern zu lassen. Ein rascher Blick auf die Festungsmauern verriet ihm, dass sie beobachtet wurden, denn ein paar Köpfe waren auf der Brüstung über dem verschlossenen Haupttor aufgetaucht und sahen auf sie herunter. Er atmete ein, um ihnen einen Befehl zuzurufen, und hoffte, dass er die Stimme des Räuberhauptmanns gut genug nachahmen konnte, um die Täuschung aufrechtzuerhalten.

»Beim Namen der Arduinna, macht das Tor auf! Ich habe keine Zeit zu vergeuden!«

Die Köpfe verschwanden. Einen Moment später hatte Marcus Arabus überholt und rannte entgegen aller Vorsicht schnell die letzten Schritte den Hang hinauf, um den Männern am Tor zuvorzukommen, wobei er riskierte, in eine der Fallen zu treten. Als er den Holzwall der Palisade erreichte, warnte ihn ein lautes Klirren von Eisen, dass seine Gelegenheit gekommen war, also zog er seinen Speer so weit zurück, dass sich der dicke Eisenkopf wurfbereit neben seinem Helm mit der kunstfertigen Nachahmung der geflochtenen Haartracht eines Soldaten befand.

Die mannshohe Schlupftür öffnete sich, und als der Torwächter mit erstaunter Miene hindurchsah, schleuderte Marcus ihm seinen abgestumpften Speer ins Gesicht. Die Waffe traf ihn mitten auf der Stirn, und mit dem scharfen Knacken gebrochener Knochen taumelte er zurück. Seine Augen verdrehten sich nach hinten, und Marcus stieß den Banditen mit der Schulter zur Seite und brach mit gezogenem Schwert durch das Tor. Der Gefährte des betäubten Banditen – es war der Mann, in dessen Hand Obduro gehackt hatte, um die Schärfe seines furchterregenden Schwertes zu demonstrieren – fummelte überrascht und voller Entsetzen nach seiner Waffe. Doch er hatte sein Schwert gerade einmal halb herausgezogen, als Marcus seine eigene Klinge in hohem Bogen auf ihn herabsausen ließ und ihm den Kopf abschlug. Sein lebloser Körper sank auf den Boden, als habe er keine Knochen mehr im Leib, und der Römer sah sich im

Innern der Festung um und wartete darauf, dass ihn jemand zum Kampf herausforderte oder ein Pfeil von den hohen Holzmauern auf ihn abgeschossen würde.

»Sie sind alle mit Obduro gegangen, wie ich dir gesagt hatte.« Arabus war direkt hinter ihm, doch Marcus konnte ihn aufgrund des beengten Sichtfelds seines Kavalleriehelms nicht sehen. Also wandte der Römer sich um und beobachtete, wie sein Gefangener die Schlupftür hinter ihnen mit dem Bolzen verriegelte. »Jetzt musst du mir den Beweis für das zeigen, was du mir im Wald erzählt hast, dann kann ich Arduinna um Vergebung bitten, dass ich dich hierhergebracht habe.«

Der Römer nickte, wischte sein Schwert ab und steckte es in die Scheide zurück. »Hier entlang.«

Er führte den Fährtenleser am Rand der Festung entlang und blieb dabei im Schatten der Mauern. So vorsichtig und verborgen wie möglich bewegten sie sich vorwärts, bis der Altar zu Ehren von Arduinna deutlich zu sehen war.

Marcus hob seine Hand und zeigte auf den aufwendig verzierten Steinblock. »Hier. Obduro hat es als Opfergabe an den Altar gehängt. Er nimmt ein Pfand von jedem Mann, den er auf dem Steinblock opfert, und stellt es als Beweis für seine Ergebenheit an Arduinna aus.«

Er beobachtete, wie Arabus leise über das offene Gelände schlich, und blickte sich in der anscheinend leeren Festung um, während der Späher zur anderen Seite des Altars ging, sich niederbückte und dahinter verschwand. Als er nach einer Weile noch immer außer Sicht war, ging Marcus vorsichtig die dreißig Schritte Abstand zwischen Mauer und Altar hinüber und fand den Späher auf dem Boden kniend. Er hielt ein wettergegerbtes Stück Leder in den Händen, und sein Antlitz war von stummer Trauer gezeichnet. Die Messerscheide sah genauso aus, wie Marcus sich daran erinnerte – eine exakte Kopie der Scheide, die an Arabus' eigenem Gürtel hing. Voll Mitleid betrachtete er den Späher, wie er sich über den letzten Gegenstand beugte, der ihm vom Leben seines Sohnes geblieben war, und sein Gesicht zu einem stummen Trauerschrei verzog. Dann ertönte eine Stimme hinter ihm und riss den Römer aus seiner Versunkenheit. Der raue Ton des Sprechenden war ihm sogleich vertraut.

»Was machst du hier? Ich glaubte, du seist zur Ernte in die Stadt gegangen? Die Torwachen sind tot, und …«

Grumos Stimme verstummte, als der Römer sich ihm zuwandte. Der groß gebaute Mann starrte genauer auf den Kavalleriehelm und hob seinen Bogen, den er kurz zuvor gesenkt hatte. Er zog den bereits in die Bogensehne eingenockten Pfeil nach hinten und richtete die polierte Eisenspitze des Geschosses auf den Römer. Marcus erstarrte, denn er wusste, dass ein Pfeilschuss auf solch kurze Entfernung seinen Brustpanzer durchdringen würde.

Obduros Stellvertreter begann kopfschüttelnd zu sprechen, und seine Stimme verriet Misstrauen. »Wenn du tatsächlich der Mann wärst, der du zu sein vorgibst, dann hätte dein Helm einen Kratzer quer über dem Gesichtsschutz, der auf einen Kampf im Dunkeln vor ein paar Monaten zurückgeht. Stattdessen ist der Helm, den du trägst, makellos. Frisch angefertigt, würde ich sagen. Nimm ihn ab und lass mich sehen, wen ich hier vor mir habe. Und zwar schnell, bevor mir langweilig wird und ich aus purer Lust einen Pfeil auf dich schieße!«

Achselzuckend löste Marcus die Helmschnallen und ließ

die Kopfbedeckung auf den Boden fallen. Er blickte zu Grumo hinauf, der verständnislos die Stirn runzelte.

»*Du?* Aber ich hatte dir doch den *Kiefer* gebrochen…«

Der Römer schüttelte mit einem müden Lächeln den Kopf. »Das war ein guter Schlag, aber du hast eine Ewigkeit dafür gebraucht. Ich konnte ziemlich gut ausweichen, sodass ich lediglich eine leichte Gehirnerschütterung und eine apfelgroße Prellung davongetragen habe.«

Der große Kerl trat einen Schritt vor, hob den Bogen und zielte auf Marcus' Gesicht. »Und jetzt bist du dumm genug, hierher zurückzukommen. Ich habe Obduro gesagt, dass wir dich niemals hätten freilassen dürfen, aber er will ja immer sein Bedürfnis nach Theatralik befriedigen und besteht darauf, Boten nach Tungrorum zu entsenden.«

Marcus hob die Hände, trat zurück und warf einen verstohlenen Blick zu Arabus hinüber, der nach wie vor in stummer Trauer hinter dem steinernen Altar kniete und von Grumo nicht bemerkt worden war. Der Fährtenleser schien erstarrt zu sein und hielt noch immer mit leerem Blick das Stück Leder in den Händen.

Der Bandit trat einen Schritt vor, um Marcus' Zurückweichen auszugleichen, sodass seine Hüfte fast die Ecke des Altars berührte. »Es wird dir nichts nützen zurückzuweichen, denn ich werde diesen Pfeil in dich hineinschießen. Dann werde ich dich auf den Altar legen und dein Leben der Göttin darbringen.«

Marcus trat noch weiter zurück und hoffte inständig, dass Grumo seinen Unmut noch eine Weile zügeln würde. »Genauso wie alle anderen, die du auf diesem Stein ermordet hast? Dann töte mich wenigstens schnell und sauber!«

Grumo lachte grimmig und kam erneut auf ihn zu, wobei er den Bogen auf den Oberschenkel des Römers gerichtet hielt. »Schau an, da scheine ich tatsächlich ins Schwarze getroffen zu haben. Richtig: genauso wie alle anderen dummen Narren. Ich werde einen Pfeil in dein Bein schießen, um dich vom Fortlaufen abzuhalten, dann schneide ich dir die Kehle auf und sehe zu, wie dein Lebenssaft auf den Altar fließt. Du wirst ein Opfer an die Göttin sein, ein weiterer Unwürdiger, den sie im Jenseits züchtigen kann. Mir gefällt der Gedanke, dass sie Ungläubige wie dich mit ihrer Peitsche und dem Bogen durch den unendlichen Wald jagt und euch ebenso quält, wie uns Rom gequält hat. Doch was immer auf der anderen Seite des Steinaltars geschieht, wirst du ja schon bald genug selber herausfinden, nicht wahr?« Er spannte die Bogensehne die letzten paar Zentimeter und machte sich bereit, den Pfeil durch Marcus' Schenkel zu jagen.

Der Römer gab vor zu stolpern und fiel auf den Boden. Auf seinen Fersen und Ellbogen kroch er rückwärts und hob die Stimme, um sicherzugehen, dass Arabus ihn hören konnte. »Doch nicht alle waren Ungläubige, oder? Der Sohn des Fährtenlesers zum Beispiel – er war unschuldig und hatte nie gegen Arduinna gesündigt!«

Grumo trat noch einmal näher heran, und der Pfeilkopf schwankte, während er nach einem Ziel suchte, das sein zurückkriechendes Opfer verstümmeln würde. »Arduinna verlangt nach Blut! Jedem Blut! Egal ob Römer, Tungrer... solange es aus einem lebenden Menschen strömt und der Opferung dienen kann. Und der Sohn des Fährtenlesers war ein Gläubiger und somit ein passendes Opf...«

Mit einem lauten Schrei kam Arabus wieder zu sich. Er erhob sich aus seinem Versteck hinter dem Altar und sprang auf dessen steinerne Oberfläche. Sein Körper bebte vor

Wut, als die Ungeheuerlichkeit dessen, was er gerade hörte, endlich seine Trauer durchdrang. Grumo wandte sich halb um und ließ reflexartig einen Pfeil auf ihn los, doch der Späher war bereits mit gebleckten Zähnen in der Luft, als das Geschoss schadlos an seinem Ohr vorbeiraste. Er sprang dem Banditen auf den Rücken und schlang seine starken Beine um die Taille des Mannes. Die Finger seiner linken Hand bohrten sich in die Augenhöhlen seines Opfers, als er dessen Kopf nach hinten zog. Der Riese stieß einen Schmerzensschrei aus, ließ den Bogen fallen und hob die Hände, um zu versuchen, seinen Angreifer über die Schulter abzuwerfen. Arabus riss mit der rechten Hand das Messer seines Sohnes in die Höhe, dessen Klinge zwar von der Regennässe rostig geworden, doch immer noch scharf genug war, um durch menschliches Fleisch zu schneiden. So laut er es vermochte, schrie er ein einziges Wort.

»Arduinna!«

Er rammte die rostbefleckte Eisenklinge in Grumos Nacken, deren Spitze mit einem Schwall von Blut aus der anderen Seite des Halses hervortrat. Dann sprang er vom Rücken des taumelnden Mannes herunter und hob abwehrend seine Hand in Richtung Marcus, als der Römer sein Schwert ergriff.

»Lass ihn! Er soll auf die gleiche Weise sterben, wie mein Junge zu der Göttin gelangte!«

Marcus nickte, schob das Schwert in die Scheide zurück, nahm den Bogen und nockte einen Pfeil in die Bogensehne ein. Grumo lag auf dem Rücken, sein Mund öffnete und schloss sich geräuschlos, doch sein Atmen war ein ratterndes, glucksendes Keuchen. Arabus kam zu Marcus hinüber, starrte ungerührt auf sein Opfer und trat ihm hart in die

Seite, um seine bereits schwindende Aufmerksamkeit zu erregen. Noch immer war seine Stimme erstickt vor Trauer, doch als er sprach, hatten seine Worte einen unerbittlichen Klang.

»Wenn du tot bist, werde ich dich in Stücke schneiden und deine Überreste im Wald für die Wildschweine verteilen. Deinen Kopf jedoch werde ich bei mir behalten, um sicherzugehen, dass keiner ihn wieder mit dem Rest deines Körpers vereint. Und solange ich ihn habe, wirst du auf ewig im Jenseits auf deine Wiedergeburt warten. Und zwar umsonst.«

Marcus nickte und klopfte dem Späher, dessen Gesicht tränenüberströmt war, auf die Schulter. »Bleib erst einmal hier und nimm dies, falls noch andere von ihnen auftauchen.« Er reicht Arabus den Bogen. »Ich werde mich unterdessen ein wenig umsehen und schauen, was ich finden kann.«

Er zog wieder sein verziertes Schwert und schlich mit langsamen, leisen Schritten die Steintreppen zu Obduros unterirdischem Schlupfwinkel hinunter. Aufmerksam horchte er, ob irgendein Geräusch zu hören war, das auf einen Gegner schließen ließe, der ihn übermannen könnte. Das Verlies war von lodernden Fackeln erhellt, wie es schon bei seinem vorherigen Aufenthalt der Fall gewesen war, und seine weichen Tritte verloren sich im Zischen verbrennenden Tannenharzes. Nachdem er festgestellt hatte, dass der Raum leer war, und gehen wollte, erregte ein schwacher Schatten auf einer der Wände seine Aufmerksamkeit. Mit einem verwirrten Stirnrunzeln ließ er seine Schwertspitze in den haarfeinen Spalt gleiten und konnte eine verborgene Holztür aufhebeln, deren bemalte Oberfläche den umliegenden Steinwänden angeglichen war. Im Raum dahinter herrschte Dunkelheit, also nahm er eine Fackel von der Wand, bevor er eintrat und zurückschreckte, als er sah, was das flackernde Licht enthüllte. Vier Fesseln waren mit kurzen Ketten an der Wand befestigt, und an ihnen hing der Leichnam eines knienden Mannes. Es sah so aus, als wäre der tote Körper in einem unendlichen Akt des Gehorsams gegenüber der Gottheit gefangen, der er sein Leben lang gedient hatte. Marcus kniete vor dem Geschundenen nieder, hob die Fackel und untersuchte den Boden. Dann nahm er eine Hand des Verstorbenen und betrachtete sie genau. Als er ein Geräusch von Leder hörte, das über den Felsen schabte, wandte er sich um und sah Arabus schweigend hinter ihm im Eingang stehen. In einer Hand hielt er Grumos Kopf an dessen Haarschopf.

»Wir sollten gehen. Arduinna wird mir vergeben, was wir hier getan haben, doch je länger wir bleiben, desto mehr ziehen wir ihren Ärger auf uns. Obduro könnte jeden Moment zurückkommen, und dann hätte er uns wie Tiere in einem Holzkäfig gefangen.«

Marcus schüttelte den Kopf, reichte dem Fährtenleser die Fackel und deutete auf den Leichnam. »Wir müssen gehen, und das schnell – aber nicht, weil er bald zurückkehren wird. Wie du richtig vermutet hast, ist er mit seiner gesamten Armee ausgezogen, doch ich bezweifle, dass es ihm dabei um den Getreidekonvoi ging. Mir scheint vielmehr, er habe einen weitaus höheren Preis im Sinn.«

9

»Beim Mithras, tut mir der Rücken weh! Dabei dachte ich, ich wäre in Form.«

Clodius blickte zu seinem Tribun hinüber und musste lächeln, als er den Ausdruck beherzter Entschlossenheit in Scaurus' Gesicht sah.

»Eine Sache ist es, mit den Männern während eines Feldzugs Schritt zu halten, Herr, doch erst beim Eilmarsch trennt sich die Spreu vom Weizen. Mir scheint, du schlägst dich ziemlich wacker.«

Scaurus schenkte ihm ein knappes Lächeln. »Nur, weil ich nicht das Gewicht tragen muss, das deine Männer auf dem Rücken haben. Wie zum Hades schaffen das die Hamier?«

Clodius schnaubte. »Das ist leicht erklärt. Der Erste Speer hat zwar beschlossen, sie in der Neunten Zenturie zu behalten, aber er hat sie auf mehrere Zeltmannschaften verteilt, sodass sie nicht ihre eigenen Grüppchen bilden konnten.« Scaurus nickte, und sein nachdenklicher Blick verriet, dass er bereits verstanden hatte, was der Zenturio sagen wollte. »Richtig. Sie sind von großen, starken Landburschen umgeben, Ackergäule im Vergleich zu ihren eigenen Rennponys, also sind sie in nur wenigen Monaten selbst zu Tungrern gereift. Auf jeden schwächelnden hamischen Bogenschützen kommen zwei oder drei Riesenkerle, die es nicht zulassen, dass sie zurückfallen, sondern sie weitertreiben, ermutigen und ihnen zur Not auch die Ausrüstung tragen. Daher machen mir die Hamier keine Sorgen, Tribun. Mit den Legionären sieht es allerdings anders aus. Sollen wir mal nach hinten gehen und nachsehen, wie es ihnen geht?«

Scaurus nickte, trat aus der Marschreihe und verlangsamte seinen Schritt auf ein normales Gehtempo, denn er wusste, dass sein Körper nach einem vollständigen Anhalten größte Schwierigkeiten haben würde, sich wieder in Bewegung zu setzen. Clodius ging neben ihm, während die lange Kolonne der Ersten Kohorte wie eine riesige gepanzerte Schlange an ihnen vorbeizog. Die Soldaten hatten die Köpfe zurückgelehnt, damit sie die warme Tagesluft einatmen konnten, und jeder vorbeiziehende Zenturio salutierte mit seinem Rebstock vor den beiden Männern. Scaurus bemerkte sogleich, wie der Anblick ihrer übergeordneten Offiziere die Männer aufrichtete, zu mehr Entschlossenheit anspornte und ihre Gesichter trotz der beinharten Anstrengung einen energischen Ausdruck annahmen. Nach einer Weile kamen auch Titus' Männer als letzte der vier tungrischen Zenturien und marschierten stramm vorbei, die schweren Äxten über ihre Schultern gelegt. Dann erschien die Spitze der Legionskohorte hinter ihnen.

»Das sieht gar nicht gut aus.«

Der Tribun schüttelte den Kopf, da er die leise geäußerte Meinung seines Zenturios teilte. Die Legionäre trotteten mit hängenden Schultern hinter den sauber formierten Reihen der Tungrer her und sahen bereits jetzt aus wie geschlagene Männer. Beim Anblick des Zustands der Legionäre zog Scaurus finster die Augenbrauen zusammen. »Dieser verdammte Narr hat seinen Ersten Speer zurückgelassen, nur weil er einen freundlichen Umgangston mit uns pflegte, und jetzt hat er keinen, der genug Mumm in den Knochen hat, um vorzutreten und dessen Arbeit zu erledigen. Und dass Tribun Belletor selbst diesem Haufen ein wenig Entschlossenheit einflößt, ist ebenso unwahrscheinlich wie die Hoffnung, dass er von seinem Pferd steigt und ihnen mit gutem Beispiel voranginge. Kollege, wie steht's?«

Dieser Kommentar war an Belletor gerichtet, als er in Hörweite vorbeiritt, und der Legionstribun erwiderte ihn mit einem müden Winken seiner Hand.

»Alles in Ordnung bei uns, Tribun.« Er lächelte den Männern vom Sattel seines Pferdes aus zu und hob ironisch eine Braue. »Und, ihr genießt euren Spaziergang?«

Scaurus nickte, lächelte grimmig und zwang seine schmerzenden Glieder wieder zum Eilmarsch. »Das Wort ›genießen‹ ist in diesem Zusammenhang vielleicht nicht ganz angebracht, aber es geht, danke. Außerdem erhält ein Offizier durch das Mitmarschieren einen Eindruck der Mühe, die seine Befehle für seine Truppe bedeuten. Du solltest es wirklich einmal ausprobieren. Vielleicht sogar gleich heute, wenn man in Betracht zieht, wie dein Pferd gerade den Kopf hängen lässt. Komm mit, Zenturio, wir sollten wieder zur Spitze der Kolonne gehen. Denn wenn wir nicht irgendwann eine Rast anordnen, werden unsere Männer den ganzen Tag über in diesem Tempo laufen und Dutzende Meilen hinter sich bringen.«

Der Erste Speer Frontinius sah die Nachmittagssonne bereits tief am Horizont hängen, während seine Zenturios sich um ihn scharten. »Das ist der Stand der Dinge, Brüder: Wir sind den Großteil des Tages marschiert und müssen bereits gute fünfzehn Meilen zurückgelegt haben. Dennoch haben wir kein Anzeichen des Getreidekonvois entdeckt, den wir antreffen sollten. Also gibt es jetzt zwei Möglichkeiten: Entweder ziehen wir weiter nach Westen, bis uns die Dunkelheit einholt, schlagen dann ein Lager auf und warten darauf, dass sie zu uns stoßen. Oder wir drehen um und eilen zurück nach Tungrorum. Vor der Dunkelheit werden wir die Stadt zwar nicht erreichen, aber wir haben ja vorsorglich einen Karren voll Fackeln mitgebracht, und außerdem wäre ein nächtlicher Marsch eine gute Übung. Daher habe ich beschlossen, umzukehren und wieder nach Osten zu ziehen.« Die um ihn gescharten Männer nickten zustimmend. »Ist jemand anderer Meinung?« Auf diese Frage folgte Stille. »Also gut, dann sollten wir zu unseren Zenturien zurückgehen und sie für den Rückmarsch bereit machen. Um die Sache interessanter zu gestalten, könnten wir im Eilmarsch beginnen und herausfinden, wie lange unsere Männer dieses Tempo halten können.«

Einer der Zenturios der Zweiten Kohorte, den Frontinius seit seiner Zeit als Rekrut kannte, blieb zurück, während die anderen Offiziere zu ihren Truppen zurückkehrten.

»Im Eilmarsch, Sextus? Gibt es etwas, das du uns nicht erzählt hast?«

Der Erste Speer zuckte die Achseln, und sein Gesicht drückte Unbehagen aus. »Nichts, was ich mit Sicherheit sagen könnte. Ich weiß nur, dass ich froh sein werde, wenn ich die Männer wieder in der Stadt weiß. Vielleicht war es ein Fehler meinerseits, nur fünf Zenturien zur Bewachung des Stadtwalls abzustellen...«

Vom östlichen Rand der Kolonne ertönte ein lauter Ruf. Die beiden Offiziere wandten sich um und sahen eine etwa dreißigköpfige Gruppe Reiter, die von Tungrorum kommend rasch auf der Straße zu ihnen ritt. Ihr Anführer trabte die Kolonne bis zu Frontinius entlang und ignorierte dabei den üblichen Schwall an Beleidigungen, welche die Infanteristen ihnen zuriefen. Er sprang vom Pferd, salutierte, und der Erste Speer hob zur Begrüßung fragend eine Augenbraue.

»Decurio Silus. Ich nehme an, man hat dich nicht den ganzen Weg hierhergaloppieren lassen, nur um euren Pferden Auslauf zu verschaffen?«

Der Kavallerist schüttelte den Kopf und reichte ihm eine Tafel mit einer geschriebenen Botschaft. »Erster Speer, dies ist eine Nachricht von Tribun Scaurus. Die Banditen sind im Gelände unterwegs, und sie wollen euch anscheinend ohne Vorwarnung von hinten überfallen. Du bist angewiesen umzukehren und deine Truppen in größter Eile zum Tribun zu führen. Er selbst zieht mit dem Rest der Ersten Kohorte nach Westen.«

Der Erste Speer nahm die Tafel und nickte seinem Offiziersbruder zu. »Da haben wir's. Genau das hat mich schon den ganzen Tag beunruhigt.« Mit fragendem Blick drehte er sich wieder dem Decurio zu, da ihm etwas eingefallen war. »Silus, du bist doch ebenfalls Richtung Westen geritten. Hast du irgendeine Spur dieser Banditen gesehen?«

Der Decurio schüttelte mürrisch den Kopf. »Nein, Herr, keine Spur.«

»Nun, dann könnten sie auch östlich an dir und sogar am Tribun vorbeigezogen sein und sich nun auf dem Weg nach Tungrorum befinden. In jedem Fall müssen wir sofort in doppeltem Marschtempo nach Osten ziehen. Trompeter, blas zum Vorrücken im Eilmarsch!« Während laut das Marschsignal ertönte, zog Frontinius die Schnalle an seinem Helm fest und zwinkerte seinem Freund zu. »Also los. Das wird uns an die guten alten Zeiten erinnern, als der griesgrämige alte Sack von Catus uns den lieben langen Tag im Eilmarsch die Militärstraße hinunterhetzte und abends dann noch eine Stunde Speer- und Schwertdrill von uns erwartete. Aus heutiger Sicht scheint es mir fast, als habe er damit gar nicht so unrecht gehabt.«

Während in Tungrorum die Sonne des Spätnachmittags die Mauern erwärmte, ging Julius an der Spitze seiner Zenturie die kurze Entfernung vom südwestlichen Tor der Stadt zum Getreidelager hinunter. Vor dessen Eingang stoppte er und wartete geduldig, bis sich ein vertrautes Gesicht auf der Mauer über ihm zeigte.

»Zenturio Julius! Ich dachte, du seist angewiesen worden, in der Stadt zu bleiben und das Gold des Prokurators vor lüsternen Blicken und gierigen Händen zu bewahren?«

Julius grinste den Ersten Speer der Legionskohorte an und deutete auf den Wagen hinter ihm. Statt von Pferden wurde dieser von einer Zeltmannschaft seiner Zenturie gezogen. Der Wagen transportierte neben diversen Geldtruhen auch Felicia, die alsbald von ihrem Sitz herunterkletterte und sich um die Verwundeten der Kohorte kümmerte, die in einem zweiten Wagen folgten.

»Ich hatte ein kurzes, aber sehr aufschlussreiches Gespräch mit Petrus, das mich davon überzeugt hat, es sei besser, wir hauen ab, bevor er uns in der Kommandostelle einsperrt. Er ist nämlich äußerst scharf auf dieses Geld, und ich glaube kaum, dass er sich still mit einer Enttäuschung abfinden würde. Deshalb sind wir nun hier, mit einem Wagen voller Gold und ohne einen anderen Platz, an den wir gehen könnten. Dürfen wir zu euch hineinkommen?«

Sergius lächelte kopfschüttelnd. »Du kommst also hierher mit ein paar Dutzend Soldaten und einer so großen Menge Gold, dass die halbe Stadt uns liebend gern in Stücke reißen würde, um es in die Finger zu bekommen?« Er hob die Augen zum Himmel, als ob er die Weisung der Götter anzweifeln wollte, doch dann wandte er sich an seine Männer, die sich innerhalb des Gebäudekomplexes befanden, der das Getreidelager darstellte. »Macht das Tor auf!«

Die Tungrer fuhren mit ihrer schweren Ladung durch die hastig geöffneten Tore. Sergius kletterte hinunter, um sie zu begrüßen, und ergriff Julius' Hand mit einem breiten Lächeln.

»Ob mit oder ohne Gold – es ist schön, dich hier bei uns zu haben.« Er verbeugte sich vor Felicia. »Und du, Domina, bist uns besonders willkommen. Falls wir tatsächlich angegriffen werden sollten, wird es eine Menge Verwundete unter meinen Leuten geben.« Er wandte sich wieder Julius zu und deutete mit der Hand auf die weitläufigen Räumlichkeiten des Getreidelagers. »Gerade mal eine Zenturie, um ein Gebäude von der Größe eines Legionsbadehauses zu halten …? Euer Tribun mag ja ein guter Mann sein, aber in diesem Fall befürchte ich, hat er mit seinen Eiern statt mit seinem Kopf gedacht.«

Julius nickte. »Wir können nur beten, dass die Götter Obduro tatsächlich nach Westen geschickt haben. Denn wenn er hier auftaucht, scheint es mir mehr als unwahrscheinlich, dass du und ich diesen Ort lange gegen eine Bande halten können, welche die Kampfstärke einer ganzen Kohorte besitzt.« Er öffnete die Schnalle seines Helms, nahm ihn ab und verzog das Gesicht, als er dessen schweißbefleckte Innenkappe sah. »Und wenn ihr mich nun entschuldigen wollt, ich habe etwas in der Stadt zu erledigen. Du, Soldat! Hilf mir aus der Rüstung und sorge dafür, dass sie nicht den Boden berührt, wenn ich sie ausgezogen habe. Ich will keinen Staub darauf haben.«

Sergius beobachtete erstaunt, wie sein Kamerad den Gürtel aufschnallte und einem seiner Männer reichte, sich dann vorbeugte und sich aus seiner Rüstung kämpfte, wobei er das schwere Kettenhemd in die Hände des wartenden Soldaten fallen ließ.

»Du willst nur mit deiner *Tunika* bekleidet nach Tungrorum gehen? Meinst du, dass das klug ist? Und warum solltest du solch ein…« Er unterbrach sich, als er Julius' unerbittlichen Blick auf sich spürte.

»Eine Frau, die ich vor langer Zeit liebte, wird vom hiesigen Bandenführer, nämlich unserem guten alten Freund Petrus, als Druckmittel benutzt. Wenn ich den Versuch unternehmen würde, sie mit Waffengewalt zu befreien, müsste ich mir den Weg durch hundert oder mehr seiner Leute freischneiden und wahrscheinlich durch genauso viele Ansässige, die er bestochen, bedroht oder gegen mich aufgehetzt hat. Es würde zu einem Blutbad kommen, bei dem ich mehr als ein paar Leute verlieren würde, und zu guter Letzt würde ich sie wohl mit durchgeschnittener Kehle vorfinden.« Er zog den Gürtel um seine schlanke Taille fest, ließ sein Schwert in den Armen des Soldaten liegen und nahm stattdessen nur sein Kampfmesser. »Ein Mann allein hingegen ist eine andere Sache. So kann ich mich schnell und unauffällig bewegen, aus einer unerwarteten Richtung angreifen und habe noch den hübschen Vorteil, dass sie nichts davon ahnen. Ich werde in der nächsten Stunde zurück sein, doch sollte das nicht der Fall sein, dann müsst ihr mich einfach vergessen. Konzentriert euch darauf, diesen Ort zu sichern. Und wenn ihr meine Meinung hören wollt: Kümmert euch in erster Linie um die Kornspeicher. Deren Fassade dürfte leicht zu verteidigen sein, aber sie könnten sich auch irgendeine Stelle an den Längsseiten aussuchen und durch die Mauer brechen, sofern sie lange genug Zeit dafür haben. Und nachdem es so viele Banditen sind, wird es verflucht schwierig, sie davon abzuhalten.« Er blickte sich um. »Habt ihr Bogenschützen?«

Sergius schüttelte den Kopf. »Nein. Präfekt Belletor hält es nicht für gut, die Nutzung anderer Waffen als der für den Dienst üblichen zu fördern. Habt ihr welche?«

»Nein. Unsere Bogenschützen sind allesamt in einer Zenturie gesammelt. Ich werde sehen, was ich diesbezüglich ausrichten kann, während ich innerhalb der Stadtmauern bin. Ich habe eine Vorahnung, Bogenschützen könnten uns helfen, Obduros Männer eine Weile in Schach zu halten, selbst wenn es ein wenig riskant ist. Es wäre hilfreich, wenn du bis zu meiner Rückkehr ein Feuer entfachen könntest und ein paar Fackeln bereithältst. Wir haben eine Ladung davon auf dem Karren.« Er wandte sich ab und packte mit einer Hand reflexartig den Griff seines Messers.

Sergius legte ihm die Hand auf die Schulter. »Warte. Innerhalb der Stadtmauern wird eine rote Tunika hervorstechen wie der Schwanz eines Hengstes. Du da!« Er zeigte auf einen Soldaten, der ungefähr dieselbe Statur wie der hünenhafte Zenturio besaß. »Zieh deine Rüstung aus und tausche deine Tunika gegen die des Zenturios.« Dem Legionär reichte ein einziger Blick auf den entschlossenen Gesichtsausdruck seines Offiziers, um die Waffen abzulegen und seinen Kameraden zu bedeuten, ihm beim Abnehmen des Spangenpanzers mit seinen vielen Riemen und Schnallen zu helfen.

Julius nickte, legte noch einmal seinen Gürtel ab und zog die Tunika aus, die seinen muskulösen Körper verhüllte. »Sehr gut, Kollege. Diese ungewohnte Farbe wird jeden, der hinter mir her ist, stutzen lassen und zumindest einen Moment lang aufhalten.« Er zwinkerte dem sich ausziehenden Soldaten zu. »Meine habe ich heute frisch angezogen, also riecht sie nicht. Ich werde versuchen, kein Blut auf deine spritzen zu lassen, denn das würde aus der weißen Wolle niemals herausgehen.«

Julius klopfte mit dem Griff seines Dolches an das Südtor der Stadt, indem er den Eisenknauf auf die Messingnieten hämmerte, mit denen die Holztür beschlagen war.

»Zenturio Julius von der Ersten Tungrischen! Ich muss in die Stadt zurück! Öffnet die Tür oder macht euch auf Konsequenzen gefasst!«

Ein Geräusch von sich lösenden Bolzen war zu hören, und die Schlupftür öffnete sich einen Spalt. Dahinter war ein wachsames Auge zu sehen.

»Jemanden hinauslassen ist eine Sache, ihn aber wieder hereinzulassen eine ganz andere. Wir haben Befehl von unserem Kommandeur, niemanden ...«

Nachdem Julius wusste, dass sein Auftrag in der Stadt schon vor dessen Beginn beendet sein würde, wenn der Mann auf der anderen Seite das Tor wieder verriegelte, handelte er instinktiv und ohne nachzudenken. Er trat hart gegen die Tür und warf sie auf, wobei die Torwache dahinter vom Holz mitten ins Gesicht getroffen wurde. Schnell ging er durch die Tür, nahm sein Messer in die linke Hand und griff mit der anderen nach dem Speer des Torhüters. Mit grimmigem Ausdruck blickte er auf zwei weitere Männer. »Jetzt erkennt ihr mich wieder, oder? Ich habe eine persönliche Angelegenheit in der Stadt zu erledigen, und ihr tätet gut daran, mich nicht aufzuhalten!«

Einer der Männer, der wie sein gefallener Kamerad die Uniform einer Stadtwache trug, hob die Hände, um aufzuzeigen, dass er die offensichtliche Entschlossenheit des Tungrers, ihnen Schaden zuzufügen, ernst nahm. Der andere hingegen trat langsam zurück und legte eine Hand auf seinen Schwertgriff.

Julius betrachtete ihn einen Moment lang abschätzend und bemerkte dabei das Aufblitzen einer Tätowierung, die seinen rechten Arm zierte. »Soso, du gehörst also zu Petrus? Ich dachte doch, dass ich einen wie dich hinter uns hätte hertrippeln sehen, als wir von den Baracken heruntermarschierten.« Er trat ohne Vorwarnung vorwärts und schleuderte so schnell seinen Speer, dass das Bandenmitglied sein Schwert noch nicht einmal halb gezogen hatte, als das Eisen sich sauber durch sein Brustbein bohrte. Julius zog den Speer aus dem Körper des sterbenden Mannes, der ächzend und zuckend auf den Pflastersteinen lag. Dann erhob er sein Messer gegen die übrigen Torwächter. »Es wird Zeit, dass ihr euch entscheidet, Jungs. Wenn ich zurückkomme und dieses Tor von Petrus' Leuten wimmelt, fände ich das zwar lästig, aber nichts weiter. Solltet ihr mich aber verkaufen, dann werde ich nach euch suchen, sobald diese Sache vorüber ist. Und wenn ich euch finde, wird das, was euer Kamerad gerade erleidet, zahm im Vergleich zu dem wirken, wie ihr aussehen werdet, wenn ich erst mal mit euch fertig bin.«

Die Straßen der Stadt waren nahezu leer, und es war offensichtlich, dass die Bevölkerung von Tungrorum sich vor möglicher Gewalt durch die Banden fürchtete, die ihr Alltagsleben so sehr bestimmten. Ob es nun Angst vor Obduros Räubern oder vor Petrus' Schlägern war – wenngleich die Abenddämmerung noch mehr als eine Stunde entfernt war, befand sich kaum ein Mensch außerhalb der eigenen vier Wände. Rasch und vorsichtig ging Julius durch das Labyrinth von Straßen, die das östliche Stadtviertel durchzogen, und machte absichtlich einen Umweg, da er hoffte, dass Petrus seine Männer hauptsächlich im Westteil abgestellt hatte. Als er aus einer Straße zwanzig Schritte zu seiner Linken Stimmen hörte, duckte er sich unter einen Eingang und packte den Speer fester. Stumm verfluchte er sich selbst, sein Schwert nicht mitgebracht zu haben.

»... es sieht also so aus, als hätte Petrus seine Chance verpasst, sich das Gold unter den Nagel zu reißen. Jetzt sind die Dreckskerle damit irgendwohin in der Stadt verschwunden, also wird dies ein gemeinschaftliches Unterfangen. Wer immer sie findet, soll nur die Information weitergeben und sicherstellen, dass sie nicht wieder abhauen, dann kommen die anderen Banden dazu. Auch wenn es Soldaten sind – wir sind zu viele, als dass sie uns aufhalten könnten, außerdem können wir sie immer noch mit Feuer heraustreiben, wenn es notwendig sein sollte. Haltet also eure Augen offen, denn ich werde demjenigen, der mich zu ihnen führt, einen doppelten Anteil auszahlen.«

Kaum atmend, wartete Julius im Eingang, und nach einem Augenblick gingen zwei Männer vorbei, die seinem Versteck keinen Blick zollten, zumal die weiße Tunika im schattigen Abendlicht mit der schäbigen Bemalung des Hauses verschwamm. Mit einem langen, erleichterten Atemzug murmelte Julius ein leises Dankgebet an Cocidius, wartete, bis die Bandenmitglieder verschwunden waren, und ging wieder auf die Straße hinaus. Er hielt seinen Speer bereit und schüttelte leise vor sich hin murmelnd den Kopf beim Gedanken an die gute Vorsehung, die ihn davor bewahrt hatte, entdeckt zu werden.

»Jetzt aber genug der Feinsinnigkeiten.«

Schnell glitt er auf der schattigen Seite der Straße an den Häuserwänden entlang und nahm den kürzesten Weg zum Blauen Keiler, wobei er sich immer wieder unter Eingänge flüchtete, wenn er Anzeichen der Männer bemerkte, die in Tungrorum nach ihm suchten. Die Stimmen der Jäger hallten mehrfach durch die leeren Straßen, doch das Glück war ihm hold und hielt sie von seinem Weg fern. Schon bald war er nur noch hundert Schritte vom Bordell entfernt. Vorsichtig blickte er um die Ecke auf dessen eindrucksvolle Größe und schätzte die notwendige Zeit ab, um den Ort zu erreichen, an den er sich von seinem letzten Besuch erinnerte. Er bewegte sich, ohne nachzudenken, eilte über die leere Straße und drückte sich gegen den Schrein, wobei das metallische Kratzen seiner Nagelschuhe auf dem Pflaster die Straße hinunterhallte.

Vom Bordelleingang erklang eine Stimme um die Ecke, die lauter wurde, als deren Verursacher seine Stellung am Haupteingang verließ und dem Geräusch nachging.

Julius griff hinter die winzige Statue, und seine Finger fühlten sich dabei dick wie Würste an. Es gelang ihm, den schweren Schlüssel ins Loch zu stecken und nach rechts zu drehen, dann zog er den massiven Eisenbolzen wieder aus dem Schlüsselloch, wie er es das letzte Mal getan hatte. Mit der

Schulter lehnte er sich an das steinverkleidete Holz der Tür und drückte sie in den Durchgang dahinter. Julius zwängte sich durch den schmalen Spalt und zog die verborgene Tür wieder zu. Mit dem weichen Klicken gut geschmierten Metalls schob er den Bolzen vor und atmete dabei so flach er nur konnte. Einen Augenblick später hörte er gedämpfte Stimmen durch die winzigen Löcher, die genau zu diesem Zweck in die Wände des Schreins gebohrt worden waren.

»Nun, ich weiß, was ich gehört habe. Außerdem liegt die Kerze auf dem Boden, die ich zu Ehren von Arduinna angezündet hatte. Also war jemand hier, und zwar vor kurzer Zeit, denn das Wachs ist noch warm. Du solltest besser hineingehen und ein paar von den Jungs herausholen.«

Eine zweite Stimme antwortete und gehörte zweifellos dem Mann, den sie Glatzkopf nannten.

»Wenn du unbedingt Backpfeife stören willst, während er es der Königshure mal so richtig besorgt, dann nur zu. Jeder glaubt, Stecher sei der Gefährliche, aber ich habe Backpfeifes Augen gesehen, wenn er hinter jemandem her ist, und ich weiß genau, welcher der beiden mir größere Angst macht…«

Julius bleckte die Zähne zu einer knurrenden Grimasse und tappte leise die stockdunkle Treppe hinauf, die zu Annias Zimmer führte.

»Reiter!«

Scaurus' Blick folgte dem zeigenden Arm des Votadini-Spähers, und er kniff die Augen gegen die untergehende Sonne zusammen. Einen Moment blieb er so, beschattete seine Augen mit der Hand und starrte aufmerksam in die glühende Abendsonne. Dann wurde sein Stirnrunzeln tiefer.

»Das sind *unsere* Reiter. *Verdammt!*« Er betrachtete den Boden, während Clodius ihn verwirrt ansah, dann schüttelte er verärgert den Kopf. »Wir sind genarrt worden! Lasst eure Männer umkehren und sich zum Rückmarsch in die Stadt bereit machen. Gebt diesen Befehl auch an die Legionszenturien weiter.«

Er verließ die Frontreihe der vordersten Zenturie und hielt nach fünfzig Schritten an, um auf die Ankunft der Reiter zu warten.

Decurio Silus zügelte sein Pferd, sprang ab und salutierte müde. »Ich grüße dich, Tribun. Ich muss leider berichten, dass…«

»Ich weiß. Ihr seid den ganzen Weg nach Westen geritten, bis ihr auf die Truppen des Ersten Speers Frontinius gestoßen seid, und habt dabei kein Anzeichen von Obduros Männern entdeckt. Wir wurden getäuscht, Decurio, übel getäuscht! Ich habe nahezu jeden Mann, den wir in der Stadt hatten, zu diesem Unterfangen abkommandiert, von dem ich dachte, es würde Obduro zwischen Hammer und Amboss bringen. Und nun stelle ich fest, dass ich ihm einen verlockenden Preis dargeboten habe, den er sich nur zu nehmen braucht. Wie weit ist der Erste Speer hinter euch?«

»Etwa eine Meile, Tribun.«

Scaurus' Gesicht hellte sich ein wenig auf. »Dann muss er früher umgekehrt sein, als ich das getan hätte. Dank sei Mithras, dass wenigstens einer von uns heute seinen Verstand beisammen hat. Decurio, nimm deine Leute und reitet voraus Richtung Stadt, so schnell ihr könnt. Ich will wissen, was dort geschieht, bevor es zu dunkel wird, um das herauszufinden.« Silus salutierte, saß wieder auf und führte seine Männer in Richtung Osten. »Zenturio!«

Clodius rannte auf ihn zu.

»Tribun?«

»Sag deinen Leuten, sie sollen sich zum Eilmarsch auf die Stadt bereit machen. Sag ihnen auch, dass jeder, der aus der Reihe fällt, seinen Weg allein wird antreten müssen, und das im Dunkeln. Außerdem erwartet ihn am Ende des Spaziergangs eine lange Reihe von Sonderschichten!«

Am Ende der verborgenen Treppe kroch Julius vorwärts, bis er die Tür fand. Er zog sein Messer aus der Scheide und tastete nach dem schweren Eisenbolzen. Er zog ihn aus der Fassung und schob langsam und geduldig die Tür aus dem Rahmen nach hinten, denn er wusste, dass jede Bewegung des Wandbehangs, der ihn verdeckte, die Männer im Raum aufschrecken würde. Ein gequältes Wimmern war hinter dem Vorhang zu hören – wohl ein unfreiwilliger Schmerzensschrei, der zeigte, dass Annia erneut gepeinigt wurde. Eine Sekunde später hörte er das Geräusch einer flachen Hand, die auf nacktes Fleisch schlug.

»Das gefällt dir, was, Hure? Schön, mal einen richtigen Mann in dir zu spüren statt deinem Armeeweichling? Der könnte dich sicher nicht so zum Quietschen bringen. Stattdessen ist er abgehauen und hat dich hier zurückgelassen, sodass du den Schlamassel alleine ausbaden kannst.« Er ächzte mehrmals, und es war offensichtlich, dass er die hilflose Frau mit all seiner Kraft bearbeitete. »Ich wollte das schon seit Ewigkeiten mit dir machen, aber Petrus musste dich ja immer für sich haben. Jetzt jedoch, wo er dich nicht mehr braucht, kann ich mich für die vielen Jahre des Wartens entschädigen.«

Julius erkannte die Stimme von Backpfeife und spannte

die Muskeln an, bereit, den schweren Vorhang beiseitezuschieben und anzugreifen. Nur mit äußerster Mühe gelang es ihm, seine Wut noch einen Moment zu zügeln, denn er wollte sichergehen, die Lage zu beherrschen, bevor er zuschlug. Dann sprach eine zweite Stimme.

»Beeil dich, zum Teufel, und werde deine Ladung los. Ich habe dir nun lange genug zugesehen und meinen Steifen getätschelt. Lass mich endlich ran! Danach kannst du dir alle Zeit der Welt mit ihr nehmen.«

Julius erkannte die Stimme von Stecher so nahe an der verborgenen Tür, dass er seinen Arm hätte ausstrecken und ihn an der Kehle packen können, wenn nicht der Wandteppich zwischen ihnen gehangen hätte. Mit seiner Linken schob er rasch den Vorhang beiseite, stieß die Klinge in den Nacken des drahtigen Mannes und ließ sie dort stecken. Dann schlug er sein Opfer mit der flachen Hand zur Seite, trat zwei Schritte zum Bett vor und packte Annias Vergewaltiger am Schopf, noch bevor Backpfeife genau verstand, was geschah. Julius riss den schweren Mann vom Körper der liegenden Frau herunter, legte eine Hand auf die Brust des sich wehrenden Leibwächters und schleuderte ihn mit voller Wucht quer durch den kleinen Raum. Mit einem wütenden Aufschrei landete er an der Wand. Julius nickte Annia zu und bedeutete ihr mit einer Geste zu bleiben, wo wie war. Während Backpfeife noch betäubt auf dem Holzboden lag, ging Julius um das Bett herum und schloss die drei Bolzen, welche die Tür verriegelten.

»Dieses hübsche, dicke Eichenholz müsste eure Jungs ein paar Minuten fernhalten, bis sie ein oder zwei Äxte finden. Aber bis dann werden wir schon lange weg sein – dein Kopf übrigens auch, versteht sich.«

Der Leibwächter stöhnte und erhob sich auf die Füße, wobei er den Kopf rollte und seine Fäuste ballte. »Du hättest mich erledigen sollen, als du die Gelegenheit dazu hattest. Seit über zehn Jahren hat mich niemand mehr mit bloßen Fäusten besiegt, also werde ich dir dein verfluchtes Kreuz brechen und dich dabei zusehen lassen, wie ich deiner Frau die Eingeweide herausreiße.«

Er stampfte vorwärts und schien sich seiner körperlichen Fähigkeiten völlig sicher zu sein. Julius schüttelte seine leeren Hände und ballte sie zu massigen, vernarbten Fäusten. Dem ersten Schlag des Leibwächters wich er mit einer flinken Kopfbewegung aus und packte den ausgestreckten linken Arm seines Gegners. Er zog ihn mit brutaler Kraft auf sein erhobenes Knie herunter und brach den Arm auf der Höhe des Ellbogens. Ein Schrei voller Schmerz und Entsetzen erklang, worauf Julius seinen Kopf nach vorne auf Backpfeifes geöffneten Mund stieß. Der Leibwächter wankte mit blutig zerschlagenem Gesicht zurück und taumelte gegen die Wand, wo Stecher bereits in seiner eigenen Blutlache lag und Julius' Messer noch immer in dessen Hals steckte.

»Wie schade, dass niemand, der ein wenig mehr zu bieten hat als das übliche hirnlose Muskelpaket, daran gedacht hat, euch beiden richtiges Kämpfen beizubringen. Im Gegensatz zu dir habe ich mit echten Männern gekämpft, seit ich diesen Ort mit fünfzehn Jahren verlassen habe. Es waren Soldaten, die dich schon nach der kleinsten Provokation, egal ob beabsichtigt oder nicht, blutend am Boden haben liegen lassen. Ich bin zum Rang eines Zenturios aufgestiegen, weil ich jeden, der sich mir in den Weg stellte, zu Brei geschlagen habe. All die Ehrerbietung, die ich dir bislang gezollt habe, war nur dazu da, um einen Kampf zu vermeiden, der schlecht für dich ausgegangen wäre, was wiederum Annia geschadet hätte.«

Die Tür zum Korridor erbebte, da sie von der Verstärkung, die der Schrei des Leibwächters herbeigerufen hatte, mit Stiefeln und Schultern bearbeitet wurde, doch das massive Holz und die schweren Eisenbolzen schienen dem Angriff leicht zu widerstehen. Julius nickte mit dem Kopf zu Annia hinüber, die vom Bett aufgestanden war und sich eine Tunika anzog. Backpfeife nickte langsam, griff mit seinem unverletzten Arm zu dem sterbenden Kameraden hinunter und zog das Messer mit einem hörbar saugenden Geräusch heraus. Er sah zu, wie Stecher sich einen Moment lang verkrampfte und dann wieder in die sich ausbreitende blutrote Pfütze seines Lebenssafts zurücksank. Als Backpfeife antwortete, war in seiner Stimme der Schmerz aufgrund seiner Verletzungen zu hören, doch ein wütendes Leuchten brannte in seinen Augen.

»In Ordnung, du Teufelskerl. Dann lass mich mal sehen, ob du mit dem Messer ebenso flink bist wie mit der Zunge.«

Er trat mit einer krebsartigen Bewegung vor; seinen gebrochenen Arm hielt er von dem Tungrer weg, doch mit dem Messer zog er tödliche Linien durch die Luft. Julius kam ihm vorsichtig entgegen und wich aus, als das Messer in Richtung seiner Augen geführt wurde. Dann zuckte er zusammen, weil das Messer über seinen Bauch glitt und eine Blutspur durch die zerschnittene Tunika heraustrat.

»Jetzt hast du etwas angerichtet. Der Soldat, der mir diese Tunika geliehen hat, wird sich in die Hose machen, wenn er sieht, was du mit ihr angestellt hast.«

Er tänzelte schneller, und als Backpfeife einen weiteren Schnitt anbringen wollte, packte er dessen unverwundete

Hand mit seiner Rechten und hielt sie in der Luft fest. Der Leibwächter ächzte und mühte sich ab, den festen Griff um seine Hand zu lösen. Julius spannte seinen mächtigen Bizeps, drückte die Hand des Mannes an seinem Körper entlang herunter und drehte die Klinge in seine Richtung.

»Nein…«

Backpfeife, der begriff, was Julius vorhatte, kämpfte nun mit doppelter Kraft und stieß seinen Kopf in das Gesicht des Tungrers, doch Julius ballte seine zweite Faust und rammte sie in Backpfeifes Gesicht. Das Geräusch brechender Knochen war zu hören. Mit einem einzigen mächtigen Stoß schob Julius die Messerklinge in Backpfeifes Schritt und bewegte sie sägeartig hin und her. Der Leibwächter schrie heiser angesichts des heftigen Schmerzes und versuchte, das Messer zu greifen, doch Julius zog die Klinge heraus und schob ihn von sich. Der Leibwächter taumelte rückwärts und hatte die gesunde Hand auf sein zerschnittenes Mannesorgan gelegt. Mit aufgerissenen Augen starrte er Julius an, während Blut in dicken Strömen an seinen Beinen herab auf den Boden floss.

»Das sollte Bestrafung genug sein, würde ich meinen. Bist du bereit zu gehen?« Er wandte sich an Annia, die sich die Schuhe zuband und den geschlagenen Leibwächter nicht ansah.

Ohne hochzublicken, begann sie zu sprechen. »Alles, was ich hier zu haben glaubte, ist verloren… wobei es sowieso nur eine Lüge war.«

Der Tungrer ging zur Tür hinüber, hinter der nun Stille herrschte, da die Männer begriffen hatten, dass sie die Tür ohne Axt nicht würden aufbrechen können.

»Ihr da draußen! Ihr könnt Petrus ausrichten, dass ich

zurückkommen und mich dann auch noch um ihn kümmern werde. Und sagt ihm, ich werde mir für seinen Tod mehr Zeit nehmen, als ich für diese zwei Narren aufgewandt habe.« Er drehte sich zu der verborgenen Tür und fasste Annia sanft am Arm. »Lass uns gehen, bevor ihnen klar wird, dass es noch einen zweiten Weg hier heraus gibt.« Am oberen Ende der Treppen hielt er kurz an und schüttelte den Kopf, als er sah, wie Backpfeife ihn mit vor Qual zusammengekniffenen Augen anstarrte. »Weißt du noch, wie du mich als Amateur bezeichnet hast? Damals habe ich es über mich ergehen lassen und gelächelt, damit ich sie sehen konnte. Aber schon damals gab es nur einen Amateur im Raum, und der war sicher nicht ich. Ich wünsche dir einen geruhsamen Tod, *Amateur*.«

Nachdem er die Nachricht von der Ermordung seines Herrn und der Abschlachtung der Banditenjäger überbracht hatte, war Tornach von der Stadtwache aus der Basilika weggeführt worden. Dankbar war er auf die Pritsche in einer der leeren Gefängniszellen gesunken und schnell eingeschlafen. Seine Ausrüstung lehnte an der Wand neben der offenen Tür des winzigen Steinraums. Die Wachen hatten »den armen Kerl« nach einem launigen Gespräch schnell vergessen und waren ihren Aufgaben nachgegangen, denn Scaurus hatte sie angewiesen, die Stadt gegen einen möglichen Angriff zu sichern. Als die Schatten auf der Straße vor dem vergitterten Zellenfenster länger geworden waren, war Tornach aufgestanden, hatte sich den Gürtel und seine Waffen um die Hüfte geschlungen und war mit einem kurzen Winken seiner Hand in Richtung des diensthabenden Offiziers in die Amtsstube des Gefängnisses getreten.

»Ich habe geschlafen wie ein Baby.«

Der Wachoffizier nickte verständnisvoll. »Nachvollziehbar. Was du mit ansehen musstest …«

Er ließ diesen Satz unvollendet, doch Tornach schürzte dankbar die Lippen.

»Das ist nun vorbei, und es ist Zeit, das Leben weitergehen zu lassen. Ich habe nichts anderes zu tun, also kann ich genauso gut euch helfen. Wobei könnt ihr einen weiteren Mann gebrauchen?«

Der Wachoffizier schnaubte ein freudloses Lachen. »Du meinst wohl, wobei wir *keinen* weiteren Mann gebrauchen könnten? Wir sind fünfundzwanzig Männer, um acht Tore zu bewachen und die Stadt ruhig zu halten.« Er sah den Banditenjäger abschätzend an. »Warum gehst du nicht zu einem der Tore und schickst einen von den Männern hierher zurück? Dann hätte ich eine Person mehr, die ich auf der Straße einsetzen kann.«

Er nahm eine Tafel von einem sauber aufgeschichteten Stapel auf seinem Schreibtisch, kritzelte eine kurze Anordnung in das Wachs und versiegelte die weiche Oberfläche mit dem amtlichen Siegelring an seiner rechten Hand. Er reichte die Tafel dem wartenden Tornach, der nickte und respektvoll vor ihm salutierte. Dann trat Tornach zielstrebig aus der Tür, gerade als einer der Männer des Offiziers ins Zimmer stürmte.

»Da sind etwa fünfhundert Mann, die die Straße von Westen hochkommen, und wir sind ziemlich sicher, dass es sich dabei nicht um die Jungs handelt, die heute Nachmittag losgezogen sind.«

Der Wachoffizier runzelte die Stirn. »Wenn es nicht unsere Truppen sind, die nach Hause zurückkehren, gibt es nur einen Mann, der eine so große Armee anführt. Die Götter allein wissen, was *er* anstellen wird, wenn er sich erst mal innerhalb dieser Mauern befindet.« Er stand auf und griff nach Helm und Schwert. »Wenn es tatsächlich Obduro ist, können wir nur beten, dass er es nicht in die Stadt hineinschafft. Ich gehe runter zum Südwesttor, um zu sehen, was er selbst dazu meint.«

»Zenturio! Soldaten auf der Hauptstraße!«

Nachdem er den Ruf seines Optios gehört hatte, stieg Sergius die Wand des Getreidelagers hoch und nahm dabei zwei Sprossen auf einmal. Schwer atmend stand er neben seinem Stellvertreter, starrte in die gleißende Abendsonne und schüttelte angewidert den Kopf.

»Verflucht, ich kann in der untergehenden Sonne nichts sehen, und außerdem sind meine Augen zwanzig Jahre älter, als ich mir das wünschen würde. Wer hat sie entdeckt?«

Der Optio schob einen Soldaten vor, und als Sergius mit dem Legionär zu sprechen begann, fiel ihm auf, dass es sich um einen Jungen handelte, der gerade mal alt genug war, um sich zu rasieren. Er nahm unverzüglich Haltung an und salutierte mit unsicherem Blick vor seinem Zenturio.

»Kein Wunder, dass du so scharfe Augen hast, Mann! Du hast noch nicht dein Leben damit verbracht, auf den Horizont zu starren und dich zu ängstigen, was dahinter auf dich wartet.« Er zeigte auf den Horizont in der Ferne. »Dann erzähl mir mal ganz in Ruhe, was du dort sehen kannst, in Ordnung?«

Er wandte sich erneut zum westlichen Horizont und beobachtete, wie die orangefarbene Sonnenscheibe auf die schwarze Linie der Landschaft herabsank. Gleichzeitig wartete er auf den Bericht des Soldaten, der ebenfalls in die abendlich langen Schatten blickte.

»Jetzt gerade sehe ich weniger als zuvor, Zenturio. Es sind Soldaten, die auf der Hauptstraße marschieren. Ich kann ihre Schilde erkennen.«

Sergius stieß einen tiefen Seufzer der Erleichterung aus. »Mithras sei Dank! Einen Moment lang dachte ich, es könnten Obduros Männer sein, doch wenn sie Schilde tragen, müssen es ...«

»Nein, Zenturio, ich glaube nicht, dass es unsere Leute sind. Erst mal marschieren sie ohne jede Formation, und außerdem schauen sie nicht ... nun, nicht *ordentlich* genug aus, um römische Soldaten zu sein.«

Sergius stand auf dem Stadtwall im schwindenden Sonnenlicht, und als die Scheibe den Horizont berührte, sah auch er die scharf gezeichneten Umrisse heranziehender Männer, die weniger als eine Meile entfernt waren.

Der Optio schüttelte den Kopf, rollte die Augen und versuchte zu verstehen, was er da beobachtete. »Was zum Hades passiert dort? Sie winken mit etwas über ihren Köpfen, das auf Speeren steckt. Sieht aus wie ...«

»Köpfe.« Sergius' Stimme klang dumpf vor Niedergeschlagenheit. »So viel zu unseren Aussichten auf ein ruhiges Leben, was?« Er drehte sich zu den Männern zurück, die unter ihm innerhalb des Getreidelagers warteten. *»Strammgestanden! Und dann rauf auf die Mauer!«*

Die jungen Legionäre sahen zu, wie die Räuberbande fast geräuschlos die Straße nach Tungrorum hochmarschierte, denn nur das Klappern ihrer genagelten Stiefel auf den Steinplatten war zu hören.

Sergius starrte hinaus und versuchte, die Lage zu überblicken, während er zum dritten Mal ihre Mannschaftsstärke zählte und dabei immer auf dieselbe deprimierende Antwort kam. Leise murmelte er dem Optio seine Einschätzung zu, denn er wollte die Männer nicht noch mehr verschrecken, als sie es ohnehin schon waren. »Es sind mindestens fünfhundert. Angesichts so vieler Gegner weiß ich nicht, wie wir…«

Ein warnender Schrei von dem Mann zu seiner Rechten lenkte ihn von den heranziehenden Banditen ab, und er lehnte sich über die Mauer, um zu sehen, auf was der Legionär zeigte. Zwei Gestalten waren aus dem nächstgelegenen Stadttor herausgestürmt und rannten in Richtung des Getreidelagers, um sich in Sicherheit zu bringen. Der größere der beiden stützte sich auf einen Speer, und sein Gang war eher ein Taumeln als ein Hinken; ein blutbefleckter Fetzen Stoff von seiner Tunika war um sein Bein gebunden. Die Frau neben ihm zog ihn am Arm voran und blickte ängstlich zum offenen Tor zurück.

Sergius sah, dass sie von einer kleinen Gruppe Männer durch den Torbogen verfolgt wurden, und es war offensichtlich, dass sie mörderische Absichten hatten, denn sie scharten sich um das flüchtende Paar und stießen Flüche und Beleidigungen aus. Er wandte sich um und rief zu den Wachen am Eingang des Lagers hinunter: »Es ist Julius! Macht das Tor auf!«

Eher behände als anmutig sprang er von der Mauer herunter und wartete, bis seine Männer die massiven Holzbalken zurückgezogen hatten, die den Eingang zum Getreidelager sicherten. Sekunden später stießen Julius' Wachoffizier und eine Handvoll seiner Leute zu ihm. Sergius zog sein Schwert, als sich das Tor öffnete, sprang als Erster durch den Spalt und rannte, gefolgt von der kleinen Gruppe, zu den fliehenden Gestalten, die noch immer fünfzig Schritte entfernt waren. Er sah, wie Julius, der offensichtlich nicht mehr weitergehen konnte, sich umdrehte und seine Verfolger mit dem Speer bedrohte, auf den er sich gestützt hatte. Die Frau rannte noch ein paar Schritte weiter, bevor sie merkte, dass sie allein war. Dann hielt sie an, lief zurück und schrie vor Entsetzen, als die Verfolger sich dem Tungrer näherten. Ohne jedes Zögern folgte der erschöpfte Julius seinem Instinkt und ging zum Angriff über. Ungelenk stürzte er sich auf einen Mann und stach ihm den Speer in den Oberschenkel, sodass sein Opfer nach hinten stürzte und sich ans Bein fasste. Dann drehte er sich auf seinem unverletzten Bein um und rammte das untere Ende des Speers durch den Fuß eines zweiten Mannes. Er lockerte den Speerschaft und riss ihn wieder heraus, drehte die Lanze dann mit geübter Gewandtheit um und zog die Klinge über die Kehle des Mannes, der keuchend zu Boden fiel. Die übrigen Angreifer verteilten sich um Julius und waren so sehr mit ihm beschäftigt, dass sie die herannahenden Soldaten noch immer nicht bemerkten. Julius atmete keuchend und schnitt mit dem Speer durch die Luft, hatte jedoch Mühe, die Waffe hochzuhalten. Eines der Bandenmitglieder ging um ihn herum und hob sein Messer. Als der Angreifer vortrat, um seinen tödlichen Streich zu führen, sprang die Frau auf ihn und versenkte ihr eigenes Messer tief in seinem Rücken. Sie drückte ihn auf den Boden, stach wieder und wieder zu und stieß dabei wie von Sinnen wilde Schreie aus. Während die übrigen Angreifer angesichts von Julius' Durchhaltevermögen und dem wutentbrannten Angriff der Frau zauderten, rief Sergius ihnen rau seine eigene Kampfansage zu, wodurch ihre Aufmerksamkeit von den Flüchtenden abgelenkt und auf die Soldaten gerichtet wurde. Geschlossen wie ein Mann drehten sie sich um und rannten in Richtung Stadttor, gerade als es sich mit einem dumpfen Poltern vor ihren Gesichtern schloss.

»Kümmert euch nicht um sie!« Sergius deutete auf die erste Reihe von Banditen, die inzwischen nur noch zweihundert Schritte vom Getreidelager entfernt waren. Die Räuber rannten, so schnell ihre müden Beine sie tragen konnten, mit der Absicht, der kleinen Gruppe den Weg zu ihrer Zuflucht abzuschneiden. »Tragt ihn!« Zwei Tungrer fassten den taumelnden Julius unter den Armen, wobei einer von ihnen den Speer wegstieß, auf den er sich stützte. Sergius verzichtete unterdessen auf jede Art von Anstand und zog die blutüberströmte Frau vom Körper ihres Opfers weg, wobei er ihren Arm fassen und sie entwaffnen musste, da sie sich mordlustig auf ihn stürzte. Er schleifte sie mit sich, während die Soldaten auf das Tor zustürmten und verzweifelt versuchten, den Räubern zuvorzukommen. Sergius, der die Lage einschätzen konnte, begriff sofort, dass sie dieses Rennen verlieren würden, wenngleich nur aufgrund weniger Meter.

Julius war offensichtlich zum selben Schluss gekommen. »Lasst mich hier und bringt euch selbst in Sicherheit!«

Die Tungrer an seiner Seite aber liefen weiter, so schnell sie das mit ihrer Last tun konnten, zogen ihre Schwerter und waren bereit, bei der Verteidigung ihres Zenturios zu sterben. Sergius, der neben ihnen rannte, nickte zustimmend und griff nach seinem eigenen Gladius. Unmittelbar vor dem Tor und nur wenige Sekunden, bevor sie von den Räubern überrannt wurden, bereitete sich Sergius darauf vor, die Frau zur Seite zu schieben und den Kampf aufzunehmen. In diesem Augenblick flogen Speere von den Mauern des Getreidelagers herunter und verwandelten den Überfall der Banditen in ein chaotisches Durcheinander von taumelnden Körpern, was den Flüchtenden gerade noch Zeit ließ, sich durch das sich schließende Tor zu zwängen. Die Tungrer waren am Ende ihrer Kräfte. Sie ließen Julius zu Boden gleiten, sanken auf Hände und Knie, und einer von ihnen erbrach sich auf den sauber zusammengerechten Kieselsteinen des Getreidelagers. Derweil schrie Sergius' Optio den Legionären Befehle zu, sich bereit zu machen, um jeglichen Versuch eines Erklimmens des Stadtwalls zu unterbinden. Sergius war unfähig, etwas anderes zu tun, als seine Hände auf die Knie zu stützen und dem Drang zu widerstehen, seine letzte Mahlzeit aus Sympathie mit seinem erschöpften Kameraden ebenfalls hinauszuspeien. Mit einem schiefen Lächeln sah er zu dem liegenden tungrischen Zenturio hinüber und beobachtete dann mit hochgezogener Braue Annia, die heftig zitterte und von Felicia zunächst in eine Decke gehüllt und schließlich weggeführt wurde.

»Ich kann nur hoffen, dass deine Frau es wert ist, denn es kann gut sein, dass du nie wieder richtig gehen kannst, ohne zu humpeln. Was ist geschehen?«

»Ich dachte, wir hätten es geschafft, doch dann sprangen uns ein paar von ihnen an, als wir nur einen Häuserblock vom Tor entfernt waren. Einer von ihnen stieß mir seinen Speer in den Schenkel, bevor ich irgendeine Gegenmaßnahme ergreifen konnte.«

Sergius nickte. »Sagtest du nicht, du hättest eine Idee, wie wir diesen Ort verteidigen könnten? Nachdem wir fünfhundert wild aussehende Banditen da draußen haben, wäre ich dankbar, wenn du sie mir mitteilen würdest.«

Sergius hörte Julius eine Weile lang zu und hob die Augenbrauen vor Entsetzen, als ihm dämmerte, was Julius im Sinn hatte.

»Bei allen Göttern, das ist ja eine furchterregende Idee! Man kann dir bestimmt nicht vorwerfen, du hättest Angst, das Undenkbare zu denken, was, Zenturio?«

Er wandte sich um und stieg langsam die Treppe an der Lagermauer hinauf. Als er hinabsah, hatten sich die Räuber nicht weit außerhalb der Reichweite von Speerwürfen versammelt. Ein Mann mit einem Kavalleriehelm und Gesichtsmaske drückte sich durch die Menge, trat einige Schritte nach vorn und hob seine leeren Hände, um seinen Gesprächswunsch auszudrücken.

»Ich könnte ihn von hier aus mit einem Speer treffen.«

Sergius schüttelte den Kopf angesichts dieses Vorschlags seines Optio, ohne seinen Blick von dem Banditenanführer abzuwenden. »Das bezweifle ich. Außerdem halte ich es für besser, den Einsatz nicht schon so früh in die Höhe zu treiben … *Das ist nahe genug!*«

Der Räuberanführer stoppte und hielt seine Hände weiter in die Höhe. Dank der sinkenden Sonne hinter ihm war sein Kavalleriehelm rot verfärbt, und seine Worte tönten über das offene Gelände, als seien sie die Vorankündigung des Verderbens, das den Legionären drohte.

»Männer der Ersten Minervia! Falls hinter diesen Mauern nicht noch mehr von euch sind, scheint ihr nur eine einzige Zenturie zu sein, wogegen ich fünfhundert und mehr Männer bei mir habe. Eure Mauern wurden nicht zur Abwehr einer Belagerung errichtet, und ein Großteil eurer Anlage ist nicht zu verteidigen. Ergebt euch also, dann lasse ich euch freie Wahl, euch entweder zu uns zu gesellen oder entwaffnet zu euren Legionen zurückgesandt zu werden. Seid euch aber bewusst darüber, dass dieses Getreidelager, ebenso wie diese Stadt, nun *mir* gehören.«

Sergius trat vor und hatte zwei Soldaten neben sich, die ihn mit ihren Schilden vor möglichen Pfeilschüssen schützten. »Du scheinst zu vergessen, dass weitere drei Kohorten westlich der Stadt sind, und sobald sie zurückkommen, werden sie sich darum kümmern, euch zu vertreiben. Daher solltet ihr euch schnellstens davonmachen, solange ihr noch die Gelegenheit dazu habt!«

Obduro lachte laut und schüttelte seinen in der Sonne rot gleißenden Kopf. »Bis euer deprimierend leicht zu täuschender Tribun morgen hierher zurückkommt, werde ich schon lange fort sein. Scaurus wird entscheiden müssen, ob er sich selbst in sein Schwert stürzt oder warten soll, bis die Männer von Kaiser Commodus diese Aufgabe für ihn übernehmen, insbesondere, wenn man bedenkt, welch große Summe Gold er drauf und dran ist zu verlieren. Und dabei ist noch gar nicht mit eingerechnet, was geschehen wird, wenn der Name eines gewissen Marcus Valerius Aquila auf amtliche Ohren stößt. Du wusstest doch, dass die Tungrer einen Flüchtigen verstecken, der sich der kaiserlichen Justiz entzieht?«

Es lag Sergius auf der Zunge, damit herauszuplatzen, dass sich das Gold sicher innerhalb des Getreidelagers befand, doch als er seinen Mund öffnete, besann er sich eines Besseren. »Wenn du das Getreide willst, solltest du hereinkommen und es dir holen. Denn solange ich hier das Kommando habe, wird es niemals geschehen, dass ein kaiserliches Gebäude freiwillig übergeben wird – was immer das für den Zeitpunkt meines Übergangs ins Reich der Götter bedeuten mag.«

Obduro schwieg eine ganze Weile und zuckte dann gleichgültig die Achseln. »Mir ist es ziemlich egal, ob du nun hier oder an einem angemesseneren Ort sterben wirst, Erster Speer Sergius. Aber wie du willst … bringt die Gefangenen zu mir.«

Die drei Bandenmitglieder, die es nicht rechtzeitig in die Stadt zurückgeschafft hatten, wurden vor ihn geschleppt. Auf ein Signal ihres Anführers rissen die Männer deren Arme in die Waagrechte und spreizten ihnen mit den Füßen die Beine auseinander. Mit einer schwungvollen Geste zog Obduro sein Schwert und richtete es auf den Wald in der Ferne.

»Allmächtige Arduinna! Gewähre uns einen schnellen und furchtbaren Sieg in unserem Kampf, unser Land von denen zu befreien, die unser Volk unterjocht haben! Wir opfern dir das Blut dieser Ungläubigen und hoffen auf deine Gunst!«

Er wandte sich flink um und hob das Schwert. Kurz hielt er diese Stellung, dann stieß er die Klinge zwischen Hals und Brust seines ersten Opfers und zerteilte den Körper des Mannes mit einem diagonalen Schnitt, der an der gegenüberliegenden Hüfte endete. Die beiden Körperhälften fielen zu Boden, Obduro drehte sich rasch zu seinem nächsten Opfer und nutzte den Schwung des Schwertes, um die Klinge in den Schritt des hilflosen Bandenmitglieds zu treiben, wobei auch dessen Körper sauber durchtrennt wurde. Der dritte Gefangene starrte entsetzt auf die blutbefleckte Maske, während Obduro vor ihn trat und die Schwertspitze an seine Brust legte. Einen Augenblick hielt er inne, dann trieb er die Klinge durch die Rippen des Mannes und das Herz dahinter. Darauf zog er das Schwert wieder aus dem Körper hervor und hielt die blutüberströmte Waffe hoch, damit die Männer auf den Mauern sie sehen konnten.

»Soldaten Roms, ihr habt eure Wahl getroffen! Wir werden kein Erbarmen von euch erwarten und auch selbst keines zeigen. Euer Blut wird der Göttin dargebracht, in deren Namen wir euch alle töten werden! Macht euch also für den Untergang bereit!« Er drehte sich weg und verschwand in der Menge hinter ihm.

Sergius tippte seinem Optio auf die Schulter. »Sie werden ein paar Augenblicke brauchen, um festzulegen, wie sie uns am besten angreifen sollen. Ruf mich, sobald es so aussieht, als seien sie ernsthaft dabei, ins Innere dieser Mauern vordringen zu wollen.« Müde kletterte er die Stufen hinunter und ging zu der Stelle hinüber, wo Julius lag. Kopfschüttelnd dachte er daran, wie präzise der Räuberhauptmann bereits über die Aufstellung und Organisation ihrer Verteidigung Bescheid wusste. »Er kennt sogar meinen verfluchten Namen, was zeigt, wie gut er informiert ist. Also haben wir nun die Wahl: Entweder wir geben auf und werden vor dem Stadtwall abgeschlachtet, oder wir kämpfen, und er metzelt uns innerhalb der Mauern nieder. Somit kann hier von einer Wahl kaum die Rede sein.«

Julius, der noch immer auf dem Kiesboden lag, zog eine Grimasse. »Und ich werde dir dabei nicht besonders hilfreich sein können, was?«

Er hob sein verletztes Bein, und beide Männer schüttelten den Kopf. »Nein, das wirst du nicht. Wenn diese Wunde ebenso tief wie lang ist, wirst du nicht …«

Felicia kam aus der improvisierten Krankenstation des Verwaltungsgebäudes über das weitläufige Areal des Getreidelagers auf sie zu. Warnend sah sie Julius an und rief ihm zu: »Hör auf, mit dem Bein herumzuwedeln, sondern halte es ruhig!«

Sergius lachte angesichts des herrischen Befehls der Medica und lehnte sich näher heran, um leise ins Ohr seines Kollegen zu flüstern. »Obduro rief etwas bezüglich eines Flüchtigen namens Marcus Valerius Aquila. Ist das derselbe Marcus, der den Schneid hatte, diese Dame zu ehelichen?«

Julius sah zu ihm hinauf und antwortete ebenso leise. »Es gibt Dinge, die du besser nicht wissen solltest, Erster Speer. Der betreffende Mann ist unschuldig, aber es scheint, seine Vergangenheit holt ihn immer wieder ein.«

Felicia war bei den Zenturios angekommen und beugte sich über Julius. Mit kritischem Blick betrachtete sie die klaffende Wunde an seinem Schenkel. »Männer, nehmt diesen verwundeten Offizier und bringt ihn irgendwohin, wo er weniger Gefahr läuft, jede Sekunde von Speeren durchbohrt zu werden. Dort angekommen, Zenturio, werden wir dein Bein untersuchen und herausfinden, wie groß der Schaden diesmal ist.«

Als sie sich aufrichtete, fasste Julius sie am Ärmel. »Domina, was ist mit meiner Frau…?«

Felicia schüttelte den Kopf. »Sie wurde geschändet und hat dann dabei zugesehen, wie du ihre Peiniger brutal abgeschlachtet hast. Gleich darauf musste sie um ihr Leben rennen und einen wohl bestialischen Mordakt begehen, wie man aus dem vielen Blut schließen kann, das sie bedeckt. Allerdings sagt sie nicht viel dazu. Ich denke, man muss sie eine ganze Weile mit größter Sorgsamkeit behandeln, was mit einschließt, dass *du* nicht erwarten solltest, sie als ›deine Frau‹ betrachten zu können. Die Tatsache, dass sie eine Prostituierte ist, macht sie nicht weniger verwundbar, schon gar nicht unter solchen Umständen. Los jetzt, hebt ihn hoch.«

Obduro lehnte sich zu dem früheren Zenturio hinüber, der nun die ehemaligen treverischen Hilfstruppen befehligte, die einen Großteil seiner Bande ausmachten. Bevor er begann zu sprechen betrachtete er die dunkler werdende Landschaft und kam dann noch näher, um sicherzugehen, dass er trotz des Lärms seiner Männer gehört werden konnte.

»Ich will in weniger als einer Sanduhrdrehung innerhalb dieses Lagers sein, hast du verstanden?«

Der grimmig aussehende ehemalige Soldat nickte und schien eingeschüchtert von der ausdruckslosen Maske, die nur wenige Zentimeter von seinem Gesicht entfernt war. »In weniger als der Hälfte der Zeit wird es bereits dunkel sein. Ich werde eine Zenturie dazu abstellen, die Männer auf dem Wall beschäftigt zu halten, und zwei weitere an beide Seiten des Getreidelagers entsenden, damit sie uns den Weg durch die Mauern freigraben können. Die Männer drinnen können nicht überall sein, und wenn wir erst einmal durch die Mauersteine gebrochen und im Kornspeicher sind, wird es nur wenige Minuten dauern, bis wir sie alle erledigt haben.«

Obduro nickte. »Hört sich gut an. Sorge einfach dafür, dass es dir auch tatsächlich gelingt – sofern du den Anteil haben willst, den ich dir versprochen habe. Wir müssen vor Sonnenaufgang wieder von hier fort sein.« Er wandte sich ab und winkte einem Mann, der still in diskretem Abstand wartete und eine Militärtrompete in der Hand hielt. »Es wird Zeit, meine triumphale Rückkehr in die Stadt anzukündigen. Gib das Signal.«

Vom Stadtwall oberhalb des Westtors von Tungrorum starrte Tornach in die von der Abendsonne rot gefärbte Landschaft hinaus. Währenddessen gab die verbliebene Stadtwache Anweisungen, um sicherzustellen, dass der Eingang auf der dicken Steinbrüstung der Verteidigungsmauer fest verschlossen blieb. Stumm hatten sie mit angesehen, wie die Banditenarmee die Hauptstraße zur Stadt mit ihrem verwundbaren Getreidelager hinaufmarschierte.

Die Wache schüttelte den Kopf und spuckte über die Mauer. »Diese Bande wird die Jungs der Legion in kürzester Zeit aus dem Getreidelager getrieben haben. Und wären nicht zwanzig Fuß hohe Mauern zwischen ihnen und uns, würde es uns genauso ergehen.«

Tornach knurrte zustimmend und nahm einen blauen Wetzstein aus seinem Bündel. Dann zog er sein Schwert aus der Scheide und betrachtete kritisch dessen Klinge. Der andere schaute neugierig zu ihm hinüber und dann wieder hinaus auf die dunkler werdenden Felder jenseits der Mauern.

»Das wirst du nicht brauchen. Ohne Leitern können sie keinesfalls in die Stadt gelangen.«

Der Banditenjäger spuckte auf den Wetzstein und ließ ihn über die gesamte Länge seines Schwerts gleiten, wobei ein dünner blauer Schleier des Steins auf dem Rand der Klinge hängen blieb. »Vielleicht nicht. Aber wenn ich seit letztem Jahr etwas über Obduro gelernt habe, so ist es, dass mit ihm meist die schlimmsten Dinge passieren, wenn du sie am wenigsten erwartest.« Er spuckte erneut auf den Stein und drehte das Schwert um, um die andere Seite der Klinge zu schärfen. »Nimm uns beide: Hier sitzen wir sicher auf einer zwanzig Fuß hohen Mauer mit Toren darunter, die aus so dicker Eiche gemacht und so gut gesichert sind, dass es vier starke Kerle bräuchte, nur um die Balken herauszuheben, welche die Tore verschließen. Und dennoch …«

Der andere Mann sah ihn zweifelnd an. »Und dennoch was?«

Eine Trompete erklang aus südlicher Richtung, eine lang anhaltende, klagende Note, rasch gefolgt von einer zweiten und dritten.

Die Wache erhob sich, lehnte sich über die Brüstung und streckte den Hals vor, um zu sehen, was hinter der Biegung der Mauer geschah. »Hört sich an wie ein Signal.«

Er erzitterte, als er spürte, wie Tornachs Schwert in den Ärmel seines Panzerhemds glitt und die Spitze sich mit fachmännischer Präzision tief in seine linke Armbeuge bohrte. Er sprang von der Mauer zurück, legte eine Hand auf seine eigene Waffe und riss die Augen auf, als er einen Moment lang schwankte und Blut an seiner linken Seite herabfloss. Dann sank er hilflos auf den Wehrgang.

Tornach sah unbeteiligt zu ihm hinunter und nickte, als Erkenntnis in den Augen des Sterbenden zu lesen war. »Und dennoch kann ein Mann innerhalb dieser Mauern all dies in einer einzigen Sekunde verändern.« Er wischte seine Schwertklinge an der Tunika seines Opfers ab, und die Mischung aus Blut und blauem Wetzsteinstaub färbte den Stoff purpurrot. Dann schob er die Waffe in die Scheide zurück und breitete die Arme aus, als ob er die Ehrerbietung einer ganzen Arena voller Menschen entgegennähme. »Das Einzige, was ich jetzt noch tun muss, ist das Tor zu öffnen. Dann ist meine Aufgabe vollbracht.«

Die sterbende Wache schüttelte schwach den Kopf. »Braucht … vier … Männer …«

Tornach lächelte erneut, griff in sein Bündel und zog ein aufgeschossenes Seil heraus. »Ganz genau. Hier sind sie schon.«

Nur wenige Meilen Richtung Westen stürmten die wieder vereinten tungrischen Kohorten die Straße zur Stadt hinauf. Scaurus marschierte an ihrer Spitze, und die Legionskohorte hatte alle Mühe, ihnen zu folgen. Der Tribun gab der langen Kolonne von Soldaten ein mörderisches Tempo vor und kümmerte sich nicht mehr darum, welche Auswirkungen ein so langer Marsch auf seine Männer haben würde. Hinter ihm ermunterten, schmeichelten und, wenn nötig, bedrohten die Zenturios der drei Kohorten ihre Männer, mit ihm Schritt zu halten. Silus war weit genug nach Osten geritten, um Obduros Armee bei ihrem Anmarsch auf die Stadt zu sehen, was Scaurus' Stimmung weiter verschlechtert und ihn dazu angetrieben hatte, seine Männer zu einem zunehmend schmerzhafteren Eilmarsch in doppelter Geschwindigkeit anzuhalten.

Neben ihm mühte sich Frontinius ab und sah zu den Legionszenturien am hinteren Ende der Kolonne zurück. Er zog eine Grimasse und wandte sich wieder der Straße zu, die sich in der Abenddämmerung vor ihnen erstreckte. »Unsere Jungs machen das ganz gut, aber die Legionszenturien schaffen es kaum. Vielleicht sollten wir eine Rast einlegen? Immerhin müssten wir auch besprechen, wie wir die Banditen in der Hitze eines nächtlichen Gefechts erkennen wollen. Vielleicht sollten wir das geklärt haben, bevor es dunkel wird?«

Scaurus nickte. »Wir könnten dann gleich auch die Fackeln entzünden. In Ordnung, Erster Speer, wir werden ein paar Minuten Pause einlegen, um das Anstehende zu erledigen.«

Die Soldaten fielen erschöpft nieder, wo die Kolonne angehalten hatte, und ihre Zenturios trotteten müde die Straße hinauf und scharten sich um den Ersten Speer. Währenddessen zogen die Optiones und Wachoffiziere Fackeln aus den Maultierkarren jeder Zenturie und machten sie zum Anzünden bereit.

Frontinius wartete, bis der Letzte der Legionsoffiziere zu ihm gestoßen war, bevor er die Besprechung begann, und ignorierte die Tatsache, dass Tribun Belletor noch nicht erschienen war. »Meine Herren, die Zeit läuft gegen uns, also werde ich mich kurzfassen. Decurio Silus' Erkundung hat bestätigt, dass wir genarrt und aus der Stadt gelockt wurden, damit Obduro Zeit und Muße hat, sich den Weg in das Getreidelager freizuschlagen und mit genügend Korn zu flüchten, dass er seine Männer fast ein Jahr lang ernähren kann. Wir dürfen nicht zulassen, dass dies geschieht. Zu allem Übel befindet sich außerdem das Gold des Kaisers in der Stadt, und obwohl ich mir sicher bin, dass Julius geistesgegenwärtig genug ist, um Straßenbanden abzuwehren, sind mehrere hundert Banditen doch eine andere Sache. Daher werden wir, sobald wir unsere Männer wieder auf den Beinen haben, in doppeltem Tempo zur Stadt zurückmarschieren, und es wird keine Zeit bleiben, Befehle zu erteilen.« Er blickte auf Männer mit ernsten Gesichtern, die nun kaum noch sichtbar waren, weil sich die Dunkelheit über die Landschaft gelegt hatte. »Deshalb werdet ihr mit eurer eigenen Geisteskraft und auf eigene Faust entscheiden müssen. Sobald wir in Sichtweite der Stadt sind, werde ich einmal lange pfeifen, was das Signal dafür sein wird, anzuhalten und in Angriffsformation zu gehen. Folgt den Fackeln der Männer vor euch, das ist das Einfachste, denn bis dahin wird schwärzeste Nacht sein. Zenturien mit ungerader Nummer stellen sich links auf, die mit gerader Nummer rechts. Sucht das Ende der Reihe und schließt euch mit eurer Zenturie an. Ich will eine lange Reihe ohne Lücken, sonst werden die Männer in kürzester Zeit in der Finsternis herumstolpern. Die Breite einer Kohorte müsste genügen, daher werden wir die Zweite Kohorte hinter der Ersten aufstellen und dahinter die Legionskohorte. Es ist mir egal, wenn sie nach Osten wegrennen, aber jeder Mann, der versucht, durch unsere Reihen zu fliehen, muss sterben. Außerdem hat der Tribun ein Kopfgeld auf ihren Anführer ausgesetzt: Zehn Goldaurei erwarten denjenigen, der mir den Kopf dieses Obduro samt seinem Helm bringt.« Die Männer zogen die Augenbrauen hoch, als sie hörten, wie hoch die Belohnung war. »Ihr habt richtig gehört. Er will diesen Mann so sehr, dass er demjenigen, der ihn ausliefert, einen ganzen Jahressold bezahlen wird. Und nachdem wir nicht wollen, dass die eine Hälfte unserer Leute die andere umbringt, werden wir ein Kennwort bestimmen, um Fehler weitestgehend zu vermeiden. Die Parole zur Kampfansage ist ›Mithras‹ und die Antwort darauf ›der Unbezwungene‹. Jeder, der diese Antwort nicht kennt, ist als Feind zu betrachten, aber stellt sicher, dass eure Männer ihren Verstand gebrauchen, denn die Jungs im Getreidelager werden die Parole natürlich nicht kennen, und ebenso wenig Julius' Männer. Abtreten!«

Tribun Belletor, der zu der Gruppe gestoßen war, als der Erste Speer Scaurus' Befehle weitergegeben hatte, trat mit ernstem Gesicht vor, während die Zenturios zu ihren Männern zurückkehrten.

»Kollege, ich fürchte, mein Pferd lahmt.«

Scaurus nickte, doch im Zwielicht war sein Gesichtsausdruck nicht zu ergründen. »Das hatte ich mir gedacht. Das Tier hat schon den ganzen Tag über eines seiner Beine stärker belastet.«

Frontinius bemerkte, dass Belletors Stimme weniger prahlerisch als sonst klang, und verschränkte die Arme, um abzuwarten, was als Nächstes kommen würde.

»Daher werde ich wohl zu Fuß gehen müssen. Vielleicht könntest du das Tempo ein wenig drosseln? Ich bezweifle nämlich, dass ich imstande sein werde …«

Scaurus schüttelte den Kopf und unterstrich die fast unsichtbare Bewegung mit einer entschiedenen Geste seiner Hand. »Sicher nicht. Es gibt Männer, die darauf angewiesen sind, dass wir ihnen allen Schmerzen zum Trotz zu Hilfe kommen, bevor es zu spät dazu ist, und ich werde ihre Chance auf Rettung nicht gefährden, nur weil du deine körperliche Ertüchtigung vernachlässigt hast. Halte Schritt, solange du kannst, und wenn du aus der Reihe fallen solltest, kannst du eine Zeltmannschaft zu deiner Sicherheit bei dir behalten. Aber erwarte bloß nicht, dass die Kolonne anhält.« Er wandte sich von dem finster dreinblickenden Belletor ab, winkte Frontinius näher heran und bedankte sich mit einer Geste bei einem Soldaten, der eine soeben entzündete Fackel neben sie hielt, um sie bei ihrem Gespräch mit Licht zu versorgen. »Zeit, dass wir uns auf den Weg machen, Erster Speer. Ich wünsche dir gutes Gelingen im bevorstehenden Kampf. Vielleicht möchtest du diesmal hinter deinen Leuten bleiben? Du weißt ebenso gut wie ich, wie chaotisch ein Gefecht des Nachts werden kann, und es wäre furchtbar, dich durch einen ihrer Speere oder sogar einen der unseren verlieren zu müssen.«

Frontinius stieß ein mürrisches Gelächter aus. »Ich werde in deiner Nähe bleiben, Tribun, und zwar aus genau demselben Grund. Jemand muss ja dafür sorgen, dass dich keiner dieser Idioten irrtümlich mit seiner Waffe durchbohrt.«

Die beiden Männer fassten sich gegenseitig an den Armen und nickten sich zu, denn beide kannten die Gefahr, in die sie sich begaben, wenn sie ihre Männer in das Gewirr eines nächtlichen Kampfes schickten.

Frontinius drehte sich weg und berührte seinen Trompeter am Arm. »Blas zum Vorstoß! Lasst uns herausfinden, wie gut Obduros Treverer im Dunkeln sind.«

»Erster Speer!«

Nachdem man nach ihm gerufen hatte, rannte Sergius die Stufen an der Mauer des Getreidelagers hinauf und starrte in das dunkle Gelände zwischen den Kornspeichern und der Stadt. Von der ursprünglichen Mannschaftsstärke der Kohorte, die hinter Obduro versammelt gewesen war, als sie kurz zuvor die Verteidiger der Stadt herausgefordert hatte, waren nur noch etwa hundert Mann übrig. Ihre spärlichen Reihen waren von Fackeln erhellt.

»Wo ist der Rest von ihnen?«

»Eben deshalb habe ich dich rufen lassen, Herr! Der Rest hat sich zu beiden Seiten des Lagers aufgeteilt.«

Der Erste Speer drehte sich zu den Männern um, die hinter der Mauer mit entzündeten Fackeln warteten, und stieß einen dringlichen Befehl aus. »Sie werden über die Dächer kommen. Macht euch bereit, sie zu töten, sobald sie den Boden erreichen!« Die Legionäre und Soldaten verteilten sich und hielten ihre Speere bereit, doch nach einer Weile des Wartens wurde offensichtlich, dass die vermutete Gefahr nicht kommen würde. Sergius ging durch das leere Innere des Lagers und winkte seinen Optio und Julius zu sich. Julius, der vor Felicias improvisierter Krankenstation auf dem Boden gesessen war und sein Bein ausgestreckt hatte, erhob sich ungelenk auf die Füße und humpelte mithilfe eines Speerschafts, der als notdürftige Krücke für sein verwundetes Bein diente, zu ihm. Er zog eine Grimasse Richtung Sergius, der nickte und damit ausdrückte, dass sie sich verstanden hatten.

»Schlaue Jungs. Sie wissen, dass wir auf sie warten, also werden sie sich einen Weg in die Kornspeicher freihacken und sich dann als Gruppe wieder herauskämpfen. Geh mit deinen Leuten hinein, und seid leise, dann werdet ihr bald herausfinden, an welcher Stelle sie die Mauern bearbeiten.«

Die Soldaten verteilten sich über das Lager, öffneten die Türen der einzelnen Speicher und lauschten nach Geräuschen, die ankündigen würden, dass die Banditen sich einen Weg durch die dicken Steinmauern zu bahnen versuchten. Ein Mann, der draußen auf der westlichen Seite des Lagers stand, bewegte seine Fackel hoch und nieder, um die Aufmerksamkeit der Offiziere zu erregen. Sergius rannte zu ihm hinüber, gefolgt von seinem hinkenden tungrischen Kollegen. Das hackende Geräusch von Männern, welche die Außenwand des Getreidelagers bearbeiteten, war aufgrund der entriegelten und weit geöffneten Holztüren gut zu hören, und die beiden Zenturios sahen sich bedeutungsvoll an.

Sergius winkte eine Zeltbesatzung zu sich und zeigte in das Lager. »Wie wir besprochen haben: Nehmt eure Schuhe und Waffengürtel ab und geht dort hinein. Und denkt daran: Sobald sie ein Loch durch die Wand getrieben haben, verlasst ihr den Raum und lasst die Türen offen. Und danach müsst ihr nur noch um euer Leben rennen…«

»Es scheint, wir haben deinen Kollegen bereits verloren, Tribun.«

Scaurus wandte den Kopf, um über die Kolonne nach hinten zu blicken, wohin der Erste Speer mit der Hand deutete. Er sah eine kleine Ansammlung von Fackeln, die hinter der letzten Legionszenturie zurückblieb. Er brach in ein erbittertes Lachen aus, und sein Gesicht verzog sich aufgrund des stechenden Schmerzes, der von der vernähten Stichverletzung auf seinem Oberbauch ausging. »Ich kann mir in etwa vorstellen, wie er sich gerade fühlt.«

Frontinius schlug dem sich plagenden Tribun sanft auf die Schulter. »Du wirst es schaffen. Und das musst du auch, denn alle schauen auf dich…«

Er wurde von einer Stimme unterbrochen, die durch das Geklapper der genagelten Stiefel der Soldaten auf der rauen Straßenoberfläche klang.

»Welche Seite eures Körpers schmerzt, Herr?«

Scaurus blickte zu den ihm folgenden Männern zurück und sah in ihren Gesichtern die gleiche Pein, die er selbst erlitt. Im flackernden Licht der Fackeln bemerkte er einen Veteranen, der gut und gern zwanzig Jahre gedient haben musste und fragend seine Augenbrauen hob.

»Es ist meine rechte Seite.«

Schon das Sprechen tat ihm weh, und einen Moment lang kämpfte er mit dem Gedanken, selbst aus der Marschreihe zu treten, doch die Aussicht auf eine Erleichterung seines Schmerzes mischte sich mit der Gewissheit, dass in der Kolonne Chaos ausbrechen würde, sofern er diesen Wunsch in die Tat umsetzte. Der grimmig dreinblickende Veteran lächelte ihm aufmunternd zu und nickte entschlossen mit dem Kopf. Der Tribun wusste, dass sein Erster Speer sich bemüßigt fühlen würde, einzugreifen und den Soldaten daran zu erinnern, sich um seine eigenen Angelegenheiten zu kümmern, doch Frontinius hielt seine instinktive Entgegnung zurück.

»Das ist jedes Mal so, wenn wir in dieser Geschwindigkeit marschieren! Atme einfach kräftig aus, wenn dein linker Stiefel die Straße berührt, dann wird der Schmerz bald verschwinden.«

Scaurus nickte und atmete genauso, wie der Soldat es ihm angeraten hatte, und tatsächlich stellte er nach etwa hundert Schritten fest, dass der Schmerz geringer wurde, zunächst nur ein bisschen, dann jedoch mehr und mehr, als der Trick des Soldaten zu wirken begann.

Nachdem er nun wieder ohne beißende Schmerzen sprechen konnte, drehte er sich zu Frontinius und war erleichtert, dass sein Bedürfnis anzuhalten besiegt war. »Ich weiß zwar nicht, warum das so ist, aber der Trick dieses Mannes scheint funktioniert zu haben.«

Der Erste Speer deutete nach vorn in die Finsternis hinter dem kleinen Lichtschein, der von den Fackeln erzeugt wurde. Als sie auf einem niedrigen Hügelkamm ankamen, konnte man die Stadt sehen, die zwar noch immer zwei Meilen entfernt lag, sich aber doch deutlich in der klaren Nachtluft abzeichnete. Die Wachfeuer auf den hohen Stadtmauern loderten mit züngelnden Lichtflammen. Unterhalb des Walls sah er eine Ansammlung von Fackeln an der Stelle, wo er das Getreidelager vermutete, und der Tribun kniff die Lippen zusammen, als er begriff, welch hohes Ziel sich Obduro gesteckt hatte.

»Du hattest recht, Erster Speer. Ich kann mich nur selbst verfluchen, dass ich die gesamte Streitmacht nach Westen geschickt habe, um Schatten zu jagen. Und in der Zwischenzeit ist die Stadt ungeschützt.«

Frontinius stieß eine knurrende Antwort hervor, beobachtete dabei jedoch aufmerksam den Schauplatz vor ihnen. »Nicht völlig ungeschützt, Tribun. Wir müssen einfach hoffen, dass Sergius und Julius sich angemessen schlagen und uns Gutes zu berichten haben.«

Tornach zog den letzten der drei Kletterer über die Brüstung der Stadtmauer und geleitete sie dann die Steintreppe hinunter, die zum Westtor der Stadt führte. Auf beiden Seiten des Tores waren Stufen angebracht, welche die Männer in Paaren hinaufstiegen und dabei den oberen der beiden massiven Querbalken hochzogen, der die schweren Holztüren verschlossen hielt. Nachdem sie den Balken gelöst hatten, ließen sie ihn auf den Boden fallen und wiederholten dasselbe mit dem zweiten Querbalken. Dann schleiften sie die Balken vom Eingang weg, stemmten die Türen auf und traten zurück, damit ihr Anführer die Stadt betreten konnte.

An der Spitze von etwa einem halben Dutzend Männern schritt Obduro langsam in die Stadt und sah mit augenscheinlicher Befriedigung um sich. »Schließt das Tor!« Er wartete, bis die Querbalken wieder angebracht waren, den Eingang sicher verriegelten und somit die Stadt von jeglicher Hilfe von außen abgeschnitten war. »Nun kehre ich also zurück. Wenn ich genügend Zeit hätte, könnte ich diesem Auswuchs einer Stadt einen Namen verleihen, der als Zeichen meiner entsetzlichen Rache durch die Jahrhunderte widerhallen würde.« Er seufzte und schüttelte den Kopf. »Welche Schrecken könnten wir diesem Ort zufügen, hätten wir nur einen Tag und eine Nacht, um den Kult unserer Göttin angemessen zu zelebrieren. Das Blut dieser Ungläubigen würde wie Bäche die Straßen hinabrinnen.« Er griff nach dem Kavallerichelm, setzte ihn auf und zog die Gesichtsmaske herunter. »Wie dem auch sei. Während die Einwohner dieser Jauchegrube sich in ihren Häusern zusammenkauern, haben wir etwas zu erledigen. Lasst uns sehen, wie erfreut unser Kollege Albanus sein wird, wenn wir ihn von seiner Gefangenschaft befreien.« Er drehte sich um und sprach leise mit seinem Stellvertreter Tornach, der auf die undurchdringliche Maske blickte. »Und du, mein Bruder, hast dich selbst übertroffen, als du diesen Narr Scaurus zu einer ergebnislosen Jagd nach Westen entsandt und die Stadt für unsere Ankunft geöffnet hast. Bald wird die Zeit kommen, in der ich keines Betrugs und keiner Täuschung mehr bedarf und wir offen im Namen der Göttin über den Wald herrschen können. Doch vorher brauche ich noch einen Dienst von dir. Geh und bereite unseren Auszug aus der Stadt vor, während ich den Ehrenpreis einhole, der uns vom Imperium und dessen Einschränkungen befreien wird.«

Eine Meile vor der Stadt standen Marcus und Arabus zusammen und beobachteten die Lichter, die um das Getreidelager herum aufblitzten. Sie befanden sich auf dem Aussichtspunkt, von dem aus der Römer ein paar Stunden vorher Qadirs Signal erblickt hatte. Ihr Ritt von der Festung der Räuber war ohne besondere Ereignisse verlaufen. Der diensthabende Zenturio an der Furt über die Mosa hatte sie über die Brücke gelassen, als Marcus seine Papiere vorgezeigt hatte, wenngleich er mit offensichtlicher Feindschaft auf den Fährtenleser geblickt hatte, der hinter dem Zenturio auf dem Pferd saß.

»Sei wachsam mit dem Kerl, er wird dir den Hals aufschlitzen und …«

Marcus hatte seine Warnung mit einem für ihn sonst unüblichen Mangel an Geduld übergangen. »Ich habe keine Zeit, mit dir zu plaudern, Zenturio. Hunderte von Banditen greifen Tungrorum an, und mein Platz ist bei ihnen, weshalb ich mir deine Vorurteile nicht anhören werde, egal wie begründet sie sein mögen. Du hingegen solltest dir lieber ein paar Gedanken über die Festigkeit deines Tores und die Entschlossenheit deiner Männer machen, denn aller Voraussicht nach werden die Banditen über diese Route zurück in den Wald flüchten.«

Bis sie an den Ort gelangt waren, von dem aus sie nun den Angriff auf die Stadt beobachteten, war es Nacht geworden, und das Einzige, was Marcus zu sehen vermochte, waren die Fackeln der Banditen, die sich um das Getreidelager gruppierten.

»Genau wie er es geplant hatte. Ein Scheinangriff, um die Verteidiger beschäftigt zu halten und die Möglichkeit zu nutzen, genügend Korn zu erbeuten, um monatelang zu überleben. Unterdessen befasst sich Obduro höchstpersönlich mit der Hauptaufgabe, die er sich für diese Nacht vorgenommen hat. Alle Tore werden verschlossen und verriegelt sein, und egal, durch welches Tor er hineinkommt, er wird es nach seinem Eintreffen wieder verschließen lassen. Daher können wir nur hoffen, dass der einzig andere Weg in die Stadt noch offen ist.«

»Das reicht.«

Sergius legte seine Hand auf den Arm des Soldaten neben ihm. Der Mann wollte sehen, was innerhalb des Kornspeichers geschah, doch Sergius hielt ihn davon ab, noch näher heranzutreten. Im schwachen flackernden Licht der Fackel beobachteten sie, wie die Männer im Raum emsig arbeiteten: Die eine Hälfte von ihnen schlitzte die Kornsäcke auf und kippte Ströme von goldenem Getreide auf den Steinboden, während die andere mit den Händen Korn in die Luft warf. Ein dichter Nebel von erstickendem Staub waberte durch den engen Raum, und die Soldaten hatten Mühe, ihre Aufgabe zu erledigen. Sie wurden vor Erschöpfung langsamer, und die Wirkung der staubigen Luft auf ihre Lungen äußerte sich in heftigen Hustenanfällen, obgleich sie sich Schals über Mund und Nase gebunden hatten.

»Glaubst du, das ist genug?«

Julius betrachtete genau die Situation vor ihm. »Schick neue Männer herein. Damit unser Plan funktioniert, brauchen wir so viel Staub wie möglich in der Luft.«

Auf Sergius' Kommando wankten die Arbeiter hinaus an die frische Luft und sahen dabei wie Gespenster aus, denn ihre Haut und die Kleidung waren von weißem Staub bedeckt, während sie krampfartig von Husten geschüttelt wurden. Der Erste Speer beorderte eine neue Zeltmannschaft in das Lager und ließ die anderen abtreten.

Einer von ihnen rappelte sich hoch und sprach in einem keuchenden Flüstern zu seinem Zenturio. »Wird nicht mehr lange dauern … Erster Speer … Ich konnte … ihre Stimmen hören … durch das, was von der Wand … übrig geblieben ist.«

Sergius klopfte ihm auf die Schulter und wandte sich zu dem Soldaten um, der hinter ihm wartete. Er hielt einen Speer in der Hand, um dessen Eisenspitze ein Stück Stoff gebunden war.

»Bist du bereit?«

Der Legionär nickte und spannte bei der Frage seines

Zenturios den stämmigen Leib an. »Ja, Erster Speer, der Legionär ist bereit wie angeordnet!«

Sergius lächelte ihm ironisch zu. »Sehr gut. Aber jetzt entspanne dich. Du bist im Speerwurf der Beste der gesamten Zenturie. Das weißt du selbst, deine Kameraden wissen es, und – was noch wichtiger ist – *ich selbst* bin davon überzeugt. Was ich von dir brauche, ist ganz einfach, und ich habe es dich schon tausend Mal während der Waffenübung tun sehen. Du musst deinen Speer durch den Eingang dieses Kornspeichers werfen und weit in das Gebäude hinein. Wenn du das für mich tun kannst, werde ich dich auf Lebenszeit freistellen lassen, und du wirst nie wieder die Latrinen putzen müssen. Hört sich das gut für dich an?«

Der junge Legionär nickte eifrig, doch sein Gesicht hatte einen fragenden Ausdruck. »Und was ist, wenn ich es nicht schaffe?«

Sergius lächelte grimmig und schüttelte den Kopf. »Sehr unwahrscheinlich! In all den Monaten, während wir das Speerwerfen geübt haben, hast du noch nie ein mannsgroßes Ziel aus zwanzig Schritten Entfernung verfehlt. Wenn unsere Feinde also im Kornspeicher angelangt sind, musst du dir lediglich einen von ihnen aussuchen und deinen Speer auf ihn schleudern. Das Feuerwasser von Julius wird den Rest besorgen. Und wo wir gerade dabei sind – ich glaube, es wird Zeit, dich zum Wurf bereit zu machen.«

Julius' Optio trat mit dem Gefäß von Naphtha vor und tränkte den Stofffetzen auf der Speerspitze mit der beißend riechenden Flüssigkeit. Der junge Legionär hielt den Speer weit von seinem Körper entfernt und wischte sich eine Träne aus dem Auge, als die stechenden Dämpfe in die nächtliche Luft zogen. Dann erregte ein Schrei aus dem

Kornspeicher ihre Aufmerksamkeit, und einen Moment später brachen die darin arbeitenden Legionäre durch die Tür heraus. Zwei von ihnen schleiften gemeinsam einen Kameraden mit.

»Sie sind durch die Mauer gebrochen!«

Julius ergriff die Fackel von dem Mann neben ihm. »Streck den Speer vor!«

Er wartete, bis der Legionär die Waffe waagrecht hielt, und hob dann vorsichtig die Fackel an den Rand des Stoffstücks. In Sekundenschnelle brannte die Wolle lichterloh. Der groß gebaute Legionär nahm dies mit Besorgnis auf, und seine Zuversicht schwand bei dem Gedanken, den brennenden Speer tatsächlich werfen zu müssen.

Sergius klopfte ihm auf die Schulter und rief den Befehl. *»Speer bereit!«*

Die eingespielte Routine von Tausenden Übungseinheiten übernahm die Oberhand, und der Speerträger machte sich wurfbereit, indem er den linken Fuß voranstellte und den Speerschaft zurückzog, bis der brennende Speerkopf nur Zentimeter von seinem Gesicht entfernt war.

»Speer … *Wurf!*«

Der Soldat machte einen großen Schritt vorwärts und schleuderte den Speer auf den Eingang des Kornspeichers, gerade als ein Bandit mit gezogenem Schwert aus dem dicken Nebel heraustrat und in der Öffnung stand. Der Speer ging mitten durch ihn hindurch, und die Flamme des brennenden Stoffes erlosch, während sich die Waffe durch den Körper des unglückseligen Mannes bohrte. Er schrie vor Schmerz und taumelte in den Kornspeicher zurück, während die Verteidiger der Stadt voller Entsetzen das Scheitern ihres Plans mit ansahen. Plötzlich jedoch loderte das

Loch, durch das die Räuber in den Speicher strömten, hell auf, denn hinter dem Sterbenden war ein Mann mit einer brennenden Fackel durch die Bresche getreten und hatte den Getreidestaub entzündet, der sich nun in einen glühenden roten Nebel verwandelte. Sergius duckte sich hinter seinen Schild und schrie einen Befehl zu den verständnislosen Legionären.

»Schilde! Duckt euch hinter die Schilde!«

10

»Schön, dich zu sehen, Prokurator. Ich wette, du hast nicht erwartet, mich wiederzutreffen.« Obduro betrat Albanus' Haus, stieß einen bewundernden Pfiff aus und wischte dabei seine Schwertklinge sauber. Diese war vom Blut der einsamen Stadtwache befleckt, die abgestellt worden war, damit der Prokurator nicht versuchte zu fliehen. »Ich muss schon sagen, du scheinst ein Mann zu sein, der die guten Dinge des Lebens zu schätzen weiß. Schau dich nur um…« Er deutete mit der Hand auf die Einrichtungsgegenstände. »Dafür gibt es nur ein Wort: Reichtum, im Überfluss.« Mit der Hand lüftete er die Gesichtsmaske des Helms. »Das Ding ist entsetzlich unangenehm, wenn man es länger trägt, weißt du. Andererseits ist die Maske natürlich eine hervorragende Tarnung. Wir haben so lange miteinander Geschäfte gemacht, und du hattest keine Ahnung, wie ich an den Wachen und den Männern des Präfekten vorbei in die Stadt kam. Jetzt aber weißt du es!«

Er lachte, als er den Ausdruck auf dem Gesicht des Prokurators sah, und Albanus stotterte vor Erstaunen.

»Aber du… du bist…«

Albanus trat zurück und lehnte sich an die Wand. Sein Gesicht war weiß vor Angst, worauf das Grinsen des Räuberanführers noch breiter wurde.

»Dann hast du es also begriffen? Begriffen, dass ich dich wohl nicht am Leben lassen werde, nachdem ich dir soeben mein Gesicht gezeigt habe? Du bist ein schlauer Junge, Albanus, obwohl deine Einsicht ein wenig zu spät kommt. Ich weiß, dass Scaurus dir deinen Anteil der Gewinne unseres kleinen Geschäfts abgenommen hat, wenngleich ich davon ausgehe, dass mein Gehilfe Petrus es mittlerweile zurückgeholt hat.«

Ein von Julius ausgerufener Befehl riss die glotzenden Soldaten aus ihrer momentanen Bestürzung. Sergius duckte sich hinter einen Schild, den er sich von seinem Optio geborgt hatte, und warf einen letzten Blick in den Kornspeicher, während der Fackelträger durch das grob freigeschlagene Loch in die Staubwolke trat. Mit einer dröhnenden Explosion, welche die Soldaten einen Schritt zurückwanken ließ, riss der brennende Staub den massiv gebauten Speicher in tausend Stücke, als habe eine Rachegottheit ihre Hand im Spiel gehabt. Ein Feuerball schoss in den nächtlichen Himmel und erhellte die Gebäude des Getreidelagers. Etwas wurde hart gegen Sergius' Schild geschleudert, und das mehrlagige Holz zerbrach, während der Speerträger, der neben ihm kauerte, von einem fliegenden Mauerstein zur Seite geworfen wurde. Als sich der Erste Speer zu dem Mann umdrehte, sah er, dass der Soldat tot war, denn sein Kopf war von dem harten Einschlag zertrümmert worden. Einen Moment lang stand der ranghohe Zenturio ebenso fassungslos da wie die Männer um ihn herum. Er starrte auf das Bild der Verwüstung vor ihm und hatte Mühe, das Geschehene zu begreifen. Wo kurz zuvor noch das Getreidelager gestanden hatte, war nur eine klaffende Grube in dem ansonsten unversehrten Mauerwerk zu sehen, und der umliegende Boden war übersät von Backsteinen, Dachziegeln und den Körpern einiger Männer, die zu langsam in Deckung gegangen waren. Sergius schüttelte den Kopf, um seine Gedanken wieder klar zu bekommen, zog sein Schwert und richtete es auf das Loch in der Reihe von Kornspeichern. Er wollte gerade seinen Männern den Befehl erteilen, den zerstörten Speicher zu stürmen, doch das Kommando blieb ihm im Hals stecken, als er sah, wie eine dreißig Fuß hohe Feuersäule aus den Ruinen in die Höhe schoss.

Albanus' Haus erzitterte, als das Geräusch einer heftigen Explosion die beiden Männer durch die dicken Mauern erreichte. Die Tür wurde geöffnet, und einer von Obduros Männern streckte seinen Kopf herein.

»Ein riesiger Blitz im Süden, mein Herr, nahe am Stadtwall!«

Der Räuberhauptmann nickte und winkte den Mann wieder hinaus. Dann wandte er sich mit einem ironischen Lächeln zurück zu Albanus. »Wie ich schon sagte: Ich vermute, Petrus hat mittlerweile deinen Anteil des Betrugs von den Tungrern zurückergattert. Daher werde ich als Nächstes diese doch ziemlich große Summe einkassieren, abzüglich der Kommission, auf die wir uns geeinigt haben. Danach muss ich nur noch meinen eigenen Anteil aus dem Versteck holen, und dann ist die Bühne frei für mich, in den Tiefen der Geschichte unterzutauchen. Sobald ich den Fluss Mosa überquert habe und im Wald bin, kann mich auch die gesamte Garnison am Rhenus nicht mehr finden. Später werde ich still und leise irgendwo im Süden mit ein paar ausgesuchten Männern wieder in Erscheinung treten und dabei reich genug sein, um jegliche Schwierigkeiten zu bewältigen. Du *hast* mein Geld doch versteckt, wie ich hoffe? Deine Familie in Rom ist ja entsetzlich verwundbar für einen Mann wie mich, der so wenig Skrupel hat.«

Albanus nickte heftig und hob die Hände im verzweifelten Versuch, sich zu rechtfertigen. »Es ist alles noch da, genau wie du mir aufgetragen hast!«

Obduro nickte zustimmend und zog sein Schwert mit einem laut kratzenden Metallgeräusch, das durch das stille Haus hallte. »Gut. Nun, dann lass uns das hinter uns bringen. Wenn du stillhältst, werde ich es so schnell und schmerzlos wie möglich machen.«

Der ehemalige Prokurator wich vor ihm zurück und stammelte hilflos beim Anblick des marmorierten Schwertstahls. »Aber das ist doch gar nicht nötig. Ich kann dir versichern, dass ich nichts verraten werde. Es muss doch noch etwas geben, was du von mir haben willst!«

Obduro senkte die Gesichtsmaske, die ohne jedes Gefühl den zitternden Albanus mit erbarmungslosem Blick musterte. Er ergriff noch einmal das Wort, und hinter der dicken Schicht von gehämmertem Metall klang seine Stimme hohl und flach. »Aber *natürlich* hast du etwas, das ich haben will. Etwas, das nur du mir geben kannst.«

»Was es auch sei, sprich es aus! Ich werde dir alles geben, wenn du nur …«

Obduro trat vor und rammte seine Schwertspitze in den Hals des stammelnden Prokurators. Vor dem Herausziehen drehte er die Klinge herum, und Blut strömte über die Tunika seines Opfers. Der sterbende Mann verschluckte sich daran, als es seine Kehle hinablief, und sank auf die Knie. Stumm starrte er zu seinem Mörder empor.

»Genau das wollte ich haben – dein Schweigen, Albanus. Nur deshalb bin ich hergekommen.« Er wandte sich ab und rief seine Männer, während er das Haus verließ. »Nach diesem lauten Knall zu urteilen scheint es, als habe es ein Problem gegeben. Und falls tatsächlich passiert ist, was ich vermute, müssen wir unseren Zeitplan vorverlegen. Du da, lauf zum Blauen Keiler und sag Petrus, dass ich wegen des Geldes des verstorbenen Prokurators vorbeikommen und es abholen werde. Mach schon!«

Marcus und Arabus sahen vom Ufer der Wurm zu den Stadtmauern hinauf, und der Römer ging zu der Stelle, wo der Wall mit dem Fluss zusammentraf. Im bleichen Licht des Mondes konnte er die Umrisse des schweren Metalltors innerhalb des halbkreisförmigen Bogens erkennen, durch welchen der Fluss nach Tungrorum hineinströmte.

Mit einem Kopfschütteln blickte er den Späher an und zeigte auf den unpassierbaren Bogengang. »Die Wache muss auch das Gitter herabgelassen haben, als der Tribun den Befehl gab, die Stadttore zu schließen. Ich wüsste nicht, wie …«

Ein lautes, klirrendes Geräusch von der anderen Seite des Walls ließ sie beide zusammenzucken. Marcus drückte sich gegen die Mauer und bedeutete dem Späher, es ihm gleichzutun. Langsam, Zentimeter für Zentimeter, wurde das schwere Eisentor durch eine mechanische Vorrichtung aus dem Wasser gehoben. Dann war ein Rasseln von Ketten zu hören, als das Tor in seiner jetzigen Position festgezurrt wurde. Die beiden Männer warteten lautlos und horchten angestrengt, bis die leisen Schritte eines Mannes erklangen, der auf dem Pfad neben dem Fluss entlangging und kurz stoppte, um sich unter dem Eisenrahmen des Tores hindurchzuducken. Marcus zog langsam seinen Gladius mit dem adlergeschmückten Schwertknauf aus der Scheide und achtete darauf, kein Geräusch zu erzeugen, während der Unbekannte näher kam. Eine Gestalt erschien in nur wenigen Schritten Entfernung vor dem zusammengekauerten Römer, und seine dunklen Umrisse verdeckten die untersten Sterne am wolkenlosen Nachthimmel. Er trat aus dem Bogen heraus und hielt an, um über das freie Gelände hinter der Stadtmauer zu blicken. Dann stieß er einen tiefen, langgezogenen Seufzer der Erleichterung aus. Marcus griff an, noch bevor der Mann mit dem Ausatmen fertig war, indem er aufsprang und mit einem raschen Tritt die Füße des Gegners unter seinem Körper wegschlug. Als er mit gequältem Ächzen zu Boden fiel, warf Marcus sich auf ihn. Einen Augenblick wollte der Mann sich wehren, doch die kalte Berührung von Marcus' Schwert an seiner Kehle ließ ihn regungslos verharren.

Arabus trat aus dem Schatten der Mauer hervor, und sein Gesicht glich einer hasserfüllten Maske, als Tornach mit nur schlecht getarnter Bestürzung und offenem Mund zu den beiden Männern hinaufglotzte.

Marcus warf einen Blick durch das Flusstor und sprach dann leise zu dem Fährtenleser. »Arabus, schau im Bogengang nach, ob er vielleicht ein paar Freunde mitgebracht hat.« Während der Späher unwillig in der Finsternis verschwand, sah Marcus den Stellvertreter des Präfekten Caninus an und schüttelte angewidert den Kopf. »Das kommt jetzt ein bisschen überraschend für dich, nicht wahr? Da sendest du einen Mann aus und befiehlst ihm, einen Störenfried umzubringen, und plötzlich findest du dich vor beiden gemeinsam wieder und hast ein Schwert an der Kehle.

Dabei kannst du froh sein, dass *ich* die Klinge an deinen Hals halte und nicht dein anderer Freund hier. Ich habe ihm euren Opferaltar in der Festung auf dem Hügel gezeigt, und er hat ziemlich schnell den Gürtel seines Sohnes daran hängen sehen. Wenn ich dich seiner Gnade überlasse, wirst du nicht mehr als ein paar Herzschläge oder nicht weniger als ein paar Tausend überleben, je nachdem, ob er sich schnell oder langsam an dir rächen will. In jedem Fall bin ich mir sicher, dass du den Sonnenaufgang wohl eher nicht mehr erleben wirst.« Arabus trat aus dem Dunkel und schüttelte den Kopf. »Dann bist du also allein gekommen, und es gibt niemanden, der dir helfen könnte? Wenngleich ich nicht ganz verstehe, warum du einen so abgelegenen Ausgang aus der Stadt geöffnet hast…« Er unterbrach sich, dachte nach und nickte dann wissend. »Es sei denn, du wolltest einen Fluchtweg für Obduro vorbereiten, eine ruhige und unbeobachtete Strecke, über die ein paar Männer schwere Kisten aus der Stadt tragen könnten. Vielleicht ist dein Meister weniger am Getreide interessiert, als er uns glauben machte, und es verlangt ihn stattdessen nach einer ziemlich großen Geldsumme, die in der Stadt verborgen ist. Das Einzige, was ich nicht weiß, ist, wo das Gold versteckt liegt.«

Er wartete stumm, hielt den Gladius weiter an Tornachs Kehle und beobachtete, wie Angst und Unsicherheit in dessen Augen hochstiegen.

»Was willst du?«

Marcus lächelte den Gefangenen an. »Was ich will? Von dir? Gar nichts. Ich habe alles, was ich brauche. Ich kann meine Soldaten hierherbringen und warten, bis dein Meister uns in die Arme stolpert. Ich dachte nur, wir sollten einige Augenblicke zusammen verbringen, bevor ich den erbitterten Mann hinter mir auf dich loslasse. Letztlich hast du ihn ja ausgesandt, mich zu töten, so kann ich zumindest die Ironie der Tatsache genießen, dass es sein Messer sein wird, das dein Leben beendet, findest du nicht?«

Tornach sah über die Schulter des Römers zu seinem Späher hinüber und verzagte, als er den Ausdruck in Arabus' Augen sah. »Lasst mich leben. Lasst mich leben, dann werde ich euch Obduro ausliefern und das Gold obendrein.«

Marcus antwortete, ohne seine Augen von dem liegenden Mann abzuwenden. »Wie findest du das, Arabus? Du lässt Tornach am Leben, und im Gegenzug erhältst du die Möglichkeit, dich an seinem Meister zu rächen?«

Der Fährtenleser dachte einen Moment nach, nickte dann und griff in sein Bündel, das er im Schatten der Mauer hatte liegen lassen. Er trat mit einem Stück Seil vor, beugte sich nieder, um es um Tornachs Knöchel zu schlingen, und sprach seinen früheren Vorgesetzten dann barsch an. »Handgelenke.«

Der Bandit schüttelte den Kopf. »Ich kann nicht hierbleiben! Obduro wird...«

Ein Zucken von Marcus' Gladius ließ ihn augenblicklich verstummen. »Obduro wird was? Mich umbringen und dann durch dieses praktische kleine Loch aus der Stadt fliehen, wie er es geplant hatte? Oder dich finden und dich als Vergeltung für deinen Verrat töten? Gut möglich. Daher solltest du hoffen, dass mir das offenbar unmögliche Kunststück gelingt, ihn Mann gegen Mann zu besiegen, nicht? Halte deine Handgelenke hoch, bevor mir langweilig wird und ich ihm die Mühe erspare, dich selbst umzubringen!« Tornach blickte finster zu ihm hoch, während Arabus seine Hände mit demselben Seil zusammenband, das auch seine

Knöchel fesselte. »So ist es besser. Jetzt riskieren wir nicht mehr, dass du Arabus überwältigst, während ihr beide darauf wartet zu sehen, wer durch diesen Bogen kommen wird, wenn alles erst einmal vorbei ist.« Marcus griff nach der Helmtasche und seinem schweren, lederbedeckten Rundschild, wuchtete ihn hoch und sah zu dem hilflosen Banditen hinunter. »Und nachdem dein Entkommen vor seiner Rache davon abhängt, wie erfolgreich ich sein werde, möchtest du mir vielleicht sagen, wo ich ihn finden kann. Alles andere werde ich selbst erledigen.«

Tornach zog eine Grimasse, und ein rachgieriges Lächeln erschien auf seinem Gesicht. »Er war auf dem Weg, mit dem Prokurator abzurechnen. Dann wollte er seinen Anteil von Albanus' Getreidegewinn bei Petrus abholen. Als letzte Station wollte er zu dem Ort gehen, an dem sein Anteil aus dem Betrug versteckt ist. Ich werde dir sagen, wo das ist, aber du solltest besser abhauen, solange du die Gelegenheit dazu hast. Dieser Schild wird dich nicht vor seiner Klinge schützen können.«

Marcus nickte zu ihm hinunter, und seine Aufmerksamkeit galt bereits der Stadt, die hinter dem dunklen Loch des Bogengangs auf ihn wartete. »Damit hast du wahrscheinlich recht. Allerdings könnte es sein, dass ich Obduro ein paar Dinge in Sachen Irreführung beibringen kann.«

»Mach deine Tür auf, Petrus, bevor ich sie selbst aufmache!«

Nach einer kurzen Pause öffnete sich ein Fenster im dritten Stock des Gebäudes, und der Bandenanführer lehnte sich hinaus. In fast schon plauderndem Ton wandte er sich an die Männer unten auf der Straße.

»Obduro! Ich würde mich ehrerbietig vor dir verbeugen,

wenn ich drunten mit dir auf der Straße stünde. Ich bewundere deine Kühnheit, dass du wie ein General auf Eroberungszug in diese Stadt hineinschreitest.«

Der Maskierte sah zu ihm hoch und bedeutete ihm mit den Fingern seiner rechten Hand herunterzukommen. »Dann geselle dich zu uns und verbeuge dich, Petrus. Und wenn du schon dabei bist, kannst du mir gleich auch noch das Geld geben, das ich dich von den Tungrern habe zurückholen lassen.«

Petrus' breitete in gespielter Hilflosigkeit die Arme aus, und seine Antwort hatte einen sehr ironischen Klang. »Nichts würde ich lieber tun, Obduro, wenn es nur möglich wäre. Unglücklicherweise jedoch wurde mir berichtet, der Zenturio, der das Gold bewachte, habe entschieden, es sei im Getreidelager besser aufgehoben. Deine Männer werden es also in Kürze selbst aufstöbern, es sei denn, der laute Knall, den wir soeben gehört haben, hätte ihr Vorhaben zunichtegemacht. Und deines ebenso ... Daher werde ich besser hier oben bleiben, wenn es dir recht ist. Ich vermute nämlich, deine Belohnung für mein Scheitern würde eher mittels Eisen erfolgen als mit Gold.«

Obduro blieb einen Augenblick stumm, um die schlechte Nachricht zu verdauen, die ihm Petrus gerade überbracht hatte. Dann antwortete er, und seine Stimme klang noch härter als zuvor. »Ich könnte dich auch mit Feuer heraustreiben, Petrus.«

Der Bandenführer zuckte die Achseln. »Ja, das könntest du. Du könntest deine Männer anweisen, in das Gebäude einzudringen und mein Geschäft anzuzünden, aber ich warne dich: Dieses Bordell ist ein sehr solides altes Gemäuer, und ich habe einige weitere Sicherheitsvorkehrungen anbringen lassen, nachdem ich es gekauft hatte – für den Fall, dass ich ein Schlupfloch brauchen würde, wenn alles schiefgeht. Daher könnte das Eindringen nicht so leicht sein, wie du es dir vorstellst. Außerdem muss ich dir mitteilen, dass meine Männer auf dem Dach berichtet haben, sie hätten Fackeln auf der Straße von Westen in Richtung Stadt hochkommen sehen. Einen ganzen *Haufen* Fackeln. Daher wärst du *vielleicht* gut beraten, den Rest deiner Geschäfte schnell zu erledigen und abzuhauen, bevor ein rachelüsterner römischer Tribun hier eintrifft und diesen Helm samt deinem Kopf vom Rest deines Körpers trennt. Nur so als Gedanke.«

Obduro überlegte erneut, wandte sich dann ab und rief ihm über die Schulter zu: »Von diesem Moment an solltest du ein Auge offen halten, während du schläfst, Petrus. Ein Mann, der so viel Geld besitzt, wie ich mit mir nehmen werde, kann einen Haufen Bluthunde anheuern!«

Petrus sah ihm nach, wie er seine Männer fortführte, und rief dann leise in den Raum hinter ihm, wo der Anführer der stämmigen und gut bewaffneten Schläger stand, die er um sich versammelt hatte, nachdem die Tungrer die Stadt verlassen hatten. »Schnell, geht die verborgene Treppe der Schlampe hinunter und folgt ihm, aber ohne dass er es bemerkt, sonst werdet ihr den Preis für euer Scheitern zahlen. Wir werden abwarten, bis er den Gewölberaum geöffnet hat, dann eingreifen und ihm seinen Gewinn abnehmen. Ich werde nicht dulden, dass man mich in meiner eigenen Stadt mit dem Tode bedroht, und ihn dann noch mit genügend Gold davonziehen lassen, um sich eine ganze Zenturie von Meuchelmördern zu kaufen.«

Die tungrischen Zenturien an der Spitze stellten sich eine halbe Meile vor dem brennenden Getreidelager in Kampfformation auf. Das Gelände vor ihnen war von dem Feuer erleuchtet, das noch immer auf der südwestlichen Seite des Lagers loderte. Während der Präfekt und der Erste Speer stumm auf den Rest der Kohorte warteten, schoss eine weitere Feuerzunge zum Himmel empor und erhellte den Boden vor ihnen noch mehr. Einen Moment später war eine gewaltige Explosion zu hören, die auf die Ohren der Soldaten einschlug.

»Wer immer dort oben die Befehlsgewalt hat, scheint seinen Kopf ziemlich gut zu gebrauchen.«

Frontinius nickte mürrisch auf diesen Kommentar des Tribuns, und sein vernarbtes Gesicht glühte rot im Lichtschein, der von dem brennenden Getreidelager herrührte. »In der Tat – vorausgesetzt, dieser Kopf steckt noch immer auf seinen Schultern. Und wer immer sich in einer Reichweite von hundert Schritten bei dieser Explosion aufhielt, wird eine ganze Weile nichts mehr hören können.« Er sah sich um und suchte mit Blicken nach den erhobenen Standarten, die signalisierten, dass seine Zenturien in Kampfreihe formiert und bereit waren vorzurücken. »Die Erste Kohorte ist bereit, Tribun. Ich wollte eigentlich warten, bis die zweite und dritte Kampflinie steht, aber bei dem, was da oben passiert, würde ich vorschlagen, wir setzen uns in Bewegung, bevor Obduros Männer sich von dieser netten Überraschung erholen und sich davonmachen.«

Scaurus nickte zustimmend, doch seine Aufmerksamkeit war noch immer auf die beiden Feuersbrünste vor ihnen gerichtet.

Frontinius bahnte sich einen Weg zurück durch die

Kampfreihe der ersten Zenturie und rief dem nächststehenden Zenturio der Zweiten Kohorte einen Befehl zu, deren Reihe erst halb gebildet war, da sich die Zenturien noch immer von der Marschreihe über zwei Seiten verteilten. »Wir greifen jetzt an. Folgt uns, sobald eure Reihe vollständig ist!« Er trat in seine eigene Frontreihe zurück und zeigte auf seinen Trompeter. »Blas zum Vorrücken!«

Beim Signal der Trompete, das von den Trompetern jeder einzelnen Zenturie wiederholt wurde, schritten die Tungrer vor und hielten ihre Speere wurfbereit, dann marschierten sie auf das zerstörte Getreidelager zu. Ein Mann im Kettenhemd eines Soldaten der Hilfstruppen rannte aus dem Rauch auf sie zu, doch als er die Reihe vorrückender Soldaten aus der Nacht auf sich zukommen sah, drehte er sich um und floh in die entgegengesetzte Richtung, wobei er seinen treverischen Kameraden eine Warnung zurief. Ein Speer flog aus der tungrischen Reihe und traf ihn zwischen den Schulterblättern. Der schwere Eisenkopf drang durch die Ringe des Brustpanzers und zwang den Mann zu Boden. Während die Kampfreihe weiter vorrückte, marschierten die Soldaten über Brandschutt, der aufgrund der Explosionen herausgeschleudert worden war. Zunächst handelte es sich nur um einzelne Backsteine und Holzsplitter, doch je näher sie kamen, desto dichter wurden die Trümmer, bis sich zuletzt fast ein Teppich von Geröll vor ihnen ausbreitete.

»Sie haben den Rückzug eingeleitet! Sollen wir ihnen nach? Oder sollen wir sie gehen lassen und sie uns später schnappen?«

Frontinius schüttelte den Kopf. »Wir müssen sie uns jetzt vorknöpfen und nicht erst dann, wenn sie abgehauen sind und genügend Zeit hatten, neue Pläne zu schmieden. Sonst werden wir sie über die nächsten sechs Monate einzeln oder in Paaren aus ihren Löchern ziehen müssen.«

Scaurus nickte zustimmend. »Dann solltest du jetzt deine Hunde loslassen, denn sie werden kaum stehen bleiben und kämpfen.«

Beim ersten Signal zur Verfolgung erbebten die Reihen der Kohorten und fielen auseinander, als die Männer begierig ausströmten, um zu töten. Die Mühen ihres langen Marsches waren vergessen, außerdem lockte sie die Belohnung, welche die Gefangennahme von Banditen mit sich brachte. Sie schwärmten in Gruppen von zwei oder drei Männern aus und suchten die Räuber, die entweder zu benommen oder zu starrköpfig waren, um im Dunkel der Nacht Schutz zu suchen. Der Tribun und der Erste Speer gingen an einem kapitulierenden Soldaten der treverischen Hilfstruppen vorbei, der noch in die zerschlissenen Überreste seiner Uniform gekleidet war, und Frontinius ignorierte beflissen die erhitzte Debatte zwischen den beiden Soldaten neben ihm, die sich darüber stritten, wessen Gefangener er war. Die Tore des Getreidelagers öffneten sich, und der Erste Speer Sergius trat heraus, um die beiden Offiziere mit einem breiten Lächeln zu begrüßen.

Scaurus schüttelte ihm die Hand und klopfte dem Legionsoffizier auf die Schulter. »Du scheinst die Aufgabe, Obduros Männer fernzuhalten, sehr effektvoll gemeistert zu haben, Erster Speer, auch wenn du ein kaiserliches Getreidelager in Schutt und Asche gelegt und die Hälfte seines Inhalts verbrannt hast.«

Sergius salutierte, tippte sich dann ans Ohr und schrie eine Antwort heraus. »Vergib mir, Tribun, aber ich kann nichts verstehen! Die letzte Explosion scheint mein Gehör untauglich gemacht zu haben! Es tut mir leid, dass wir so einen Schaden angerichtet haben, doch immerhin scheinen wir die Banditen verjagt zu haben! Wohlgemerkt habe ich nicht allzu viel dazu beigetragen, sie zu schlagen, denn die Idee, den Getreidestaub anzuzünden, war von deinem Zenturio!«

Scaurus bedeutete mit einem Kopfnicken, dass er verstanden hatte, und sprach leise mit seinem Ersten Speer. »Das wird Tribun Belletor zweifellos sehr gefallen, wenn die Schäden dieser Verwüstung erst einmal zusammengerechnet werden. Ach ja, und da wir gerade von Zenturio Julius sprechen …«

Der große Mann humpelte ihnen, auf einen Speerschaft gestützt, entgegen, und sein Gesicht hatte den gleichen leicht verwirrten Ausdruck wie das von Sergius. In diesem Moment, während aller Augen anderswohin gerichtet waren, gingen die beiden Soldaten mit dem gefangen genommenen treverischen Meuterer nur wenige Fuß an ihnen vorbei, und die Tungrer stritten sich noch immer darüber, wer von beiden den Mann aufgegriffen hatte. Einen Augenblick beachtete keiner den Banditen, der nicht gefesselt und nur der Bedrohung durch die Schwerter seiner Häscher ausgesetzt war. Dieser ergriff sogleich die kostbare Gelegenheit, einen Speer vom Boden aufzuheben und mit einem wilden Wutschrei vorzustürzen, wobei er die Waffe direkt auf Scaurus' Rücken richtete. Der Einzige, der schnell genug darauf reagierte, war Frontinius, der mit leeren Händen vortrat, um seinen Vorgesetzten zu verteidigen. Er ergriff den Speerkopf, zog hart daran, und seine Augen weiteten sich, als der Bandit nicht etwa versuchte, die Oberhand über die Waffe zu erlangen, sondern den Speer durch Frontinius' Panzer tief in dessen Brust stieß. Die Soldaten waren mit erhobenen Schwertern dazugetreten, ein Stoß in den Rücken brachte den Banditen zu Fall und ein weiterer am Nacken tötete ihn, doch als der Erste Speer auf den schuttübersäten Boden sank, wurde klar, dass jede Hilfe bereits zu spät kam.

Obduro ging rasch die Stufen des Tempels hinunter. Er hielt eine Fackel in der rechten Hand und zog eine Grimasse, als er die Feuchtigkeit sah, welche die Decke und Wände des tunnelartigen Treppenhauses bedeckte.

»Zwei von euch, her zu mir! Es gibt ein schweres Gewicht zu tragen.« Er schritt auf den Altar zu und betrachtete abschätzend den massiven Steinfries.

Zwei stämmig gebaute Männer, die offensichtlich aufgrund ihrer Stärke ausgesucht worden waren, stiegen die Treppe hinunter, gesellten sich zu ihm und betrachteten die Steinplatte mit den eingemeißelten Dekorationen.

Obduro deutete mit der Hand auf den Altar. »Jetzt ist die Zeit gekommen, dass ihr euch all das Getreide verdient, das in den letzten Monaten in eurem Schlund gelandet ist. Ihr müsst das Ding von der Drehplatte herunterhieven.«

Die beiden Männer stellten sich zu beiden Seiten des Frieses auf, packten es am Sockel und suchten mit ihren großen Händen nach einem guten Zugriff an der schweren Steinplatte. Auf ein gegenseitiges Zunicken hin begannen sie mit angespannten Muskeln, den Fries von der Drehplatte hochzuheben. Halb tragend, halb taumelnd setzten sie ihn schließlich auf dem Boden ab und lehnten ihn gegen die Tempelwand.

Obduro gab ihnen einen Moment, um sich von der Anstrengung zu erholen, und zeigte dann auf die Drehscheibe, auf welcher der Steinfries geruht hatte. »Jetzt die hier. Aber seid vorsichtig, sie besteht aus massivem Eisen.«

Wieder hoben sie an und ächzten angesichts des Gewichts der Eisenscheibe, unter der ein zylindrisches, mit Steinen umrandetes Loch zum Vorschein kam. Obduro deutete auf das Versteck und wollte gerade etwas sagen, als eine Stimme vom anderen Ende des Tempels ihn innehalten ließ.

»Was im Namen des Unbezwingbaren Gottes macht ihr hier? Wie kommt ihr dazu, diesen heiligen Ort zu entweihen?«

Der Pater des Tempels stand am Fuße der Treppen und schnaubte vor Zorn. Obduro sah mit einem Kopfschütteln zu seinen Männern, ging dann um das freigelegte Loch herum und versperrte dem Priester den Weg zum Altar.

»Normalerweise gilt dein Wort als Gesetz an diesem Ort, nehme ich an, aber heute wirst du nur Zuschauer sein, Priester. Ich bin hier, um das versteckte Gold zurückzufordern. Du wusstest doch, dass dieser Tag kommen würde, oder? Denn warum sonst hätten wir so viel gutes Geld für die Kultstätte eines Gottes ausgeben sollen, an den keiner von uns glaubt?«

Der Priester runzelte kopfschüttelnd die Stirn. »Aber mir wurde doch erzählt, das Geld sei dazu da, das Wort unseres Gottes Mithras zu verbreiten, sobald die Zeit dafür reif wäre...«

Er verstummte verängstigt, als Obduro so nahe an ihn herantrat, dass sich sein eigenes Gesicht in der Maske widerspiegelte. Da schob der Räuberhauptmann die Maske hoch und sah, wie der Priester erstaunt zurückwich.

»Natürlich dachtest du das, Priester, denn ich selbst habe

Albanus diese Lüge erzählt, damit er sie an dich weitergeben würde. Ich habe den Feiern zu Ehren eures falschen Gottes ja sogar selbst mit einem Lächeln beigewohnt und dich dazu ermuntert, mich als gläubiges Mitglied eurer Gemeinde zu betrachten. Doch in der ganzen Zeit habe ich heimlich Arduinna angebetet und auf den richtigen Moment gewartet, um zurückzuholen, was mir gehört. Hast du wirklich gedacht, ich würde einem verblendeten alten Narren so viel Gold überlassen, wo es mich doch sogar zu einem Senator machen könnte? Du dienst einem falschen Gott aus dem Osten, einem Götzen, der von denselben Kaisern und Soldaten angebetet wird, die mein Volk versklavt haben. Also geh mir aus dem Weg! Ihr zwei, bringt das Gold!«

Er stieß den Priester zur Seite und zog seine Gesichtsmaske wieder herunter. Dann bedeutete er seinen Männern mit einer Geste, den mit Gold gefüllten Korb aus dem Versteck zu ziehen. Der Pater schwankte und stolperte mit einem entsetzten Aufschrei über die aus dem Boden ragende Drehplatte hinter ihm. Er stürzte und schlug heftig mit dem Kopf auf den Steinen auf. Dort blieb er regungslos liegen, und ein Rinnsal von Blut lief aus seinem dünnen Haar heraus. Obduros Männer wandten sich erneut ihrer Aufgabe zu, sprangen jedoch plötzlich von dem Loch weg, als ein Mann mit gezogenem Schwert und erhobenem Schild aus der Ankleidekammer auf der anderen Seite des Tempelraums trat. Der Neuankömmling trug einen Kavalleriehelm, der Obduros Kopfbedeckung zum Verwechseln ähnlich sah, und sein Rundschild war mit einem kunstvoll gestalteten Bildnis der Göttin Arduinna geschmückt, die mit gespanntem Bogen und angelegtem Pfeil auf einem riesigen Eber ritt.

»Geht jetzt – es sei denn, ihr wollt alle an diesem heiligen Ort sterben.« Die Stimme des Sprechenden wurde durch die Gesichtsmaske seines Helms gedämpft.

Verwirrt neigte Obduro den Kopf zur Seite. »Sagt man nicht, Nachahmen sei das höchste Kompliment, das man jemandem machen kann? In diesem Fall sollte ich mich wohl überaus geehrt fühlen, wer immer du auch sein magst. Du hast den Stil meines Helms übernommen, und sogar meine Göttin ist auf deinem hübschen kleinen Schild zu sehen ... Ja, alles in allem bist du ein getreues Abbild von *mir*. Obwohl du natürlich nicht *ich* bist, oder? Dann lasst uns nun herausfinden, ob du auch ebenso viel taugst wie ich. Ergreift ihn, damit wir sehen können, wer unter diesem Helm steckt.«

Die beiden Männer zogen ihre Schwerter und gingen auf die wartende Gestalt zu, die ihnen mit erhobenem Schwert entgegentrat. Nach kurzem Kopfnicken griffen die beiden im selben Moment an: Der eine hob seine Klinge, um sie auf den bemalten Schild zu schlagen, während der andere mit waagrecht nach vorne gerichtetem Schwert vorstürzte. Mit einem kräftigen Schlag seines Schildes wehrte die Gestalt den Mann zu ihrer Linken ab, hieb die Klinge des anderen mit einem gekonnten Drehen ihrer eigenen zur Seite und stieß ihm dann mit einem Ausfallschritt die Spitze ihres Langschwerts durch den Körper. Mit einem Schmerzensschrei fiel der Bandit nach hinten und griff sich an den Leib, während die mysteriöse Gestalt sich dem zweiten Angreifer zuwandte. Mit niedrig gehaltener Klinge hieb sie auf den heranstürzenden Mann ein und trennte sein Bein auf der Höhe des Knöchels ab.

Obduro schüttelte angewidert den Kopf und zog sein eigenes Schwert. Der Fremde ging an den besiegten Männern vorbei auf ihn zu und betrachtete ihn unbeteiligt durch die Augenlöcher seiner Kavalleriemaske.

»Es scheint ganz, als müsste ich mich selbst um dich kümmern.« Der Räuberanführer starrte seinen Gegner noch einen Augenblick an, bevor er mit halb neugieriger, halb überheblicher Stimme weitersprach. »Ich fand es schon immer angenehmer, Mann gegen Mann zu kämpfen, ohne von dieser zugegebenermaßen albernen Verkleidung eingeengt zu werden. Ehrlich gesagt bin ich neugierig, wer es wagt, sich mir entgegenzustellen, insbesondere, wo mir der berechtigte Ruf vorauseilt, ein Meister meiner Klinge zu sein. Außerdem würde ich gerne dein Gesicht sehen, wenn ich dich zu Mithras oder wem auch immer schicke, den du anbetest. Was meinst du dazu? Sollen wir diese Helme ablegen?«

Der andere Mann nickte. Gleichzeitig hoben die beiden Männer ihre Gesichtsmasken und starrten sich einen Moment lang an. Dann brach Obduro das Schweigen.

»Schau an, Zenturio Corvus… oder sollte ich besser ›Zenturio Aquila‹ sagen? Es scheint fast, das Bedürfnis nach Verstellung sei dir zu einer lieben Gewohnheit geworden, nicht? Und dein Kiefer ist wohl schneller geheilt, als man sich hätte vorstellen können.«

Marcus schenkte ihm ein dünnes Lächeln. »Verstellung kann viele Formen haben. Als du deinen Mann angewiesen hast, mich außer Gefecht zu setzen, hielt ich es für eine gute Idee, dich glauben zu lassen, dass dir das gelungen sei. Eine geflüsterte Bemerkung ins Ohr meiner Frau reichte aus, um sie zum Mitspielen zu bewegen, daher war ganz Tungrorum davon überzeugt, mein Kiefer sei schwer in Mitleidenschaft gezogen. Allerdings musste niemand sein Leben lassen, um diese Täuschung aufrechtzuerhalten, wohingegen du, *Obduro*, das Auslöschen von Menschen zu einer Kunstform erhoben hast, um deine wahre Identität zu verbergen. Und dies ist das letzte Mal, dass ich dich mit diesem leicht überschätzten Namen anspreche. Anfangs dachte ich noch, zumindest dein Wunsch nach Freiheit vom Kaiserreich sei ehrlich gemeint, aber jetzt wird mir klar, dass du nur einer von vielen ehrlosen Banditen bist und keine anderen Ambitionen hast, als dich mit den Früchten deines brutalen Gewerbes aus dem Staub zu machen. Du hattest nie die Absicht, dem Imperium vom Wald aus zu trotzen, stimmt's, *Sextus* Caninus?« Er wartete kurz, während Caninus ihn mit einem unergründlichen Gesichtsausdruck ansah. »Ja, du hast richtig gehört, ich habe dich mit deinem wahren Namen angesprochen. Es war kein Mädchen namens Lucia, das du in einem ungenutzten Stall hast verrotten lassen, nicht wahr?«

Sein Gegenüber nickte und hob anerkennend eine Augenbraue. »Nicht schlecht. Wie lange weißt du es schon?«

»Was? Dass du deinen Bruder Quintus in einem Anfall von Eifersucht auf irgendetwas getötet, ihn dann unter einer Bodenplanke versteckt hast und um dein Leben gerannt bist? Sicher weiß ich das erst, seit du es soeben bestätigt hast, denn vorher war es nur eine wohlbegründete Vermutung meinerseits. Wie lange ich weiß, dass du *nicht* Quintus bist? Erst seit ein paar Stunden, als ich in deiner Waldfestung einen toten Mann gefunden habe.«

Caninus griff ohne jede Vorwarnung an, indem er vortrat und sein Leopardenschwert in einem tödlichen Bogen herabsausen ließ. Doch Marcus hatte die ganze Zeit, während er redete, auf diesen Moment gewartet: Statt mit dem Banditenanführer Klinge gegen Klinge zu kämpfen, hob er seinen Schild zur Verteidigung, denn er wusste, dass auch seine gemusterte Spatha einem Schlagabtausch mit dem angsteinflößenden damaszierten Stahl nicht standhalten würde. Mit einem Ausdruck freudiger Erwartung hieb Caninus sein Schwert auf den Rand des Rundschilds, doch anstatt dessen Schichten aus Holz und Leinen sauber zu durchtrennen, hackte die furchterregende Klinge nur tief hinein und blieb unter der bemalten Oberfläche der Rundung stecken. Marcus wusste, dass er Caninus nicht erlauben durfte, seine Klinge wieder freizubekommen, um einen zweiten Schlag auszuführen, daher drehte er den Schild mit all seiner Kraft, riss dabei das Schwert aus Caninus' Händen und warf es hinter sich. Ohne auch nur eine Sekunde zu zögern, klappte der Räuberhauptmann seine Gesichtsmaske herunter und sprang derart schnell auf den Römer zu, dass dieser keine Zeit fand, sein eigenes Schwert zu benutzen. Caninus schob Marcus' Schwertarm zur Seite und lehnte sich zurück, um seinem Gegner einen kräftigen Stoß mit dem Kopf zu versetzen, doch der Römer war darauf vorbereitet. Er ließ sein Schwert fallen und kämpfte mit Caninus, wobei es ihm gelang, seinem Stoß auszuweichen und ihn aus dem Gleichgewicht zu bringen. Dann zwang er ihn nach rechts, hakte seinen Fuß hinter Caninus' rechtes Bein und packte ihn erneut. Der Bandit kämpfte dagegen an, doch Marcus gelang es, dessen Kraft zu nutzen, um ihn gegen den Steinfries zu schleudern, der aufrecht an der Tempelwand lehnte. Caninus sah, dass seine Chance gekommen war: Mit einem Bein stieß er sich von dem Fries ab, schoss der Länge nach über den Boden und packte den Griff von Marcus' fallen gelassenem Schwert. Schnell hob er die Klinge, um einen Streich gegen die Beine des Römers zu führen und so den Kampf zu beenden. Doch die schwere Steinplatte war durch seinen

Tritt aus dem Gleichgewicht geraten, kippte nach vorn und landete krachend auf seinen Füßen und Beinen. Der Banditenanführer schrie auf und ließ Marcus' Schwert fallen. Vergeblich versuchte er, sich von dem bleischweren Gewicht der Steinplatte zu befreien, die ihm die Füße und Knöchel zerschmettert hatte. Mit der Spitze seines Stiefels schob Marcus das Schwert von ihm weg, neigte sich nach vorn, um es aufzuheben, und steckte es in die Scheide. Darauf beugte er sich erneut vor und zog Caninus den Helm vom Kopf.

Das Gesicht des sich hilflos windenden Räuberhauptmanns war von einer Mischung aus Hass und qualvollem Schmerz gezeichnet. Als er schließlich durch seine zusammengebissenen Zähne sprach, war seine Stimme voller Groll. »Es scheint, die Gunst der Götter ist heute auf deiner Seite. Töte mich!«

Marcus erhob sich, schüttelte den Kopf und sah auf seinen am Boden liegenden Feind herab. »Das hat nichts mit Glück zu tun. Du hast deinen blasphemischen Blutkult in diese heiligen Hallen gebracht, also hat Mithras dich bestraft, wie er es für angemessen hielt. Und keine Sorge – ich kann dir versichern, dass du noch früh genug sterben wirst.«

Er zog die Damaszenerklinge aus seinem Schild und betrachtete Caninus lange mit einer Mischung aus Abscheu und Mitleid. Darauf hob er seinen Schild, klappte seine Gesichtsmaske herunter und machte sich kampfbereit. Vorsichtig ging er die Treppe hinauf, die nach draußen führte, wo über zwanzig tätowierte Bandenmitglieder auf ihn warteten, die von Petrus angeführt wurden. Die übrigen Männer aus Caninus' Bande lagen über den Hof verstreut, und es sah ganz so aus, als seien sie in einem kurzen und einseitigen

Kampf gefallen. Marcus wartete stumm, bis Petrus vortrat und zu sprechen begann.

»Obduro, lege dein Schwert nieder und willige in den Handel ein, den ich dir anbiete, sonst werde ich diese Männer auf dich hetzen. Selbst für dich sind es zu viele, um sie alle zu töten. Ich habe jedem von ihnen einen Anteil an dem Gold versprochen, das im Tempel für uns bereitliegt. Wenn sie überleben, bekommen sie das Geld selbst, sollten sie sterben, werden es ihre Familien erhalten. Daher sind alle bereit, dich umzubringen, falls du dich weigern solltest aufzugeben!«

Marcus griff sich an den Helm, lüftete die Maske und lächelte dem überraschten Petrus ins Gesicht. »Der Mann, den ihr Obduro nennt, nämlich der frühere Präfekt Caninus, erwartet unten im Tempel die Strafe des Kaisers. Mithras hat bereits Recht über ihn gesprochen und ihn verurteilt. Dieser Tempel ist ein heiliger Ort, den ich geschworen habe, mit meinem Leben zu verteidigen. Wenn ihr also das Gold wollt, werdet ihr an mir vorbeimüssen …« Er senkte den Gesichtsschutz und machte sich für den bevorstehenden Kampf bereit, als er eine unerwartete Stimme hörte.

»Und an mir!« Julius humpelte, auf einen Speer gestützt, über den Platz und trat mit einem Augenzwinkern an die Seite seines Kameraden. »Petrus, ich biete dir die Gelegenheit, dich zu ergeben. Wenn du das sofort tust, wirst du eine wesentlich bessere Behandlung erhalten, als wenn wir dich dazu zwingen müssen.«

Petrus antwortete darauf mit einem breiten Lächeln. »Genau jetzt, wo es so aussieht, als ob das Leben gar nicht mehr besser werden könnte, fügt sich der letzte Stein ins Mosaik. Der Soldat, der mein Geschäft geschädigt, zwei meiner

Leute umgebracht und wertvolles Eigentum von mir gestohlen hat, tritt auf einem Silbertablett vor mich und bietet mir die ›*Gelegenheit, mich zu ergeben*‹.« Er wischte sich eine vorgetäuschte Freudenträne aus dem Auge und sah kopfschüttelnd in das grinsende Gesicht des Zenturios. »Mich ergeben? Tatsächlich? Um dich selbst zu zitieren, Zenturio: Ich werde deinen Schwanz und deine Eier an *meine* Hunde verfüttern, und das bei lebendigem Leib, sodass du ihnen beim Fressen zusehen kannst. Gut, Jungs, dann lasst uns …«

Julius hob die Hand. »Bevor du deine Leute auf uns beide hetzt, möchte ich dich noch über eine Kleinigkeit aufklären.« Er setzte eine glänzende Messingpfeife an die Lippen und stieß einen langgezogenen Pfiff aus. Einen Moment lang hörten die Männer um ihn herum nichts anderes als das Aushallen des schrillen Pfeiftons, doch gerade als Petrus wieder zu lächeln begann, erklang plötzlich das Klappern genagelter Stiefel. Gut eine Zenturie Soldaten stürmte aus unterschiedlichen Richtungen auf den Platz. Ihre Schilde und Speere waren erhoben, um die Bandenmitglieder einzukreisen. Julius hob die Augenbrauen und sah Marcus an, der die Gesichtsmaske seines Helms lüftete und mit einem breiten Grinsen auf die Männer seiner eigenen Zenturie blickte, welche die Gefangenen zu einer engen Gruppe zusammentrieben und mithilfe ihrer Speere entwaffneten. Ein Hüne versuchte zwar zunächst, sich dem kleinen Hamier zu widersetzen, der vor ihm stand, fand sich jedoch umgehend vor einer Dolchspitze wieder, die der Ostländer fest an seinen Schritt drückte.

»Leg die Waffen ab, oder du wirst dein Ding verlieren, Drecksack.«

Die Soldaten, die um den Hamier herumstanden, nickten zustimmend, und mehr als einer sah den groß gewachsenen Mann mit warnendem Blick an, um anzudeuten, dass Schlimmeres folgen würde, falls er diesen Befehl nicht sogleich ausführte.

Mit einem leisen Lächeln ging Qadir zu Marcus hinüber und musterte seinen Zenturio von oben bis unten. »Können wir dir mit irgendetwas behilflich sein, Zenturio Corvus?«

Marcus schüttelte den Kopf und ließ den Rand des griechischen Schilds auf die Pflastersteine sinken. »Abgesehen davon, mir zu erzählen, woher ihr wusstet, dass ich hier sein würde – nein.«

»Du erinnerst dich doch, dass du mich gestern angewiesen hast, eine Wache auf die Stadttore zu beordern und einen brennenden Pfeil über den Stadtwall zu schicken, falls dich jemand verfolgen sollte. Nun, derselbe Verfolger stieß später zu uns, während wir gerade die restlichen Banditen erledigten, die nicht von der Explosion zu ihren Göttern hinaufgeblasen worden waren. Er hatte einen von Caninus' Männern dabei, den er mit einem Messer bedrohte. Er sagte uns, Caninus würde zurückkommen, um sein Gold zu holen, und dass du versuchen würdest, ihn davon abzuhalten, die Stadt zu verlassen.« Er sah Marcus abschätzend an. »Soll ich deinen Schild von einem meiner Männer zur Kaserne hinuntertragen lassen?« Er streckte den Arm vor und nahm seinem Freund den Schild aus den Händen. Als er ihn auf Kampfhöhe anhob, verzog er das Gesicht. »Das Ding ist erstaunlich schwer, vermutlich aufgrund der unüblich hohen Menge Eisen, die auf den Rand geschmiedet wurde. Du da, nimm …« Er reichte den Schild zu Narbengesicht, der ihn mit wenig Anmut entgegennahm. »Bring ihn ins Quartier des Zenturios. Und nimm einen zweiten Mann mit, denn die Straßen sind noch nicht vollständig sicher.« Mit einem Blick holte sich Narbengesicht einen Kameraden zu Hilfe, und verschwörerisch grinsend entfernten sie sich in Richtung der tungrischen Baracken. Qadir wandte sich wieder an Marcus. »Auf diese Weise wirst du dich die nächsten Stunden nicht mit seiner Anwesenheit herumschlagen müssen, denn ich gehe davon aus, dass sie die erstbeste Schänke aufsuchen, deren Türen nicht verschlossen sind. Deine Frau wäre sicher froh, wenn du zum Getreidelager kämst, beziehungsweise zu dem, was davon übrig ist. Sie weiß ja nicht einmal, ob du schon tot oder noch am Leben bist.«

Marcus nickte, zog aber gleich darauf die Stirn in Falten, weil ihm noch etwas eingefallen war. »Vielleicht wäre es gut, wenn du eine Zeltmannschaft und deinen Wachoffizier hinunter in den Tempel senden würdest. Mit dem nötigen Respekt, wohlgemerkt, denn es scheint, unser Herr ist nicht gewillt, ungebührliches Verhalten zu billigen. Dort unten sind zwei von Caninus' Männern mit ziemlich hässlichen Wunden, überdies Caninus selbst, der unter dem Steinfries begraben liegt. Nicht zuletzt steht da noch ein großer Korb voll Gold, das wir mit dem zurückgewonnenen Geld von Prokurator Albanus zusammentun sollten. Tatsächlich wäre es gut, wenn du den Abtransport persönlich überwachen würdest, und was immer du auch tust...«

»Lass nicht zu, dass Morban in die Nähe des Geldes kommt?«

»Exakt.«

Der Standartenträger runzelte die Stirn und sah die beiden Zenturios an. »Das ist ungerecht, ich...«

»Du findest diesen Kommentar nicht angemessen? Das erstaunt mich nicht, Standartenträger.« Qadir sah den älteren

Mann kopfschüttelnd an. »Begnüge dich einfach damit aufzuzeichnen, wie viele Münzen in diesem Korb sind.« Das Gesicht des Standartenträgers hellte sich umgehend auf. »Oh, nein, niemand wird den Korb öffnen, bevor der Tribun anwesend ist. Wenn du Glück hast, wird er dir vielleicht die Ehre erweisen, das übernehmen zu dürfen.«

Marcus schnaubte vor Vergnügen. »Nicht, solange Onkel Sextus noch ein Mitspracherecht in der Sache hat, würde ich meinen…« Er verstummte, als der stämmige Hamier ein langes Gesicht zog und bestürzt die Lippen zusammenkniff

Tribun Scaurus reichte Marcus einen Becher Wein und musterte seinen Offizier von oben bis unten. »Du scheinst die Abenteuer der letzten zwölf Stunden recht gut überstanden zu haben, Zenturio Corvus.«

Marcus verbeugte sich leicht und trank einen Schluck. »Ich danke dir, Herr. Es sieht so aus, als hätte ich ein anständiges Quantum Glück gehabt.«

Scaurus hob eine Braue. »Je kühner wir das Leben bestreiten, desto mehr Glück haben wir wohl, wenn es darauf ankommt – egal, wie wir die Gunst des Schicksals heraufbeschwören. Und es scheint, Mithras sei dir wohlgesinnt, Zenturio. Vielleicht wird dich der Pater des Tempels, wenn er sich erst einmal von seiner Kopfverletzung erholt hat, belohnen, indem er deinen Weihegrad um eine Stufe erhöht. Caninus scheint zu überleben, sodass wir ihn ans Kreuz schlagen können, sofern wir die Strafe bald vollziehen.« Er lachte bitter. »Und wir werden die Strafe bald vollziehen, dessen kannst du dir sicher sein! Tungrorum soll sehen, wie sie den Preis für ihre Verbrechen bezahlen. Caninus, Petrus und Tornach – ich werde sie alle ans Kreuz nageln. Ihre Leute werden als Diebe gebrandmarkt und an die umliegenden Bauernhöfe verkauft, dann können sie für den Rest ihres Lebens dem Kaiserreich dienen. Dies sollte zumindest Tribun Belletor zufriedenstellen. Er hat nämlich ein paar drohende Bemerkungen fallen lassen, dass er in seinem nächsten Bericht an den Legatus die Zerstörung des halben Getreidelagers erwähnen wird. Ich würde es dem wehleidigen kleinen Kerl durchaus zutrauen, dass er bei Gelegenheit vor seinen Vorgesetzten diesen recht großen Sieg meinerseits als Niederlage darstellt. Allerdings ist es natürlich ein Jammer, dass wir den Ersten Speer Frontinius so unnötig verloren haben. Auch dieser Fehler geht auf meine Rechnung.« Er schüttelte den Kopf. »Die erste Regel, die man beim Soldatentum befolgen muss, Zenturio, ist es, seine Fehler zuzugeben, sie als eigene Fehler zu akzeptieren und nicht auf andere abzuwälzen. Nur dann kann man aus ihnen lernen und sie kein zweites Mal begehen. Ich hatte mir so sehr gewünscht, Caninus würde die Wahrheit sagen, dass ich mich von meinem Wunsch blenden ließ und die Tatsachen ignorierte. Allerdings gibt es etwas, was ich gerne noch wissen würde…«

Marcus hob fragend eine Braue. »Wenn Caninus, wie du vermutest, vor zehn Jahren seinen Bruder in jenem Stall verscharrt hat und nicht das frei erfundene Mädchen Lucia – wie zum Teufel konnte er mir dann einen abgetrennten Kopf zusenden, der ihm zum Verwechseln ähnlich sah?«

Der Zenturio trank einen Schluck, bevor er antwortete. »Das ist schnell erklärt, Tribun, wenn man davon ausgeht, dass die Zwillinge nicht die einzigen Söhne ihrer Mutter waren. Es scheint, als habe es noch einen Bruder gegeben, der ein paar Jahre jünger als Quintus und Sextus war. Ihre Mutter gab ihm logischerweise den Namen Septimus. Als ich heute auf den kopflosen Leichnam eines unbekannten Mannes in Caninus' Festung gestoßen bin, fand ich auch eine eingekratzte Inschrift an der Wand der Zelle, in der er festgehalten wurde. Die Inschrift lautete: ›Septimus wird an dem Brudermörder Sextus Rache nehmen‹, und die Hände des Leichnams wiesen ebenso breite Finger auf wie die von Caninus. Tatsächlich hat Caninus es sofort zugegeben, als er noch dachte, er könnte mich töten und mit dem Gold fliehen. Er war also nicht Quintus, der ältere Zwilling, dem es immer gelang, sich geistreich aus allen Schwierigkeiten herauszureden. Stattdessen war er Sextus, der jüngere Bruder, dessen ruchloser und gewalttätiger Charakter es nicht duldete, dass sein Zwilling etwas haben sollte, was er selbst gerne gehabt hätte. Caninus muss seinem jüngeren Bruder Septimus gegenüber zugegeben haben, dass er seinen Zwilling umgebracht hatte, sei es, um ihn einzuschüchtern, oder einfach nur, weil es ihm Befriedigung verschaffte. Als ich gesehen habe, dass der Kopf der Leiche abgetrennt war, wurde mir klar, dass Sextus – den wir für Quintus hielten – etwas im Schilde führte. Er beabsichtigte, den Kopf seines jüngeren Bruders zu nutzen, um dich glauben zu machen, er sei nicht mehr am Leben. Julius sagte mir, das Haupt sei völlig verunstaltet gewesen, sogar Augen und Zähne seien buchstäblich herausgezogen worden, nicht wahr?«

Scaurus nickte und konnte ein Schaudern nicht unterdrücken, als er an den scheußlich misshandelten Schädel dachte, den Tornach ihnen mit augenscheinlich zitternden Händen entgegengehalten hatte. »Richtig. Diese Verstümmelungen sollten wohl die Unterschiede zwischen den beiden Brüdern verdecken. Wir können nur hoffen, er war schon tot, als sie mit der Zange auf ihn losgingen.«

Traurig schüttelte Marcus den Kopf. »Wohl nicht, in Anbetracht der großen Menge Blut, die den Sand um den Körper bedeckte.«

»In der Tat – dieser Mann hat sich nie um den Schmerz von anderen gekümmert, wenn er seine Täuschungen glaubhaft machen wollte. Wir können nur froh sein, dass er seinen Männern eine Grenze gesetzt und sie davon abgehalten hat, deine Frau zu schänden, wenngleich das Verwenden eines gestohlenen Messers ein Geniestreich war, um die Beziehung zwischen dir und Tribun Belletor zu untergraben.«

Der Zenturio schüttelte erneut den Kopf.

»Nicht dass es dazu viel gebraucht hätte. Es war auch kein Wunder, dass Albanus beim Verhör so verängstigt reagierte, denn Obduro war ja sein Geschäftspartner und nicht Petrus. Petrus war nur ein Bandenanführer, der ein Auge für günstige Gelegenheiten und die richtigen Beziehungen hatte, um das gestohlene Getreide loszuwerden. Außerdem konnte er Albanus daran erinnern, was passiert wäre, wenn er das Geschäft hätte platzen lassen. Wahrscheinlich bin ich sogar selbst dafür verantwortlich, dass Caninus beschloss, die Stadt anzugreifen, als ich nämlich eine Kopie des Volkszählungsregisters anforderte. Er muss gewusst haben, dass dieses Register ihn verraten hätte. Vielleicht fürchtete er, die Existenz eines jüngeren Bruders würde uns zum Nachdenken bringen, oder es ging darum, dass es das Mädchen Lucia, die angebliche Tochter eines reichen Kaufmanns, niemals gab.« Er seufzte. »Doch was immer Caninus zu seinem letzten großen Schachzug veranlasst hat – es scheint, dass alles, was ich in den vergangenen Tagen gedacht und getan habe, sich in Staub und Rauch aufgelöst hat. Ich habe noch nicht einmal den Hinweis während der Hinrichtung durchschaut, als jener Mann anfing herumzubrüllen, dass die wahre Gefahr unter den Offizieren der Stadt lauere. Und Tornach, der Gehilfe des Präfekten, war natürlich skrupellos genug, ihn sofort zu töten, um seine Rolle als Banditenjäger aufrechtzuerhalten. Ich werde froh sein, endlich von hier abreisen zu können, falls das meine Urteilsfähigkeit wiederherstellen sollte.« Er deutete mit dem Kopf zu dem damaszierten Stahlschwert hinüber, das Marcus über einen Stuhl gelegt hatte. »Ist dieses Schwert so großartig, wie man munkelt?«

Marcus nickte ernst. »Absolut. Sogar der Schild, den ich mit Eisenstreifen habe umlegen lassen, um die Klinge zu stoppen, hat nur mit Mühe seinen Dienst verrichtet. Aber zumindest hat die Idee funktioniert, denn da ich ihn als Rundschild habe machen lassen, konnte ich ihn drehen und dem Mann das Schwert aus den Händen reißen, während es im Rand des Schildes steckte.«

Scaurus ging zu dem Schwert hinüber, ergriff es und erfühlte dessen Gewicht und Stabilität. »Was wirst du damit anfangen?«

Der Zenturio dachte einen Augenblick nach. »Etwas in mir würde es gerne behalten, denn ich werde mit Sicherheit nie wieder ein solches Schwert erblicken. Gleichzeitig weiß ich aber auch, dass das verdammte Ding bereits einen Wandel zum Bösen durchgemacht hat, also könnte es gut sein, dass es in Zukunft erneut dem Bösen dient. Vielleicht wäre es besser, es zu etwas umschmieden zu lassen, das weniger allmächtig ist. Ich werde es zum Schmied bringen und schauen, was er daraus machen kann. Vielleicht ein paar Messerklingen …«

Julius saß still mit Annia im Hospital, als der Laufbote des Tribuns ihn erreichte. Die Anzahl an Männern, die während der Verteidigung des Getreidelagers Wunden davongetragen hatten, war erstaunlich niedrig, denn diejenigen, die nahe genug standen, um von fliegenden Trümmern getroffen zu werden, waren entweder sofort getötet worden oder erlagen bald ihren Verletzungen. Daher konnte Felicia die unter Schock stehende Frau in ein Einzelzimmer legen und hatte rund um die Uhr einen Soldaten vor ihrer Tür abstellen lassen, um ihr ein Gefühl von Sicherheit zu vermitteln. Sie hatte Julius erlaubt, Annia zu besuchen, ihn jedoch gewarnt, die Geschehnisse des vorangegangenen Tages keinesfalls zu erwähnen. Doch Julius erkannte schnell, dass Annia das Thema gar nicht vermeiden wollte.

»Natürlich glaubt die Medica, ich sei noch zu empfindlich, um darüber zu sprechen. Ihr ist nicht klar, dass es für mich momentan das Beste ist, einen Becher Wein mit einem Freund zu trinken, dem ich vertraue und dem ich alles erzählen und es so hinter mir lassen kann. Ich habe noch nie zuvor einen Menschen getötet …« Sie schwieg einen Augenblick und sah ihn dann abschätzend an. »Kann ich dir vertrauen, Julius? Wirst du für mich da sein, wenn ich dich brauche?«

Der stämmige Tungrer hatte Mühe, ihren Augen zu begegnen. »Es tut mir leid. Ich weiß nicht, was ich anderes sagen könnte. Ich hätte dich mit mir nehmen sollen, als ich die Gelegenheit dazu hatte.«

»Das meinte ich nicht. Du hast keine Schuld an der Vergewaltigung, sondern Petrus. Da sie ihn aber ans Kreuz schlagen werden, kann ich kaum darüber klagen, er würde nicht seinen Preis dafür bezahlen. Außerdem habe ich in den letzten fünfzehn Jahren Schlimmeres durchgemacht. Vielmehr frage ich dich, ob du einen Teil deines Lebens so planen könntest, dass eine Frau meines Schlages darin Platz findet. Hier kann ich nicht bleiben, vor allem jetzt, wo ich die Realität meines Gewerbes durchschaut habe. Egal, wie sorgfältig dein Tribun die Stadt säubern lassen wird – es werden neue Straßenbanden entstehen, und diese Banden werden Frauen wie mich immer als ihr Eigentum betrachten, sonst nichts. Ich hingegen bin entschlossen, nie wieder das Eigentum eines Mannes zu sein. Könntest du unter diesen Voraussetzungen mit mir leben? Etwas anderes kann ich dir nämlich nicht anbieten.«

Er nickte und nahm ihre Hand. »Ich habe schon einmal diesen Fehler begangen und werde das nicht wieder tun. Außerdem lebe ich ja mein eigenes Leben als Zenturio, also kann ich mich nicht beklagen, wenn du dich ebenfalls für das Leben entscheidest, das du dir wünschst. Was wirst du tun?«

Sie sah ihn vielsagend an. »Ich dachte mir, ich könnte die Medica fragen, ob sie eine freiwillige Gehilfin braucht. Sie erzählte mir, sie habe ihre vorherige Assistentin letztes Jahr verloren und danach nur noch mit einer Reihe stumpfsinniger Soldaten zusammengearbeitet. Wer weiß, vielleicht könnte ich …« Sie verstummte, als ein Soldat seinen Kopf hinter der Tür hervorstreckte.

»Ich bitte um Verzeihung, Zenturio, aber der Tribun verlangt nach deiner Anwesenheit in der Basilika.«

Annia lächelte und scheuchte ihn fort. »Siehst du, dein Leben ruft dich. Ich werde noch ein wenig schlafen, dann mit der Medica sprechen und ihr meine Dienste anbieten. Komm später wieder mit einer Flasche Wein vorbei, dann können wir hoffentlich auf mein neues Leben anstoßen.«

Julius marschierte in die Amtsstube des Tribuns in der Basilika. Er hatte seinen Rebholzstock unter dem Arm und nahm ruckartig Haltung an, denn er ging davon aus, dass der Tribun ihn zu einem schwierigen Gespräch hergebeten hatte, das er schon seit der Rückkehr der Kohorte erwartete.

Scaurus sah vom Schreibtisch zu ihm hinauf und deutete mit ironischem Gesichtsausdruck auf die Papierrollen und Tafeln, die seine Aufmerksamkeit einforderten. »Steh bequem, Zenturio. Du hast wirklich eine besondere Gabe, meine Aufmerksamkeit auf dich zu ziehen, Julius. Wenn du nicht gerade ganze Getreidelager vernichtest, indem du deren Inhalt in Flammen setzt, dann entfernst du dich von deiner Kommandogewalt und rennst durch die Stadt, um Einwohnerinnen zu retten, die, wie es scheint, für das Militär absolut nicht von Belang sind. Du bist ein hervorragend ausgebildeter und fähiger Offizier von unschätzbarem militärischem Wert, sowohl für mich als auch für diese Kohorte, und dennoch bringst du dich selbst in Gefahr. Und du setzt deine Zenturie einer Gefahr aus, indem du das Kommando deinem Optio überträgst, zu einer Zeit, als ein feindlicher Angriff unmittelbar bevorstand. Und, um offen zu sein, könnten deine Handlungen zur Verteidigung des Getreidelagers durchaus den Rest meiner Karriere ruiniert haben, sofern wir nicht zumindest einen Teil des gestohlenen Goldes als Wiedergutmachung zurückerstatten können.«

Julius blickte stur geradeaus und bereitete sich innerlich auf jegliche Bestrafung vor, die der Tribun für ihn vorgesehen hatte. Doch der Tribun hatte sich bereits weggedreht, ohne auf eine Antwort von ihm zu warten, und auf ein Schwert gezeigt, das auf dem Stuhl neben seinem Schreibtisch lag. Julius erkannte, dass es das Schwert von Frontinius war, das gemäß der Tradition von jedem Ersten Speer an seinen Nachfolger weitergereicht wurde.

»Und als ob das nicht genug wäre, stellt sich mir jetzt noch das Problem, keinen eindeutigen Nachfolger für Sextus Frontinius zu haben. Du kannst diesen Rang aufgrund deiner letzten Eskapaden auf keinen Fall übernehmen. Wenn du also irgendeine Idee hast, wer unter deinen Kollegen einen würdigen Nachfolger abgeben würde, dann lass es mich wissen.«

Julius dachte einen Augenblick darüber nach. »Corvus, Dubnus und Caelius sind alle drei zu jung. Clodius und Otho sind zu rabiat, Milo nicht rabiat genug. Titus würde es vielleicht irgendwie hinbekommen, aber er würde dir diese Gelegenheit nicht danken.« Er schüttelte seufzend den Kopf. »In solchen Momenten vermisse ich Rufius am meisten. Abgesehen davon, wenn Dubnus zu dreist wird …«

Der Tribun ging durch den Raum zurück und baute sich mit grimmigem Gesichtsausdruck vor Julius auf. »Willst du mich für dumm verkaufen, Zenturio?« Scaurus wartete schweigend.

Julius erkannte, dass dies eine jener seltenen Fragen war, die er offensichtlich beantworten sollte, obwohl sie ihn als Gefragten dazu aufforderte, eine schlechte Meinung über den Fragenden zu äußern. »Nein, Tribun, das läge mir fern.«

Sein Vorgesetzter starrte ihn weiter mit einem strengen Lächeln auf dem Gesicht an, sodass selbst der sonst eher unerschütterliche Zenturio begann, sich unwohl zu fühlen.

»Tatsächlich? Das ist nämlich der einzige Schluss, den ich aus unser beider Handlungen der letzten vierundzwanzig Stunden ziehen kann. Als ich fort war, um nach einer nicht existenten Bedrohung zu jagen, habe ich dich und deine

Zenturie zur Bewachung des Goldes des Prokurators abgestellt. Dabei ist es dir nicht nur gelungen, das Geld sicher zu verwahren, sondern auch eine unschuldige Stadtbewohnerin zu befreien, die ein Opfer meiner Dummheit war, weil ich das Gold so schlecht bewacht zurückgelassen habe, dass Petrus und seine Spießgesellen es schon für ihr Eigentum hielten, nachdem sie nur ein wenig Druck auf deine Frau ausüben mussten. Ich muss wohl kaum anfügen, dass du als Sahnehäubchen auf diesem speziellen Kuchen eigenhändig Obduros Räuberbande zerschlagen hast, indem du auf die geniale Idee kamst, den Getreidestaub zu entzünden. Ich selbst hatte ja die Warnung des Lageraufsehers, dass schon der Funke von einem Sohlennagel ausreichen würde, um den gesamten Kornspeicher in Flammen zu setzen, ebenso deutlich gehört wie du – ich bin mir aber nicht sicher, ob ich schlau genug gewesen wäre, dieses Zerstörungspotenzial als Waffe zu benutzen.«

Er lehnte sich mit gleichmütigem Gesichtsausdruck zurück, doch Julius hatte bei diesen Worten die Stirn gerunzelt.

»Aber der Schaden am Getreidelager? Und deine Kar...«

»Karriere? Zum Teufel mit meiner Karriere, Erster Speer. Ich werde niemals zum Legatus ernannt, es sei denn, es geschähe etwas nie Dagewesenes, das die derzeitigen politischen Verhältnisse auf den Kopf stellt. Die Familie, aus der ich komme, ist nicht einflussreich genug, verstehst du? Allerdings werden wir, sobald wir das Lager wieder aufgebaut und neu befüllt haben, noch immer genügend Gold besitzen, um einen sehr positiven Eindruck beim hiesigen Statthalter zu hinterlassen. Hast du die Aufstellung der Opfer gesehen? Nein? Dann werde ich dir die Zahlen vorlesen.

Wir haben dreizehn Tote zu beklagen und sieben Verwundete, die hauptsächlich auf herumfliegende Backsteine zurückgehen. Von den Räubern hingegen wurden fast neunzig getötet, dieselbe Anzahl an Männern wurde verwundet, und nur ein Zehntel des Rests konnte entkommen. Die meisten wurden gefangen genommen, während sie noch völlig benommen herumtaumelten, denn sie waren zum Zeitpunkt der Explosion zu nahe an den Kornspeichern.« Er erhob sich und ging mit vorgestreckter Hand um seinen Schreibtisch herum. »Gut gemacht, Zenturio, und nicht nur deshalb, weil du meine Eier aus dem Feuer gezogen hast. Der Tag, an dem wir unsere Pflicht gegenüber den Unschuldigen vergessen, die in den Konflikt zwischen uns und unseren Feinden hineingeraten, wird ein trauriger Tag sein. Das Gewerbe, das deine Freundin betreibt, tut dabei überhaupt nichts zur Sache. Sie war ein unschuldiges Opfer zwischen verfeindeten Parteien, daher hast du genau das Richtige getan. Ich nehme an, du beabsichtigst, weiter für sie zu sorgen?« Der Tribun drehte sich weg, ohne auf eine Antwort zu warten, und zeigte auf das Schwert des Ersten Speers. »Du bist der rechtmäßige Nachfolger für den Besitz dieser ehrenvollen Klinge, und gleich werde ich dich einladen, dir das Schwert umzugürten und das Kommando über die Erste Kohorte zu übernehmen. Als eine deiner ersten Aufgaben kannst du mir dabei helfen, einen geeigneten Mann zur Führung der Zweiten zu finden, denn ich bin der Meinung, es ist zu viel für jedermann, zwei Kohorten gleichzeitig zu befehligen. Doch bevor ich dich zu etwas auffordere, das dein Leben auf immer verändern wird, möchte ich noch eine Angelegenheit ansprechen, die mir sehr wichtig ist.« Er sah dem Zenturio geradewegs in die Augen. »Wenn du jemals der Meinung sein solltest, dass ich oder ein anderer Offizier dieser Kohorte einen ähnlich großen Fehler begeht wie den, der gestern fast zu einer Katastrophe geführt hätte, so musst du es mir sagen, und das wieder und wieder, bis ich deinen Einwänden Gehör schenke. Ist das klar?«

Julius nickte und sah seinen Vorgesetzten mit einem ganz neuen Gefühl von Respekt an. »Ja, Herr. Glasklar. Natürlich werde ich zuerst mit meinen Offiziersbrüdern darüber sprechen müssen. Das hat bei uns Tradition, Herr.«

Scaurus lächelte erneut, klopfte dem stämmigen Mann auf die Schulter, griff dann nach dem Schwert des Ersten Speers und legte es in Julius' ehrfürchtig ausgestreckte Hände. »Ich weiß, eure Tradition besagt, dass der Erste Speer einer Kohorte in einer Zusammenkunft aller Offiziere gewählt wird. Natürlich könnte ich diesen Brauch übergehen, aber dazu sehe ich keine Veranlassung, da ich mir absolut sicher bin, dass deine Offiziersbrüder die Sache ebenso sehen wie ich. Bis eure Entscheidung getroffen ist, weise ich dich an, die betreffenden Pflichten einstweilig zu übernehmen. An die Arbeit, Erster Speer.«

Die Stimmung der tungrischen Zenturios war ungewöhnlich gedämpft, als sie sich nach der Parade versammelten. Sie hatten der Kreuzigung von Caninus und seinen Spießgesellen beigewohnt, und die kaiserliche Justiz war bei der Bestrafung mit aller Gründlichkeit vorgegangen. Caninus war halb ohnmächtig gewesen und daher, wie zu erwarten, schon nach wenigen Minuten erstickt, da er seine zerschmetterten Beine nicht dazu benutzen konnte, den Druck auf seine Brust zu lindern. Petrus und Tornach hingegen waren langsam verendet, obwohl sie beide heftig ausgepeitscht worden waren, bevor man sie ans Kreuz nagelte. In völliger Stille hatten die Männer der drei Kohorten ihren hilflosen Schreien nach Gnade gelauscht, während sie sich an den Kreuzen zu beiden Seiten von Caninus' regungslosem Körper wanden und vor Schmerz und Entsetzen stöhnten, als die kaiserliche Justiz auf sie herniederging. Auch die Reihe von angeketteten und mit Fesseln versehenen Männern, die den Rest der Räuberbande darstellten und als Sklaven gebrandmarkt worden waren, war in völliger Stille an den gekreuzigten Männern vorbeigezogen, denn ihre Aufseher hatten jedes Geräusch der sich vorschiebenden Männer mit sofortigen Peitschenhieben geahndet. Wie die Offiziere der tungrischen Kohorte übereinstimmend feststellten, war es eine gerechte und prompt verhängte Strafe für Männer gewesen, die nichts anderes verdient hatten. Sobald ihre Soldaten wieder in den Kasernen waren, hatte der einstweilige Erste Speer eine Versammlung der Offiziere einberufen, und nun stand er mit ausdruckslosem Gesicht inmitten seiner Kollegen und wartete, bis auch der Letzte von ihnen einen Becher Wein in der Hand hielt.

»Brüder! Unsere dringendste Pflicht ist es, dem Ersten Speer Sextus Frontinius in altehrwürdiger Weise unseren Respekt zu zollen. Hebt eure Becher.« Er wartete stumm, bis alle ihre Becher in die Höhe gehoben hatten. »Auf Onkel Sextus! Der verdammt noch mal beste Erste Speer, unter dem ich je gedient habe, und der lange vor seiner Zeit aus unserer Mitte gerissen wurde! Sextus Frontinius!« Er leerte seinen Becher und sah in die Runde, während seine Offiziersbrüder den Trinkspruch wiederholten und ebenfalls austranken. »Bevor wir diese Stadt verlassen, werde ich einen Altar zu seinen Ehren an der Wand des Getreidelagers errichten lassen, um den Ort zu kennzeichnen, an dem er zu Tode kam.«

Er schwieg einen Augenblick, während die anderen Zenturios ihm kopfnickend zustimmten. Frontinius' Leichnam war am Abend zuvor verbrannt worden. Zwar waren beide tungrischen Kohorten sowie eine Abordnung der Legionskohorte unter der Führung des kurzzeitig verlegen aussehenden Belletor am Scheiterhaufen vorbeimarschiert und hatten vor ihm salutiert, aber die Errichtung eines Altars war ein anerkanntes Zeichen der Ehrerbietung für einen geschätzten Offizier, der im Kampf sein Leben hingegeben hatte. Julius wusste, dass genügend Spenden hereinkommen würden, um die Arbeit eines guten Steinhauers zu bezahlen.

»Doch nun, meine Brüder, haben wir noch etwas Wichtiges zu besprechen. Es geht um den Nachfolger des Ersten Speers Frontinius. Der Tribun hat mich zwar vorgeschlagen, aber ich weiß nicht …«

Er wurde von einer tief polternden Stimme unterbrochen. »Wir wissen alle, dass du das machen musst, Julius. Darüber brauchen wir gar nicht erst abzustimmen.«

»Titus …«

»Natürlich musst du das, Julius. Wir sind alle derselben Meinung. Und jetzt mach es einfach und zwing mich nicht dazu, dir ein bisschen Vernunft ins Hirn zu bläuen.«

Julius blickte sich um und sah, dass alle sieben Zenturios mit einem Kopfnicken ihr Einverständnis kundtaten.

»Sogar du, Dubnus? Warst du nicht mal der Ansicht, ich könne keine Legionszenturie befehligen und schon gar keine Zenturie aus echten, kampferfahrenen Männern?«

Dubnus grinste ihn an. »Das war zu der Zeit, als ich den

Optiostab trug, für dich Soldaten herumtreiben musste und noch keine Gelegenheit hatte, an deiner Seite zu dienen. Du wirst es schon hinbekommen.«

Marcus hob die Hand. »Wenn du mir einen Kommentar erlauben würdest, Bruder?«

Julius hob die Augenbrauen und sah lächelnd zur Decke hinauf. »Hätte ich nur Morban getroffen und darauf gewettet, dass mir der Einzige unter uns Brüdern, der eine angemessene Erziehung genossen hat, einen Vortrag halten würde! Dann wäre ich schon bald ein gutes Stück reicher. Fahr fort, Marcus, aber fasse dich kurz.«

Sein Freund lächelte zurück. »Deine Brüder sagen nur das, was ohnehin offensichtlich ist, Julius. Natürlich *musst* du das machen. Dubnus, Caelius und ich sind zu nass *hinter* den Ohren …« Die älteren Zenturios pflichteten ihm mit heftigem Kopfnicken bei. »Otho, Milo und Clodius sind zu dumpf *zwischen* den Ohren …« Er ignorierte das gutgelaunte Murren, das auf diese Einschätzung folgte, und sprach weiter. »Und Titus …?«

Der stämmige Zenturio wandte sich ihm zu und neigte sich mit erhobener Braue leicht zu seinem Gesicht herab. »Ja, kleiner Bruder? Noch mal etwas mit Ohren?«

Marcus gelang es, sein Gesicht vorbildlich unbewegt zu halten. »Titus wäre schlicht eine zu entsetzliche Vorstellung für alle von uns. Nicht zuletzt, da man ihm nachsagt, Ohren zu *sammeln* …«

Der große Mann nickte vielsagend, während die Männer murmelnd ihren vorgetäuschten Ekel darüber zum Ausdruck brachten, dass Titus über die Beleidigung hinwegging.

Marcus sprach weiter. »Der Erste Speer Frontinius hatte dich selbst als seinen Nachfolger ausersehen, falls er im

Kampf fallen sollte, und keiner von uns wird seine Urteilsfähigkeit in dieser Frage bezweifeln.«

Julius sah seine Kameraden ein letztes Mal an, und Marcus schien es, als nähmen seine Augen einen fast bittenden Ausdruck an. »Seid ihr euch alle sicher?«

»Zum *Teufel* auch, Mann, nimm das verdammte Schwert, sodass wir endlich einen trinken können!«

Julius verbeugte sich vor dem wie immer aufbrausenden Clodius und nickte. »Einverstanden, Bruder Dachs. Doch bevor wir uns einen weiteren Becher Wein eingießen und die Heldentaten feiern, die unser gefallener Bruder in seinem Leben begangen hat, müssen wir noch einen leeren Platz in dieser Bruderschaft neu besetzen. Ich werde die Erste Zenturie anführen, wie man mir angetragen hat, daher hat die Fünfte nun keinen Zenturio mehr. Um diese Lücke zu füllen, habe ich Folgendes beschlossen: Der bereits amtierende Zenturio Qadir wird das Kommando über die Neunte Zenturie übernehmen, und Zenturio Corvus wird von nun an die Fünfte befehligen. Und ich warne dich, Jungspund, achte gut auf sie, denn in dieser Zenturie gibt es ein oder zwei Männer, die ich tatsächlich ziemlich gern habe.«

In der Runde war einvernehmliches Kopfnicken zu sehen.

»Und nun, glaube ich, ist es an der Zeit, den Rest dieses recht schmackhaften gallischen Weins zu trinken, den Petrus uns zurückverkauft hat, als er noch vorgab, nur ein Händler zu sein.«

Wein wurde ausgeschenkt, und die Offiziere begannen miteinander zu plaudern. Marcus beobachtete schweigend, wie sein neuer Vorgesetzter zum Fenster der Baracke schritt und zum Osttor der Stadt hinausblickte. Langsam ging er zu ihm hinüber.

»Für einen Mann, der gerade den Zenit seiner Laufbahn erreicht hat, bist du nicht der glücklichste Soldat, den ich je gesehen habe.«

Julius antwortete, ohne seine Augen von dem massiven Holz des Tores abzuwenden. Seine Augen leuchteten im Tageslicht, das durch das Fenster hereinschien. »Ich weiß nicht, ob ich das wirklich kann, Marcus. Fünfzehn Jahre lang habe ich davon geträumt, und nun, wo es wahr geworden ist…«

Marcus klopfte ihm auf die Schulter. »Dein Leben hat sich mehr verändert, als du das hättest vorausahnen können. Du hast über das letzte Jahr mehr Kämpfe miterlebt, als die meisten Männer in fünfundzwanzig Jahren hinter sich bringen. Freunde von dir wurden getötet und verwundet. Und jetzt, wo du gerade den wichtigsten und folgenschwersten Posten deines Lebens übernimmst, gibt es da noch eine Frau, für die du sorgen musst und von der du dachtest, du würdest sie niemals wiedersehen.« Er wartete stumm, bis Julius seufzte und seine Einschätzung mit einem Kopfnicken bejahte. »Daher möchte ich dich an ein Gespräch erinnern, das wir vor ein paar Tagen im Badehaus führten. Du sagtest mir, meine größte Verantwortung sei meine Familie, also möchte ich dir diesen Rat zurückgeben. Abgesehen davon, dass in deinem Fall die Kohorte deine Familie ist und du – ob du es willst oder nicht – nun unser Vater bist. Warum sonst hätten wir dir alle so bereitwillig den Vortritt gelassen, das Schwert an dich zu nehmen? Diese Männer werden für dich durch die Folter gehen, sie werden standhaft bleiben und mit dir sterben, wenn alles andere verloren ist, aber sie brauchen dich auch. Sie brauchen deine Führung, und du musst ihnen die Gewissheit geben, dass wir immer wieder aus jedweder Scheiße herausfinden werden, in die man uns hineinkatapultiert. Wenn deine Frau das nicht verstehen sollte, wäre sie weniger schlau, als ich ihr zutraue. Also reiß dich zusammen, setz wieder ein Lächeln auf und geselle dich zu deinen Brüdern, *Erster Speer*. Um es in deinen eigenen Worten zu sagen: Könntest du das nicht für sie tun, wenn du es schon nicht für mich tun kannst?«

Julius lächelte ihn an, nahm einen tiefen Atemzug und wandte sich dann mit erhobenem Becher um, um ihn erneut zu füllen. »Ein guter Rat, Zenturio. Fang bloß niemals an, mich anders zu behandeln als früher. Und sorg dafür, dass Dubnus lernt, mich nicht dauernd zu beklauen …« Er verstummte und sah sich um. »Wo steckt Dubnus? Er war doch gerade noch hier …« Erneut blickte er um sich, und sein Gesicht wurde grimmig, als er schlagartig begriff. »Dubnus, du Mistkerl! Wo ist mein verdammter Rebstock!?«

Historische Anmerkungen

Regelmäßige Leser der Imperium-Saga werden verstehen, warum ich genau diese Zeitepoche als Hintergrund für meine Romane gewählt habe. Ehrlich gesagt hatte ich ursprünglich einen sehr simplen Beweggrund, mich für das späte zweite Jahrhundert nach Christus zu entscheiden: Zu jener Zeit fand eine Revolte in Britannien statt, bei der ein römischer General ums Leben kam und der nördliche Teil der Provinz in Aufruhr versetzt wurde, was sich sehr passend in die von mir erdachte Handlung einfügte. Tiefergehende Studien zum Thema ließen mich jedoch bald erkennen, welche weiteren Möglichkeiten mir jene Zeit bot, nachdem zwischen 182 und 211 n. Chr. praktisch ständig Konflikte ausgetragen wurden. Als ob das nicht ausreichte, gab es noch einige weitere Aspekte:

- das schicksalsreiche Jahr 193 n. Chr., das als »Jahr der *fünf* Kaiser« in die Geschichte einging (da kann selbst das Jahr 69 n. Chr. mit seinen erbärmlichen vier Regenten nicht mithalten);
- ein lang andauernder, blutiger Bürgerkrieg zwischen drei Persönlichkeiten, die wir bald kennenlernen werden, wenn sie die Karriereleiter zur kaiserlichen Macht hinaufzusteigen versuchen;

- die fabelhafte (solange man nicht selbst daran teilnahm) zweitägige Schlacht bei Lugdunum im Jahr 197 n. Chr.;
- eine Reihe von Feldzügen, die unter Septimius Severus bis 211 n. Chr. quer durch das Kaiserreich unternommen wurden;
- sowie die unerbittliche Feindschaft zwischen den beiden Söhnen von Septimius Severus in ihren jungen Jahren.

Demzufolge wird Marcus Valerius Aquila (ohne jede Anspielung auf *Der Adler der Neunten Legion*) in den nächsten fünfundzwanzig Jahren seiner Lebensgeschichte noch eine Menge Kampfhandlungen miterleben und sich dabei nicht immer auf der Gewinnerseite befinden.

Wie war es also im frühen Jahr 183 n. Chr. um das Kaiserreich bestellt? Recht lausig, wenn man es genau betrachtet. Viele Kritiker lasten den Beginn des Verfalls dem jungen Kaiser Commodus an, dessen Regierungsantritt nach dem Tod seines Vaters Mark Aurel im Jahr 180 n. Chr. und die sofortige Beendigung der Kriege mit den nördlichen Germanenstämmen zu einem Einbruch des römischen Wohlstands führte, wie es so eindringlich im Film *Gladiator* dargestellt ist. Dies war der Zeitpunkt, an dem die Ära der »fünf weisen Kaiser« (Nerva, Trajan, Hadrian, Antoninus Pius und Mark Aurel) endete und das Prinzip, den besten Mann auf den Thron zu wählen, durch den Mechanismus der Erbmonarchie ersetzt wurde – der, wie so oft erwiesen, zum Scheitern verurteilt war. Nichtsdestotrotz waren die Samen der Katastrophe bereits fünfzehn Jahre früher gesät worden, als die Soldaten unter Lucius Verus bei ihrer Heimkehr von einem Feldzug im Osten den, wie man glaubt, Blatternvirus mit zurück in das Imperium brachten.

Die Antoninische Pest fraß sich durch das Kaiserreich, tötete jeden vierten Infizierten und in einigen Regionen sogar ein Drittel der Bevölkerung. Auch die Armee wurde von der Epidemie schwer dezimiert. Wenn man schnell bis zum Jahr 183 n. Chr. vorspult, stellt man fest, dass die Armee am Rhenus (Rhein) aber nicht nur von der Epidemie und den lang anhaltenden Markomannen-Kriegen geschwächt war, die Mark Aurel austragen ließ, um die Germanenstämme von der Eroberung der nördlichen Provinzen längs der Flüsse Rhein und Donau abzuhalten, sondern auch aus einem anderen Grund. Ein paar Jahre zuvor hatte Britannien nämlich – wie im ersten Band dieser Reihe, *Die Ehre der Legion*, erzählt wird – nach einem Rebellenaufstand weitere große Verluste erlitten. Um die Inselprovinz erhalten zu können, musste die militärische Präsenz mit Männern vom Rhein aufgestockt werden, was die Armee an der nördlichen Grenze weiter schwächte. Männer wurden westlich nach Britannien abkommandiert, und die Legionen am Rhein waren gezwungen, mit noch weniger Soldaten ihren Dienst zu verrichten.

Wenn man jetzt noch eine stets wachsende Anzahl an *Latrones* hinzurechnet – Soldaten, geflohene Sklaven und einfache, geldgierige Männer, die sich im nördlichen Europa immer zahlreicher dem Banditentum als einziger Überlebensstrategie widmeten –, so wird ersichtlich, dass die Nordgrenze des Imperiums in einem Umbruch begriffen war. Dies ist der geschichtliche Hintergrund, vor dem sich die im *Aufstand der Barbaren* dargestellten fiktiven Ereignisse abspielen, wobei die erdachte Handlung auf dokumentierten historischen Fakten beruht.

Der Mithraskult

Der **Rabe** stellte den untersten Weihegrad innerhalb des Mithraismus dar und verrichtete seinen Dienst als Türsteher des Tempels. Vom heiligen Augustinus wissen wir, dass Raben beim Kultmahl eine Maske mit Rabenkopf und Flügel trugen; auf den Wandmalereien in der römischen Kirche Santa Prisca ist überdies ein Rabe in einer dunkelroten Tunika zu sehen. Der Rabe stand unter dem Schutz Merkurs; seine Symbole waren der Heroldstab und der Becher.

Der **Bräutigam** war die zweite Initiationsstufe. Auf einem stark beschädigten Fresko in Ostia erscheint er in kurzer gelber Tunika mit roten Streifen und hält ein Stück roten Stoffs in den Händen. Der Bräutigam auf einer ebenfalls beschädigten Malerei in der Kirche Santa Prisca trägt einen gelben Schleier und hält eine Lampe in seinen gleichfalls verschleierten Händen. Dieser Weihegrad stand unter dem Schutz der Göttin Venus; seine Symbole waren Lampe und Schleier.

Der dritte Weihegrad war der **Soldat des Mithras**, doch hinsichtlich seines Initiationsritus' gibt es nur wenige Informationen. Der Einzuweihende war entkleidet, hatte die Augen verbunden und befand sich in kniender Stellung, worauf ihm ein über die Spitze eines Schwertes gehängter Kranz überreicht wurde. Gleich nach der Krönung jedoch wurde ihm befohlen, sich den Kranz auf die Schulter zu legen und zu schwören, Mithras sei sein göttlicher Kranz. Durch dieses Ritual wurde er ein Soldat des Mithras und konnte kraft seines Eids nie wieder gekrönt werden. Sein Schutzgott war Mars, seine Symbole ein Köcher mit Pfeilen sowie ein Beutel.

Diese drei Weihegrade stellten die niederen Initiationsstufen des Kultes dar.

Der **Löwe** war der erste der höheren Weihegrade. Aus Beschreibungen erfährt man, die Einzuweihenden hätten wie Löwen gebrüllt, und auf einem Relief aus dem Mithräum in Konjic ist eine Figur mit löwenartiger Kopfbedeckung zu sehen. Dem Einzuweihenden wurden die Hände gewaschen und seine Zunge mit Honig bestrichen, worauf er, zumindest während der Kulthandlungen, kein Wasser mehr berühren durfte, da mit seiner Einweihung die Stufe erreicht war, die dem Element Feuer entsprach. Der Schutzgott der Löwen war Jupiter und eine ihrer Aufgaben das Hüten der heiligen Flamme auf dem Altar. Ihre Symbole waren Donnerkeil, Eisenschaufel und Sistrum – eine ägyptische Metallrassel, die oft für Mysterienkulte verwendet wurde.

Die fünfte Initiationsstufe war der **Perser**, für dessen Reinigungsritus wiederum Honig verwandt wurde. Er stand unter dem Schutz der Mondgöttin, und seine Symbole waren Getreideähren und eine Sichel.

Der zweithöchste Weihegrad hieß **Sonnenläufer**. Die Eingeweihten dieser Stufe imitierten während des Kultmahls die Sonne und saßen direkt neben Mithras (dem Vater/Pater). Der Schutzgott dieses Initiationsgrads war Helios, die Sonne.

Die höchste Initiationsstufe des Mithraskults war die

des **Vaters** (Pater). Er wurde als irdisches Gegenstück zu Mithras selbst angesehen und war verantwortlich für die Lehre, Disziplin und Leitung der von ihm geführten Glaubensgemeinschaft. Seine Symbole waren eine persische Kopfbedeckung, eine Patera (Trankopferschale), ein sichelartiges Schwert sowie sein Krummstab. Er stand unter dem Schutz von Saturn.

Allen, die mehr über den Mithraskult erfahren wollen, kann ich das Buch *Mithras and his Temples on the Wall* von Charles Daniels empfehlen, das ich für diesen Roman zurate gezogen habe.

Danksagung

Es gab einen Moment, an dem das Schreiben von *Aufstand der Barbaren* zu einer echten Herausforderung wurde: Der Roman war bereits halb fertig, gelangte jedoch jäh zum Stillstand, da ich mich so sehr in einen Handlungsstrang verstrickt hatte, dass ich einfach keinen Ausweg mehr daraus fand. Während dieser deprimierenden Phase, als ich mehr und mehr in Panik geriet, stand ich eines Donnerstagabends am Rande eines Rugby-Spielfelds und erzählte einem langjährigen Freund von meinem Elend, worauf er einen Satz äußerte, der mein Leben als Autor wieder neu beflügeln sollte: »Komm einfach in mein Büro und schreib.« Das tat ich. Dort gab es kein Internet (und damit war Schluss mit endloser Ablenkung und Ausflüchten), nur viele Tassen Tee und gelegentliche Plaudereien sowie einen urplötzlich herausbrechenden Schreibfluss von acht- bis neunhundert Wörtern pro Stunde. Es fühlte sich so an, als hätte ich mein altes Modem-Einwahlverfahren gegen eine Super-Breitbandverbindung getauscht. Dies war eine Lektion, die in der Folge dazu führte, dass ich mittlerweile einen umgebauten Hühnerstall auf einem der hiesigen Bauernhöfe angemietet habe. Auch dort gibt es kein Internet, und wann immer ich nicht bei meiner »richtigen« Arbeit bin, lege ich ein paar Meilen zurück, um dann in himmlischer Ruhe an einem Ort zu arbeiten, wo man nichts anderes tun kann als schreiben. Also gebührt dir, Eddie Hickey, diesmal der größte Dank. Ich hoffe, mein neuer Arbeitsrhythmus wird mir dazu verhelfen, in aller Gelassenheit zwei Bücher pro Jahr zu verfassen.

Und nun möchte ich die üblichen, doch wie immer von Herzen kommenden Danksagungen aussprechen. Meiner Frau Helen danke ich, dass sie mir beim Schreiben Mut zusprach, zuweilen die Führung übernahm und willig erduldete, dass ich dem Manuskript ausgerechnet in Südfrankreich den letzten Schliff gab. Auch meinen Kindern möchte ich für ihre Geduld danken, sowie den Hunden, die mich in besonders anstrengenden Phasen mit ihren simplen Bedürfnissen nach Essen und Bewegung wieder auf den Boden zurückbrachten. Mein Agent Robin unterstützte mich wie immer mit seinem weltgewandten Wesen, und meine Verlegerin Carolyn saß zwar wie auf Kohlen, bemühte sich aber redlich, so zu tun, als bliebe sie ruhig, wann immer ich mit der Fertigstellung zu kämpfen hatte.

Die Zusammenarbeit mit meinem Verlag Hodder & Stoughton war wie immer eine große Freude, daher herzlichen Dank an Francine, Nick, Laure, Jaime, James, Ben und alle anderen, die ich aufgrund meiner Vergesslichkeit nicht erwähnt habe. Das ausgezeichnete Lektorat übernahm Clare Parkinson und konnte so ein paar peinliche Fehler ausmerzen. Dabei blieb sie auch in den unangenehmen Momenten und bei allen Schwierigkeiten stets ruhig und besonnen – gut gemacht!

Schließlich möchte ich – wie immer – allen anderen danken, die mir diesmal geholfen haben, die ich aber nicht erwähnt habe. Um das alte Klischee zu verwenden: Nicht ihr seid schuld, sondern ich. Diese Menschen, die mit mir zusammengearbeitet haben, können Ihnen davon berichten, wie vergesslich ich sein kann. Wenn ich Sie hier also vergessen haben sollte, möchte ich mich vorsorglich entschuldigen. Wenn die Geschichte wohlgeraten ist, dann liegt das daran, dass ich ein paar fantastische Helfer hatte, und wenn nicht, ist es allein meine Schuld.

Vielen Dank.